H. DE BALZAC

— ŒUVRES POSTHUMES —

LETTRES

A

L'ÉTRANGÈRE

1845-1846.

TOME TROISIÈME

PARIS

CALMANN-LÉVY, ÉDITEURS

3, RUE AUBER, 3

MCMXXXIII

LETTRES A L'ÉTRANGÈRE

III

Déjà parus :

LETTRES A L'ÉTRANGÈRE

TOME PREMIER (1833-1842).

TOME DEUXIÈME (1842-1844).

o

CHATEAU DE WIERZCHOWNIA

Dessin au crayon exécuté en 1884 pour le comte Adam Rzewuski, frère de Madame Hanska

Collection Lovenjoul

LETTRES A « L'ÉTRANGÈRE »

I

À MADAME HANSKA, HÔTEL DE SAXE, A DRESDE.

[Passy, 1ᵉʳ-6 janvier 1845.]
[Mercredi] 1ᵉʳ janvier 1845.

Il est trois heures du matin; je commence l'année par travailler et par t'écrire. J'ai reçu hier la bonne longue lettre, écrite entre deux et cinq heures, et c'est ce dont je me plains; je voudrais maintenant une page tous les jours, et la lettre envoyée deux fois par semaine. Je suis bien heureux que les lettres[1] aient été renvoyées par Halpérine[2]. Voilà que je crois à l'esprit des Juifs !

Ma chère minette, tu as dû recevoir, quand cette lettre te viendra, celle où je te conseille de venir à Francfort ou à Aix-la-Chapelle. Si tu m'aimes, nous commencerons par Francfort; mais ce sera pour les premiers jours de février. De là seulement, je puis avoir des communications assez rapides avec Paris pour pouvoir suivre mes travaux. Ote de ta chère tête que je puisse avoir du loisir ! Il m'est interdit cette année. Et voilà pourquoi je voudrais une campagne et non une ville. Tu as dû avoir lu la première partie des *Paysans*[3]. Eh! bien, il y en a quatre comme cela. J'aurai fini la

---

1. Que Balzac avait, par erreur, adressées à Wierzchownia, près Berditcheff, dans le gouvernement de Kiew, résidence ordinaire de madame Hanska.

2. La maison de banque Halpérine qui avait des comptoirs à Brody et à Berditcheff. (Cf. *Lettre sur Kiew* dans *les Cahiers Balzaciens*, N° 7, p. 44 et 46.)

3. Parue dans *la Presse* du 3 au 21 décembre 1844.

deuxième pour le mois de février. Je serai à moitié. Il faut faire les deux autres en février et mars. Puis, en avril et mai, *les Petits Bourgeois* [1]. Aussi préférerais-je une habitation en Suisse, dans le Val Travers, aux environs de Genève ou de Berne, à toutes nos idées d'Allemagne, car il faut non seulement que je travaille nuit et jour, mais que j'aille cinq à six jours à Paris tous les trois mois. Si tu tiens à l'Allemagne, j'aimerais mieux les environs de Bade. A Hombourg, je te le répète, il y a madame Kisseleff, qui y a fait bâtir énormément.

Mon ange aimé, songe que j'ai encore cent trente mille francs de dettes à payer. Elles se paient par trente mille francs des *Paysans*, vingt mille francs des *Petits Bourgeois*, trente mille francs des Jardies, vingt mille francs d'autre littérature à faire, et trente mille francs d'ouvrages à illustrer. C'est une année fatale, où il faut exploiter *la Comédie Humaine* [2], et mes œuvres, et mon cerveau, pour en finir avec la misère !

Il y a quelque chose qui m'étonne toujours, c'est ta défiance de mes facultés. Je te vois insurgée, à l'idée de ce qui peut réparer le présent et assurer l'avenir, l'affaire de Monceaux. *Primo,* on ne sait plus où se loger à Paris. *Secundo,* les appartements sont hors de prix. *Tertio,* on n'est pas chez soi quand on se loge dans ce qu'on appelle des maisons de produit, où il y a trente locataires. *Quarto,* il me faut le midi, le silence, l'air et l'espace. Ces quatre conditions s'appellent un hôtel entre cour et jardin, et cela se loue quatorze à quinze mille francs par an. *Quinto,* le meilleur placement est celui qu'on fait soi-même. *Sexto,* il n'y a pas de maison toute faite, *même une bonne occasion,* où l'on ne dépense de vingt-cinq à trente mille francs pour s'y établir. *Septimo,* je connais ma Linette; elle ne resterait pas un mois dans un appartement, en communauté avec cinquante personnes habitant sa maison. On ne brise pas les habitudes de toute sa vie ainsi.

---

1. Roman inachevé de Balzac, paru, après sa mort, dans *le Pays,* du 26 juillet au 28 octobre 1854, par les soins de madame Ève de Balzac, qui en avait confié l'achèvement au feuilletoniste Charles Rabou, ami du romancier.

2. *La Comédie Humaine* parut en 17 volumes in-8°, de 1842 à 1848, publiés par une réunion d'éditeurs : Furne; J.-J. Dubochet et Cⁱᵉ, J. Hetzel et Paulin, puis sans Paulin, puis Furne et Cⁱᵉ. Elle fut imprimée par Béthune et Plon, puis Plon frères, puis Lacrampe et Cⁱᵉ.

Ces sept observations étant péremptoires, je ne comprends pas que tu ne sautes pas de joie à l'idée d'avoir un magnifique arpent de jardin bâti, planté par l'amoureux de madame [de] Montesson[1], pour soixante mille francs, et une maison où il n'y aura qu'à s'emménager pour quarante mille francs. Total : cent mille francs, ou quatre mille francs de rentes!... C'est-à-dire que celui qui, pouvant obtenir ce résultat, s'y refuserait, devrait être mis aux Petites-Maisons. En une année, je répare tous les chagrins de fortune que j'ai eus et j'aurai un immeuble qui un jour vaudra cinq cent mille francs !

Tu auras toujours dans l'esprit une sorte de défiance contre moi, parce que j'ai mal commencé la vie. Tous mes malheurs sont venus de ma mère; elle m'a ruiné, par calcul et à plaisir. Voilà seize ans que je me débats contre l'horrible situation qu'elle m'a faite. Plus je t'explique cela, moins tu me sais gré d'avoir vécu, d'avoir payé, d'avoir fait une fortune. Ma fortune, c'est mon œuvre. Mon œuvre vaut un million, car elle le donnera. Malheureusement, il y a encore six ans de travaux pour la terminer.

Quand on vit perpétuellement chez soi, la première cause de bonheur est d'avoir un chez soi charmant et aimable. Or, c'est ce à quoi je pense. Tu es un peu follette, ma minette, car si je ne bâtis pas en 1845, où logerons-nous en 1846?... Il faut dix-huit mois pour habiter une maison, dix-huit mois pendant lesquels elle sèche; il faut qu'un hiver et un été y passent ! Or, le gros œuvre sera fait pour octobre ou novembre 1845. On passera l'hiver à la finir; à peine pourra-t-on y demeurer en octobre 1846. D'ici octobre 1846, j'aurai bien largement payé tout ce que je dois, dettes et maison. Quant à la maison et au terrain, il faut payer immédiatement. Voilà pourquoi j'ai tant à travailler. Mais aussi nous avons, Claret[2] et moi, une meilleure affaire que ce que je t'ai dit : nous allons acheter à Plon[3] cinq arpents[4] à quatre-vingt mille francs, avec

1 Le duc d'Orléans qui se maria avec une madame de Montesson, en 1773; son fils, Philippe-Égalité, habita aussi la Folie-Monceau, que Balzac écrit : Monceaux, ou quelquefois, à l'ancienne mode : Mousseaux

2. Architecte des Rothschild.

3. Henri Plon, qui, en 1845, dirigeait, avec ses frères Charles et Hippolyte, l'imprimerie Plon frères et Cie, 36, rue de Vaugirard.

4. L'arpent de Paris, de 100 perches de 18 pieds de côté chacune, contenait 900 toises carrées ou 32,400 pieds carrés. Il équivalait à 34 ares, 19 centiares; soit 3.419 mètres carrés.

la certitude de les revendre, aux clients de Claret, entre cent vingt
et cent quarante mille francs. En sorte que d'ici au mois de mars,
nous aurons chacun notre arpent et notre maison, dans le sens le
plus défavorable de la spéculation, et peut-être dans le sens le plus
favorable, chacun, de l'argent et notre maison. Nous ne courons
aucuns risques, car Plon est engagé à nous livrer les terrains, et
nous ne serons engagés à les payer qu'au bout de trois mois, si
nous les avons vendus, et nous pouvons résoudre le marché, si nous
ne les vendons pas. Si nous ne les vendons pas, je reste avec un
arpent à soixante mille francs. Si nous les vendons, c'est que nous
avons eu des bénéfices. Hier, Claret m'a dit avoir, dans ses clients,
quatre arpents de placés, environ ; il ne s'agit plus que de tracer
les rues et les conditions. Or, moi, mon choix est fait comme
emplacement. J'ai, du moins jusqu'à présent, dans mon jardin,
une magnifique ruine de temple grec, au bas duquel est un petit
lac, avec rochers, etc., d'une magnificence royale. Ça et de
beaux arbres, ce sera notre jardin. Ça n'a pas coûté moins de cent
mille francs. C'est ce qu'il y a de plus beau dans la Folie-Monceaux,
et ce serait vraiment un meurtre que de la démolir. Claret me
bâtira la charmante maison dont tu verras le plan. Entre la maison
et la ruine circulaire, il y aura une pelouse. Il n'y aura certes pas
deux habitations comme la nôtre à Paris... Et tout cela pour cent
mille francs, ou peut-être pour rien. Je me prépare comme si cela
devait coûter les cent mille francs. Mais, d'ici à un mois, peut-être,
saurons-nous à quoi nous en tenir. Ah! quel jour pour moi que
celui où je ne devrai plus rien et où je posséderai une belle habitation. Il n'y aura pas de plus beau que celui de notre mariage !
Hugo a acheté un demi-arpent ; les Jésuites ont acheté trois arpents,
trois cent mille francs, et ils bâtissent une église ; elle sera à deux
pas de notre maison. Tu vois que je connais tes convenances. Plon
doit donner un million au Roi, d'ici au 15 mars.

Avec de tels intérêts et de tels travaux, je ne voudrais pas être
éloigné de plus de cent vingt ou cent cinquante lieues de Paris.
Voilà pourquoi je demande Aix[-la-Chapelle], Francfort ou la Suisse.
De tout cela ce que je préférerais, ce serait la Suisse.

Plon a pour cinq cent mille francs de placés ; si Claret lui
place pour cinq cent mille francs, il peut payer le Roi et il a huit

ou dix arpents de bénéfice. Voilà pourquoi son métier n'est pas de chercher les bénéfices que peut faire Claret, de même que l'affaire de Claret n'est pas de vendre au prix réel, car il faudrait attendre trop longtemps ; il faut donner beaucoup à gagner à ses acquéreurs. L'arpent, là, vaut deux cent cinquante mille francs environ. Ces arpents se composent de mille toises et la toise vaut deux cents francs dans le haut du Faubourg Saint-Honoré. Aussi le Roi ne veut-il pas fixer de prix à Plon pour les vingt-cinq arpents qui restent à vendre ; il en veut déjà deux millions cinq cent mille francs, car il dit : « Quand vous aurez bâti dans ce que je vous ai vendu, vous aurez doublé la valeur de ce qui me reste. » Il compte avoir huit millions de Monceaux ainsi, et la spéculation du Roi est la garantie de la bonté de la nôtre. Les Jésuites ont flairé cela. Ils n'ont pas marchandé, ils ont acheté, sur-le-champ, trois cent mille francs leurs trois arpents. Ils vendent huit cent mille francs la rue des Postes [1]. Ils vont dépenser les cinq cent mille francs restants dans leur bâtisse, et ils font l'avance de l'église. Ils se la feront rembourser par des quêtes et des dons volontaires.

Voyez à quelles explications vous me contraignez par votre défiance !... Et qu'ai-je fait pour la mériter ? J'ai payé ou j'aurai payé toutes mes dettes moi-même, avant que tu aies pu rien te constituer hors de cette infâme Pologne, dont les biens ne sont pas des biens, mais des maux ! Tu es la richarde et je suis le pauvre !... On accuse toujours le pauvre.

Ah ! te diras-tu, chérie : « Il commence bien l'année comme un mari, car il me gronde et il me grogne ! » Non, ma petite fille chérie, tout cela, c'est l'explication du oonheur ! Nous serons heureux, dans un joli nid ; tu seras ravie, si la ruine me reste, de ce que j'aurai su créer au milieu, ou, pour parler plus exactement, au bord de Paris. Le Bois de Boulogne ne sera pas loin, ni le faubourg Saint-Honoré non plus. Oh ! que tout cela se réalise, et je serai enfin ce que je dois être.

---

1. La rue des Postes est devenue la rue Lhomond (V° arr¹). C'est là que les Jésuites fondèrent l'École Sainte-Geneviève, célèbre par ses succès aux concours des grandes écoles et que l'on appelait « la rue des Postes ».

Nous attendons toujours la réponse du duc de Devonshire pour les meubles[1].

Je ne t'apporte plus de boîtes, mais à chacune de vous le même flacon. Cela se tient à la main, c'est personnel. La douane n'a rien à dire, et, je connais Anna; elle sera très heureuse. Ne m'empêche pas de gâter ta fille.

Je ne t'enverrai cette lettre qu'après-demain, car j'y joindrai les trois premières feuilles de l'histoire qui se publie dans ce moment au Messager[2].

Ne me dis plus rien des Chl[endowski][3]; ils sont connus. Je ne les vois presque plus. Madame de Boc[armé][4], qui me les a fournis, y renonce aussi. Dans vingt jours ils n'auront plus rien à me demander; ils seront fournis, et mon traité sera fini, exécuté. Mais tes rhumes me font frémir. Il n'y a qu'à se faire suer au lit, et à prendre garde de passer, en transpiration, d'un endroit chaud à un endroit froid. Je t'en supplie de nouveau, soigne-toi. Quitte Dresde le 11, et viens à Francfort pour le 20 janvier. J'y serai, moi, le 1er février. Là nous comploterons où aller. Rien ne m'est plus facile [que] d'aller à Francfort, car la malle-poste de France et de Prusse est organisée pour atteindre ce point avec une vitesse excessive, tandis qu'il faut savoir l'allemand pour aller à Dresde. On parle français jusqu'à Francfort. Je t'en *resupplie*, quitte Dresde et viens là.

Tu sais tout ce que je puis penser de toi, te dire, ma Lididda[5], pour un premier jour de l'an! Mais mon premier jour de l'an, c'est le mois de février[6]. Hélas! chère adorée, je n'ai pas le mérite de t'obéir; car, tu le vois, les choses sont plus fortes que ma volonté. J'ai, le 1er janvier, toute la deuxième partie des *Paysans* à écrire;

1. Les meubles de Henri IV et de Marie de Médicis (voir t. I, p. 248).

2. *Les Petits Manèges d'une femme vertueuse*, parus du 24 décembre 1844 au 23 janvier 1845 et formant la 3e partie de *Béatrix (Adultère rétrospectif)*.

3. Comte polonais établi libraire, 8, rue du Jardinet, qui édita *la Lune de Miel (Béatrix)*, *les Trois Amoureux (Modeste Mignon)* et *les Petites Misères de la Vie Conjugale*, illustrées par Bertall.

4. La comtesse Ida Visart de Bocarmé, née du Chasteleer, belge et grande admiratrice de Balzac qui la nommait par plaisanterie sa *Bettina*. *Le Colonel Chabert* lui est dédié.

5. Lididda qui signifie, en hébreu, la bien-aimée.

6. Le 28 février 1832 (voir t. I, page 1, note).

et, si tu as lu la première, tu dois voir quelles sont mes obligations. On a crié au Molière et au Montesquieu ! On m'a salué Roi !
Il faut continuer à mettre des diamants à *ta* couronne !

[Jeudi] 2 janvier.

C'est tout au plus, ma chère Line aimée, si je pourrai supporter la fatigue de la deuxième partie des *Paysans*. Je suis entré dans une période d'horribles souffrances nerveuses à l'estomac, causées par l'abus du café; voici près de six mois que j'en prends, et il est à peu près fini, comme influence. Il me faut absolument le repos. Ces douleurs affreuses, sans exemple, m'ont pris depuis trois jours. J'ai cru, la première fois, à quelque accident. Mais c'est fini; je les reconnais. Ainsi, je partirai dans les derniers jours de janvier. Quitte Dresde et rapproche-toi du Rhin. Je ne demande qu'une chose : c'est de bien finir la deuxième partie des *Paysans*. J'aimerais mieux la Suisse que Francfort. On peut avoir de si jolies habitations et si près [les unes des autres], et il y a si peu de cancans, grâce à la grande quantité de touristes. Le Val Travers[1] serait bien notre affaire. Oh! je suis bien énormément fatigué. Je calculais ce matin que j'ai fait, depuis deux ans, quatre volumes de *la Com[édie] Hum[aine]*. Dans vingt et quelques jours d'ici je ne serai plus bon qu'à mettre en malle-poste.

Je joins à cette lettre la première qu'ait écrite *le duc* Pasquier[2].

David a terminé mon buste; c'est, à ce qu'il paraît, une merveilleuse chose et qui sera l'un des grands morceaux de notre Exposition. Mais il met une grande prétention avec moi; il ne veut me le faire voir qu'après le dernier coup de lime.

Soigne-toi, soigne-toi! c'est mon cri! Je m'interromps de mes travaux en me demandant, en sursaut : « Tousse-t-elle encore?... » Attends, pour *Modeste Mignon*[3], le quatrième volume de *la Com[édie] Hum[aine]* qui va, sous cinq ou six jours, être terminé.

1. Le Val-Travers, dans le canton de Neuchâtel, en Suisse, était un lieu particulièrement cher à Balzac (voir t. I, p. 47).
2. Il s'agit du baron Pasquier, ami de madame de Boigne, chancelier de France, fait duc par Louis-Philippe, le 19 décembre 1844.
3. Cette œuvre portait comme dédicace lors de son apparition dans le *Journal des Débats* en 1844 : *A une Étrangère*. Dans les éditions ultérieures, elle fut dédiée : *A une Polonaise*.

Mon Dieu, te savoir à quatre pas, et rester ici! C'est à se damner! Tu as beau me défendre de venir, c'est cent fois pis!

Allons, adieu pour aujourd'hui! J'ai encore quinze feuillets à écrire pour terminer *Béatrix*.

[Vendredi] 3 janvier.

Pas de lettres! J'espérais que pour notre premier jour de l'an, j'aurais le grand bonheur d'une petite lettre, et voici trois jours. Es-tu malade, mon ange adoré? Je le crains. En voilà du malheur que de trouver tant de monde de connaissance à Dresde!

Tu as vu dans les journaux la folie de Villemain. Sa discussion de loi sur l'enseignement, à la Chambre des pairs, l'année dernière, accusait déjà quelque affaiblissement dans les facultés. Ce n'est pas une perte; il avait l'intelligence d'une étroitesse incroyable. Voir M. Guizot obligé de défendre sa loi, a été un coup porté à sa vanité. Thiers pourra finir ainsi, et Lamartine, hélas! en est bien près. Il pense à devenir pontife d'une religion nouvelle!

Je disais l'autre jour à Delphine [de] Girardin, à qui j'ai demandé de me raconter ses douleurs, quand elle a été trahie par Émile dans les trois premières années de son mariage (pour pouvoir finir *Béatrix*), que tous ces gens-là périssaient bien moins par l'enfantement des idées, que par l'agrandissement du sentiment. C'est la vanité qui tue Villemain, qui a tué Lassailly[1], Gérard de Nerval[2], et qui ronge Lamartine et Thiers. Hugo a le crâne d'un fou, et son frère, le grand poète inconnu, est mort fou. Cela fait trembler. Ce qu'il y a de plus dangereux, c'est de se laisser adorer. Bénissons les critiques, ma Linette; nous n'avons rien à craindre dans notre ménage; on ne nous épargne pas les pierres! J'ai reçu, à propos des *Paysans*, la plus enragée des lettres. J'en ai ri *comme un fou*. Je te la garde; c'est un curieux monument de haine!

Allons, adieu pour aujourd'hui encore. Je te gâte, je me gâte; je t'écris tous les jours. C'est de te sentir si près! Si près? Il y a en-

---

1. Charles Lassailly († 1843) fournit à Balzac le sonnet *Le Chardon* inséré dans *Illusions Perdues* et collabora vaguement à *l'École des Ménages*, aux Jardies, en 1839 (voir t. I, p. 506).

2. A cette date, Gérard de Nerval avait eu déjà plusieurs atteintes de folie.

core deux cent cinquante lieues!... Oh! viens, rapproche-toi, viens à Francfort. Là nous délibérerons.

Je retarde l'envoi de ceci jusqu'à dimanche, pour te répondre un mot, en cas de lettres. Je t'aime bien, chère *louloup*[1]... Un petit baiser au m[inou] pour le jour de l'an.

Lundi 6 [janvier].

Et pas de lettres! Me voilà bien inquiet! Les ouvriers n'ont fait que bambocher depuis le jour de l'an. Il a été impossible de faire travailler les presses, et la fin de *Béatrix* ne sera pas tirée avant la fin de cette semaine. Tu la recevras tout entière. J'ai encore dix à douze feuillets à écrire pour terminer; je les écris aujourd'hui, et, demain, je me mets aux *Paysans*. Il n'y a plus que cela entre mon voyage et moi, puis une *Nouvelle* pour me faire l'argent pendant mon absence, un millier d'écus.

Allons, adieu, ma minette chérie, à bientôt, mon *louloup*, car, lorsqu'on travaille autant, un mois passe comme une semaine, malgré les allongements que produit l'impatience. Tu dois avoir reçu toute la première partie des *Paysans* et l'avoir lue, au moment où je ferme cette lettre. Tu peux juger, ma chère petite fille, de tout ce que j'ai sur les bras. C'est un monde, un monde à faire mouvoir.

Mille tendresses; écris-moi donc là, bien, un peu tous les jours, et envoie-moi deux lettres par semaine. Ça me fait prendre patience et je sais au moins comment tu vas, tandis que je suis dans des transes mortelles continuellement. Ces rhumes, ces inflammations de poumons, ces toux, m'inquiètent horriblement. Ainsi, voilà qui est bien entendu; tu quittes Dresde, et tu choisiras le point le plus rapproché de la France, en Allemagne ou en Suisse. J'attends, Excellence, votre décision, et comme vous recevrez cette lettre aux environs de votre jour de l'an, je vous offre des vœux que vous connaissez depuis longtemps, et que je voudrais être à même de réaliser par moi-même tous les jours de ma vie!

Allons, mille caresses, et toutes mes tendresses. Mille gracieusetés à ma petite Anna.

1. Ou plutôt: *louploup* que Balzac écrit presque toujours en abrégé sous cette forme: *lplp*.

II

[Passy,] 7 janvier [1845].

Mon ange, je ne t'ai écrit que deux lettres par Bassange[1]. J'aime à croire que toutes celles adressées à l'hôtel de Saxe te sont parvenues, puisque tu as reçu le feuilleton [des *Paysans*]. Il a dû venir en deux fois.

Voilà qui est bien convenu (car je te réponds à ta lettre du 31 décembre dernier, que j'ai reçue hier. Si tu l'as mise à la poste le 1er janvier, elle a mis cinq jours à venir ; mais elle perd un jour à Paris. Nous crions, à la Chambre, comme des diables, pour cette perte que fait le transit des lettres à la grande poste). Nous nous verrons à Francfort. Ta résolution me fait la plus vive joie, car je ne sais pas l'allemand, et je puis aller, en français, jusqu'à Francfort, et j'aurai mille services d'un excellent Rotschild[2] qui est là, le meilleur de tous. De là, je pourrai travailler à peu près comme à Paris. Seulement, mon cher *louloup*, aie soin de me dire sur-le-champ où tu te logeras. Si tu voulais faire faire un contrat d'une maison particulière sans être trompée, je t'enverrais un mot pour ce Rotschild.

N'aie aucune inquiétude ni pour toi, ni pour Anna ; nous avons un temps doux et charmant depuis quinze jours, et, à mesure que tu iras vers le Rhin, tu trouveras une excellente température. Le voyage n'est rien de Leipsick à Francfort. Les routes sont belles, et l'on va bien, sans aucun danger.

Je ne puis pas partir avant les premiers jours de février, car j'ai tous *les Paysans* à faire. J'ai vu hier Bertin[3] pour remettre à huit

1. Banquier à Dresde ; Bassenge et Cᵒ, d'après le *Bottin*.
2. Dont Balzac estropie le nom : le baron Adolphe, de la banque M. A. Rotschild et fils, dirigée par le baron Anselme.
3. Armand Bertin, directeur du *Journal des Débats*, où la première partie de *Modeste Mignon* avait paru l'année précédente.

mois, *les Petits Bourgeois*. Ainsi je serai sans soucis, avec seulement les deux dernières parties des *Paysans* à faire.

Je ne t'écris plus à Dresde et ne t'adresse plus rien là. Tu auras *la Com[édie] Hum[aine]* par la poste, sans frais. Ainsi, tu auras tout ce que tu veux lire. Seulement dis-moi ce qui te manque.

Soigne-toi bien; sois bénie entre tous les *louloups* pour ta gracieuse diligence et accours.

La fin de *Béatrix* a un succès prodigieux et sur lequel je ne comptais guère. Il me faut faire encore une œuvre de cette dimension pour ajuster mes affaires.

Adieu. J'attends une lettre de Francfort pour t'écrire. J'ai pensé à toi sur toute cette route; à tous les paysages, à toutes les *stations*, tu peux reprendre des larmes et t'en faire des perles joyeuses, puisque tu les changes en plaisirs. Partout ton souvenir est écrit : à Eisenach, où tu relayeras sur une petite place; à Erfurth, je causais avec ma Lididda, et je lui disais tout, comme Louis XI à sa bonne vierge. Sois bénie, comme tu es aimée, et trouve ici toutes les fleurs d'un amour toujours jeune et toujours entier.

A bientôt! Je t'engage à aller toujours, à avoir des provisions dans ta voiture et à ne t'arrêter qu'à Francfort, car cela ne te fera que deux jours et deux nuits de route, et ta voiture, tes provisions, seront meilleures que les auberges. Francfort, pour les communications, vaut à peu près Genève.

Mille tendresses et adieu.

III

A MADAME HANSKA, HÔTEL DE SAXE, A DRESDE.

[Passy,] 14 [janvier 1845].

Maminette chérie, j'ai reçu ta lettre du 4 janvier, par laquelle tu me dis avoir cédé à ta petite Anna et rester jusqu'à la fin de janvier à Dresde. Je ne vois là dedans que l'intérêt de ta santé; tu fais donc bien.

Voilà qui est convenu ; tu partiras alors dans les premiers jours
de février. Il te faudra cinq jours pour être à Francfort ; j'y serai le
6, si je n'y suis pas le 5. Seulement, je t'en prie, ne fais pas de folies ;
il te faudrait une nouvelle Breugnol[1] pour conduire ta maison. Ne te
laisse pas prendre aux farces d'aubergiste, et ce retard peut me permettre de te faire chercher par Adolphe[de] Rotschild, un appartement aux meilleures conditions, et un pour moi auprès. Réponds-
moi ce qu'il te faut, courrier par courrier, et si tu me permets de
prendre ce soin de ta bourse ; à moins que tu n'aimes mieux que
nous fassions cette première affaire ensemble. J'attendrais alors.

Tu es si petite fille en fait d'affaires, que je ne savais pas être prophète en t'appelant ma petite fille. Je me lasse de te répéter les
mêmes choses. C'est fort ennuyeux à dire ; mais à écrire, ça l'est
encore bien davantage. J'ai cru que tu avais soixante mille roubles
à Odessa[2]. Par la marche que je t'ai indiquée, tu n'avais rien à
perdre. Ne me conseille plus rien, et ne parle pas sur des spécula-
tions qui n'en sont pas et que tu ne connais pas. Aie confiance
en moi ; je suis un chat échaudé. Puisque tu viens à Francfort, tu
verras là, toute bâtie par Claret, la maison qu'il me bâtira. Tu auras
le plan des changements que j'y ai faits et tu seras à temps pour dire
ce qui t'y plaît et ce qui t'y déplaît.

Les Jardies sont vendus vingt-huit mille francs net. Je me mets
en mesure de payer les soixante mille francs de mon terrain à Monceaux, comme si je ne faisais pas la grande affaire avec Claret ; mais,
cette semaine, je saurai si nous la faisons. Aux vingt-huit mille
francs des Jardies je joins les vingt-deux que j'ai des *Paysans*,
et dix mille francs de *la Com[édie] Humaine*. Voilà mes soixante
mille francs. Tout-cela est venu. Je n'ai pas à y songer.

---

1. Ou de Breugnol ou mieux de Brugnol si l'on veut adopter la forme la plus
ordinaire donnée par Balzac à ce nom de fantaisie, car cette gouvernante du
romancier, originaire d'Aunay-en-Bazois (Nièvre), est désignée à l'état-civil par
les noms de Philiberte-Jeanne-Louise Breugniot, née le 29 messidor an XII
(18 juillet 1803). Elle avait été procurée à Balzac par Mme Desbordes-Valmore.
Lorsqu'elle quitta le romancier, elle s'établit « éditeur de bronzes », 17, rue de
Choiseul, sous le nom de L. de Breugnol. Elle mourut à Sainte-Périne le 23
décembre 1874, à soixante-dix ans, veuve de Charles-Isidore Segaut.

2. Sans doute entre les mains de son frère Ernest Rzewuski.

La maison coûtera quarante mille francs, que je n'aurai à payer qu'en 1846. Or, j'ai devant moi de quoi payer trente mille francs de dettes cette année, et, dans l'année 1846, j'aurai de quoi payer le reste de mes dettes et la maison par mes seuls travaux.

Quant à tes vingt mille francs, nous les placerons, pour commencer ta fortune ici.

Oh! ma Linette, vous avez tout votre temps à vous; vous pouvez fermer votre porte et m'écrire tous les jours. Oh! Polonaise, Polonaise!... Vous ne m'écrivez qu'au dernier moment, et moi, j'écris trois lettres contre mon *louloup* une; et mes lignes valent vingt sous, et je prends sur mon sommeil pour écrire, et mes nerfs des yeux battent à me faire craindre des tics nerveux!... Une femme enrhumée comme deux *loups* doit rester chez elle, écrire à son Noré, et je n'ai rien qu'une lettre écrite si à la hâte, que tu me le dis!... Ah! ce n'est pas bien. Je t'aime trop pour ne pas maugréer.

Si tu savais, depuis mon retour de Pétersbourg [1], où j'étais si fatigué sans te le dire, combien j'ai travaillé, car il te faut de la fortune! Tu ne connais pas Paris; tu ne sais pas qu'il te sera impossible d'y conduire une maison. Tu ne l'as jamais fait! Tu es, comme tu le dis, une créole, et tu ignores les débats effrayants dont je suis témoin à Passy, pour arriver à vivre avec six mille francs. Et la *louloup* me blâme de penser à son avenir à elle! de tâcher de lui arranger une jolie existence! Pauvre petite fille, qui appelle fureur de spéculation acheter à bon marché ce qui est cher, et ce dont on a besoin!

Je te pardonne, ma *louloup*, car tu ne sais ce que tu dis. Je t'ai pourtant tracé le plan d'une existence excessivement simple, à Paris, et tu y as vu le chiffre: quarante mille francs par an. Hugo est à la Place Royale, est un rat, vit comme un rat, et dépense vingt mille francs par an. Tu n'accepterais pas cela pendant un mois; tu aurais des tristesses, etc., et tu me ferais mourir de chagrin. Dans mon désir de fortune, il y a toi, rien que toi; car moi, ma vie est arrangée. Six mille francs par an en rendent raison. Douze mille avec

1. Balzac avait séjourné à Saint-Pétersbourg, chez madame Hanska (maison Koutaïsoff, Grande Millionne), de juillet à octobre 1843 (voir t. II, p. 184-194).

ma maison, voilà le plus haut, et, quand je te dis en chiffres, en efforts, en travaux surhumains que je t'aime, tu me dis que tu ne sympathises pas avec moi!... Assez grondé comme cela.

J'ai fini le livre de Chl[endowski][1]. Madame de Girardin dit que c'est mon chef-d'œuvre, parce que c'est ses émotions. D'aujourd'hui je me mets aux *Paysans;* pour avoir fini le 1er février, il va falloir ne plus dormir que deux ou trois heures. J'ai encore cinq feuilles neuf pages de *la Com[édie] Hum[aine]* pour avoir terminé avec Chl-[endowski]. C'est plus que de la canaille, la femme surtout, quoi-qu'elle soit Tarbout.

Tu as dû recevoir, ma chère idole, le reste des *Paysans,* car on t'a fait deux envois. Je t'enveloppe cette lettre dans un article où j'ai déjà bien ôté des épigrammes contre [Saint-]Pétersbourg, et celles qui y sont viennent d'être adoucies. J'ai pensé au G[énéral] G[ou-verneur][2], et me suis rappelé l'ordre de ma chérie d'être circonspect, en fait de Russie. Ceci est un article du *Diable [à Paris][3].* Il y en aura dix ou douze comme celui-là. Tu pourras le lire avant les Parisiens eux-mêmes, car c'est l'épreuve.

Allons, adieu, mon trésor aimé; le pauvre beng[ali] dit mille ten-dresses à son m[inou], qui ne lui dit pas grand'chose. Madame de Brugnol admire comment je peux travailler avec la tête et le cœur pleins de toi, avec l'idée d'un voyage qui me fait dire cent fois par semaine : « J'ai envie de tout laisser là, et d'y courir! » Oh! je sens que je t'aime plus que tu ne m'aimes, malgré les avantages que tu te donnes sur moi; mais tu le sens, tu le sens bien, dis vrai? Pour sûr?

Soigne-toi bien, mon cher loup; qui sait, peut-être trouverai-je le moyen, sans vous compromettre, Anna et toi, de vous faire voir Paris et l'Exposition. Mais, pour cela, *motus,* et écono-misons. J'aurai un passeport de M. de B[alzac], avec *sa sœur* et *sa nièce.*

Mille tendresses, mon cher minet, et, vraiment, écris-moi donc

1. *La Lune de miel (Béatrix),* 2 vol. in-8°.

2. Le général gouverneur du gouvernement de Kiew, le général d'infanterie Bibikoff.

3. *Histoire et physiologie des boulevards à Paris,* t. II; p. 89-104 dans *le Diable à Paris,* Paris, Hetzel, 1845-1846, 2 vol. in-4°.

que tu m'aimes; ça me donne de la force. Tu sais bien tout ce qu'il
y a dans mon cœur, dans tout mon être pour mon Ève! Je voudrais
que tu sentisses sur tout toi le baiser que je te donne en pensée.

IV

A MADAME HANSKA, HÔTEL DE SAXE, A DRESDE.

[Passy,] 15 février [1845].

Ma chère petite fille, pouvais-je écrire sans imprudence avant
d'avoir reçu contre-ordre? Ta dernière lettre me prescrivait de ne
plus écrire à D[resde]. Depuis cette lettre j'ai reçu un petit mot de
quelques lignes, écrit à la hâte, qui ne pouvait pas m'engager à
répondre et où le *statu quo* était maintenu. J'éprouve même une
certaine inquiétude en voyant que mon *louloup* ne me parle pas de
mes dernières lettres, dont la dernière contient un article [du *Diable à
Paris*] intitulé : *les Boulevards*. Je ne sais même pas si tu as reçu
tout ce qui a paru des *Paysans*, qui a été envoyé en deux fois.

Enfin, *je mets la main à la plume* sur l'invitation contenue dans
ta lettre écrite le 8 et qui m'est arrivée hier, où tu me dis que tu
ne partiras pas avant le 1er mars environ. Ces préambules sont
nécessaires pour expliquer la position. Si tu m'avais écrit deux fois
par semaine, nous n'aurions pas eu de ces lacunes. Mais je te vois
si malheureuse que je n'ose pas ni gronder, ni récriminer, ni rien
dire. Il y a seulement une observation que je veux faire, rien
que par éclaircissement. Je suis sûr que tu envoies tes lettres à la
poste par quelqu'un d'infidèle, car les deux dernières n'étaient pas
franches de port, et tu as sans doute donné ce qu'il fallait pour [les]
affranchir. Donc, ou affranchis toi-même, ou n'affranchis pas du tout.
Nous recommençons, comme à Pétersbourg, à payer chacun de
notre côté. Ceci est pour l'ordre. Et voyez, on a besoin de son
argent, et c'est bien assez d'être volé par les aubergistes, sans s'y
prêter ainsi. Donc, n'affranchis plus par l'intermédiaire d'un valet,
ou affranchis toi-même. Depuis douze ans, c'est moi-même qui
mets tes lettres à la poste.

Pauvre *louloup*, combien de choses à te dire !... Et, avant tout,
parlons raison. Sans ta défense, il y a un mois que je serais à *Stadt-*
Rome [1] en face de l'hôtel de Saxe, et, si tu la lèves, réponds courrier
par courrier, et j'arrive.

Quant au voyage à P[aris], il ne peut avoir lieu que de la manière suivante. Tu viens à F[rancfort] ; tu t'y établis. Je ne viens
qu'à Mayence. Tu te proposes de faire un voyage sur les bords du
Rhin. Tu commences par Mayence. J'ai un p[asse]p[ort] pour ma
sœur et ma nièce ; tu prends la malle-poste, et tu passes du
15 mars au 15 mai à P[aris], sans rien dire à qui que ce soit au monde.
Tu reviens à Mayence ; tu regagnes ton « chez soi » à F[rancfort], et j'y
arrive quelques jours après. Comme tu n'auras vu personne dans les
premiers jours de ton arrivée à F[rancfort], on n'aura fait aucune
attention à toi, et l'on ne s'occupera de vous qu'à ta deuxième
arrivée. Seulement, obtiens de ton diplomate, F[rancfort] et les bords
du Rhin. Tu seras quitte pour revenir par Coblentz, Cologne, etc.,
en faisant viser le passeport russe par ces endroits.

Moi, ici, j'aurai trouvé pour vous deux un petit appartement
meublé à Chaillot, à deux pas de P[assy]. Vous verrez la grande ville
incognito. Il y a douze théâtres pour Anna, ce qui fait vingt-quatre
ou trente fois à y aller. Nous ne dépenserons presque rien, si vous
voulez faire le voyage en garçons et garder un silence absolu sur
cette escapade. Tu verras l'Exposition [des beaux-arts], Paris, tous les
théâtres. Je me précautionnerai pour les concerts du Conservatoire.
Enfin, je m'arrangerai pour qu'en deux mois vous en ayez pour votre
argent. L'appartement, pour deux mois, coûtera quelque chose
comme trois cents francs. Vous aurez mille francs de voitures, mille
francs de voyage, aller et retour, mille francs de faux frais. C'est
trois mille cinq cents francs pour le tout, sauf les fantaisies d'Anna et
du *louloup*. Je me charge des théâtres et peut-être de la nourriture.

Voilà le plan. Mais, dans ces sortes de choses, il faut de la
hardiesse et du secret, peu de paquets : le strict nécessaire. On trouve
ici tout à meilleur marché que partout ailleurs, au prix où je vous
ai vu acheter vos robes et vos chiffons. Mon cadeau à Anna, ce sera
une *baignoire* tous les soirs à un théâtre ; et elle en verra des pièces

1. A Dresde.

et des acteurs ! . . J'ai dit, et je me résume : arriver à F[rancfort;] s'y
établir comme à son quartier général d'excursion sur le Rhin, et,
au bout de trois jours, venir à Mayence, par le chemin de fer ;
se livrer à une excursion du 15 mars au 15 mai, et revenir enchan-
tées du Rhin. La malle-poste contient juste trois personnes. Elle
vous emmène, elle vous ramène. A Chaillot, vous trouverez un bon
petit appartement, meublé par mes soins, des domestiques, une
cuisinière, une femme de chambre et un petit groom, le tout pour
deux mois. Madame de Brugn[ol] surveillera tout. Le matin on
va dans P[aris] à pied, ou en fiacre pour diminuer les distances. Le
soir, ces dames ont leur voiture. Pas une rencontre possible, en
n'allant pas dans le monde.

Dans cette hypothèse, je serais à May[ence] du 15 au 16 mars.

· Chère Linette, les incertitudes de ton arrivée à F[rancfort] ont bien
durement pesé sur moi, car, que pouvais-je faire, en attendant à
toute heure une lettre qui me faisait partir ? Je n'ai pas une ligne
de faite sur *les Paysans !* Ici, madame de B[rugnol] n'a pas non
plus ni fait de provisions pour l'hiver, ni pu rien résoudre. Ça
a tout désorganisé. Au point de vue des *intérêts*, ça a été fatal. C'est
deux mots que tu ne peux pas comprendre, car tu ne sais rien de
l'économie parisienne, ni des moyens pénibles qui constituent la vie
d'un homme qui veut vivre avec quatre mille francs par an. Ainsi,
je dois absolument quitter P[assy] où je suis trop à l'étroit; eh bien,
je n'ai rien osé faire, car si je suis absent huit mois, madame de
B[rugnol] peut rester là, à garder les meubles. Mais le plus grand
malheur est mon inoccupation. Comment puis-je me jeter dans un
travail absorbant, avec une idée comme celle de partir sous peu,
d'aller revoir mon *louloup ?* C'est impossible. Il faudrait n'avoir ni tête
ni cœur. J'ai été tenaillé, torturé, comme jamais je ne l'ai été. C'est
un triple martyre, celui du cœur, celui de la tête, celui des affaires !
Et, avec mon imagination, il a été si violent, que je déclare que j'en
suis hébété, si hébété, que pour échapper à la folie, je me suis mis
à jouer au lansquenet, et à aller en soirée[1]. Il fallait bien appliquer

----

1. Chez la comtesse Merlin où Balzac fréquentait à cette époque et à laquelle
il dédia, en 1846, *les Marana*, lorsqu'il en donna une nouvelle édition dans *la
Comédie Humaine*, t. XV.

un moxa sur un pareil mal. Je n'ai, fort heureusement, ni perdu,
ni gagné. Je suis allé au spectacle, dîner en ville; enfin, j'ai fait
une vie folle depuis quinze jours. Maintenant, je vais essayer de
travailler nuit et jour, d'aujourd'hui 15 février au 15 mars, de
finir *les Paysans* et un petit bout de livre pour Chl[endowski].

Je vais t'envoyer par les messageries le tome XI de *la Com[édie
Hum[aine]*, où est *Splendeurs et Misères des Courtisanes*, le tome IV,
où est *Modeste Mignon* et la fin de *Béatrix*, puis *le Diable à
Paris*. Ces trois livres t'amuseront peut-être. Si la réduction de
mon buste de David est faite, je te l'enverrai également. Non seulement l'achèvement des *Paysans* est une nécessité absolue, devant
laquelle *tout* doit céder, relativement à la littérature et à la réputation de loyauté que j'ai pour les engagements de plume, mais
c'est d'une absolue nécessité pour mes intérêts. Cette année est une
année climatérique pour mes affaires. Sous quarante-cinq jours
l'impression de *la Com[édie] Hum[aine]* va se terminer. Les libraires
ont mis là-dessus les deux plus fortes imprimeries de Paris, et il
faut que je voie deux fois plus d'épreuves qu'auparavant. Il en
résulte une somme importante pour moi. *Les Paysans*, s'il y a
succès, peuvent donner trente mille francs en librairie, et donnent
dix mille francs au journal. C'est quarante mille francs. Quinze
mille de *la Comédie Humaine* font cinquante-cinq mille. Trente
mille des Jardies ajoutés à cela dans le mois de mars, font quatre-
vingt-cinq mille francs; dix mille francs de mes travaux, font
quatre-vingt-quinze mille francs. Vingt mille francs du *louloup*
joints à tout cela, font cent quinze mille francs. Otez-en soixante-
cinq mille francs pour le demi-hectare dans Monceaux, reste cinquante
mille francs. Or, ces cinquante mille francs payent toute ma portion de dettes ennuyeuses. Une fois ces payements faits, je ne dois
plus qu'à trois personnes: M. Gavault [1], madame Del[annoy] [2] et

---

1. Sylvain-Pierre-Bonaventure Gavault, avoué de la ville de Paris, le « bon
tuteur » (voir t. II, p. 156, 157, 208) qui tâchait à rétablir l'équilibre financier de
Balzac. *Les Paysans* lui sont dédiés.

2. Madame Joséphine Delannoy, née Doumerc, veuve d'un riche munitionnaire ami des parents de Balzac, fut pour Balzac comme une mère (voir t. II,
p. 116), et lui ouvrit souvent et largement sa bourse. Le romancier lui dédia,
en 1839, *la Recherche de l'Absolu*, lors de la réédition de cet ouvrage chez Charpentier. Balzac à donné à l'héroïne du roman le prénom de madame Delannoy :
Joséphine.

M. Dablin [1]. Et encore *les Petits Bourgeois* et *le Théâtre comme il est* [2] les solderont.

Je ne construirai à Monceaux qu'après avoir payé ces trois derniers créanciers, et après avoir gagné les cinquante mille francs nécessaires à la construction. Or, comme il faut deux ans pour bâtir, sécher et meubler une maison, si l'on fait le gros œuvre en 1846, elle ne sera habitable qu'en 1847-1848. J'ai donc à me loger dans un appartement convenable pendant trois ans, et je ne puis cependant quitter P[assy] que mes dettes criardes payées. Donc, il faut finir *les Paysans*, finir *la Com[édie] Hum[aine]* et *les Petits Bourgeois* et *le Théâtre comme il est*. Or, chère minette, vous m'avez fait perdre tout le mois de janvier et les quinze premiers jours de février à me dire : « Je pars demain, dans huit jours ! » à attendre des lettres et à me tordre dans des rages que moi seul connais. Ceci a fait un dégât effroyable dans mes affaires, car au lieu d'avoir ma liberté le 15 février, aujourd'hui, j'ai pour *un mois* de travaux herculéens, et à inscrire dans ma cervelle ceci, qui sera démenti par mon cœur : « Ne pense ni à *louloup*, ni à Dresde, ni à voyager ! Travaille, misérable ! » Or, *louloup*, ce que j'appelle *travailler*, c'est quelque chose qu'il faut voir et qu'aucune prose ne peut dépeindre, car, depuis un mois, ce que j'ai fait aurait mis sur les dents un homme bien organisé.

J'ai corrigé les treizième et quatorzième volumes de *la Com[édie] [Hum]aine*, qui contiennent *la Peau de chagrin*, *la Recherche de l'Absolu*, *Melmoth réconcilié*, *le Chef-d'œuvre inconnu*, *Jésus-Christ en Flandre*, *les Chouans*, *le Médecin de campagne* et *le Curé de village*. J'ai fini *Béatrix*; j'ai corrigé et fait des articles pour *le Diable [à Paris]*, et j'ai noué des affaires !

Ceci n'est rien ; ce n'est pas travailler. Travailler, mon *louloup*, c'est me lever tous les soirs à minuit, écrire jusqu'à huit heures, déjeuner en un quart d'heure, travailler jusqu'à cinq heures, dîner, me coucher, et recommencer le lendemain. Et, de ce *travail*, il sort cinq volumes en quarante jours. C'est ce que je commence après avoir achevé cette lettre. Il faut faire six volumes des *Paysans*, et six

1. Théodore Dablin, riche quincaillier, le plus ancien ami de Balzac auquel il prêta de fortes sommes. *Les Chouans* lui sont dédiés.

2. *Le Théâtre comme il est* resta un projet; Balzac ne l'écrivit jamais.

feuilles de [*la*] *Com*[*édie*] *Hum*[*aine*], pour Chl[endowski] et pour
la Com[*édie*] *Hum*[*ame*] elle-même, car c'est la seule chose qui
manque pour terminer cette édition, qui aura dix-sept volumes. J'en
espère une deuxième pour 1846, et cette deuxième aura vingt-
quatre volumes et peut me donner deux cent mille francs.

Ainsi, voilà un rapport sur les affaires, et sur le projet de voyage
de Vos Excellences.

J'arrive à ce qui vaut mieux que tout, à sa Seigneurie madame
louloup, la Linette, l'aimée, la chérie, l'Ève, la minette, l'adorée, la
fleur, l'ange, le mi[nou], etc., car je remplirais la page de vos titres,
qui sont plus nombreux que ceux des anciens rois d'Espagne, des
Sultans et des Mogols !... Comment, parce qu'une folle n'a pas pu
être heureuse, elle vient *cracher sur la vendange*, comme dit Charlet,
et te brouiller le cœur, et tu l'écoutes ! Ceci est un crime de lèse-
louloupterie. Et tu m'écris des tristesses à faire mourir le diable !
Dans ton avant-dernière lettre tu me proposes gracieusement, avec
ces formes russes de ton style, dans ces occurrences, un petit congrès
où les deux grands-*loups* auront à décider s'ils s'aiment ou ne s'aiment pas. Ceci, *ma chère dame*, est un plus grand crime que ceux
que vous vous complaisez à me reprocher, car, moi, je n'ai jamais
eu besoin de consulter là-dessus, et, depuis 1833, je vous aime
comme un fou, et j'ai eu le cœur sans cesse plein de vous, à preuve
que la pauvre madame de B¹... vous haïssait à la mort, et m'a
supplié de ne jamais vous voir. Les petits crimes que tu me reproches, chère, sont des nécessités humaines, très bien jugées par Votre
Excellence ; mais, je n'ai jamais mis en doute que je serais heureux
avec toi. Décidément, mon *loup* chéri, je te conseille de quitter Dresde ;
il y a là des princesses qui t'empestent le cœur, et, n'était *les
Paysans*, je serais parti sur l'heure, pour montrer à cette vénérable
invalide de Genthod² comment aiment les hommes de mon espèce,

---

1. Madame de Berny, la première amie de Balzac, la *Dilecta*, morte le 27 juillet 1836, à la Bouleaunière, près de Nemours. *Louis Lambert* lui fut dédié en
1832 et, auparavant, *Clotilde de Lusignan*, par lord R'hoone (pseudonyme de
Balzac), en 1822 (voir t. I et II, *passim*, notamment : t. I, p. 340, 344).

2. C'est à la vénérable invalide de Genthod que Balzac dédia *Un drame au
bord de la mer*, en estropiant, d'ailleurs, son nom : « A madame la Princesse
Caroline Gallitzin de Genthod, née comtesse Walewska. Hommage et souvenir
de l'auteur» (voir t. I, p. 135, 224, 389 ; t. II, p. 342).

qui n'ont pas reçu, comme son prince G[alitzin], une citrouille russe au lieu d'un cœur, des mains de la nature hyperborécnno. En Franco, nous sommes gais et spirituels, et nous aimons ; nous sommes gais et spirituels, et nous mourons ; nous sommes gais et spiri- tuels, et nous créons ; nous sommes gais et spirituels, et constitu- tionnels ; nous sommes gais et spirituels, et nous faisons des choses sublimes et profondes ! Nous haïssons l'ennui, mais nous n'en avons pas moins du cœur ; nous allons à toute chose, gais et spirituels, frisés, pommadés, souriant !... Voilà pourquoi l'on dit, sur un air sublime :

La victoire, en chantant, nous ouvre la carrière.

Ce qui nous fait prendre pour un peuple léger, nous qui dans ce moment même applaudissons les tartines de Sand, de Suë, et du baron d'Eckstein[1], de Gustave de Beaumont[2], de Tocqueville[3] et de Guizot ! Nous, légers, sous le règne du sac de mille francs et de L[ouis]-Philippe ! La France sait aimer ! Dis à ta bête de princesse que je te connais depuis 1833, et, qu'en 1845, je suis prêt à aller de Paris à Dresde pour te voir deux jours, et il n'est pas impossible que je fasse ce voyage pour aller te dire combien je t'aime. Si je gagnais mardi prochain cinquante louis chez la comtesse Merlin, je serais dimanche 23 à l'hôtel de Rome, pour en repartir le 25.

Je vois dans ta lettre, mon amour chéri, que tu commets la faute de me défendre et de prendre feu *à mon endroit*. Songe, mon *louloup* adoré, que c'est un piège que te tendent d'infâmes *galériens* de la galerie du monde, pour jouir de ton secret. Quand, devant toi, on parle de moi, tu n'as qu'une seule chose à faire, te moquer de ceux qui me calomnient en enchérissant sur ce qu'ils disent. S'ils disent que j'ai *volé*, tu leur racontes que *j'assassine*, et tu conclus en leur disant : « S'il échappe à la vindicte publique, c'est qu'il est si char-

1. Ferdinand, baron d'Eckstein, publiciste, philosophe, érudit, né à Copen- hague en 1790, mort à Paris en 1861. Luthérien devenu catholique, il collabora au *Drapeau blanc* et fonda *le Catholique*. Il fut attaché pendant la Restauration au Ministère de la Police, puis à celui des Affaires Étrangères.

2. Homme politique et publiciste qui voyagea en Amérique avec Alexis de Tocqueville et publia un *Traité du système pénitentiaire aux État-Unis*.

3. Alexis de Tocqueville, homme politique et publiciste, célèbre par ses études sur *la Démocratie en Amérique* et *l'Ancien régime et la Révolution*.

mant qu'il endort le glaive de la loi ! » C'est le mot de Dumas, à qui quelqu'un vient dire que son père ou sa mère était noir, et qui répond : « Mon grand-père était singe ! »

De tout ce que tu me dis de toi, je conclus, mon chéri m[inou], qu'il faut marier Anna, liquider ta petite fortune, et venir vivre dans le cœur de ton pauvre Noré, ici, le plus tôt possible. Détruis-toi, va ; je te referai jeune et jolie, et tes menaces de laideur ne m'effrayent pas du tout.

Non, quand je pense que je pouvais partir le 1er janvier, être à Dresde le 7, et, qu'en en repartant le 7 février, je t'aurais vue un mois, sans avoir fait aucun dégât à mes affaires, que je serais à mon bureau, comme j'y suis, rafraîchi, heureux, plein d'ardeur, sans avoir subi les plus atroces supplices de l'attente, il me prend des rages qui tourbillonnent comme la vapeur, quand elle siffle hors de son tube ! Je crois que tu ne sais pas combien tu es aimée. Aujourd'hui, cette délicieuse escapade m'est impossible. Dans les premiers jours de mars il faut régulariser la vente des Jardies[1] ; il faut faire faire les formalités promptement pour mettre ces précieux vingt-huit mille francs de côté ; il faut faire finir la Com[édie] Hum[aine] et réaliser les quinze mille francs qui me seront dus ; il faut enfin compléter soixante-trois mille francs pour mon arpent, et payer vingt-cinq mille francs de dettes qui m'empêcheraient d'être ostensiblement propriétaire. Néanmoins, mon ange adoré, quelque plaisir immense que j'aie à te montrer P[aris], à te l'expliquer, à t'initier à cette vie, etc., pèse bien les inconvénients, les dangers ; vois si j'ai tout prévu. Si les risques sont trop forts, n'obéis pas à ce mirage ; il ne faut pas se donner des regrets éternels pour deux mois d'un plaisir qui n'est que retardé.

Chère enfant, en fait de finances, si tu as à venir à F[rancfort], ton placement en *Métalliques* était inutile. Ceci n'était convenu que pour l'Ukraine, pour y capitaliser une forte somme. Mais celle dont tu me parles peut s'envoyer en duplicata de D[resde] à Paris, par une lettre de change des Bassange. Comme la valeur [des *Métalliques*] ne peut

1. Les Jardies à Ville-d'Avray (Seine-et-Oise). Balzac a décrit dans les *Mémoires de deux jeunes mariés* cette villa qu'il avait fait construire à grand'peine et où il habita de juillet 1838 à l'automne de 1840 (Cf. Léon Gozlan, *Balzac chez lui*, Paris, Michel Lévy, 1862, in-12 et L.-J. Arrigon, *Balzac et la Contessa*, Paris, Éditions des Portiques, 1932, in-12).

que hausser, qu'elle est excellente, ce n'est pas un malheur, c'est de l'embarras, voilà tout, car ça porte intérêt. Si elle perd à Paris, on la négocie à Francfort, et si elle gagne à Paris, les Rothschild sont là. Si elle peut faire vingt-deux mille francs, ça et mes vingt-huit mille francs, cela ferait cinquante mille francs. Je n'aurais que treize mille francs à trouver pour compléter le prix de Monceaux, et je m'occupe de cette réalisation. Avec le temps, ce terrain me rendra tout l'argent que me coûtent les Jardies, celui que j'y mets et les intérêts composés. Il y a plus ; je voudrais en avoir un arpent et demi pour pouvoir en revendre un jour ce demi-arpent, qui couvrirait la dépense du terrain et de la maison que j'aurais. Mais ceci doublerait presque l'acquisition ; il faudrait cent mille francs au lieu de soixante-trois mille francs. (Les trois mille francs représentent les frais de notaire, d'enregistrement, etc.)

En ce moment on me dit que Gavault est revenu d'Italie, et je n'ai pas un mot de lui ; voici cinq jours qu'on m'a dit cela. Je ne m'explique plus G[avault] si cela est vrai.

Villemain est à Chaillot ; il n'est pas plus fou que nous. Il a eu quelques hallucinations, qui ont porté sur les idées, comme j'en ai eu sur les mots en 1832, à Saché ; je vous les ai racontées ; je prononçais des mots involontairement ; mais il est si guéri, qu'il parle de ce qu'il a eu avec la sagesse et le sang-froid d'un médecin. Il avait beaucoup baissé comme talent ; il était impropre aux négociations avec le clergé, et on a profité de sa démission pour se débarrasser de lui. Nous avons causé de cela pendant deux heures ensemble. Il est à jamais perdu pour la politique.

Adieu, chère ; en voici bien assez pour aujourd'hui ; je t'écrirai dès que j'aurai un petit moment, et je vais avoir une lettre commencée où je mettrai quelque chose tous les jours, comme par le passé, et que j'enverrai deux fois par semaine, puisque tu me dis être si malheureuse de ne pas avoir de mes griffonnages. M. Gauthier de Charnacé [1] était tout bonnement un conseiller à la Cour royale,

---

1. M. Gauthier de Charnacé était juge au Tribunal de première instance et habitait à Paris, 15, rue Neuve-Saint-Paul (aujourd'hui rue Charles-V, IVᵉ arrᵗ). Ce n'était pas le même. Il s'agit ici de Guy de Charnacé qui raconta plus tard dans les *Notes d'un philosophe provincial* (Paris, Perrin, 1900, in-12, p. 43-46) puis dans le *New York Herald* (24 juin 1906, éd. française), sa rencontre

s'il a été toutefois dans la magistrature ; c'est fort peu de chose, et il ne brillait pas dans sa compagnie, si c'est le même, ce que l'âge indiquerait ; il demeurait au Marais. Ce que tu me dis des pudeurs saxonnes est excessivement plaisant. Les Anglaises disent *jambes* pour *cuisses*, et les *Saxonnes* ne veulent pas des *jambes*. Entre une Anglaise et une Saxonne, la conversation serait impossible. Le m[inou] ne m'a pas dit un seul petit mot dans ta lettre ; mais je ne suis pas pointilleux. Je dis mille tendresses à ce chéri, mais des tendresses qu'il serait trop long d'écrire, vu les efforts prodigieux de style à employer. Quant à la Line, sait-elle, saura-t-elle jamais ce qu'elle a fait de ces quinze derniers jours ! Un supplice plein d'elle, une attente de tous les soirs ! Je me suis dit cent fois par jour que j'allais chercher un p[asse]p[ort] pour le lendemain. Enfin ces anxiétés ont réagi sur les plus petites choses du ménage. Madame [de] B[rugnol], qui ne veut pas dépenser un liard en mon absence, est sans domestique depuis vingt jours. Elle fait tout elle-même à cause de cette idée que je puis partir. J'ai usé les provisions de fruit, et le fruit, cette année, est hors de prix. Les poires valent soixante-quinze centimes, les pommes, trente centimes. J'avais quinze cents poires, et j'ai fait comme les avares qui donnent à dîner et qui se donnent une indigestion. Non, si tu savais les dérangements que tu as exercé[s] sur mon petit État, tu saurais que, présente, tu n'aurais pas été plus agissante, ni plus vue, ni plus questionnée, ni plus écoutée. Il était question de toi à toute heure, à toute minute. Juge ce qu'il en était dans le cœur du Noré. C'est indicible. On ne faisait rien parce que je partais ; on ne faisait pas parce que je partais, et madame de B[rugnol] en était arrivée à désirer une lettre (une lettre qui n'est pas encore arrivée) autant que je la souhaitais moi-même.

Cette situation ne se recommencera pas. Je vais m'ordonner à moi-même de travailler pendant un mois, sans regarder ni en avant ni en arrière. Si quelque chose peut calmer les angoisses que j'ai eues, c'est qu'il s'est agi de ta santé, mon cher trésor. Ce mot-là est un talisman. Il me ferait rester un doigt pris dans une porte sans rien dire. Aussi, ne pense plus à moi dès que ta chère santé se

avec Balzac, à Dresde, pendant le séjour du romancier de la fin d'avril au milieu de mai 1845. Ce Guy de Charnacé, journaliste, critique et romancier, épousa en 1849, Claire-Christine d'Agoult, fille de la fameuse comtesse d'Agoult. Il est mort en 1909, à 84 ans.

trouve en jeu. Soigne-toi bien ; c'est ma gloire que ton cher, jeune, radieux visage, c'est mon bonheur, et je ne sais pas ce que je ne ferais pas pour voir le sourire sur tes lèvres, le soleil de la joie et du contentement dans tes yeux, et tes petites pattes de taupe, agiles et tracassant un bijou ! Je t'aime, vois-tu, à faire les plus grands et les plus réels sacrifices, à laisser là *Paysans* et journaux et à m'enfoncer de deux ans dans ma dette pour te voir une heure ; mais, hélas ! je ne suis que trop lié par les chaînes de l'argent !

Je rêve de Dresde ! Je connais le devant et le côté de l'Hôtel de Saxe, à te dire comment sont les rideaux des fenêtres ; je m'en suis tout rappelé. Et le Marché, donc ! Oh ! combien je voudrais y être, aller t'y dire un mot, qui durerait deux jours à prononcer, et repartir !

Allons, adieu. Je te dis adieu dans mes lettres, comme je te disais bonsoir à Pétersbourg, dans l'Hôtel K[outaïsoff] : nous nous promenions dix minutes. Si je pouvais faire en huit jours la deuxième partie des *Paysans*, je partirais et je sais, qu'en six jours, je te verrais !

Mille tendresses pour toi, ma chérie, et dis-toi bien qu'il ne se passe pas une heure sans que tu ne sois dans ma pensée, car, dans mon cœur, tu t'y fais toujours sentir. L'hiver a repris ici avec une grande sévérité ; tu as bien fait de rester à Dresde. Évite ces passages subits du chaud au froid et du froid au chaud, dont tu m'as parlé. C'est bien de penser à Anna ; mais ce serait mal et ne pas aimer que de t'oublier.

De tous les personnages dont tu m'as entretenu il n'y a que la comtesse de L... qui m'ait souri ; cette vieille, qui aime [en toi] l'enfant de son comte R[zewuski], me va au cœur. Tu lui diras que je l'aime par intuition ; elle est de mon monde. Quant au Lara,[1] tu n'aurais pas dû le voir. Passe pour le porte-glaive [2].

Tu sais qu'on a nommé le bœuf-gras de cette année *le Père Goriot*, et qu'à ce propos il y a eu force calembours et puffs à mon endroit. Ceci est un petit restant de nouvelles.

Je suis assez fâché de ne pas aller à Dresde. Je n'ai pas eu le temps, quand j'y suis allé uniquement pour voir la Galerie, de voir

1. Surnom donné à Liszt, par allusion au héros fatal de *Lara*, le poème de lord Byron.
2. Le comte Michel de Borch.

le pays et d'aller à Kulm, afin de pouvoir écrire *la Bataille de
Dresde;* c'est une des pages les plus importantes dans mes *Scènes de
la Vie militaire*[1], et je suis très porté à rendre justice à l'attachement
du roi de Saxe à Napoléon. La Saxe a payé cela si cher, que je
trouve la France obligée de payer cette dette.

Allons, à bientôt; soigne-toi, mon cher trésor, et dis à ta petite
bien des choses aimables de la part d'un des plus sincères et [des]
plus ardents amis qu'elle aura jamais, sans excepter son mari, car
je l'aimerai comme l'aimerait un père.

Allons, mille baisers, minou chéri. Mille caresses d'âme et le reste,
comme dit notre cher Lafontaine. Aime-moi bien, car tu ne fais
que me rendre tout ce que je te donne, avec délices. Tu me trouveras bavard, mais voici tant de jours que je ne t'ai écrit !

V

A MADAME HANSKA, HÔTEL DE SAXE, A DRESDE.

[Passy, 17-26 février 1845.]
Lundi 17 [février].

Je suis allé hier entendre la symphonie du *Désert*[2] et j'en suis
devenu tout abasourdi. Rien de mieux n'a été fait, depuis Beethoven,
dans ce genre, toujours Rossini hormis. Ça vaut la peine de faire
le voyage de Paris pour entendre un pareil chef-d'œuvre, car vous
savez que rien ne peut se comparer à l'exécution de Paris en fait
de musique. Voilà la première fois que la fougue parisienne ne se
trompe pas et n'élève pas sur le pavois une sottise.

Il m'est impossible de reconquérir la tranquillité de ma tête, de
me mettre à l'ouvrage; j'ai été trop agité. Je le suis encore trop. Je
suis au désespoir. Je voudrais, pour bien des choses, avoir fini ces
stupides *Paysans*.

---

1. Qu'il n'eut jamais le temps de composer, à l'exception de deux : *les
Chouans* et *Une passion dans le désert*.

2. Œuvre de Félicien David, exécutée pour la première fois au Conservatoire
en 1844.

Mardi 18 [février].

Je vais ce matin voir le groupe de *Léandre disant adieu à Héro avant de se noyer*, chez Étex[1], et je dirai bonjour à David en même temps. Je dîne après chez M. de Castellane-Théâtre[2], pour le distinguer des autres.

Mercredi 19 [février].

Le groupe est magnifique et Étex le donnerait pour quinze mille francs ! Il lui en coûte douze mille ! J'avoue que je ne vois pas une grande différence entre ça et les chefs-d'œuvre de l'antiquité. C'est sublime. Mon buste vient demain chez moi. C'est encore une magnifique chose, qui est à vous ; je m'en réjouis pour toi, chérie. Ceci n'ira pas au Salon, David ayant mis dessus : « A son ami de Balzac, P.-J. David d'Angers », et le règlement interdit toute inscription. Hier, j'ai perdu dix louis chez madame Merlin. J'ai pensé que j'allais avoir une bonne nouvelle de Dresde, et voilà trois heures : pas de lettres ! Je n'ai rien vu de plus charmant que les nouveaux appartements de M. de Castellane. C'est..., comment dire ? Royal ! C'est peu de chose. Un dîner superbe ; j'étais entre deux femmes de beauté contestable : la princesse de Béthune et une autre. Beaucoup de merveilleuses : des Noailles, des Rothschild, de l'Aigle, etc. [J']ai soutenu que les gens du monde étaient plus spirituels que les gens dits d'esprit, parce qu'ils n'écrivaient rien. J'ai eu du succès, tout en pensant à ma Line. Non content d'un théâtre dans son jardin, le comte a un théâtre au premier étage, dans la salle à manger. Ça fait un effet délicieux. C'est comme un panorama.

La reine mère[3] arrive. J'ai les Chl[endowski] à dîner pour affaire. Il s'agit *d'illustrer* les *Petites Misères de la Vie conjugale*[4].

Jeudi 20 [février].

Pendant que je suis allé chez Hugo, mon marbre est arrivé. C'est magnifique et cela fait un effet superbe. Où es-tu ?... J'ai bien fait

1. Sculpteur réputé, mais aussi peintre, graveur, architecte, littérateur.
2. Le comte Jules de Castellane, 106, rue du Faubourg-Saint-Honoré, dont le théâtre mondain fut dirigé par Sophie Gay et par la duchesse d'Abrantès.
3. Madame de Balzac mère ?
4. Qui parurent, en effet, chez Chlendowski, en 1845, en un volume gr. in-8°, imprimé chez Plon, illustré de 310 dessins de Bertall, gravés sur bois.

d'acheter un piédestal ; que serais-je devenu si je n'avais rien eu
pour poser ce colosse ! Je ne puis pas tirer une ligne de mon cerveau. Je n'ai pas de courage, pas de force, pas de volonté. Je corrige
la Comédie Humaine parce que les feuilles m'en viennent sous le nez.

On m'a donné le pamphlet de la *Maison Dumas et compagnie* [1].
C'est ignoblement bête mais c'est tristement vrai, et comme en
France on n'écoute pas les bêtes, et qu'on croit bien plus à une
calomnie spirituelle qu'à une vérité sottement articulée, cela fera
peu de tort à Dumas. Je crois que l'Évangile a été spirituellement
écrit.

Demain, je dîne chez Véron [2].

Samedi 22 [février].

Il a fait hier, dans la nuit, un temps tel que j'ai mis une heure,
en voiture, pour revenir de chez Véron, à la place Louis XV [3], et j'ai
mis une demi-heure à la traverser. Enfin, parti à une heure de la
rue Taitbout, j'étais à cinq heures du matin chez moi. Le verglas
défendait aux malles-poste l'entrée de Paris. Elles attendaient à la
barrière. C'était un dégel qui se préparait, et, ce matin, nous sommes
en plein dégel. J'ai gagné trois louis chez Véron.

Dimanche 23 [février].

Je suis au dernier degré de l'étonnement de ne pas recevoir une
lettre, et comme lorsqu'il n'y a pas de lettres, il y a toujours quelque
chose de fâcheux, mon inquiétude est extrême, et double est mon
anxiété. Je ne sais plus que faire, que devenir. Cet état est accablant.

Je viens d'envoyer *la Com[édie] Hum[aine]* à Villemain et il m'a
répondu la spirituelle lettre avec laquelle j'envelopperai ce paquet.

La princesse de Canino veut que je lise l'affreuse tragédie de

---

1. Par Eugène de Mirecourt.

2. Le fameux docteur Véron, qui fut directeur de l'Opéra, puis du *Constitutionnel* et nous a laissé d'amusants *Mémoires d'un Bourgeois de Paris.* C'était un
épicurien, dont la salle à manger était fort réputée. *Le Constitutionnel* publia
plusieurs ouvrages de Balzac : *le Cabinet des Antiques,* en 1838 ; *la Cousine
Bette,* en 1846 ; *le Cousin Pons,* en 1847 ; *la Profession de foi politique,* en 1848.

3. Place Louis XV : actuellement place de la Concorde.

Clotaire[1], et je ne puis pas refuser cette satisfaction à une si aimable vieille femme. Ce sera pour dans douze jours. Je suis enrhumé comme le père Ducantal, des *Saltimbanques*[2].

J'ai Étex à déjeuner, et je te quitte. Le voici.

Lundi [24 février].

Pas de lettres ! Que se passe-t-il ? Y a-t-il en Saxe une révolution comme en Suisse ? Les chemins sont-ils gelés, les malles-poste sans chevaux ? Hélas ! hélas !

Étex va me faire la table pour le dessus en malachite d'Anna. Il fera *Séraphîta, madame de Mortsauf*[3], la *belle Impéria* et *Pierrette*. Ce sera en bronze doré, avec des attributs. Dutacq[4] m'a amené quelqu'un hier qui me sera précieux pour l'achèvement de ma liquidation ; mais je ne travaille pas et je ne m'amuse pas ; c'est-à-dire je me fatigue en pure perte. Oh ! chère, si vous pouviez être témoin des dégâts que fait l'absence de votre petite écriture fine, vous écririez bien régulièrement toutes les semaines !

Mardi [25 février.]

Enfin Gavault est venu ! [Il] a dit pour sa défense qu'il voulait avoir lu *les Paysans* avant de venir. Il approuve l'acquisition d'un arpent de Monceaux en échange des Jardies, et il va s'occuper des pièces nécessaires à la consommation de la vente des Jardies. Ses mines à Livourne vont bien. Je l'ai trouvé froid. Madame de B[rugnol] dit

1. Tragédie de Lucien Bonaparte, prince de Canino ; la princesse, née Alexandrine de Bleschamp, était la femme divorcée d'un agent de change nommé Jouberthon. Environ un mois après la lecture de *Clotaire*, Balzac fit hommage à la princesse, le 20 mars 1845, des épreuves du *Curé de Village*.

2. Parade de Dumersan et Varin qui égayait fort Balzac. C'est aux personnages de cette parade que Balzac emprunta les surnoms de Bilboquet, Atala, Zéphyrine et Gringalet qui désignent respectivement : Balzac, madame Hanska, sa fille Anna, son gendre Georges.

3. Madame de Mortsauf, héroïne du *Lys dans la Vallée* dont le modèle fut, en partie, madame de Berny.

4. Armand Dutacq, fondateur du *Siècle*, qui en même temps qu'Émile de Girardin, le 1er juillet 1836, créa la presse à bon marché. Ce journaliste, homme d'affaires, tout dévoué à Balzac, publia, en 1854, *les Petits Bourgeois*, en feuilleton dans son journal *le Pays*, et, en 1855, édita les *Contes drolatiques*, illustrés par Gustave Doré.

qu'il se moque beaucoup de mes espérances, de mes payements.
Et la raison de cela, c'est que M. G[avault] n'a jamais été aimé et n'a
pas d'énergie. Il a, comme moi, sa fortune à faire, et il est sans
activité. Ce qui m'arrive avec Gavault m'est arrivé avec tout le
monde (hommes). On est humilié de trouver tant de courage, d'activité, de persistance et on finit par prendre en haine ce qu'on envie.
Un homme comme moi doit rester seul dans sa tanière, et
c'est ce que je compte pratiquer avec mon *louloup*. L'inspiration
et le *cœur à l'ouvrage* ne bougent pas. Oh, que le *louloup* est
criminel! Je lui expliquerai tout cela. Je suis le bec dans l'eau pour
tout. Je ne puis plus rester ici. Je n'y étais que temporaire-
ment, et, comme en France le provisoire est éternel, j'y suis resté
cinq ans. Pour habiter une maison neuve, il faut qu'un hiver et un
été aient passé dessus. En supposant que Claret ait fait le gros œuvre
en 1845, il faudra 1846 pour achever, et ce ne sera prêt qu'en
1847. C'est donc un appartement pour trois ans à chercher. Or,
comment puis-je déménager, sans savoir ce que contiendra cet appartement? Est-ce un, ou deux, ou trois *loups*? Voilà quels ravages
exerce l'incertitude. Ici, je n'ai pas de bibliothèque. Les livres me
chassent; ils sont partout. Il y a sept ans que mes corps de bibliothèque sont insuffisants. Puis-je faire faire des corps de bibliothèque
pour un appartement, quand je dois les arranger pour une maison
et une place éternelle! Il en est de tout ainsi. Nous ne sommes pas,
après notre entrevue de Pétersbourg, deux ans bientôt après, plus
avancés! Oh, minette, Linette chérie, Ève, fleur, amour, *louloup*,
qu'est-ce que je dirai de plus pour t'attendrir? Il faut nous voir au
plus tôt, pour décider toutes ces grandes et ces petites choses.

Allons, adieu pour aujourd'hui. Je t'envoie mille tendresses bien
impatientes, mille impatiences bien tendres!

Mercredi [26 février], cinq heures du matin.

Ma chérie, j'ai reçu hier ton petit mot plein de désolation ; mais
c'est toi-même qui as créé ta situation en me défendant de t'écrire,
jusqu'à ce que tu eusses levé cette défense par un mot. Je ne te
répéterai pas ce que te dit une longue lettre que tu dois avoir lue
au moment où je t'écris ceci ; mais tu ne calcules pas plus sur tes

doigts à Dresde qu'à Pétersbourg le temps qu'une lettre met à venir ici,
et la réponse à aller à D[resde]. Rien n'égale ma célérité à te répondre ; pour toi je quitte tout, même une inspiration attendue pendant
des semaines et nécessaire. Ta lettre me fait voir que tu souffres,
tout ce que j'ai souffert, tout ce que je souffre encore. Tu m'as retourné le poignard dans la plaie, car je vois que nous aurions eu
à nous le mois de janvier tout entier. Ce voyage eût reposé mon
imagination, plus fatiguée, je crois, par mon cœur que par mon
travail !

En pensant à moi, il ne faut jamais oublier que je vis comme
l'oiseau sur la branche, que je n'ai d'argent que par mon travail,
que l'obligation où je me mets, comme à Lagny[1], comme aujourd'hui,
pour *les Paysans*, est une nécessité. Donnant tout ce que j'ai toujours à ce gouffre de dettes, je suis toujours pauvre, pauvre comme
un riche mal aisé. Donc, en ce moment, jusqu'au 15 ou 16 mars,
il faut travailler aux *Paysans*. Vois quel est mon malheur. En finissant la première partie en décembre, je me vois appelé à Dresde ;
je ne pense plus qu'à mon voyage, et tu ne sauras jamais ce qu'est
un homme de travail, de poésie et d'imagination, si tu ne me vois
pas me crevant de labeurs, et achevant en huit jours, pour Ch[en-
dowski], *Béatrix*, avec l'idée de partir du 1er au 10 janvier. Bon.
Arrive une lettre de toi, qui me dit qu'il ne faut pas venir à Dresde,
mais que tu pars pour F[rancfort]. Comment travailler ? Quinze jours
après, tu restes à Dresde, au moins le mois de février. Chaque fois,
es raisons sont péremptoires. Pour ne pas [me laisser] venir à Dresde,
tu objectes le monde, Anna, etc. Pour ton séjour, il s'agit de l'oncle
et de ta santé. Voilà tout janvier absorbé par trois lettres contra-
dictoires, qui me tracassent le cœur en sens contraire. Je reste
comme toi, pauvre chérie, avec mes paquets faits et, hélas ! mon
argent prêt. C'est un hasard que je n'aie pas fait faire deux flacons
que je voulais apporter à mon cher, gentil, friand nez ! Tous mes
succès ont l'inconvénient de réveiller mes créanciers ; ils s'ima-

---

1. Lagny, en Seine-et-Marne, à 20 kilomètres de Meaux. Il y passa en juin,
1843, près d'un mois de travail forcené, campé dans les ateliers de l'imprimerie Giroux et Vialat pour y achever, plus vite, *David Séchard* (3e partie
d'*Illusions perdues*) et *Esther ou les Amours d'un vieux banquier* (2e partie de
Splendeurs et misères des Courtisanes). On trouvera le récit du séjour à Lagny au
t. II, p. 174-181.

ginent qu'on me couvre d'or, et ils viennent! Mes pauvres deux
mille francs, si religieusement mis de côté pour voyager, sont allés
dans les poches de ces gens-là! Au commencement de février, je
reçois une lettre où tu me dis : « Je pars, ne m'écris plus que quand
tu sauras où m'écrire par un mot. Je t'écrirai en voyage. » Dix
jours se passent. Je te crois à F[rancfort] et je reçois une lettre où
tu me dis que tu as été malade et que tu restes à D[resde], bien malheureuse, et qu'il faut que je t'écrive là. J'écris, il y a de cela onze
jours aujourd'hui, et tu ne calcules pas que, quand tu m'as écrit
de t'écrire, il y avait dix jours que j'attendais une lettre (dans
quelles angoisses, Dieu le sait!) que la mienne doit mettre quatre
ou cinq jours à t'arriver!

La même démence de cœur qui me fait demander à madame de
B[ruguol] en rentrant : « Y a-t-il une lettre? » même quand cela
ne se peut pas, t'agite là-bas. Nous sommes le même cœur, le
même amour et le même caractère ; nous souffrons ensemble du
même mal. Mais, c'est ma faute. J'aurais dû ne pas obéir si scru-
puleusement à tes ordres, partir le 1er janvier, comme je le voulais,
et revenir dans les premiers jours de février. Nous aurions eu
un mois à nous ; on aurait babillé ; mais en me voyant repartir, on
n'aurait rien dit, comme à Pétersbourg. Je me vois encore ta
lettre à la main, discutant avec moi-même, étudiant tes phrases,
et décidé par l'intérêt d'Anna, car tu m'y dis : « Je t'en supplie,
mon Noré, attends dans l'intérêt de la petite. » Et Anna, qui méprise les Français, ne sait pas combien ils sont réellement nobles en
tout! Et je suis resté, mes paquets faits, mon or compté.

Maintenant, je n'ai pas une ligne [d'écrite] sur les Paysans. J'ai usé
mes facultés à l'œuvre désespérante de l'attente. Et il faut travailler,
travailler plus cruellement qu'à Lagny, car j'ai six volumes à écrire,
et je n'ai plus que quinze jours. Les Paysans doivent reparaître le
15 mars sous peine : primo, de me nuire dans l'opinion publique ;
secundo, de sacrifier les trente mille francs du livre, dont le succès
sera compromis ; tertio, sous peine de me brouiller avec la Presse ;
quarto, sous peine, enfin, de ne pas avoir d'argent! Et voilà dix
jours que je me lève tous les matins entre trois et cinq heures
pour travailler, sans trouver une ligne dans mon encrier,
une idée dans ma tête, pensant uniquement à ceci : « Que fait-elle?

est-elle retournée en Uk[raine], rappelée par la mort de l'oncle ? Est-elle en route ? » enfin fou, fou de chagrin, de désespoir, me demandant à quoi bon venir, se risquer sur les routes, pour te trouver partie. Au lieu d'un paradis nous avons l'enfer, et quel enfer !

Ça a eu des conséquences ridicules ici. Me croyant sur le point de partir, madame de B[rugnol] n'a pas voulu prendre de cuisinière pour quinze jours, et nous sommes sans domestique, depuis le 1ᵉʳ janvier. Ame, esprit et maison, tout est cen dessus dessous [1]. Tout eût été bien si tu m'avais laissé partir pour D[resde] le 1ᵉʳ janvier. Nous aurions eu un bon mois ; je me serais rafraîchi les idées dans le bonheur de te voir, et je serais revenu à mes *Paysans* le 15 février. Il n'en eût été ni plus ni moins. Moi, la neige, le froid, rien ne me déplaît quand je vais à un pareil plaisir. Vous étiez toutes deux souffrantes, toi plus malade qu'Anna. Vous ne pouviez pas aller voyager, par cet hiver si bizarre. Nous sommes tous irréprochables et malheureux, c'est-à dire tous deux (Anna ne se doute de rien de notre martyre). C'est être deux fois malheureux. A l'avenir, je ne t'écouterai pas.

Maintenant, me voilà tout épuisé, comme Jacob dans sa lutte avec l'ange, devant six volumes à écrire, et quels volumes ! La France entière a ouvert les yeux et les oreilles sur cette œuvre. Les voyageurs de la librairie, les lettres que je reçois, tout est unanime ; j'ai touché la plaie générale ! *La Presse* a gagné cinq mille abonnés. On m'attend, et je suis comme un sac vide ! Et personne ne se doute qu'il y a mon âme à D[resde], que j'ai été ivre de chagrin, de douleur, d'angoisses, d'inquiétude, pendant quarante-cinq jours ! Oh, *louloup*, tu ne sais pas dans quel abîme tu m'as précipité. Je suis au fond, sans savoir comment sortir. J'ai essayé d'un peu de dissipation pour retrouver du calme ; tout est inutile. Je me revois sans idées, et le cœur usé de douleur.

Hier, j'ai passé toute ma journée à lire *Pévéril du Pic* [2], pour ne pas

---

1. Cen dessus dessous et non sens dessus dessous, ainsi que Balzac l'a déclaré fort nettement, dans le numéro du 25 septembre 1840, p. 325 de la *Revue Parisienne* : « Je m'obstine à orthographier [sic] ce mot comme il doit l'être. *Sens dessus dessous* est inexplicable. L'Académie aurait dû, dans son Dictionnaire, sauver, au moins dans ce compos, le vieux mot cen qui veut dire : *ce qui est*. Malgré mon aversion pour les notes, je fais celle-ci pour l'instruction publique. »

2. Roman de Walter Scott.

penser, jusqu'au moment où ta lettre est venue, pour fuir le néant
de mon esprit et le trop-plein de mon cœur ! Juge où j'en suis. Et
ta lettre si courte, si désespérée et si désespérante, ne change rien à
cette situation.

Combien de fois ne me suis-je pas dit : « Ne pensons plus à elle
et travaillons ! » Ah ! bien oui !... Il n'y a pas jusqu'aux pommes
de pin, avec quoi j'allume mon feu, qui ne parlent de toi, de Russie.
D'ailleurs, comment te fuir ? Si je lève les yeux, je vois le Daffinger ;
si je regarde à gauche, c'est Wierzchownia ; à droite, le salon de
Pétersbourg ; à côté, Anna à six ans, qui me vient de Lirelle, devant ma table, ton tapis de voyage ; sur ma table, les malachites ;
sur ma cheminée, la cassette où sont tes lettres, que j'ouvre deux
fois par jour ; sous mes papiers, cette lettre commencée ! Enfin,
c'est toi partout, matériellement parlant. Nous voici le 26 février ;
il faut que les deuxième et troisième parties des *Paysans* soient
prêtes pour le 15 mars, et je suis comme un mollusque devant ma
table. Je n'ai d'énergie que pour me tourmenter. Et cette œuvre est
la clef de la voûte dans mes dettes ; elle représente quarante-cinq
mille francs ! Elle me libère de ce qui m'ennuie le plus ; elle achève
le prix de mon terrain ! Tiens, la folie me gagne en écrivant ces
lignes ; j'ai le vertige !

Allons, que mes douleurs se taisent ! Je ne veux pas te les
communiquer ; tu as assez de tes souffrances. Une autre fois, si
jamais cette vie se représente, je n'écouterai que moi.

Ce mot d'Anna : *un Étranger*, me fait du chagrin. Si elle aime
le comte Georges[1], tout est bien ; mais je reviens à mon thème, et
je dis que je ne vois que des malheurs pour la Pol[ogne], tant que
vivra le système actuel. On veut vous détruire à tout prix. Épouser un Pol[onais] plein de moyens, de patriotisme et de courage,
c'est acheter un glorieux malheur et attirer la foudre sur soi ; c'est
tenter la délation ; c'est un désastre en herbe. Épouser un Pol[onais]
sans énergie, c'est dissiper la fortune. A moins de révolutions impossibles ou *imprévisibles*, Kosciuszko a dit un mot prophétique : *Finis
Poloniæ!* J'ai dit tout cela au comte, au Pré-Lévêque[2], en l'enga-

---

1. Le Comte Georges Mniszech (voir t. II, p. 436).
2. Au feu comte Hanski, au Pré-Lévêque, à Genève, en septembre 1833.

geant à sauver sa fortune, en la faisant passer à l'étranger, et se
choisissant une autre patrie. Plus nous allons, plus grande est la
nécessité de cet avis. Dans dix ans la carte de l'Europe sera refaite à
cause de l'Orient. La Pologne sera prussienne ; les bords du Rhin,
français; les quatre principautés, autrichiennes et la mer Noire, un
lac russe, et le sort du monde se décidera dans la Méditerranée,
comme toujours. Devenir Prussiens, voilà votre plus bel avenir.

Il n'y a, pour changer cela, qu'une révol[ution] russe, car, par ici,
nous sommes à la tranquillité pour longtemps. L[ouis]-P[hilippe]
vivra dix ans, à la manière dont il se porte, et nous allons être
engagés dans douze millions de travaux pour nos chemins de fer,
notre Algérie et notre marine. La paix de l'Europe est là. Mais après,
la France sera formidable, car nous sommes très riches, plus riches
que l'Angleterre, sans que ceci soit paradoxal. La conclusion est
que vous avez eu tort, ma chérie, de ne pas plaider pour le Silésien,
s'il était riche surtout. Ça vaut mieux, dans la situation d'Anna,
que tous les Jagellons ensemble. [Un] sujet mixte est un trésor pour
elle et pour toi. Je t'en supplie, examine ma thèse. Si ce gentilhomme n'est pas déplaisant, s'il est riche, reviens là-dessus, reste
à D[resde] et pense profondément à mes raisons. Elles sont bien
sages, bien désintéressées. Un Silésien, dans la politique actuelle,
vaut mieux qu'un Pol[onais]. On ne vous pardonnera jamais un
Pol[onais], et un Silésien est irréprochable. C'est la liberté presque,
la liberté d'aller et venir au moins. *Dixi*. Je n'ai pas changé d'opinion. J'ai dans ma manche un prince Bonaparte, fils de Lucien [1].
Mais, d'après le mot : *un Étranger*, je me retire. Je n'en parle pas;
mais je crierai jusqu'au dernier moment qu'un Pol[onais] est le plus
mauvais mari qu'A[nna] puisse avoir. Mon dilemme subsiste. On
compte les fortunes et les têtes qui restent à votre malheureux pays,
et la pire condition est de rester riche, très riche, et capable. C'est
rester à l'état de proie pour l'aigle, ou à l'état de suspect.

Le jour est levé; je viens d'ouvrir mes fenêtres. Je ferme cette
lettre et je vais l'envoyer aujourd'hui. Tu l'auras, au plus tard, le
2 mars. Il a plu. Est-ce la fin de l'hiver? Je commence à le croire.
Voici quatre jours que le vent de Sud a persisté.

---

1. Deux fils de Lucien étaient encore à marier en 1845 : Louis-Lucien (né en
1813) et Pierre-Napoléon (né en 1815).

Ai-je besoin de te dire combien je t'aime, après tout ce griffonnage plein de toi, d'Anna, que je voudrais libre et heureuse, libre
de venir souvent à P[aris], et heureuse en la voyant hors des griffes
de l'aigle, ou à moitié. C'est un tort, à une mère, de dire : « Je
laisserai ma fille libre de choisir », car aucune fille n'est en état de
choisir ; elle ignore la vie ; elle a des parents exprès pour l'éclairer.
Bien entendu que la volonté des parents ne doit pas être tyrannique.

Prie Dieu, ma chérie, que je t'écrive, dans six jours, que je travaille, car notre réunion dépend maintenant de l'achèvement des
Paysans. Je ne puis partir que cet ouvrage fini.

Je n'ai pas encore pu envoyer ce que je t'avais annoncé ; le
volume n'est pas achevé d'imprimer ; le petit buste n'est pas prêt.
J'envoie aujourd'hui à Paris pour savoir si je puis avoir un volume
où se trouvent la fin de *Béatrix* et *Modeste Mignon*.

Allons, adieu, mon *louloup;* soigne-toi bien, car tu sais si ta santé
m'est précieuse. Surtout, ne te tourmente pas à mon propos. Va,
l'excessif désir que j'ai de prendre la malle-poste de F[rancfort] fait
que *les Paysans* se finiront. J'éprouve souvent de ces caprices de
cerveau, et c'est au moment où je me crois un crétin, que les facultés reparaissent plus brillantes que jamais. La douleur, la crainte,
sont deux mains de cuisinières qui fourbissent les casseroles, et le
dur grès qu'elles emploient, le frottage, nous font croire à des mala-
dies. Enfin, ne pense qu'à toi, à me conserver mon cher *louloup* et
mon cher minou, toujours beaux et frais, comme je les ai vus à
Pétersbourg. Dis-toi que tu es aimée comme aucune femme ne l'est.
Vois, par tous les ravages que tu fais dans ma pauvre maison, dans
ma tête, dans mon cœur, à quel point tu y es tout, la fleur et le fruit,
la force et la faiblesse, le plaisir et la douleur, la douleur involontairement, le plaisir toujours, même dans la douleur, la richesse,
le bonheur, l'espérance, toutes les belles et bonnes choses humaines,
même la religion. Je n'ose pas te dire que tu es autant que Dieu,
car je crois que tu es plus encore !...

Allons, chauffe tes poêles, ne les laisse pas éteindre ; qu'il en soit
comme de mon cœur, et tu n'auras pas de rhumes ni de douleurs.
Du 15 au 20 mars, nous nous verrons ; vivons là-dessus. Mille tendresses à mon È[ve], mille caresses au cher m[inou], et mes amitiés
à Anna. Prêche-lui le Silésien. Allons, il me semble que quand finit

la page, finissent tous mes plaisirs. Peux-tu lire mes griffonnages. Oui? Eh bien, lis ici toutes les rêveries d'un bengali pour son m[inou] !

VI

A MADAME HANSKA, HÔTEL DE SAXE, A DRESDE.

[Passy, jeudi] 6 mars [1845].

Ma bonne chérie-minette, tu as donc lu de travers ce que je te disais au sujet de tes lettres? Je n'étais ni grognon, ni fâché. Je te disais uniquement que nous étions volés, qu'on te faisait payer l'affranchissement et que je le payais aussi, ce qui constituait un danger et une dépense inutile. Voilà douze ans, chère ange, que je t'écris, et jamais une lettre n'a passé par d'autres mains que les miennes, de ma table à la boîte aux lettres. Ce n'est pas un reproche que je te fais. Je sais bien que tu ne peux pas, comme tu me le dis, mettre toi-même dans la boîte ta lettre, par vingt-deux degrés de froid, surtout quand tu es souffrante. Ce n'est que le Noré qui se traine de son lit, mourant, pour y aller, comme l'année dernière, quand j'avais la bile dans le sang et que j'étais depuis six semaines au lit, n'ayant bu que de l'eau. Mais ceux qui ont failli font plus que les gens irréprochables. Les lettres me font toujours trembler. Je n'affranchis pas les miennes, parce que la poste ayant intérêt à faire parvenir une lettre qui lui doit trois francs, en prend du souci, et je préférerais bien que tu n'affranchisses pas les tiennes, quand tu n'y es pas forcée. Voilà, madame. Et surtout, en voilà assez. Avoue que tu ne te doutais pas du danger de remettre à des mains étrangères tes précieuses lettres; elles allaient de main en main!... En lisant ce détail, j'avais froid dans le dos, car on peut, et cela s'est vu, acheter des lettres, les lire et les envoyer tout de même.

Bébête, ton sonnet n'est pas un sonnet [1]. Un sonnet a ses lois,

---

1. Vers écrits par le *Porte-Glaive* (le comte Michel de Borch) en l'honneur de madame Hanska.

et c'est trois stances de même forme Mais il est bien rassurant pour moi, car il annule tout ce que tu me dis de ta *vieillesse anticipée*. Mais je vais aller en juger par moi-même et, dans vingt jours d'ici, je serai à Dresde, car je n'y tiens plus. Je vais *brocher les Paysans* et aller, ne fut-ce que pour trois jours, voir ma chérie. Tu m'écriras de ne pas venir, je serai en route ! Je te le dirai d'ailleurs par un mot.

Il est trois heures du matin; j'ai lu ta lettre hier, et je me suis juré de faire, tels quels, *les Paysans*. Le 20 mars, si j'ai terminé, je prendrai ma place à la malle, et j'irai en cinq jours, comme une lettre.

J'ai lu l'affreusement bête tragédie du prince de Canino, devant un auditoire choisi, à qui cela a dû paraître une mystification. Le sacrifice est fait. Il n'y a pas de lecteur possible là où il n'y a *rien* à lire, et j'ai lu des riens.

Chère minette, vous me donnez le conseil de payer mes dettes *petit à petit*. Je vous assure que depuis cinq ans bientôt, je les paie *grand à grand*, car, dans dix-huit mois, je ne devrai plus rien. Mais, tant que tu ne seras pas venue à Paris étudier les choses, ne juge pas les affaires de Paris. Si j'avais l'heureux hasard de rencontrer toute bâtie une maison dans les conditions voulues de notre habitation, je m'empresserais de l'acheter et je n'en ferais pas moins l'affaire de Monceaux, car, l'arpent que Plon m'a vendu soixante mille francs, en vaut aujourd'hui cent vingt mille, et en vaudra deux cent cinquante dans deux ans, et il n'y a pas de placement pareil.

La maison, 76 rue de Ponthieu, coûterait deux cent mille francs. Il y faudrait dépenser trente mille francs. Claret y est allé. Enfin, tu connais si peu Paris que tu crois Monceaux plus loin de Paris que la rue de Ponthieu, et tu es dans une erreur *capitale*, car mon terrain, notre terrain, est en haut de la rue Miromesnil, qui, dans le mouvement actuel, sera dans quelque temps une autre rue Notre-Dame-de-Lorette.

Au surplus, je vois dans les affiches une maison vendue par autorité de justice, sur une mise à prix de trente mille francs, rue Fontaine Saint-Georges [1], avec *cour, jardin et dépendances*, et je vais y

---

1. La rue Fontaine actuelle, dans le IX° arrondissement.

envoyer Claret, madame de B[rugnol], et j'irai, si cela peut faire
mon affaire, car j'avoue que j'aime mieux une maison de quarante
mille francs qu'une de cent mille. Je ne tiens qu'à deux choses : pas
de bruit, entre cour et jardin, et l'exposition du midi. La rue Fontaine Saint-Georges continue la rue Notre-Dame de Lorette ; il y a
des gens qui ont fait des folies par là, et on y trouve des occasions
uniques. Mais il faut l'argent à la main.

J'ai terminé aujourd'hui l'affaire des *Petites Misères de la Vie
conjugale* illustrées, avec Chl[endowski]. Il a racolé un compatriote,
qui s'associe avec lui, car il faut quarante mille francs pour faire ces
petites bêtises de livres-là. J'ai vraiment énormément à travailler.

Le *louloup* demande avec raison de Sa M[ajesté] la reine *louloupienne* de ne plus parler : *primo*, de la *Chronique [de Paris]*[1] *; secundo*,
des meubles florentins ; *tertio*, des Jardies ; et, subsidiairement, de
ne plus jamais mettre en accusation le nommé Noré, attendu que
les meubles florentins ne coûtent plus que cinq cents francs, et qu'ils
sont supérieurs à ceux qu'on serait forcé d'acheter, modernes, à ce
prix, et qu'un homme comme le susnommé a le droit de mettre
cinq cents francs à un caprice, et qu'en outre il attend pour les
vendre l'effet de leur publication par le *Musée des Familles* et
l'Illustration ; attendu que les Jardies sont vendues et que le prix
d'icelles sera employé de manière à couvrir toutes les pertes es-
suyées ; attendu que la *Chronique [de Paris]* devait succomber par
l'invention des journaux à quarante francs, qui balayaient, en
paraissant tous les jours, un journal de soixante francs, paraissant
deux fois par semaine, et qu'il ne faut pas dire à un homme (sa
femme surtout), à qui une tuile tombe sur la tête : « Pourquoi
es-tu sorti ? », quand il sortait pour la plus grande gloire de la
maison ; attendu enfin que voici cinq ans que nous remâchons ces
malheurs et que les louloups ne sont pas des animaux ruminants, et
que Sa M[ajesté] pourrait être pleine de confusion si les meubles
florentins étaient achetés à leur valeur ; attendu enfin que tout ceci
est profondément *in-cons-ti-tu-ti-on-nel* ; attendu enfin que V[otre]
M[ajesté] très peu chrétienne et très peu raisonnante me conseille de

---

1. Acquise par Balzac à la fin de 1835 et dont la déconfiture survenue au bout
d'un an augmenta sensiblement le passif du romancier.

faire fortune en ne dépensant pas mes revenus, et que cette observation pèche par sa base, puisque l'impétrant empêtré n'a pas une
obole de revenus, n'a pas deux liards devant lui, est prolétaire, et,
de plus, doit encore quatre-vingt mille francs au moins. Si Sa M[a-
jesté] a joué le lansquenet avec cinquante-deux cartes, elle a joué
avec cinquante-deux assassins, car, pour rendre les chances suppor-
tables, les spirituels Parisiens mêlent six jeux de cartes, et le lansquenet est le jeu le plus raisonnable, en ce sens qu'il laisse la liberté
de jouer ou de ne pas jouer, tandis que la bouillotte, par exemple,
ne laisse pas d'alternative, pas plus que le whist.

Mais, je supplie Votre M[ajesté] de payer le médecin, car *votre
cher spéculateur*, M. G[avault] excepté, ne fait pas la triste spéculation de payer des intérêts à sept, tandis qu'en Europe l'intérêt est
à trois !...

Ah ! je ne t'ai jamais parlé de certain pianiste[1], mon *louloup* adoré,
ni de ton frère, avec qui tu devrais te mettre en règle, car il se moque
de toi. Si tu avais pu réaliser les quatre-vingt mille roubles, et si je te
les avais placés ici, tu aurais aujourd'hui cent soixante mille roubles.
Tu n'as aucune idée ni de ma prudence, ni de mon coup d'œil.
Hélas ! c'est surtout dans le domaine moral de l'argent qu'on ne
prête qu'aux riches ! Un pauvre poète, assez courageux pour vivre
à Passy depuis cinq ans, de n'y dépenser que cinq mille francs par
an et d'y payer deux cent trente mille francs de dettes, n'a-t-il
pas, chère ange, le droit de te plaisanter *un petit*, quand tu lui
parles économie, comme une mère à son moutard ? Tu n'es la
femme de Mahomet que du côté littéraire ; mais, en fait de finance,
tu ne me caches pas tes terreurs, tu annules ma raison à l'endroit de la caisse ! Voilà bien la dixième fois que je dis ces paroles,
à propos des mêmes observations sur les mêmes faits. Aussi me pro-
posai-je de reparaître devant ma Souveraine avec la même garde-
robe que j'avais à Saint Pétersbourg, et, pour lui donner confiance
en moi, je lui dirai que quatre de mes belles cravates ont été
gardées par la blanchisseuse polonaise, et remplacées par des cravates de mousseline en loques et marquées bizarrement. Mais elle
aura voulu faire des reliques des miennes, ou les donner à des
admirateurs de mon cou athlétique, et je lui pardonne.

1. Liszt.

Le soussigné espère que S[a] M[ajesté] louloupienne adhérera aux conclusions qu'il a prises dans l'intérêt de ses plaisirs, car c'est donner aux affaires, dans nos lettres, plus d'étendue qu'elles n'en doivent avoir. Enfin, il ose espérer que s[a] M[ajesté] prendra cette plaisanterie pour ce qu'elle vaut, et qu'elle aura souri. Conclusion : je n'ai plus parlé de Monceaux, parce que c'est une affaire excellente et terminée, je l'espère. Plon ne peut réaliser qu'en payant L[ouis]-P[hilippe].

Ma Linette aimée, tu ne m'as rien dit de toi ni de moi dans ta lettre; tu ne réponds pas à la mienne, et j'ai de telles inquiétudes, que si je n'avais pas *les Paysans* à donner à *la Presse*, je serais parti incontinent. Nous avons un hiver bizarre; le froid vient de reprendre avec une intensité inattendue, et je crois qu'il durera tout mars. Aussi, ne pourras tu quitter Dresde qu'en avril avec sécurité. Je pense à la *Stadt-Rom*, depuis dix jours; je vois l'hôtel [de Saxe] et la place, le petit dôme de l'église, le marché... Ah! comme j'y voudrais être !

Tu sais maintenant ce que je t'ai écrit sur le Silésien. Anna est folle. Enfin, ceci ne me regarde que par l'excessif désir que j'ai de la savoir heureuse, et toi aussi, de ce côté. La *mixticité* serait le plus grand bonheur qui pourrait arriver. Ton gendre et ta fille n'auraient pas tous leurs œufs dans un seul panier, sans compter la liberté. L'Empereur [de Russie] vivra assez pour rendre la position d'un riche P[olonais] impossible, à cause des exécuteurs de ses volontés. Si le Silésien n'est pas désagréable de sa personne, fais faire des réflexions à Anna. Moi, je lui en ferais; elle a de la raison, et elle est en âge de comprendre l'avenir de son pays, de sa fortune, et les complications de la politique relativement aux grands propriétaires [polonais]. Il n'y a rien de rassurant, chez vous, dans les deux termes du problème qui pèse sur vous. Je ne sais pas si cela est vrai, mais nos journaux prétendent que l'e[mpereur de Russie], effrayé de voir le nombre de demandes faites par les Pol[onais] pour l'émigration sans esprit de retour, a relâché les rigueurs pour les passeports; tu verras cela dans le *Journal des Débats*.

Si l'affaire de la maison rue Fontaine-Saint-Georges était approuvée par Ga[vault] et Claret, chacun dans leur spécialité, et

qu'elle convînt comme habitation, mon acquéreur ne me donnant
que dix mille francs comptant et remettant les dix-huit mille autres
à payer après l'accomplissement des formalités, peut-être faudrait-il
que tu envoyasses tes *Métalliques*, et je ne sais pas comment, mais
il y aura toujours le temps de se retourner. En quinze jours je
ferai bien dix mille francs en travaillant. D'ici la fin de cette
semaine, nous aurons visité la maison et tu auras de moi une
lettre, à quatre jours de celle-ci, pour te dire ce qui en est, car
c'est quelque chose d'important que de restreindre son loyer de
quatre mille à deux mille francs, à Paris. Je suppose que sur
une mise à prix de trente mille francs il y ait une enchère du
tiers, ce qui fait quarante mille francs, et aujourd'hui on n'a que
quinze cents francs de rente avec quarante-deux mille cinq cents
francs [de capital], et il y a bien cinq cents francs de portier, d'impôt
et de réparations annuelles, ce qui fait les deux mille francs. Or,
deux mille francs de loyer, ce n'est rien à Paris. On n'a presque
rien pour ce prix, en appartements.

Voilà beaucoup parler affaires, et j'en parle encore en t'annon-
çant que l'édition de *la Com[édie]* *Hum[aine]* sera vraisemblablement
achevée d'imprimer en avril, si messieurs les imprimeurs veulent
faire un effort. Cela fera dix-sept volumes. La deuxième édition en
aura sans doute vingt-quatre, et, si c'est un succès, si les libraires
la tiraient à six mille exemplaires, je deviendrais non pas riche,
mais j'aurais la pàtée et la niche, le nécessaire. J'ai beaucoup
gagné auprès des gens sérieux; on commence à comprendre que
je suis beaucoup plus historien que romancier. Enfin, on ne
conteste plus, et c'est alarmant. Il faut que l'on crie après moi
pendant dix ans encore.

Adieu, mon bonheur chéri, ou plutôt, à bientôt, car je vais me
mettre en mesure d'aller voir les rives de l'Elbe. Il est indécent que
tu restes là trois mois sans que j'y vienne, quand je suis allé à
[Saint-]P[étersbourg]. C'est insultant pour nous deux, et je suis
dans un mortel chagrin d'avoir à écrire autant de lignes qu'il y a
de pas entre nous. Mais si tu me vois le 25 ou le 30 de ce mois,
tu peux me regarder avec admiration; j'aurai fait un terrible tour
de force. Maintenant, ma décision est prise, et je vais travailler avec
une ardeur! et Dieu veuille que le bonheur soit égal à   volonté!

Le jour me surprend à t'écrire, et j'aurais dû faire le traité des *Petites Misères* [*de la Vie conjugale*]. Allons, chère vie de mon âme et principe de tous mes efforts, il faut te quitter pour toi-même et travailler comme jamais, afin de ne plus tarder. Eh! si j'avais su, je pouvais encore partir le 1er février et être de retour ici le 1er mars, t'ayant vu[e] pendant quinze jours. Je t'écoute trop! Maintenant, je broche mon ouvrage et je pars, ne fût-ce que pour te voir me prier de repartir. Je t'aurai vue. Après tout, l'imprudence de [Saint-] P[étersbourg] n'a pas été grande et ne t'a fait aucun tort.

Allons, ma minette, mon minou chéri, mille caresses et mille tendresses. Adieu, pense à moi; mais écris-moi plus en détail que tu ne le fais, et tous les jours. Tu as tout ton temps. Tu n'as pas de *Paysans* à écrire. Tu peux me réjouir de ton écriture, de ta chère pensée, beaucoup plus que moi, et c'est moi qui écris les plus longues lettres et le plus souvent. Voilà le grief sérieux de cette lettre, et ce qui me confond, quand je soupèse tes lettres. Oh! chère ange, si tu savais ce que sont tes douceurs pour un pauvre homme, qui travaille plus quand il ne travaille pas que quand il travaille, qui ne vit que par son Ève et qui ne songe qu'à elle! Je t'en supplie, si tu m'aimes, écris-moi plus souvent, n'affranchis pas, et aime-moi encore plus, ou, si tu veux, dis-le-moi davantage. Je t'envoie bien des impatiences dans mes tendresses et bien des baisers donnés au vent depuis dix jours. Ils pourraient dégeler la Saxe en y arrivant. Ma minette, soigne-toi surtout.

VII

A MADAME HANSKA, HÔTEL DE SAXE, A DRESDE.

[Passy,] lundi 10 mars [1845].

Adieu paniers, vendanges sont faites, ma minette. La maison de la rue Fontaine [Saint-Georges] est une infâme horreur, et il faut s'en tenir à Monceaux. L'affaire de l'illustration des *Petites Misères* [*de la Vie conjugale*] est terminée, et j'empoche environ sept mille francs. Je vais avoir des réimpressions de la *Physiologie du Mariage* et de quelques autres œuvres et, enfin, l'affaire des *Paysans*, en librairie, se concluera d'ici à quinze jours, en sorte que j'avancerai dans l'œuvre importante de ma liquidation à pas de géant, et non *petit à petit*.

Claret vient d'être envoyé en Italie par Rostchild, en sorte qu'il me plante là ! J'ai grand peur qu'il n'ait pas écrit au duc de Devonshire ; mais, s'il ne l'a pas fait, je lui prépare une grande confusion en envoyant la gravure du meuble, qui sera terminée d'ici à peu de jours.

J'ai beaucoup d'affaires, car il faut, outre mes travaux, que je négocie dix mille francs à Chl[endowski]. qui doit les verser à la caisse [créée pour *les Petites*] *Misères* [*de la Vie conjugale*,] contre dix mille francs prêtés par un compatriote qui s'associe à lui pour cette affaire, et la librairie est dans un état affreux. J'aurai des affaires à Leipsick ; j'ai reçu des lettres de cette ville qui contiennent des propositions d'affaires, pour mes réimpressions, et cela ne peut guère se traiter par correspondance.

Ferais-je en douze jours deux parties des *Paysans?* Là est le problème, car je n'ai pas une seule ligne d'écrite. Dresde et vous, vous me tournez la tête. Je ne sais que devenir. Il n'y a rien de plus fatal que l'indécision dans laquelle j'ai été tenu depuis trois mois. Si j'étais parti le 1er janvier, je serais plus avancé, en [étant] revenu le 28 février, et j'aurais eu deux bons mois, comme à [Saint]-P[étersbourg]. Ma chérie, comment veux-tu qu'on puisse concevoir deux idées, deux phrases, avec le cœur et la tête agités comme je les ai eus depuis novembre? Mais c'est à rendre fou un homme ! Je me suis bourré de café en pure perte. J'ai augmenté les tressaillements nerveux de mes yeux, et je n'ai rien écrit. Voilà ma situation au 10 mars, aujourd'hui, et j'ai sur le dos *la Presse*, qui envoie tous les jours, et mes *Paysans*, qui sont mon premier long ouvrage. Je suis entre deux désespoirs : celui de ne pas te voir, de ne pas t'avoir vue, et le chagrin littéraire, financier et d'amour-propre. Ah ! Charles III avait bien raison de dire :. « Et elle? » dans toutes les affaires !

Allons, adieu. Je ne puis t'écrire que ce mot, et il est plein de tristesses, car il faut que je travaille et que je tâche de t'oublier,

-pendant quelques jours pour être mieux et plus sûrement à toi. Il est midi ; je viens de prendre une forte tasse de café, je me remets -aux *Paysans* pour la dixième fois, et tous les muscles de ma face jouent comme ceux d'un singe. La nature a assez de travail, elle re--gimbe. Ah ! pourquoi ai-je des dettes, pourquoi me faut-il travailler ,bon gré mal gré !

. Je suis si chagrin, si tiraillé, si désespéré, que je ne veux pas ˙être désespérant. Tu dois voir que je t'aime plus que jamais et que je m'use fort inutilement, car la gloire à conquérir par cet ouvrage ˙insipide ne vaut pas un mois passé près de toi. Enfin, il faut se .confier à toi et à Dieu !

Mille tendresses. Tu ne m'en écris pas un mot de plus, toi qui ˙pourrais me consoler par deux lettres par semaine, sans les affran-˙chir surtout.

VIII

A MADAME HANSKA, HÔTEL DE SAXE, A DRESDE.

Passy, 20 mars [1845].

. J'ai reçu hier, chère, votre dernière lettre, où vous me marquez . une sorte d'effroi de me voir venir là où vous êtes, comme s'il y avait eu, à [Saint]-Pétersb[ourg], moins de dangers semblables à ceux dont vous parlez. Pourquoi cette lettre m'a fait tant de mal? je ne sau-rais le dire. Elle vient après trois autres où je vous vois prise par la *société,* par le monde, embarrassée à cause de gens que vous n'avez jamais vus. Vous m'écrivez, poussée par une sorte de néces-sité ; vous me parlez une heure en huit jours, et je ne vois plus ˙clair ni dans votre pensée, ni dans votre cœur. Je suis resté comme foudroyé. Vous m'y laissez dans l'inquiétude de savoir si *toutes* mes . lettres vous sont parvenues, en ne m'y répondant pas, en [ne] me disant pas quelle vous avez reçue, et vous me faites apercevoir comme un persécuteur et une persécution.

En m'écrivant tous les jours, ou peu s'en faut, à P[éters-bourg] et à W[ierzchownia], vous me mettiez dans votre cœur. Enfin, il y a quelque chose qui m'oppresse.

Vous ne voulez pas de moi à D[resde], à cause d'une espèce d'hostilité qu'il y a contre moi. Hélas! je la trouve partout. Mais vous serez obéie, et je n'irai pas. L'état moral dans lequel je vis depuis trois mois a produit l'inertie la plus complète dans mon cerveau; le cœur a tué l'intelligence ou son jeu; je n'ai pas une ligne écrite sur *les Paysans* et il faut absolument les reprendre, le 10 avril. Un désir de toi m'aurait fait envoyer promener tous les journaux ensemble et tous les publics et la gloire. Mais peut-être vais-je me mettre à travailler, puisque tu ne me veux pas.

Voici bientôt trois mois que tu es à D[resde]. Tu aurais pu te partager entre ton pauvre souffrant de Passy, ne donner que peu au monde. Je viens de relire toutes les lettres de D[resde], et il n'y en a pas une seule où tu ne sois obligée de ne me donner qu'un instant. Je ne te reproche pas d'y être restée. Il eût été insensé de voyager par cet hiver, qui a mis de la neige, jusqu'en France, à rendre les chemins impraticables. Mais, qui t'empêchait d'être une heure avec moi tous les jours? Cette pensée a fait de grands ravages chez moi. Je suis resté sept heures dans une tristesse de suicide, car ta lettre était une sorte de coup de grâce, et j'ai bien vu que tu ne sais pas ce que tu es pour moi, ni combien je t'aime, ni... Enfin, ces récriminations d'une jalousie qui ne s'attaque qu'à l'âme et à son exhalation, pour ainsi dire, en amènent, chez toi, qui s'attaquent à des faits. Je me tais, et je vais me mettre à l'ouvrage, afin d'être à F[rancfort] quelques heures après avoir reçu la lettre où tu me diras de venir.

Les journaux t'auront appris la fin de Dujarier[1]. Je m'étais lié avec ce garçon depuis trois mois; il m'avait chargé de le marier, et madame de Boc[armé] ne demandait pas mieux que de lui donner sa fille. Mais, à l'entrevue, elle le trouva poitrinaire, ce qui était, et n'en voulut plus. Il avait chargé un de ses amis de le marier, comme il m'en avait chargé aussi, et, le jour de sa mort, il devait arrêter le contrat. Il s'est conduit plus en gentilhomme qu'en parvenu, car la veille du duel il est allé passer la soirée chez [Alexandre] Dumas. Il fut gai, et, à onze heures, il le prit à part en s'en allant, et lui dit « qu'à raison de leur mort respective le traité devant

_____

1. Administrateur de *la Presse*.

être nul, relativement à l'exploitation de ses œuvres, il ne voulait pas qu'il fût dans l'embarras jusqu'à ce qu'il eût trouvé un éditeur, qu'il se battait demain, qu'il pouvait être tué », et il lui donna trois billets de mille francs. Il est rentré écrire son testament.

Cette nouvelle m'a fait mal; j'avais joué et dîné avec lui dix jours auparavant, le jour même où il avait eu Lola Montès[1]. Madame Gay[2] lui dit à ce dîner qu'il avait un *abattement indiscret*. Lola Montès n'était pour rien dans ce duel, *sans motif sérieux*, et dont l'histoire est trop ténébreuse pour être écrite. Je vous la raconterai. Il était aimé à *la Presse*, où Girardin est haï. Ce fatal événement a été la cause d'une affluence excessive à son convoi, et l'église a été la cause d'un redoublement. L'archevêque a refusé de recevoir le mort à l'église. Il a dit avec justesse que le cas était trop public, que les témoins s'étaient enfuis, qu'il était mort sur le coup, et que personne n'était venu faire le pieux mensonge de dire qu'il avait demandé un prêtre. qu'on n'avait pas même eu la pensée d'en aller chercher un, et que tout Paris savait qu'il était sorti des bras de Lola pour aller au bois de Boulogne. J'ai cru devoir me montrer à son enterrement; j'ai trouvé *mille* amis! Méry[3], qui est très frileux, et qui devait porter un des cordons du poêle, est resté dans sa voiture. On m'a prié de le remplacer, et, dans ces circonstances, en présence de ce corps et de l'église fermée, il a fallu marcher, tête nue, de la rue Laffitte au cimetière Montmartre, au milieu d'une foule pressée, comme celle d'un bal de l'Opéra.

La danseuse espagnole en voyant rentrer, les pieds en avant, ce garçon qu'elle attendait avec assez d'anxiété, a été renversée. Elle a été emportée évanouie.

La lettre que tu m'envoies du Silésien est assez extraordinaire. Il n'y est question que de toi. Sur cent amoureux d'Anna, il y en aura quatre-vingts qui préféreront l'Ève à l'Anna, comme ton serviteur. A ce propos, mon cher trésor, les conseils que je me mêle de te donner, ainsi qu'à la chère Anna, portent sur des choses générales.

---

1. Célèbre aventurière et ballerine; en 1847, le roi Louis de Bavière en fut éperdument amoureux. Les faveurs dont il la combla suscitèrent à Munich de violents mouvements populaires.

2. Sophie Gay, dont la fille Delphine avait épousé Émile de Girardin.

3. Joseph Méry, poète, auteur dramatique et romancier (1798-1866).

et embrassent un avenir que vous ne voulez comprendre ni l'une ni l'autre. Comme cette lettre voyagera par Bassange, je me permets de les réitérer succinctement.

Riche et Polonaise, ta fille est dans une situation exceptionnelle et dangereuse. L'e[mpereur] N[icolas] veut l'unité de son empire, *à tout prix*, et il a deux choses à cœur : le catholicisme et la nationalité polonaise à détruire. C'est évident et nécessaire. A sa place, ·Russe, Grec et Empereur, je le ferais. Il ne peut rien tenter avec ce boulet de la Pologne aux pieds, surtout avec son autre boulet, le Caucase.

Or, tout ce qui sera debout, grand, riche, Polonais et fort, sera pour lui, plus encore pour ses subordonnés, un point de mire. Avec l'inconséquence sarmate, les subordonnés auront beau jeu.

Dans l'idée d'Anna d'épouser un Polonais, il y a la ruine dans l'avenir, car son mari ne sera pas le prince d'Orange ou d'Egmont. Il y a toutefois plus de chance pour rencontrer chez vous d'Egmont que d'Orange. Un Pol[onais] nul la laissera ruiner ; un Pol[onais] léger la ruinera. Courageux et grand, il sera persécuté. Un sujet mixte sauve tout.

Tu veux ta fille heureuse ? Anna ne sera pas heureuse sans la ·fortune. Donc il faut mettre la fortune à l'abri.

M[niszech], que je ne connais pas, est, politiquement, détestable, comme tout ce qui touche à l'ancienne royauté de P[ologne].

De tout ceci, je ne t'en reparlerai plus, car il me suffit de te l'avoir dit trois fois. Anna est dans un âge où l'on ne soumet pas le mariage à l'avenir, ni à de telles idées. Ce que tu me dis de M[niszech] me prouve qu'il sera maniaque. D'ailleurs A[nna] faisant dépendre son bonheur de *l'extérieur*, ignore que le plus beau garçon du monde peut devenir le plus affreux. Elle ignore les répulsions physiques qui se déclarent par le mariage même.

Enfin, n'en parlons plus. Seulement, chère, il y a dans ta lettre une telle aberration de maternité, qu'avec les idées que je viens d'exprimer, tu ne m'en voudras pas d'insister énormément sur ce point. Tu dis : « Ma fille est adorable, je la veux heureuse. Je me dépouillerai de tout pour elle ! » C'est ton mot. Ici, je t'arrête. Suppose-toi dépouillée et ton gendre ruiné, qu'en dis-tu ? Anna est riche ; donne-lui le moins que tu pourras, garde le plus que tu pourras, *prends* le plus que tu pourras. Voilà un langage clair. Mets *tout ce que tu voudrais lui donner* à l'abri. Tu pourras toujours lui envoyer le revenu de cette réserve, et Dieu veuille qu'elle n'en ait pas besoin! A cet égard, comme j'entends que notre intérêt mutuel à venir soit en dehors de mon argumentation, tu trouveras dans nos codes mille moyens de mettre une fortune pour A[nna] distincte de tout. Je te prie de croire que *mon intérêt*, style notaire, est à mille lieues de ce que je te conseille ici. Ceci est le corollaire de tout ce que je viens de te dire sur la politique de l'avenir d'Anna.

Je ne connais ni le Sil[ésien], ni M[niszech], ni les deux princes. Je ne vois qu'un échiquier et je raisonne. Autour de toi et dans tout ce que je connais de la Pol[ogne] et de la Russie, je ne vois pas *un seul* mariage raisonnable. Tu gémis sur tous ceux de ta famille. Le tien a été le moins mauvais. C'est à faire frémir. Ah! ma chérie, ne sens-tu pas tout ce qu'il y a de vraie paternité dans ce que je te dis? A qui veux-tu que je m'intéresse, si ce n'est à ta fille, dont le bonheur doit faire partie intégrante du tien?

Aussitôt que j'aurai fini *les Paysans*, j'aurai besoin d'un long repos, d'un repos absolu d'au moins six mois. J'ai les nerfs dans un état pitoyable. L'abus du café me fait remuer tous les nerfs des yeux; je me sens épuisé. Cette longue attente du cœur, du bonheur, d'une vie rêvée, m'a plus détruit que je ne le croyais. Je ne vois rien de décidé dans ta pensée pour nous; il y a dans ta volonté bien des choses flottantes, et cela s'accorde avec les paroles de doute de la Borel [1]. Je suis agité, dans le principe même de ma vie, à en mourir. Cette incertitude plane sur toutes choses. Aussi n'y a-t-il qu'un mot pour rendre ma situation : *je me consume.*

Je te pardonne tous les maux qu'il y a dans cette phrase, car ils viennent plus des choses que de toi-même, et peut-être de mon cœur qui, lui aussi, a de l'imagination. Une profonde mélancolie est entrée dans mon âme, apportée par cette dernière lettre où il n'y a que deux mots de tendresse, rien de ta vie, et écrite à la hâte. Quand je t'écris, je t'écris en me levant à deux heures du matin, dans le silence de la nuit, dans le recueillement. Je ne te demande

1. Mademoiselle Henriette Borel avait été l'institutrice de mademoiselle Anna de Hanska.

pas cela ; mais voici bien des fois que je te demande de me donner un quart d'heure tous les jours. Enfin, tu es *l'aimée*, et tu le sais bien, quoi que tu dises. Tu sais bien que, nous ne devrions plus nous revoir, tu agiterais ma vie jusqu'à mon dernier soupir, que tu serais l'étoffe même de mes pensées. Tu te sais aimée absolument.

Si tu es le 13 avril à F[rancfort], il est inutile que je t'envoie le paquet de livres à Dresde. Si tu n'as pas le temps de m'écrire, tu ne dois pas avoir celui de lire, et d'ici là, d'ailleurs, *la Comédie Humaine* sera achevée, comme impression.

Allons, je vais me mettre aux *Paysans ;* il le faut, dussé-je y dire des sottises, et je vais travailler aujourd'hui, jeudi-saint.

Je t'envoie une petite branche de buis bénit dans la petite église de Passy ; cela te fera sans doute plaisir. J'en mets tous les ans une branche à ton portrait, et une branche dans mes manuscrits.

Je t'aime bien, ma chère louloup, et avec trop de naïveté peut-être. A bientôt ; car maintenant vingt-cinq jours ou trente, ce n'est presque rien, surtout quand ils vont être remplis par le travail.

Tu ne me dis plus rien de l'oncle Tamerlan[1], après m'avoir dit que tu [en] attendais des nouvelles avec anxiété. Non, vraiment, tu oublies, et moi, je rabâche peut-être ! Dans la petite lettre, qui a précédé celle que je viens de recevoir de quelques jours, tu me dis d'entrer à l'Académie[2], et dans tes lettres de [Saint-]P[étersbourg] et de Wierzchownia, quand je te disais qu'il fallait que j'eusse une maison et une certaine apparence pour entrer à l'Académie, tu me disais d'attendre deux ou trois ans, et tu me dis aujourd'hui qu'on t'a fait souffrir de ce que je n'en étais pas. Je sais tes lettres par cœur, mon cher petit loup bien-aimé.

Je ne veux pas finir par des gronderies à la Géronte, et je t'avoue que, quand je regarde ton portrait, je me dis : « Tout lui est permis.

1, A demi fou et millionnaire, ce cousin de Wenceslas de Hanski légua sa fortune à sa « nièce » Anna, fille de son cousin.

2. Balzac qui, dès 1833, songeait à l'Académie, eut des velléités de s'y présenter en 1839, mais s'effaça devant Victor Hugo. Il ne fit acte officiel de candidature qu'en 1849 où deux fauteuils étaient vacants. Mais le 11 janvier 1849 le fauteuil de Chateaubriand fut attribué au duc de Noailles, le 18 janvier celui de Vatout à M. de Saint-Priest : Balzac aux deux scrutins n'obtint pas plus de deux voix.

Sa logique, c'est la beauté, comme son amour est mon bonheur. » Il ne faut jamais discuter ce qu'on aime. Mille caresses au minou chéri.

La lettre de Peyronnet[1] est pour remplacer celle que tu as déjà. Tu la donneras à quelqu'un et tu garderas celle-ci, qui est plus curieuse et significative.

Allons, adieu ; aime-moi bien.

IX

A MADAME HANSKA, HÔTEL DE SAXE, A DRESDE.

[Passy, samedi] 3 avril [1845].

Ma chérie, je reçois ta lettre du 27, et je ne sais que penser en lisant tout ce que tu me dis de ma dernière. Moi, te faire la moindre peine, le moindre chagrin, moi, dont la constante pensée est de te les éviter ! L'épithète de *meurtrière*, appliquée à ma prose, m'a fait bondir. Mon Dieu, quelque bonnes que soient mes intentions, il paraît que je t'ai fait mal, et c'est assez. Quand nous nous verrons, tu comprendras combien l'incertitude qui plane sur moi a été fatale, fatale à mes intérêts, qui sont les tiens, fatale à nous qui sommes séparés encore pour trente jours, car je n'ai pas une ligne d'écrite et je ne serai guère que les premiers jours de mai à F[rancfort].

Ma minette, j'écris mes lettres bien à la hâte, sans jamais les relire ; je me laisse aller à moi-même, sans aucune réflexion, et si j'avais relu celle-là, peut-être en aurais-je fait comme de beaucoup d'autres (où *j'élevais un peu trop la voix*), un sacrifice à Vulcain. Néanmoins, il est deux cœurs qui sont pleins de toi, qui t'aiment uniquement et pour toi ; c'est Lirette[2] et moi. Lirette, avec qui je par-

---

1. L'un des ministres responsables des Ordonnances de Juillet 1830 et de la révolution qui s'ensuivit. Condamné par la Cour des Pairs à la prison perpétuelle, le comte de Peyronnet fut gracié le 17 octobre 1836. Il mourut en 1854.

2. Surnom de mademoiselle Henriette Borel.

lais de ta situation, à la grille de son couvent[1], partage en entier mes idées sur l'avenir auquel j'ai fait allusion, et sur lequel je me suis mêlé de te donner des conseils bien sages.

Quant aux dangers dont tu me parles pour *moi*, c'est de ces choses dont je ris et avec lesquelles tu n'es pas familiarisée. Il y a ici, à Paris, des gens à qui ma figure déplaît, qui me voudraient assassiné qui ont des haines plus que féroces contre moi, et qui ne m'en saluent pas moins. Il est très possible que, comme Carter, à qui l'on proposait deux lions, j'eusse trouvé tes Saxons trop peu féroces, et mon mérite de dompteur de bêtes peu en lumière. Je ne crains rien en ce genre, d'ailleurs, et si c'est là la cause des affreux trois mois que je viens de passer, ah. Linette..., c'est maintenant à moi de te répéter les mots que j'ai baisés dans ta lettre : *je te pardonne !* Je les ai baisés avec une larme à l'œil, car il y avait là tout ton amour. Tu te croyais offensée par l'amour le plus dévoué, le plus entier qui sera jamais, et j'ai été plus touché de cela, que de tous mes chagrins ensemble. Oh ! merci de la douleur qui vous fait sonder la profondeur du sentiment ! Mon louloup, oui, pardonnemoi. sois *toi* tant que tu voudras. fais tout ce que tu voudras, et si, par hasard, tu faisais mal, ce sera[it] mon bonheur que de réparer la maille rompue du filet. J'ai eu tort en ceci. A un amour comme le tien, il faut répondre par autant d'amour. Écris-moi peu ou prou, ne m'écris pas; je saurai que tu m'aimes. Fais comme tu voudras avec Anna; seulement, pense à l'avenir, arraches-en à l'avance les épines.

Je me suis déterminé à demander un arpent et demi à Monceaux, parce qu'il en faut huit cents toises (un arpent et demi fait quinze cents toises superficielles), pour notre jardin et notre maison. avec les dépendances. Tant que les sept cents toises restant ne vaudront pas trois cent cinquante mille francs, je les garderai en jardin en en jouissant. Cet arpent et demi coûtera quatre-vingt-dix mille francs et la maison à bâtir cinquante mille francs. En tout, cent quarante mille francs. Ce sera fini et payé en 1846. et je n'aurai plus un sou de dettes. Ce sera six mille francs de loyer, et ce n'est pas cher. Si

1. Les dames de la Visitation sont indiquées par le *Bottin* de 1845 à cette adresse : rue d'Enfer, 72 *bis*. L'adresse du couvent de Lirette, qui n'a pas bougé, est actuellement : 68, rue Denfert-Rochereau (voir plus loin, p. 362).

tu veux faire ta moitié, je ne t'en empêche pas ; mais je me
mettrai en mesure par mon travail de 1845 à 1846.

Voici encore un académicien de mort, Soumet [1]. Il y en a cinq à
six qui inclinent à la tombe, et la force des choses me fera peut-
être académicien.

Nous avons tout tenté pour rester à Passy, mais tout a échoué ;
nous avons congé pour octobre de cette année, et il faudra se transporter à Paris pour attendre deux ans dans un appartement que
l'Hôtel-Éveline soit fini à Monceaux. Madame de B[rugnol] va chercher dans le faubourg Saint-G[ermain]. C'est une dépense de quelques milliers de francs que je regrette énormément.

Mes affaires d'argent exigeront au moins aussi impérieusement
que mes travaux que je reste tout avril à Paris. Il faut vingt-cinq
mille francs dans ce mois-ci, et il faut que je règle avec les trois
libraires de *la Comédie Humaine*, qui vont me redevoir quinze à
seize mille francs. Il est plus que probable que si tu avais pu avoir
l'argent du terrain et me laisser payer la maison et le mobilier. ce
qui aurait partagé cette dépense par moitié entre nous, et que
j'eusse pu appliquer tout ce que j'ai au payement de mes dettes,
que, vers octobre prochain, je n'aurais plus rien dû à personne
au monde, car j'ai, sans compter *les Petits Bourgeois*, quatre-vingt
mille à recevoir dans cette année, et j'espère en gagner *cent mille* en
1846. Ce serait même deux cents si *la Com[édie] Hum[aine]*
s'épuisait.

Dans six à sept ans d'ici, les sept cents toises réservées vaudront trois
à quatre cent mille francs. Monceaux sera alors la même chose
que le quartier Notre-Dame-de-Lorette. C'est forcé. d'après la
marche du Paris actuel. Il y a une cause d'activité dont le progrès
sera même si rapide, qu'on ne peut pas dire si ce ne sera pas dans
trois ou quatre ans. C'est le débarcadère des chemins [de fer] de
Versailles, de Saint-Germain, de Rouen et du Havre, qui sépare le
quartier futur de Monceaux, du quartier Tivoli. Aussi, achèterai-
je l'arpent et demi avant même de payer le reste de mes dettes. Je
regrette amèrement que tu n'aies apporté que tes vingt mille
roubles. J'ai d'ailleurs vu Rothschild, et il m'a dit que le taux où

1. Le poète Alexandre Soumet.

tu as acheté[1] te fera gagner à Francfort ou à Paris. Ainsi, tu vois
que j'ai eu raison.

Ne pense pas un seul instant que je me trompe, car M. d'Aligre[2]
a acheté considérablement dans ces parages. Il en a pour des millions quand le quartier se fera. Je suis vraiment désespéré que tu
n'aies pas mis à exécution nos idées de Saint-Pétersbourg quant
à la réalisation d'une somme considérable, même par voie d'emprunt, car il y a là une fortune. Cent mille francs [y] vaudront un
million dans six ans et les deux cent mille francs que tu pouvais
te procurer sur Paulowska[3] t'auraient fait quatre-vingt mille francs
de rente, à Paris, en 1852. Enfin ! Enfin !

Ceci, mon *louloup*, n'est pas *spéculer*; c'est *placer*. Ne confon-
dons point. C'est jeter une somme dans un coin, où elle se trouve
décuplée. Aussi, regardai-je comme un affreux malheur d'avoir, en
ce moment, vingt mille francs à payer pour éteindre toutes les
dettes qui m'empêchent d'être propriétaire. Girardin, en achetant
deux cent cinquante mille francs son temple de la rue de Chaillot,
ne peut que doubler ses capitaux, tandis que deux cent cinquante
mille francs, mis en terrains à Monceaux, seront décuplés. Nous
jouons le jeu du roi Louis-Ph[ilippe] et de M. d'Aligre, les deux
plus habiles harpagons de France et de Navarre. Le roi n'a vendu
à Plon ces vingt-trois arpents que pour en mettre vingt-cinq autres
en valeur, et il l'a bien dit. *Basta, signora*. Songez à trouver le plus
d'argent possible en ce moment; c'est en économiser dans l'avenir.
Nous nous entendrons de tout cela dans les premiers jours de mai,
car j'espère que j'aurai payé le 1er mai toutes mes dettes criardes,
et que je pourrai agir. J'attends aujourd'hui un entrepreneur de
journaux qui va me payer dix mille francs un volume qu'il faudra
que je fasse au pied levé. Il va falloir que je travaille tout avril,
comme j'ai travaillé en juillet [1843] à Lagny, que j'écrive cinq
volumes, et j'y verrai clair dans mes affaires. J'irai te voir, et il
faudra que je revienne à Paris pour une semaine, afin de terminer

·1. Acheté des *Métalliques*.

2. Le marquis d'Aligre, pair de France, qui habitait 27, rue d'Anjou-Saint-
Honoré.

3. Le domaine de Pawlowka, que Balzac orthographie ordinairement (d'après
la prononciation polonaise) Pawoufka, était situé dans le Gouvernement de
Kiew, district de Machnowka.

à Monceaux. Le prix des Jardies et les vingt mille francs font cin-
quanto mille francs, et j'en trouverai quarante mille autres. Tu te
souviendras bien que je t'aurai harcelée pour placer ainsi les deux
cent mille francs que tu pouvais avoir de Paulowska!

Maintenant, assez causé affaires. On te trouve donc bien belle ma
mignonne, mon Ève chérie! Eh bien, tant mieux. Savoure tous
ces hommages; je n'en suis pas jaloux, car je sais qu'en deux paroles et deux regards, je puis les surpasser tous, tant je t'aime, et
je ne sais pas ce que tu me dis, à propos du b[engali], car, si je ne
fais pas de manuscrit, je n'en travaille pas moins nuit et jour. Et,
Linette, pour quoi comptez-vous cinq volumes de *la Comé[die] Hu-
m[aine]* corrigés et recorrigés depuis trois mois, et les *Petites Misères
de la Vie conjugale*, qu'on va illustrer, corrigées et augmentées,
etc.?

Ah! pour me trouver près de toi le jour de ma fête et [le jour] de
ma naissance, libre de soucis, je vais soulever des montagnes! Pour
savoir combien tu es aimée, il faudrait, mon ange, que tu susses
tout ce que je fais, tout ce que je paie. Ne sais-je pas ce qu'il faut
pour ton avenir, ne sais-je pas que, pour nous deux, quarante mille
francs de rente ce serait à peine l'aisance, et je te veux si heureuse que, chaque jour, en te levant, tu me bénisses, entends-tu,
louloup!

Allons, vie de mon cœur et âme de mon âme, crois bien que si
je t'ai fait du chagrin, ça a été comme une mère qui retire trop
rudement son enfant de quelque pente mauvaise. Quand je te
dirai de vive voix tous mes ennuis, tu me *repardonneras* un mouvement de vivacité. J'en ai par-ci par-là. C'est le défaut des natures
vives, rapides à l'assaut des difficultés. Sois gentille : oublie-le;
je ne l'oublierai jamais, et je tâcherai [de me corriger]; quand j'aurai
une vivacité, je ne me la passerai pas plus épistolairement qu'en
paroles. J'irai dans un coin, et je m'emporterai contre moi seul. Ce
que je déplore, c'est trois mois pendant lesquels j'ai cru partir de
jour en jour et pendant lesquels je n'ai rien fait. Il est si utile que
je n'aie plus aucun engagement, et m'en voilà deux sur les bras : *les
Paysans* et les six feuilles qui restent [dues] à Chl[endowski]!

A bientôt, n'est-ce pas? J'attendrai de toi une lettre de Francfort
avant de partir, car je ne tiendrai pas à t'avoir attendue si long-

temps et à te savoir à quarante-huit heures de moi, sans t'aller dire
bonjour. Cela me donnera la force de faire mes travaux.

Sois donc bien sûre d'être, non pas aimée, mais idolâtrée, malgré
cet âge formidable dont tu parles tant, et qui n'empêche pas les
poursuivants, cher esprit ravissant ! Ne me parle jamais couvent ;
c'est, en un seul mot, plus de *meurtres* qu'il n'y en avait dans ma
pauvre lettre, que tu brûleras, quoiqu'il y ait bien de l'amour dans
ces plaintes.

Allons, mille tendresses, ma chère Ève adorée, et tâche de te figurer le chagrin dans lequel je suis depuis vingt jours. Ce n'est rien
de te dire que je suis inepte. Voici des jours de chaleur à faire serrer toutes [les étoffes de] laine et prendre les habits d'été. J'espère
que tu es en route et que ma lettre courra après toi. Mille fleurs
d'âme, et cent mille baisers à mon minou chéri. Fasse Dieu que nous
ne nous quittions jamais !

X

A MADAME HANSKA, HÔTEL DE SAXE, A DRESDE.

[Passy, vendredi] 18 avril [1845].

Ma Linette adorée, tu m'écris : « *Je voudrais te voir* », eh ! bien,
quand tu tiendras cette lettre entre tes doigts si mignons, ils trem-
bleront sans doute, car je serai bien près de toi, à Eisenach, à
Erfurth, que sais-je ! car je suis ma lettre à trois jours !

Je t'écris aujourd'hui vendredi ; je pars lundi au plus tard. Comment, tu peux recevoir l'ordre de revenir en Ukraine de ton G[énéral]
G[ouverneur], et je ne t'aurais pas vue? Comment, voici cinq mois
que je n'ai pas écrit une panse d'*a* ! Oh, Linette, tu me dis que je
me suis amusé ! Tu ne sais donc pas combien tu es aimée ! J'ai
passé ces cinq mois à me dire tous les soirs : « Je pars demain. » Je
te verrai, ne fût-ce qu'un mois, ne fût-ce que dix minutes, mais je
te verrai ! Ne m'écris plus et attends-moi.

Je suis chagrin que tu aies lu *les Petits manèges [d'une femme
vertueuse]* sans avoir attendu l'édition de Chl[endowski] qui s'appelle
la Lune de miel, ou mon tome IV de *la Com[édie] Hum[aine]*, où cela

porte le titre de : « *Béatrix*, dernière partie. » As-tu lu deux lignes
qui pourraient le peindre Noré de lundi à dimanche [27] ? *Je vais la
revoir*, une idée qui a souvent défrayé des voyages de sept cents
lieues !

J'ai tout envoyé promener, et *la Com[édie] Hum[aine]* et *les Paysans*
et *la Presse* et le public, et Chlendowski à qui je dois dix feuillets
de *la Comédie Humaine*, et mes affaires, et un petit volume projeté,
intitulé : *Pensées et maximes de M. de B[alzac]* [1] (un *monsieur* de ta
connaissance) ! et mon affaire avec *le Siècle* qui se termine cette
semaine. Enfin tout !

Je suis si heureux de partir que je ne puis plus écrire posément :
je ne sais pas si tu pourras me lire, mais, à mon griffonnage, tu
reconnaîtras ma joie. Lis *Amour et bonheur* à tout ce qui sera indé-
chiffrable !

Pour tout le monde, dis que je suis venu à Leipsick pour affaires,
et que je viens à Dresde *par politesse*.

J'ai vu Lirette hier ; je lui ai porté de l'argent et je le regrette
bien. Mais je serai très économe en route.

Si tu pouvais décemment me choisir un appartement pas cher à
la *Stadt-Rom*, trois pièces : un petit salon, une chambre et un
cabinet de travail, pour soixante francs par mois, ce serait bien
gentil. J'ai des travaux par-dessus la tête, et je travaillerai de cinq
heures du matin à midi tous les jours. De midi à sept heures, je
serai chez ma chérie, et, couché, à huit heures. Il n'y aura pas
place pour un Saxon ni pour un Polonais dans tout cela.

Allons, adieu. Mes malles sont là. Je vais [sortir] pour mon passe-
port et pour mes épreuves. A bientôt. J'irai comme les lettres.
J'arrive avec des parfums, un nuage de parfums ; de l'iris pour trois
Linettes ! A bientôt.

Je ne voudrais pas être, comme à mon passage, [en 1843], sous les
toits à la *Stadt-Rom*. Je voudrais être au deuxième. J'apporterai
mon triste hypocrène [*sic*]. mon café, car ce sera peu que de travailler sept heures par jour.

Allons, je te quitte ; sans adieu, cette fois, car je suis sûr de te
voir dans sept ou huit jours.

1. Ce volume fut publié chez Plon après la mort de Balzac, en 1852 ; il avait
été cédé à cet éditeur le 25 avril 1845.

XI

[Passy,] 21 avril [1845].

Ma chère *louloup*, la nécessité de me faire envoyer mes épreuves m'a fait perdre en démarches quatre grands jours. Cette petite chose a nécessité des travaux comme pour réunir la Belgique à la France, et il en résulte que les deux seuls pays d'où je puisse travailler, c'est ou Francfort ou Berlin. Mes places sont retenues à Francfort et ici ; je pars demain et je ne sais pas si tu ne me verras pas avant cette lettre. On attache du prix à ce qui est *avant la lettre*, mais j'aimerais mieux que tu fusses prévenue. Je t'écris à la hâte, au milieu des paquets et des préparatifs.

Mais, à cause de ta sœur, je t'écris une lettre que tu peux laisser voir.

Je ne te dis rien, qu'un mot que je te dirai cent mille fois dans un regard d'ici à cinq jours ; c'est : je t'aime comme un fou [1] !

HONORÉ, DIT NORÉ.

XII

[Dresde, mai 1845.]

Je n'ai été frappé, dans le premier moment, que du danger d'avoir un p[orte] c[rayon]? chez soi. C'est affreux de tendresse, et je n'ai compris qu'à la *Stadt-Rome*. C'est ce que j'appelle un crime. Mais

1. Balzac vers le 1er mai 1845, vint retrouver madame Hanska à Dresde d'où ils allèrent s'installer pour un mois à Cannstatt. Il passa avec elle, sa fille, et le comte Georges Mniszech, fiancé de mademoiselle Hanska, quatre mois (mai-août 1845). Madame Hanska et sa fille, quoique n'ayant pas l'autorisation nécessaire, virent, pour la première fois, Paris ; pendant ce temps, Balzac les fit passer sur son

aussi la *louloup* était si triste sur la terrasse, et j'appréhende ses tristesses avec autant de force que ses joies! Je pensais à tes [*diables*] *noirs!*

.Mille baisers, mon chéri minou, et à ce soir, six heures.

XIII

A MADAME HANSKA, HÔTEL DE SAXE, A DRESDE.

[Dresde, mai 1845.]

Chère comtesse.

J'ai oublié hier le cachet en partant, tant j'étais préoccupé de votre préoccupation ; il est sur la console aux livres dans votre salon. Serrez-le, car j'aime mieux le savoir dans votre secrétaire, avec toutes mes richesses ; je suis habitué, depuis douze ans, à tout avoir en vous et chez vous.

Mille gracieusetés.

NORÉ.

XIV

A MADAME HANSKA, HÔTEL DE SAXE, A DRESDE.

[Dresde, mai 1845.]

Oh! chérie, ni fâché, ni malade. J'ai cru, tout en pestant, que tu m'avais dit que, pour ce soir, à cause de mademoiselle M..., tu rentrerais avec elle, et de mon côté, je me suis en allé, bien triste de la perte de ce petit moment. Maintenant, me voilà triste de ce malentendu, comme toi, hier, car il me semble qu'un malentendu est une séparation des âmes, et, quoique momentanée, elle effraye. C'est la maladie de l'amour.

A bientôt.

P.-S. — J'ai passé, jugez-en, la plus affreuse nuit. J'ai lu *tout* [*Louis*] *Blanc*, et je ne dormais pas [encore] à deux heures du matin.

passeport (ainsi qu'il l'avait projeté), pour sa sœur et sa nièce. Ils excursionnèrent ainsi en Allemagne, en France, en Belgique et en Hollande, et c'est à Bruxelles, à la fin d'août, que Balzac quitta ses compagnons de voyage pour retourner seul à Passy.

XV

Hombourg, 22 mai [1845.]

Ma chère madame de [Brugnol],

Aussitôt cette lettre reçue informez-vous du marquis de Cour-
tarvel, si le café de pois chiches, qui l'a guéri de sa maladie
chronique du foie, se fait avec les gousses ou avec les pois, ou avec
les gousses et les pois. Dès que vous le saurez, écrivez la recette, et
adressez-la à l'adresse suivante : *Madame la comtesse de Kisseloff*
[*sic*], *en son hôtel, Kisseloff Strasse, Hombourg, près Francfort-
sur-Mein, Allemagne*[1], sans affranchir. Vous trouverez, ci-contre, le
modèle de la lettre à écrire.

Je viens de recevoir votre lettre qui est, comme votre âme, très
douce et charmante. Vous êtes toujours la même.

Maintenant, le voyage à Paris est tout à fait convenu. J'allais vous
envoyer mille francs par une lettre de change, mais le Rothschild,
que Claret m'avait dit être si gracieux pour moi, est en voyage, et
je ne sais à qui m'adresser, en sorte que je prends le parti d'apporter
tout moi-même.

Allez voir mademoiselle Borel, et dites-lui que le compte que je
vous ai envoyé est fautif. Madame H[anska] a accepté le compte
comme mademoiselle Borel l'a mis dans sa lettre. L'erreur provenait
des ducats, et le voici rectifié :

480 francs pour la toilette:
144 francs d'intérêts.
_____
624
Elle a reçu 400 de moi
_____
c'est 224 à lui donner.

---

1. La comtesse de Kisseleff, très joueuse et assidue de la roulette du Kursaal,
était une des créatrices de Hombourg, ville d'eaux et ville de jeux. Le comte
Nicolas de Kisseleff, son mari, était chargé d'affaires à l'ambassade de Russie
depuis le départ de l'ambassadeur, comte Pahlen, en 1841.

Comme je vous ai compté les quatre cents francs de Lirette dans votre argent, et que vous lui donnerez les deux cent vingt-quatre [francs], c'est à vous que reviennent ces six cent vingt-quatre francs que m'a remis madame Hanska, et elle m'a remis trois cent soixante-seize francs pour payer d'avance l'appartement, si on l'exige.

C'est 624
      376
     ———
  les 1000 francs

que je devais vous envoyer, et qui se divisent ainsi : quatre cents pour vous, deux cent vingt-quatre pour Lirette, et trois cent soixante-seize pour les dépenses préliminaires de l'appartement de madame H[anska].

Comme vous ne serez pas embarrassée de trouver trois cents francs pour quelques jours, je préfère ne pas me donner les soucis et les ennuis d'envoyer une lettre de change. Mais j'aurai les soucis du transport d'une somme considérable.

Maintenant, chère *prêteuse* [1], je crois vous avoir dit qu'il faut louer l'appartement pour deux mois, *en votre nom*, car ces dames n'auront pas de passeport et il faut qu'elles soient censées venir chez elles, ou chez une connaissance. Madame Hanska ne veut pas de cuisinière. Elle a peur d'avoir des ordres à donner, et à commander. Elle préfère aller dîner tous les jours chez un restaurateur. Mais, outre le danger de rencontrer des Russes et des Polonais, elle ne sait pas que ce serait une dépense de mille francs par mois, et je l'amènerai à avoir *un accord* avec une bonne cuisinière à tant par jour. Quant au domestique, tâchez d'en avoir un honnête et sûr.

Je suis de votre avis; il faut que le secret soit absolu.

Mais madame H[anska] veut maintenant que j'aie une chambre pour pouvoir loger aussi; j'aime mieux cela aussi.

N'arrêtez pas de femme de chambre. Elle aura la faculté d'en amener une ou de la prendre.

Je vous écrirai toujours un mot le jour de notre départ, et vous aurez huit jours d'avance pour tout arranger. Ainsi, tâchez de trouver un appartement avec antichambre, salon, deux chambres à

---

1. Allusion au fait qu'elle lui servait de *prête-nom* pour la location de son logis.

coucher et une chambre à part, outre la salle à manger et la cuisine, et la chambre de la femme de chambre. Le domestique ne sera ni logé, ni nourri.

L'appartement devra être arrêté du 8 juin au 8 août.

Nous causerons de la rue de la Tour. Vous ferez bien de les entretenir dans l'idée que nous la louerons.

J'ai toute sécurité pour l'avenir, dans tous les sens. Anna m'aime beaucoup, et je suis certain d'une admirable et cordiale entente. L'affaire de Monceaux est déterminée.

Vous avez raison pour la gravure. Mais il y a d'autres raisons pour ne pas la faire servir : *Primo*, c'est toujours la même *charge*. C'est celle d'Hetzel dans les *Animaux* [*peints par eux-mêmes*], et celle de la *Monographie* [*de la Presse parisienne*], et celle de Philippon [1]. *Secundo*, ce n'est pas digne.

J'ai pourtant si grand désir de voir réussir Chl[endowski] que je ne me m'oppose pas à ce qu'il fasse une charge sur moi. Mais il faut qu'elle soit spirituelle, et, celle-là, c'est une *répétition* [2].

XVI

A MADAME DE BRUGNOL, 19, RUE BASSE, A PASSY.

Cannstatt[, fin mai 1845].

Ma chère madame de [Brugnol],

Madame H[anska] a reçu les plus mauvaises nouvelles pour sa prolongation de passeport, et je me hâte de vous dire de ne pas faire de courses ni vous donner de mal pour les appartements et les dispositions dont je vous ai parlé. Attendez quelque autre lettre pour vous remettre en quête. Si le voyage n'a pas lieu, j'irai à Strasbourg

---

1. Les charges en question se trouvent : *Vie privée et publique des animaux*, vignettes par Grandville, publiée sous la direction de P.-J. Stahl (Paris, Hetzel, 1841-1842, 2 vol.), au frontispice ; *Monographie de la presse parisienne*, au tome II, p. 208 de *la Grande Ville* (Paris, Maresq, 1844, 2 vol.).

2. Cette charge, dont une épreuve était jointe à la lettre, était destinée à l'édition illustrée des *Petites Misères de la Vie conjugale* et s'y trouve à la page 219.

pour vous renvoyer les trois mille francs par la diligence, car il faudra payer Lirotto. J'irai [ensuite] dans une ville où mes épreuves pourront m'être envoyées gratuitement par M. E. Conte [1].

· Faites faire le plâtre de mon buste, et envoyez-le le plus promptement possible. Je me mets aux deux romans de Chl[endowski], car je reste ici au moins quinze jours.

S'il en est temps encore, mettez un tome de *la Comédie Humaine* dans le paquet de Léon. Vous pouvez m'écrire ici jusqu'au 10 juin. Amusez-vous et soignez votre santé.

· Quand vous aurez reçu les trois mille francs, vous chercherez le plus beau velours violet de Lyon possible; vous en prendrez pour une robe, et les lés de rechange, corsage, etc., et vous l'enverrez à Strasbourg, à Silbermann l'imprimeur, chez qui j'irai le prendre. Je vous donne cette commission d'avance, afin de n'avoir qu'à vous la rappeler, toujours dans le cas où madame H[anska] ne verrait pas cette année la belle France, car tout espoir n'est pas perdu. Mais la prudence exige, en ce moment, de renoncer à Paris. Mais j'irai pour terminer avec les vingt mille francs [à payer] par Fessart [2], et l'affaire de Monceaux, que je voudrais à mon nom.

Recommandez de l'activité à M. Fessart, car je voudrais bien être débarrassé des sommes indiquées, et on le souhaite vivement ici, toujours pour arranger à mon nom l'affaire de Monceaux.

Si Claret est à Paris, obtenez de lui le croquis de la maison de Francfort, et les plans des deux étages. Vous me les enverriez par la poste.

Vous aurez d'ici, pour les négociations Fessart. . . Fr.	3.000
Vous avez, en effets à escompter, y compris les deux mille francs Hetzel, que vous y appliqueriez.	5.000
J'enverrai en copie	5.000
Fr.	13.000

Mais il ne faudra rien faire sans avoir le tout, et que M. Fessart profite surtout de mon absence qui va se prolonger.

Ces treize mille francs se grossiront de deux mille quatre cents que

1. Eugène Conte, chef du bureau des Malles, à l'Administration des Postes.
2. Auguste Fessart, homme d'affaires de Balzac. Cf. Vte de Lovenjoul, *Une page perdue de H. de Balzac* (Paris, Ollendorff, 1903), p. 113-134).

madame H[anska] me remettra pour Lirette, et que je remettrai à Lirette lorsque je placerai définitivement sa petite fortune. C'est convenu avec madame H[anska], et ce sera moi qui lui servirai les intérêts, pour le temps que je les aurai gardés (ces deux mille quatre cents francs).

Comme voilà le voyage à Paris ajourné, demandez des loges tant que vous voudrez à ces messieurs.

Dites à la famille que je reviens, et surtout avertissez-moi du moment où il faudra être à Paris, pour l'affaire de Monceaux.

[H. DE BALZAC.]

Mon adresse, jusqu'à nouvel ordre, est toujours à Cannstatt, près Stuttgart, Wurtemberg.

XVII

A MADAME HANSKA, A CANNSTATT

[En route, en quittant Cannstatt; juin 1845.]

Mon *louloup* adoré, cette lettre ostensible [pour Borch] me fait souhaiter de te dire : *je t'aime*, encore une fois, autrement qu'en cérémonie. Si je ne savais nous revoir, j'aurais pleuré comme un enfant[1].

Le *porte-glaive* a fait courir après moi pour me faire tenir la lettre, [ci-jointe aussi], que tu liras. Garde-la sans la montrer, tu me la rendras à Strasbourg. Lis la réponse, cachète-la d'un cachet indifférent, et fais-la mettre chez lui.

Le bonheur a plus de vertu que le docteur Nacquart; je suis, ce matin, plein de santé, de joie, fleuri comme une noce, allègre, heureux, malgré le chagrin d'une séparation de quelques jours.

---

1. Balzac avait quitté Cannstatt pour quelques jours et était allé à Strasbourg retenir des places à la malle-poste de France pour madame Hanska, sa fille, et lui. Ils en partirent ensemble pour Paris.

La vanité russe a eu les jambes plus agiles et plus de souvenirs que la jeune amitié polonaise. Mais je n'avais pas autant de droits que de foi sur le comte Georges. Si j'exprime ce regret, c'est que j'avais l'idée de lui dire bien des choses *à l'étrier*.

Si Borch montre ma lettre, elle ne te nuira pas, je crois, ma minette. Mais je pense de toi tout ce que je dis. Jamais apothicaire n'a doré de pilules comme moi j'ai doré les pointes de ces épigrammes. Je suis presque sûr que le *porte-glaive* reviendra, mais lundi, et que mardi tu partiras, après m'avoir écrit un mot surtout.

Dis à mon minou chéri que le b[engali] y a songé tout le voyage, et qu'il y a une lettre de change dans ma montre.

XVII

A MADAME HANSKA, A CANNSTATT

[Strasbourg, dimanche, 22 juin 1845.]

Mon *louloup* bien-aimé, mon minou chéri, j'arrête les trois places à la malle pour le lundi 7 juillet. Tu pourras partir le 5 pour arriver le 6. Le 6 est un dimanche; ta petite Anna pourra aller au spectacle, et, si tu ne veux pas te fatiguer, tu partiras le 4; tu te reposeras bien le 5 ; tu entendras la messe à la cathédrale le 6, et tu repartiras le 7.

On ne demande les passeports nulle part. On ne te les demandera ni à Carlsroue *(sic)*, ni à Kehl, ni à Strasbourg, ni à Paris, et, dans tous les cas, le mien suffirait. Ainsi, nulle inquiétude.

De Cannstatt à Paris, pour nous trois, le voyage coûtera trois cents francs, sans compter le séjour à Strasbourg de deux ou deux jours et demi. Vingt-cinq jours à Paris coûteront mille francs; le retour [à Cannstatt] trois cents francs. Ton mois n'ira pas (sauf les acquisitions), à plus de seize cents à deux mille francs, et tu seras allée avec une rapidité fabuleuse. Si tu ne t'arrêtais pas, tu irais de Cannstatt à Paris en soixante heures, y compris six heures de repos à Strasbourg.

Demain je te reviens ; avec quelle allégresse, il n'y a que moi qui le sache !

Avec quelle précipitation je me suis en allé ! je n'ai rien de ce qu'il me faut. J'ai tout laissé à Cannstatt. Quand on y a laissé son cœur, son âme, sa vie, son bonheur, son trésor, son espérance, sa fleur, son plaisir, comment ne pas y oublier *ses effets !*

J'ai passé littéralement cette nuit en voyant mon minou chéri, et si bien, que le b[engali] est resté l'oiseau d'Asie que sa maîtresse aime. Je n'ai pas fermé l'œil et j'ai conversé tout le temps avec mon cœur aimé. A midi je me couche pour me reposer un peu, puisque je le peux. Mais j'ai voulu t'écrire auparavant, car la poste part à trois heures.

Je ne te dis pas adieu, ma femme chérie, mon idole aussi adorée qu'adorable ; non, mais : à mardi, à bientôt ; et je ne te fais pas l'injure de te dire : pense à ton Noré, car je crois que cette nuit ma fervente et vive pensée a dû pénétrer jusqu'à Cannstatt et t'envelopper comme d'une nuée amoureuse. O ma tant aimée, à bientôt. Je retiendrai un appartement pour le 5 à cet hôtel [où je suis]. Le sort en est jeté ; ma chère indécise sera décidée !

Ton amant-mari, ton Noré-*louloup*, celui qui vivra de toi jusqu'à son dernier soupir !

XIX

A MADAME DE BRUGNOL, 19, RUE DASSE, A PASSY

Strasbourg, dimanche [22 juin 1845].

[Ma chère madame de Brugnol], je mets demain lundi, 23, six mille francs en or aux Messageries royales de la rue Notre-Dame-des-Victoires[2], à l'adresse de M. Vosseur[3], pour vous les remettre à vous-même.

1. Actuellement 47, rue Raynouard (XVIe).

2. La Société anonyme des Actionnaires de l'Exploitation générale des Messageries royales, qui avait son siège 22, rue N.-D.-des-Victoires, était chargée des transports du Gouvernement et des administrations publiques. Les transports pour Strasbourg dépendaient du Bureau n° 4 et s'effectuaient, chaque jour, par Sezanne, Bar-le-Duc, Toul, Nancy et Phalsbourg. Le trajet était d'environ 15 heures. « L'administration traite de gré à gré avec les maisons de commerce pour le transport des fonds et des marchandises, en raison de l'importance des expéditions. Ouvert de 9 à 4 heures. »

3. Peut-être M. Vosseur, ancien notaire, 4, rue de Lille.

Je serai le 9 à Paris. Gardez le secret sur ce voyage, car je ne viens pas seul. Je vous logerai dans un hôtel de la rue Notre-Dame-des-Victoires, Hôtel de Tours[1] ou Hôtel des Ambassadeurs[2]. Ces dames ne resteront que vingt à vingt-cinq jours.

J'apporterai moi-même les épreuves que je suis venu chercher [ici].

Dites à Chl[endowski] de démentir en mon nom, jusqu'à mon retour, [ce que vous savez], et dites-lui que je serai le 15 juillet à Passy pour mon bail. J'y reviendrai ostensiblement dans les quinze premiers jours d'août.

Vous savez qu'il faut que M. Fessart mette la plus grande activité [à s'occuper de ma liquidation].

Vous avez bien fait de vendre et d'acheter du 3 pour mademoiselle Borel, car elle aura ses intérêts du 3.

Je ne vous en dis pas davantage; je vous verrai le 10 du mois prochain. A bientôt ma prêt[euse].

XX

A MADAME DE BRUGNOL, **19**, RUE BASSE, A PASSY

Carlsrouhe, 2 juillet [1845].

Ma chère madame de Brugnol,

Ne tenez aucun compte de la lettre que je vous ai écrite. Hier, en quittant Cannstatt, j'ai fait, d'accord avec ces dames, un autre plan qui réalise les plus grandes économies, mais qui vous donnera quelque peine.

Puisque j'ai la maison de la rue de la Tour, dès mon arrivée, ces dames y logeront. Si les propriétaires sont aimables, ils se prêteront à cela. S'ils ne le veulent pas, vous y ferez transporter le lit de la chambre de ma mère et un lit en fer, pour ces dames; puis un autre lit en fer pour moi, une commode, etc. Ce sera tout autant

---

1. Tenu par Pollonais, 32, rue N.-D.-des Victoires (place de la Bourse), « bains, remises, écuries, café, restaurant ».

2. Tenu par Guillet, 11, rue N.-D.-des-Victoires. « Grands et petits apparte-ments, vaste cour, écuries, remises et emplacements propres à servir d'entrepôt; table d'hôte à 5 heures, déjeuners, cabriolets de remise. »

de fait pour notre déménagement. Enfin, vous les installerez là. Vous trouverez bien une fille probe et intelligente pour leur servir de femme de chambre, à tant par jour. Marie gardera la maison.

Ces dames viendront déjeuner et dîner rue Basse, et vous indemniseront de toutes vos dépenses. Vous prendrez, s'il le faut, une cuisinière et une fille, pour servir chez moi. Vous direz, s'il le faut, que ces dames sont du Morvan, et vos connaissances. [1]

Si nous ne pouvions pas aller immédiatement de la poste à Passy, à notre arrivée, à cause du trop peu de temps que vous auriez eu pour tout préparer rue de la Tour (ce que je regretterais bien), nous resterions un ou deux jours à un hôtel, mais avec chagrin. Je compte donc sur votre activité si rare, et sur votre exquise bonne volonté pour que, à notre arrivée, vous nous emmeniez rue de la Tour. J'ai évalué à trois cents francs à peu près nos dépenses pour un mois, pour les déjeuners et les dîners, car ces dames aiment autant que je les aime les fruits, melons, etc. Elles s'absenteront deux ou trois fois.

Elles suppriment ainsi les dépenses de l'hôtel et des restaurants, qui faisaient presque douze cents francs pour tout leur séjour.

Surtout, pas une indiscrétion avec ma famille.

Informez-vous toujours si Chopin est à Paris [2].

Prenez un abonnement, au nom de mademoiselle de Polini [3], rue de la Tour, 18, à *l'Entr'acte*, pour un mois, à partir du 9 juillet jusqu'au 9 août, en vous assurant que le journal sera tous les jours avant midi, rue de la Tour. Il faudrait aussi louer, pour un mois, un excellent piano.

Faites poser le tapis bleu dans la chambre de ces dames, et transportez-[y] les meubles de ma chambre à coucher. Vous prendrez alors ma chambre et mon lit, si votre petit lit de fer était nécessaire rue de la Tour.

Prenez tous les aides nécessaires pour faire tout cela, et n'épargnez rien.

1. Madame de Brugnol était originaire du Morvan.

2. Chopin, le célèbre pianiste, habitait, en juillet 1845, au square d'Orléans, 34, rue Saint-Lazare. Balzac désirait sans doute lui demander des leçons pour Anna de Hanska, excellente virtuose.

3. C'est-à-dire Anna de Hanska.

Pardon de ce surcroît d'ennuis ; mais ces dames seront ainsi beaucoup plus en sûreté.

Mille amitiés[1].

H. DE BALZAC.

A MADAME HANSKA, POSTE RESTANTE, A FRANCFORT.

1. [Passy,] mardi 2 septembre [1845].

Mon cher cœur, mon bon *louloup*, j'ai une longue lettre commencée depuis deux jours. Elle partira sans doute demain, après-demain au plus tard ; elle contient tous mes ennuis ; elle t'expliquera tout ce qui me survient.

Je t'envoie ce petit mot pour calmer l'impatience où tu pourrais être. Je vais bien ; je suis au travail ; je me lève à deux heures [du matin] et me couche à six heures et demie [du soir] ; en trois jours je me suis remis a cette chaîne. Mais je ne *prends la plume* que cette nuit.

Mille bons baisers à mon minou, et reviens chercher la longue lettre après-demain. Tu trouveras les bijoux d'Anna, qui sont en partie cause de ce retard, ainsi que l'envie que j'ai de te rassurer sur tout, car je suis à la porte de la rue Basse le 1er octobre, et il n'y a d'appartement nulle part. Tu auras, chère Évelette minette, la solution de tout cela dans cette lettre, où je t'ai écrit tous les jours. En ce moment, je cours toute la journée.

La gouv[ernante] est indispensable dans cette occurrence. Mais elle s'en va, et madame Michel la remplacera en temps et lieu.

Je ne t'aime pas, je t'idolâtre et te reviendrai dans peu à Dresde. Mille fleurs de cœur et bien des désirs d'oiseau. Pense à ton

NORÉ.

C'est écrit bien à la hâte. Je n'ai pas un instant. Tu verras pourquoi.

1. Le *Moniteur* du 10 août 1845 annonce ensuite que M. de Balzac n'a passé qu'un ou deux jours à Paris, et qu'il vient de repartir pour l'Allemagne.

XXII

A MADAME HANSKA, POSTE RESTANTE, A FRANCFORT.

[2.]   [Passy, 31 août-3 septembre 1845.]

Dimanche 31 août.

Mon Ève chérie, ainsi que je l'avais présumé, la route était libre
par Lille et après notre adieu, si triste pour moi quoique momen-
tané, j'ai trouvé place dans le coupé de la diligence pour Paris. Il
n'y a que six lieues de différence entre la voie de Bruxelles par
Valenciennes et Paris, et celle de Bruxelles par Lille. Si j'étais
parti par le premier convoi, j'aurais gagné un jour. Je n'ai pas
souri ni parlé jusqu'à Lille, quoique j'aie trouvé M. Sédillot, un
parent de ma mère [1], dans le train de Gand à Lille. Je suis arrivé à
Paris samedi matin, hier. J'ai vu ma sœur à mon arrivée, et elle
m'a dit que le domestique du curé de la Madeleine était un mauvais
sujet, mais que le rêve de la vie de madame Michel était d'être
purement et simplement une femme de charge. Elle a quarante
ans, elle est laide, elle est probe, elle a de l'intelligence et elle
travaille chez ma sœur depuis dix-huit ans.

Ma chère âme, je suis si fatigué, et hier je l'étais tant au moral et
au physique, qu'après avoir pris langue, je suis venu me coucher à
Passy, car il y avait vingt-quatre heures que je n'avais fermé les
veux. Cette séparation est un événement pour mon cœur. Je n'avais
jamais si bien vécu cœur à cœur avec mon Évelette; j'étais déchiré
dans toutes les bonnes accoutumances de la vie, dans toutes les joies
inattendues qui naissaient pour moi. Je souffrais de cette renaissance
interrompue de ma jeunesse, d'une conjugalité inespérée, adorable,

1. Charles-Antoine Sédillot, négociant, 10, rue des Déchargeurs, cousin de la
mère de Balzac, avait été chargé en 1828-1829 de la liquidation des affaires
d'imprimerie et de fonderie de Balzac (voir plus loin, p. 244).

qui surpasse mes souhaits. Je ne sais si je dois te dire des choses
si cruelles, mais sans le ressort des obligations, des affaires, des
manuscrits à composer *et immédiatement* je crois que j'allais m'af-
faisser comme un ballon piqué. Passer de la contrée aimée, où
j'étais comme dans la riche nature des Tropiques, au Groënland,
c'est une si affreuse transition que les ennuis que je viens de trouver
et ceux de la gouv[ernante] ne me font pas l'effet d'une mouche
qui bourdonne. Tout m'est indifférent ici de ce qui ne vous concerne
pas, pour ne pas dire odieux, et c'est à un tel point qu'hier, accablé de fatigue, barbe de huit jours, poussière de vingt-deux heures
de route, linge sale, costume de voyage, je suis allé chez Froment-
Meurice avant de venir ici ; m'occuper de toi, de ton Anna, m'a
paru le comble du bonheur, et j'ai eu quelques larmes en arrivant
rue Lobau, ta dernière étape, ton dernier plaisir !

Froment [-Meurice] est acquitté de tout blâme. Eugène Sue a voulu
donner un grand dîner, sans doute pour célébrer la fin de ce roman
d'épicier que j'appelle *le Suif errant*, et il a voulu son Service [d'ar-
genterie] à heure fixe. Froment est arrivé pour le mettre sur la table,
une heure auparavant le dîner ; mais il a gagné la fièvre à ce travail
forcé. Il est resté au lit ; il a dessiné au lit. Mais, malgré son
désir, la divine broche et les boucles d'oreilles à deux fins n'étaient
au contrôle que du matin même, et elles ne doivent revenir que
demain. Ah ! *louloup*, revoir la place de la Concorde, ces endroits
aimés, la route que je ne faisais pas seul, la faire avec des souvenirs,
non, c'est un supplice que je ne connaissais pas !

J'ai trouvé mille ennuis ici. D'abord, une misère, un renouvellement à accorder à de Potter [1], qui se trouve gêné. Puis, je suis dans
la rue. Madame Grande[main] [2] veut absolument son appartement.
Elle achète des tapis, un meuble de salon, etc., et d'ailleurs, pour
tout avoir, ce serait plus cher qu'une maison. Je vais aller voir des

---

1. L. de Potter, éditeur, 38, rue Saint-Jacques, publia *Honorine* en 1844 et,
après la mort de Balzac : *le Député d'Arcis*, *les Paysans*, *les Petits Bourgeois* et
les continuations, par Charles Rabou (*le Comte de Sallenauve*, *la Famille Beau-
visage*).

2. Propriétaire du 19, rue Basse. A sa mort, la maison passa entre les mains
de sa fille, madame Barbier, puis de sa petite-fille, mademoiselle Clotilde Barbier, aujourd'hui décédées. La maison, dont Louis de Royaumont fit un musée
balzacien, est le siège de la Société Honoré de Balzac (47, rue Raynouard).

maisons. Enfin, la gouv[ernante] pleure comme une Magdeleine de cinquante ans, qu'elle paraît avoir. Elle est à vouloir entrer dans un couvent, où *elle n'ira jamais.* Mais je lui ai nettement dit qu'elle avait six mois pour chercher une position, que je l'aiderais pécuniairement. Tout cela, ni sèchement, ni affectueusement, mais positivement. La circonstance d'un déménagement à faire m'oblige à la garder au moins ces deux mois-ci. Mais il me paraît certain que je ne partirai pas, à la fin d'octobre, sans avoir investi madame Michel de ses fonctions.

Mille souvenirs et mille vœux d'amour, mon minou adoré, ma chère compagne adorable, aimée, regrettée à toute heure !

                                        Lundi 1er septembre.

Je suis rentré hier pour dîner. Ce matin, j'ai eu la force de me lever à trois heures du matin, de ne pas prendre de café. Mais, pour me tenir éveillé, reprendre mes habitudes, j'invente, mon *louloup,* de t'écrire, et alors je suis, comme à Anvers, les yeux comme deux charbons, malgré les fatigues.

Je suis consterné. Pas de maison possible à Paris ; autour de Monceaux, pas d'appartements. Tout est d'une affreuse cherté, peu de choix. Les rues entre Monceaux et le chemin de fer se sont meublées de maisons depuis quatre mois, et tout est loué à mesure que les bâtisses finissent. Ce matin, pendant que j'irai chez Rothschild, chez Froment [-Meurice], à la Douane, chez Gavault, etc. (et il faut auparavant corriger cinq feuilles de *la Com[édie] Hum[aine]* qui sont là), la gouv[ernante] ira battre Passy et voir la maison de la route du Ranelag[h], avec ordre de louer à tout prix.

Me voilà fouetté par mille difficultés, car Chl[endowski] est furieux et parle procès. Sa femme est venue hier pendant mon dîner. On lui a promis les *Petites Misères [de la Vie conjugale]* pour mercredi. Elle s'est en allée joyeuse. Maintenant, ange chéri, tu sais ce que c'est que des courses à faire, et cinq feuilles [de *la Comédie Humaine*] à corriger. J'ai là une journée laborieuse.

Adieu pour aujourd'hui, minette adorée.

Mardi 2 septembre.

J'ai vu Rotschild. Je suis compris, pour quelques actions au pair, dans le chemin de fer du Nord. Si les actions devaient monter rapidement, nous avons soixante mille francs à faire valoir d'ici au 15 décembre, et j'ai consulté Rothschild pour savoir s'il voulait *employer à cela mes économies.* Alors, il a fait un bond sur sa chaise, et m'a dit : « Je ne conseillerai jamais à un ami de mettre là tout ce qu'il possède. » Me voilà privé d'un grand secours, dans des circonstances où j'ai tant besoin de lui.

Hélas ! hier, à quatre heures, on n'avait pas fini la gaine des bijoux, je ne l'aurai qu'aujourd'hui, et, en avisant Rothschild, je t'écrirai un petit mot à travers mes courses, car, autre hélas! la maison de la route du Ranelag[h], la seule qui me convînt, a été louée, avec promesse de vente. Je suis au désespoir. Je ne sais que faire, et il me faut prendre un parti d'ici à deux fois vingt-quatre heures. Ou il faut prendre un appartement tel quel, et en faire un garde-meuble, sans y faire un sou de dépense, ou il faut prendre une maison et s'y caser pour quatre ans. Je n'ai pas le temps d'attendre une réponse de ma Linette, et il faut agir, car je ne puis pas être dans la rue, et il faut me mettre à travailler, l'esprit en repos là-dessus. Les cinq feuilles sont corrigées, la gouv[ernante] pleure toujours. Je reste insensible à tant d'eau : elle le voit et se réfugie dans la discussion de son avenir. Elle devient raisonnable et accepte la perspective d'un établissement. Je vais aller à de nouvelles courses. Adieu ma chère femme adorée.

Mercredi 3 septembre.

J'ai vu Chamb[ourg] [2]. Il a confirmé le haut-le-corps du baron. J'accepterai mes actions et [je] les vendrai dès que la prime sera forte. Les papiers autrichiens valent trente mille francs comme un liard, et ils ne peuvent que gagner. Tes banquiers de Dresde ont grossi l'acquisition de leur courtage et de leur change de place, voilà tout.

Impossible de joindre M. Gav[ault], qui, au dire de la gouvernante,

1. A la banque Rothschild.
2. Voir la lettre précédente.

s'est très mal conduit. Je t'expliquerai cela. Je n'y crois pas ; je ne crois à rien de ce que dit la gouvernante. Il y a ordre sévère de se taire sur ce que tu sais, et comme je la laisse [là] et m'en vais au premier mot, elle a compris.

J'ai vu ficeler et emballer les bijoux. J'ai tout payé à F[roment-M[eurice]. Je t'envoie les quittances, et j'ai mis chez ma sœur sept cent cinquante francs pour les choses expédiées de Hollande et de Belgique ; aussi ai-je touché le bon chez Rothschild. Tout cela fait quatorze cents francs environ de dépenses. Tu m'as remis deux mille cinq cents francs. La canne de Georges [1] emploiera le reste. Elle est commandée. Ce sera l'une des plus belles choses qu'on pourra voir. J'ai dédié à Georges [*Maître*] *Cornélius* [2], l'un des diamants de ma petite couronne historique, avec quelques mots qui feront bondir d'aise le cœur de son père. Je t'en envelopperai la première lettre. Schawb [3] m'a écrit qu'il s'était trompé, qu'il fallait payer trois cent soixante-quinze florins pour l'armoire de Rotterdam [4]. Je ne réponds même pas. Cette belle chose a été la cause d'une vivacité, dont le germe était trop de thé. Tu m'as dit sur le quai de Rotterdam des choses bien dures ; je ne peux pas empêcher ces paroles de revenir dans ma mémoire. C'est acheter trop cher un double remords, en ébène !

Hier au soir, la gouv[ernante] a trouvé à Passy toute une belle maison ; mais le prix est exorbitant. Il s'agira de deux mille francs, et peut-être faut-il en passer par là, avec beaucoup d'inconvénients encore. Mais nous pouvons y demeurer honorablement.

Je fais des efforts inouïs pour réhabituer mon corps à mon lever et à mon coucher, mais, surtout, à rester à une table, à écrire dix

1. La canne de Georges, dite la canne aux singes, dont on trouvera une reproduction dans : Philippe Burty, *F.-D. Froment-Meurice, argentier de la Ville (1802-1855)*, Paris, Jonaust, 1883 in-4°. Cf. *Le Livre*, 10 février 1883.

2. *Maître Cornélius*, paru en décembre 1831 pour la première fois dans la *Revue de Paris*, ne fut dédié que dans la réimpression au tome XV de *la Comédie Humaine* (1846).

3. Schawb ou plus exactement Swaab, antiquaire à La Haye, Korte Pooten.

4. A défaut de cette armoire, Balzac rapporta de Hollande une armoire de chêne dont les panneaux représentaient l'histoire de Joseph et qu'il plaça dans sa salle à manger du n° 14 de la rue Fortunée (22, rue Balzac). Ce meuble a passé à l'Hôtel Drouot, salle n° 6 (vente des 14 et 15 juin 1927, n° 188) et le catalogue de la vente contient sa reproduction.

ou douze heures, après cette vie errante et animée, oisive et curieuse,
voyageuse et amoureuse que je viens de mener pendant quatre mois.
C'est affreux, c'est un supplice ! Oh ! que l'envie d'être libre, de ne
rien devoir, donne de force ! Oh ! que le désir de revoir une Ève
donne de puissance ! Je viens de revoir encore ton cher minois de
Vienne [1], et de corriger les cinq feuilles [de *la Comédie Humaine*] une
deuxième fois. Oh ! tu es bien belle, et le souvenir de nos deux mois
te rend *irregardable !* J'ai trop d'émotions.

J'attends ce matin Chl[endowski], et je n'ai pas encore une
ligne d'écrite. Mon Dieu, quitter ce cabinet plein de toi, y écrire
pendant quarante-cinq jours ! Méry a raison ; il y a dans l'amour
vrai des supplices auxquels les romanciers, ces historiens du cœur,
n'ont pas pensé. Ah ! *louloup*, je croyais savoir combien je t'aime ;
j'essayais de te le dire. Mais il fallait deux mois de bonheur, et me
trouver à cent lieues de toi, pour mesurer la profondeur du mal
dans mon cœur, et savoir tout ce que tu es pour moi ! Je respire
avec douleur, voilà ce que je puis dire !

La gouv[ernante] accepte, non sans des tristesses doublées de jéré-
miades sur son sort, *l'avenir d'un bureau de tabac.* C'est la seule
chose qui lui convienne. M. Mater [2] et moi nous le lui ferons avoir,
et, avec ses sept mille cinq cents francs, elle sera bien à l'abri, et,
certes, elle ne pourra jamais proférer mon nom sans reconnaissance,
ne fût-ce que pour l'avoir gardée ces deux mois.

Eh ! bien, *louloup* tant aimé, tu fumes tes cigarettes? Pauvre Éveline
et surtout pauvre Noré, plus de cigares ! Si tu m'aimes, dis-moi bien
que nous ne nous quitterons plus jamais, après les six mois de
travaux ; répète-le-moi, rends-moi bien heureux dans tes chères
lettres attendues ! Je viens de reconnaître que je mourrais si notre
union n'était pas sans cesse adhérente. Ce n'est pas le mari qui parle,
c'est l'homme, l'homme heureux. Je travaillerais à mourir, si nous
étions séparés, je ne sais par quoi.

Le bruit court que je suis marié avec une princesse russe qui a des
millions de rente. Excusez du peu. *Le Charivari* [3] a fait un article,

1. La miniature faite par Daffinger, à Vienne, en 1835.

2. Procureur royal au Tribunal de première instance à Bourges (voir t. II,
p. 294 et 379).

3. Sans doute l'article publié le 25 juillet et intitulé : *Une Princesse de lettres.*

fort serviable par sa bêtise et sa drôlerie, où l'on me représente avec douze princesses russes et allemandes. Voilà l'état des cancans. Fontenay [1] a dîné chez madame [de] Girardin. Il a dit m'avoir vu, sans te nommer, en Wictenbey [*sic*], et madame [de] Girardin m'ayant demandé si c'était le nom de la voyageuse, je lui ai dit : « Si vous m'aimez, madame, au nom de Dieu, que mes amis de Wurtemberg ne sachent pas que j'ai voyagé avec des Allemandes ou des Espagnoles, et ne dites rien à M. de F[ontenay]. » Ma vivacité l'a trompée. Je ne crois pas à une indiscrétion de F[ontenay] sur nous, car rarement un Français croit au succès d'un autre Français. D'ailleurs, mon retour et mes travaux vont faire évanouir tous ces bruits qui sont, dans Paris, ce qu'est un individu dans la foule. E[ugène] Guinot [2] aurait, m'a-t-on dit, appris à Baden, d'un Polonais, la nouvelle de mon mariage avec une riche princesse russe. Je crains le Polonais de ta sœur.

Avec quelle impatience j'attends un mot de toi, de ton cœur, [pour] savoir comment va ma chère Linette! Oh! sois exacte. Je vais à la poste comme j'allais à Pétersbourg, et je ne trouve rien! J'ai eu la lettre de Georges. Anna avait raison. Je te la renvoie.

J'aurai Fessart à dîner dimanche, et je vais le pousser. Mes traités vont être faits d'ici à huit jours. Je suis tout en démarches, en rendez-vous et en lettres d'affaires. Pardonne-moi, chère Évelinette, le décousu de ma lettre ; c'est écrit à bâtons rompus. Je ne suis pas encore allé chez Plon. *La Com[édie] Hum[aine]* sera finie dans ce mois-ci. Ce sera, mon ange, un grand fardeau de moins sur mes épaules. Demain Dutacq et Gavault viennent, et, tous les jours j'aurai, jusqu'à ce que j'aie traité de mes travaux et d'une maison, des conférences et des courses. Mais ma promesse est encore plus sacrée pour la femme que pour la *maîtresse*, et je t'écrirai tous les jours, dussent nos intérêts en souffrir. Faisons souffrir les intérêts, jamais le cœur !

Adieu, à demain, puisque je ne te laisserai jamais un jour sans

---

1. Le vicomte de Fontenay, envoyé extraordinaire et ministre plénipotentiaire de France à Stuttgardt.

· 2. Eugène Guinot, auteur de *l'Été à Bade*, beau livre romantique, illustré par Tony Johannot, Eug. Lami, Français et Jacquemot, édité par Furne et Ernest Bourdin, en 1847.

une page, et fais de même. Ah! je prévois une demande de mon loup. Pourquoi es-tu allé chez madame [de] Girardin? Sitôt, etc.? J'y suis allé, belle dame, pour placer là, à *la Presse*, deux *Petites Misères* [*de la Vie conjugale*] inédites, et l'ai vue parce que Girardin est absent. Enfin, j'oublie encore de te dire que tu ne peux pas avoir ton bracelet pompadour parce qu'il est vendu, que la personne ne le cède pas, et que le double n'a pas été fait. Comme j'entends que ma femme ait un bracelet de moi, et qui représente *nos villes*, je n'ai pas insisté. Les dessins de la toilette [d'Anna] seront faits en grand, et je les apporterai à Dresde. On exécutera le tout pour le mois d'avril, et je l'apporterai.

Ma première lettre partira dimanche, selon nos conventions. Dieu veuille que tous mes traités soient terminés et que j'aie une maison. Si je n'ai pas la grande de Passy, je suis décidé à mettre deux mille francs à une maison seule, qui donne sur le parc de Monceaux. Elle est horrible, incommode ; mais seule, avec un jardin et à Paris. J'y arrangerai deux pièces : ma bibliothèque et ma chambre, et tout le reste sera à l'état de garde-meuble. Voilà ma résolution du moment.

Allons, adieu, ange aimé, qu'on ne peut pas plus quitter en personne qu'en souvenir, et la plume à la main. Tu sais maintenant que je n'ai jamais aimé que toi depuis que je vis, aimé de ce triple amour qui comprend le cœur, la tête et les sens, le passé, le présent, l'avenir ! Tu sauras bientôt que je n'aimerai jamais que toi. Mon cœur est dans ton cœur. Je te suis des yeux dans l'espace, me demandant où tu es, si tu es sur le Rhin, sur le chemin de fer rhénan, badois? Ma pensée est tout à fait incomplète ; elle est forcée d'être toujours à toi, par mon cœur, quand mon esprit a besoin de toute ma pensée. Oh ! l'on ne devrait pas avoir à travailler de la littérature quand on est si heureux, et, à la fois, si malheureux !

Adieu ; je n'ai pas le temps d'écrire un mot à Georges. Ce sera pour la première fois. Mille baisers à mon m[inou].

XXIII

A MADAME HANSKA, A CARLSRUHE.

3.   [Passy, 4-7 septembre 1845.]
                                           Jeudi 4 septembre.

Hier, en allant mettre à la poste la deuxième lettre que tu recevras
de moi, mon aimée, j'ai trouvé le souvenir de Cologne et j'en ai
été bien ému. Quelle perfection et quelle fidélité ! C'est à faire copier
par From[ent]-M[eurice] sur un hanap, et je ne dis pas que je ne le
ferai pas ! [1].

Hélas, mon *louloup*, je marche de difficultés en difficultés ! *Primo*,
les appartements sont impossibles dans Paris. Il faudrait (car j'ai
tout vu, soit par moi, soit par la gouvernante) mettre quatre à
cinq mille francs à son loyer, pour avoir le peu que j'ai rue Basse,
à Passy ! Tout Passy est examiné ; il n'y a rien de disponible
qu'après octobre et novembre.

1. Il s'agit du portrait de Balzac et de *sa troupe*, exécuté au crayon par le comte
Georges Mniszech. C'est pendant leur voyage de quatre mois que Balzac s'était
surnommé lui-même : *Bilboquet*, en souvenir des *Saltimbanques* ; il avait baptisé
madame Hanska du nom d'*Atala*, puis mademoiselle Hanska et le comte Georges
Mniszech avaient reçu ceux de *Zéphyrine* et de *Gringalet*.
   Le portrait était accompagné de ces lignes écrites par madame Hanska, les seules
adressées par elle à Balzac qui aient été retrouvées :
                                           Cologne, 31 août 1845.
   Les Saltimbanques désolés du départ de leur illustre Directeur, lui offrent avec
l'hommage de leurs regrets, celui d'une médaille composée et exécutée en son
honneur par l'aimable Gringalet.
   Les Saltimbanques ne cessent de gémir sur leur cruelle destinée. Bientôt ils ne
seront plus que des *os de Cologne*. Calypso était plus consolable du départ d'Ulysse
qu'Atala de celui de l'incomparable Bilboquet.
   Gringalet se console avec des *cautelettes* et Zéphyrine avec des caramels ; Calypso
avait des nymphes et l'attente de Télémaque, mais Atala est forcée de renoncer
même à ses exercices.
   Atala, selon sa promesse, mettra une lettre mardi à la poste.
   Salut donc, ô Bilboquet ; salut, gloire et prospérité ! Soyez toujours *honoré*
comme vous méritez de l'être, et comme vous le serez toujours par vos Saltimbanques reconnaissants et affligés.
                          ATALA ET ZÉPHYRINE.

A force d'avoir fouillé, j'ai découvert une propriété qui me donne
beaucoup à penser. Il y a, rue Francklin, qui est la rue située au-
dessus de cette raide montagne que nous avons si souvent montée,
et qui va du carrefour produit par la rue de la Montagne, la rue
Basse et la Grande Rue, au boulevart extérieur, il y a là[1] une maison
admirablement, solidement construite, située sur la croupe de cette
roche qui domine Paris, et même tout Passy. Elle est entourée d'un
jardin plein d'arbres. Elle n'a et ne peut avoir de voisins. C'est
dans la situation d'un chalet suisse. Des quatre côtés, on a la plus
admirable vue ; tout Paris, d'abord, puis tout le bassin de la Seine.
Toi, qui ne veux pas d'un endroit humide, tu n'auras là jamais la
moindre humidité. Il y a là, tout autour, plus d'un arpent de jardin.
Il y a deux potagers et de l'eau de la Seine, à quarante francs par
an le pouce fontainier. C'est à avoir des jets d'eau, si l'on veut, et
des pelouses toujours vertes. On l'aurait pour cent mille francs et
nous avons cent mille francs. C'est une circonstance bizarre. L'homme
à qui elle appartient y a perdu une femme adorée, et il n'y veut
plus rentrer, et il y a dix ans qu'il ne l'a vue. Il ne veut ni la détruire
ni la voir. C'est un vieillard de quatre-vingts ans. Dans l'état actuel
de Passy, c'est donné. On en trouvera toujours cela, plus que cela.
Mais mon avis est de la prendre et d'y rester jusqu'à la fin de nos
jours.

Il veut la louer deux mille francs par an, moins le second étage.
J'ai envie de la louer provisoirement, de lui demander une promesse
de vente, et de réaliser la promesse de vente à mon retour de
Dresde si la vue de la maison que je ferai faire par un peintre, si
les plans (extérieur et intérieur) t'en plaisent. D'ici le mois de décembre, j'aurai payé toutes mes dettes. Si tu peux me donner quarante
mille francs à Dresde, en comptant les dix mille francs Bassenge,
ce sera payé sur-le-champ. Moi, je mettrai les trente mille francs
dont je puis disposer personnellement à l'arrangement de la propriété,
aux réparations, au mobilier, et à tout, cela suffira. Au prix des
rentes, nous serons logés à trois mille deux cents francs. Nous
serions admirablement bien, à quinze minutes de Paris, et hors
Paris. Sur la rue Francklin, il y a pour trente mille francs de

1. Sans doute à l'emplacement du bloc de maisons situé rue Franklin (XVIᵉ)
entre la rue Vineuse et la rue des Réservoirs.

terrain à vendre, qui ne nuit à rien à la propriété s'il est vendu,
car elle forme ceci :

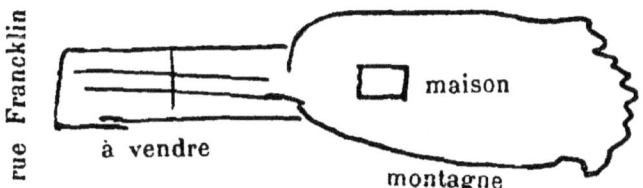

Le carré en avant est ce qui en serait retranché. Ainsi, plus tard
elle ne coûterait que soixante-dix mille francs.

Je vais la louer, et tu prononceras. J'y mettrai mes meubles comme
en dépôt, je n'y ferai rien, et, à mon retour, j'aurai une décision.
Cela convient tellement à tes goûts et aux miens, c'est si bien ce que
deux loups doivent prendre pour leur demeure, que si tu l'avais vue,
ce serait fini. Dans ce système-là, nous renoncerions à Monceaux, à
moins que nous n'y pensions, comme placement, en 1847. Tu
n'aurais plus à te presser, et nous n'aurions plus l'ennui de nous
loger, pour aller plus tard ailleurs, ni de bâtir. Le bon air, l'éléva-
tion, la beauté des arbres, la solidité des constructions, tout est
déterminant. J'estime à quinze mille francs les réparations et
changements, car il y manque un calorifère. A cette hauteur, on
brûlerait quinze cents francs de bois par hiver dans les cheminées,
et l'on gèlerait encore. Puis, la situation des écuries et des remises
est intolérable. Mais un architecte ferait un devis et le signerait,
et nous ne ferions tout cela que d'accord, d'ailleurs. Nous ne
sommes là pas plus loin [de Paris] que Chaillot car c'est la continuation de la roche où est le Trocadéro. Il y a là tout ce que je
t'ai vu désirer : air pur et lieu élevé, belle vue, promenade autour
de soi, pas de voisins, jardin, solitude, sécurité. La maison est
inabordable ; elle est comme un fort. Elle a des roches soutenues par
des murailles de trente pieds de hauteur. On en a offert cent dix
mille francs pour une pension, cent vingt mille francs pour un établissement orthopédique. L'homme qui a cent mille francs de rentes,
n'a jamais voulu souiller ainsi le théâtre de son bonheur. Il y a
été heureux vingt-cinq ans. Quel présage !

J'ai eu sur M. Gav[ault] une déception. M. Gav[ault] prend pour
lui à même sur le prix des Jardies. Il veut les payer là-dessus.

PORTRAITS DE H DE BALZAC

LES SALTIMBANQUES RECONNAISSANTS

BILBOQUET

DE MADAME HANSKA, DE SA FILLE ET DE SON GENDRE LE COMTE GEORGES MNISZECH

d'après un dessin de ce dernier

Imp. Ch. Wittmann

Cela m'arrange infiniment, car il exige tous les intérêts, et il les fait toujours courir. C'est à payer à l'instant. Mais il me gêne momentanément. Il faudra que je retrouve cela cet hiver. Que je le paie avec le reste du prix de *la Com[édie] Hum[aine]* ou avec cela, cela m'est absolument indifférent.

Il est matériellement impossible, à cause du temps, de solder mes créanciers d'ici à novembre. Il faut, pour en finir au moins les crises de décembre et de janvier, car il faut qu'ils viennent. D'ici à décembre, j'aurai dix mille francs de reste sur les Jardies, dix mille francs de *la Com[édie] Hum[aine]* et dix mille francs de *la Presse,* pour *les Paysans.* Cela fait mes trente mille francs. Ces trente mille francs et les tiens en font soixante. Si tu m'en remets quarante mille à Dresde, j'aurai les cent mille francs, et les dix mille francs Bassenge viendront plus tard, pour payer les dépenses. Seulement, il faut sept à huit mille francs pour payer les frais de contrat.

Si j'achète en janvier, je ne paierai qu'en mars, à cause des formalités. Mais je donnerai sans doute une somme comptant, comme trente mille francs, pour diminuer les frais d'acquisition. Ainsi, nous avons tout notre temps.

En janvier, je pourrai devenir propriétaire sans danger, peut-être en décembre. M. Gavault payé, j'aurai bien peu de chose, car, avec cinquante mille francs le reste de mes créanciers, qui sera madame Dela[nnoy], Dabl[in] et ma mère, font à eux trois cette somme. Tous les autres seront satisfaits avec les vingt-quatre mille francs Fessart, que j'aurai donnés d'ici au 15 octobre.

Je n'ai pas une ligne d'écrite encore ! Chlend[owski] me donne les plus vives inquiétudes. Cinq libraires ont fait faillite ! Il est sans un liard et de la plus ignoble mauvaise foi. J'ai dix feuilles de *la Com[édie] Hum[aine]* à lui donner ; il veut les vendre à d'autres libraires, au lieu de les fabriquer et de les exploiter lui-même. J'ai bien peur là.

Demain, tout sera fini pour la maison ; elle sera louée ou pas louée, et tu le sauras.

Je vais aller ce matin chercher ta lettre de mardi. N'oublie pas que c'est moi qui mets les miennes à la poste les dimanches, et toi, les mardis. Celle que je t'ai écrite et envoyée hier était une exception.

Aucun traité avec aucun journal ! Tout est à l'état de conférence[s]. Le marché de trente-deux mille francs est rompu ; j'en suis enchanté. Au lieu de quarante feuilles de *la Com[édie] Hum[aine]* à faire, je n'en ferai plus que dix-neuf. Ce sera plus tôt fait, et je serai le 15 octobre en route pour Dresde. Je verrai mon *louloup* quinze jours.

Voici mes travaux : trois feuilles de *Com[édie] Hum[aine]* en *Petites Misères [de la Vie conjugale*[1]*] ;* il faut les avoir finies pour dimanche. — Six feuilles [de *la Comédie Humaine*], en tête de mon tome XII pour Chl[endowski*[2]*]. — Quatre feuilles, au milieu du volume, pour idem[3]. — Six feuilles à la fin, pour Souverain[4]. Total : dix-neuf feuilles dues, aux libraires, et payées dix-neuf mille francs par les journaux[5]. Je destine ces dix-neuf mille francs pour Fessart et mes créanciers. Afin de ne pas avoir de mécomptes, je veux mettre largement ; tant mieux s'il m'en reste.

J'ai, pour voyager, l'intérêt des *Métalliques*, six cent cinquante francs en novembre, et j'ai ici mille francs pour les frais de déménagement et autres, ma vie payée pour ces deux mois. A mon retour, le 15 novembre, je finirai *les Paysans* et *les Petits Bourgeois*, qui me donneront quarante-cinq mille francs environ. Ces quarante-cinq mille, joints à dix mille des Jardies et dix mille de *la Com[édie] Hum[aine]*, me donnent soixante-cinq mille francs, sur lesquels j'en paie cinquante mille. Il en restera quinze mille ; ce sera quinze mille à gagner en plus aux journaux (c'est le prix d'un roman, en feuilletons), pour compléter les trente mille francs que

1. *Les Petites Misères* qui parurent en 1845, illustrées par Bertall, chez Chlendowski, ne furent pas incorporées à *la Comédie Humaine* du vivant de Balzac, mais prirent place au tome XVIII publié par Houssiaux en 1855.

2. Six feuilles de *Splendeurs et Misères* destinées en effet à Chlendowski, mais que publia L. de Potter.

3. Quatre feuilles des *Comédiens sans le savoir* destinées également à Chlendowski, mais que publièrent Gabriel Roux et Cassanet, en 1847, sous le titre d'*Un Provincial à Paris*.

4. Hippolyte Souverain, éditeur, 5, rue des Beaux-Arts, qui, depuis 1839, avait publié de nombreux romans de Balzac et entre autres ses œuvres de jeunesse non avouées, parues sous le pseudonyme d'Horace de Saint-Aubin.

5. Ces journaux sont : *l'Époque* où parut *Splendeurs et Misères*, 3ᵉ partie, du 7 au 29 juillet 1846 ; *le Courrier français*, où parurent *les Comédiens sans le savoir*, du 14 au 24 avril 1846 ; *le Siècle*, où parut le 10 septembre 1845, *Une esquisse d'homme d'affaires (les Roueries d'un créancier)*.

je compte pour la maison. Tous ces travaux étant obligés, les prix
fixés, il n'y a pas la moindre erreur. Seulement, il faut s'arranger
pour que tout soit fini en avril.

Je t'apporterai des plans si exacts de la maison, que tu pourras
tout y ordonner à ta guise, à Dresde, si elle te plaît, bien entendu.

D'aujourd'hui, je me mets à piocher.

Mais ma lettre, ma lettre ! Oh ! combien je suis avide de te lire,
de revivre dans ta pensée, de savoir comment tu étais, depuis
mon départ jusqu'à Cologne !

Samedi prochain, je t'écrirai une lettre ostensible, et une à Georges,
dans ce paquet [1].

Vendredi 5 [septembre].

Je n'ai pas trouvé de lettre hier ; j'y vais ce matin. C'est ce matin
que se décide l'affaire de mon déplacement rue Franklin, et de la
promesse de vente à un prix déterminé. Je t'écrirai demain matin
tout cela. J'ai à aller chez Furne pour plusieurs choses, et à travailler. Tu n'as qu'un mot de moi, cher ange, aujourd'hui ; mais
ne vois-tu pas, par cette longue causerie d'hier, que tu es dans tous
les battements de mon cœur, que tu es dans tout, car tu es mon âme
et ma vie ? A demain bien des solutions. Si l'affaire Franclin se fait,
je regretterai bien l'armoire de Rotterdam, car nous aurons bien de
la place.

Mille tendresses au cher minou ! Oh ! combien de pensées !... Mon
Dieu, combien je t'aime! Je t'aime tant et je suis si sûr de ton cœur,
que je me dis parfois : « Pourquoi la consulter ? Ne sais-je pas ce
qui doit faire son bonheur ? » La maison dont je te parle a toute la
paix et le *coi* de la rue Basse, sans les locataires, plus trois vues
admirables et quatre fois plus de jardin. Pas de Paris ni de société
possible. C'est une demeure de poètes et d'amants. Ne t'étonne pas
de mes bavardages à ce sujet. Je suis au désespoir de ne pas t'avoir
découvert et montré cela, quand tu le pouvais voir. Tu serais plus
ferme que je le suis. Onze maisons de santé l'ont demandée ; mais
elle est défendue par un sentiment que je trouve sublime, car je
l'ai dans le cœur. C'est un chagrin de penser que mon cabinet sera
souillé par des Grandemain, et il me répugne d'être avec toi quatre

---

1. Voir ces deux lettres, immédiatement après celle-ci.

ans dans une maison et de la laisser à d'autres, après. Oh ! louloup,
j'ai envie de t'aller chercher à Francfort, de t'amener pour un jour
à Paris, de te la montrer, de te dire : « La choisis-tu ? » et de te
ramener à Francfort ! Il faut soixante heures pour cela ! Si ta sœur
pouvait garder les amoureux trois jours, j'ai envie de cela. Qu'en
dis-tu ?

Allons, à demain.

Samedi 6 [septembre], à cinq heures du matin.

Il n'y a rien de fait encore, mais je vais voir le propriétaire ce
matin, et j'aurai terminé. Je suis décidé. Je ferai encore une fois un
bail au nom de la gouv[ernante], et je le ferai enregistrer pour qu'il
soit valable. Et puis, à une date postérieure, je ferai, par-devant
notaire, un bail à mon nom, où celui de la gouv[ernante] sera annulé.
Je ferai ce bail chez mon ami Outrebon, le notaire, en secret, et ce
sera à moi que la promesse de vente sera faite. Si quelque créancier
me cherche chicane, j'opposerai le bail de la gouv[ernante], et comme
moi seul et le propriétaire connaîtrons l'existence du deuxième bail,
on ne pourra pas nous contredire. Cette précaution est extrèmement
nécessaire.

J'ai des nouvelles de M. Fessart. Tous mes créanciers disent :
« M. de B[alzac] est un très honnête homme ; il travaille tant et mène
une vie si sage qu'il deviendra riche d'ici à deux ou trois ans. Nous
avons attendu ; nous attendrons. » C'est flatteur, mais c'est gros de
procès et d'argent à donner. Mais la nécessité les ramènera, un à un.

Dans ce moment, il faut me loger absolument, et il me faut travailler avec une excessive ardeur. Or, la maison de la rue Franklin
me loge sans frais, chèrement, il est vrai ; mais elle m'ôte tous
soucis. Du 1er au 10 octobre, j'aurai fait mon déménagement. Puis,
le propriétaire s'engage à me la vendre, pendant un an, à un prix
de cent mille francs, sans que je sois tenu de la prendre. J'ai donc
la liberté d'acheter ou de ne pas acheter. C'est la sagesse même,
n'est-ce pas ?

Quelque sinistre que soit pour moi la gouv[ernante], quelque
affreuse qu'en soit la vue, elle seule peut être mon prête-nom ; elle
a la plus exacte probité. D'ailleurs, le second bail évite tous les
inconvénients des contre-lettres, et met fin à l'ennui d'être sous son

nom et à cette apparence de maîtresse de maison. J'ai bien des
ennuis ; mais elle ira jusqu'au mois de janvier, je le vois, et, vers
cette époque, le jour où je serai propriétaire, elle ne restera pas
dans *notre* maison ; je le vois à ses discours, elle a pris son parti.
Je n'achèterai qu'après six mois d'habitation, car il faut bien
connaître la propriété. D'ailleurs, il y a des dépenses folles de
faites par ces heureux bourgeois, au temps de leur bonheur. Des
conduits en plomb partout, pour avoir l'eau de la Seine partout, en
sorte que l'on a des jets d'eau. Cela a coûté cinq à six mille francs.
Puis, comme ils étaient sur le roc, ils l'ont fait creuser, et ils ont
acheté la terre d'un arpent de jardin et ils l'ont transportée sur leur
terrain. Cela a coûté dix mille francs. La maison a dû coûter, à cette
hauteur, en 1805, plus de cent mille francs. Enfin, il est certain que
cela est revenu à plus de deux cent mille francs. Ce matin je vais donc
terminer, comme je te le dis, et, à Dresde, nous déciderons si j'achète,
ou si je n'achète pas, si je loue pour quatre ans, ou si je ne loue pas.
A moins que tu ne me donnes par un mot un absolu pouvoir, je
resterai dans ces conditions. Je puis te répondre que c'est aussi
beau, comme vue, que le paysage de Tours.

Hier, j'ai vu Furne. Toute *la Com[édie] Hum[aine]* sera finie en
octobre[1]. Il est très content. Il va exploiter cela. Tout le monde lui
dit qu'il n'y a encore que moi dont on puisse dire avec assurance.
dans cette époque, que je serai dans *les classiques !*

J'ai vu Plon ; le Roi recule à mesure qu'il avance. Le Roi veut
maintenant ses treize cent mille francs. Je ne sais vraiment pas si
cette affaire se fera. Je serai toujours d'avis d'y mettre une somme
pour l'avenir. C'est le placement le meilleur et le plus sûr; mais, si
l'affaire Franklin a lieu, je ne lui demanderai plus que deux arpents,
pour cent trente mille francs ; c'est tout ce que nous pouvons nous
permettre. Et encore, cent mille francs [à] payer en décembre 1846,
et trente mille francs seulement en achetant, n'est-ce pas ?

Réponds-moi bien sur tout cela, mon louloup.

Je fermerai ma lettre demain et te dirai tout ce qui se sera fait
pour [la rue] Franklin et les journaux.

Hier, je suis allé à la poste à quatre heures, et pas de lettres ! Où

1. Elle n'était pas achevée, à la mort de Balzac, en 1850.

donc as-tu mis ta lettre à la poste, mardi?... Hier au soir, j'ai dormi
à sept heures. Je suis à peu près sûr de retrouver mes heures de
travail, de manger, de me coucher, et, si les difficultés du logis sont
résolues, j'aurai de la tranquillité dans l'âme, car la maison est à ma
disposition, et je puis faire le déménagement à mon aise, et tout en
travaillant ici jusqu'au dernier moment.

Je me mets ce matin à écrire des *Petites Misères* [de la *Vie conjugale*].
A ce soir ou demain. Mille tendresses à mon Évelin, mille caresses
au minou, mille baisers à mon *loup*... J'ai bien des regrets à toute
heure. Hier, en passant rue du Mail, François m'a salué, dans un
cabriolet. Je suis devenu pâle. Le cocher a cru je ne sais quoi. Enfin,
je vis d'espérance, et je me dis que dans les moindres choses que
je fais, il s'agit de *nous* !

Dimanche [7 septembre], quatre heures et demie.

Je me lève. Je t'embrasse avec délices. J'ai eu hier au soir ta
lettre. Figure-toi, mon Évelette, que j'ai eu du malheur. Ta lettre,
qui a reçu un pâté d'encre, s'est collée à une autre, et il y a eu un
retard, constaté par la poste sur l'enveloppe. Non, la directrice qui,
depuis deux jours, voyait mon anxiété, m'a crié : « Monsieur, il y
a une lettre », en me voyant, et m'a fait voir la chose ! Et quelle
lettre ! Je l'ai lue en allant tout doucement par des endroits soli-
taires. Ah ! être aimé ainsi, c'est à ne plus écrire une ligne, et [à]
rester couché aux pieds de son Ève !... Enfin, j'ai dormi ! Je dois
te l'avouer, voici deux jours que je n'ai pas pris de sommeil, tant
ce retard m'inquiétait. Mon Ève, songe que si je n'ai plus quarante
feuilles [de *la Comédie Humaine*] à faire, j'en ai toujours dix-neuf.
Tu vois qu'au lieu d'écrire les manuscrits Chl[endowski], je t'écris
à toi. Je t'écrirais toute la journée. Hélas ! je t'aime comme un fou,
je voudrais être près de toi! Je n'ai pas encore une ligne d'écrite !
En me levant, je viens de relire ta lettre, et je l'ai lue les larmes
dans les yeux. Tout ce que je t'ai écrit doit te prouver que ce que tu
regardes comme au-dessus de l'homme et l'apanage de la femme,
est le fait de ma vie; je ne pense qu'à toi et à toute heure !

Il y a de trop bonnes nouvelles pour que je ne m'interrompe
pas et ne te les dise pas à l'instant. J'ai soupçonné chez la gouv[er-
nante] un intérêt à me renvoyer d'ici, et j'ai voulu sonder les

Grandem[ain]. J'ai dit au marchand de bric-à-brac de Passy, qui est leur ami, que j'étais chassé de chez eux, qu'ils faisaient des bêtises, qu'on ne renvoyait pas un bon locataire, etc., etc. Comme cet homme est sur la route de la poste, et que j'allais à la poste deux fois par jour (mon ange, ce chemin est payé d'inquiétudes, de joies, de mélancolie et de bonheur!) je pouvais causer avec lui. Je lui avais dit cela hier matin, et, à cinq heures, en allant chercher ta lettre pour la deuxième fois, Poulain (le marchand) me dit : « Je vous ai dit ce matin que madame Grandemain voulait bien vous garder, mais quand elle a su que je vous l'avais dit, elle est déjà venue encore savoir pourquoi vous ne lui avez pas parlé. » Donc, j'ai deviné que j'étais sûr de rester ici, malgré l'assurance que la gouv[ernante] me donnait du contraire. Je suis alors entré chez madame G[randemain], et je suis convenu avec elle de rester dix-huit mois, à huit cents francs par an, avec une loge de portier à moi et une remise, en plus, et de pouvoir m'en aller à tout moment, en lui donnant un terme.

Si j'étais allé dans la maison tant désirée, il aurait fallu payer un loyer de huit cents francs au moins, si je l'achète, et de deux mille francs par an, si je ne l'achetais point. J'économise donc et ma peine, et mon déménagement, et de l'argent. Ceci te rendra triplement heureuse, n'est-ce pas, ma ménagère? Enfin, j'ai découvert que la gouv[ernante] et madame G[randemain] ne se saluent plus, et, quand j'ai interrogé la gouv[ernante], elle m'a dit que madame G[randemain], *par des cancans* au sujet du séjour de ces dames, l'avait mise dans le cas de lui répondre *que j'étais libre, qu'elle l'était aussi.* Enfin le renversement total de son système de : *Monsieur et Madame.* De là son envie de quitter la maison G[randemain]. Mais je reste, et reste avec d'autant plus de raison que, comme nous aurons sans doute la maison Francklin, je pourrai surveiller les embellissements, réparations, arrangements, et ne déménager qu'à mesure et à mon aise. Ce matin, le propriétaire vient, et je lui demanderai tout bonnement sa parole de me vendre à cent mille francs, jusqu'au 1er janvier, sans que je sois forcé de prendre, et je t'en apporterai les plans (extérieur, intérieur), et le croquis. J'ai un pressentiment que ce sera notre demeure, au moins pour dix ans, et que, si Passy n'est pas réuni à Paris, si jamais nous y rentrions, nous serions assez riches pour garder cet Éden, d'où Eve ne voudra sortir pour aucune personne.

Je reviens à ta lettre, et je t'en remercie, car je serai, je crois, toujours amant et jamais mari. Je l'ai lue avec tous les sentiments qu'elle excite, une adoration agenouillée moralement devant cette exquise perfection du cœur. Oh! louloup, l'amour, l'amour violent et durable, nous tient collés l'un à l'autre! Tu es bien ma femme, mon rêve et la réalité. D'entre chaque ligne sort une image de nos chers plaisirs, de notre union, de cette perpétuelle cohérence des âmes, même dans nos petites disputes, qui a marqué ces quatre mois et qui ne cessera jamais! Je n'ai jamais aimé, je le sens! Il n'y a pas en moi la moindre envie d'écrire autre chose que ce que je t'écris. Ah! voilà comme une Évelette écrit quand elle aime! Tu m'as fait suivre ta vie pas à pas, et j'y étais comme tu es dans la mienne, en me lisant! Maintenant, sois tranquille; je serai du 15 au 20 octobre à Dresde, et n'en partirai que le lendemain de ton départ! En pensant à notre séparation pendant quatre mois, ces six semaines ne me semblent plus rien. Aussi, ai-je bien envie d'aller jusqu'à W[ierzchownia]. Je ne suis retenu que par la crainte des bruits confirmatifs qui se répandraient sur notre mariage. Je vais, le plus ruiné possible, à travers Paris; je fais voir, le plus possible, un état bien éloigné de la vérité. Mais il vient de Bade des cancans polonais.

Voici huit jours que je suis revenu; ils se sont passés en courses, en inquiétudes, en pourparlers, et je n'ai pas écrit autre chose que seize feuillets pleins à ma femme. C'est un adorable symptôme d'amour pour elle, mais un affreux symptôme financier. Cela aurait fait les *Petites Misères* [*de la Vie conjugale*] qui manquent et dont on offre trois mille francs. J'en ai fait de *grands bonheurs*, mais cela retarde mon retour. Pour t'aimer, il faut ne plus t'écrire que quelques lignes, et faire au plus vite les manuscrits dus. Malheureusement ma plume est comme mon cœur, entièrement à toi, et j'éprouve non pas un plaisir (c'est un plaisir depuis douze ans), mais une démangeaison perpétuelle de la prendre pour te parler.

Je suis ravi de ce que tu me dis des deux amoureux. Georges te montrera sans doute ma lettre, et j'y ai trouvé le moyen de lui faire avoir le prix du trésor qu'il a dans Anna. Anna l'adore; elle en est admirable comme art. Sa distinction, son grand air, ont saisi Froment-Meurice.

Comme j'ai peur de leur curiosité et de ta sœur, je vais t'écrire une lettre ostensible.

Adieu, ma femme adorée, mon minou chéri, mon ange, mon Évelin (c'est la fraternité, Évelin!), ma Line, ma pauvre chère petite fille, adieu, tous mes trésors! Ah! j'ai bien lu dans ta chère lettre une affection semblable à la mienne, une de ces tendresses qui embrassent toute la vie, et que l'absence attriste sans les affaiblir. Crois bien, mon amour unique, que tes souffrances sont les miennes. Je ne peux pas te dire ce qui se fera aujourd'hui. J'attends du monde pendant toute la journée. Je ne pourrai pas sortir. Il faut que je mette ta lettre à la poste ce matin, avant l'heure de mes rendez-vous.

Ah çà! ma minette, je t'adresse ceci comme tu me l'as prescrit à Carlsrouhe [sic], à l'Agneau d'or [1], chez Frey.

Par ma prochaine lettre tu sauras à quoi t'en tenir sur la promesse de vente, sur mes traités avec les journaux et sur la reprise de mes travaux. Je ne suis pas inquiet encore; il m'a toujours fallu huit jours pour me remettre à l'ouvrage, quand je n'avais pas les ennuis que je viens de subir par mon déménagement. Me voilà heureux de ne sortir d'ici que pour aller dans notre maison, et dans une maison que nous ne quitterons jamais!

Ah! tu as vu des joueurs! J'en suis bien aise, car on t'a dit et tu as cru pendant longtemps que j'étais joueur. Sache donc, ma bébête, qu'on ne peut pas être amoureux, écrivain et joueur! Un joueur ne pense qu'à jouer. L'entraînement de la production [littéraire] m'a empêché de tenir ma maison; il y a eu du gâchis pendant trois ans. Les dettes ont compliqué ma situation, et de là est venue l'opinion que j'étais prodigue. Maintenant, depuis cinq ans, la gouvernante tient la maison. Il n'y a plus de gâchis; je paie mes dettes; je ne dépense rien; on me dit avare. Rien de tout cela n'est fondé. Je t'aime et j'écris, voilà tout. Je n'aurai de fantaisies que les tiennes, et mes désirs d'avoir de belles choses viennent de mon excessif désir de réaliser, sur la croupe de la roche de Passy, le délicieux programme de madame Gaston, à Ville-d'Avray, dans les [Mémoires de] deux

1. On verra, plus loin, que Balzac indique la Croix d'Or et non l'Agneau d'Or comme séjour de madame Hanska.

Jeunes Mariées. Je t'aime comme *Macumer*[1] aimait sa femme. Nous sommes sûrs que notre chère habitation ne nous coûtera que cent mille francs. En y mettant cinquante mille francs de mobilier, d'arrangements intérieurs, et avec de la patience, nous aurons notre Éden dans les conditions les plus féeriques, et, comme j'en veux sortir rarement, je veux que tout s'y trouve, *même les tableaux commandés par mon Ève*. Nous avons ici cinquante mille francs; si à Dresde nous pouvons en faire autant, je pourrai m'occuper de cela tout l'hiver. Ce sera mes récréations. Souviens-toi de ce renseignement, qu'à Francfort, chez les Rotschild, tu ne payeras qu'à cent douze et demi les *Métalliques*, sans change de place ni commission.

Pourquoi n'as-tu pas acheté *le Fjord*, s'il te plaisait? Mais attend cependant d'avoir vu les paysages de Dupré avant de parler paysages, car Dupré est au paysage ce que Meissonier est au tableau flamand.

As-tu été généreuse avec ces vilains Anglais! Je ne te pardonne cela qu'à cause de l'ombrelle retrouvée. Je hais l'Angleterre, les Anglais, et les Anglaises surtout, plus que tout, car c'est une Anglaise[2] qui est la cause de mes derniers malheurs. Chaque obstacle m'irrite et me tue en pensant à ma duperie.

Mon magnétisme tous les jours, Paris, etc., te guériront ton genou. Sache ce qu'on en pense, mais ne fais rien, à moins que les remèdes ne soient innocents. Tu as une admirable santé, ne la gâte pas. Va à Tœplitz seulement.

Quand je finis ma lettre, je suis comme quand on se sépare; j'ai de la tristesse, mille choses à dire, et j'en oublie les trois quarts. Écris-moi bien régulièrement. La vieille fille qui tient la poste te dira mes anxiétés pour ces deux jours de retard, dont tu n'es pas coupable. Je n'existais pas et j'allais trois fois par jour à la poste. Cela a fait sept fois en deux jours.

Allons, mille baisers au minou, cent mille tendresses au cœur, une étreinte de revoir à la femme, une aspiration à l'Ève, une caresse à la petite fille, un serrement de main à l'Évelin, un bien doux

---

1. Personnage des *Mémoires de deux Jeunes Mariés*.

2. La comtesse Guidoboni-Visconti, née Sarah Lovell, à qui Balzac dédia *Béatrix* et offrit le manuscrit d'*Honorine* (voir t. II, p. 99, 105, 109, 353, 437).

sourire à l'Évelette, mon âme et ma vie à toutes ces créatures, et mille souvenirs de bonheur au *louloup.*

Tu ne m'as pas dit, ma Linette, comment vous aviez passé les frontières ?

XXIV

A MADAME HANSKA, A CARLSRUHE

[Passy, 6 septembre 1845, minuit.]

Chère comtesse,

Si je n'étais que triste, vous m'en aimeriez [mieux], et je serais heureux. Mais je suis sans force pour travailler et je retarde ainsi le bonheur de vous revoir tous. Quand je me dis : « Allons, courage, faisons de la copie, » il me semble entendre Georges qui parle côtelettes, coléoptères, et dont *l'os rotondum* (il vous expliquera cette prononciation) se déploie dans mes oreilles. Je revois *Zéphirine*; j'en entends le joli petit rire, qui ressemble à un gazouillement d'oiseau. Enfin, je pense à vos genoux que je voudrais magnétiser, à toutes les délicatesses de votre amitié. Je voudrais bien avoir des vivacités, causées par le thé que vous m'auriez servi, être grondé par vous ! Je voudrais n'avoir que des rebuffades, et être là.

Rien au monde ne m'a touché comme [le dessin en forme de] médaille, de Georges, à cause de la fidélité des profils. Il ne sait pas qu'il est la cause de deux larmes qui ont sillonné les joues de *Bilboquet !...* Je méritais ce souvenir, car je m'étais bien occupé d'Anna et de lui. Vous le savez maintenant, car vous devez avoir les délicieux bijoux que Froment[-Meurice] a soignés pour Anna qu'il adore. *Elle est Renaissance !* Aussi n'y a-t-il pas de comparaison à faire entre les feuillages de la broche d'A[nna] et ceux de celle qu'il vous a montrée. A[nna] a un vrai bijou. Vous n'avez rien voulu ; c'est fort mal ; mais si le bracelet-pompadour et le bracelet *des villes* n'ornent pas vos bras à D[resde], je ne serai pas votre *Bilboquet,* c'est-à-dire le maître de la caisse ! Et vous savez avec quelle supériorité *Bilboquet* joue de sa caisse !

Je me figure que vous êtes à *la Croix-d'Or* au moment où je vous écris, et je vous suis des yeux dans cette auberge, dont les moindres dispositions me sont si bien connues, que je vous dirais le nombre des marches usées de l'escalier ! Aussi, attendais-je avec anxiété mes acquisitions pour avoir des souvenirs de plus dans mon cabinet, qui n'est meublé que de vous.

Par moments, je regrette le meuble de Rotterdam; il me rappellerait sans cesse que j'ai eu la vivacité qui m'a valu d'être si maltraité par vous, et jamais je n'en aurais d'autre, en le voyant ! Je me dis qu'un Mentor pour sept cents francs, ce n'est pas cher.

Nous sommes à dimanche 6, je crois [1], et je n'ai pas une ligne d'écrite ! J'ai bien difficilement remis ma montre à l'heure, c'est-à-dire que c'est à peine si je dors, en me couchant à sept heures, et que je me réveille dans le genre d'Anna: quand mon réveil sonne, à trois heures, je me rendors ! Ah ! le corps s'est fatigué dans ce voyage, si *l'esprit et le cœur* (style de 1809) ont été constamment récréés. Vous avez fait passer notre amitié par une épreuve bien douce, mais qui eût été bien rude à des amitiés vulgaires. J'aime à croire que vous ne pensez pas plus que je n'y pense à ce théorème: nous sommes restés sans cesse en présence, vous et Anna, durant quatre mois, qui ont passé comme une journée ! Vous et Anna, vous avez été irréprochables. Moi seul, nature de cordes de Naples et de feu, j'ai eu deux, non trois vivacités, en comptant le coup sur la table, à Amsterdam, quand le garçon *c'eyst-çççà*, nous entortillait dans les dates du départ et d'arrivée du bateau. Je voudrais bien faire prendre mes trois vivacités pour une flatterie, pour une preuve de mon infériorité devant deux natures angéliques; mais je me les reproche, comme Habeneck [2] deux dissonances dans une sublime symphonie de Beethoven bien exécutée. Et vous êtes si délicieusement anges, vous et Anna, que je me dis parfois, en y comprenant le cher Georges, que vous me voudriez peut-être [encore auprès de vous], dussé-je avoir d'autres vivacités. Mais, soyez tranquille, vous ne connaitrez plus que celle d'une affection canine.

1. Balzac se trompe : c'était le 7.

2. Célèbre chef d'orchestre de l'Opéra et de la Société des Concerts du Conservatoire.

Si vous revoyez votre chère sœur à Carlsruhe, vous me rappelerez bien, je l'espère, à son souvenir, je n'ose dire à son cœur, où je voudrais une toute petite place. Quant à votre si charmante Anna et à Georges, ils savent que je ne les oublie point, et le comte a une lettre, d'ailleurs, dans celle-ci.

Allons, adieu : pour vous revoir plus tôt, il faut vous oublier ou en avoir l'air, car si je n'ai plus quarante feuilles de *la Comédie Humaine* à faire, j'en ai toujours dix-neuf, et c'est beaucoup que d'en faire une demie, en moyenne, par jour, quand on a tant d'affaires à terminer, comme moi.

Adieu ; dans toutes les villes où vous passerez, visitez les marchands de bric-à-brac et les juifs en mémoire de moi.

Croirez-vous que la gravure du meuble [florentin] n'est pas faite, et qu'on y travaille sans cesse? Quel malheur ! Je voudrais tant le vendre à ce cher Rostchild.

Ma gouv[ernante] flotte entre un débit de tabac, le couvent ou le mariage. La Régie l'emportera. Elle veut me donner une femme de charge de son choix ! ! !... depuis qu'elle sait que j'en ai une autre. Elle est d'ailleurs en parfaite santé, depuis qu'elle prend des tasses d'infusion de feuilles d'oranger. Elle se plaint de la vie; mais elle a bien soin de mes repas et de la maison. Comme ceci vous intéresse, je vous donne ces détails.

On ne dit pas adieu à une personne dont le souvenir est sans cesse dans notre cœur, qui se met devant nous à tout moment; mais on lui dit: au revoir, quand on a le malheur d'en être séparé, et comme j'espère vous revoir dans peu, je crois que vous me permettez cette douce parole en acceptant ici tout ce que je mets à vos pieds. N'oubliez pas de me rappeler tout ce que vous voudrez de Paris, pour vous et pour Anna.

Ne m'avez-vous pas demandé de faire faire des coulants de bourse?

Figurez-vous ma joie en retrouvant, sur le livre de poste, des caramels enveloppés, que vous m'aviez dit de prendre, et un cure-dent du voyage ! Comment de si petites choses matérielles font-elles succomber la force morale, qui se trouve comme brisée? Quelle vertu a le passé, quand il est plein de vous !...

XXV

[Passy,] samedi 6 septembre 1845.

Cher comte.

Ce que vous verrez sous ce pli vous dira combien je pense à vous,
quand votre crayon me disait de si douces et de si spirituelles
choses[1]. Vous ne serez pas ému comme moi, en lisant cette page,
car il n'y est question que de vous; tandis qu'en recevant la vôtre,
je voyais les seules personnes à qui je donne le nom si doux et si
sacré d'ami. Néanmoins, mettez-la dans votre collection d'auto-
graphes. Je tâcherai qu'elle soit un jour plus glorieuse pour vous
qu'elle ne l'est aujourd'hui.

Quiconque aura joui comme moi de votre compagnie, dans un
voyage semblable au nôtre, vous aimera, se réjouira de votre avenir,
ce que je fais à plein cœur. Vous avez, outre vos talents et votre
instruction, de si belles qualités, que je vous trouve digne du
bonheur qui vous attend, et, comme il est immense, c'est tout dire
en un mot.

Ne m'accusez pas de froideur à cause de mon adieu à Bru[xelles]. Que
voulez-vous? J'ai quarante-six ans ! J'avais le cœur plein de larmes,
près de déborder, et, quand on a passé la jeunesse, on a je ne sais
quelle fatuité de force. Mais, comptez bien sur moi ; accablez-moi
de demandes à faire aux naturalistes en coquilles, lépidoptères et
coléoptères impossibles ! Je trouverai tout.

Dites à la chère Anna que Froment-Meurice la trouve admirable.
C'est sincèrement. Il a vu, comme tout artiste, la finesse, la grâce,
l'ingénuité d'Anna, tout ce que vous avez mis dans son profil qui,
d'ailleurs, ressemble étonnamment à celui de Georges Sand, moins *le
gras* de Georges[2] Sand. Anna a quelque chose de plus précieux que

1. Balzac répondait à l'envoi du dessin du comte Mniszech par celui de l'autographe de la dédicace de *Maître Cornélius*.
2. Balzac écrit toujours Georges et non George.

la beauté : c'est la grâce, la grâce noble. L'angélique pureté de son
âme communique à ses traits, à ses mouvements, à ses airs de tête,
quelque chose de divin, qui saisit l'artiste. Aussi Froment-Meurice
est-il disposé à faire des chefs-d'œuvre pour elle et pour vous.

Adieu ; vous êtes heureux entre les deux plus nobles, les plus
attrayantes, les plus excellentes personnes que j'aie rencontrées
dans toute ma vie pleine d'observation obligée. Sentez bien tout votre
bonheur, car vous êtes aimé là où d'autres auraient pu n'être que
choisis. Plaignez-moi beaucoup de travailler, au lieu d'être avec
ma chère *troupe*, et laissez-moi vous tendre d'ici une main amie,
qui ne pressera réellement la vôtre qu'à Dresde, dans six semaines.

Tout à vous.

DE BALZAC.

Si le hasard vous mène encore à Heidelberg, n'oubliez pas le
croquis souhaité de la *porte Élisabeth*. Voyez comme je vous donne
l'exemple d'user sans façon de moi !

XXVI

A MADAME HANSKA, A CARLSRUHE

4.   [Passy, 8-14 septembre 1845.]

Lundi 8 septembre.

Mon minet aimé, ma chérie, je ne tiens plus à ne pas te voir.
Dis-moi dans ta première lettre où tu seras probablement dans les
premiers jours d'octobre. J'y serai; c'est mon secret, et je reviendrai quand tu partiras.

Voici que je ne déménage plus. Je trouve des gens qui ne tiennent pas leur parole; je suis dégagé de l'obligation de faire vingt-
cinq feuilles de *la Comédie Humaine*. Je n'en ai plus que treize à
faire, au lieu de quarante. Je vais les brocher en un tour de main.
Qu'ai-je besoin d'argent? J'ai besoin de bonheur, et je reviens.
Je sais bien que nous n'aurons plus la liberté dont nous avons joui
en voyage. Mais nous aurons des hasards, et puis, si nous n'en
avons pas, je te verrai, je te parlerai, je te sentirai, je posséderai

ma chère douce Linette et l'impitoyable *louloup*, car tu es souvent la plus tendre et la plus grogneuse des *louloups*, et je t'aime ainsi, comme tu m'aimerais, dis-tu, prodigue et joueur.

Tu ne sais pas combien je souffre en mangeant de bons fruits ; je pense que tu n'en as pas et il me prend envie de n'y pas toucher, pour ne pas goûter un plaisir dont tu es privée. Ah ! tu es bien mon premier et tu seras bien mon dernier amour !

Je me suis entendu avec le vieux joueur à la Bourse qui possède la maison dont je t'ai parlé ! Il sera engagé pour trois mois avec moi, et moi pas forcé d'acheter, au prix de cent mille francs. Ce prix n'est, en réalité, que soixante mille francs, car on va faire à Passy une route qui coûtera cinq cent mille francs, pour éviter la montagne. Elle passera à douze pieds au-dessous de notre rocher, dont on achètera un morceau, ce qui fait, dit-on, dix mille francs d'indemnité ; puis, il y a pour trente mille francs de terrain à vendre rue Franklin. Mais tout cela est à voir.

Un million de caresses.

Mardi [9 septembre].

From[ent]-M[eurice] est l'inexactitude en personne, et il devait venir. Il n'est pas venu. J'ai fait huit feuillets de *Petites Misères* [*de la Vie conjugale*]. J'en vais faire huit aujourd'hui et huit demain. Ce sera fini. Après, je me mets au roman.

Rostchild m'annonce que j'ai quinze actions du chemin de fer [du Nord]. Je les garderai jusqu'à ce que cela vaille sept mille cinq cents francs de bénéfice.

Royer-Collard[1] est mort. C'était *l'endroit*[2] de Sieyès.

Pour me promener, hier, je suis allé à deux heures chez madame [de] Girardin. J'ai fait la route à pied et suis revenu à pied. Elle m'a dit de me présenter à l'Académie quoiqu'on veuille, cette fois, y mettre Rémuzat [*sic*], qui n'a pas de titres. Je ne sais rien de plus méchant que cette femme ; elle enlaidit et vieillit à faire peur. Elle m'a dit que tout le monde disait que je me mariais. Je lui ai

1. Homme d'État et philosophe, le chef du parti des théoriciens de la monarchie, des Doctrinaires, sous la Restauration et la Monarchie de Juillet.

2. La doctrine politique du fameux Sieyès fondant tout pouvoir sur le tiers État était donc considérée par Balzac comme l'envers de la doctrine de Royer-Collard.

dit que je le voudrais bien, mais : « Je me marie, comme vous êtes vieille et laide, ainsi jugez de la valeur du cancan ! » Elle *a fait* une drôle de grimace. Elle est folle de Gautier [1].

Je suis revenu à la poste, en croyant à la générosité de mon louloup. Je me disais : « Elle a trouvé deux lettres et les bijoux à Francfort ; elle m'y aura répondu un petit mot, en dehors de son envoi périodique ! » Mais rien. J'ai été triste ; je t'envoie des volumes, tu ne me donnes que ce qui est convenu !

Mes heures sont maintenant à peu près reprises ; mais je me fatigue beaucoup à ce métier. Je ne pourrai plus le faire, une fois ces derniers manuscrits fournis et *les Paysans* finis. Dans deux jours je n'aurai plus que treize feuilles [de *la Comédie Humaine*], à faire, et Chl[endowski] et Souverain seront livrés de ce qui leur revient. A mon retour, en novembre, décembre, janvier et février, j'arrangerai notre maison, et je terminerai avec *la Presse*, *les Paysans*, et je donnerai au *Siècle* pour quatorze cents francs [de copie] que je lui redois, l'affaire Dutacq arrangée. Ainsi, je ne serai plus gêné dans mes mouvements.

A demain. Il faut travailler, faire ses dix feuillets.

Mercredi 10 [septembre].

Je n'ai plus, ce matin, que neuf feuillets à faire pour avoir terminé ce qu'il faut à Chl[endowski] pour achever les *Petites Misères* [de *la Vie conjugale*], et, demain, je commencerai la dernière partie de *Splendeurs et Misères des Courtisanes ;* c'est six feuilles de *la Com[édie] Hum[aine]* à faire ; il faudra bien dix jours [pour les écrire] ; cela me mène au 20. Il en faudra autant pour faire les six autres feuilles de Souverain. Cela va jusqu'au 30. Évidemment, je pourrai partir dans les premiers jours d'octobre, du 1er au 5, et je serai le 10 octobre à Dresde, pour en partir le 5 novembre. Ce sera près d'un mois, ma chérie.

N'oublie pas, aussitôt cette lettre reçue, de m'envoyer : *primo*, les armes d'Anna coloriées ; *secundo*, les tiennes ; *tertio*, celles de Georges. Qu'il me fasse ces trois petites choses-là, que je puisse avoir des modèles exacts, et, s'il y a des supports et des tenants,

---

1. Théophile Gautier.

qu'il les fasse. Il est possible que Froment[-Meurice] trouve là des effets pour ce qu'il a à faire pour Georges, pour Anna.

Tu as fait une joie de cette petite chose vulgaire : [re]monter sa montre !

La gouvernante a pris son parti, non sans des doléances continuelles. Elle s'en ira peut-être avant mon départ. Ça en prend le chemin. Je laisse aller les choses. Madame Michel est prête.

J'ai retrouvé mes facultés plus brillantes que jamais, et je suis sûr que mes douze feuilles, qui feront deux romans, de chacun six feuilles, seront dignes des anciennes. Je te dis cela pour calmer les inquiétudes de madame de Balzac, sur les réactions du physique sur le moral et lui prouver une cent millionième fois qu'elle est adorée, et que le véritable amour jouit de privilèges très étendus. O *tendresse* et *amour*, vous êtes bien regrettés !...

Soigne bien tout, ma Line, et surtout ta santé, car ta fraîcheur, ta beauté, ton grand air Rzewuski font partie de ma fortune et de mon bonheur. Va donc à Tœplitz, sois fidèle à ta parole, louloup sarmate. Vois si tu es aimée ! Je réduis mes travaux à la plus simple expression ! Je n'aurai guère que juste les seize mille francs à donner à M. Fessart, et je reviens ! Puis je travaillerai, en novembre, décembre, janvier, février et mars, à finir les *Paysans* et *les Petits Bourgeois*, et je ne devrai plus rien, ni à un libraire, ni à un journal, ni à un créancier ! J'aurai peut-être une maison prête à te recevoir, et je serai, le 20 avril, sur tes terres. Pense à cela, mon gros *louloup*, pour dissiper ta tristesse, et pense, qu'après, rien au monde ne pourra nous séparer. Je me dis cela, moi, dix fois par jour, pour conserver l'espèce de quiétude nécessaire à mes travaux.

Laurent-Jan [1] est venu hier. Il m'a volé trois heures. T'ai-je dit que j'ai quinze actions dans le chemin de fer du Nord? Ça gagne quatre cents francs. On prétend que cela gagnera cinq cents. A cinq cents, je ferai vendre. J'aurai sept mille cinq cents francs, et je les mettrai de côté pour la gou[vernante].

Allons, il faut quitter cette petite conversation de tous les jours,

---

1. Ami de Balzac; homme de plus d'esprit que de talent, le type du boulevardier, fut tour à tour critique littéraire, journaliste, peintre, décorateur, collaborateur dramatique de Balzac. Il mourut en 1877 et avait failli, dans sa jeunesse, épouser Marie Capelle, la trop fameuse madame Lafarge.

pâle joie en comparaison des souvenirs. Mais, enfin, elle te dit qu'il ne se passe pas trois heures de la journée sans que je te revoie dans les mille choses de toi qui m'entourent, [comme] s'il n'y avait pas une éternelle pensée au cœur.

Mille caresses au m[inou] et à demain. C'est aujourd'hui mercredi, et je n'ai pas encore de lettre. Comment ne m'as-tu pas écrit un mot de Francfort pour m'accuser réception des bijoux et de mes lettres ? Je m'y perds.

Jeudi [11 septembre].

J'ai travaillé toute la journée. Il y a sept feuilles de lues, en épreuves, sur le tome XVI et dernier de *la Com[édie] Hum[aine]*. J'ai beaucoup pensé au *louloup*. Je suis encore allé pour rien à la poste.

Vendredi [12 septembre].

Ah! j'ai ta deuxième lettre ! Oh! mon Dieu ! ce que c'est qu'une lettre, j'en suis tout tremblant de bonheur. Savoir ce que tu fais, où tu es, ce que tu penses, c'est donc maintenant le bonheur! Quelle belle page que celle [que tu m'écris] sur les familles de cathédrales et de cimetières ! Ah ! tu peux faire des *nouvelles*, va ! Tu es aussi forte que G[eorges] Sand!...

Je te quitte. Je pars pour aller voir chez F[roment-]Meurice pour la canne de Georges, et exécuter tes ordres souverains.

Samedi [13 septembre].

Mon *louloup* adoré, la canne ne coûtera guère que de quatre à cinq cents francs. Elle sera délicieuse. Tu as donné à ton futur gendre pour six cents francs de coléoptères et une épingle de deux cents francs. Il serait difficile de ne pas offrir une canne en harmonie avec cela. Tu ne regretteras pas cet argent, va !

Tu as donc revu Heidelberg ! Merci de la *vue*[1] et du *buis*. Tu ne me dis pas de quel nom le docteur Chélius a nommé ta maladie, et la raison pour laquelle il t'ordonne Baden-Baden, qui m'ont toujours paru être des eaux pour rire. Enfin, je suis loin de murmurer

---

1. La vue de la porte Élisabeth.

sur une consultation qui te met à la porte de la France, à trente-
six heures do moi. Seulement, je voudrais plus de détails sur ta
santé. Les bijoux d'Anna sont partis par un courrier de la maison
Rothschild ; ils sont [chez] le baron Anselme de Rothschild, et tu
peux les demander et te les faire renvoyer.

Il est bien difficile de trouver le numéro du *Charivari;* mais je
vais le faire acheter et chercher. C'est, je te le répète, une niaiserie, dans le genre de l'article sur la croix[1]. J'étais accablé de princesses russes, et je m'enfuyais pour les éviter. Tu ne me dis pas
comment tu as passé la frontière prussienne ?

Chère minonette, tous tes chagrins de cœur sont les miens ; je ne
m'habitue à rien ; je ne vois pas la place de la Concorde sans y
soupirer tristement. Quand tu seras à Baden, écris-moi deux fois
par semaine.

Je n'ai encore rien vendu aux journaux. J'ai beaucoup de pourparlers, mais pas d'argent. Ils trouvent tous mes prix trop élevés.
M. Fessart chasse et rien de mes affaires ne se fait. J'aurai bien des
choses à te dire de M. Gavault.

A demain. J'ai des courses à faire et il faut que je fasse beaucoup
de copie. Mille caresses.

Dimanche [14 septembre], quatre heures du matin.

Hetzel est venu hier me demander trois mille francs à compte sur
son compte. Je lui ai signé deux effets de quinze cents francs
à la fin janvier prochain. C'est moins cher que de lui donner
de la copie, et, d'ici là, j'aurai réglé *la Com[édie] Hum[aine]*. Cela
se balancera. Il a fait comme M. Gav[ault], qui se paye sur le prix
des Jardies. Ces trois mille francs, il me les a demandés au même
titre qu'il me les avait jadis donnés. Comme Furne, qui est millionnaire, est garant de Hetzel et de Dubochet pour le prix de *la
Com[édie] Hum[aine]*, il n'y a point d'inconvénient à rendre à Hetzel

---

1. Le décret par lequel Balzac fut décoré de la Légion d'honneur, en même
temps qu'Alfred de Musset et Frédéric Soulié, est daté du 24 avril 1845, et le
duplicata qu'il en reçut, du 27. Il fut publié dans *le Moniteur* du 1ᵉʳ mai suivant.
Balzac, on s'en souvient, arrivait à Dresde précisément vers cette date. Il fait allusion ici aux deux articles du *Charivari* des 22 mai et 13 août 1845 : *M. de Balzac
décoré à Dresde* et le *Nouveau Thésée*. Madame Hanska demandait plutôt sans
doute le numéro du 25 juillet, et l'article intitulé : *Une princesse de lettres.*

et, en janvier, je pourrai payer. C'est Laurent-Jan qui me vaut ces affaires. Il dit partout que je suis avare, que j'ai cent mille francs· en or dans mon cabinet. Ce sera fini dans peu entre Laurent-Jan · et moi. Oh! ma Line adorée, si tu savais comme il me tarde de vivre avec toi, sans voir personne sur notre rocher! Non, c'est plus qu'un désir, qu'un besoin : c'est une rage !

J'ai couru toute la journée hier. Il a fallu voir Alex[andre] de B[erny] [1], pour faire renouveler cinq mille francs à Chlendowski, et aller retirer son effet chez Souverain, à qui je dois rendre les trois cents francs. Je ne suis rentré qu'à cinq heures. Ce matin, j'ai Dutacq à déjeuner et les Valmore, qui veulent que la gouv[ernante] se mette au couvent. Cela se ferait à mon retour, en novembre ou décembre.

Ce matin, à huit heures et demie, je vais voir la maison du vieux Sal[l]uon (c'est son nom), bien en détail et voir la partie qui sera retranchée par la route. Ainsi, par ma première lettre, tu sauras les dernières résolutions.

Hélas, mon minet, je t'écrirai peu la semaine prochaine. Il faut que, dans cette semaine, je fasse les six feuilles de Chl[endowski], car je ne veux plus rien avoir à fournir à cet étrange Polonais. Il ne dit que du mal de moi. Dans dix jours je ne veux rien lui devoir.

A propos, j'ai décrit l'armoire de Rotterdam à quelqu'un qui m'a forcé de la demander sur-le-champ, car il m'a montré une armoire en noyer qui coûtait trois cents francs et qui n'était que *profilée*. Il m'a dit qu'une armoire comme celle que je lui décrivais, en acajou, coûterait de sept à huit cents francs. Alors, j'ai écrit à Swab [2] de me l'envoyer pour trois cents florins. Tes vœux sont accomplis.

Les cuirs sont arrivés à la frontière. La douane a pris le droit sur cinq cents francs. Elle n'a jamais voulu admettre que cela coûtait cinquante francs. Cela fera une pièce magnifique. Cela seul payerait tout ce que j'ai acheté.

1. Fils de madame de Berny, la première amie de Balzac et qui avait succédé à Balzac dans sa fonderie de caractères. Sous la direction d'Alexandre de Berny cette fonderie est devenue l'une des premières du monde : Deberny-Peignot.

2. Ou plus exactement Swaab.

Oh! mon *louloup*, qu'il y a d'amour dans tes courses chez les marchands de bric-à-brac ! A chaque phrase de tes récits à ce sujet, j'essuyais mes larmes. Oh ! si tu savais combien je sens mon bonheur et combien je suis *reconnaissant* d'être aimé ainsi, tu serais fière, et tes genoux sentiraient le fleuve de vie que mon âme t'envoie. Je ne te parle pas de mon amour, de ma tendresse ; c'est l'infini dans mon cœur. Rien ne pourra tarir ce qui s'en échappe. Tu peux me gronder, comme à Rot[terdam], me dire des paroles dures ; je sens en moi des attaches que rien ne peut briser... Oh ! je t'aime à mourir de chagrin, s'il nous arrivait une douleur, un hasard ! Je viens de relire ta chère lettre, et je me dis : « Quel chagrin d'avoir huit jours à attendre pour en recevoir une autre ! » Oh ! je partirai dans les premiers jours d'octobre; la canne de Georges sera faite et les dessins de grandeur naturelle de la toilette [d'Anna] seront finis. Tâche de me trouver une chambre à Baden, car il est certain que je t'y verrai. Tu y seras encore dans les premiers jours d'octobre, et nous vivrons, un bon mois, à Heidelberg. Tu devrais y louer un appartement pour un mois, si le docteur Chélius[1] t'y tient un mois.

Il me faut trouver dix-huit cent soixante-quinze francs à donner chez Rotschild pour retirer mes quinze actions, et je ne les ai pas. J'espère que Dutacq me prendra pour deux mille francs de billets Chlendowski. J'ai demandé deux cents actions du chemin de fer de Lyon[2]. compagnie Delthomas. Je crois que cette compagnie aura le chemin, et, si elle l'a, que les actions gagneront cent francs de prime. Je gagnerai vingt mille francs. J'ai ces vingt mille francs par le reste des Jardies et par les dix mille francs de mon travail de ce mois-ci. Je les mettrai là. En cas de non-réussite, on rend l'argent. Il n'y a pas de perte possible.

Les créanciers ne viennent pas. M. Fessart n'a pas encore employé les quatre mille cinq cents francs qu'il a. Si, à mon retour, j'achète la maison, il faut que je paye moi-même les créanciers qui ont des titres en règle. Ça ne finira que comme cela.

---

1. Balzac, reconnaissant des bons soins donnés par Chélius à madame Hanska, en a fait un des correspondants du fameux docteur Halpersohn dans *l'Envers de l'histoire contemporaine.*

2 Le chemin de fer de Paris à Lyon avait été adjugé, le 20 décembre 1845, pour 41 ans 90 jours, à MM. Charles Laflitte, Ganneron, Barillon et baron Baudrand.

J'ai bien des ennuis dont je ne te parle pas dans mes lettres. Ça y prendrait trop de place. Je te raconterai cela dans vingt-cinq jours, et tu seras effrayée de la noirceur du monde. Oh! il n'y a pas d'amis, mon chéri minou; il n'y a que nous deux, l'un pour l'autre. Aussi, ne désirai-je plus d'être à Paris. Je souhaite beaucoup de vivre sans voir personne, à Passy, dans la maison Sal[l]uon, serré contre mon Ève, travaillant près d'elle, ne la quittant pas. Il n'y a de vrai que l'amour, quand il est surtout doublé de l'amitié qui nous unit : mêmes goûts, même esprit, même travail, mêmes plaisirs! Ainsi, plus qu'un an à attendre; c'est le temps de t'arranger notre nid. Ce sera bien un nid d'aigles!

Allons, adieu ma bien-aimée femme, mon *louloup* minet, mon ange, tous mes trésors! Je vais te mettre un volubilis et du réséda de mon jardin, pris dans cette allée où nous nous promenions, et je renvoie le petit plomb de l'imprimerie, qui a été retrouvé. Ces petites choses sont grosses de vœux pour ta chère santé. Soigne-toi bien, sois égoïste. C'est m'aimer! Dis-moi bien ce que t'a dit le docteur Chélius. Sois bien prudente à Baden; c'est pavé de Français, de joueurs. Ne vois personne, car cette fatale célébrité que je maudis pourrait s'attacher à toi, nous faire des chagrins.

Allons, mille caresses à mon minou adoré, caressé tous les soirs en idée; mille fleurs de baisers à *tendresses* et *amours*, et des millions de pensées (inédites, madame Beydal[1]), à l'étoile chérie, à l'Ève, à la Line, à l'Évelette, à la petite fille, à tout ce monde qui est en toi, à tous ces personnages qui sont autant de faces de mon Éveline, toutes aimées, toutes si gentilles!

A bientôt pour te voir; à demain pour t'écrire! à toujours pour t'aimer!

Mille gracieusetés à Georges; mille affectueuses gentillesses à ton Anna. Rien à toi; tu as tout! Le pauvre B[engali] est redevenu coi, abattu par le café, le travail et l'absence.

---

1. Balzac veut sans doute dire : Beyda, qui était l'un des noms de famille des Rzewuski.

XXVII

A MADAME HANSKA, HÔTEL DU CERF, N° 2, A BADEN-BADEN

5.   [Passy, 15-20 septembre 1845.]

Lundi 15 [septembre].

Ma Line chérie, je ne suis pas très avancé. J'ai encore treize
feuilles de *Petites Misères* [*de la Vie conjugale*] à faire, huit feuilles
de *la Comédie Humaine* pour M. Chl[endowski]. Que veux-tu? Je ne
puis plus que t'aimer; je ne pense qu'à toi. A mes œuvres, point. Tu
m'as fait connaître le bonheur infini; je ne veux plus que cela. Je
ne m'occupe des choses que par rapport à toi.

Hier, je suis allé revoir la maison de M. Sal[l]uon en détail, avec lui.
Non, c'est inconcevable; je n'en reviens pas. Ça a déjà coûté plus
de cent mille écus. Aussi, suis-je tout décidé. Peut-être partirai-je
dimanche prochain pour t'aller voir. J'attends, pour me décider,
que je sache où tu es. Aujourd'hui, 15, je n'ai de nouvelles de toi
que de Francfort. Je ne sais pas ce que tu as fait depuis Heidelberg.
Es-tu à Carlsruhe ou à Baden? Je ne saurai cela que jeudi. Je t'enverrai ma lettre vendredi, et je partirai dimanche pour te consulter.

J'ai beaucoup à courir. A demain.

Mardi, [16 septembre].

J'ai vu hier Dutacq, et j'irai sans doute te consulter sur le traité
qu'il me propose, quand cela se sera dessiné. Je me lierais pour
cinq ans et lui donnerais tous mes romans : insertion dans les
journaux et librairie. Cela me débarrasserait de bien des ennuis,
et il s'agirait d'une fortune, de trois cent mille francs. Nous causerons de tout cela.

On fait le plan de la maison Sal[l]uon; elle contient deux arpents
de terrain, et c'est vraiment donné que d'acheter cela cent mille
francs. Furne avait acheté deux arpents soixante-dix-huit mille
francs dans le quartier Singer, du côté d'Auteuil, et la maison de

M. Sal[l]uon est contiguë à Paris ! Il ne vend que le terrain. Je m'explique cela par l'impossibilité de spéculer sur un terrain terminé par un abîme.

L'idée de te voir, de te consulter sur nos affaires, me rend ivre de joie. Je ne resterai qu'un jour à Baden ou à Carlsruhe. Je reviendrai pour achever mes travaux, et je reviendrai, après, pour rester quinze jours.

J'ai une peine infinie à reprendre mes heures, à travailler. Les affaires ne seront finies que par moi, je le vois bien. M. Gav[ault] est d'une apathie affreuse ; il n'est bon à rien. Si tu savais ce que sont tes lettres, tu m'écrirais deux fois par semaine. Les actions du Nord sont à huit cent cinquante francs. Il faut qu'elles montent de cent cinquante francs pour que j'aie sept mille cinq cents francs. En attendant, il faut trouver près de deux mille francs pour demain.

Oh ! *louloup*, être sans toi, quand tu n'es qu'à cent cinquante lieues, c'est une pensée intolérable !

Allons, à demain. Il faut travailler quelque peu.

Jeudi [18 septembre].

Je vais à Lagny pour vendre des romans à ces imprimeurs. Ils ont de l'argent et parlent de payer comptant. Ils me débarrasseront de mes inquiétudes sur Chlend[owski]. Mille tendresses.

Samedi [20 septembre].

Beaucoup de courses, rien ne se termine. Mon *louloup* adoré, je tiens ta lettre numéro trois. J'y réponds par un seul mot : quand tu tiendras cette lettre dans tes belles mains adorées, qui sont les plus belles que j'aie jamais vues, ton Noré sera dans la malle de Strasbourg, et tu le verras vendredi pour déjeuner. Prie Georges de ma part de me trouver une chambre à n'importe quel étage. Je viens te voir deux ou trois jours. Je t'apporte le plan de la maison et je viens causer avec toi de mes affaires. Elles sont en bon train ; il se prépare pour moi d'excellents résultats. Mais je ne veux pas prendre certains partis dans la vie sans t'avoir consultée, et, chère âme de mon âme, ce que tu me vois faire aujourd'hui, je le ferai jusqu'à la fin de mes jours, car tu es ma lumière. Des lettres à écrire là-dessus me fatigueraient beaucoup, seraient interminables ; les réponses viendraient trop tard ; et puis, te voir !... Oh ! si tu savais ce que c'est pour moi ! Je te le dirai. Je retiendrai ma place du retour, à la malle de Strasb[ourg], en y arrivant. Ainsi, le temps de ma visite sera fixé. Tu me reverras plus tard. J'ai plus de liberté que je ne le croyais, et, sois tranquille, le voyage fait ainsi, toi au bout, n'est pas une fatigue. Quand tu m'entendras, tu verras que je suis venu utilement, comme s'il n'y avait pas de plaisir, le plus immense bonheur, à récolter ; celui de voir, de respirer mon louloup !

Les *Petites Misères* [*de la Vie conjugale*] sont finies. Quatre feuilles, sur les dix dues à Chl[endowski], sont prêtes. J'ai les six autres, moins une.

Enfin, cela ne coûte que quinze louis d'aller et de revenir. Quand je te verrai il y aura *un mois* presque, que je t'aurai quittée.

Madame d'Agoult[1] est à Mettrai[2], occupée à séduire un *humani-taire*. Elle a été supplantée par madame de Dino (la vieille), dans le cœur du prince Lignowski[3]. J'ai beaucoup de choses à te raconter.

Enfin, ce qui te fera le plus de plaisir, c'est que j'ai de quoi, ou j'aurai d'ici à un mois, de quoi payer toutes les créances qui m'empêchent de posséder. Je te dis d'avance cette bonne nouvelle.

Sois bénie mille fois de toutes tes bonnes volontés pour te bien porter ! C'est ma vie que ta vie. Je t'aime comme un homme qui apprend ce que c'est que l'amour. J'ai soif de mon *louloup*, comme j'avais soif de la France, en Italie ! Et toi ? Toute ta lettre me dit : « Viens », quand je pars !

N'aie nul souci de la gouv[ernante]. J'ai subi tous les ennuis. Elle peut m'être utile pendant cet hiver. Mais tout est convenu ; elle s'en va. Elle veut de l'argent. Enfin, tout est bien arrangé. Je ne vois pas où tu prends que j'ai l'intention de faire le bail en son nom. C'est une erreur de moi. J'ai l'intention contraire.

---

1. Les amours de madame d'Agoult et de Liszt ont inspiré à Balzac les amours de madame de Rochefide et de Conti dans *Béatrix* (voir t. I, p. 527).

2. Mettray, dans l'Indre-et-Loire, à 8 kilomètres de Tours, siège d'une Maison centrale d'éducation correctionnelle, colonie agricole de jeunes détenus, que fonda, en 1840, M. Demetz, ancien conseiller à la Cour d'appel de Paris, aidé du comte de Gasparin, président de la *Société paternelle* et du vicomte de Brétignières de Courteilles qui mit à sa disposition une propriété sise à Mettray pour y construire les bâtiments nécessaires.

3. Balzac veut dire sans doute Lichnowski.

ieu veuille que ma place à retenir à Strasb[ourg] ne soit possible
que tard dans la semaine et que j'aie quelques jours ! Tu ne me dis
pas si vous avez les bijoux. Ils sont à Francfort depuis longtemps.

Je suis absolument comme toi. Je bénis Dieu de ce que tu aies
Georges. Je l'aime bien, et bien sincèrement, bien solidement. J'ai
toujours vu qu'on lui avait dit du mal de moi.

Aller mercredi vers toi, savoir que vendredi je serai chez toi!...
Je voyage avec le petit sac de nuit que tu connais, et la seule chose
qui m'occupe, c'est de t'apporter des fruits !

Liszt!... C'est inconcevable. Oh ! je t'en supplie, ne vois personne.
N'aie pas peur qu'on me dérange de toi ; *tu es aimée*, mon Évelin,
dans toute l'étendue du mot, de la chose !

Un Rostchild est venu voir mon meuble.

Allons, à vendredi prochain. Tu sais ce que tu as à dire pour moi
à tes deux chers enfants; mais tu ne sauras tout ce que j'ai à te dire
qu'en me voyant. Je viendrai par le premier convoi. Mon cœur
bat, en t'écrivant cela, comme si je te voyais. Je t'apporterai des
graines de la rue Basse.

XXV

A MADAME HANSKA, HÔTEL DU CERF, N° 2, A BADEN-BADEN

[Passy, 4-7 octobre 1845.]

Samedi [4 octobre], deux heures.

Je suis arrivé ce matin à cinq heures, sans avoir pu dormir pendant les deux nuits passées en malle-poste. Je viens de me reposer.
J'ai dormi cinq heures. Je viens de déjeuner; je pars pour des
courses dans Paris. Je t'embrasse en pensée. A demain pour plus
de détails, car il faut, malgré ma fatigue, que je me lève cette nuit
et que je reprenne mes travaux.

Dimanche [5 octobre], quatre heures du matin.

Au lieu de me lever à deux heures, je n'ai pu que me lever à
trois heures et demie. J'ai pris du café. J'ai les épreuves de quatorze
feuilles de *la Com[édie] Hum[aine]* à lire, et il faut fournir Chlen-

dowski, lequel a vendu à des tiers les ouvrages qu'il avait à publier. Il faut porter demain mes quatorze feuilles corrigées aux
imprimeries, et, quatorze feuilles, c'est quasi la moitié d'un volume
de *la Com[édie] Hum[aine]*.

Je ne te parle pas, mon bon *louloup*, de mon chagrin; il n'est
contenu que par le désir, la certitude de te revoir bientôt.

Hier, j'ai trouvé une lettre de Dutacq qui me redemandait mille
francs, prêtés de confiance pour mon versement des actions du
Nord. Il a fallu les rendre. J'ai trouvé là M. Gavault, dont la conduite
est inexplicable, à cause du payement des Jardies. Je l'ai beaucoup
secoué, en lui montrant tout mon avenir attaché au payement immé-
diat de mes créanciers; j'ai agi sur lui.

Tu connais les distances de Paris; Silbermann[1], qui est si bon
pour nous, m'avait prié de remettre un paquet d'insectes à un président d'Académie suédois, qui l'avait oublié chez lui. J'ai perdu
une heure, une heure chez Dutacq, et une heure avec Gavault,
qui s'est fait conduire par moi au faubourg Saint-Antoine. J'en ai
profité pour aller chez Froment[-Meurice]. J'ai manqué l'heure des
Rothschild, chez qui je voulais aller.

Autre histoire! La gouv[ernante] a pris son parti. Elle veut un
bureau de tabac. Il a fallu aller chez M. Nacquart[2], intime ami du
directeur général que cela regarde, et le docteur demeure à Neuilly!
J'ai vu le docteur, qui m'a écrit là-bas. Il m'a tracé ma route pour
parvenir au directeur général. Hein, que d'affaires et de courses!
Parti à deux heures, je suis revenu à huit heures; j'ai dîné, je me
suis couché. J'ai dormi de neuf heures à trois heures et demie,
et me voici.

Ce matin, il faut voir M. Salluon, et aller, avec Gavault, visiter la
propriété, car je suis convenu de cela avec lui. Son avis, dans nos
relations actuelles, est de politesse et indispensable.

Mille tendresses, ma chérie. Je te quitte pour corriger.

1. Imprimeur de Strasbourg et grand collectionneur de coléoptères. Silbermann imprimait *le Courrier du Bas-Rhin*, *les Affiches de Strasbourg* et *la
Gazette médicale*.

2. Médecin de Balzac et l'un de ses plus anciens amis; c'est à lui que *le Lys
dans la Vallée* fut dédié et c'est à lui que madame Ève de Balzac offrit la
fameuse canne aux turquoises du romancier Cf. *Les Cahiers Balzaciers*, N° 8.

Lundi [6 octobre], trois heures du matin.

Hier, après t'avoir envoyé mille baisers de louloup, j'ai corrigé *sept* feuilles en quatre heures. A neuf heures, je suis allé *causer* avec le père Salluon, et à dix heures je déjeunais. A onze heures, Gavault est venu. Nous avons examiné l'immeuble. C'est, à l'avis de Gavault (qui voulait nos fonds), une excellente affaire, une position admirable et à saisir. Il reconnaît les dépenses inévitables ; mais il les croit très fortes. Il m'a quitté à deux heures et demie. Je suis retourné chez Salluon et je lui ai dit les inquiétudes de M. Gavault, en lui proposant ceci : « Vous avez un bon architecte, habile et honnête homme. Qu'il vienne mardi. S'il me promet que les choses indispensables à faire : calorifère, peinture, escalier, report des communs, ne me coûtent que vingt mille francs, je fais l'affaire. Sinon, non, car je ne veux pas me ruiner. » Accepté. M. Surville verra les devis et me guidera pour en faire réaliser les conditions.

. De retour, il était quatre heures et demie, j'ai lu les journaux, et Chlendowski, invité à dîner, est venu. C'est toujours le même homme, le même Polonais. Mais je n'ai plus de craintes sur sa solvabilité.

Ah ! j'ai oublié de te dire qu'au milieu de mes courses, samedi, j'ai vu Lirette et lui ai remis ta lettre. J'ai eu pour seize francs de voiture ! Il a fallu aller chez Plon. Lirette va bien.

Je me suis couché à sept heures et demie, et me voilà debout à trois heures et demie ; j'ai pour tâche *sept* autres feuilles à lire et à corriger, et il faut que je sois à neuf heures du matin chez le directeur général de qui dépend le bureau de tabac à créer.

Je t'envoie mon âme et je reprends mes corrections. Mille chatteries, ô minou !

Mardi [7 octobre], deux heures et demie.

Oh ! *louloup*, hier, j'ai fini de corriger mes sept feuilles ; mais je suis arrivé trop tard chez le directeur général. Il faut y retourner ce matin, et j'étais cependant parti de la rue Basse à neuf heures ! Je ne suis revenu qu'à huit heures, pour dîner.

Tes valeurs sont parfaitement connues et réalisables. Seulement elles sont considérées comme des lettres de change à recevoir, et gare les frais.

Je suis allé chez M. Gavault. J'ai hâte de terminer avec lui. J'irai tous les matins; je le talonnerai jusqu'à ce que j'aie mon argent.

De là, ma belle et adorée minette (Dieu sait si l'on pense à toi, en voiture !) je suis allé, pour toi, à la grande poste. Écoute bien ceci : un magnifique paquebot de l'État, commandé par les officiers de la marine militaire, partira, le 1er novembre, de Marseille pour Naples. Or, de Strasbourg, le chemin de fer de Strasbourg à Mulhouse te conduira à Mulhouse. A Mulhouse, tu peux faire retenir tes places dans une diligence qui te mènera rapidement à Châlons[1]-sur-Saône. A Châlons-sur-Saône, tu vas par bateau à vapeur à Lyon, en peu de temps, et de Lyon à Marseille.

Ainsi, nulle voie n'est ni moins chère ni moins rapide. De Heidelberg à Strasbourg, un jour; de Strasbourg à Châlons, deux jours; de Châlons à Lyon, un jour; de Lyon à Marseille, deux jours. Total : six jours et peu de dépenses.

La malle de Strasbourg à Lyon est un briska à deux places, comme je te l'avais dit. Ainsi, la diligence est la seule voie à prendre. Votre voyage se fera par les trois modes : chemin de fer, diligence et bateau à vapeur. Il faut que tu me dises, courrier par courrier, ta décision, car vous me trouverez à Châlons. Selon moi, vous partirez de Heidelberg le 21, vous serez le 24 à Châlons. Alors il faut que je retienne ma place à la malle pour le 22 de ce mois. R[éponse] s['il] v[ous] p[laît], madame.

Je t'envoie la page de la brochure sur le service des bateaux à vapeur. Tu vois qu'ils partent à cinq heures, tous les 1er, 11 et 21 du mois. Tu ne peux être ni le 11 ni le 21 à Marseille, mais seulement le 1er novembre.

Je suis à sec par le payement de ma dette à Dutacq. Il a fallu porter à l'escompte deux billets Chlendowsky.

J'ai payé à Strasbourg, à Silbermann, les frais de l'envoi des plâtres. Il est, je pense, inutile de t'envoyer la lettre de voiture

---

1. Ou plus exactement Chalon.

acquittée. Je te la remettrai à Châlons. A Châlons, Georges aura sa
canne. Il a fallu rendre à la gouv[ernante] l'argent emprunté pour le
voyage de Bade. Aussi, *louloup*, faut-il travailler toutes les nuits et
courir toute la journée. Ainsi, ce matin, il faut aller chez le directeur général, à huit heures et demie ; chez Chlendowski pour des
difficultés ; chez Plon, de nouveau chez Rotschild pour lui remettre
aussi les *Métalliques*, etc.

Enfin, Sèvres se remue ; il faut payer, payer les créances, et la
gouvernante a entrepris un créancier. Jamais, dans ma vie, il ne
s'est rencontré pareil moment. Il faut activité, prudence, argent,
travail et santé. Ah ! si ce n'était *toi*, ou mieux *nous*, je ne sais ce
que je deviendrais. La charge ferait plier des épaules plus fortes
que les miennes.

Écris-moi ; ne m'en veux pas de la brutalité de ces lettres. J'ai
à peine le temps de t'écrire. Nous causerons le 24 à Châlons, et de
Châlons à Marseille.

Hier, je suis revenu à huit heures et demie, je me suis couché à
neuf heures, et me voici t'écrivant à deux heures et demie, et il faut
travailler. Ne me plains pas, puisque tu m'aimes. Il n'y a pas
de travaux forcés que ton image céleste n'embellisse, ne rafraî-
chisse. Plus je suis traqué, accablé, plus je suis fort en pensant
à l'avenir.

J'ai vu ma sœur, pour savoir où en sont les envois de Hollande. Je
lui ai fait pressentir ma position, l'acquisition, en lui disant que je
réclamais d'autant plus les soins de son mari qu'il ne s'agissait pas
de moi ; que j'étais en quelque sorte *fidéi-commissaire* et que je
voulais une rigidité d'usurier dans ces affaires-là.

J'ai vu Laurent-Jan. Il paraît disposé à faire la bibliothèque.
J'allais pour me brouiller avec lui, croyant à son refus. Il a été
charmant.

Maintenant, mon Évelin chéri, ne t'étonne plus de mon laconisme
dans mes lettres, si toutefois je puis t'écrire entre le 7 et le 20 (Où
mes lettres iraient-elles ? A Strasbourg ?), car il me faut faire six
feuilles de *la Com[édie] Hum[aine]* avant le 22.

Pour vos places à Mulhouse, que Georges écrive à Silbermann
pour les faire retenir, et indiquez *le coupé* et une place d'intérieur.
On peut les retenir à Strasbourg. Il vous évitera la remise des

passeports, et moi, je serai à Châlons avant vous. On ne vous en parlera pas plus que quand nous étions... tu sais où !

Georges a été très affectueux. Il m'a paru enchanté de mon départ.

Je t'enverrai, d'après ta réponse, un petit mot pour le chef de la douane à Strasbourg, pour qu'il vous laisse passer tranquillement.

Allons adieu, ma chérie, ma constante pensée. Ah ! je crois que tu me connais bien, et, à cette écriture illisible, tu devines dans quelle fournaise je suis ! A bientôt, à Châlons. Je pourrai faire ce voyage. Mille caresses des plus tendres, de celles qui te rendent la plus heureuse, ma femme chérie, ma fleur, mon âme !

Allons, adieu. Ci-joint ta lettre à l'infâme gouv[ernante].

P.-S. — J'ajoute ceci chez Froment[-Meurice], où je suis allé pour presser la canne de Georges et les dessins de la toilette. Or, il me dit que je serais un imbécile de ne pas prendre la coupe rouge que j'ai hésité à prendre ; elle vaut trois fois le prix, et je voudrais bien y mettre, nos trois vertus.

Mille tendresses de plus. Apporte la coupe à Châlons.

XXIX

A MADAME HANSKA, HÔTEL DU CERF, NUMÉRO 2, A BADEN-BADEN

[Passy,] samedi 11 octobre [1845].

Chère, je serai à Châlons comme je l'ai promis. Ne vous inquiétez pas de moi ; j'y serai avant vous et je vous donnerai la main pour descendre de voiture.

Vous devez avoir reçu (réclamez-la), une lettre de M. Nacq[uart], adressée au Cerf, à moi.

Soyez mille fois bénie pour la charmante lettre que vous m'avez
envoyée mardi dernier. Nous sommes au samedi 11. Je *vous écris
ainsi*, parce que vous me dites qu'il y a incertitude que vous receviez
cette lettre.

Je serai le 24 à Châlons.

Tout va bien. J'ai une longue lettre à vous envoyer à Strasbourg,
poste restante, pour le jour où vous me direz que vous y serez, si
vous la voulez. De Châlons à Marseille, d'ailleurs, nous pourrons
causer.

Vous savez combien d'hommages respectueux et d'amitiés
dévouées il y a dans ce mot.

Tout à vous.

H. DE B[ALZA]C.

Je vais très bien de santé.

XXX

A MADAME HANSKA, A STRASBOURG.

[Passy, 15-16 octobre 1845.]
Mercredi 15 octobre, deux heures du matin.

Mon Évelette chérie, je pars de Paris, par la malle, le 22,
comme toi de Mulhouse, et je serai le 23, à cinq heures, à Châlons.
C'est moi qui te donnerai la main pour descendre de voiture. Ma
place est retenue et payée.

Comment veux-tu que je t'adresse de Paris une lettre pour Francfort, *mercredi*, pour toi qui quittes cette ville *jeudi?* J'ai reçu hier
à quatre heures, à Passy, ta troisième lettre, où tu me donnes ces
indications, et nous sommes au *mercredi* 15. C'était impossible. Je
gémis d'autant plus que je ne peux donc t'envoyer une lettre
pour la douane de Strasbourg, où je voulais te recommander.

Rassure-toi, mon ange ; les cartes ont menti. Je ne m'occupe pas
d'une *autre blonde*, que la Fortune. Non, je n'ai pas d'autre langage
que le muet langage du cœur pour te remercier de cette adorable
lettre numéro deux, où tu me peins ta gaieté revenue avec le beau

temps. Si je me sers de ce brave Silbermann, qui te remettra ces
quelques lignes, c'est, non pas pour te dire que tu me trouveras à
Châlons, ton cœur a dû te le dire ; non pas pour te calmer de ne
rien avoir reçu à Francfort, mais pour te peindre mon extase en
lisant cette lettre ; la joie purement physique m'a pénétré. J'ai vu là
que tu m'aimais ; j'ai admiré ma chère compagne, faite à mon usage
par Dieu : même âme, même corps ! J'ai admiré cette adorable
naïveté, qui me rend fier de toi, autant qu'heureux par toi. Enfin,
ma Linette, j'ai eu les yeux baignés de larmes et j'ai fermement
remercié Dieu qui t'a rendu cette santé à laquelle tu ne tiens que
pour moi. Tu as raison ; je te veux la santé parce que je sais que
je te porte le bonheur ; je ne vis que pour toi, que par toi. Je
t'aime comme je n'ai jamais aimé. Chaque fois que je respire ton
air, ton cœur, tes caresses, je reviens au désespoir des obstacles qui
m'empêchent de rester dans ce ciel. Aussi, travaillé-je ! Va ! Quand
tu tiendras cette lettre, il est plus que probable que je n'aurai plus
de dettes, que celles de famille.

Nous causerons sur le bateau de Châlons à Lyon de nos affaires.
Laisse-moi, ici, ne parler que de nous. Tes trois dernières lettres
sont une fortune pour mon cœur. Tu remplis toutes les ambitions,
tous les rêves de mon imagination, en amour. Je me sens si heureux d'être aimé ainsi que, malgré mes prétentions, je te donne la
palme, et cependant, je t'aime à mourir avec délices pour toi, mais,
mieux, à vivre en t'apportant, à chaque minute, comme la mer sa
vague, un flux de tendresse ! Oh ! ces chères lettres de ma Line,
de ma petite fille, de mon *louloup*, de ma femme, elles ne me
quitteront jamais ! Oh, sois bien tranquille ; il n'y a pas de femme
sur la terre ni dans le ciel qui puisse ni lutter avec toi, ni faire
dévier mon regard. Tu es aimée avec une entière foi catholique, tu
le verras. Ne crains pas de m'ennuyer ; je serai insatiable, dans dix
ans comme aujourd'hui.

J'ai vu Nac[quart] pour moi. (Ne t'alarme pas.) Les saveurs sucrées
ne me quittaient pas. Il y avait quelque péril pour le foie, et je me
prépare, par des boissons amères, à prendre, samedi et lundi, de
l'eau de Sedlitz, qui préviendra tout mal. Il m'a ordonné de l'eau de
Seltz à mes repas, en m'interdisant l'anis. Il m'a dit que les vents
étaient l'effet, et que c'était la cause qu'il fallait attaquer, que l'eau

de Seltz, mélangée à du vin sucré, me dissiperait la cause. Ainsi, je t'arriverai remis à neuf. Il m'a dit que les plaisirs ne pouvaient pas aggraver, ni même nuire, à moins *d'excès furieux*. Il y a excès, et furieux, mais dans l'âme, et non dans les régions indostaniques. Ainsi, tu vois, je me soigne, et je fais sur moi ce que je te demande tant de faire pour toi, pour moi.

La g[ouvernante] a pris son parti. Ce n'est plus le tabac (*c'était sans dignité*, dit-elle). Elle aura un bureau de timbre. Je lui ai signifié de nouveau *que je ne la verrais jamais*. Elle a dit cela à ma sœur qui, selon elle, a pleuré de ma férocité. «Vous ne pouviez pas dire à ma sœur, lui ai-je dit, *les crimes domestiques* que vous avez commis. » Elle a voulu dire un mot, mais je lui ai nettement dit : « Si vous prononcez un *nom*, que je vénère à l'égal de celui de Dieu, vous allez quitter la maison à l'instant. J'ai de l'argent à vous donner pour vous loger ailleurs, et je mangerai à l'auberge. » Elle s'est tue, et depuis elle ne dit plus rien.

Elle sait que je payerai le bureau de timbre, que je lui laisserai prendre de quoi se faire un petit mobilier, et que je ferai son cautionnement. Plus tard, je lui ajouterai quatre cents francs de rentes viagères. Cela a mis fin à ses réclamations financières, qui prenaient une allure à la Buisson[1]. Telle est la *Blonde* dont je m'occupe, au dire de tes cartes.

J'ai immensément à faire, à écrire, à corriger, pour pouvoir t'accompagner. J'espère pouvoir te conduire jusqu'à Gênes. A qui laisserai-je le soin de te tenir la tête, si tu étais malade? Si tu souffres, j'irai jusqu'à Naples. Je sacrifierais tout, même une fortune, pour garder mon *louloup* et le soigner s'il a le mal de mer. Je ne peux pas te savoir livrée à des indifférents. Je veux être près de toi, ma Line adorée, ma brillante étoile, mon bonheur ! Je vous apporterai des fruits de Paris.

Cette semaine M. Gavault sera sans doute intégralement payé. M. F[essart] aura reçu vingt-deux mille francs, et il est probable que, pendant que nous voyagerons, il aura fini de solder tous mes créanciers divers. Il m'en restera pour trois mille francs, que je

---

1. Son tailleur, qui lui avait longtemps loué un pied-à-terre, dans sa propre maison, rue Richelieu, au coin du boulevard (voir plus loin, p. 138).

dois payer par moi-même, et qui sont sans importance ; puis ma
mère, madame D[elannoy] et Dablin, qui seront soldés d'ici au
10 mars.

Je n'ai eu qu'hier les comptes de Rotschild[1]. J'ai maintenant le
maniement de ce que j'appelle *le trésor Louloup*. Je te rendrai compte
de nos opérations.

Toute cette semaine j'ai été comme un ballon. Tu sais les courses
de Paris ; j'en suis accablé. Les minutes valent des heures pour moi,
si je veux ne perdre que de l'argent en voyageant avec toi, car il
me sera impossible de recueillir aux journaux le prix des *Petites
Misères* [*de la Vie conjugale*] (trois feuilles), de *la Femme de soixante
ans*[2] (une feuille), des *Comédiens sans le savoir* (trois feuilles), en
tout sept feuilles de *la Com*[*édie*] *Hum*[*aine*], qui valent au moins cinq
mille francs. Ce n'est pas une perte, c'est un manque à gagner. Je
n'ai pas le temps, et personne ne peut me suppléer pour vendre
cela. Aucun journal ne peut prendre, ils ont tous des romans
commencés.

Les Jardies seront payés cette semaine. Il a fallu aller cinq fois
chez Gavault. Je suis à quatre courses inutiles à *l'Époque*. Enfin,
je te raconterai tout, il est stupide de causer affaires, ici, quand
nous aurons une journée en bateau, de Châlons à Lyon, et une de
Lyon à Avignon. Je tâcherai de vous préparer un *logement*, comme
dans notre cher voyage, à Châlons, car je crois que vous y passerez la nuit.

Je n'ai pas reçu la coupe. Je ne sais pas si votre poste se charge
de ces sortes de paquets ; mais elle ne sera pas perdue. Tu sais ce
que j'en veux faire : un souvenir symbolique de notre vie. Elle sera
soutenue par quatre figures, *la Constance*, *la Victoire*, *le Travail* et
l'Amour. Bade est pour nous une semaine d'amour, sans une épine.
Nous y avons vécu cœur à cœur ; mon loup a été d'une volupté d'âme
et d'amour sans pareille ; je n'ai jamais été plus heureux, et c'est

1. Balzac écrit tantôt Rotschild, tantôt Rothschild et même Rostchild.

2. Titre sous lequel parut en 1847, chez Roux et Cassanet, le premier épisode
de *l'Envers de l'histoire contemporaine* : *Madame de la Chanterie*. Cet épisode
qui prit place, en 1846, au tome XII de *la Comédie Humaine*, avait auparavant
été publié, de 1842 à 1846, dans *le Musée des Familles*, en trois fragments inti-
tulés, le premier : *les Méchancetés d'un saint* ; les deux autres : *Madame de la
Chanterie*.

pour moi l'image de la vie que je *nous* veux. J'irais au bout de
l'Ukraine, de Paris, à pied, te dire : « Tes trois lettres ont été dans
l'absence ce que mon Ève était à Baden ; un de ces chefs-d'œuvre
du cœur ! » Juge, si je te rattrapperai [*sic*] à Châlons !... Mon regard te
dira tout ! Soigne-toi bien ; prends un pâté à Strasbourg ; tu les
aimes. Il te sera utile sur le bateau à vapeur. Qu'il soit nouveau ;
que Silbermann te le choisisse.

Heureuse *louloup !* [A Strasbourg,] tu coucheras à [l'hôtel de] *la
Fleur !* Reprends-y des souvenirs. Oh ! si tu savais comme tu es bénie,
aimée, à tout moment ! Avant-hier, au matin, mes yeux se mouil-
lèrent de larmes heureuses en pensant à toi. J'y ai pensé pendant
une demi-heure avec une volupté de souvenir dont rien n'approche.
C'est mes débauches ; je me permets cela, comme la friande Anna se
permettait des alberges[, à Tours].

Je te quitte. J'ai cinq feuilles de *Com[édie] Hum[aine]* à corriger,
avant tout travail ! Je t'écrirai encore demain. Tu peux te dire, malgré mes travaux, mes courses, mes affaires : « A cette heure, il pense
à moi ; il ne marche que pour moi. Je suis sa vie: mon nom est sur
ses lèvres, dans sa tête, dans son cœur ; il ne respire pas sans mon
souvenir ! » C'est l'histoire fidèle du Noré. Et tu peux ajouter que
je me dis vingt fois par jour : « Le 24, je la reverrai ; je vivrai dix
jours de sa vie ! »

A demain. Cette lettre partira le 17 ou le 18 pour Strasbourg, et
Silbermann te la remettra en personne.

                                        Jeudi, 16 [octobre].

Je travaille beaucoup, mon ange, et je n'ai pas le temps de relire
ce que je t'écrivais hier. Je vais mettre cette lettre à la poste aujour-
d'hui, car je n'en aurai pas le temps demain ; je me purge, et puis
lundi autant. En outre, j'ai des courses et des travaux excessifs. Il
m'est impossible de te dire un mot. D'ailleurs, je te vois d'aujour-
d'hui en huit, peut-être... Je veux que tu aies cette lettre à Strasbourg, à ton passage, et si Silbermann est à la campagne le dimanche,
et que tu viennes lundi à Strasbourg, il pourrait y avoir malen
tendu. Je veux qu'il la reçoive samedi. Il faut donc qu'elle parte
aujourd'hui jeudi. Il sera ainsi prévenu de cette commission,

et tu auras l'âme en repos, si, par hasard, tu n'avais pas reçu la lettre ostensible que je t'ai écrite à Baden en recevant ta seconde lettre.

Ah ! combien je t'aime, mon *louloup !* Il m'est impossible de coudre deux idées ensemble. J'ai la triste certitude (triste pour les affaires financières) de ne pas pouvoir faire une œuvre littéraire jusqu'à ce que nous soyons mariés et dans notre ménage. Je ne pense qu'à toi ; je ne peux rien faire : l'esprit n'y est plus. Ce n'est pas un compliment, c'est la vérité. Je viens de prendre un parti pour obvier à ce petit malheur : c'est de terminer le volume de *la Com[édie] Hum[aine]*, en souffrance (le douzième), avec *Madame de la Chanterie.* Cela me dispense de faire sept feuilles, qui valaient neuf mille francs. Je suis amoureux fou. Il n'y a plus pour moi rien que toi-même ; en toi c'est ton divin caractère, ta gentillesse, tes petites voluptés, ton âme, qui me plaisent. C'est bien toi, toi seule. Tu serais sans fortune et sans nom, maintenant, après ces sept mois, après nos voyages, que je ne voudrais pas d'autre compagne que toi. Tu as dépassé mon ambition et mon imagination. Je suis heureux ; sais-tu quand ? Quand je m'abandonne à mes souvenirs, quand je pense à toi, et j'y pense trop souvent, *pour la copie.*

Allons, adieu. J'ai la jolie coupe et j'en veux faire une de nos richesses.

Songe que je t'aime comme tu veux être aimée, absolument, et que, quand tu tiendras cette lettre, nous courrons l'un vers l'autre. Prends bien garde à tout[1].

XXXI

AU BARON ADOLPHE DE ROTHSCHILD, A NAPLES.

[Naples, 5] novembre 1845.
A bord du *Léonidas.*

Monsieur,

M. le baron Charles [de] Rotschild [2], de Francfort, avait promis à madame la comtesse Hanska de lui faire venir, à Civita-Vecchia,

---

1. Non seulement Balzac accompagna madame Hanska jusqu'à Marseille, en passant par Toulon, mais il fit avec elle la traversée de Marseille à Naples. Il n'en revint que le mois suivant.

2. Probablement Meyer-Charles de Rothschild (1820-1886), frère d'Adolphe.

un *lascia passare* pour faciliter son débarquement à Naples. Ce *lascia passare* ne s'est pas trouvé à l'adresse indiquée à Civita-Vecchia. Si vous pouvez le lui envoyer à bord du *Léonidas*, qui arrive à l'instant, ou lui envoyer quelqu'un pour lui éviter les ennuis de la douane, vous obligerez à la fois deux personnes, dont une se dit, avec les sentiments les plus distingués,

Votre très humble et très dévoué serviteur,

DE BALZAC.

P.-S. — Vous m'avez déjà promis à Paris vos bons offices pour Naples.

XXXII

A MADAME HANSKA, HÔTEL VITTORIA, Nᵒˢ 14-15, A NAPLES.

[Marseille, 12-13 novembre 1845.]
[Jeudi] 12 novembre, à dix heures et demie.

J'arrive à l'instant. Je n'ai ni *mes effets*, ni mon passeport. Je n'ai pas déjeuné. Mais, pendant qu'on met la table, je me mets à vous écrire, chère comtesse. Selon ma promesse, c'est, en arrivant, le premier et le plus grand besoin.

E dunque, il a constamment *vente grand frais* et il y a *eu beaucoup de mer*. C'est, vous savez, les deux innocentes paroles sous lesquelles les marins déguisent les plus affreux temps, et le nôtre a été si *gros*, que nous avons été obligés de relâcher à Toulon, hier; mais jamais la *Santé* n'a voulu permettre au commissaire du bord et à moi (diplomate), d'apporter les dépêches les plus importantes que jamais l'Orient ait expédiées!... Il était sept heures; le soleil était couché; la *Santé* ne vaque plus. Nous avons dit à la *Santé* qu'elle assumait sur sa tête la plus grande responsabilité, qu'elle jouait *gros jeu*. La *Santé* nous a ri au nez, et il a fallu passer la nuit à bord et aller à Marseille. Je n'ai pas été malade; mais tout le monde. les marins exceptés, l'a été rudement. Ce n'est pas tout; nous avons eu constamment de la pluie à verse. Le Tibre et l'Arno se voyaient, en mer, à leur jet jaunâtre, à une grande distance. Le littoral a été noyé. A tous mes chagrins aucun ennui n'a manqué, vous le voyez.

J'ai eu cependant une distraction. Je suis allé à Pise, et malgré la
pluie battante, j'y ai tout vu ; mais excepté votre ami, M. Cordier !...
La cathédrale et le baptistère m'ont ravi ; mais à ce ravissement
s'est mêlée la pensée que, jusqu'à présent, cette année je n'admirais
rien sans vous, et je n'ai plus alors vu rien qu'avec une profonde
mélancolie. A Civitta-Vecchia [1], j'ai mis pied à terre en mémoire de
vous et je suis allé revoir ce magasin d'antiquités où vous vous
étiez assise, et j'ai appris que la Boc[armé] avait fait déjà des cancans, que vous devinez, sur notre passage, sans aucune importance
d'ailleurs. Je me suis repenti d'avoir écrit votre nom, pour Orata.
Telle est l'histoire des faits du voyage. Quant aux sentiments, il
faudrait inventer des mots nouveaux, tant vous devez être habituée
à mes doléances.

J'ai regardé l'hôtel de la Victoire tant que j'ai pu ! Aucune femme
ne s'est montrée à bord ; elles se sont manifestées par d'affreux
vomissements qui faisaient craquer les boiseries autant que la mer.
Voilà mon déjeuner !

Le soir, à minuit.

Méry sort d'ici ; je lui ai offert le thé et un whist à cinq sous la
fiche.

Voici l'histoire de cette journée : quand j'ai eu déjeuné, je me suis
couché, tant j'étais fatigué. Méry, à qui j'avais écrit un mot, est
venu pendant mon sommeil, et m'a trouvé dans une pose si majes-
tueuse de bonheur, qu'il a respecté mon sommeil. Mais il est revenu,
m'a trouvé m'habillant, et nous sommes allés voir un marchand
d'antiquités, chez qui j'ai vu de bien belles choses, entre autres une
parure de corail que je destine à l'ornement futur d'une dame qui
occupe ma pensée à toute heure. C'est quelque chose d'unique au
monde, et quand on la verra dans les cheveux, aux bras, aux doigts,
au cou de cette *phâme*, les plus lionnes donneront des mille francs à
poignées pour avoir la pareille, et ne l'auront jamais. C'est un travail
indien d'une folie chinoise, à formes ravissantes. Deux bagues sont
sans prix. Elles sont à sept ou huit petits personnages. C'est idéal.
Vous savez quelle est mon horreur pour les bijoux de diamant, je n'es-

----

1. Ou plus exactement Cività-Vecchia.

time que le travail. Eh bien, c'est la folie du travail, le sublime de
l'élégance. Vous en serez folle de joie, et je suis heureux, par avance,
de vous la savoir à vous. J'aurai quelques petites choses pour moi
aussi. C'est toutes occasions à saisir. Oh! le rouge du corail sur vos cheveux, sur votre col !... Il y a la broche, tout complet.

Des marchands, nous sommes allés dîner en causant, puis nous
sommes revenus ici, prendre le thé. J'ai perdu trente-cinq sous, et
j'ai gagné la collaboration de Méry pour plusieurs pièces de théâtre.
Il va faire copier l'affaire des *deux savants*, et nous la réimprimerons
pour vous. L'autographe de Méry enveloppera cette lettre. Vous
voyez que vos moindres paroles sont des textes gravés dans le cœur
de votre vieux mougick [1].

Je pars demain, à onze heures du matin. Ainsi, je ne serai resté
que quarante-huit heures à Marseille et je ne m'y serai occupé que
d'antiquités. Attendez que vous ayez vu la parure de corail pour m'en
parler. Voilà les faits de ma journée.

1. Voici ces vers inédits de Méry, accompagnés de quelques mots que Balzac
avait écrits au revers :

NAPLES

A madame la comtesse Hanska.

L'hiver est un été quand le flot de Sorrente
Se dévoile à vos pieds sur la rive odorante,
Quand, les yeux attachés aux images du soir,
Dans le mois de décembre, on peut venir s'asseoir
Vers Misène, devant la riante colline,
Où ce volcan noircit les galères de Pline !
Jouissez de l'hiver sur le sol étranger,
Madame ; c'est pour vous que le tiède oranger
Va fleurir, dans le mois où le tison s'allume,
Où le Nord est transi par la neige ou le rhume.
C'est pour vous que l'aurore, au ciel napolitain,
Promettra de beaux jours suivis d'un doux matin.
Goûtez donc ces splendeurs, et que, dans tous vos rêves,
La voix de Naples chante, à minuit, sur les grèves,
Mais revenez bientôt, vers le pays toscan,
Car Florence est meilleure et n'a pas de volcan !

MÉRY.

Chère comtesse,

Méry avait perdu au lansquenet ; il n'avait pas fermé l'œil de la nuit. Il dormait ! Je l'ai talonné. C'est un homme d'honneur, et il m'a demandé un sujet.
La Pologne était bien compromettante à chanter. [Saint-]*Pétersbourg* le glaçait.
J'ai dit *Naples*, et là, devant moi, en dix minutes, sur ce papier, sans une rature,
il a improvisé ces délicieux vers. Si je ne l'avais pas vu, je ne l'aurais pas cru de
quelqu'un qui me l'eût raconté. Cela s'est passé ainsi, et peut rendre cette autographe plus précieuse [sic]. Et il trouve cela indigne de vous et de lui, et veut
faire deux cents vers sur *la Pologne*, à Florence !

Addio.   DE BALZAC.

Maintenant, que nous sommes au 13, il faut que demain je ferme
cette lettre et que je vous l'envoie, car il y a une occasion demain
pour l'Italie.

A demain donc.

[Vendredi] 13 [novembre], neuf heures du matin.

Allons, adieu, chère comtesse. Je ne vous écrirai que de Passy!
Vous savez tout ce qu'il y a dans mon âme, dans mon cœur, dans
mes souvenirs, pour vous, et pour vos deux enfants, car Georges est
votre enfant!

En vous écrivant je suis encore stupide; j'ai le roulis du bateau
dans la tête. Vous m'excuserez n'est-ce pas? Je vous ai écrit, les pieds
encore humides de la mer, et, demain, je me rends dans la malle
pour soixante-douze heures!

J'ai beaucoup dépensé sur le bateau; l'eau n'était pas buvable; il
a fallu prendre du vin de Champagne; il a été impossible de le boire
seul, à côté du capitaine et du commissaire, qui étaient d'une attention admirable pour moi. J'ai eu six bouteilles d'extraordinaire, et
j'ai dû inviter poliment mon capitaine à déjeuner ce matin, à l'Hôtel
d'Orient! Mais ceci fait partie de mon *costume de Balzac*. Ne criez
pas à la dissipation, n'en dites rien à Georges, qui me prendrait pour
un Lucullus!

Allons, mille respectueuses tendresses; mille gracieusetés à votre
adorable enfant et au bon Georges. Je vais travailler à aller vous
rejoindre. Peut-être verrez-vous Méry à Florence; il sera de voyage
avec moi.

Adieu! soignez-vous bien et dites-vous qu'il est un pauvre être,
bien éloigné de son soleil. Je suis, comme Méry, bien frileux quand
il est à Paris. Vous êtes ma Provence!

[Vendredi] 13 [novembre], minuit.

J'ai eu jusqu'à ce soir pour donner ma lettre et j'en profite pour
te dire un dernier petit mot. Tu sais, *louloup,* que les plus tendres
caresses pour deux amants, qui sont comme en criminelle conv[ersa-
tion] jusqu'au jour heureux de la légalité, se font à la poste. Il semble

que l'on craigne pour le lendemain. D'ailleurs, ma chère idole-
tient assez à savoir tout ce que fait le vieux *loup*.

Or, mon déjeuner s'est très bien passé. Puis, je suis allé chez
Lazard (le fameux marchand de bric-à-brac de Marseille); puis nous
avons diné. J'avais fait, le matin, une petite visite à Méry, après-
t'avoir écrit, et j'ai vu son ménage. Pauvre poète! Lié par la plus
vulgaire et la plus sale des ficelles! Ah! si tu savais de quel air,
en parlant à un jeune homme dans la rue, il m'a dit à l'oreille :.
« Charmant garçon; cousin de Lady G[reig]! » Où étais-tu, *louloup !*

Enfin, il faut t'avouer que je tombe de sommeil, car j'ai passé la
nuit blanche à cause du thé, que j'ai pris démesurément hier, et que-
le garçon (ce stupide Allemand) avait fait d'une force vésuvienne. Je
n'ai que calculé et recalculé la maison, le trésor-*louloup;* puis,
repensé à la plus belle année de ma vie. Ça n'a pas été sans de-
grands charmes. Tu as cette nuit-là sur ton compte. On a fait
quelques whist[s]; j'ai regagné quelque argent. La partie de Pise-
ne coûte plus rien. Méry est d'une force extraordinaire [au whist],
et toujours de plus en plus spirituel sous toutes les formes.

Je quitte Marseille dans onze heures, et avec l'espoir de revoir le-
Rhône que nous avons vu au moins jusqu'à Vienne, et combien de
souvenirs j'y repêcherai! Mon Dieu, sais-tu, sauras-tu jamais à quel-
point tu es aimée?... Je me disais cela toute cette nuit, en ne
dormant pas. Si tu as été réveillée, dans cette nuit du 12 au 13, tu as-
dû entendre tous tes noms prononcés avec des variations aussi
tendres qu'enfantines; tous, car chacun d'eux répond à ces délicieuses-
facettes de ton charmant caractère. Oui, tu les as entendus dans
ton sommeil, si tu dormais. ou Dieu n'entend pas nos prières!

Méry a bien remarqué ton front[1] *jupitérien*, qui tient du dieu, de-
l'ange, du démon un peu (du démon de la science). Oh! minette, je-
baise tes jolies paupières, je savoure ton bon col, à cet endroit qui-
est comme le nid des baisers, et je tiens tes pattes de taupe dans mes-
mains, et je sens ce parfum qui rend fou, et je te dis, en jouissant
par la pensée de ces mille trésors, dont un seul suffirait à l'orgueil
d'une femme bête : « O *louloup*, ô mon Évelette, mon âme aime-
encore plus ton âme, et mon regret est de ne pas pouvoir caresser

---

1. Célébré plus d'une fois par Balzac, notamment t. I, page 406.

cette âme, la saisir, m'en emparer, la posséder, comme j'ai ton front, ne fût-ce que pour devenir meilleur en participant à toi, à ton essence si éthérée, si parfaite! »

Voilà ma prière, le vœu de ma religion humaine et mon dernier élan vers toi, âme de ma vie! Tu verras que si le corps est endormi, le cœur et l'âme sont toujours pleins de toi, que tu es aimée, bien aimée; et tu n'auras pas tant de plaisir à le lire que j'en ai à te le dire, à te l'écrire!

Adieu. Il me semble que nos âmes ont frémi. Je reste dans cette adorable et consolante croyance. Mille caresses à mon m[inou].

[Premier fragment du poème[1].]

Mon bon *louloup*, mon âme vivifiante, mon meilleur moi, ma chère petite fille, l'année va finir sans que je te revoie, et j'ai voulu que, de cette année, il y eût une relique, un joyau, un témoignage! Cette jolie chose que je cherche depuis neuf mois pour qu'elle brille dans notre ménage, comme brilleront les beaux moments de cette année prodige dans ma mémoire, je l'ai trouvée. C'est une arabesque adorable en corail. Songe que *je veux* écrire quelques pages pour la payer, et que j'espère qu'elle te sera chère, que tu l'aimeras comme un présent de ton pauvre aimé. Ça m'a rendu moins triste, loin de toi. En voyant ce chef-d'œuvre, je me suis écrié en moi-même : « Oh! comme ça lui seyerait! » Cette parure te dira que je pense toujours à ma divine Ève, à ma Linette!

Maintenant, au milieu de mes déchirements d'âme, je te dirai que je me suis soutenu par l'idée que c'est là mes dernières angoisses et que nous allons enfin être réunis! Mais quels souvenirs, que cette dernière soirée! Oh! mon Évelette, quelles injures dans tes doutes! Comment ne pas vivre par des heures qui ont de tels retentissements! Comment ne pas être toujours sous l'œil vivant et chaud de tendresse d'un être qui donne de pareilles voluptés, incessantes, jamais semblables, toujours plus fortes, et qui émanent d'une tendresse qui paraît être un soleil pour le cœur! Te voir, c'est à

---

1. Balzac, dans les lettres suivantes, a intitulé ainsi certains morceaux intercalés dans ses envois. Ces pages-ci semblent être le premier chant de ce poème, sans début réel ni dénouement, d'ailleurs.

chaque fois t'aimer comme du premier amour. Tu es la poésie des sens comme tu es le sublime de l'affection; tu vibres dans le bonheur, comme tu retentis dans l'âme, et toutes les infinies délicatesses de ton esprit, les grâces de ton cœur, la magie de ton commerce si doux, tout cela se retrouve dans l'amour, dans cet amour immense comme ta foi, ta religion !

Oh ! ne me sache jamais aucun gré de ces huit jours d'atroce mer (j'aurais voulu souffrir!). Je resterais un mois malade pour avoir une pareille soirée ! C'est, vois-tu, *louloup*, qu'il y a là plus d'âme, plus d'amour heureux, que de voluptés ! Quand deux êtres s'aiment comme nous nous aimons, le cœur, le divin, déborde en tout, dans les infiniment petits de la vie, et c'est ce qui fait notre baiser si suave et si doux *après*, comme dit Méry. Oh ! chère coupe enivrante de ma vie et de mon bonheur, intarissable adoration, minette chérie, petite fille, attache bien à mon corail toutes les idées que j'y ai mises ! C'est le rouge de la victoire, la pourpre de l'amour heureux, notre belle année, ses mille fantaisies ! N'en dispose jamais !

J'ai les yeux humides en t'écrivant. C'est une reconnaissance qui déborde, un amour de jeune homme qui me presse intérieurement. J'ai minutieusement repassé notre voyage depuis Châlons jusqu'à ton dernier regard sur ce bateau. J'ai revécu ces quinze jours. On n'a pas le mal de mer quand on porte un océan dans son cœur. Celui-là dompte l'autre !

Amuse-toi bien, ma Linette; pense que je travaille gaiement, en songeant à nous; soigne-toi bien surtout! Va à Rome dès que Naples sera mauvais. Ne sois pas triste; dis-toi bien que ma pensée t'enveloppe constamment, qu'à toute heure je songe à toi, à toute heure, mon minet, à toute heure! Vis dans cette atmosphère idéale, comme moi je me le dis à moi-même. Je me figure que je vis sous tes regards! De Naples, tu rayonnes sur moi!

Je regarde mes piqûres de cousins avec plaisir. Je serai triste quand elles seront guéries.

Adieu, mon bon ange. Soigne-toi, soigne-toi, soigne-toi! Songe que tu es devenue ma seule vanité, ma religion, comme tu es mon bonheur, mes plaisirs. Oui, je te veux une belle maison et un petit luxe intérieur, comme les catholiques ont de belles églises, de riches autels et des trésors. Une pareille adoration est conséquente chez un poète. Tu ne sais pas voir tout ce qu'il y a d'amour dans ce que tu nommes mes fantaisies. Je n'ai rien à moi, tout est pour ma divinité!

Oh! le papier finit; il est deux heures du matin, et j'ai à te dire mille choses encore! Sais-tu que je ne t'ai jamais exprimé combien je t'aime? Je ne puis plus qu'envoyer mille caresses à mon cher minou, et te laisser deviner toutes les naïvetés d'un oiseau du Bengale en cage pour trois mois!

Adieu, Line!

XXXIII

A MADAME HANSKA, HÔTEL VITTORIA, Nᵒˢ 14-15, A NAPLES.

Passy, 18 novembre [-4 décembre 1845].
[Mardi 18 novembre.]

Chère, je suis arrivé hier, tellement fatigué, qu'il a fallu me mettre au lit. Je ne me suis levé que pour dîner et pour me recoucher. J'avais une horrible courbature, la fièvre, etc. J'ai excédé mes forces. A Marseille, j'étais en perpétuelle représentation, et cela augmentait ma fatigue.

Tu sais le métier que j'ai fait à Naples : toujours aller, courir; en sorte que ces trois nuits de malle-poste, sans beaucoup dormir, ajoutées à ces douze jours de bateau et des courses à Naples ont vaincu ma nature, quelque forte qu'elle soit.

Je sors ce matin pour aller faire des courses à la douane, à l'entrepôt, chez ma sœur, chercher mes lettres et aller chez Girardin, et le soir chez M. Fess[art]. Je ne suis pas encore remis; j'ai encore la courbature, la fièvre et sommeil.

A demain.

[Mercredi] 19 [novembre].

La canne de Georges lui sera remise vers le 15 ou le 16 décembre par le capitaine du *Tancrède*; elle est commencée et sera finie.

Mes affaires vont bien, mais je n'aurai pas tout terminé avant la fin de l'année, et, tant que j'aurai un créancier, il serait imprudent de lever le masque à l'endroit de la propriété.

Chlend[owski] donne les plus vives inquiétudes. Il avait fait des tentatives de procès, et j'ai bien fait d'envoyer les épreuves [des *Petites Misères de la Vie conjugale*] par la poste, à Lyon, car on a pu faire des *offres réelles*, qui arrêtent tout procès. Chl[endowski] nous menace de déposer son bilan, si on ne l'aide pas. Mais je n'ai jamais vu mentir comme ce misérable-là. Pour la France, tu as pris l'abbé J[acottin] ; moi, pour la Pologne, j'ai pris Chl[endowski] : le sort nous a dit là de ne nous intéresser qu'à nous-mêmes. Si Chl[endowski] faisait faillite, je perdrais dix mille francs. C'est à faire frémir !

J'ai donné des instructions pour chercher dans Paris des maisons toutes prêtes, car, à cent cinquante mille francs que coûterait Salluon, il est difficile, vu la rareté de l'argent, qu'on ne trouve pas une belle maison, dans les conditions Salluon, à ce prix, et où il n'y aurait pas de si grands frais. Si nous ne trouvons rien, il serait toujours temps d'acheter à M. Salluon. Les journaux annoncent que tout est arrangé au département et au conseil de la Seine pour faire la route qui va retrancher des terrains à M. Salluon. J'aimerais à voir ce qui sera retranché, car, si l'on en ôte trop, c'est à réfléchir, et il faut savoir l'indemnité. Personne n'achètera dans cette incertitude.

Louloup, comme tu ne retourneras à Dresde qu'en mai, au plus tard, que je ne reviendrai pas de Dresde à Paris, tu devrais écrire à Bassenge de t'envoyer un effet de lui, payable à l'époque indiquée, et comprenant capital et intérêts, car cela sera bien nécessaire dans deux mois d'ici, un dans tous les cas, soit une acquisition dans Paris, soit Salluon.

Ma liquidation me prend tout, à moi, car il y a eu des oublis, comme le notaire de Sèvres qui arrive avec une note de deux mille francs, et qui est due. Néanmoins, j'aviserai à tout terminer d'ici à décembre ou [au] 15 janvier. M. Gav[ault] s'est bel et bien payé.

[Jeudi] 20 [novembre].

Mes fatigues sont passées. Hier, j'ai pris un bain qui m'a bien fait du bien.

J'ai dîné hier chez madame [de] Girardin où [Théophile] Gautier s'offre à me finir *Richard Cœur d'Éponge*[1] et à me le faire représenter aux Variétés, où est la meilleure troupe de Paris. Je vais ce matin commencer mes comptes avec *la Presse* et la succession Dujarrier[2]. Je vais me mettre à l'ouvrage, à compter de demain, si je puis me réveiller, toutefois. Ta délicieuse parure de corail est entre les mains de Froment[-Meurice], qui va la monter et l'encadrer, pour qu'elle soit digne de madame *louloup*. J'ai bien des courses à faire aujourd'hui : Gav[ault], Fess[art] et autres.

Adieu *loup!* Ah! ce paquet ne pourra pas partir par le bateau du 21; il ne pourra te parvenir que par celui du 1er décembre. N'envoie aucune lettre que par les bateaux français, en indiquant cette voie, et informe-toi des jours de départ, car la voie de terre est la plus longue; c'est 15 jours. Oh! *louloup*, combien je t'aime, et comme je me suis régalé de te le dire à Marseille!

[Vendredi] 21 [novembre].

Levé à neuf heures. Je suis une masse de plomb; je reprends mes arriérés de sommeil. Hélas, *louloup*, je suis obligé à des travaux herculéens. Il faut que je mette mes papiers en ordre, et voilà dix ans que je n'y ai touché. Quel labeur! Il faut faire une liasse par chaque créancier et avoir mémoires et quittances bien en ordre, et il faut faire cela pour ne pas payer deux fois, ou pour ne pas payer ce qui l'a été!... C'est à donner un accès de fièvre tous les jours jusqu'à ce que ce soit fini. J'ai tant hâte de repartir pour l'Italie, et de nous réunir pour ne plus nous quitter, que je retrouverai du courage pour mener de front les affaires, les manuscrits et l'achèvement du tout, les libraires, les livres, les dettes et l'acquisition!

Je te dis encore un brusque adieu ce matin, car il faut courir et se fatiguer pour pouvoir demain reprendre l'heure d'un lever travailleur. Je compte me lever à quatre heures tous les jours.

Adieu, belle chérie, min[ou] adoré, à qui l'on pense à toute heure et dont les fanatisants souvenirs écartent tout ce qui n'est pas lui, elle et le beng[ali]!

A demain.

1. Pièce de théâtre qui ne fut jamais terminée. Cf. D. Milatchitch, *le Théâtre inédit de Honoré de Balzac*, Paris, Hachette 1930, in-8°, page 114.

2. Gérant de *la Presse*. Voir plus haut, page 43.

[Samedi] 22 [novembre].

Ah! *louloup*, je suis levé à quatre heures! Hier, je me suis couché à sept heures et demie, après dîner, et j'étais si fatigué de mes courses que j'ai dormi à l'instant.

La gouv[ernante] repense à se marier, et me parle beaucoup moins de son bureau. Elle a beaucoup vu ma famille, pendant mon absence. Elle a été comblée d'attentions ; on la choie. Néanmoins, ma sœur ni ma mère ne m'en ont rien dit.

Je suis un monstre, car voici trois jours que je veux te remercier de la lettre arriérée, que j'ai trouvée à la poste, et qui m'a encore redit combien tu m'aimais. Oh ! pardonne; mais j'ai été la proie de M. Fess[art], et comme c'est surtout lui que tu m'as dit de cultiver, je me suis mis à le contenter.

Hélas, Hetzel n'a pas remis ses effets. C'est une affaire de moins. La gouv[ernante] fait toujours la malade, et elle l'est; mais elle ne parle plus de sa tête cassée. C'est une de ces mille preuves que j'acquiers chaque jour de ses mensonges. Enfin, je n'ai plus qu'un trimestre à souffrir, et c'est une souffrance, va!

Allons, j'ai quatre feuilles de *Com[édie] Hum[aine]* à corriger, et c'est précisément le passage du duc de Nemours[1]. A demain, *loup* aimé. Je viens de relire ta lettre de Heidelberg, et j'en suis *reravi*. Je te dirai pourquoi.

Dimanche 23 [novembre].

Levé à quatre heures, travaillé jusqu'à neuf, et, à neuf j'ai déjeuné. Nous avons Fessart à dîner, et je n'ai qu'une heure à te donner.

Écoute-moi bien, mon *louloup*, il faut renoncer à Salluon, voici pourquoi. La gouv[ernante] a pris des renseignements, qui se sont trouvés exacts. *Primo*, le dessous du terrain Salluon est composé de caves, à une profondeur de cent cinquante pieds, dont Salluon

1. Passage du roman *Sur Catherine de Médicis* (première partie : *le Martyr calviniste*) qui se trouve à la page 559 du tome XVI de *la Comédie Humaine* (éd. Furne, 1846). Ce passage qui n'existe pas dans l'édition originale du *Martyr calviniste* (Paris, Souverain, 1845, 3 vol. in-8°) fut ajouté par Balzac lorsqu'il revisa ce roman pour le faire entrer au tome XVI de *la Comédie Humaine*. *Cf.* l'édition Souverain (1845), tome I, p. 322.

n'est pas propriétaire, et qui mettent la montagne en l'air. Il y a là deux ou trois négociants, qui ont leurs établissements. *Secundo*, tout le jardin Salluon est soutenu par des murs; on ne sait pas ce qu'il arrivera quand on y touchera. *Tertio*, quarante mille francs, pour refaire la maison, c'est effrayant, sans compter que nous retombons dans les inconvénients d'une maison à construire. *Quarto*, enfin, on est à Passy. Décidément, je comprends pourquoi c'est à vendre depuis cinq ans. C'est une bonne affaire comme terrain; mais c'est ce qui peut se trouver aussi bien dans Paris qu'ici. Je suis devenu prudent, autant que j'étais vif quand les choses ne regardaient que moi. Donc, j'attends. Je vais faire fouiller tout Paris. Tu peux regarder Salluon comme ajourné, car avec cent cinquante mille francs qu'il coûterait, sans le mobilier, on doit trouver un magnifique hôtel dans Paris, par le temps qui court. L'argent est à trente pour cent. C'est l'opinion de M. Fessart.

J'ai beaucoup travaillé. Chl[endowski] a besoin d'être aidé. Nous allons à coups d'exploits, et il faut lui signifier les *Petites Misères* [*de la Vie conjugale*] par huissier. Il me dénigre énormément.

A demain.

Lundi 24 [novembre].

Hier, M. Fessart et sa femme ont fait ici un succulent dîner, et M. Fess[art] est plein d'ardeur. Il ne faut plus que quelques billets de mille francs pour avoir terminé. Je viens de faire dix feuillets pour les *Petites Misères* [*de la Vie conjugale*], et je vais ce matin chez Girardin pour les faire insérer dans *la Presse*. J'ai mon compte à régler avec la succession Dujarrier et avec *la Presse*. C'est un monde de courses et de rendez-vous.

Adieu, pour aujourd'hui.

Mardi 25 [novembre].

Hier, j'ai couru toute la journée; quinze francs de voiture. Je suis allé chez ma sœur, chez Girardin, à *la Presse*. Mon compte est arrêté. Girardin prend les *Petites Misères* [*de la Vie conjugale*][1]; il faut les finir. Je suis allé à l'imprimerie Plon; j'ai vu Alex[andre] de Berny

---

1. C'est-à-dire les chapitres XXV à XXVIII qui parurent dans *la Presse* du 2 au 7 décembre 1845.

pour les renouvellements Chlend[owski]. J'attends ce matin Chlendowski, qui vient pour m'exposer sa position, et, après, il faut
sortir, aller chez Gav[ault] pour établir son compte et savoir ce
qu'il a payé. Ce n'est pas de l'activité; c'est devenir une roue de
machine!

Mercredi 26 [novembre].

J'ai reçu ta première lettre de Naples. Oh! cher *louloup* mille fois
bien-aimé, oui, la mer a été atroce. Tu dois avoir ma lettre de Marseille. J'ai baisé cette chère écriture; c'était comme si je te tenais!
Oh! comment ne me mettrais-je pas en quatre pour une si charmante
créature, femme et maîtresse, sœur et amie, et reine!

Allons, il faut finir ces gentillesses, car il faut travailler.

Hier, donc, Chl[endowski] est venu. Je lui ai parlé sévèrement et
dignement. Je lui ai dit que pour aider un homme qui m'assignait
il me fallait au moins des garanties, et que je voulais un acte bien
en règle et le dépôt des bois qui forment l'illustration des *Petites
Misères* [*de la Vie conjugale*] et qu'à cette condition, je lui renouvel-
lerais pour trois mille huit cents francs de billets. Cet homme m'a
pris le bras, à la polonaise, et l'a baisé.

Je serai garanti de sa faillite par cette garantie et Alex[andre] de
B[erny] consent à me servir de *chapeau* pour garder les bois. Si
Chl[endowski] faisait faillite, j'aurai ma propre affaire à moi.
Vois-tu combien de difficultés? Nous avons rendez-vous demain; il
faut que j'aille chez M. Fessart et chez M. Gav[ault], pour les consulter sur cet acte de garantie, et je dîne aujourd'hui chez Girardin
qui veut savoir si les *Petites Misères* [*de la Vie conjugale*] sont
publiables, et il faut y travailler!

Adieu.

Jeudi 27 [novembre].

Je n'ai pas de nouvelles des acquisitions d'Amsterdam. J'ai eu,
pendant mon absence, une lettre d'un armateur du Havre, qui me
demandait un rendez-vous. J'ai écrit à M. Périollas[1] pour qu'il

---

1. Ou plus exactement : Périolas (Louis-Nicolas), lieutenant-colonel, directeur
de l'artillerie au Havre. Balzac lui avait dédié *Pierre Grassou*, en 1844. Cf. *Correspondance inédite de H. de Balzac avec L.-N. Périolas (les Cahiers Balzaciens,*
p. p. M. Bouteron, N° 1).

s'informât de mes colis et de l'armateur. Je reçois une lettre de lui
où il me dit qu'on ne sait rien de mes colis et que l'armateur construit un vaisseau qu'il veut nommer : *le Balzac!* Et il me dit de lui
écrire une jolie lettre, attendu que cet armateur m'adore. Ainsi,
louloup, ton pauvre Noré va être sculpté à la proue d'un navire et
montrera sa grosse face à toutes les nations. Qu'en dis-tu?

J'ai travaillé huit heures aujourd'hui, de deux heures du matin
à dix heures, et, après déjeuné, je suis sorti pour des courses. Je
t'écris avant le dîner et je vais me coucher à six heures, bien fatigué. Les distances me tuent.

Je vois, dans les journaux, à vendre une maison, place Royale,
de huit mille francs de revenu, et où je pourrais me loger. (Mise à
prix cent vingt-cinq mille francs.) Je songe à cela. Ce serait à la
fois *le logement, du revenu* et *le cens!* Mais la place Royale, c'est pis
que Passy. Paris est en marche et ne rétrogradera jamais.

Des nouvelles! Harel[1] est fou furieux et Karr aussi. J'ai bien peur
pour Dumas et pour Lamartine!... Le dîner est prêt.

;Vendredi 28 [novembre].

Je reçois une lettre de Lirette qui m'invite à aller à la cérémonie
de ses vœux et de sa prise d'habit. Cette lettre m'a empêché de t'expédier le paquet par le paquebot du 1er, car je veux que tu saches
cela. Non, cela m'a fait un mal de songer à tes inquiétudes! D'abord,
louloup, je vis dans un tourbillon de courses, d'affaires, de consulta-
tions, de significations, de corrections qui m'ôtent la réflexion. Pressé
de tous côtés, n'ayant pas une âme pour m'aider, faisant tout moi-
même (hier j'ai travaillé sept heures de suite aux *Petites Misères* [*de
la Vie conjugale*], car *la Presse* finit demain une *Nouvelle*, et il faut
que je commence mardi mes *Petites Misères*... Conçois-tu que
Chl[endowski], au moment où je lui cherche de l'argent pour sa fin
de mois, qui est demain, me fait assigner par son cessionnaire. C'est
lâche et indigne! Oh! comme je suis enchanté de le tenir! Il m'est
impossible de finir cette lettre, de la plier, de la cacheter et de la
mettre à la poste. C'est une impossibilité qui est démontrée pour qui

---

1. Directeur du théâtre de la Porte-Saint-Martin, où Balzac avait fait représenter *Vautrin* le 16 mars 1840.

connaît Paris. J'ai eu, en trois jours, pour quarante-cinq francs de voitures ; c'est te dire quelle est ma vie, et les cinq heures de nuit que je prends [pour écrire] ne suffisent pas à mes travaux. Il faut que demain samedi, à quatre heures, je puisse signifier par huissier les *Petites Misères* [*de la Vie conjugale*] finies à Chlendowski. Toute ma journée aujourd'hui va se passer à l'imprimerie et tout[e celle de] demain chez M. Picard [1], le successeur de Gavault ! Il est donc dit que jusqu'à la fin je serai tourmenté comme un *pâtiras* de collège !
Adieu.

Samedi 29 [novembre], à sept heures du soir.

J'ai pu arriver à temps ! On a signifié les épreuves à Chl[endowski]. Je suis mort de fatigue. Bonsoir et mille tendresses, *louloup*. Outre cela Chl[endowski] a eu ses huit cents francs pour payer ses billets.

Dimanche 30 [novembre].

Ma foi ! j'ai dormi. Il est dix heures et demie, je viens de déjeuner, et je vais me reposer. Je n'ai plus que des corrections pour les *Petites Misères* [*de la Vie conjugale*], et [Théophile] Gautier s'est chargé de faire quelques lignes en tête pour les introduire.

Entre deux épreuves, Plon m'a reparlé de l'affaire de Monceaux. Je la ferai toujours comme placement, mais sans rien bâtir. Voici mon raisonnement : je cherche une maison peu chère sur laquelle je puisse gagner, après en avoir usé trois ou quatre [ou] cinq ans, si je la revends, et avec deux cent dix mille francs, j'attendrai le moment d'avoir en haut de la rue Miromesnil, un hôtel bâti exprès pour la *louloup*, qui ne coûtera rien en y employant le gain des terrains. Le Roi a prolongé de six mois les délais à Plon. Attendons toujours.

Il faut aujourd'hui que j'aille à *la Presse* voir mes épreuves, et [Théophile] Gautier pour l'en-tête des *Petites Misères* [*de la Vie conjugale*].

Lundi 1er décembre.

Ah ! j'ai ta lettre, ta seconde lettre qui est un chef-d'œuvre de style comme d'amour. C'est un trésor que ton récit de la partie de Pompéi. Oh ! *louloup*, quand tu me dis que tu as buté, que tu es malade, j'ai

---

1. Picard, avoué, 12, rue de Port-Mahon.

dit en moi-même (pardonne cet orgueil de *loup*), avant de lire que tu l'avais pensé, que je suis ta santé, ta petite providence pour les infiniment petits de la vie.

J'ai dévoré ta lettre et je l'ai mise dans la cassette, car il a fallu courir. Les actes de garantie de négociants ne signifient rien, en cas de faillite, sans enregistrement, et il faut que l'acte Chl[endowski] soit enregistré à la date d'aujourd'hui. C'est des avances, de l'argent et des courses. M. Picard m'a donné l'acte des *offres réelles;* les réponses de Chl[endowski] sont empreintes de la plus ignoble mauvaise foi. Dans dix jours d'ici, je ne lui devrai plus rien et j'aurai tout terminé. Je ne le verrai plus; il a été mon cauchemar! Il m'a privé des huit jours que j'aurais été si heureux de passer à Naples!

Ah! combien je suis ravi de mes fatigues! Elles sont outre-payées par le plaisir que j'ai eu en lisant dans ta lettre ces passages où tu me parles de l'endroit où tu es, de ta place, du fauteuil. Je revois ces portraits affreux, le tapis, la croisée, la *Villa Reale!*

Que je te dise; j'ai retardé ma lettre à cause de la canne de Georges. Froment[-Meurice] me l'avait promise, et comme c'est le capitaine du *Tancrède* qui devait s'en charger, je me disais : « Il remettra sûrement la canne et mon paquet de lettres. » Mais, ne voilà-t-il pas que cet affreux Froment[-Meurice] n'a pas fini la canne. Il a eu, pour *Mademoiselle,* une table de trente mille francs à faire et, ce matin, je l'ai trouvé en extase devant son œuvre, qui est fort belle. Mais, pas de canne! Eh bien, j'aurai le plaisir de te parler à cœur ouvert, de te dire combien je t'aime, puisque c'est le commandant qui te remettra ou te fera remettre ce paquet. Je suis au désespoir en pensant à tout ce que ce retard si facile à expliquer, te causera de chagrins et de suppositions.

Hélas, Souverain se remue! Il veut aussi son dernier roman, et *la Presse* veut *les Paysans* pour la fin de janvier! Je ne sais à qui entendre.

Adieu, je me couche; j'ai demain une journée fatigante.

Mercredi 3 décembre.

Je n'ai pu t'écrire hier. J'avais des épreuves très pressées pour *la Presse,* qui veut toutes les *Petites misères* [*de la Vie conjugale*], à la fois; et pour *la Com[édie] Hum[aine]* en sorte que, levé à deux heures et demie, j'ai travaillé jusqu'à midi. A midi, Louis m'attendait depuis une heure [1] ; j'ai à peine pris le temps de déjeuner, et je suis arrivé au couvent à une heure. Ces coquines de religieuses croyent que le monde ne tourne que pour elles, et la tourière, à qui je demande combien durera la cérémonie, me dit : *une heure.* Je me dis : « C'est bien ; je pourrai voir Lirette après, et je serai à temps pour faire mes affaires à *la Presse*, à l'imprimerie, etc...» Ça a duré jusqu'à *quatre heures !...* et il a fallu décemment voir Lirette. Je n'en suis sorti qu'à cinq heures et demie et j'ai quitté *la Presse* à sept heures et demie. J'ai dîné à neuf heures et me voilà levé à huit heures au lieu de deux heures !

Je n'en veux pas à Lirette. Il fallait bien que ma chère femme et Anna fussent représentées à l'enterrement d'Henriette Borel! J'ai pris bravement mon parti. J'avais une chaise à côté de l'officiant. On a fait un sermon d'une heure environ, très bien dit, très bien écrit, pas fort, mais plein de foi. L'officiant dormait (c'est un vieillard); Lirette n'a pas bougé. Elle était à genoux, avec deux sœurs converses. Elle seule était sœur du chœur. Toutes les petites filles étaient d'un côté de la chapelle; le chapitre de l'autre, derrière des grilles, qui, pour cette cérémonie, deviennent transparentes. Lirette et les sœurs converses ont entendu le sermon-exhortation à genoux. Elle n'a pas levé les yeux! C'était un visage blanc, pur, et une exaltation de sainte. Comme je n'avais jamais vu de prise de voile, j'ai tout regardé, observé, étudié, avec une attention qui m'a fait considérer sans doute comme un homme très pieux. En arrivant, j'ai prié pour toi, pour Anna, pour Georges, avec ferveur, car toutes les fois que je vois un autel pour la première fois, je prends mon vol vers Dieu, et je prends la liberté de me recommander, moi et les miens (qui sont deux : toi et Anna), à sa bonté. Cette chapelle, à autel blanc et or, est très coquette. Elle est *visitandine* de Gresset [2]. La cérémonie est, d'ailleurs, imposante et très dramatique. Moi-même, j'ai été fort ému quand les trois récipiendaires se sont jetées à terre, qu'on les a ensevelies sous un drap mortuaire, et qu'on a récité les prières des morts sur ces trois êtres du monde, et qu'après,

1. Le cocher de sa voiture de remise.

2. Gresset, auteur du poème de *Vert-Vert*, paru en 1733, dont le héros est le perroquet chéri des Visitandines de Nevers.

on les a vues reparaître en mariées, avec une couronne de roses blanches, et qu'elles ont fait le vœu d'épouser Jésus Christ.

Il y a eu un accident. La plus jeune des converses, jolie comme les amours, a eu une telle émotion quand il a fallu prononcer les vœux, qu'elle a été forcée de s'arrêter, précisément au vœu de chasteté. Cela a duré trente secondes; mais c'était affreux. On croyait à une incertitude : c'était trop d'émotion. Quand on a vu une prise d'habit *en France*, on est pris de pitié pour les écrivains qui parlent de vœux forcés: Rien n'est plus libre; si quelque jeune fille était contrainte, rien ne l'empêcherait de tout arrêter. Le monde est là, spectateur, et l'officiant demande par deux fois si on a bien réfléchi au vœu que l'on veut faire.

J'ai vu Lirette après; elle était gaie comme un pinson. « Vous voilà, *madame* », lui ai-je dit en riant. Elle a bien prié pour nous tous et a demandé à Dieu, dit-elle, que nous nous fassions tous religieux et religieuses! Nous avons causé de toi, d'Anna, etc.

Louloup, tu trouveras en ceci la preuve d'une affection infinie pour toi, car j'étais accablé d'affaires. Lirette, dans sa lettre, me disait d'ailleurs : « *J'espère que rien ne vous empêchera d'y assister.* »

J'ai été heureux là, car j'y ai exclusivement pensé à *nous*, une fois mes prières faites; penser à toi, qui es ma religion, mon amour, c'est prier encore, c'est adorer Dieu, car je t'aime à devenir fou, si le moindre embarras nous arrivait!

Adieu, *louloup*.

Jeudi 4 [décembre].

Ah! *louloup*, Dieu nous protège! Demain je vais voir rue des Petits-Hôtels, place Lafayette, tu sais, un petit hôtel à vendre. C'est tout à côté de cette église de Saint-Vincent-de-Paul que nous sommes allés voir, style byzantin, et où il y avait un enterrement. Et tu as dit en voyant un terrain près de l'église que je te montrais, que tu aimerais à demeurer là. D'après tout ce qu'on vient de m'en dire, ce sera mon affaire et je concluerai sans te consulter. C'est à tirer au vol, comme un faisan. Ma première lettre te dira si c'est fait. La rue des Petits-Hôtels donne dans la rue Hauteville qui descend au boulevard, à la hauteur du Gymnase, et dans la place Lafayette, qui, par la rue Montholon, enfile la rue Saint-Lazare et la rue de la

Pépinière. On se trouve au centre de la partie de Paris qu'on appelle *la rive droite*, et où seront toujours tous les théâtres, les boulevards, etc. : c'est le quartier de la haute banque.

Il faut que ma lettre parte demain, si je veux que le *Tancrède* te la porte. Ainsi, je ne puis la retarder.

Dans cette prévision, ma chérie, écris à Bassenge pour lui dire de t'envoyer une valeur sur Naples, à l'échéance convenue entre vous, et à ton ordre; appuie cela sur ton séjour en Italie, qui ne te permettra pas d'être à Dresde à l'époque dite, tu pourras m'envoyer cette valeur, qui pourra servir à un payement quelconque, à cette échéance; je m'arrangerai pour cela. Tu peux m'envoyer par et sous le couvert des Rotschild.

Cette affaire, si elle se fait, me retiendra jusqu'au mois d'avril car ce serait une économie de temps pour nous. Songe à tout l'avantage qu'il y aurait à n'avoir plus à retourner à Paris, en ne le quittant qu'après avoir payé toutes mes dettes, renvoyé la gouvernante et payé une maison où nous pourrions arriver en y trouvant toutes les aises, tout le mobilier, et n'ayant qu'à y débarquer. Cette maison ne m'empêcherait pas d'acheter à Mousseaux, et nous serions sûrs d'y doubler notre capital, quand il faudrait la vendre pour, dans sept ou huit ans, aller nous installer dans un hôtel à Mousseaux. C'est effrayant comme mes prévisions et mes calculs se seraient réalisés. Oh! *louloup*, tu me portes bonheur ; tu me donnes une prudence de vieil escompteur! Tu m'entoures de ta pensée! Oh! va, tu verras que je suis un bon administrateur, et tu auras une belle fortune, une *fortune-louloup* s'entend. Je ne nous sépare point.

Les *Petites Misères de la Vie conjugale* sont finies. Demain je commence la feuille (seize pages de *Com[édie] Hum[aine]*), qui me reste à faire pour avoir tout livré à Chl[endowski]. Puis, je ferai le roman de Souverain. Dans mes prévisions, j'aurai fini le roman Souverain [1] du 20 au 25 décembre. Il me faudra trois mois pour faire sept volumes des *Paysans*. Cela me mènera bien au 15 mars. Les affaires de ma mère me prendront du temps, ainsi que l'apurement de ma liquidation, et je serai d'autant plus trois mois à faire sept volumes, que j'aurai mon emménagement, la surveillance de mes décors et

1. Promesse sans effet : Voir W. S. Hastings, *Balzac and Souverain* (New-York, 1927).

changements dans le petit hôtel et, qu'enfin, il faut livrer à madame
Grandemain son appartement, puis, me débarrasser de la gouv[er-
nante], lui faire sa rente viagère et lui acheter son bureau de timbre.

Je ne veux, vois-tu, mon *louloup*, laisser aucune affaire derrière
moi en quittant Paris, pour dix-huit mois peut-être et il faut pouvoir,
en y rentrant, y rentrer chez soi. Je ne veux plus me tromper moi-
même, en croyant que je puis l'impossible. Je vois avec douleur que
je sacrifierai vraisemblablement Florence et Rome à notre avenir.
Aller te voir (dépenser des sommes folles), pour huit jours, quinze
jours, et revenir, retrouver des procès, des ennuis, c'est impossible.
C'est des douleurs et des faux calculs. Je tâcherai d'aller à Rome pour
la semaine sainte, car je serai si fatigué que je souhaiterai une distraction. Mais si, en sacrifiant cette jouissance, j'acquérais notre
tranquillité, je n'hésiterais pas. M'approuves-tu? Dis-le-moi, car j'ai
bien besoin d'être soutenu dans cette sage résolution.

Vois, rien ne se fait dans le temps que j'assigne aux choses. Si *la
Com[édie] Hum[aine]* n'est finie que le 25 décembre, je n'en aurai pas
l'argent avant le 15 janvier 1846, et si je ne le touche qu'à cette
époque, mes quittances sont retardées d'autant. Ainsi des *Paysans*.
Je n'en serai guère payé qu'en mars. L'argent me domine entièrement, quand il s'agit de payer des créanciers. En ce moment
M. Fess[art] attaque Buisson[1]. J'aurai la succession Hubert à attaquer. C'est là mes deux derniers assauts.

Enfin, d'ici un mois, tout sera fini. Mais si tu savais que de
démarches! Les créanciers de trois cents francs coûtent autant de
recherches, de vérifications que ceux de dix mille francs. C'est un
dédale, c'est une hydre! Gavault me seconde peu. C'est le plus
grand *rémora*[2] que je connaisse. Il enrayerait des locomotives!

Mes prévisions pour le payement de mes dettes sont dépassées
d'environ dix mille francs; mais je les ai par mon travail. J'ai déjà
restitué au *trésor-louloup* ce que je lui avais emprunté.

Allons adieu, âme de ma vie, source adorée de toutes mes voluptés,
de tous mes plaisirs, grands et petits! Songe bien à te soigner; je
ne me suis pas trop inquiété de ta petite maladie. C'est le climat;

---

1. Buisson, tailleur de Balzac et aussi son créancier. Son nom est cité dans
le Cabinet des Antiques et dans *Autre Étude de femme* (voir plus haut... p. 115).

2. Petit poisson auquel les Anciens attribuaient la force d'arrêter les navires.

on m'avait dit cela sur le bateau. C'est tous les tempéraments forts
qui ont cela. Mais soigne-toi bien. Songe que tu es la gloire, le plaisir, l'honneur, la fortune, le bonheur, la volupté d'un homme qui
t'aime uniquement, qui ne pense qu'à toi, dont toutes les actions,
les rêveries sont des émanations de ce soleil moral appelé l'amour,
et que tu es son amour.

Ne m'en veux pas, surtout, de ce retard, ô *louloup-minet,* car je
suis arrivé le 17, qui ne compte pas. Cette lettre part le 5 décembre; c'est [donc] dix-sept jours, et je ne peux t'envoyer que tous
les dix jours, trois lettres par mois. Il en partira une le 21 de Marseille. Tu la recevras d'autant plus sûrement que je te dirai l'affaire
du petit hôtel.

Sois mille fois bénie de ton exactitude; dis-moi toujours bien
tout, écris-moi bien en détail, bien longuement. Enfin, imite ton
Noré qui, tu le vois, au milieu des plus grands ennuis, t'écrit avec
la fidélité d'un commerçant faisant son journal. Oh! mille tendresses,
mille caresses! Il me semble que je vois mon m[inou], que je le
touche et que je te serre dans mes bras, ma chère Ève, mon Évelette, ma femme adorée!

Allons, encore quelques mois, et nous ne nous séparerons jamais.
Mille baisers de Cannstadt!

XXXIV

A MADAME HANSKA, HÔTEL VITTORIA, Nᵒˢ 14-15, A NAPLES.

[Passy, 6-12 décembre 1845.]
[Samedi] 6 décembre.

Chère comtesse,

J'ai vu la maison rue des Petits-Hôtels. C'est petit; on doublerait
son argent en l'habitant cinq ans et attendant. Mais c'est sans
dignité; c'est une petite maison. Elle a le même défaut que la
maison Salluon : c'est peu élevé d'étage. J'ai pris note de cela, car
je vais me mettre à fouiller Paris et je trouverai bien une occasion.
J'irai voir la place Royale, où il y a une maison à vendre. J'aime

beaucoup la place Royale, et, à la place Royale, il y aurait du revenu, (six mille francs), outre l'habitation; c'est à considérer. Rue des Petits-Hôtels, il faudrait y dépenser vingt-cinq mille francs, et la maison en coûterait trente-cinq mille, total soixante mille francs. On en trouverait plus tard au moins cent vingt mille francs. Je balancerai les deux affaires et j'en chercherai d'autres, car, plus je vais, plus une voix intérieure me dit qu'en affaires il ne faut pas se presser. Je me défie de mes enthousiasmes et je me modèle sur l'affaire Salluon, qui serait faite, et j'en aurais du regret.

Je travaille comme un perdu. Je dois finir d'ici à vingt jours sept feuilles de la *grrrande Com*[*édie*] *Hum*[*aine*], qui sont les dernières. J'ai bien besoin de cet argent-là.

Adieu pour aujourd'hui. Je souris en voyant avec quelle fidélité vous embrassez mes projets. Hier, nous étions tout Salluon; aujourd'hui, c'est autre chose, *e sempre bene!* Vous m'avez donné la vertu de la prudence, qui me manquait beaucoup.

Allons, à demain.

Dimanche 7 [décembre].

J'ai vu hier la place Royale. C'est une maison qui a deux cent cinquante ans, et qui a des crevasses comme une vieille; mais le propriétaire, pour la vendre, l'a peinte, encore comme une vieille qui se farde. Il faudrait renoncer à quatre mille francs de loyers, pour se loger. Il resterait quatre mille francs de loyers à de petites gens très hypothétiques, et l'on veut cent soixante-quinze mille francs de la maison, laquelle peut vous obliger à la rebâtir. C'est au diable, et il y faudrait des dépenses qui ne vont pas à moins de dix à douze mille francs (pas de calorifère), et les frais. Cela monterait à deux cent mille francs. *Ergo*, je dis non. Nous allons chercher.

Je reviens à une location; la petite maison de la route du Ranelag[h] pour trois ans, car il faut attendre une occasion, ou bien acheter pour vingt mille francs une maison à Passy, et attendre. Il n'est pas possible que de pareils prix se soutiennent. Les locations font trembler. On n'a rien pour quatre mille francs.

Il est arrivé une aventure affreuse. Le duc de Saulx-Tavannes, garçon, seul et unique héritier d'une des plus grandes maisons de France, ce grand jeune homme que vous avez vu à Baden, s'est brûlé la cer-

velle dans son appartement. Hélas! Il demandait au jeu une dernière
ressource, comme le Raphaël de *la Peau de Chagr*[*in*]. Il n'a pas
gagné; il est revenu à Paris se brûler la cervelle. Il avait dix mille
francs de rentes pour porter ce nom, si lourd à porter. Sa tante, la
duchesse douairière de Fitz-James, une vieille femme de soixante-
cinq ans, qui vit avec des prêtres, dévote à soixante-quinze carats,
ayant deux cent mille livres de rentes, *ignorait*, a-t-elle dit, que son
neveu fût dans cette détresse... Ceci a fait frémir tout Paris. Le pauvre
duc a préféré se brûler la cervelle à aller tendre la main à sa tante,
qui est *captée* par un monsieur dont le nom m'échappe. Le duc aurait
dû se nommer par son nom de baptême, et aller faire fortune aux
Indes, en librairie (comme le Lachâtre qui m'a acheté les Jardies),
enfin faire ce que font les gens de cœur, travailler! Il n'est que malheureux; la tante est infâme. Elle a donné, par orgueil, cinq cent
mille francs aux enfants du duc de Fitz-James; elle a donné pour
marier la fille naturelle du duc, et elle négligeait son neveu, qui vaut
bien les Fitz-James. Vive la piété de mon *louloup*; mais la dévotion
sèche, étroite. comme celle de ma mère (qui nous calomnie, ma
sœur et moi, chez ses directeurs, pour se faire plaindre), elle me fait
horreur. Ces sortes de femme n'ont plus rien de social ni d'humain.
Il y a un peu de cela chez Lirette. Le monde, selon les religieuses,
ne tourne que pour elles; elles ne s'occupent que d'elles sur cette
terre, comme dans l'avenir du ciel.

Le père Salluon a écrit; j'y vais ce matin.

Adieu pour aujourd'hui, chère. Vous souvenez-vous quelquefois
de Lyon? Parmi toutes ces fleurs également belles, il [en] est donc
quelques-unes qu'un plus vif rayon de soleil a fait resplendir! Mon
Dieu, quand serai-je dans le parterre où fleurissent ces belles roses!
Quel souvenir que Lyon!

Allons, adieu; soignez-vous.

Lundi [8 décembre].

J'ai vu le père Salluon et j'ai rompu. C'est fini. En effet, mon *louloup*; nous avions cent cinquante mille francs à mettre dans cette
acquisition, et il y fallait cent mille francs de mobilier et de
dépenses; c'était une folie, pour être à Passy. Il faut beaucoup plus de
modestie, et voilà les résolutions auxquelles je me suis arrêté.

Vous m'avez toujours entendu regretter une maison située à Passy,
route du Ranelag[h] et que je n'avais pas pu avoir parce qu'on la
disait vendue. Eh bien, elle ne l'est pas, et je vais faire mes efforts
pour l'acheter, et voici quel est mon calcul. Les quatre-vingt-seize
mille francs que nous avons peuvent, à dix mille francs près, servir
à cette acquisition, à tout le mobilier, y compris ce que j'ai. Nous
resterions là cinq ou six ans, pendant lesquels nous amasserions de
quoi bâtir tranquillement à Mousseaux. *Primo*, nous vivrons là
comme deux amoureux que nous sommes, loin du monde, et sans
dépenser plus de vingt-quatre mille francs par an. Tout cela peut
être prêt pour avril ; je puis vous ramener chez vous, et toutes
mes dettes, sans exception, seraient payées. La maison est de celles
sur lesquelles on ne perd pas à la revente. Elle coûterait nos quatre-
vingt-seize mille francs, tout compris, mobilier, argenterie, voitures,
linge, gros meubles, tentures, luxe, etc. J'ai quarante mille francs
environ pour achever de payer mes dettes, et, avec tes dix mille
francs, cela suffirait, car madame D[elannoy], ma mère et Dablin,
font cinquante-cinq mille francs.

J'ai revu hier la maison dans toutes ses parties ; elle ne peut que
gagner comme vente d'ici à cinq à six ans. Or, il faut deux cent dix
mille francs pour faire l'affaire de Mousseaux, et nous ne pouvons
avoir cela qu'en 1846, vers la fin [de l'année]. Nous ne pouvons pas
bâtir sans avoir payé le terrain ; nous ne commencerons pas sans
avoir économisé cent mille francs pour la bâtisse, ça nous met en
1847 ou 1848, et nous ne pouvons pas habiter avant 1850, dans
les suppositions les plus favorables. Il faut donc rester cinq ou six
ans dans un coin quelconque, inconnus, moi travaillant, toi faisant
la bonne ménagère. Eh ! bien, toute la partie de mobilier que nous
aurons et qui aura coûté trente mille francs nous restera. Ce sera de
l'avance. Nous aurons été logés pour rien, par la plus-value de la
maison qui ne peut que gagner, et dont le prix convient aux petites
fortunes. Mon *louloup*, voilà la sagesse, et nous devons dire adieu
sans retour aux grandeurs et à Paris, jusqu'en 1850 environ...

Voici quelle est la description de la maison. Il y a dessous, des
caves où sont les cuisines, les caves, le garde-manger, etc. On communique de la cuisine à la salle à manger par un escalier particulier intérieur. Au rez-de-chaussée, élevé de huit marches, on trouve

à droite, en entrant, une belle salle à manger, et devant soi, au bout
d'un corridor, comme ceux des Hollandais, un vaste salon qui a une
porte pour aller dans la salle à manger, en sorte que ceux qui viennent
vous voir pendant que vous êtes à table, n'ont pas à passer par la
salle à manger. Ce salon descend au jardin par une porte-fenêtre et
un perron. A gauche, il y a une pièce pour les gens, la femme de
charge, et où l'on peut mettre des armoires pour le linge, l'argenterie
et les services de Chine, de Saxe et la verrerie. Voilà tout le rez-de-
chaussée. Au premier étage il y a une magnifique pièce au-dessus du
salon pour ma bibliothèque, et un cabinet, qui prennent l'étendue
du salon et de la salle à manger du rez-de-chaussée. Puis il y a un
cabinet de toilette et *une* chambre à coucher. Au-dessus, six chambres
environ, dont une peut servir de garde-robe à madame, une pour
des enfants et une bonne, et les quatre autres pour les domestiques.
Il y a un jardin assez grand. Le tout contient un arpent ou mille
toises superficielles. Il y a une petite cour plantée où se trouvent :
écurie pour trois chevaux, remises, logement de concierge et sellerie,
chambre du cocher. Il ne manque à cela qu'une salle de bain ;
encore peut-elle, à la rigueur, s'y trouver entre la bibliothèque et le
cabinet. Voilà, *louloup*. Peut-être as-tu le temps de me répondre là-
dessus avant l'acquisition, car je ne signerai pas avant les premiers
jours de janvier et il y a pour un ou deux mois de travaux de peinture, le calorifère à mettre, la salle à manger à parqueter, des cloi-
sons à abattre, etc. Je m'y emménagerais en mars, pour pouvoir
partir en avril, et, si tu voulais, au besoin tu pourrais la venir voir,
arrangée, en allant à Bade.

Si le *louloup* s'en souvient, elle avait destiné ces quatre-vingt-seize
mille francs au payement de certaines dettes, et voilà qu'au contraire
les deniers servent à nous donner une maison et un mobilier digne
d'une reine, une maison montée où vous n'avez que votre toilette à
apporter. N'est-ce pas un changement en mieux, inattendu ? N'applau-
direz-vous pas à mon administration, et le placement Mousseaux
devient une affaire sans aucune gêne. Avec cent mille francs
en juillet et cent dix mille francs en décembre, tout sera convenable.

Midi.

Je reçois ta troisième lettre où tu m'annonces avoir enfin reçu la mienne qui, n'étant partie que le 21 de Marseille, n'a pu arriver que le 27 à Naples, et comme il est vraisemblable qu'on l'aura gardée au moins trois jours dans les bureaux de la poste, cela fait le 30. J'avais bien prévu ce retard, mais que faire? C'était la force majeure. C'est comme le retard qu'aura subi la première de Paris; vous ne pouvez la recevoir que le 16 décembre. C'est forcé; j'en ai donné les raisons. En somme, je reçois trois lettres de vous, et voici la troisième que j'écris et que j'enverrai par le comptoir de Rothschild.

Oh! chère! Me parler de ces ports de lettres! Mais qu'est-ce que c'est? Ce n'est rien. Je vais essayer de vous faire parvenir : 1° *les Petites Misères* [*de la Vie conjugale*] ; 2° la canne; 3° *le Péché de Monsieur Antoine*[1], par un commandant de vapeur.

Je vois tout ce que vous avez souffert, et j'en gémis; je n'en travaille qu'avec plus d'ardeur à mon avenir, et j'ai de cruels travaux. Mais encore trois ou quatre jours et je suis délivré de Chlend[owski] et je ne le reverrai jamais! Encore quinze jours, et je suis quitte de Souv[erain] et de *la Com[édie] hum[aine]*! Et puis, je finis *les Paysans*, en travaillant nuit et jour. Mais il faut que je sois en même temps tout aux affaires de ma liquidation, et tout à la maison de la route du Ranelag[h]. C'est bien de l'occupation.

Vous vous faites des monstres de mes dettes; tout sera liquidé chez M. F[essart], et pour mon particulier, avec dix mille francs, et avec cinquante-cinq pour ma mère, madame D[elannoy] et Dablin. C'est soixante-cinq mille francs. J'en ai quarante-sept mille à toucher pour moi cet hiver, et, pour la différence, j'emprunterai, s'il le faut, vingt mille francs au *trésor louloup*. C'est ce qui le réduira à soixante-seize mille francs; mais les soixante-seize mille francs suffiront à toutes les dépenses, moins ce qui viendra de Dresde; je compterai cela pour le dernier payement. Ainsi ne vous faites aucun souci, ne vous tourmentez plus, de grâce. *Les Petits Bourgeois* font à eux seuls les vingt mille francs à restituer. Que si la chérie adorée veut à toute force continuer ses sublimes sacrifices, qu'elle pense à

1. Roman de George Sand.

l'aff[aire] de Mousseaux, car c'est une belle fortune à sept ou huit ans de date. On pourra dormir tranquille dans notre beau lit de Boulle, car pour satisfaire à ses goûts, il y aura à l'hôtel *louloup*, route du Ranelag[h], une belle chambre Boulle, une salle de bain genre Fontainebleau, une bibliothèque Empire, un boudoir perse et un cabinet au goût de monsieur. Tel sera le premier étage.

Au nom de nous, de mon bonheur, écrivez-moi plus souvent encore! C'est mon unique consolation dans mon dernier exil; dans mes derniers efforts. Après ces trois mois-ci, songez, c'est la liberté, c'est, sinon la fortune, au moins la libération totale! Ah! si je pouvais me faire douze mille francs de rentes! Mais il faudra trois ans de travaux constants et d'économies pour arriver à ce résultat. En 1847, 1848 et 1849, je veux les avoir, pendant que l'autre *louloup* économisera pour bâtir à Mousseaux. Ces trois années-là seront des années maigres; on ne dépensera que vingt mille francs par an, mais on sera heureux, on ne se quittera pas d'une minute et il y aura dans le cabinet de travail de monsieur un certain grand canapé où la créole du Nord paressera à son aise.

Adieu pour aujourd'hui, chère fleur du ciel, qui t'épanouis quand on te prouve qu'on a raison de t'aimer, que tu es aimée et que rien n'est plus aimable que toi. Linette, j'avais du temps à Marseille pour t'écrire, voilà tout : ici je n'ai pas celui de te dire toutes les affaires. C'est une odyssée tous les matins. Chl[endowski] me fait farces sur farces. *Ingrat comme un Polonais* est mon proverbe. Oh! oui, j'ai dépensé de l'argent à Marseille, car je ne t'ai pas parlé d'un service de vieux Chine, pour neuf personnes, que j'ai reçu hier et *payé*, sois tranquille, ô divine *Louis-Philippiste!* J'ai eu pour trois cents francs, ce que Dumas a payé quatre mille, et ce qui en vaut bien six mille. Ne faut-il pas monter le ménage *louloup*? Tout ce qui nous est indispensable et que je trouve à la valeur qu'en donnerait le Mont-de-Piété, je l'achète. Songez que notre salon est une affaire de dix mille francs!... Et l'Évelette ne veut pas que j'essaie de réduire cela de vingt-cinq pour cent! Ayez confiance en moi pour tout, chère aimée, et quand vous entrerez chez vous. vous serez ébahie! Et vous croirez que cent mille francs y ont passé!

Mille tendresses, chère. Il faut donner des bons à tirer. Il est deux heures.

Mardi [9 décembre].

J'ai vu l'ami de Claret, auquel il m'a recommandé pour toutes mes affaires de maison. Il viendra jeudi déjeuner. Je n'ai pas le temps d'écrire aujourd'hui, je sors pour mille affaires : 1º la succession Dujarier qui ne me paie pas; 2º pour placer les six feuilles que je dois à Souverain et que je fais ce mois-ci; 3º voir Souverain, auquel je dois toujours l'argent qu'il m'a donné (il ne veut pas d'un billet Chl[endowski]); 4º presser Froment[-Meurice].

A propos de Froment[-Meurice], écrivez-moi *oui* ou *non* pour la toilette d'Anna. Il n'a que le temps juste, d'ici au 10 mai, pour la faire.

Mille tendresses.

Mercredi [10 décembre].

Je sens d'affreuses fatigues à travailler la nuit; ce matin j'ai failli me trouver mal; j'ai eu une faiblesse.

Je vais aller ce soir au spectacle, voir madame Dorval dans *Marie-Jeanne*[1]. Cela me distraira. Savez-vous que je commence à sentir une affreuse nostalgie, et il me prend des envies d'aller à Naples. Votre dernière lettre m'a navré. J'ai grande envie d'aller vous voir à Saint-Charles juger de l'effet que vous produisez sur les Napolitains, et [de] placer cette fugue entre la fin de *la* grrrande Com[*édie*] Hum[*aine*] et *les Paysans*. Quand je suis loin de ma Linette, il me semble que je suis vieux; j'ai cinquante-cinq ans, j'ai une brume sur l'âme, je vois tout en mal, je n'espère plus; les ressorts de mon cœur et de mon courage sont sans force. Je *m'ennuie*, oh! mais à un point inouï, moi que les travaux trouvaient toujours allègre.

Jeudi [11 décembre], quatre heures.

J'ai déjeuné; l'ami de Claret est parti avec des instructions; tout est résolu. Voici le résultat de cette grrande conférence.

Si la maison de M. Pothier, route du Ranelag[h], coûte plus de trente-cinq mille francs, comme il faut y dépenser cinq mille francs,

1. *Marie-Jeanne* ou *la Femme du peuple*, drame de Dennery et Maillan, représenté pour la première fois à la Porte Saint-Martin, le 11 novembre 1845.

et qu'il y aura deux mille francs de frais de notaire, cela ferait quarante-deux mille francs. Nous y renoncerions, et nous tenterions l'acquisition d'un terrain rue Jean-Goujon, à peu près à la hauteur du rond-point des Champs-Élysées, vous savez, là où est *le Cirque;* et, s'il n'y a pas une différence de plus de douze mille francs, M. Captier bâtirait en briques une maison semblable, avec des engagements précis, que rien ne peut déranger. Ainsi cette lettre ne vous dira rien encore de définitif. Tel est l'effet d'une prudence ultra-consommée. Que voulez-vous? Je ne veux rien risquer. M. Captier (l'ami de Claret). m'assure ce que m'affirmait Claret, qu'une maison bâtie en briques se fait avec une rapidité telle, et l'absorption du plâtre par la brique est si vive, qu'on peut l'habiter neuf mois après. Or, l'œuvre serait terminé en avril, et, au mois de janvier 1847, je puis l'habiter. Madame Grandemain me laisse mon appartement jusqu'en avril 1847. Ainsi toutes les difficultés seraient résolues. Maintenant, tout dépend de la valeur du terrain. Vous saurez tout cela par le bateau qui partira le 21 de Marseille, et qui vous apportera une lettre. Quant à celle-ci, je l'envoie par la voie ordinaire; nous verrons comment elle arrivera.

Adieu. Je vais chez mon ami Glandaz, l'avocat général, pour avoir une permission de visiter la Conciergerie, afin de finir les six feuilles Souverain. Vous savez si vous êtes mon unique pensée. Depuis mon retour, je n'ai pas fait un pas sans votre compagnie idéale, hélas!

Vendredi [12 décembre], neuf heures.

Furne vient déjeuner ce matin, pour parler *Com*[*édie*] *Hum*[*aine*], et moi je lui parlerai argent. Il y a là, vous le savez, quinze mille francs d'une absolue nécessité pour ma liquidation.

J'ai trouvé (pour soixante-dix francs) le frère du cadre du Christ, pour le chef-d'œuvre de Mniszech. Mais il y a un bouquet de roses à refaire. Décidément, Paris est la ville la plus riche du monde en occasions de ce genre.

Demain, je vais avec Glandaz[1] à la Conciergerie. [Théophile] Gautier veut me servir de gâcheur pour la pièce de *Richard Cœur d'Éponge,*

---

1. Justin Glandaz, avocat général à la Cour royale, camarade de Balzac, au Collège de Vendôme. Cf. t. II, p. 137.

et le directeur des Variétés livre sa troupe. Il est vraisemblable que
je risquerai cette partie, tout en finissant *les Paysans*, et je négo-
cierai, pour *le Prince*[1], à la Comédie-Française. Il faut tant d'argent !
Je veux que le jour de ma fête, la Saint-Honoré, à Baden, vous voyiez
en moi un ami quitte de toutes dettes et... *propriétaire*, le plus beau
titre de gloire sous L[ouis]-[Philippe] !

Adieu. Furne va venir, et il faut que je mette cette lettre à la poste.
Vous savez ce que vous devez dire aux deux enfants : Zéphirine et
Gringalet, de ma part. J'ai veillé à ses insectes et il ne veille pas sur
vous ! Il vous laisse buter contre une pierre ! O Georges ! Représentez-
lui que vous êtes toute l'entomologie pour moi, toutes les sciences,
toutes les bêtes antédiluviennes, le monde, et quelque chose de plus
encore, car vous êtes le ciel !

Adieu, vous qui certes êtes encore mon espoir et ma joie. Oh ! si
vous saviez combien je suis triste ! Il n'y a que vos lettres qui me
rendent un peu de vie, et je ne sais pas comment je ferai pour
finir *les Paysans*. Il me prend des envies féroces de les *étrangler*,
en argot littéraire !

Allons, mille tendresses et mille caresses.

*Vous donnerez ceci à lire à quelqu'un. C'est un fragment du
poème que vous savez.*

Il y a pour moi, mon chéri *louloup*, vingt-trois villes qui sont
sacrées et que voici : Neufchâtel, Genève, Vienne, Pétersbourg,
Dresde, Cannstadt, Carlsruhe, Strasbourg, Passy, Fontainebleau,
Orléans, Bourges, Tours, Blois, Paris, Rotterdam, La Haye, Anvers,
Bruxelles, Baden, Lyon, Toulon, Naples. Je ne sais pas ce qu'elles
sont pour vous ; mais pour moi c'est, quand l'un de ces noms vient
dans ma pensée, comme si un Chopin touchait une touche de piano ;
le marteau réveille des sons qui vibrent dans mon âme, et il s'éveille
tout un long poème.

Neuchâtel, c'est comme un lys blanc, pur, plein d'odeurs péné-
trantes ; la jeunesse, la fraîcheur, l'éclat, l'espoir, le bonheur
entrevu. Genève, c'est une ardeur de rêve, c'est le rêve où il y a la
vie offerte pour un regard, pour... oh ! mon Dieu, j'aurais péri avec
délices, pour te baiser la main ! Et quelle soirée ! Quelle jeunesse ! Je

---

1. *Le Prince* ou *l'Éducation du Prince*, pièce qui ne fut jamais écrite. Cf. D.
Milatchitch, *op. cit.* p. 28.

ne sais pas comment tu n'as pas gardé cette soie inondée, comme moi
j'ai gardé l'étoffe qui a balayé les moutons, à une certaine place du
plancher, que je verrais en mourant!... Genève, c'est notre midi;
c'est la moisson dorée! Vienne, c'est le deuil dans le bonheur. Je
suis venu, sûr de ne pas avoir autre chose que de la tristesse;
Vienne, c'est mon dévouement le plus pur. Et Pétersbourg? Le
salon bleu de la Néva! C'est la première initiation de mon m[inou],
c'est sa première éducation. Quelle union de deux mois, sans une
note fausse, si ce n'est la querelle du chapeau et celle à propos de
la dépense d'une cuisinière. C'est le premier moment de nos cau-
series libres; c'est l'aurore du mariage de nos âmes et les défiances
de mon aimé *loup* me rendent ces souvenirs délicieux, car je sais
qu'elle y reviendra pour y puiser des raisons d'aimer mieux, en
voyant comme elle s'est trompée, en mal, sur son pauvre Noré.
Dresde, c'est la faim et la soif, c'est la misère dans le bonheur, c'est
un pauvre se jetant sur un riche festin de riche. Cannstadt, c'est
toutes les friandises d'un dessert, c'est le gourmet essayant, sans le
pouvoir, de s'habituer à la gastronomie. Carlsrhue, c'est l'aumône
faite à un pauvre. Mais Strasbourg, oh! c'est déjà l'amour savant,
une richesse de Louis XIV; c'est la certitude d'un mutuel bonheur.
Et Passy, Fontainebleau! C'est le génie de Beethoven; c'est le sublime!
Orléans, Bourges, Tours et Blois sont des *concertos*, des symphonies
bien-aimées, chacune avec sa nature plus ou moins riante, mais où
la souffrance d'un *loup* jette des notes graves. Paris, Rotterdam,
La Haye, Anvers sont des fleurs d'automne. Mais Bruxelles est digne
de Cannstadt et de nous. C'est le triomphe de deux tendresses
uniques. J'y songe souvent et je nous crois inépuisables. Baden a été
le point culminant; c'est une entente éternelle. Il y a eu là toute
cette ardeur de Genève, de cette soirée où je t'ai revue, et tous les
désirs amassés de deux cœurs qui s'adoraient. Mais Lyon, oh! Lyon,
m'a montré mon amour surpassé par une grâce, une tendresse, une
perfection de caresses et une douceur d'amour, qui, pour moi, font
de Lyon un de ces *schiboleth*[1] particuliers dans la vie de l'homme,
et qui, prononcés, sont comme le mot sacré avec lequel on s'ouvre

---

1. Mot hébreu que les gens de Galaad faisaient prononcer à ceux d'Ephraïm
pour les reconnaitre et les égorger sans scrupule. On trouvera ce mot employé
dans *la Cousine Bette* (chap. XXXV).

le ciel! Toulon est fille de Lyon et toutes ces richesses ont été couronnées par les joies de Naples, dignes de ce ciel, de cette nature, de ces deux *loups!*

Voilà les folies que je me dis quand, fatigué d'écrire, je pense aux rares perfections de celle qui fut à sa naissance la bien nommée, Ève, car elle est seule sur la terre; il n'y a pas deux anges semblables; il n'y a pas de femme qui ait réuni plus de gentillesse, plus d'esprit, plus d'amour, plus de génie dans les caresses. Oh! tous les souvenirs de madame de B[erny] sont bien loin! L'amour vrai, l'amour d'une jeune et d'une jolie femme, douée de tant de voluptés, ne peut rien redouter. Aussi, chère mi[nette], es-tu aimée, et le mi[nou] chéri cent fois par jour baisé en idée. Soigne-le bien et mille caresses qui rappellent nos vingt-trois villes[1].

XXXV

[Passy, 13-16 décembre 1845.]
Samedi 13 [décembre].

Chère, je suis pris de la même nostalgie que j'éprouvais avant d'aller à Châlons. Il m'est excessivement difficile d'écrire; ma pensée n'est pas libre, elle ne m'appartient plus, et je ne crois pas que je puisse recouvrer mes facultés avant dix-huit mois. Il faut que nous soyons réunis. Depuis Dresde je n'ai rien fait. Le commencement des *Paysans* et la fin de *Béatrix* ont été mes derniers efforts. Depuis,

1. Nous avons retrouvé dans les papiers de Balzac la curieuse note autographe suivante, qui semble se rapporter aux mêmes impressions et comporte 24 villes (dont Valence) au lieu de 23 : « Neufchàtel (en Suisse) : une lettre à la main; Genève : une clef; Vienne (Autriche) : un doigt sur les lèvres; Pétersbourg : un doigt faisant signe de venir; Dresde : appuyée sur une viole; Cannstadt : [appuyée] sur un fauteuil; Carlsruhe : tenant un sablier; Strasbourg : coiffée d'un bonnet phrygien; Passy : une main sur les yeux; Fontainebleau : tenant un flambeau; Orléans : une boule d'or; Bourges : appuyée sur une roue; Tours : tenant trois amandes; Blois : tenant une poire; Paris : cinq couronnes à la main; Rotterdam : une torche renversée; La Haye : un cornet du Japon; Anvers : une coquille; Bruxelles : tenant six roses; Baden-Baden : couronnée de myosotis; Lyon : tenant une palme; Valence; Toulon; Naples. »

rien n'a été possible. Hier toute la journée, j'ai senti comme un deuil affreux en moi-même. Il faut finir néanmoins les six feuilles de *la Com[édie] hum[aine]*. Furne est venu; il est dans d'excellentes dispositions, et il faut finir cette affaire, qui est tout mon avenir. Le cœur est aussi abattu que la cervelle; tout lui est indifférent de ce qui n'est pas lui-même, et des millions à gagner, une fortune de gloire ou d'amour-propre seraient là, le cœur n'y regarde même pas!

Je vais voir si la parure de corail est dans son écrin; je vais savoir si la canne de Georges est finie; je m'occupe d'un lit qui puisse aller avec les deux meubles florentins, pour faire une magnifique chambre, jaune d'or, en soie, avec des ornements noir et or, et des meubles noirs; j'y vis, et voilà! De littérature, de travail, rien! Aussi, pourquoi me peindre un état semblable chez les *louloups!*... Cette lettre, où l'angoisse était plus contagieuse que la peste, où j'ai pleuré de vos pleurs, où j'ai frémi de retrouver ce que j'éprouvais, cette lettre a mis le comble à ma maladie intérieure et cachée. Il n'y a que nos intérêts qui me tirent de cet ennui profond qui m'a saisi. Paris est un affreux désert. Enfin, je suis sous l'empire d'une passion, sans analogue dans ma vie. Je compare les *vingt-trois villes* entre elles, je marche avec un corps absent. Je le vois, je le sens par moments : c'est une folie.

Il est très vraisemblable que, mes six feuilles faites, j'irai à Naples. La seule manière de les faire faire, c'est de me promettre à moi-même cette joie, ne fût-ce que huit jours. D'ailleurs, ne faut-il pas vous faire voir le plan de la maison, consulter Claret? Il y a mille raisons. Mon esprit est admirablement complice de mon cœur et du B[engal]i! Je ne me plains pas; je reste morne; je suis comme un conscrit breton, regrettant sa chère galette et sa Bretagne, enfin, j'aime, j'aime pour la première et unique fois de ma vie, et j'aime absolument la plus ravissante femme du monde! Comme Méry, je passerais ma vie à écrire à *Elle!* Vous devez vous en apercevoir. Tout ce qui n'est pas nous, m'était naguère indifférent; aujourd'hui, tout cela m'est odieux.

Voici mes résolutions sur des intérêts qui me sont aussi chers que la vie de mon È[ve] adorée. Je conserverai mon appartement, rue Basse, comme dépôt de mobilier, jusqu'en avril 1847, si l'ami de Claret me trouve, à bon marché, un terrain rue J[ean]-Goujon.

Il ne faut que trois mois pour bâtir une maison en briques, car il
n'y a pas de taille de pierres ni de difficultés. Puis, il n'y a pas de
tromperie de maçon possible et, enfin, la brique absorbe l'humidité
du plâtre avec rapidité. Cette maison sera très habitable au mois de
janvier 1848 et surtout très meublable. Si nous arrivons fin octobre 1847, nous trouverons, pour cinq mois, un appartement tout
meublé, en attendant que le petit hôtel *louloup* soit fini de meubler.
Ceci sera le moins cher, le plus profitable, et je suis arrêté [à ceci],
dans le cas où la maison de la route du Ranelag[h] serait trop chère.
Avec le supplément de Dresde, je puis *bâtir*, *meubler*, la maison, et
avoir entièrement payé non seulement mes dettes, mais placé quinze
mille francs sur la tête de la gouv[ernante], et peut-être trouvé les
douze cents francs de rentes pour ma mère, à déposer chez un notaire.
Ainsi, je n'aurai rien qu'une maison ; mais je n'aurai pas une obligation, même morale, et j'aurai un capital de quarante-cinq mille
francs. *Es-tu content, Couci*[1]?

J'attends donc avec une vive impatience les résultats de la négo-
ciation de Captier. Vous les saurez du 25 au 26 décembre, car
cette lettre partira par le bateau du 21.

                    Dimanche 14 [décembre].

Hier, mon *louloup*, je suis allé voir bien en détail la Conciergerie,
et j'ai vu le cachot de la Reine [Marie-Antoinette], celui de madame
Élisabeth, et celui de votre tante sans doute[2]. C'est affreux. J'ai tout
vu bien à fond. Cela m'a pris ma matinée et je n'ai pas eu le temps
d'aller à côté, rue Dauphine, pour les insectes de Georges.

Quand je me suis trouvé à la cour d'assises, il s'est fatalement
trouvé qu'on jugeait madame Colomès, la nièce du maréchal Soult,
une femme de quarante-cinq ans, que j'ai voulu voir, et j'ai vu sur
le banc de la cour d'assises le vivant portrait de madame de B[ern]y.
C'était à effrayer. Elle était folle d'un jeune homme, et, pour lui,
pour lui donner de l'argent qu'il dépensait avec les actrices de la
Porte Saint-Martin, elle faisait des *quasi-faux*, en négociant des billets souscrits par des souscripteurs imaginaires. Elle a tout voulu

1. Citation tirée du dernier acte d'*Adélaïde du Guesclin*, tragédie de Voltaire.
2. Rosalie Rzewuska, née Lubomirska. (Voir plus loin, p. 281 et 374.)

prendre sur elle (il est en fuite). Elle n'a pas permis à son avocat de le charger. Je n'avais jamais entendu plaider, et je suis resté pour entendre Crémieux, qui a fort bien plaidé. La malheureuse, pour avoir de l'argent pour ce jeune homme, se donnait à des usuriers, à des vieux!... Crémieux m'a dit qu'elle disait à son amant : « Je ne te demande que de me tromper assez bien pour que je me croie aimée. » C'est une femme qui est la nièce du frère du maréchal, et qui est la femme d'un ingénieur en chef des Ponts et Chaussées, député.

Ça m'a si fort intéressé de trouver le roman assis sur ce banc, que je suis resté jusqu'à quatre heures et demie, à un pied de cette malheureuse, qui a été fort belle, et qui pleurait comme une Madeleine. Par moments, je l'entendais soupirer : *Aye, aye, aye!* sur trois tons déchirants.

M. Lebel, directeur de la Conciergerie, qui ferme les portes sur tous les crimes depuis quinze ans, est le petit-fils du Lebel qui ouvrait les portes de Louis XV à toutes les beautés du Parc-aux-Cerfs.

Quand vous viendrez à Paris, je vous ferai bien certainement voir le Palais. C'est curieux, autant que Paris, et c'est profondément inconnu. Maintenant, je puis faire mon ouvrage [1].

A mon retour, il s'est trouvé que j'ai manqué Captier, l'ami de Claret. Il y a possibilité d'avoir un terrain rue Jean-Goujon, dans les meilleures conditions. C'est à une portée de fusil de la place de la Concorde, l'allée d'Antin est celle qui arrive au rond-point des Champs-Élysées, à la hauteur du Cirque Olympique, et si l'architecte ne trouve pas quelque chose d'évidemment plus avantageux, je planterai là l'hôtel *louloup*. Mais, je suis si avare du *trésor louloup* que je voudrais n'y pas toucher et payer le terrain avec le restant du prix de *la Com[édie] Hum[aine]*, celui de *la Dernière Incarnation de Vautrin*, et avec cinq mille francs [sur le prix] des *Paysans*. Je n'aurai à payer les entrepreneurs qu'au mois de mai, avant notre départ. Ce sera bâti en briques, avec des chaînes en pierre, et, par ce moyen, ce sera très habitable en 1847. Je garde Passy jusqu'au mois d'avril 1847, comme garde-meuble, et j'évite tous les frais d'une maison montée, en mon absence. Je ferai faire

---

1. *Une Instruction criminelle.*

ma bibliothèque (une affaire de dix à douze mille francs), dès que
les dimensions de la pièce seront bien arrêtées, et je ferai faire les
grosses pièces de mobilier pendant qu'on achèvera les intérieurs.
Le mobilier coûtera presque aussi cher que le terrain et la maison.
Mais enfin nous serons logés à très bas prix, car cela ne fera pas,
tout compris, avec les dépenses annuelles, plus de trois mille sept
cents francs, intérêts des capitaux employés compris. Si je puis
aller à Naples, en janvier, j'arriverai avec les plans, et je consulterai Claret. La succession Dujarier ne paie toujours pas.

Hier, j'ai eu quelque distraction à mon mal nostalgique avec la
Conciergerie et la cour d'assises, et aujourd'hui je me jette dans le
travail à corps perdu !

Ah ! l'hôtel *louloup* sera entre deux jardins, sans voisinage désagréable. Il y aura une petite serre à fleurs au fond. Mais madame
la payera, car c'est sa petite folie particulière. Au-dessus de chaque
pilastre des portes, il y aura des *loups !*

Mille tendresses ; il faut travailler.

Vous ne savez pas que j'amasse silencieusement un mobilier royal.
Je n'en veux plus parler. Je démasquerai mes batteries, et l'È[ve] se
trouvera dans un milieu digne d'elle.

A demain.

Lundi 15 [décembre].

Me voilà lancé dans le travail. Cette nuit j'ai fait six feuillets, des
six feuilles à faire. C'est beaucoup. Je vais tâcher de finir cette
semaine *la Com[édie] Hum[aine]*.

Hier, après avoir écrit, je suis allé chez ma sœur sur une lettre
qu'elle m'a écrite et où elle me disait que sa fille était malade. Sophie
n'avait eu qu'une légère congestion à la poitrine et à la tête ; une
saignée l'avait dégagée, et ma sœur me parlait de fièvre cérébrale !
Je ne sais rien au monde de plus exagéré que ma sœur, si ce n'est ·
ma mère. Chez elle j'ai appris qu'un M. Bleuart[1] était sur le point de
se ruiner pour avoir entrepris le quartier Beaujon, et qu'il y avait là
des maisons à acheter. J'y ai couru. Il y a terrains et maisons.
Mais, de toutes les maisons, il n'y en a qu'une d'à peu près ter-

---

1. Le propriétaire de la maison que Balzac devait acheter rue Fortunée (rue
Balzac).

minée et elle est immense (neuf croisées de face). Je veux y aller mercredi avec l'ami de Claret, et un jeune homme qui a le secret des affaires de M. Bleuart. Vous voyez que je me remue. Je voudrais tant faire une bonne affaire et réparer le désastre des Jardies!... Mais, il faut surtout travailler. J'ai aussi rencontré un propriétaire du quartier Chaillot (mon ancien propriétaire de la rue des Batailles), qui m'a dit que le terrain rue Jean-Goujon était pour rien, et que je devais me hâter de conclure à ce prix-là.

En revenant de Beaujon, hier, je suis allé faire une visite d'un quart d'heure chez madame [de] Girardin. Revenu à six heures, j'ai dîné, et à sept heures je dormais. Je me suis endormi en pensant à deux animaux féroces, les rois de l'Ukraine, et qui ont le mérite de la fidélité et de la constance.

En examinant bien mes ressources, je crois que je puis me passer de ce que vous savez de Dresde. C'est, j'y ai réfléchi, si difficile d'écrire, de recevoir, d'envoyer ces sortes de papiers, que je tâcherai d'attendre et de destiner cela à quelque dernière chose, à son temps.

J'ai si fort l'habitude de penser tout haut, de calculer et recalculer en vous écrivant, que vous voyez toutes mes reculades, mes hésitations, mes additions, etc. Vous êtes en tout ma pensée unique; c'est vous qui êtes dans tout cela. Si j'ai trouvé la force, cette nuit, de m'atteler aux six feuilles, c'est que je voudrais aller de Naples à Rome avec vous, et que je tâcherai de partir le 11 janvier, pour revenir, par Civitta-Vecchia, en février. Je voudrais vous installer à Rome comme je vous ai installée à Naples. Madame [de] Girardin m'appelle un *vetturino d'amore!*

Allons, adieu pour aujourd'hui. Comment allez-vous? Vous amusez-vous quelquefois? Georges prend-il mieux garde à vous? S'il vous arrive quoi que ce soit, j'écrase ses insectes de M. Buquet dans le bateau! Je vous bénis tous les jours de ce que vous m'aimez, et je remercie Dieu. Depuis [Saint-]Pétersbourg, tout va bien pour moi. Vous êtes mon bonheur, comme vous êtes tout mon plaisir. Vous souvenez-vous quelquefois de cette matinée de Valence, au bord du Rhône, où la douce causerie triomphait de la colique, et où nous nous sommes promenés pendant deux heures à l'aube! Croyez bien que ces souvenirs, qui sont tout âme, sont aussi puissants que ceux de Lyon, car chez vous, l'âme est encore plus belle que les suavités pour lesquelles se perdent tous les fils d'Adam.

On me dit qu'il y a un Rzew[uski] à Paris. Ce ne peut être que Léonce[1], n'est-ce pas?

Allons, *readieu*. Il en est de mes adieux en écrit, comme de mes adieux de Cannstadt. Je reste le plus que je puis du canapé à la porte. Adieu, jusqu'à demain, douce et spirituelle idole de mon âme, tyran de ma pensée, *cara strèga*[2]!

Mardi 16 [décembre].

J'ai reçu hier à quatre heures le cher numéro quatre. Je vous vois toujours inquiète de moi. Mais vous n'avez pas pensé à une chose ; c'est que vous avez commencé à m'écrire pendant que je voyageais, et qu'il faut un temps avant que le service s'établisse, en quelque sorte. Ainsi, aujourd'hui, 16 décembre, j'aurai reçu quatre lettres de vous. Bien. Vous, d'ici au 30 décembre, vous aurez reçu quatre lettres de moi. Quelle est la différence? Quatorze jours. Ces quatorze jours c'est les cinq jours de mer, les trois jours de Marseille, les trois jours de malle-poste, et la première semaine pendant laquelle je vous ai écrit, à Paris. Ainsi, je calcule qu'aujourd'hui vous recevez du capitaine du *Tancrède* un paquet de moi. C'est mon numéro deux. Huit jours après, le 24, vous aurez mon numéro trois, envoyé par A. de Rotschild, et vous aurez ceci le 30, puisque cela va partir le 21. Ainsi, chère, malgré les chagrins que ce retard primitif, dû à la force majeure, vous cause, vous voyez que je ne suis pas en faute, que je vous ai écrit tous les jours, trop même, car je n'ai encore fait que penser à vous et à nos affaires, et j'ai peu écrit. Or, ne pas écrire, c'est retarder notre réunion.

Soyez d'une sévérité de Rzew[uski] avec Ch. R.[3], je vous en prie. Remettez-le à sa place, et pour vous et pour moi.

Mon Dieu, comme vos lettres me font vivre! Il en est de ces chers papiers, comme des miens pour vous. C'est de l'idolâtrie, et je suis comme un enfant. Votre exactitude me ravit; et c'est alors que je

---

1. Cousin de madame Hanska.
2. Mots italiens signifiant : chère magicienne.
3. Ch. R. désigne sans doute Charles de Rothschild, de Naples.

me crois aimé autant que j'aime. Je vous en supplie, soignez-vous
bien ; ces maux d'estomac me tourmentent. Les miens ont disparu.
J'ai fini par en reconnaître la cause. C'est des gaz qui se développent,
et j'ai trouvé le moyen de les chasser. Je ne souffre plus que
rarement.

Ce qui est déplorable, c'est que maintenant le travail me fatigue.
Les symptômes que les plaisirs de cette année avaient fait disparaître
reviennent ; les yeux battent, et je me sens fatigué. Il a fallu acheter
un flambeau de nuit à cinq bougies. Les trois ne suffisaient plus,
mes yeux souffraient. Et ce petit flambeau si laid, en cuivre argenté,
que vous devez avoir remarqué dans mon cabinet, est remplacé par
un flambeau de ministre, d'une magnificence inouïe, en bronze doré,
que j'ai eu, d'occasion, pour cinquante francs. Mais cela brûle pour
un franc cinquante centimes de bougies en deux nuits, entendez-
vous, madame. Or, deux francs de feu et cinquante centimes de café,
cela fait quatre francs par nuit. Voilà les contes des *Mille et une
Nuits* bien renchéris !

Chère, je puis donner à Lirette un capital sans aucune difficulté
pour moi. Dites-moi ce que vous lui devez et je le lui remettrai.
J'irai régler cela avec elle, et moi je serai très content de trouver cela
au mois de mai. Pourquoi vous donner le souci de l'envoi, des
changes de place, etc.? Laissez-moi être votre homme d'affaires. J'irai
la voir cette semaine à cet égard. D'ailleurs, si je vous vois en janvier,
ce sera tout simple.

Je n'ai pas encore *notre* fantastique parure de corail. F[roment]-
M[eurice] a reculé devant un écrin de quarante francs. Mais je l'aurai
bientôt. Il veut tellement se distinguer pour la canne de G[eorges],
que je ne sais pas si pour le jour de l'an ce sera fini. C'est un bien
grand artiste. Mais on est effrayé de ce qu'il y a de talent et de génie
dans Paris.

Je suis si précautionneux pour tout ce qui regarde mon cher cœur
aimé, que je ne puis pas risquer d'envoyer cette lettre demain 17,
car le bateau part le 21. Dans cette saison, la malle[-poste] peut
éprouver du retard, et j'aime mieux jeter ma lettre à la poste le 16
que le 17. Ainsi, je ne puis vous rien dire sur les maisons Bleuart.
Vous saurez tout par le départ du 1er janvier. Vous saurez si je puis
arriver par le paquebot du 11.

Ne vous inquiétez plus de la gouv[ernante]. Elle s'en va; tout est arrangé. Son parti est pris. Elle est très satisfaite du placement que m'a conseillé l'avare docteur N[acquart] de doubler la somme, d'employer quinze mille francs, et de garder le capital à mon nom. Elle me demandait à me voir. Je lui ai dit: « Jamais! » Vous ne sauriez croire quelle horreur croissante j'ai pour elle. Il en est de mes répulsions comme de mes affections : ça va en grandissant. Vous vous en apercevrez.

Je n'ai toujours pas de nouvelles de mes acquisitions d'Amsterdam, Voilà des chagrins... mobiliers !

La belle madame de la Roche, la fille de Vernet [1], est morte.

Allons, chère, adieu (vous voyez ce que je mesure pour cet adieu[2]) ou plutôt : à bientôt. J'éprouve tant de douceur à savoir où vous êtes, comment vous êtes, que j'irai de Naples à Rome avec vous. J'écrirai quelques pages pour subvenir à ce voyage. Vous ne savez pas combien je suis heureux, en lisant vos pages, de savoir où vous étiez, ce que vous regardiez.

Ah! vous avez donné bien de la place aux soucis d'Émilie[3]; ça m'a volé une page et cela m'a valu des phrases *de terrasse.* Vous devez avoir pensé à cela sur votre balcon.

Je suis assez triste de vous envoyer encore une lettre pleine d'incertitudes pour les maisons. Mais je vous avoue que je ne puis faire à la légère une chose aussi capitale que notre habitation, après l'école des Jardies. Salluon était une autre école. Ça aurait coûté cent cinquante mille francs, sans le mobilier. J'ai frémi, et, plus M. Gav[ault] me conseillait d'acquérir, moins j'y étais porté. M. G[avault] voudrait me voir faire des sottises. Il est d'une envie cachée et affreuse contre moi. J'ai eu raison, car, à bâtir, je dépenserai moitié moins, et la belle maison Bleuart ne doit pas coûter cent cinquante mille francs. Ça ne coûte rien de trembler et la hardiesse est très chère quelquefois. Mais enfin, d'ici au 1er janvier, j'aurai passé un Rubicon quelconque. Vous voyez que votre rêve était un rêve.

Allons, à bientôt. Ne croyez-vous pas que c'est l'alimentation qui

1. Il s'agit de la femme du peintre Hippolyte Delaroche, fille d'Horace Vernet.
2. En effet, Balzac avait réservé toute une page de sa lettre pour cet adieu.
3. La femme de chambre de la comtesse Hanska.

vous cause les maux d'estomac? Mille caresses au [minou]. Je n'ose plus arrêter ma pensée là, car je deviens fou ; mais, soyez tranquille, vous êtes meilleure que l'écuyer pour dompter les bêtes. Oui, la folie plutôt que d'oublier et la dynastie et son *louloup!* Dormez en paix ; on a ses quarante-six ans quand on est loin de son Évelette !

Depuis une quinzaine, F[essart] se ralentit.

Je vous vois partageant les indignations de votre femme de chambre. N'épousez pas trop ses doléances. Il n'y a pas de pire menteur que l'amour-propre et la croyance de cette fille en sa beauté peut faire soupçonner son imagination. Elle aura donné la portée d'un engagement à des galanteries d'Anglais, qui sont très lourdes.

Vous voyez ce feuillet? j'en ai eu vingt-cinq de commencés, avant de trouver un commencement qui me plût [1].

Je viens de relire votre lettre. La mienne allait être cachetée; je l'ai rouverte pour vous dire mille choses que vous devinerez, sur vos projets de célibat, à propos d'Émilie. Et, de toutes ces choses, la plus sage, ma première exclamation, a été sur ce passage : « On ne devrait jamais se quitter. » Ça m'a rendu la force d'écrire, car je ne veux plus être où vous n'êtes pas ! Dans deux mois d'ici, je serai sans aucun autre bien que celui que je veux porter à mon cou toute ma vie; cette chaîne que vous savez et qui est baisée tous les jours comme un chapelet de Visitandine!

---

1. Ce feuillet, servant d'enveloppe à la lettre, dont les derniers mots sont même écrits sur sa marge, contient le fragment suivant, qui n'a pas gardé pour titre celui qu'il porte ici. Cette minute est celle du début d'*Une Instruction criminelle*, qui prit ensuite le titre de : *Où mènent les mauvais chemins*, dans la *Comédie Humaine*, et forme ainsi la troisième partie de *Splendeurs et Misères des Courtisanes*.

SPLENDEURS ET MISÈRES DES COURTISANES.

Troisième partie.

Dernière Incarnation de Vautrin.

Jacques Collin, surnommé *Trompe-la-Mort* au bagne, connu dans le monde bourgeois, où il s'était caché pendant quelques années, sous le nom de Vautrin, et qui depuis sept ans menait une existence suspectable en qualité de prêtre espagnol, Carlos Herrera, chanoine de Tolède et diplomate désavoué, connaissait trop bien toutes les prisons de Paris pour n'avoir pas très bien fait son lit à la Force en y entrant.

Écroué le soir, il avait, tout en feignant une innocence sacerdotale, un étonnement plein de bonhomie, demandé d'être à la pist[ole]...

XXXVI

[Passy, 17-28 décembre 1845].
Mercredi, 17 décembre.

Chère, mes dispositions au travail n'ont pas duré deux jours; je
suis repris par le spleen, compliqué de nostalgie, ou si vous voulez,
par un *ennui* que je n'ai jamais éprouvé. Oui, c'est l'ennui. Rien ne
m'amuse, ne me distrait, ne m'anime; c'est la mort de l'âme, la
mort de la volonté, l'affaissement de tout l'être. Je ne reprendrai
mes travaux qu'après avoir vu ma vie arrêtée, fixée, arrangée. La
gouv[ernante] m'est odieuse; je ne peux pas la regarder. J'ai le cœur
soulevé. *La Comé[die] Hum[aine]*, je ne m'y intéresse plus; je me
laisserais faire un procès par Chl[endowski] pour les feuilles qui
lui manquent, et je ne peux pas penser aux six qui terminent mes
seize volumes! Bien plus : demain, je dois aller voir une maison;
cela m'intéresse à peine. Je suis anéanti. J'ai trop espéré; j'ai été
trop heureux cette année, et je ne veux plus autre chose. Après
seize ans de malheurs et de travaux, avoir été libre, heureux surhu-
mainement, et revenir à un cachot!... Est-ce possible. Je rêve! Je
rêve le jour, la nuit, et ma pensée du cœur, repliée sur elle-même,
empêche toute action de la pensée du cerveau. C'est effrayant. J'ai
demandé *les Mystères de Londres*[1]. On les apporte, je vais les lire
pour me fuir moi-même.

Jeudi [18 décembre].

J'ai lu hier *les Mystères de Londres*, que vous m'aviez recomman-
dés. J'ai lu de deux heures après-midi jusqu'à minuit tout cet ouvrage.
C'est un peu meilleur que Dumas et Sue; mais ce n'est pas bon. J'en
avais la fièvre. Ce matin, Captier est venu. Je reviens avec un gros
rhume des terrains Beaujon. Il faisait une pluie à torrents; nous

1. Ouvrage de Paul Féval, paru sous le pseudonyme de sir Francis Trolopp
(1844, 11 vol. in-8°).

avons eu les pieds dans la boue, l'humidité sur les épaules, pendant trois heures. Le mal m'a pris si violemment à la gorge, que j'ai une extinction de voix. La maison que nous sommes allés visiter, est de deux cent cinquante mille francs et nous en avons offert quatre-vingt mille. Elle conviendrait. Elle a neuf croisées de face; elle a deux étages : un magnifique rez-de-chaussée; un premier à remanier entièrement. Il y a encore vingt mille francs de dépenses à y faire. Elle fait de l'effet; elle est insolente; elle a l'air d'un vaste restaurant, et les sacrifices faits au dehors constituent d'énormes inconvénients. Ainsi, l'on y monte par un double perron Louis XV, qui aurait besoin d'une énorme marquise. A cent cinquante mille francs, toute dépense comprise, cela vaudrait mieux que la maison Salluon. C'est bien solidement bâti. M. Bleuart avait bâti cela pour lui. Ce n'est une affaire qu'à cent mille francs.

Autre chose. Le terrain rue J[ean-] Goujon est impossible. C'est deux cent cinquante mille francs qu'on en veut. Bref, il n'y a pas de terrain dans Paris à cent francs le mètre, et il faut près de quatre mètres pour une toise. Jugez si l'affaire de Monceaux est une bonne affaire. Il faut s'en tenir à cela, ne se presser en rien. On nous a fait entrevoir la possibilité de traiter, à Beaujon, à quarante ou cinquante francs le mètre. Ce serait déjà quarante mille francs pour mille mètres, et mille mètres (trois mille pieds), c'est l'exigu nécessaire pour une maison.

Décidément, j'attends une occasion ou l'affaire de Monceaux. Avec ce que je réunis au *trésor*, nous aurons cent dix mille francs. Dix mille francs de Dresde, cela fait cent vingt mille. Il n'en faudra plus que quatre-vingt-quinze, pour l'affaire de Monceaux. Vingt-cinq mille d'Ernest[1] : le reste se trouvera. Nous construirons nous-même, sans folie, avec Claret et Captier, et nous nous logerons dans quelque trou en attendant.

Mille tendresses.

Vendredi 19 [décembre].

Un affreux malheur est arrivé : le Doubs, qui a eu une crue qui a dépassé toutes les hauteurs de ses crues connues, a emporté le pont que bâtissait mon beau-frère. Je vais voir ma sœur.

1. Ernest Rzewuski, frère de madame Hans a.

Samedi 20 [décembre].

Je suis revenu hier pour dîner. Chez ma sœur, j'ai trouvé une lettre très concise du chirurgien du *Léonidas*, que vous avez vu. Elle m'arrive le 19 et il me dit qu'il repart le 21, et il demande une réponse. Il est probable que c'est le 21 janvier qu'il part. Je lui ai répondu en quatre paroles.

Mon état d'affaissement dure. Je lis *les Trois Mousquetaires*, et je subis mon rhume.

La désolation est chez ma sœur. Sa fille était malade depuis quelque temps ; j'y suis resté toute la journée, essayant de les égayer. Concevez-vous que mon beau-frère [1] ayant deux ponts à faire cette année, aille en Espagne avec M. de Saint-Priest (un homme qui, entre nous soit dit, cherche une fortune), sur l'espérance d'avoir un chemin de fer en Espagne? Ma sœur m'a avoué que c'était elle qui l'avait poussé à cela, et le malheureux lui écrit que l'Espagne lui coûte cher, car s'il avait dirigé son pont sur le Doubs, le pont aurait été fini, livré, et ce cas de force majeure aurait regardé l'administration.

Ma mère était au plus haut degré de la malveillance pour moi, mais elle pleurait, et je suis resté muet devant ces pleurs, quoique je les sache tout personnels.

Les affaires d'Amsterdam sont arrivées. Ainsi, dans quelques jours, tout sera chez moi.

Aujourd'hui on adjuge le chemin [de fer] de Creil à Saint-Quentin, une branche de celui du Nord. Si Rotschild est adjudicataire, les actions du Nord auront une hausse certaine.

Adieu, pour aujourd'hui. Je me replonge dans *les Trois Mousquetaires*, car la vie sans travail est insupportable. Je vous aime avec une fureur qui n'a pas d'expression ; je reste stupide et je ne sais pas ce qui peut m'arriver si je ne me jette pas dans le travail, à corps perdu. Je n'ai pas une idée, pas une volonté. Je suis comme emporté par le désir et cloué sur place par la nécessité. Je reste immobile de douleur. Il m'est impossible d'oublier, et je suis des heures entières les yeux attachés sur le tapis d'Ukraine, à regarder ses carreaux

---

1. L'ingénieur des ponts-et-chaussées Surville, mari de Laure, sœur de Balzac.

rouges, verts, et ses rayures, en pensant à vous, en me rappelant de petits détails de voyage. Je n'avais jamais aimé, jamais! J'étais un enfant à Neuf[châtel], à Gen[ève]. J'étais si heureux d'aimer, d'être aimé, d'avoir une jeune et belle femme, que ce plaisir, ce bonheur enivrant, m'égayait l'âme dans l'absence; et j'avais des nécessités cruelles. Il fallait écrire, inventer, trouver le pain du lendemain la veille! Mais aujourd'hui, j'ai peur d'être trop vieux pour le bonheur. Je n'ai plus de nécessités si flagrantes, et j'ai trouvé toutes les délices réunies, j'y ai goûté! Je suis comme un homme chassé du paradis. J'y veux rentrer à tout prix. Oh! vous ne pourriez pas mesurer ma douleur par la vôtre; non je suis trop malheureux. J'implore le travail et j'espère m'y remettre.

Dimanche 21 [décembre].

J'ai lu *les Trois Mousquetaires!* Voilà toute ma journée d'hier. Je me suis couché à sept heures, et me voilà levé à quatre heures du matin. Je suis mieux d'esprit; j'ai une envie de travailler et je crois à une ardeur d'écrire. Il le faut; tout m'y convie : et l'argent à toucher, et les obligations terminées, et la liberté, et revenir à vous!... Figurez-vous, mon *louloup* chéri, que l'argent ne m'émeut plus. Il n'y a plus dans mon âme aucun vestige d'ambition ni de désir de fortune, et (que dira Georges!), les potiches, toutes les choses de luxe que j'aimais moins pour moi que pour embellir l'hôtel *louloup*, tout cela m'est indifférent. Oh! quel tyran que l'amour, comme tout est peu devant lui!

Les Trois Mousquetaires sont exécrables. On est fâché d'avoir lu cela. Nous autres, lecteurs instruits, nous connaissons cela par cœur. C'est vulgaire; c'est à donner des nausées!

En ouvrant ma fenêtre du côté de la rue, je viens d'avoir un étourdissement. J'ai tout le sang à la tête; mais je vais prendre un bain de pieds. Les intérêts de ma dynastie me sont trop chers. D'ailleurs, si je travaille, tout se replacera.

Oh! si vous saviez quel respect j'ai de moi-même, en me sachant la joie unique et le bonheur d'un être si parfait, d'une créature accomplie, si naïve, si tendre, si gracieusement amoureuse, si spirituelle, si souffrante par l'absence, si ingénieuse, si dévouée, si

fraîche, si enfant, si florissante, si caressante, si pénétrable au baiser,
qu'un regard fait évanouir et frissonner! J'ai toujours présents à la
mémoire ces regards obliques de Baden, qui fuyaient le métier [à
tapisserie], ces regards presque rouges de bonheur, et honteux de le
laisser voir! J'en frissonne. Oh! je sais aimer! J'ai un cœur qui tient
compte de tout, qui n'est jamais distrait, même quand je suis
chez un marchand à regarder des dentelles. Depuis un an je n'ai de
mémoire que pour *Elle*, et voici deux semaines que je ne pense qu'à
nous, que je mange les miettes du festin, que je m'absorbe dans le
souvenir de riens qui deviennent des poèmes : et l'étonnement de
mon Évelette pour les bords de la Saône, et le raisin acheté à Mâcon,
et le voyage sur le Rhône, et la petite rage contre le géologue, en
revenant de Toulon, et la sortie d'Avignon, et mon obéissance à
boire de l'eau de Sedlitz à Valence.

Enfin Swaab est à Paris. Il vient me voir ce matin. Croiriez-vous
que je verrai Swaab avec délices, car Swaab, c'est tout La Haye!
(h!... prononcé à la Mniszech). Oh! La Haye, La Haye! C'est la perle
de nos villes! Mais vous souvenez-vous d'une certaine promenade
faite à pied vers le bazar [chinois,] en arrière des enfants? Jamais
deux âmes n'ont donné l'une dans l'autre avec plus de poésie et de
charme! Non, pour moi c'est des soleils brillant au fond du Spitz-
berg que ces souvenirs! Je vis de cela. Oh! conservez bien votre
boîte à cigares! Pauvre cigare. Quand mon *loup* fumera-t-il à son aise
comme à Lyon! O ma femme chérie, à quand la réunion pour toujours! Que nous vivions quarante ans, il me semble que ce ne serait
pas assez. Je ne me desserrerais pas de contre toi encore! La première fois que je verrai mon Évelin, fasse le ciel que nous soyons
seuls, car je le tiendrai deux heures contre mon cœur. Je voudrais,
le retrouver la nuit, dans une chambre comme celle de Strasbourg,
et rester là, deux bonnes heures, à sentir cette moitié de moi!...

Mon Dieu, depuis un mois, je m'occupais de nous, j'achetais des
maisons, je les meublais, etc.; voilà ma pensée qui s'acharne à
autre chose. Pourquoi Swaab vient-il à Paris, me rappelle-t-il trop
cette La Haye et le salon où était Samuel Bernard, et le jardin de
l'hôtel de Bellevue, etc.! J'ai eu là, la seconde fois, cette chambre
à boiseries bleues, au rez-de-chaussée. Il y a des heures où, dans
mon fauteuil, je tressaille jusque dans mes os en songeant à la sen-

sation délicieuse de voir entrer l'É[velette], en peignoir, à une heure du matin! O ce divan! Il restera tel qu'il est jusqu'à mon dernier soupir, et toujours mon cabinet sera en damas rouge!

Non, il y a eu de ces appartements, à l'Hôtel du Mail, à Strasb[ourg], à La Haye, à Tours, à Orl[éans], à Bourg[es], qui me font l'effet, par le souvenir, d'une fleur gigantesque, d'un magnolia qui marche, d'un de ces rêves du jeune âge, ces blancs trésors, si blanchement mis, si enivrants d'odeurs aimées, comme à Bruxelles, où je crois que je serais mort d'indigestion, plutôt que de ne pas mordre à ces grappes de neige, à ces calices enivrants, à ces pétales de lys, à ces...!

Pardonnez-moi. Je suis resté comme hébété. J'ai pleuré comme un enfant; je suis bien malheureux d'être à Passy et vous à Naples. Je me suis laissé aller à vous écrire ce que je rêve à toute heure, et, dans la pensée, c'est moins dangereux que formulé. Dans la pensée, c'est un fil de la Vierge dans l'azur; là, sur du papier, c'est un câble en fer qui vous étreint et qui vous serre jusqu'à faire jaillir le sang, les larmes et le désespoir!

Adieu pour aujourd'hui. J'écrirais jusqu'à demain. Je suis insensé de douleur et d'amour. J'implore le travail pour ne pas devenir fou!

Lundi [22 décembre].

J'ai dîné hier chez madame [de] Girardin, et j'ai entendu d'excellente musique faite par mademoiselle Delarue, la fille du général que vous avez connu à Vienne, sans doute. J'ai fait la partie d'aller prendre du hachich, avec [Théophile] Gautier à l'hôtel Pimodan ce soir [1].

Je sors pour plusieurs affaires : *primo*, Swaab m'a apporté une mirifique montre en or que j'achèterai pour le petit *Dunkerque* [2] de mon Évelette, si Froment-Meurice approuve la chose; *secundo*, j'irai à l'entrepôt, etc.

Mille gentillesses.

---

1. Théophile Gautier a fait le récit de cette soirée que l'on retrouvera dans sa notice sur Baudelaire, en tête des *Fleurs du Mal* (éd. Michel Lévy).
2. Étagère sur laquelle on place des curiosités.

Mardi [23 décembre], quatre heures.

J'ai résisté au hachich et je n'ai pas éprouvé tous les phénomènes ; mon cerveau est si fort, qu'il fallait une dose plus forte que celle que j'ai prise. Néanmoins, j'ai entendu des voix célestes et j'ai vu des peintures divines. J'ai descendu pendant vingt ans l'escalier de Lauzun. J'ai vu les dorures et les peintures du salon dans une splendeur inouïe. Mais ce matin, depuis mon réveil, je dors toujours, et je suis sans volonté.

J'ai vu Froment[-Meurice] ; je puis acheter la montre ; il y a pour cent cinquante francs d'or, car toutes les sculptures sont massives. C'est un bijou de premier ordre. Ça ne serait pas extraordinaire que ce fût la montre d'Henriette d'Angleterre. Je compte n'en donner que deux cents francs.

Jeudi 25 [décembre].

Hier, j'ai dormi toute la journée, et demain j'irai à Rouen voir des panneaux en ébène qui sont donnés pour rien. Ce matin, je vais voir, avec M. Captier, un terrain rue du Rocher.

Il m'est impossible de me faire payer de la succession Dujarrier. J'ai perdu ma journée, hier, en courses pour cette affaire et je n'arrive à rien.

Je ne puis pas travailler.

Samedi 27 [décembre].

Je suis parti hier à six heures du matin de Passy. J'étais à sept heures au chemin de fer, à onze heures à Rouen. C'est le chemin que nous avons fait, avec Anna. N'est-ce pas vous dire que j'ai pensé hier, toute la journée à vous ? J'ai été transporté en idée à cette journée où nous avons vu Rouen. C'est une fête pour moi. J'ai été heureux, oh ! bien heureux ! J'ai revu le traître pâtissier, et, de Rouen à Mantes, je me suis rappelé mes souffrances. Ah ! vous avez été bien bonne !

J'ai trouvé les débris d'un meuble royal, et je les ai eus pour quarante-cinq francs. Voilà des affaires ! Mais il en coûtera dix fois autant pour le refaire. Comme ce sera un meuble de deux mille francs, je vais le livrer à un ébéniste.

Comme je n'ai rien pris du matin au soir, j'ai attrapé une affreuse migraine. Le président est venu dîner avec la gouv[ernante], et va faire toutes les démarches pour le bureau de timbre. D'ici à quelques mois je serai débarrassé de cette plaie.

A demain, car il faut que cette lettre parte demain.

Dimanche 28 [décembre].

Je reviens de la poste et il n'y a pas de lettre de Naples. Je commence à être inquiet, car je devais en avoir une du 18, qui est le jour du passage du paquebot, et, six jours de navigation, trois jours de Marseille ici, cela fait neuf.

Je viens de voir l'annonce d'un hôtel rue du Montparnasse, à côté du couvent de Lirette. Ce serait quatre-vingt-douze mille francs; avec les frais, cent mille. Nous pourrions nous arranger de cela. Il y a trois quarts d'arpent dans la propriété. C'est bien supérieur, comme vous voyez, à M. Salluon, et c'est dans nos goûts et dans nos moyens. L'adjudication est indiquée pour le 13 janvier. A supposer qu'il y ait une vingtaine de mille francs à dépenser, ce ne serait pas exagéré. Nous pourrions payer plus cher que cinq mille francs de loyer. J'irai donc voir cela; c'est le quartier du Luxembourg.

Allons, il faut vous dire adieu. Toutes les fois que je ferme une lettre, il me semble que je vais moi-même vous trouver.

Ah! à propos, ne calomnions personne. M. le duc de Saulx est mort pour d'autres causes que celles que je vous ai dites[1]. C'est une histoire à vous raconter, qui est très curieuse. Le duc de S[aulx] n'avait pas cet oiseau indien qui chante des poèmes, et il avait fait des dépenses considérables pour le trouver. Il allait se marier, et quand il a vu que sa future serait privée de rossignol, il s'est brûlé la cervelle. Il y a bien des détails; je vous les dirai. C'est une aventure qui sort des choses probables; c'est tout ce qu'il y a de plus extraordinaire. Tout le monde n'est pas philosophe comme Louis XVIII. Moi, je ferais comme le duc de Saulx; aussi, soignez la cage du b[engali].

Oh! chère min[ette], si vous saviez tout ce que je lui dis! Pensez que, lorsque je ne travaille pas, et voici quinze jours que je n'ai pas

1. Voir lettre XXXIV.

écrit une panse d'a, je m'absorbe avec délices dans mes souvenirs ; à la lettre, je vis de cela.

M. Captier m'a apporté un croquis de maison. Cela coûte toujours entre quarante et cinquante mille francs, et cinquante mille francs de terrain ; c'est toujours cent mille francs. Or, tant que je conserverai l'espoir de trouver une maison toute prête pour ce prix-là, j'attendrai. La Chambre a encore deux ans à faire.

Mon incapacité de travail me rend bien malheureux. Mercredi, dernier jour de l'année, je dîne chez madame [de] Girardin, pour prendre mes mesures avec Nestor Roqueplan, pour les Variétés, et donner *Richard Cœur d'Éponge*. Je vous dis cela pour que vous sachiez tout ce que je fais.

Adieu, vous aurez cette lettre à votre premier janvier, le 6. Dieu veuille que dans cette année 1846, nous soyons à jamais réunis, que nous ne nous quittions jamais d'un instant, que vous déposiez le fardeau de vos responsabilités de mère et de tutrice, et que vous n'en ayez plus aucune. Voilà mes vœux ostensibles ; il en est un que vous savez. Je finis cette année en vous aimant plus que jamais, en vous bénissant pour tous les immenses bonheurs que j'ai eus et qui sont toute une vie déjà. Par moments, je me trouve ingrat en pensant à cette année, et je me dis que je n'ai qu'à me souvenir pour être heureux. Ce que j'ai au cœur, voilà mon hachich ; je n'ai qu'à m'y retirer pour être dans le ciel.

Allons, adieu, chérie adorée, espérée ; croyez que quand vous lirez ces lignes, je serai à expédier des feuillets de copie, et que je serai promptement libre. Une maison et ma libération, car, cela, c'est mon Ève, c'est la liberté d'aller, et la certitude de nous trouver chez nous au retour. Je baise mille fois mon minou. Je ne pense qu'à lui !

Mille amitiés à Georges. Dites-lui que tous ses insectes sont trouvés, mais que le *bicolor*[1] est rare ; je lui fais chercher son catalogue de Dejean, pour ses étrennes. Ai-je besoin de dire à la chère Anna que je l'aime encore plus depuis cette année aux aventures?

Vous êtes bien sûrs, tous, que je finirai l'année en pensant à vous, et que vous serez dans tous mes vœux en commençant 1846.

---

1. Le catoxantha bicolor. Balzac en plaisante dans *la Cousine Bette* (chap. xxxv).

XXXVII

[Passy, 29-30 décembre 1845.]
Lundi 29 [décembre].

Chère comtesse,

Votre lettre est arrivée hier à trois heures, une demi-heure après que je fusse allé chercher mes lettres à la poste. Aussi je ne l'ai vue que ce matin, à midi. Le dimanche, il faut que nos lettres soient mises à deux heures à la poste pour pouvoir partir et il fallait, pour qu'elle fût le 1ᵉʳ à Marseille, la mettre hier à la poste. Je n'ai donc pas pu vous répondre. Je vous écris à la hâte et je confie cette lettre aux R[othschild].

Vous n'avez donc pas pensé, car vos angoisses me font bien mal, que les bateaux ne vont [à Naples] que trois fois par mois : le 1ᵉʳ, le 11 et le 21 ; que, si je suis arrivé le 17 nov[embre] à Paris et que j'ai manqué à vous écrire par le [bateau du] 1ᵉʳ, vous n'aviez plus de lettres [de moi] que par le bateau du 11. C'était mon *Tancrède*. J'espérais vous faire un envoi par mon capitaine, etc. Vous savez tout cela. Je ne veux pas rabâcher. Vous savez que vous avez plus de lettres, y compris celle-ci, que je n'en aurai reçu de vous. Si je reviens là-dessus, c'est pour vous donner de la tranquillité sur l'avenir. Il est arrivé un malheur : *le Tancrède*, sorti le 11 [de Marseille], est rentré [au port] le 13, ayant des avaries à sa machine, et *le Mentor* est parti le 14 à sa place. Le capitaine Darris, en brave marin, a remis sa commission à son collègue. A l'heure où j'écris, vous avez dû recevoir [de moi] trois lettres de plus. C'est donc cinq d'échangées entre nous et celle-ci va partir. C'est ce qui fait la sixième. Mais ces tortures du cœur, ces affreuses angoisses que je connais, je donnerais mon sang pour vous les faire éviter. Sachez que je suis arrivé mourant de fatigue à Paris ; que, le 12, une lettre ne serait pas arrivée pour le bateau du 21, qui vous apportait ma lettre de Marseille et que j'ai eu, comme vous le savez, mes raisons pour tout envoyer par M. Darris et *le Tancrède*. N'en parlons plus. Seulement, retenez bien que celui qui a dix jours de route, a dix jours de retard dans la correspondance avec le *loup* qui reste. Mais Florence ! Mais Rome !... Ah ! quelle douleur ! que deviendront nos lettres ! Quelles administrations ! Florence, passe encore ; on va par Livourne.

Chère Anna ! Vous ne sauriez croire combien ce petit détail de seconde vue m'a touché. Que ne ferait-on pas pour cette chère petite ! Oh ! combien je vous aime ! Vous le savez, du moins.

Puisque vous avez écrit à Bassenge, ne défaites rien, d'autant plus que je vais quitter cette lettre pour aller voir un hôtel rue du Montparnasse, et qu'un pressentiment, comme celui d'Anna, me dit que cela peut convenir. C'est près de Lirette, et c'est mon ancien quartier. Si c'est ce que je crois, nous n'aurions pas de spéculation mais une charmante habitation, et, dans ce cas, Bassenge ne serait pas inutile, car il faudra bien cent trente mille francs au moins. L'hôtel est annoncé quatre-vingt-douze mille francs ; avec les frais, c'est cent mille francs, et il y aura bien trente mille francs à dépenser.

Allons, adieu *loup* chéri. A demain.

Mardi 30 [décembre].

J'ai vu l'hôtel ; il nous va comme un gant. Il n'y a là qu'à démolir ; c'est tout le contraire des autres maisons. Figurez-vous que d'un délicieux petit hôtel, on a fait une grande vilaine pension de demoiselles. On y a ajouté des dortoirs, des réfectoires, des lieux, des classes... ; c'est hideux. En enlevant les ajoutés, on retrouvera la construction primitive. On est entouré d'un jardin, qui peut être ravissant. Mais c'est dans l'état où les pensionnats mettent les maisons ; c'est hideux. Il y a là : calorifère à mettre, regrattage et peintures, démolitions et réchampissage des façades ; j'aperçois vingt mille francs de dépenses et cent mille francs d'acquisition. C'est cent vingt mille francs et aucune chance de spéculation. Mais nous serions admirablement bien. Tout est au rez-de-chaussée ; habitation, réception, cabinet du *loup*, bibliothèque, tout est réuni. C'est loin de tout, mais c'est bien, car nous ne voulons être près de rien. C'est moins loin d'ailleurs que la maison Salluon. C'est de trente mille francs moins cher. C'est à Paris, et cela ne fait que quatre mille cinq cents francs de loyer, après tout.

C'est effrayant à dire, mais l'adjudication est trop près; elle est pour le 13 janvier, et j'ai à peine le temps d'examiner avec M. Captier, et de lancer M. Gav[ault], qui est très paresseux. Moi, il faut que je travaille, sous peine de nous reculer d'une manière mortelle, car je ne vis pas, en ce moment.

J'essaye ce matin (car je me suis levé à trois heures et demie), de me mettre à l'ouvrage, et, en trois mois, je dois tout réparer. Mais c'est janvier, février, mars de pris; et si j'arrange une maison, c'est avril; je ne vous revois qu'en Suisse, quand vous irez à Baden. Cher Baden!

Tout est, d'ailleurs, arrangé ici, je puis garder ce Passy jusqu'au 1er avril 1847 et, de septembre 1846 à avril 1847, nous pouvons faire notre cher nid nous-mêmes, si je ne trouve pas chaussures à nos pieds.

Je répète toujours qu'il vaudrait cent fois mieux Monceaux. Nous avons, ici, cent-dix mille francs, qui sont en sûreté, y compris Bassenge, et nous sommes sûrs de cent mille francs de plus, dans l'année 1846. C'est les deux cent dix mille francs du terrain de Monceaux. En mettant tout au pire, Claret me bâtira une maison pour soixante mille francs, et nous avons à vendre deux mille toises de terrain qui, en cinq ans, vaudront douze cent mille francs. N'est-ce pas une folie que de ne pas s'en tenir à cela? De septembre 1846 à janvier 1847, on fait le gros œuvre, et de janvier à avril, on meuble. Mais, quand il faudrait rester à Passy jusqu'en octobre 1847, cela se peut, à la rigueur; et l'on peut habiter pour six mois, une autre maison.

Il n'y a qu'un inconvénient à cela, c'est que Plon, qui a obtenu du roi un sursis de six mois, lequel expire en juillet 1846, voudra être payé comptant; non pas lui, mais L[ouis]-Ph[ilippe], et qu'il nous faudrait ces cent mille francs en juin.

Là est la pierre d'achoppement. Mais on peut emprunter pour payer, et puis, qui sait si je ne gagnerai pas quelque argent? Oh, ton frère Ernest devrait bien t'envoyer ce qu'il te doit. Cela et ce que je puis gagner, cela ferait une cinquantaine de mille francs, ce qui, avec cent dix mille, arrangerait tout, car ce n'est rien que de trouver cinquante mille francs pour achever de payer une somme de deux cent dix mille francs. Depuis que nous parlons entre nous de cette affaire, savez-vous que le prix de la toise a augmenté de deux cents francs, dans ces quartiers-là? L'année prochaine on abat mille maisons dans Paris. C'est vous dire qu'on en bâtira deux mille autres. Les quartiers s'élèvent dans ces localités, comme sous une baguette de fée. Ainsi, capitaliser, rester à Passy jusqu'à la fin de 1847, c'est mon vœu, et je ne le romps que pour une excellente occasion. Cela ne m'empêchera pas de tenter Montparnasse, si Captier me garantit les dépenses à un certain chiffre, car nous pouvons faire cette affaire et Monceaux : Monceaux comme placement, et Montparnasse comme habitation.

Vous voyez combien je suis travaillé par nos intérêts, et combien je travaille peu à nos manuscrits. Mais, je m'enferme et je me mets à l'œuvre. Je suis indigné de ma conduite; mais mon indignation ne tourne pas en inspiration.

Je vais mettre cette lettre à la poste ce matin, et vous l'adresser sous le couvert des R[othschild]. Je vous fais donc mes adieux, en vous joignant le fragment que vous me demandez sur *l'œuvre* la plus poétique de mon âme, sur mon vrai poème et qui sera bientôt fini, je l'espère.

Eh! bien donc, adieu, car nous sommes encore séparés pendant trois mois et demi au moins, et je suis de votre avis; il faut que j'achève toutes mes obligations. Il me faut ma liberté pour la donner à mon esclavage de choix, de cœur, et qui fait toute mon ambition.

Comment avez-vous pu croire que je faisais une comédie, contre ma promesse, sans m'en être fait relever par vous? Ah, Sarmate, belle Sarmate, vous êtes toujours bien facile au soupçon contre votre pauvre Noré. C'est une disposition ot[h]ellienne qui peut nous faire bien des chagrins inutiles! Ayez foi en moi; vous commencez à l'avoir pour les affaires; pourquoi ne l'auriez-vous donc pas pour le cœur? Vous avez, je le sais, bien plus d'indifférence en matière financière qu'en fait d'affection ; mais, je vous en supplie, considérez votre pauvre *loup* depuis [Saint-]Pét[ersbourg]; il n'y a rien à lui reprocher, pas même une ombre. Est-ce mille fois ou cent mille qu'il vous a prouvé son affection, sa tendresse absolue? Hélas, les seules querelles des *loups* ont été pour des armoires! Et le pauvre Noré avait pris du thé! Oh! ce que j'ai souffert sur ce quai de Rotterdam, il n'y a que moi et Dieu qui le sachions! Hé bien, si c'est pour que je le redise, sachez bien que rien au monde ne peut changer un cœur qui aime depuis bientôt quatorze ans, et qui n'a connu le véritable amour, l'amour-passion, ajouté à tous les autres, que par vous.

Ah! s'il vous était donné de me voir comme je suis, sans âme, sans force, plein de haine contre la g[ouvernante], ne pouvant pas vivre en face de celle que hait Anna, à bon droit, non, vous auriez en votre pauvre Noré la foi qu'il a en vous, et qui est celle d'un vrai chrétien en Dieu.

Vous recevrez à Florence, si vous y allez, toutes les *Petites Misères* [*de la Vie conjugale*] parues, et les feuilletons de *la Presse* dont vous a parlé Méry, si je trouve une occasion.

Je finirai l'année en vous commençant une autre lettre. J'ai plus peur des R[othschild] que de la poste.

Fragment du poème.

Mon amour chéri, crois qu'il faut toute ma certitude au bonheur, toute ma confiance dans notre réunion prochaine et éternelle (car Dieu ne nous séparera pas plus dans la mort que dans la vie, s'il écoute mes prières) pour rester loin de toi. Ce n'est plus un supplice; c'est l'imbécillité, c'est la torpeur. Toutes les joies de cette délicieuse année, je les revois à toute heure; je marche environné de ces souvenirs. Tout revit dans mon cœur pour le désespérer. C'est un mirage continuel, et les jaloux, G[avault] lui-même, qui est au fait de mes sentiments, qui les lit sur mon front dit qu'il est impossible de travailler à quoi que ce soit. Rien ne m'émeut que ce qui te regarde, te rappelle à mon souvenir. Ainsi, j'ai été heureux en allant à Rouen. Retrouver un site sur lequel tes yeux se sont arrêtés, revoir les monuments que tu as admirés; c'est, dans les ténèbres de l'absence, un jet de lumière. Si ce n'était pas une folie, j'irais à Tours, dans notre appartement, et, quant à Orléans, deux fois déjà j'ai mis le pied hors de chez moi pour aller revoir la Boule d'Or. Oh! j'irai; j'y pleurerai de joie!

Tu as laissé, sur tout ce que tu as touché de ton saint regard, des charmes que je ne peux pas m'expliquer. Je palpe le Schiller comme si c'était une amulette! Non, ce n'est pas de l'amour : c'est une démence! Il n'y a de vie possible pour moi qu'après notre réunion certaine. Alors, je pourrai redevenir quelque chose. Mais aussi, jamais pareille *possession* a-t-elle été jamais mieux justifiée! Non, tu ne te connaissais pas toi-même, ni moi. Il a fallu nos instants de liberté à Lyon, pour que je devinasse quelle charmante nature, quelles divines créatures il y a en toi. Quelle naïveté dans l'amour, quelle grâce dans la tendresse! Et, crois-moi, ces deux suaves qualités sont des sources intarissables de bonheur, d'attachement. On aime toujours de plus en plus qui aime ainsi! C'est surtout par le souvenir que cette soirée s'agrandit, pour moi du moins. Il m'a semblé que cette blancheur de satin moite était un reflet de ta belle âme, que ces caresses d'une volupté si tranquille de force, étaient des pensées. Ah! l'on ne s'est jamais si bien dit qu'on s'aimait! Il a fallu ma gentille È[ve] et un poète pour un pareil chef-d'œuvre du cœur! Et comme ce fut inopiné! Quelle fatigue, t'en souviens-tu? Cette fleur s'est élancée comme un aloès. Il y avait un mois d'absence, et tout pourrait s'expliquer, si tant de poésie dans deux cœurs n'était pas une de ces choses inexplicables, qui tombent du ciel comme un lien qu'on se passe avec adoration au cou, l'un et l'autre.

Si je vis avec ardeur, dans l'avenir, j'ai un si beau passé dans cette chère année qui se termine demain, que j'y vis avec enthousiasme. Ah! mon Ève adorée, tu sauras un jour, dans dix ans, en te trouvant aussi heureuse et plus aimée dans la dernière heure de la dixième année que dans la première de Neufch[âtel], que je n'oublie rien, que je suis un avare [en fait] de cœur. Je te prouverai, en te peignant ta cabine du *Léonid[as]*, et l'heure, et le moment où je te consolais, et te rappelant une parole, que je collectionne les plus menus détails de notre vie.

Je te crois bien, que tu as tressailli en voyant Thérèse! C'est les mêmes phénomènes dans les mêmes cœurs, malgré les distances. Moi, j'irais revoir le portrait du digne *chargé*, de Montrichard, qui t'a fait tant rire.

J'ai eu un grand malheur, il y a deux jours. La cicatrice de ma main, du jour où j'ai baissé la capote sur la levée, a disparu. C'est un petit plaisir de moins. Il y a trois jours, j'ai rencontré le père ....., qui nous a amenés pour la première fois de St[rasbourg] à P[aris]; je lui ai donné cent sous, il m'a demandé de vos nouvelles. Je l'aurais embrassé!

Tu le vois, cher min[ou] aimé, je n'en suis pas à t'adorer; j'en suis, comme le poète persan, à adorer les coins où s'est posée la rose. Oui, chère rose, chère fleur de ma vie, chère religion, chère félicité, chère conscience, tous mes plaisirs, toute ma force et plus que ma vie. Allons, ne le sais-tu pas? Avec toi, se souvenir, c'est aimer une seconde fois!

XXXVIII

A MADAME HANSKA, HÔTEL VITTORIA, N°s 14-15, A NAPLES.

[Passy, 1er-7 janvier 1846.]
[Jeudi] 1er janvier.

Une année de plus, chère, et je la prends avec plaisir, car ces années, ces treize années, qui se consommeront en février, au jour heureux, mille fois béni, où j'ai reçu cette lettre constellée de bonheur et d'espérance, me semblent des liens inextricables, indéfaisables, éternels! (La quatorzième commencera dans deux mois[1].) Chaque jour ajoute à mon attachement. J'ai l'esprit très *Grandet*. J'aime de plus en plus ce que je possède. Encore quelques mois, et le roi de Hollande donnât-il soixante-dix mille francs des meubles florentins, il ne les aurait pas. C'est plus grave encore pour les choses du cœur; je vous l'aurai prouvé dans quatorze ans d'ici, quand vous m'aurez vu n'oubliant jamais rien de mes félicités grandes ou petites.

J'ai eu une explication avec la g[ouvernante]. Elle préfère sept mille cinq cents francs, une fois donnés, à une rente viagère, et cela me va. C'est moins coûteux, et puis il n'y aura plus aucune espèce

1. Balzac se trompe; c'est en février 1832 qu'il avait reçu la lettre en question, *quatorze* ans auparavant. La *quinzième* année allait donc commencer en février 1846. Il confond avec la première rencontre, qu'il fit de madame Hanska en 1833, à Neuchâtel.

de rapports entre elle et moi. Elle prendra ici tout ce dont je ne veux pas, pour se faire un ménage. Ce sera tout à fait terminé d'ici au mois d'avril. M. M[ater], le premier président, se charge de l'affaire de la transmission du bureau [de timbre]. C'est sept mille cinq cents francs de moins, mais des ennuis affreux de moins. De même que j'aime de plus en plus, je hais de plus en plus, et ma situation vis-à-vis de moi-même est intolérable.

En voilà assez sur ce déplorable et ignoble sujet. N'en parlons plus jamais entre nous.

Adieu, voici mes nièces.

[Vendredi] 2 janvier.

Je t'ai quitté hier, cher *louloup*, bien à regret. J'avais mille choses à te dire. Mais il y a eu un événement de famille. Ordinairement, ma mère, ma sœur et mes nièces venaient me voir. J'ai vu hier, à une heure, mes nièces[1] seules. J'ai deviné quelque tour de ma mère, et je me suis habillé. Je suis allé lui rendre mes devoirs, et j'ai été reçu de la façon la plus antipathique. Je suis parti à quatre heures et demie, sans avoir rembruni le jour de l'an par une explication; mais je suis revenu dans le plus profond désespoir. Je n'ai jamais eu de mère; aujourd'hui, *l'ennemie* s'est déclarée. Je ne t'ai jamais dévoilé cette plaie; elle était trop horrible, et *il faut le voir pour le croire.*

Aussitôt que j'ai été mis au monde, j'ai été envoyé en nourrice chez un gendarme, et j'y suis resté jusqu'à l'âge de quatre ans. De quatre ans à six ans j'étais en demi-pension et à six ans et demi, j'ai été envoyé à Vendôme. J'y suis resté jusqu'à quatorze ans, en 1813, n'ayant vu que deux fois ma mère. De quatre ans à six ans, je la voyais les dimanches. Enfin, un jour, une bonne nous a perdus, ma sœur Laure et moi!

Quand elle m'a pris chez elle, elle m'a rendu la vie si dure qu'à dix-huit ans, en 1817, je quittais la maison paternelle et j'étais dans un grenier, rue Lesdiguières, y menant la vie que j'ai décrite dans *la Peau de chagrin*. J'ai donc été, moi et Laurence, l'objet de sa haine. Elle a tué Laurence, mais moi je vis, et elle a vu mon adoration pour elle se changer en crainte, la crainte en indifférence; et aujourd'hui, elle en est arrivée à me calomnier. Je suis plus fort

---

1. Valentine et Sophie Surville.

que la calomnie. Elle veut me donner des torts apparents. Elle a dit cent fois à ma sœur hier : « *Tu verras que ton frère ne viendra pas me rendre ses devoirs.* » Son accueil haineux est venu de ce que j'ai trompé ses prévisions.

Dans quel cœur verserais-je ces atroces douleurs si ce n'est dans le tien? D'ailleurs ne faut-il pas que tu saches pourquoi je ne veux pas qu'il y ait la moindre relation de famille entre toi et les miens.

J'ai formellement pris la résolution, quant à moi, de ne voir ma mère que le premier jour de l'an, le jour de sa fête et celui de sa naissance, pendant dix minutes. Quant à toi, entre ma sœur et ma mère, ce ne sera qu'un échange de cartes. Mais combien de blessures pour en arriver là! Madame de B[ern]y me l'a prédit en 1822. Elle disait : « *Vous êtes un œuf d'aigle couvé chez des oies.* » Elle exceptait mon père de cette famille, et, quand je voulais parler de ma sœur, elle me disait : « *Votre sœur sera comme votre mère.* » Et elle a raison.

Ah! si j'ai délicieusement commencé l'année en restant dans mon cabinet, les pieds sur les chenets, la tête dans mes mains, pensant à vous et à cette sublime année écoulée, j'ai bien payé cela chez ma sœur! Et, en revenant, une seule pensée a pu empêcher mes larmes de couler, c'est ceci : « Nous nous serons nos familles l'un à l'autre. nous nous tiendrons lieu de tout! » Dieu m'a bien compensé tous mes chagrins de famille par mon Évelette.

[Dimanche] 3 [janvier].

Il n'y a pas de maison possible en ce moment. Il faut attendre l'affaire de Monceaux, et j'avoue que j'aime mieux attendre. Dans cette situation il faudrait bien placer en chemin de fer du Nord le *trésor-louloup.* Pour cela, comme il y aura un versement pour le chemin [de fer] de Creil en février, tu n'as que le temps d'écrire à Bassenge, car il faudrait que l'envoi de son effet, à l'échéance de mai, te fût fait de manière à ce qu'il me parvienne du 10 au 15 février. Or tu recevras cette lettre vers le 16 janvier, ta lettre peut partir pour Dresde le 18 par le paquebot. Il faudra quatorze jours pour qu'elle aille à Dresde et quatorze jours pour le retour. Cela fait le 14 février; neuf jours pour que tu [le] retournes sur Paris; cela fait la fin de février. Je puis perdre l'occasion d'un placement bien avantageux.

Assez causé d'affaires. Je ne payerai Lirette que lorsque j'aurai l'effet Bassenge, à moins que je n'aie des fonds à moi, mais encore, je préférerais les employer, s'il y a lieu, en [actions] Nord. Le Nord, selon moi, pour quelqu'un qui garderait ses Nord un an (et c'est notre cas), peut donner trois cents francs de bénéfice par action. Soit pour cent cinquante actions, ce serait quarante-cinq mille francs de bénéfices. C'est [la valeur de] la maison de la route du Ranelag[h], vers laquelle je tourne les yeux avec bien de l'amour. C'est modeste et c'est ce qui convient à de « *vieilles gens retirés du monde* ».

Adieu, j'ai chez ma sœur une conférence pour le placement d'un livre. Je pars.

[Lundi] 4 [janvier].

Oh! cher petit *loup*, j'ai reçu ce matin, à huit heures et demie, la lettre de notre chère petit bijou d'Anna et le portrait du *Léonidas*. Décidément, j'aurai un *album-Mniszech*.

Je ne comprends pas qu'à la date du 22 tu n'aies pas reçu ma lettre (la troisième), envoyée par le comptoir R[othschild]. Quand celle-ci partira, ce sera la septième en route. Je n'ai jamais failli à te dire, jour par jour, ce qui m'arrive et ce que je fais, et tu verras un jour que c'est moi qui aurai écrit le plus.

Je dois aller voir notre chère Lirette. Je ne veux pas oublier que je vous remplace toutes les deux auprès d'elle et puis pour savoir quand elle a besoin de son argent.

J'ai dîné, comme je te l'ai dit dans ma dernière lettre, avec Nestor Roqueplan le dernier mercredi de décembre et le dernier jour chez l'illustre Delphine. Nous avons autant ri que je puis rire sans toi. Delphine est la reine de la conversation. Elle a été étincelante, sublime et ravissante. [Théophile] Gautier était là. Je me suis en allé de bonne heure et il a été avisé qu'il n'y a rien de pressé pour *Richard Cœur d'éponge;* le théâtre [des Variétés] est fourni. Mais Gautier et moi nous ferons la pièce. Telle est la fin de ce dîner dont l'historique t'était dû.

Je n'ai vu personne et je n'ai pas reçu [pour mes étrennes,] le don d'une épingle. Cela dit, pour te rendre heureuse. Dablin est venu en mon absence. J'aime à n'avoir que toi et ne voir que toi dans le monde. Mais, *loup* chéri, je ne fais pas une ligne, et je gémis.

Chose affreuse : Buisson a refusé tout arrangement, sous prétexte de ma splendeur future. M. Fess[art] est paralysé. Mais, ce qui est pis, c'est que cela retarde toutes les mesures que je veux prendre car je ne puis pas renvoyer la gouv[ernante]; on dirait que j'ai des millions. Je la connais. Si je lui donne sept mille cinq cents francs, elle dira cinquante mille francs. Elle a une vanité effroyable. C'est qu'il s'agit de payer soixante-quinze mille francs dus, ou cent cinquante mille francs, qu'on prétend. C'est grave. Aussi, ne puis-je placer encore dans le Nord; on me dirait millionnaire. Le Nord est toujours en baisse sur son émission. Les premiers cours ont été de neuf cents, huit cent quatre-vingts francs, et il est entre sept cent cinquante et sept cent soixante-quinze.

La gouv[ernante] revient de chez M. Fess[art] et je suis navré. Il a dix mille francs à moi sans emploi, à cause de l'entêtement de Buisson, à qui je dois légitimement huit mille francs, et qui fait des comptes de seize mille francs et même vingt mille. Dablin lui-même a parlé de se contenter de cinq mille au lieu de huit mille. Tout cela m'agace et m'irrite, et m'empêche de travailler. M. Gav[ault] n'a que deux ou trois affaires, et il ne fait rien depuis un mois. Il faudrait ne faire que ma liquidation et retarder mes travaux.

Adieu, *loup* chéri; je sors pour me promener; j'ai besoin de marcher, quand j'ai reçu de pareilles nouvelles.

[Mardi] 5 [janvier], à minuit.

En voilà de l'étrange! J'ai reçu ce matin ta longue lettre numéro six, à un jour de distance et celle d'Anna. C'est un mystère. Toutes deux sont venues par Marseille.

Oh! quelle journée j'ai eu, mon *louloup;* atroce, affreuse. Figure-toi que j'avais des courses à faire, à aller chez F[roment]-M[eurice], chez M. Gav[ault], chez l'armateur qui construit *le Balzac*[1], chez *la Presse*, etc., et après déjeuner, à midi, je vais à la poste. Bon! je

---

1. Sur cet armateur, M. Guillot, et sur *le Balzac* dont nous n'avons pu retrouver la trace, voir *les Cahiers Balzaciens*, n° 1, p. XVIII et 25-28.

reçois une bonne grosse lettre bien lourde. Mon cœur tressaille, à
se briser de joie. Non, j'étais heureux, et si heureux, que, dans la
voiture de Passy à Paris, j'ouvre la lettre parfumée, et je lis, je
lis ! J'arrive au feuillet que t'a dicté l'étrange et inconcevable conduite de ta sœur avec K[oreff][1], et, quand j'ai lu ces foudroyantes
réflexions *de terrasse*, je suis *terrassé*. Je ferme la lettre et la mets
dans ma poche de côté. D'abord on m'aurait vu pleurant ; puis,
j'ai été envahi par une tristesse dont voici les effets physiques. Il
avait neigé hier ; deux pouces de neige sur le pavé de Paris. J'étais
en petites bottes et en chaussettes de coton, comme en été ; je me
fais mettre à terre rue de Rivoli, et je marche, je marche, les
pieds dans cette boue de neige, à travers tout Paris, dans une foule
immense, sans la voir, à travers les voitures, sans en tenir compte !
J'allais, le visage décomposé, comme un fou. On me regardait.
Enfin, j'ai marché de la rue de Rivoli jusque derrière l'Hôtel de ville,
dans les rues les plus populeuses, sans m'apercevoir de la foule, des
voitures, ni du froid, ni de rien. Quelle heure..., quel temps...,
quelle saison..., quelle ville..., où étais-je? Si l'on m'eût questionné,
je n'aurais pu rien dire. J'étais insensé de douleur. La sensibilité,
c'est le sang de l'âme, et, par ma blessure, ça s'en allait à torrents.

Et voilà ce que je me disais : « Je n'ai, moi, de ma bouche, commis aucune indiscrétion, et voici, à défaut de ma sincérité, les raisons
de mon silence : *primo*, pudeur ; *secundo*, certitude de nuire à l'objet
le plus cher de mes espérances ; *tertio*, certitude de rendre ma liquidation impossible ; *quarto*, incertitude sur le résultat de nos souhaits. Et me voilà accusé d'indiscrétion, moi, dont la conduite est
irréprochable! » Cette injustice involontaire, chez toi, me brisait.
Je sentais des coups de massue sur ma tête à chaque pas.

Puis, la sottise de ta sœur (oh! c'est bien comme la mienne!
elle m'a fait six fois cela, en six mois!) K[oreff] est un infâme
espion, espion de l'Autr[iche] connu. Il n'est plus reçu, je ne le
salue plus. Je lui réponds à peine, quand il me parle. Et ta sœur
ignore cela! Et elle se confie, et parle de nous à l'homme le plus
dangereux !... C'est à rendre insensé. Enfin, K[oreff] est lié avec

1. Cf. M. Martin, *Le docteur Koreff*, Paris, 1925, in-8°. Médecin allemand et
quelque peu espion, très répandu dans le monde parisien.

madame de Boc[armé], et je sais depuis six mois (je te le confie) que madame de Boc[armé] est une femme infâme. Elle est *trop liée* avec un espion connu, avéré (qui l'a sauvée, à Amsterdam, d'une accusation criminelle), pour ne pas faire le trio avec K[oreff]. Or, K[oreff], à qui madame de Boc[armé] a fait des cancans, a espionné, comme espionnent les espions, pour s'entretenir la main, et qui sait s'il ne fera pas de cela l'objet d'un rapport? Qui sait si, trop connu pour être *à l'autre*, il n'a pas profité de cela pour passer à une deuxième puissance hyperboréenne?

Pour te faire voir à quel degré de mutisme je suis resté avec madame de Boc[armé], elle ne te sait pas veuve, ni les Chl[endowski] non plus. Ils confondent M. de H[anski], l'oncle d'Anna, avec M. de H[anski] défunt. Je pleure des larmes de sang de ce que la gouv[ernante] ait partagé ma dent [contre madame Chlendowski] avec madame de Boc[armé], à une époque où je ne savais rien de cette femme que ce que tu m'en avais dit à Pétersbourg, et qui me suffisait pour l'avoir en suspicion.

Voyons, serais-je digne de toi, si je disais quoi que ce soit de nous à qui que ce soit?... A plus forte raison, à de pareilles gens. Ah! ta sœur nous aura fait là des maux incalculables!

Et moi, qui souffre pécuniairement des maux intolérables des cancans venus de Baden! Y ajouter de pareilles douleurs de cœur! Et j'allais, ne voyant rien. Oh! ta sœur est digne de la mienne! elle me joue de ces tours-là!

K[oreff], que je n'ai pas vu depuis dix-huit mois, à qui, depuis trois ans, je n'ai pas adressé la parole, et qui se dit *mon ami!*... (A propos, madame de Boc[armé] est à Rome. Soyez bien en garde.)

Enfin, j'allais, le cœur saignant, les pieds dans les décombres de mon bonheur, en pensant aux réflexions que t'a suggérées la fatale lettre d'Al[ine] [1]. Je me suis trouvé à quatre heures chez Froment-[Meurice], où je n'ai trouvé ni parure prête, ni canne, ni rien, pas même mon cachet *(fulge vivam)*, que j'attends.

Je suis allé chez Gav[ault], à pied, de l'Hôtel de ville à la Madeleine. Gav[ault] a été effrayé de ma figure, et m'a vu sans âme, sans force. De là, à pied, je suis revenu, à pied, à Passy, à huit heures,

---

1. Aline Moniusko, née Rzewuska, sœur de madame Hanska.

sans sentir de fatigue corporelle. L'âme brisée tordait le corps, la
fatigue morale tuait l'abattement physique!

Impossible de lire le reste de ta lettre devant la mégère! A dix
heures je me suis couché. Impossible de dormir. A onze heures, j'ai
rallumé mes bougies et mon feu, j'ai pris mon café.

Je viens d'achever cette lettre, ce journal, et les baumes des derniers jours, les derniers feuillets viennent de me calmer, sans ôter
tout à fait les derniers retentissements de ma douleur. Je viens de
t'écrire à la hâte l'histoire de cette terrible journée.

A demain, la fatigue corporelle revient, et je dors. Il est une heure.

[Mercredi] 6 [janvier], jour de l'Épiphanie.

C'est le jour de ta naissance, Ève aimée! Je ne veux te dire que des
poésies! Couché à une heure et demie, je me suis endormi dans le
charmantes choses de la fin de ta lettre, et je n'ai eu ni rêves, ni
rien. La fatigue d'hier, au moral et au physique, a été telle, que j'ai
dormi jusqu'à onze heures. Je viens de déjeuner et je reprends
ta lettre. Ce qu'il y en a de chagrinant, n'est pas de toi. C'est venu
de l'étranger, des sottises de ta sœur, et tu ne pouvais pas penser
autrement que tu n'as fait, en la lisant. Par une fatalité bizarre, j'ai
lu ta lettre en deux fois, et j'ai souffert par ma faute. Je pouvais
prendre un fiacre et achever ta lettre. Mais, je le vois, l'amour, la
jalousie, ne calculent pas; c'est des coups de foudre.

Enfin, tu verras là une preuve d'amour. Je relis ta lettre, une divine
effusion d'âme à ajouter aux autres. Il est une heure après midi;
je veux t'écrire jusqu'à quatre heures et la gouv[ernante] est dans
Paris, à courir pour la maison de la route du Ranelag[h].

Nieras-tu qu'il n'y a pas de distance pour les esprits? Quand ta
lettre voyageait, j'avais décidé de ne plus chercher de maison, de
m'en tenir à celle-là que tu me recommandes, et, loin de l'acheter,
je propose au propriétaire de me la louer avec une promesse de vente,
c'est-à-dire, que je puis l'acheter ou ne pas l'acheter pendant un certain temps, et qu'il ne peut la vendre qu'à moi, d'après un prix déterminé. Voici ce qui me fait prendre ce parti:

Primo, cela évite *l'éclat* d'une vente, qui me ferait passer pour
millionnaire (on ne procède pas autrement avec moi), et qui
m'empêcherait de poursuivre ma liquidation.

Secundo, cela me laisse maître de saisir une occasion, en ne prenant pas l'acquisition, si je trouve une excellente occasion.

Tertio, si je trouve cette occasion, je puis supporter la perte que me causeront mes dépenses dans cette maison.

Quarto, si je ne trouve pas d'occasion, et que je veuille retrouver mes dépenses, j'achète.

Quinto, en achetant, je reste dans une situation médiocre, suffisante, d'où je sortirai quand je voudrai, qui nous permet de faire l'affaire de Mousseaux et de ne bâtir qu'à notre aise et à bon escient.

Dans les moments de fureur, hier (car il y avait des moments où la marée de sang au cœur était si forte, que j'extravaguais), en croyant que tu ne voulais plus d'un indiscret, je me disais : « Comme on a raison d'être prudent! Je n'ai rien acheté; le *trésor-louloup* est là!... Ruiné, malheureux, je puis mourir en paix route du Ranelag[h]! »

Et c'est moi, moi, qui dans tout ce qui nous concerne raisonne, réfléchit, combine, de façon à ne prendre que le parti le plus sage, c'est moi qui suis accusé de dissipation, d'irréflexion, d'homme à niaiserie de splendeur!... Enfin, je tiens des réponses victorieuses à tout cela.

Oh! crois que je suis un prodigue, un insensé; mais ne crois pas que je suis un *amateur de chair fraîche*, selon l'expression de ta sœur. Ça, c'est un peu fort; moi qui n'ai qu'une crainte, c'est de ne plus être assez jeune pour toi! Je me voudrais vingt-cinq ans. Sois vieille tant que tu voudras, mais aime-moi.

Aujourd'hui, je puis pour la première fois de ma vie te dire combien je t'aime, car, hier, à la profondeur de mon atroce douleur, à l'intensité de ma torture, j'ai pu mesurer par combien de liens et par quelle force, je tiens à toi! J'ai vu hier combien je t'aimais! Oh! chère vie à moi, ne crains rien; la femme de Lyon a vingt-cinq ans, j'ai bien vingt ans de plus que toi. Sois sans inquiétude; loin de toi le jour de ta naissance, je te redis avec ivresse ce que je t'ai si souvent dit : « Une fois que nous serons unis, ce sera pour ne jamais nous quitter. » Sois sans fortune; donne tout à A[nna]! Le mot n'offusquera plus ta pensée, et tu ne croiras pas que c'est à cela que j'en veux. Mais, tu le sais bien. Ai-je changé de langage depuis trois ans? Ai-je touché à notre *trésor?* Oh! comme je voudrais te le

grossir ! Nous vivrons route du Ranelag[h]. Je n'ai pas besoin du
monde ; j'en ai la plus profonde horreur ; la célébrité me pèse, et je
n'ai pas de famille ! J'ai soif d'un chez-soi ! J'ai soif de boire à longs
traits la vie en commun, la vie à deux. Je n'ai pas une affection au
monde, qui puisse traverser celle que j'ai dans l'âme comme l'étoffe
même de mon âme, depuis treize ans, bientôt révolus[1]. L'âme de
mon Éveline me plaît, et *elle*, comme femme, ah ! tu le sais, ne te
l'ai-je pas dit, écrit, répété, il n'y a pas de souvenirs qui puissent
lutter contre celui-là, pas même de ceux auxquels l'ivresse des vingt-
deux ans prête de tels charmes que rien ne les efface ; non, ni
les emportements de la duchesse d'A[brantès[2]], ni la tendresse de
madame de B[erny], les deux seules femmes qui aient marqué
comme volupté et comme affection, rien ne peut valoir l'amour
de mon Ève ! Je dis cela nettement, et j'ai senti cette année que
plus j'irai, plus j'aimerai, jusqu'à mon dernier jour. Là, j'ai la
nostalgie de cette année, et chaque détail revient du cœur dans la
cervelle et y empêche tout travail, et c'est quand je subis ce délicieux
phénomène qui tue ma bourse, qui retarde le jour de mon départ,
que tu me dis dans cette lettre, à tête de démon et à corps de nym-
phe, qu'il faut que j'épouse une jeune femme ! Ah ! sache, pour ta
punition, qu'il y a huit jours, la gouv[ernante] disait : « Oh ! vous
aimez, vous aimez... vous n'aimez que vous (elle me présente
comme un égoïste parce qu'elle s'en va), et si l'on vous offrait une
jeune fille de vingt ans, avec cent mille livres de rentes et un grand
nom, vous l'épouseriez, et vous feriez bien... — D'abord, ai-je
dit, la jeune fille n'est pas là, et j'en suis fâché, car ce que je vais
dire n'aura pas sa preuve. Cela serait, elle serait belle comme j'ai
vu mademoiselle de Dino, aujourd'hui madame de Castellane, elle
serait née comme elle Talleyrand[3], elle aurait, comme elle, cent cinquante mille francs de rentes, je ne l'épouserais pas, car la bigamie
est un cas pendable. Vous oubliez toujours que je suis marié, et
que je ne le serais pas, ce serait la même chose. Ce qui me plaît,
me plaît absolument dans toutes ces conditions, et je sais très bien

1. Balzac fait allusion ici à leur première rencontre, à Neuchâtel, en 1833.

2 Sur les relations de Balzac et de la duchesse, voir H. Malo, *les Années de
Bohème de la duchesse d'Abrantès*, Paris, Emile-Paul, 1827, in-12, p. 48-112.

3. Le titre de duc de Dino avait été donné à un Talleyrand.

que, dans dix ans, ma femme en aura cinquante, elle en aurait cinquante aujourd'hui, rien ne serait changé. » Attrape, *louloup!* A toi, elle te disait que je t'épousais pour ta fortune, et, à moi, elle essaie de faire croire que tu n'as rien !

Ce que faisait la gouv[ernante], le monde, les tiens et tes sœurs le feront sans cesse, jusqu'au jour où tout sera fini. Le monde est composé de forçats qui ont horreur des gens sans faute. C'est tous malheureux qui haïssent les bonheurs. Ainsi, *loup* aimé, tes craintes en fait de maisons doivent se calmer, et, quant à tes craintes sur ton pauvre autre cœur, tu n'en as jamais eues; elles te sont défendues de par les souvenirs de l'année 1845. C'est un échantillon de notre vie à venir.

Ta lettre a eu pour effet d'activer le placement de *l'égale de la reine de France*. Je lui ai dit de se presser d'aller au timbre et de faire agir M. M[ater]. Je veux que tout soit fini d'ici à un mois. C'est un ennemi sous mon toit. Ce que tu m'en écris a redoublé mon envie de la savoir dehors ; la patience m'échapperait, et M. Gav[ault] me recommandait, avant-hier, de ne pas la faire tourner trop à l'animosité « car, disait-il, elle sait bien des choses; elle peut vous nuire ».

J'espère, cher trésor, que rien de ce qui viendra de cette femme et de ma mère n'aura jamais créance sur toi. Je suis forcé de te dire cela, en voyant dans ta lettre que tu me bats encore avec les calomnies de cette femme. D'ailleurs, mon parti, si tu me quittais, si tu m'abandonnais, si tu ne voulais pas de moi, est pris. C'est pour cela que j'ai essayé le hachich. On se rend imbécile en deux ans, et l'on reste sans rien savoir des plaisirs ni des peines de la vie si l'on ne meurt pas. (Vous savez que le hachich n'est que de l'extrait de chanvre.) Décidément, le chanvre contenait la fin de l'homme. Oui, ou ma belle vie rêvée avec toi, ou rien. Moi ambitieux, moi prodigue! Je ne suis rien que par toi. Hier, tous les trésors de mobilier que j'accumule, étaient devenus des monceaux de bois et des tessons!... et la misère, dès que je suis seul, a des charmes pour moi. Je ne veux rien que pour toi. Tu es la raison de tous mes vœux, de tous mes pas, de mes démarches. de mes idées, de mes efforts, de mes travaux, de ma gloire acquise, de mon avenir, de tout ce que je suis, et, depuis treize ans, tu es devenu[e] la base de mon sang, car les idées et le cœur influent sur le sang.

A propos, je ne comprends pas l'à-propos des vers de Méry.

Je te remercie du renseignement sur Lirette. Je la payerai selon ses désirs, dont je m'informerai demain. Je suis si heureux de faire tes affaires, que tu devrais me faire payer des commissions à ton profit. Sept mille cinq cents francs à la gouv[ernante] et deux mille cinq cents francs à Lirette, voilà dix mille francs pour evrier, outre mes autres obligations. Mais, plus de gouv[ernante] à la maison, et tu ne devras plus rien.

Pauvre chérie, le tableau de tes pertes m'a fendu l'âme. Aussitôt les eaux de Baden, il faudra regagner W[ierzschownia] pour y tout achever de ton œuvre, et, après, rien que du bonheur! Aussi, voudrais-je payer moi-même la maison route du Ranelag[h]; mais quarante mille et soixante mille francs de dettes, cela ferait cent mille francs, et je n'ai pas cent mille francs. Je ne m'en vois même que quarante mille en travaux cet hiver, et voilà ce qui me forcera peut-être à écrire *le Prince;* c'est que cette comédie donnerait quarante mille francs, par un succès aux Français; et il n'y a pas de rôles de femmes [autres] que celui d'une mère et d'une petite ingénue. Mais je ne ferai pas cela sans l'octroi de S[on] A[ltesse] S[érénissime], Monseigneur *loup!* Oh! chère, chère aimée! Jamais madame de B[erny], dans ses beaux jours, n'a eu pareille influence! Je n'ai eu qu'un amour, je n'aurai jamais que cet amour au cœur : c'est l'Évelin. Voilà ma maladie, comme toi, le Noré.

Il faut que je te quitte pour aller à la poste, car j'attends une lettre d'avis pour les colis d'Ams[terdam], qui tardent autant à venir de Rouen à Paris qu'ils ont tardé à venir d'Amsterdam à Rouen.

Je reprendrai ceci, minou aimé, car je n'ai rien dit à mon m[inou] chéri, à cette gentille créature qui ne m'a jamais grondé, qui m'aime absolument, de qui je n'ai reçu que des termes de bonheur!

Adieu, fleur céleste, odeur divine, fraîcheur éthérée, belle toujours belle! Si je ne finis pas l'hymne aujourd'hui, ce sera pour demain, car demain ceci sautera dans la boîte de la poste, et sera après-demain à Roanne. Quel hippogriffe que la poste! Il est d'ailleurs trois heures.

Je finirai, cher petit *loup* adoré, par une bonne nouvelle. Les créanciers, qui attendaient l'échéance de ma grande fortune, sont revenus chez M. F[essart], et tout va s'arranger. Mais si c'est heureux, c'est désastreux aussi, car les vingt mille francs que j'ai remis à M. Fess[art] s'épuisent, et, sous dix jours, il lui faut de l'argent, au moins cinq mille francs. D'un autre côté, d'ici à quinze jours, j'aurai traité pour la maison de la route du Ranelag[h]. Ce sera fini ou rompu. Dans tous les cas, envoie l'effet Bassenge ; il n'y a ni perte ni rien à cela, car il n'y a pas de frais pour l'envoi d'un mandat ou d'une lettre de change payable chez eux à l'époque convenue. Ce n'est pas une perte, et [ce] peut être un gain que de négocier cela chez Rothschild ; ils le prennent comme comptant pour un versement du Nord.

Adieu, ma Linette adorée. Je vais me mettre à travailler comme un enragé. Je partirai le 1er avril par le bateau pour Civitta-Vecchia. Pâques est le 12 avril ; je verrai Rome pendant dix jours, et nous reviendrons ensemble à Baden, par la Suisse. Voilà mon plan. D'ici là, j'aurai ma liberté. Soigne-toi bien surtout.

Je répondrai dans la semaine prochaine à Anna, et Mniszech aura ses insectes à Baden ; s'il veut d'autres insectes, qu'il me le dise.

Écris-moi toujours bien fidèlement tous les jours, et longuement. Moi, je n'ai manqué à rien de ce que nous nous sommes promis. Tu verras qu'en définitif, je t'aurai plus écrit que toi.

Pour aimée, adorée, chérie, idolâtrée, caressée en idée et portée à même le cœur d'un homme, aucune femme ne peut t'être comparée, aujourd'hui plus qu'hier, cette année plus que l'autre, et, sans mes riches souvenirs, je ne sais ce que je ferais ici. Je voudrais être libre, avoir à moi une petite fortune, et tu saurais alors si je t'aime. Il n'y a rien qui prévale contre toi ; la gloire, le renom, tout n'est qu'accessoire à ton cœur, à notre vie rêvée, car c'est toujours à l'état de rêve, hélas ! Nous avons encore un an entre nous, et des travaux d'Hercule.

A propos, si tu apprends que je suis allé à Amsterdam, ne t'étonne de rien ; ce serait une manœuvre nécessaire pour terminer, en mon absence, avec des [créanciers] récalcitrants. Je m'arrangerai pour gagner mon voyage.

Adieu ; mille fleurs nouvelles d'une vieille affection, mille caresses de beng[ali], qui ne se sent vivre, que lorsque ton souvenir rayonne plus particulièrement sur les vingt-trois villes, et jette des rayons dans le cœur et l'intelligence de ton pauvre Noré. Oh! oui, bien pauvre ! J'hésite à prendre sur le *trésor-louloup*, car je voudrais remplacer aussitôt !

Allons, adieu. Dis-moi bien tes joies. Elles me réchauffent, et, quand je relis ce que tu me dis de mes lettres, tu me donnes envie de t'écrire toujours. Ce serait trop cher... ! Pauvre *louloup!* Quand je pense qu'il faut qu'après Baden, tu retournes chez toi, il me prend le frisson. On sait quand on y rentre ; on ne sait pas quand on en peut sortir !

Non, je ne veux pas finir par des tristesses. Je t'aime comme un fou ; je l'ai senti avant-hier d'une façon cruelle. Ah! si tu as souffert ainsi, c'est pire que la mort, je ne me serais pas senti écraser. Mon cœur te bénit, mon âme est autour de toi avec toutes mes pensées, et le b[engali] ne bat que pour toi.

Voilà le bulletin de ma santé ; veille sur la tienne et songe qu'à toutes les heures ton souvenir se réveille, par mille petits accidents, en moi !

XXXIX

A MADEMOISELLE ANNA DE HANSKA, A NAPLES.

[Passy,] 8 janvier [1846].

Ma chère Anna,

Je serais bien ingrat si je ne répondais pas à votre gentille lettre, surtout au commencement de cette année qui verra, je l'espère, de nouveaux bonheurs pour vous [1].

Vous savez si l'affection que je vous porte peut s'augmenter. Je

---

1. Mademoiselle Hanska épousa le comte Georges Mniszech, à Wiesbaden, le 13 octobre 1846. Balzac fut l'un de ses témoins.

n'ai rien à vous en dire; je ne puis que vous la prouver. Aussi, vous
demandé-je de soutirer à G[eorges] de nouvelles commandes entomologiques. Dites-lui que je le remercie de cœur pour son portrait
du *Léonidas*, et qu'en revanche, je le prie de me dire quelles sont
les coquilles et insectes qu'il désire avoir, dans les pays les plus
lointains, car, en pensant à lui, je me suis assuré de six vaisseaux
baleiniers, de six docteurs Darnels quelconques, qui brûlent du désir
de m'obliger, jusque dans les banquises du pôle antarctique. Un de
ces vaisseaux s'appelle *le Balzac*, et nous aurons gratis les insectes
qui sont *dans*, *sur* et *autour* des baleines, cachalots, etc., dans les
terres polaires, et enfin les coquilles. Mais encore faut-il les
demander.

Je cherche son *Catalogue* de Dejean, et j'espère le lui apporter à
sa première réunion avec le chef de *la troupe* qui s'en dit le premier
serviteur.

Adieu, chère *Zéphirine*, je sais par votre adorable mère qui vous
aime plus que toute *la troupe* réunie, que vous êtes heureuse, décidée
à renoncer à la *toilette* [de Froment-Meurice] et digne de vous-même,
toujours la svelte et mignonne hermine que j'ai tant admirée cette
année et à qui je souhaite tous les bonheurs que Dieu nous permet
ici-bas.

Je n'écris pas à notre cher Georges, persuadé qu'il lira cette lettre
avec vous et qu'il prendra sa part dans les fleurs d'amitié que vous
envoie ici

        Votre vieux et bien dévoué ami,

                                DE BALZAC.

XL

                        [Passy, 8-17 janvier 1846.]
                           [Jeudi] 8 janvier.

Ma Line chérie, il m'est impossible d'assembler deux idées raisonnables, et plus encore de recouvrer l'exercice de la faculté de composer, de travailler. Je suis sans énergie, excepté lorsqu'il s'agit de

penser à nous, et, partant, je suis d'une tristesse mortelle. Je sens qu'il n'y aura pas moyen de recouvrer *mes talents* tant que je serai dans cette affreuse incertitude et, surtout, lorsque des passages de lettres viennent ajouter à toutes ces angoisses. Il n'y a pas que ma vie entre tes mains, il y a mon cerveau, ma fortune, par conséquent. Je puis vaquer à des occupations mécaniques, m'intéresser aux meubles, à la maison qui nous regarde ; mais écrire...! Votre serviteur. C'est déplorable.

La lassitude que m'a causée la révolution involontaire que je me suis faite, en lisant ta dernière lettre à moitié, n'est pas finie. Je suis languissant ; je ne retrouve pas mes jambes. Je sens la nécessité cruelle, absolue, urgente, violente, de terminer les sept feuilles qui manquent au douzième volume de *la Com[édie] Hum[aine]* ; cela me torture *l'honneur*. Mais *l'esprit, l'intelligence,* ne bougent pas et toutes mes jouissances sont au service de mes souvenirs et de mes espérances. Je t'écrirais toute la journée, si je me laissais aller. Je n'ai pas envie d'aller au spectacle ; tout m'ennuie, tout m'est désagréable et je suis doublé du désespoir de ma conscience, à l'endroit des affaires, et de celui de mon cœur, à l'endroit de mon *louloup*.

Il m'arrive une affreuse affaire : un remboursement de trois mille francs chez un banquier, un effet escompté à un imprimeur. Il faut aller à Paris. Adieu ; je sors de ma torpeur.

[Vendredi] 9 [janvier].

Les banquiers espèrent que l'effet sera payé à Londres ; mais j'en ai pour cinq ou six jours à trembler.

Le propriétaire de la maison de la route de Ranelag[h] est venu. Nous ne sommes pas loin de compte et, sous une dizaine de jours, tout sera fini, *oui* ou *non*. Je m'arrangerai là (si c'est *oui*), pour cinq ou six années. Captier a vu la maison, elle est solide ; elle ira bien vingt ans. Il y a vingt ans qu'elle est bâtie et elle est sans inconvénients pour l'habitation. Avec les dix mille francs Bassenge et les portions utiles de mon mobilier, tout le mobilier sera complet. La maison reviendra, avec les changements, réparations, calorifère (puisqu'on habitera l'hiver), à cinquante mille francs. C'est dix-huit cents francs de loyer. J'espère qu'il restera cinquante mille francs au *trésor-louloup*, à faire valoir. C'est là l'objet de mes vœux, de mes efforts, et voilà le dernier projet, ce à quoi je m'arrête. Dieu veuille que, dans quinze jours, tout soit terminé! J'aurai la tranquillité sur un point!

Je n'aurai pas à payer avant six à sept mois, au plus tôt, ce qui nous met à octobre 1846. Dieu veuille que ton agricole Ern[est] se libère avec toi! Je me ferais fort de payer la maison et de garder nos capitaux! Je tiens à débuter d'une façon brillante dans mon administration.

Aujourd'hui, mon vieil ami Dablin et le premier président viennent dîner. J'avais invité l'armateur du *Balzac*, mais il m'a écrit une lettre d'excuses.

Je suis toujours morose et triste, hormis les moments où je pense à toi. Où cette lettre ira-t-elle te trouver? Voilà ce que je me demande, et comment seras-tu? Dans des parages que mon œil n'aura pas vus. C'est une petite douleur dans la grande, car, encore aujourd'hui, je connais les êtres qui t'environnent.

A[lexandre] Dumas a fait des choses bien déshonorantes: il est perdu. C'est un grand malheur pour nous tous, car le public s'obstine à nous rendre solidaires des fautes des fous. A propos d'Hugo, l'on dit : « Ils sont tous comme cela. » A propos des improbités de Dumas, on dira la même chose. Après avoir reçu tout ce que le [*Journal des*] *Débats* lui devait pour *Monte-Christo*, il n'a voulu livrer les derniers feuilletons que contre une somme d'argent. Quelle leçon d'ordre! Je deviens *Grandet* en pensant à ce que le besoin d'argent vient de faire commettre à Dumas, car ceci est peu de chose en comparaison de ce qu'il a fait à un libraire.

Rémusat est élu [à l'Académie] à la place de Royer-Collard. C'est mettre *le petit de la classe* dans la chaire du professeur.

Mille adorations, mon trésor de perfections.

[Samedi] 10 [janvier].

Le premier président est sans crédit pour l'affaire du bureau de papier timbré. C'est un vantard. Il est sans crédit, il est même, je crois, méprisé. Cela vient de ce qu'il s'est adonné à l'eau-de-vie. Il est très comique sous ce point de vue, et, pour un député, pour un

premier président, pour un commandeur, c'est grave. J'aurai bien
des démarches à faire pour arriver à un résultat. Ceci ne m'a pas
égayé, car, plus je vais, plus le chez-soi me répugne. Enfin !

Je viens de passer la matinée en vains efforts pour travailler ; j'en
suis sur les dents, j'en ai les larmes aux yeux, comme un enfant qui
se dépite. Il n'y a pas de spectacles, et il n'y a rien à lire. J'ai relu
tes lettres. Tu as raison pour la *toilette;* on ne l'aurait pas dans
dix-huit mois. Il faut acheter à F[roment]-M[eurice] ce qui est prêt,
ou ne pas avoir besoin de ce qu'on demande. Au bout de six mois,
une malheureuse pomme de canne n'est pas faite. C'est ce que
j'appelle *l'escroquerie morale.* Je ne lui dis rien, car, en ce moment,
qu'est-ce que je fais avec *la Presse* et les libraires ? La même chose, à
cette différence près que le cerveau n'est pas à moi, comme ses
fourneaux sont à lui.

Allons, adieu, ma bonne minette ; je vais aller voir Lirette. Que
Dieu nous protège, et aime-moi bien ! Je baise un million de fois
mon m[inou].

[Dimanche] 11 [janvier].

Tout ce qu'on m'a dit de,Dumas sont des calomnies. J'ai vu Bertin, qui m'a dit ce qui avait pu donner lieu à cette calomnie, et
Dumas était dans son droit. Il voulait être payé de ce que lui devait
son éditeur, qui vend aux *Débats*, avec l'argent des *Débats*. Comme
ceci accuse l'état actuel de la France ! Les bourgeois sont furieux à la
façon des gens de 1793. Ils voudraient, qu'hors eux, il n'y eût rien,
ni gloire, ni nom, ni pouvoir possible.

Les affaires de Hollande sont arrivées. Il y a six cent soixante
francs à rembourser. Tout ceci sera fini dans deux ou trois jours.

[Lundi] 12 [janvier].

Je me suis interrompu hier, car l'armateur est arrivé. Je l'ai retenu
à déjeuner, et il m'a expliqué ce qu'est l'affaire de la pêche à la
baleine. C'est un commerce où les fonds, sauf le cas de guerre, sont
placés à quarante pour cent, et où le Gouvernement français paie
cinq pour cent d'intérêts. S'il reste beaucoup d'argent au *trésor-
louloup* je placerai deux actions (dix mille francs) sur *le Balzac.*

M. Gav[ault] en prendra une (cinq mille francs). C'est une des
meilleures affaires qui existent, et c'est la haute banque et l'aristocratie qui font les fonds de ces énormes armements. M. Guillot
est à son sixième vaisseau, et chaque vaisseau représente deux
cent cinquante, trois cent mille francs. M. Guillot est resté de dix
heures à quatre heures et demie chez moi. C'est une journée perdue.
Je n'ai pas encore vu Lirette.

Chl[endowski] me fait tourner la tête; mais j'en serai débarrassé
d'ici à dix jours. Oh! comme tu as raison! Le Polon[ais] est un
mélange perpétuel de forfanterie provocante et d'humilité, de finas-
serie et de chicane, de cancans et d'activité prodigieuse dans les
riens!

[Mercredi] 14 [janvier].

M. F[essart] me fait des fautes. Il paie des créances qui ne sont
pas fondées et il n'applique pas les fonds aux choses urgentes. Mais
c'est un inconvénient, parce que je n'ai pas encore l'argent sur
lequel je comptais, faute de travail.

Il est bien possible, mon *louloup* chéri, que je lise aux Français,
l'Éducation du prince; non que j'espère la voir représenter; mais,
à cause de l'espérance qu'on m'a fait concevoir de me faire payer
au ministère l'indemnité de vingt mille francs due pour *Vautrin,*
ou de ravoir ma pièce, car je ne la mettrais [*l'Éducation du prince*]
en répétition aux Français que sur le *congé* de ma dame et souveraine. Mais Bertin, que j'ai vu hier encore, m'a dit que le moment
était favorable et qu'il fallait le saisir.

M. Pottier, le propriétaire de la maison, n'est pas venu malgré
rendez-vous pris. Ceci ne vaut rien; mais mon rôle n'est pas de
courir après lui. J'ai peur que cette affaire ne traîne en longueur,
quoiqu'il soit lui-même très pressé. Si j'avais payé les dix ou quinze
mille francs qui restent de créances inquiétantes, j'achèterais immédiatement, et c'est ce que je ne puis pas faire. M. F[essart] ne peut
pas aller au-devant des créanciers; il faut les laisser venir à leur
fantaisie. Oh! quelles leçons cruelles j'ai reçues! Avec quelle humeur
j'envisage une dette, et combien j'ai soif de ma tranquillité, de mon
avenir heureux!

Adieu, je dois sortir pour les affaires, car il faut aller chez le suc-, cesseur de M. Gav[ault]. Chl[endowski] a rendu nécessaire un acte par huissier. Cet homme est pis que Normand !

[Jeudi] 15 [janvier].

Ce matin, je vais à une messe de mariage à Chaillot. M. Lingay[1], le secrétaire de la présidence du Conseil, à qui je dois mes passeports diplomatiques, se marie, à l'âge de soixante ans, au moins, avec une jeune fille de quinze à seize ans, de laquelle il abusait depuis trois ans, dit-on. C'est la fille de sa maîtresse. Il y a là-dessous des drames infinis. Lingay est un homme d'une corruption profonde, très doux, très obligeant, avec les allures les plus patriarcales. Le billet de faire part m'a paru être une mystification.

J'ai fait, hier, faire pour ce matin la signification à Chl[endowski], qui est tout ce que l'ingratitude et la mauvaise foi ont de plus effronté, de plus ignorant même. A demain les explications, car il faut que j'aille payer les six cent soixante francs chez le banquier, pour les choses d'Amsterdam, et chez Alex[andre] de Berny à qui Chl[endowski] a fait la proposition la plus monstrueuse. Oh ! si tu savais combien je suis ennuyé et tourmenté par les *Petites Misères de la Vie conjugale*, c'est effrayant.

Vendredi 16 [janvier].

Hier [Théophile] Gautier et Gérard [de Nerval], qui étaient à la messe à Chaillot, ont dîné chez moi. Le reste de ma journée a été pris par eux. J'ai besoin de Gautier pour un feuilleton sur mes meubles florentins. Il n'y a plus que pour huit jours de gravure, et j'en aurai des épreuves à envoyer au roi de Hollande. Cela fera beaucoup de tapage. J'inviterai du Sommerard[2] à venir les voir et à préparer un rapport au ministre. Je me suis levé tard, je vais aller courir ; mais j'aurai sans doute un petit moment à donner à mon *louloup* à mon retour. J'irai vraisemblablement chez Lirette.

---

1. Journaliste, homme de lettres et fonctionnaire, émargeant fortement au budget de divers ministères. Cf. t. I, 256 et t. II, p. 308.
2. Le fameux collectionneur, fondateur du musée de Cluny.

[Samedi] 17 [janvier].

Oh! ma bien-aimée Évelette, j'ai reçu hier au soir ta dernière
lettre, numéro sept, et ceci est une nouvelle qui fait pâlir tout. Aussi
est-ce la première chose dont je te parle. Hier, j'ai brusquement
interrompu ta lettre, comme tu le vois, car j'ai eu à aller brusquement à la douane, et j'y ai passé ma journée. Et d'un. Il a fallu payer
le montant de l'envoi d'Amsterdam et les frais; en tout sept cents
francs. On ne sait pas combien il y a de formalités pour terminer
avec la douane et l'entrepôt. Enfin, je t'écris dans mon cabinet, qui
se trouve orné du fameux vase de La Haye, placé sur le meuble du
roi, entre les deux céladons rouges. C'est d'un effet royal. La grosse
potiche est au milieu de la table ronde et de mes papiers. Le tableau
de vendange est d'un côté de l'horloge; et, en attendant quelque
autre tableau du même genre, j'ai mis la gravure des *Moissonneurs*[1]
en pendant, et j'ai reporté les deux petites têtes de Géniole[2], qui
t'intriguaient, dans le salon. Deux malheurs sont arrivés; l'un des
cornets verts (on m'a envoyé le plus mauvais) s'est cassé. Puis,
l'un des pieds de ta fameuse table est cassé; mais ce n'est rien. C'est
cassé dans le bois et cela se réparera.

Me voir au milieu de ces choses, qui sont les souvenirs du voyage
le plus heureux de ma vie, est une joie qui n'a pu se trouver éclipsée
que par celle de lire une lettre de mon Évelin!... Il va sans dire que
les deux tasses de Chine moderne sont sur le meuble de la reine, et
arrivées sans accident. Maintenant, le grand meuble [de Rouen] est
chez l'ébéniste, et je consulterai [Théophile] Gautier pour savoir
s'il faut le garder ou le mettre en vente. Il payerait tout à lui seul.

Min[ou] chéri, ce que tu me dis du retard de ma lettre, est ta
faute. Tu me dis d'envoyer sous le couvert des R[othschild], tu
auras eu ma lettre un jour plus tard, car, dis-toi donc bien que je
t'écris par tous les vapeurs. Crois donc en moi, comme en l'air qui
t'entoure et que tu respires! Tu m'es sacré. J'aime mieux t'écrire
que de faire des romans, va! Tu es ma seule et unique pensée. N'aie

1. *L'Arrivée des Moissonneurs dans les Marais pontins*, tableau de Léopold
Robert (Salon de 1831, Musée du Louvre), gravé par Z. Prévost.
2. Géniole était un artiste contemporain de Balzac.

pas peur, le *loup* est tout aussi sauvage que l'autre, et ils auront tous deux et l'air, et la retraite, et le jardin, et les arbres, et le silence, et une tanière ornée des plus splendides choses, et des choses les plus fraîches, les plus poétiques! J'aime bien mieux ce que tu aimes que ce que j'aime (en fait de mobilier et de choses inanimées), et te faire plaisir est ma constante pensée. Je t'aime comme tu veux être aimée et comme aucune femme ne le sera. Si demain tu voulais vivre dans une maison d'une simplicité pareille à celle de la maison où nous sommes allés voir les fromages, sur la route de Broeck, tu ne m'entendrais pas parler de luxe, ni de pots, ni d'ornements, pendant toute ma vie. *Elle* le veut, est si bien gravé dans ma cervelle, que c'est devenu la cervelle même, et les Croisés n'ont pas crié : *Dieu le veut*, en allant en Asie, avec tant de foi!...

J'attends, pour commencer les démarches pour ma comédie, que tu m'aies répondu, et, si tu ne veux pas, je resterai comme si cette pensée n'était pas née, comme si l'occasion n'existait pas.

Tu dois voir dans cette lettre que nous nous rencontrons encore dans la pensée de *placer*, et de dépenser le moins possible pour la première maison. J'attends le propriétaire de celle de la route du Ranelag[h]. Enfin, j'attends cette décision, pour tout placer dans le Nord.

Ce que tu me dis de Georges est bien inquiétant. Mais songe que c'est un léger défaut (et qui part d'un bon principe) au milieu de très bonnes qualités. Nous ne sommes pas parfaits. Je ne connais qu'A[nna] et toi qui approchiez de l'ange. Écoute; il a manqué à G[eorges] l'éducation d'une femme, d'une de ces vieilles femmes qui apprennent le monde, la vie et les formes aux jeunes gens, et G[eorges] se ressentira toute sa vie de cette périlleuse expérience qui lui a manqué, qu'il cherchait instinctivement auprès de toi. Ce serait trop dangereux à toi de te mettre à l'état de précepteur en jupons, tu le sais, et il ne peut plus chercher de *madame de B[erny]* dans la position où il est. Ann[a] ne le formera jamais. G[eorges] n'a pas la politesse de son nom, de son sang, ni l'aménité des grands seigneurs. C'est un malheur, car il était digne d'être complet. Avec une continuité d'existence près de vous, j'aurais tenté de lui donner des conseils, et il aurait vu tant d'amitié vraie, tant de dévouement en moi, que j'aurais réussi. Mais la situation de mes affaires ne

m'a pas permis d'entreprendre cette tâche, ni de rester avec vous.
Cela m'a fait maudire ma destinée et tout ce qui m'a conduit là. Je te
jure que j'aime A[nna] et G[eorges] comme tu les aimes toi-même,
que je ne sais pas ce que je ne ferais pas pour eux, et je le prouverai.

Quels remerciements pour ce fauteuil, fait au milieu des ennuis de
l'absence, dépositaire de tant de pensées!... Oh! *loup* aimé, il sera
monté royalement et je m'en servirai jusqu'à la fin de mes jours.

Je vois que nous nous sommes mutuellement donné notre première
pensée le premier jour de l'an, à la même heure. Ce petit détail
d'une coïncidence perpétuelle de deux cœurs, qui ont sans doute les
mêmes battements, m'a bien vivement attendri. Mais il faut savoir
combien je t'aime pour connaître ce qu'est un pareil attendrissement ;
on aurait pu tout casser, tout briser chez moi. Non, va, tu as raison ;
les curiosités ne sont rien devant non pas mon amour, mais un
souvenir de pensée, comme celui de notre conversation en allant
au grand bazar [chinois] à La Haye. Parfois, il y a des regards, des
mots qui viennent éclairer les ténèbres de cette absence, charmer
mon oreille! et je reste comme hébété. Dieu veuille que cette année
voie notre réunion, car j'ai la fièvre presque tous les jours. L'arrivée ici de tous nos achats me l'a donnée avec une telle intensité
que je n'ai pas pu dormir.

Chl[endowski] avait aussi contribué à cet état; il s'est avisé de me
vouer au ridicule en me montrant comme exemple dans un passage
des *Petites Misères* [*de la Vie conjugale*] où il est question *d'un vrai
grand homme, d'une illustration européenne.* C'est à me faire attaquer
avec justice par tous les petits journaux, et il faut que je perde deux
jours à faire supprimer cela. Sa femme a dit à la gouv[ernante] qu'il
était fou et c'est vrai.

A propos, mon Ève chérie, ne te nomme plus vieille! ni ma vieille,
ni rien de semblable. Cela me fait du chagrin. Tu es la plus jeune,
la plus naïve, la plus fraîche petite fille que j'aie connue, et Lyon est
là pour me le prouver à moi-même. Il y a bien vingt ans que pareille
fête ne m'est advenue, et il faut et toi et ta jeunesse cachée sous ce
florissant et radieux embonpoint (conserve-le), pour que cette fleur
ait été cueillie dans le jardin céleste. Ainsi, aie toutes les prétentions de ta valeur. Tu suffis si amplement à tous mes délices, vœux,

exigences, poésies et illusion (si tu veux), que je puis vivre avec toi dix ans, caché, perdu dans la petite maison de la route du Rane-lag[h], sans voir âme qui vive. Ce sera notre *Moulin-Joli*. Tu me connaîtras; tu sauras quelle est ma vraie valeur, et tu auras regret de toutes tes *terrasses*.

Allons, adieu, *loup* chéri, fleur aimée, mi[nou] souhaité, trésors de ma vie, et tout ce qui fait vibrer encore, comme au jeune âge, mon cœur et ma pensée! Adieu, toi qui me tiens lieu de tout; toi, ma famille, mon public et ma force, ma joie et quelquefois ma douleur, toi de qui tout vient!

(Sois tranquille; tes deux paquets sont dans la boîte semblable à celle que je t'ai donnée et sur laquelle il y a une cornaline; j'en porte la clef.)

Que Dieu te bénisse, toi et tes deux enfants, et qu'il continue à me donner, de nous quatre, les malheurs à porter! Le pauvre b[enzali] a bien besoin de son m[inou]; mais les intérêts de la dynastie le maintiennent pur et sans tache. J'ai d'écrasants travaux qui t'en répondent pour quatre mois encore, et, après, ces deux chers oiseaux se retrouveront dans un bocage, ou quelque affreuse auberge de Suisse, qui sera l'Éden!

XLI

A MADAME HANSKA, HÔTEL VITTORIA, Nᵒˢ 14-15, A NAPLES.

[Passy, 19-28 janvier 1846.]
[Lundi] 19 janvier.

Hélas! chère, j'ai oublié de vous dire, je crois, que le fameux petit meuble à cuvette, chinois, en laque or et bleu, qui faisait vos délices, a eu un pied cassé. Mais il a été très intelligemment recollé.

Dans quelque pays que vous alliez désormais, ayez pour règle de conduite quand vous y arrivez, de demander combien il faut de temps pour qu'une lettre aille de ce pays à Paris. Triplez le nombre des jours et n'attendez de lettre, de réponse qu'à cette échéance. Vous vous éviterez ainsi tous les tourments que vous avez eus. Je vous dis cela parce qu'il est à croire que cette lettre vous trouvera ailleurs qu'à Naples.

Vous n'imagineriez jamais les tours d'escroquerie, les mensonges et les ennuis de Chlend[owski]. Ah! vous aviez bien raison; c'est de l'essence de canaille. Enfin, sauf la faillite contre laquelle je suis garanti, voilà tous nos rapports finis et terminés. Je ne veux plus ni le voir, ni lui parler, ni avoir le moindre contact avec lui. Je vous raconterai ce Polonais quelque jour, au coin du feu ou en voyage quand nous aurons une traversée.

J'ai eu une conférence avec Fess[art]. Il résulte de cette confé- sence qu'il lui faut encore environ dix mille francs pour tout termi- ner. J'espère les avoir en février, et, en mars, je pourrai être, sans aucun danger, propriétaire.

Autre nouvelle! L'affaire de Monceaux renaît de ses cendres. D ici au 15 février tout sera fini, *oui* ou *non*. Dans la nouvelle combinaison Pl[on] ne me tient sa parole que pour un arpent à soixante-cinq mille francs, ce qui est possible pour le *trésor-louloup*. Il resterait assez pour avoir la maison de la route du Ranelag[h].

[Dimanche] 25 [janvier].

Toute cette interruption de près d'une semaine vous indiquera, chère, un travail extraordinaire. J'ai fini ce que je devais au Chl[endowski], et je termine les six feuilles [en retard] de *la Com[édie] Hum[aine]*. Sous cinq jours, que vont demander les correc- tions, tout sera terminé. J'ai des raisons financières pour tout achever promptement, et j'ai vaincu cette paresse de cervelle qui me rendait si malheureux. M. Fess[art] aura six mille francs de plus dans les dix premiers jours de février et j'aurai fait, dans ce mois, un pas immense vers l'acquittement de mes dettes. Peut-être en avril, ne devrai-je pas un sou.

J'espère qu'on me rendra *Vautrin* si je donne une comédie au Théâtre-Français et peut-être me donnera-t-on une quinzaine de mille francs qui me sont dus comme indemnité, en la déguisant sous le mot de *prime*, avec lequel on encourage les arts, au Théâtre- Français. La nécessité de faire la comédie vient de ces deux points : faire reprendre *Vautrin* et avoir une indemnité.

Bertin me seconde ; mais je ne peux agir qu'après avoir acquitté mes dettes pour ne pas avoir d'oppositions aux recettes.

Adieu pour aujourd'hui car je suis dans les travaux les plus pressés. Ah! si tu savais ce qu'il y a d'amour dans ces travaux exorbitants! Pour moi, la liberté c'est toi, c'est rester près de mes chéris *Saltimb*[*anques*], c'est être là, dans leurs petites peines et veiller à leurs plaisirs.

[Mardi] 27 [janvier].

Oh! *louloup*, j'ai reçu les deux lettres neuf et dix, ce matin à la fois, venues toutes les deux le même jour. La maladie de Georges et cette esp'ce de responsabilité qui pèse sur toi m'a tellement agité que j'ai pris un cabriolet et je suis allé pour proposer au père Nacquart de venir voir Naples. Mais en route, la réflexion est venue et j'ai vu l'impossibilité de cette démarche. *Primo* : tous les cancans sur mon mariage sont étouffés par mes soins et par ma conduite, et ils renaitraient. *Secundo* : à notre arrivée, Georges serait, ou hors de danger, ou trop malade. *Tertio* : impossible de quitter Paris au moment où j'achève les deux dernières choses dues et où je vais me mettre aux *Paysans;* ce serait me perdre!

Ce sentiment de mon impuissance m'a confondu, j'ai fait retourner le cabriolet vers l'imprimerie de Plon, et j'ai marché comme le déserteur effrayé vers le drapeau. J'ai remis mes épreuves et comme je n'étais bon à rien, je suis allé voir Lirette. J'étais bien changé car elle m'a demandé ce que j'avais pour être si triste; et alors je lui ai appris la maladie de Georges.

La pauvre Lirette n'est plus que *visitandine*. Elle aurait voulu avoir son argent depuis longtemps. Elle n'en a aucun besoin; elle le veut par esprit de religieuse, pour tout avoir, pour le donner à la Maison. Je n'ai rien pu tirer d'elle, car (dans son intérêt bien entendu) j'ai voulu savoir si elle allait placer cela [en] son nom, le joindre à sa rente. Elle a été d'un mutisme effrayant. Elle *le veut* et sa figure était celle d'un usurier.

Oh! cher *louloup*, le [côté] sublime de la religieuse n'éclate que dans les persécutions; mais, dans la tranquillité de la vie, elle est d'un égoïsme de communauté qui m'a révolté.

Ça c'est mes sentiments à moi. Ne sois jamais religieuse, tu ne sais pas ce que c'est. J'ai dit à Lirette que je retirerai moi-même son bilan, que j'avais assez d'argent pour le lui payer et que j'étais prêt dans quelques jours, et alors elle m'a dit que dans le commencement de mars ce serait tout ce qu'il fallait. Je la paierai donc sur notre *trésor-louloup.*

Tu as bien fait pour les fonds Bassenge, et je tâcherai de tout arranger pour le mieux. J'ai remis au *trésor* tout ce que M. Fess-s[art] y avait emprunté. Il suffira pour l'acquisition de Monceaux et celle de la maison de la route du R[anelagh]. Ce qui manquera, ce sera le mobilier; mais nous arrangerons encore cela.

Quant à la gronderie, j'avais lu la deuxième lettre en premier. L'annonce de la maladie de Georges m'avait bouleversé. Je ne mérite pas la gronde, et elle ne m'a fait que sourire superbement, car je sais que je ne dois rien, que je n'ai pas fait depuis six ans un liard de dettes, que dans trois mois j'aurai payé tout, et que je suis d'une prudence d'escompteur. Aie donc confiance en moi; ne me la reprends pas à chaque instant après me l'avoir donnée, et dis-toi que jamais ton *loup* n'aura de dettes, une fois les siennes payées.

Je tâcherai de t'envoyer la canne de Georges par le paquebot du 11 février; ainsi, ne pars que du 16 au 18 de Naples.

La fin de *Splendeurs et Misères des courtisanes* est une belle chose. J'en suis content [1].

Quant au hachich, ce n'est pas [Théophile] Gautier qui m'a entraîné; c'est moi-même. J'ai voulu surtout savoir ce que c'était que ce problème singulier. C'est une affaire de psychologie, une étude sur moi-même de ce phénomène très extraordinaire et qui vaut la peine d'être examiné. Davy [2] l'avait déjà fait; mais c'est si étrange qu'on doit nier ces effets-là tant qu'on ne les a pas ressentis.

Toutes tes conclusions sur Georges m'ont frappé; j'en suis très affecté car elles sont vraies. Mais la consolation que je puis te donner, c'est que j'étais souffreteux et comme lui, à son âge, et que je suis devenu très robuste. Mais j'aurais voulu l'amener à Paris et faire une consultation pour son avenir. L'affection gastrique peut venir du

---

1. Il s'agit ici, nous l'avons déjà dit, d'*Une Instruction criminelle (Où mènent les mauvais chemins).* Balzac ajouta encore, l'année suivante, un épilogue à ce dénouement de *Splendeurs et misères des courtisanes : la Dernière Incarnation de Vautrin.*

2. Sans doute Jean Davy, géologue et physiologiste anglais, né vers 1790.

changement de climat, de régime, car il était en été dans la saison d'hiver, et, après le jeûne du *Léonidas*, il s'est jeté très fort sur les vivres, à Naples. Une gastralgie vient de plus loin, souvent.

Oh! comme j'épouse ta vie, tes angoisses! Tout cela m'est tombé dans le cœur, comme dans une vallée tombe une avalanche. J'ai tout compris, tout deviné, en un moment, et je suis si démonté que je t'écris, comme tu vois, au lieu de travailler, de corriger huit feuilles que j'ai sur mon bureau. C'est mauvais signe pour le travail quand tu reçois de bonnes longues lettres. Du 17 au 25, j'ai fait soixante feuillets de copie. Je ne me suis pas permis un souvenir, une seule débauche de cœur. J'ai repris mes habitudes de lever et de coucher, et, tous les jours, à deux heures du matin, mes bougies étincellent et la plume crie sur le papier. Je me dis : « C'est pour elle! elle et moi nous ne nous quitterons plus. Préparons la tanière des *loups!* »

Je dîne le 29 chez madame de Castries[1]. Je n'y vais que pour attraper la curiosité du monde et déjouer les cancans. Je devine pourquoi elle veut savoir de mes nouvelles et me voir.

Le propriétaire de la route du Ranelag[h] n'est pas revenu. Cette semaine, j'envoie la gouv[ernante] chez lui. Mais cette lenteur me sert. Je ne peux pas acheter avant la fin de février. Mais il me faudra *mars* et *tout avril* pour déménager et m'installer.

Quelle somme nous aurions gagnée! Figure-toi qu'il y a une usine, dans le genre de celle du zinc Lehon (dont l'action vaut six mille francs! C'est là ce qui a enrichi madame Lehon)[2], qui s'appelle le haut fourneau de Monceau, je rencontre un Irlandais qui me dit que c'était appelé au succès de *la Vieille Montagne* (l'usine Lehon). C'était à dix-neuf cents francs l'action (neuf cents francs de prime). J'ai eu l'idée de tout mettre là, de prendre quarante actions. Avant-hier, c'était à deux mille cinq cents francs. Nous aurions eu six cents francs [de bénéfice] par action en un mois, vingt-quatre mille francs! Si c'eût été mon argent, j'eus acheté, mais j'ai eu peur d'une telle spéculation, sur le dire d'un Irlandais et sans connaître ce qu'est l'usine de Monceau-sur-Sambre. On dit que les actions iront

---

1. La marquise, puis duchesse de Castries, née Maillé, dépeinte cruellement par Balzac dans *la Duchesse de Langeais*. Cf. *les Cahiers Balzaciens*, n° 6.

2. La belle madame Lehon, née Mosselmann, femme du comte Lehon, diplomate belge.

à six mille francs, par suite des commandes des chemins de fer. Je
vais étudier cette affaire-là, ou la faire étudier par mon beau-frère.

Allons, adieu pour aujourd'hui. Demain, 28, je mettrai cette lettre
à la poste et je te dirai un dernier mot. Oh! comme je voudrais
recevoir une petite lettre qui me dise que Georges est rétabli; pauvre
garçon, comme je l'aurais soigné, comme j'aurais évité du mal à
mon *louloup!* Aime-moi bien.

Ah! madame Colomès a été traitée plus sévèrement par les juges
que par le jury; elle est condamnée à six mois de prison pour escroquerie. Pauvre femme! Aimons-nous. Nous ne volons rien..., que
du bonheur sur le fonds commun de l'humanité.

Mille tendresses, cher min[ou] aimé. Ne me défendez pas de cultiver le mobilier; c'est comme si vous me défendiez de m'occuper
de vous, car c'est de vous qu'il s'agit. Quand on a le projet de rester
près de son Évelette dans sa maison, il faut que le contenant soit
digne du contenu. Pas un sou ne sera détourné de l'œuvre capitale :
le payement de la dette publique. Mais on ne saurait défendre les
privations.

Allons, on baise avec adoration la jolie bouche grondeuse, et
même la « *babouche de Salomon* ». Dieu veuille que tu sois revenue
de toute crainte pour Georges.

A demain.

Mercredi 28 [janvier].

Adieu, chère petite fille, et que la Providence allège le fardeau
qui pèse sur tes belles épaules et sur ton cœur adoré. Je te prie de
ne partir qu'après l'arrivée du paquebot du 11 février, car il apportera la canne de Georges. Que ce cher garçon ait ce petit présent
pour sa convalescence. J'ai tant prié Froment-M[eurice] que ce sera
prêt, et le capitaine ou le docteur du paquebot (ou le commissaire)
la prendra à sa main et vous la présentera. J'en profiterai pour vous
envoyer la partie des *Petites Misères* [*de la Vie conjugale*] que tu ne
connais pas.

Maintenant, petit m[inou] chéri, ayez la bonté de mesurer votre
cou avec un fil et de m'envoyer ce fil par la première lettre, car les
colliers de coraux se portent juste, et je ne veux pas que le mien
offense une chair, aussi délicate que nos cœurs. La parure est une

merveille digne d'être dans l'écrin de la Czarine, elle en serait folle, si elle la voyait. Soyez calme, *Madame Raison*, tout est payé. Je vous enverrai la quittance de F[roment]–M[aurice] pour sa canne. Je ferai [faire] à ma bien-aimée autant de parures artistes et sans rivales qu'il y a de couleurs. Ces belles choses ne se recommanderont que par le travail. C'est l'occupation la plus chrétienne, la plus catholique du monde, les croyants passent leur vie à parer leurs châsses et leurs autels. Quand je n'ai pas mon m[inou] et ma petite fille, je n'ai d'autre manière de supporter la vie que de penser à elle, de m'occuper d'elle, et, tout ce que je vois, c'est pour me dire : « Ça lui irait-il? Ça lui plairait-il? » Qu'est-ce que cela te fait, puisque je paie mes dettes, que je n'en fais pas [de nouvelles], et que je ne touche pas au *trésor-louloup?* Les oiseaux ne passent-ils pas deux mois à cotonner leur nid? N'est-ce pas ce qu'il y a de plus sacré que d'arranger la tanière de son *louloup?*...

Il y a d'affreux désastres à S[aint-]P[étersbourg]. Le grand Emp[ereur] est poursuivi par une faible et vieille religieuse qui le met au banc de l'Europe. C'est à mourir de chagrin que [de lire] ce qui se publie dans *les Débats* et dans tous les journaux.

Allons, adieu. J'ai été triste de recevoir deux lettres écourtées, qui me donnent l'inquiétude sans la consolation. Mais, je ne murmure pas; c'est juste, et je suis seulement désespéré. G[eorges] saura-t-il que je suis doublement affligé de sa maladie? Mille gentilles amitiés à ma chère Anna. Vous disparaissez beaucoup du cœur de Lirette. Elle devient de plus en plus religieuse, occupée d'elle seule, de son ordre, et croyant que le monde tourne autour d'elle. Elle s'étonne qu'Anna ne lui écrive pas tous les quinze jours. Je lui ai appris que tous les supplices des premiers temps de l'Église avaient été dépassés par les tortures des Basiliennes : La princesse, supérieure de l'ordre, est morte de souffrances, en route pour la Sib[érie]. Les journaux seront enveloppés dans le numéro des *Débats* où cela est. Le Saint-Père a fait imprimer cela par la Congrégation des Décrets.

Allons, voilà que je me remets à bavarder. Et comment ne pas vous dire cependant que le prince héritier du Wurt[emberg] épouse, dit-on, la g[rande] d[uchesse] Olga, qui, par l'opposition de son père, ne peut épouser l'archiduc.

Je travaille énormément. Ne soyez pas étonnée si j'avais quelques lacunes correspondance, car il y a des intérêts financiers considérables pour moi à faire une comédie pour le Th[éâtre]-Fr[ançais]. On me rendra *Vautrin* et on me donnera quinze mille francs de prime, ou je ne donne rien. Ce serait achever d'un seul coup le payement de tout ce que je reste devoir et qui ne se monte plus guères qu'à cinquante mille francs. Ainsi dans mon trou de Passy, en cinq ans et demi, j'aurai payé près de trois cent mille francs de dettes, et j'en sortirai avec une maison à moi, payée et meublée avec plus de splendeur que beaucoup de palais de souverains, car il s'agit d'y recevoir une souveraine !

Mille bons bai[sers] de Cannstadt et de Bruxelles, enfin de ceux qui ne finissaient pas. Oh ! je donnerais toute la gloire de lord Byron pour une soirée comme la dernière de Naples !

Adieu, baume de ma vie, force de ma force, cœur de mon courage, espoir de toutes mes ambitions. Adieu, mon Évelette, ma créature adorée, et, plus que tout cela, adieu, m[inou] qui me fait rêver, m[inou] mille fois baisé en idée. Depuis les travaux, l'Hindoustan est tranquille ; le café vaut la domination anglaise !

XLII

A MADAME HANSKA, HÔTEL VITTORIA, Nᵒˢ 14-15, A NAPLES.

[Passy, 1ᵉʳ-7 février 1846.]
[Dimanche] 1ᵉʳ février.

J'ai beaucoup travaillé, ma chère Line, ces trois jours derniers ; j'ai fait aussi des courses pour mes affaires d'argent. Il en faut à M. Fess[art]. Il lui faut encore huit mille francs au moins, et je dois les lui trouver ce mois-ci.

Grâce à Dieu, je n'aurai plus rien à démêler avec le Chlend[owski], et me voilà brouillé à ne pas le saluer. Il payera bien ses billets et je suis garanti s'il lui arrivait malheur. Dans quelques jours, j'aurai fini la première édition de *la Com[édie] Hum[aine]*, et Souv[erain] n'aura pas une ligne à me demander. Cela fait, je terminerai *les Paysans* et *les Petits Bourg[eois]*, et tout sera dit. Je serai libre comme l'air. A quarante-six ans, ce n'est pas volé.

J'aperçois une presque certitude d'acquisition pour la maison de
la route du Ranelag[h], où les *louloups* resteront bien une dizaine
d'années, bien modestement, mais bien confortablement. Il y a
quarante-cinq mille francs d'acquisition avec les réparations, et
[pour] trente-cinq mille francs de mobilier et d'arrangements intérieurs. En tout : quatre-vingt mille francs. Je voudrais avoir assez
encore pour acheter l'arpent à Monceaux, et je me regarderais
comme millionnaire, dans dix ans, avec les fruits de mon travail.
Voilà pourquoi j'ai déploré que le *trésor* [*louloup*] ne se soit pas
grossi des sommes dont je t'ai parlé. Si je n'avais pas encore
soixante mille francs de dettes à payer, j'aurais suffi à tout par
moi-même.

Si je n'avais pas la tête que j'ai, ma mère me rendrait fou.

Oh! si tu savais comme la route du Ranelagh est calme, tranquille, *coïte!* Il y a de l'ombrage, du silence, des arbres, l'air, le
ciel, toutes choses qu'on ne peut pas obtenir à Paris. C'est le chalet
où deux *loups* doivent passer leur lune de miel de dix ans. C'est
petit par exemple! Mais ce sera si joliment arrangé par le vieux
loup, que cela paraîtra grand.

Adieu, pour aujourd'hui.

[Lundi] 2 février.

Plon veut bâtir quatre cents maisons dans ses vingt et un arpents
de Monceaux; il a des idées séduisantes et je crois à la réussite;
mais quand bien même j'aurais une maison dans ce quartier, cela
n'empêcherait pas le présent de la maison de Passy; car, dans les
hypothèses les plus favorables, une maison dans ce quartier nouveau ne serait pas habitable avant trois ou quatre ans Ces quatre
cents maisons ont réduit sa promesse envers moi à un arpent de
soixante-cinq mille francs, et je n'en suis pas fâché.

Je travaille toujours; je fais quinze feuillets par jour, et, d'ici au
15 de ce mois, j'aurai fini *Splendeurs et Misères des courtisanes.*

Je me suis donné beaucoup de peine pour la canne de Georges.
La toilette de la duchesse de Lucques tourne la tête de Fr[oment-]
M[eurice], et il y a de quoi. C'est sa gloire, son chef-d'œuvre. Il a
fait servir pour elle le petit miroir qu'il avait fait pour Anna. Je le
talonne. Il y a une broche à refaire dans la parure de corail. C'est

d'ailleurs, selon lui, la plus belle qui existe. Une impératrice ne saurait avoir mieux, elle est dans mon cabinet. En un mois on n'a pas pu me raccommoder le cadre pour la gouache de Salomon-de-Caux[1]. Mais ce cadre est le *frère*, comme dit F[roment-]M[eurice], de celui où est le Christ [d'ivoire].

J'espère, selon ta dernière lettre, que tout va bien maintenant, que Georges est en convalescence et que les deux autres *Saltimbanques* chéris sont en bonne santé, malgré leurs fatigues et leurs inquiétudes.

Mon Dieu, que je vous aime! Je ne vis que par les lettres de Naples, et, entre deux lettres, je suis sans force. Il m'en faudrait toutes les semaines!

Allons, adieu pour aujourd'hui.

[Mardi] 3 février.

J'ai dîné hier chez madame [de] Girardin, où j'ai beaucoup ri.

Lautour-Mézeray[2] m'a donné des choses uniques sur la province[3]; il est sous-préfet à Joigny, et il m'a raconté ses débats avec ses ennemis. Mais, je suis resté plus longtemps que je ne voulais, et voilà mes heures dérangées.

Que faites-vous! L'absence du *journal* me fait bien du chagrin. Je ne sais plus ce qui se passe à l'hôtel Vitt[oria].

Ah! à propos, je ne vois plus Laurent-J[an]. Il y a, là, brouille de son côté. Je le laisse, et suis enchanté de cela. Il s'est fâché à lui tout seul. Je me débarrasserai de tous les ennuyeux, de tous les gens que je ne veux plus voir.

Voilà de Vigny reçu [à l'Académie], et avec quelles étrivières[4]! Merci de l'Académie, où d'ailleurs, tous les journaux m'ont porté. Il est temps d'avoir la maison de la route du Ranelagh et d'y rece-

---

1. « Maistre ingénieur » au service de l'Électeur palatin, publia en 1615, les *Raisons des forces mouvantes*... Ce précurseur de Denis Papin est cité par Balzac dans *les Ressources de Quinola*.

2. Homme de lettres et homme d'esprit, l'un des fondateurs de *la Mode* et du *Journal des Enfants*. Balzac s'en est inspiré pour peindre La Palférine dans *Un Prince de la Bohême*. Lautour-Mézeray finit sa carrière comme préfet d'Alger et mourut en 1861.

3. Sans doute pour *les Paysans*.

4. C'est-à-dire la réponse du comte Molé (26 janvier 1846).

voir quelques Académiciens, car, au premier décès, si je me présente, je serai reçu, dit-on, et l'Académie, c'est pour moi huit mille
francs de rente, car je serai de la Commission du dictionnaire, tôt
ou tard.

Allons, adieu pour aujourd'hui.

[Mercredi] 4 [février].

J'attends une lettre pour demain ou après. Dieu veuille qu'elle
vienne, car, de ce que je ne sais plus ce qui se passe à Naples, j'ai
des inquiétudes vagues. Pauvres chéris saltim[banques], voilà le
carnaval de Rome flambé pour vous! De ce coup, je vais travailler
comme un bœuf pendant le nôtre à Paris, excepté les soirées chez
madame Merlin, qui est revenue de Madrid, et où je ferai sobrement
le lansquenet.

Il est arrivé un malheur à deux des serre-papier en malachite.
La gouv[ernante] les a fait tomber sur le tapis; ils se sont décollés en
mille morceaux. J'ai tout ramassé. Je les porterai à F[roment-
[Meurice] pour en faire un délicieux coffret. Ce sera de la dépense;
mais dépense pour dépense, j'aime mieux celle qui fait d'une chose
à moi une chose à mon Éveline.

La gouv[ernante] poursuit un mariage avec Elschoët[1], un sculpteur, et il y a bien des chances pour que cela se fasse. Ce serait
meilleur pour nous que son activité fût employée par un mari de
ce genre. Si elle tournait mal avec son [bureau de] timbre, il en
rejaillirait toujours quelque chose sur moi. Je pousse donc au
mariage, et, comme c'est son idée fixe, à moins d'empêchements
dirimants, ce sera fait d'ici au mois d'avril. Dans toutes les suppositions les plus favorables je ne peux pas être emménagé route du
Ranelag[h] avant le 15 avril.

[Jeudi] 5 [février], quatre heures.

M. Pottier, le propriétaire de la route du R[anelagh] sort de chez
moi. Nous avons eu toute la matinée en débats, car il s'agit de fixer
un prix dans la promesse de vente que contiendra le bail. La prudence exige que je ne fasse l'acquisition que dans les six premiers

1. Artiste contemporain de Balzac, particulièrement réputé pour ses sculptures
sur bois. Balzac le cite au début de *la Fausse maîtresse*.

mois de cette année, ce qui met payement d'octobre à novembre.
D'ici là nous pouvons le trouver et garder le *trésor-louloup*, non pas
dans son entier, mais, au moins, aux deux tiers. Or, nous ne sommes
pas d'accord, monsieur Pottier et moi. Nous nous tenons à deux
billets de mille francs. Il est forcé de vendre et je lui ai démontré
qu'il y avait sept mille francs à dépenser immédiatement dans sa
maison. Il y faut un calorifère quand on veut habiter hiver et été;
toutes les peintures sont à refaire; les cheminées sont affreuses;
il y manque des persiennes, et il y a des réparations et surtout
de nouvelles distributions à faire; car il avait arrangé cela pour deux
ménages, il en convient. Mais il dit que cette maison lui coûte
quatre-vingt-dix mille francs. C'est ses Jardies à lui. Nous termine-
rons, c'est sûr, et j'aurai trente-cinq mille francs à payer en octobre
ou novembre de cette année, car nous ferons le bail à compter
d'avril 1846 et j'aurai l'obligation de réaliser la vente dans les
six mois. Ce sera jusqu'en octobre, et on a trois mois pour payer, à
cause des formalités à remplir. Il nous faudra donc trente-cinq
mille francs en décembre, au plus tard. D'ici là je dépenserai :
primo, ce que je lui donne en dehors du contrat, les frais et mes
dépenses, ce qui fera quarante mille francs. Or, si je place soixante
mille francs à Monceaux, je dis qu'il faut travailler beaucoup pour
arriver à bien.

Je suis à moitié des six dernières feuilles qui terminent *la
Com[édie] hum[aine]*. Quand tu recevras cette lettre ce sera fini.
C'est le plus grand travail de ma vie littéraire accompli.

Je sors pour aller voir des chaises d'occasion pour le petit salon
du premier étage, que j'appelle le salon vert, car j'ai cru découvrir
que mon Évelette aime le vert. Les malachites seront là, et les
potiches vertes aussi. C'est entre la chambre à coucher et le cabinet.
Il y aura un joli bureau pour la chérie; on le fait ainsi que deux
délicieuses armoires, le tout en marqueterie fleuretée. Oh! je me
donne un mal! Je voudrais tant que ma chérie adorée fût mieux
qu'elle n'est à W[ierzchownia], qu'elle ne regrettât que son
An[na]!... Toute mon intelligence est au service de ce mobilier, qui
doit sourire à notre bonheur. J'y mets une coquetterie, une
recherche, des soins... Tu verras. La salle à manger sera tendue
avec les cuirs trouvés à Anvers.

Allons, adieu minette chérie. Soignez-vous bien surtout, vous qui soignez le autres, et qui faites le jour, la vie autour de vous !

Vendredi 6 [février].

J'ai ressaisi mes heures ; me voici levé à deux heures et demie du matin. J'espère trouver aujourd'hui une lettre de mon *loup*. J'irai ce matin à la grande poste, pour arranger l'affaire de la remise de la canne, à Georges, par le paquebot du 11. Elle partira demain samedi, si elle est prête, car, avec F[roment]-M[eurice], rien n'est sûr. En tout cas, cette lettre[-ci] partira. Je remets à demain à la fermer pour répondre à ta lettre, si j'en reçois une.

J'ai beaucoup à courir toute la journée, et à corriger des épreuves pendant toute cette nuit. A demain. On ne sait pas ce que c'est que des courses dans Paris. Les heures s'envolent, chargées d'or.

Je suis tout chagrin en voyant que dans cette lettre-journal, il n'y a pas un petit mot de tendresse, pas une caresse ! J'ai été, tous ces dix jours, comme un lièvre traqué qui ne peut pas trouver un brin de serpolet. J'ai couru, j'ai travaillé, j'ai eu des conférences avec M. Fess[art], à qui je vais remettre, d'ici à huit jours, trois mille francs, pour entamer une forte créance, très importante. Il y a sept mille francs à donner. Dieu veuille que ce soit terminé.

Allons, à demain. J'enverrai ce petit courrier par la poste, à l'ordinaire.

Samedi 7 [février].

Vraiment F[roment-]M[eurice] est un bijoutier impossible. Après mille précautions prises pour avoir la canne de Georges aujourd'hui, après lui avoir démontré qu'il y avait six mois qu'elle était commandée, etc., elle n'a pas pu être finie ! Je crois qu'il travaille très difficilement ; il n'est pas fécond, je n'y comprends rien. Il n'y a pas jusqu'à la parure de corail à laquelle il manque une façon, pour la broche. Cela me fait perdre un temps inouï. Aussi ne vais-je plus penser à rien de ce qu'il promet et de ce qu'on lui commande.

Mais, hélas ! je n'ai point eu de lettre hier, et ce retard me jette dans une inquiétude mortelle, à cause de l'état de maladie où est G[eorges], et de tes fatigues. Il y a eu un paquebot le 28 janvier de

Naples pour Marseille. Or, neuf jours suffisent pour que les lettres arrivent. Cette inquiétude me donne une petite fièvre.

M. Potier est venu hier. Nous nous tenons à un billet de mille francs. Il est vrai qu'il faut acheter pour cinq à six mille francs de terrain en face, dans le cas où plus tard nous aurions voiture, car il est impossible de songer à trouver une écurie et une remise dans la propriété telle qu'elle est. C'est donc une dépense et une dépense urgente, pour qu'on ne nous fasse pas payer plus tard la convenance. C'est à faire faire bien des réflexions. Je suis entre rester encore deux ans où je suis, y achever de payer mes dettes, ne faire de choix qu'avec toi, attendre l'issue de l'affaire de Monceaux, et me décider à enfouir cinquante mille francs dans une maison à Passy.

Allons, minette chérie, adieu. Soigne-toi bien, et pensons que nous n'avons plus que tout au plus dix mois à attendre pour nous trouver réunis pour toujours et entrer dans une vie rêvée pendant treize ans. Ce but poursuivi de part et d'autre avec tant de persévérance et que la main de Dieu protège, eh bien, nous allons y atteindre. Je contiens mon impatience, je me défends à toute heure de penser à ce paradis, et c'est difficile, après la certitude si douce du bonheur qui m'y attend ; car, ce n'est pas, chez moi, une illusion. Ce que mes pressentiments me disaient, le fait est venu le confirmer. Il n'y a rien de plus tendre, de plus spirituel, de plus voluptueusement attrayant que la Line. Le poète le plus exigeant ne pourrait jamais se lasser de cette vie tout heureuse et mes souhaits sont bien au delà servis. Oui, c'est l'amour éternel, l'amour divin qui nous a donné ce que j'appelle *nos villes*. Ces haltes dans l'impatience, ces promesses du bonheur ! Et, que sera-ce quand nous serons bien l'un à l'autre. Oh ! je veux que tu confesses que le Noré n'était rien en comparaison de ce que tu trouveras alors. La réussite double les plaisirs. Je ne voudrais voir aucun étranger pendant dix ans ! Aurai-je assez de cela pour bien voir et posséder ma fleur aimée, mon Évelette chérie ? Je ne le crois pas. Tu ne sais pas encore ce que tu es pour moi, tu ne t'en doutes pas. Ces mots : la vie, l'âme, le bonheur, sont insignifiants en comparaison de ce que je voudrais exprimer. Il y a de la manie inguérissable. Je me défends de penser à toi, car c'est une absorption infinie ; je ne fais rien, je me souviens. Oh ! si tu avais fait des fautes, Dieu te pardonnerait tout pour avoir

donné tant de bonheur ineffaçable à l'une de ses créatures. Tu es
bien mon idole, toute ma pensée, ma force et mon seul bonheur.

Je t'ennuie à te répéter cela; mais, que veux-tu? je me le dis à
moi même en me promenant dans Paris.

Pauvre m[inou] aimé! je donnerais, comme dans *la Biche au Bois*,
un an de ma vie pour le sentir! Et le b[engali] est devenu d'une
tranquillité inquiétante.

XLIII

A MADAME HANSKA, HÔTEL VITTORIA, Nᵒˢ 14-15, A NAPLES.

[Passy, 8-18 février 1846.]
Dimanche 8 février.

Et pas de lettres! Non, mon inquiétude est au comble. Je ne sais
que penser. Je te crois malade.

Je ne te dis qu'un mot aujourd'hui, car j'ai des affaires, des payements, et. entre autres, pour un petit salon vert que je te prépare et
qu'un ébéniste de Passy (un Polonais de Posen), un bien brave
homme, arrange.

Oh! *louloup*, pas de lettres!... Je dine chez M. Fess[art]; un sacrifice
à faire, car il est bien essentiel de ne pas le mécontenter; il fait très
bien mes affaires. Nous attaquons cette semaine un compte bien difficile à terminer : celui de Buisson. Il s'agit de sept mille francs à
payer.

Adieu, chère aimée.

Lundi 9 [février].

Ah! j'ai ta lettre! Oh, je devrais t'écrire à genoux! Non, ce passage
où tu me dis que tu t'es abîmée dans une contemplation semblable à
l'une des miennes, où tu m'as rendu l'un de ces élans de culte, que
j'ai si souvent pour toi, m'a donné en un moment plus de bonheur
que je n'en ai eu dans toute ma vie (nos amours exceptés)! Oh! que
ma mère me tenaille le cœur comme elle le fait, que je souffre!... Tu
es le baume réparateur dans cette tendresse infinie... Oh! mon Dieu,
combien nous serons heureux !

Mon ange, ne te risque pas à Rome, sans que G[eorges] soit tout à fait rétabli. Tu le tuerais dans les courses de Rome. Remets ce voyage, au nom de ton enfant! Rome ne s'abîmera pas demain, et une santé périt dans une semaine. Attends, attends!

Quand tu recevras cette lettre, *la Com[édie] Hum[aine]* sera terminée.

Je me tiens à un billet de mille francs avec M. Pottier, car, vois-tu, il y a bien des dépenses à faire, et il le reconnaît. Ce serait une maison de quarante-cinq mille francs, et quinze mille francs de mobilier, cela ferait soixante mille francs, et s'il faut conserver soixante mille francs pour Monceaux, nous ne serions pas en mesure. J'espère avoir la maison et avoir soldé tous mes titres inquiétants d'ici la fin de février.

C'est ces incertitudes qui m'empêchent de travailler; je suis comme l'oiseau sur la branche.

Enfin, tout sera dit sur celle qui te fait tant de mal. Elle se marie. Elle va, dans quelques jours (le temps de mettre ordre à mes affaires), épouser un sculpteur : Elschoët, et j'en serai quitte pour sept mille cinq cents francs et quelque peu de mobilier de rebut, six couverts, etc. C'est un supplice pour moi que tout cela. Mais je ne puis pas ne pas agir ainsi; le monde doit ignorer ma haine et ses causes, et je dois me bien conduire avec elle, qui passe pour m'avoir rendu tant de services pendant six ans. Je suis très heureux de cette conclusion. Elle me rendra d'ailleurs encore de grands offices pendant deux mois, pour mon déménagement et mon emménagement.

J'espère t'aller retrouver en avril, après mon installation et alors elle se mariera quelques jours avant mon départ. *Je n'aurai que des domestiques mâles.* On m'accusera peut-être d'avoir des Cosaques comme l'oncle d'A[nna].

Si je termine, nous aurons un bijou de maison, une maisonnette d'amoureux et arrangée!... Ah! ce sera mon bonheur que de t'y introduire. Tu y seras comme une reine, entourée de tout ce que les arts ont de plus royal, de plus somptueux, de plus élégant, et il nous restera des capitaux. Je veux que tu reconnaisses que ton *louloup* est aussi bon administrateur que bon travailleur, et économe! Je fouille tous les coins de Paris. De jour en jour, les belles choses doublent de prix. M'occuper de toi, c'est une volupté de tous les instants. Nous reverrons donc Baden? C'est un de nos édens. Tu reviendras par la même route, n'est-ce pas, avec moi? Dis?

Je trouve *la miniature* de madame de Sévigné, faite du temps de Louis XIV, pour cent francs. La veux-tu? C'est un chef-d'œuvre. Oh! si tu savais quel joli *bureau-ministre* on te fait pour le petit salon vert qui réunit la chambre à coucher au cabinet de monsieur. Tiens, voici le plan ci-joint des deux étages de la maison Pottier. Juges-en.

Mardi 10 [février].

La miniature est affreuse; mais j'achète un portrait excessivement ressemblant de votre grande tante, la reine de France [Marie Leczinska], d'après Coypel, évidemment faite dans son atelier, et qui pour vous, sera un portrait de famille. Rassure-toi, ô *louloup;* c'est acheté pour la valeur du cadre, et comme c'est un de ces portraits que les reines donnaient à des villes ou à de grands personnages, quoique ce soit une copie, elle peut orner un salon. J'ai trouvé cela en allant chez Souverain, à qui j'ai rendu l'argent de l'année passée.

Je m'ennuie plus que je ne peux l'exprimer. Je travaille mal, sans inspiration; mon âme et toutes mes forces sont ailleurs. Je suis amoureux. Je sais enfin, pour la première fois de ma vie et la seule, ce que c'est que d'aimer, comme en parlent les poètes.

J'ai prié [Théophile] Gautier de m'amener un peintre, nommé Chenavard [1], ami de Thiers et de la Belgiojoso, que je connais, mais dont l'adresse m'est inconnue, pour m'éclairer sur la valeur de la Leczinska, car je fais comme Louis XIV : je ne veux pas me tromper.

J'imagine que tu sais ce que c'est que de souffrir comme je souffre. Il n'y a qu'une seule chose qui me distraie, c'est de m'occuper de tes affaires, de ce qui sera plus particulièrement à toi : le petit Dunkerque, ta chambre, etc.

Allons, adieu.

---

1. Non pas Chenavard, né à Lyon en 1808, élève d'Ingres et d'Hersent, mais Aimé Chenavard, artiste et collectionneur (1798-1858), cité au début du *Cousin Pons*.

Mercredi 11 [février].

Beaucoup de courses. Fess[art] est tombé dangereusement malade, et cela retarde d'autant mes affaires. Vois-tu, mon È[ve] adorée, je ne suis pas maître de cette liquidation ; le moindre effort serait puni ; il faut attendre, comme le chasseur à l'affût. C'est affreux, je t'assure, que les ennuis de cette liquidation, joints à ceux de mon âme, qui ne se fait pas à l'absence (je suis bourrelé), influent puissamment sur ma pauvre cervelle ; je suis admirable, je me lève toutes les nuits ; je t'écris et je suis deux heures avant de pouvoir me mettre à l'ouvrage, car je pense : *primo*, à la maison ; *secundo*, au mobilier ; *tertio*, au *louloup* ; *quarto*, aux mille détails de mes affaires, car chaque affaire de mille francs exige autant de soins qu'une affaire de cent mille. C'est odieux. Puis, je relis mes chères lettres, je regarde mes épreuves et je me raisonne. Le jour arrive. Je me dis que je suis un monstre, que pour t'aimer il faut t'oublier et ceindre la corde du travailleur ; je me dis mille injures, et je vais regarder si le collier sera bien de la dimension de ton cou, et je baise le verre du Daffinger, et je te crois là, et je rêve, et je suis au désespoir d'avoir rêvé au lieu d'avoir travaillé.

Ce soir, madame [de] Girardin me prie de la venir voir. Il doit y avoir une lady, fille ou mère de Sheridan, *qui se mori de voâre moi.* J'irai dans mon grand costume de belles manières.

Adieu, chère Linette adorée.

Jeudi 12 [février].

Je me suis couché ce matin. Voilà mes heures dérangées et tout cela pour une bête d'Anglaise qui m'a lorgné comme un acteur. Madame [de] Girardin, charmante dans le petit comité, est une détestable maîtresse de maison. Elle est la fille de sa mère ; elle est vulgaire et bourgeoise. Elle ne dément son origine que par son talent, et quand elle est hors de son talent, elle est Gay pur sang. Le duc de Guiche, *qui s'est rallié*, a été spirituel, ce dont je doutais. J'ai horreur du monde ; je ne pense qu'à vivre dans notre tanière. Le souvenir de madame [de] Kalergi[1], que je n'ai pas vue, comme tu

---

1. Marie Kalergis, née comtesse Nesselrode, qui inspira *la Symphonie en blanc* de Théophile Gautier et *l'Éléphant blanc* de Heine.

sais, m'a poursuivi jusque-là. L'amiral [de] la Susse m'a peint le désespoir de la Société de Baden de ce que je n'étais pas sorti d'une certaine maison. Ça m'a rappelé Baden et je suis resté d'une bêtise mirobolante; aussi, madame de Gir[ardin] m'a dit à l'oreille : « Qu'avez-vous donc ce soir? » A quoi j'ai répondu : « L'Anglaise me porte au cœur. » Elle s'est mise à rire, et j'ai gardé ma mélancolie à moi. Je revoyais le paysage de Baden; je voyais Georges m'aidant à porter mon paquet, etc.; tout enfin. Oh! combien tu es aimée! Cela ne peut plus s'exprimer. Un rien, tout me ramène à toi!

Vendredi 13 [février].

La gouv[ernante] m'ennuie et m'assassine de son artiste. Elle est folle. Elle le voit membre de l'Institut et riche; elle veut huit mille francs, des couverts, et le plus de mobilier possible. Oh! quand serai-je volé *par une cuisinière*, ou par un cuisinier! C'est meilleur que d'avoir *le reste d'un dévouement postiche à déboire!* Aujourd'hui, nous avons à dîner Chenavard, [Théophile] Gautier, [Léon] Gozlan et Gérard de Nerval. Elle compte les questionner sur son sculpteur.

Il arrive un singulier événement. Hier, une distributrice de papier timbré en faisant son versement au Trésor a pour la troisième fois volé, c'est-à-dire trouvé le moyen de reprendre l'argent qu'elle apportait. Elle remportait argent et quittance. Comme notre gouv[ernante] a l'instinct de la police, elle a su se créer des intelligences avec l'Administration. Elle vient d'être prévenue avant tout le monde de la destitution future de la voleuse, et alors, le Gouvernement nomme un successeur, et l'on n'a pas besoin *d'acheter* une démission. Elle aurait donc et un bureau et son argent. Et, alors, elle m'a dit hier : « Elschoët est bien laid! »

Il y a quelque chose de plus comique que Molière : c'est l'intérêt personnel.

Adieu *loup;* à demain.

Samedi 14 [février].

Allons, tout est renversé! Mes dîneurs d'hier savamment questionnés ont donné les plus affreux renseignements sur Elschoët. Elle n'en veut plus. Elle veut le bureau [de timbre], gratis. Ce damné sculpteur est réellement horrible, et il a le défaut qui a tué Cuvier et sa considération, le père Tissot [1] et Orfila [2], qu'on appelle ici le père Enfila (pardon !). Ce monstre aime les petites filles au-dessous de treize ans et Gautier a trouvé cela très naturel. Elschoët n'aura jamais de commandes; il ne gagnera pas plus de sept à huit mille francs par an (on comptait sur vingt à trente).

Enfin, ce matin, en me levant, il a fallu s'occuper immédiatement d'avoir le bureau de papier timbré, et comme je donnerais je ne sais quoi pour être débarrassé d'elle, je vais tout quitter et faire des démarches. C'est une tuile qui me tombe sur la tête. Acheter un bureau n'était rien; en avoir un gratis, c'est une des plus grandes faveurs qu'on puisse obtenir. C'est la reine qui se réserve ces grâces pour des veuves d'officiers. Il y a des veuves de généraux qui postulent, et il y a quatre cents demandes à chaque vacance. Je vais aller voir Bertin et Rotschild. C'est les deux plus fortes protections qui existent. Mais c'est les user à mon détriment. Je réservais Bertin pour la Com[édie]-Franç[aise] et mon indemnité de *Vautrin*. Voilà tout mon travail abandonné; mais cette plaie va se fermer, c'est tout en ce moment. Je ne sais pas ce que je ne ferais pas pour être débarrassé d'elle. Elle calcule qu'en plaçant ses sept mille cinq cents francs en viager et avec les dix-huit cents francs de son bureau, elle aura deux mille quatre cents francs. Elle se voit libre, indépendante, et rêve un mariage splendide. Pardon *louloup*, de te raconter toutes ces sottises; mais tu vois comme elles pèsent sur ma vie.

Allons, adieu; à demain. Je t'écrirai tout au long.

Dimanche 15 [février].

Hier, toute la journée a été employée à voir Bertin, Rotschild, madame James.

Bertin a épousé mes ennuis. Je lui ai tout expliqué. Il m'a promis de faire de cela *son affaire* et de me délivrer de cette obligation qu'il

---

1. Sans doute Jean-François Tissot, littérateur, journaliste, membre de l'Académie Française (1768-1854).

2. Célèbre médecin légiste, auteur d'un *Traité des poisons*, né à Mahon en 1787, mort à Paris en 1853.

a comprise, et il m'a dit d'un air narquois : « Ah ! çà, nous nous marions donc? — Non, ai-je dit; mais vous comprenez bien qu'on ne se marie pas avec une gouv[ernante] chez soi, et je veux me marier d'ici à dix-huit mois, quand je n'aurai plus de dettes. — Ah! c'est vrai, a-t-il dit; vous avez raison, et vous devez faire un sort à cette femme .» (J'ai reconnu là les cancans d'Hetzel.) Bertin a été charmant et il m'a dit de compter sur lui. Mais il ne se dissimule pas la gravité de la demande. Il sait que la Reine[1] tripote ces choses-là, et c'est, de toutes les places dévolues aux femmes, les plus enviées, car on reste à Paris, on a dix-huit cents francs. C'est tout ce qu'il y a de plus recherché par les *veuves des lieutenants-généraux* à qui l'on a des obligations et qui sont morts pauvres.

Rotschild a été *régence*, selon son habitude. Il m'a demandé si *elle* était jolie, si je l'avais eue. — « Cent vingt et une fois, lui ai-je dit, et, si vous la voulez, je vous la donne. — A-t-elle des enfants? a-t-il demandé. — Non; mais faites-lui-en. — J'en suis fâché; mais je ne protège que les femmes qui ont des enfants. » C'était pour échapper. Si elle avait eu des enfants, il m'aurait dit qu'il ne protégeait pas l'immoralité. — « Ah çà, croyez-vous baron, lui ai-je dit, que vous pouvez lutter de finesse avec moi? Je suis actionnaire du Nord! Je vais vous faire une note, et vous vous occuperez de mon affaire comme d'un chemin de fer à quatre cent mille actions. — Et comment? a-t-il dit. Si vous me faites marcher, je vous admirerai encore bien plus. — Et vous allez marcher, lui ai-je dit, car je vais vous lâcher votre femme, qui vous surveillera. » — Il s'est mis à rire et s'est plongé dans son fauteuil en me disant : « Je succombe à ma fatigue; les affaires me tuent. Faites une note. » Et j'ai vu le masque d'un homme vieilli de dix ans depuis l'année dernière. J'ai fait ma note, et je suis allé voir madame James! J'y suis allé trois fois, et elle m'a fait dire qu'elle était toujours chez elle à cinq heures. J'ai flâné pendant trois heures et j'ai acheté : *Primo*, une tasse jaune (cinq francs), qui vaut bien cent francs; c'est une merveille. *Secundo*, une tasse qu'on a offerte à Talma, bleu de Sèvres, empire, d'une richesse incalculable, car il y a dessus un bouquet de fleurs, peint, qui a dû coûter vingt-cinq louis (vingt francs). *Tertio*

---

1. Marie-Amélie, femme de Louis-Philippe.

six chaises, d'une richesse royale, incrustées de bois; des fleurs, des bouquets; pour le salon vert. J'en garderai quatre, et, avec deux, je ferai une causeuse. C'est une affaire d'or. Voilà, sauf les portes, le mobilier de ce petit salon terminé, (deux cent quarante francs).

Ah! comme cela coûte cher de solliciter! Madame James a été d'une gracieuseté ravissante. Elle m'a dit : « Je sais ce que vous demandez. C'est l'impossible : Mais pour vous nous ferons tout. »

Je suis allé au *Messager*, pour me concilier, par Durangel[1], les sous-ordres. Mais Durangel m'a dit : « Avec Bertin et Rotschild, vous êtes plus fort que la Reine, que le ministre. Soyez tranquille. »

Ayant éreinté mes protections et mes jambes, la gouv[ernante] a trouvé que je n'avais rien fait. Elle ne m'a pas même remercié. Elle me dit vingt fois par heure : « Croyez vous que j'aurai le bureau? » Elle va ce matin chez Bertin, et voilà trois heures de tranquillité de trouvées.

Ma minette, il faut consoler ce pauvre Georges. Je trouverai donc le *Catalogue* Dejean. C'est très rare (il a été brûlé en entier à la rue du Pot-de-Fer, lors de cet incendie[2] qui a consumé *les Contes dro-latiques*). Cela ne se trouve que dans les ventes. Mais je l'aurai. De plus, je trouve par mes relations l'ouvrage que voici (tu en verras le titre; il sert d'enveloppe. Écris-moi si Georges l'a. C'est la plus belle iconographie qui existe des coléoptères. Il n'existe plus que sept exemplaires. On a plané les planches, et tout est dit. C'est à le rendre fou de joie s'il ne l'a pas. Je le lui donnerai à notre première rencontre, avec ses insectes et son Dejean. (Entre nous, c'est trois cents francs, au lieu de six cents. Cela coûte près de mille francs chez vous ou à l'étranger. C'est superbe, du reste.)

Je réserve à Anna, pour cadeau, deux vases de porcelaine qui lui feront bien plaisir, et qui surpasseront pour elle, toutes les chinoiseries. En flânant samedi, j'ai trouvé deux vases de Sèvres (Restauration), sur lesquels on a peint, pour quelque entomologiste, les plus jolis insectes. C'est un travail d'artiste, et cela a dû coûter

---

1. Secrétaire de Guizot, Durangel était à la tête du journal *le Messager*, où Balzac avait publié *Ursule Mirouët*, *Dinah Piédefer (la Muse du Département)* et *Un Adultère rétrospectif (Béatrix)*. Voir t. II, p. 70.

2. Voir t. I, page 287.

des sommes folles! G[eorges] en sera stupide en les voyant et je lui
rendrai pots peints pour pots peints. On aura peut-être offert ces deux
vases à Latreille, car on n'a pu prendre cette peine que pour une
très grande célébrité de l'entomologie. Ça a dû coûter cinq à six
cents francs. (Garde-moi le secret; j'ai eu cela pour trente-cinq
francs!...) C'est une occasion comme je n'en ai jamais vu. On ne
sait pas ce que c'est que Paris. Avec le temps, et de la patience, tout
s'y trouve, à bon marché. Quand tu verras la tasse jaune, royale,
que j'ai eue pour cinq francs, tu ne voudras jamais me croire.

En ce moment, je marchande un lustre qui vient d'un mobilier
de l'empereur d'Allemagne (car il a l'aigle à deux têtes à son faîte).
C'est un lustre hollando-belge. Ça a dû venir de Bruxelles avant la
Révolution. Il pèse deux cents livres; il est tout en cuivre. Le cuivre
vaut deux francs vingt centimes le kilog[ramme], et j'aurai le lustre
pour sa valeur intrinsèque (quatre cent cinquante francs); je le destine à la salle à manger qui sera dans ce genre.

Je te vois d'ici tout effrayée de ces communications. Mais, sois
tranquille, on ne fait pas de dettes. La liquidation a plus d'argent
qu'il ne lui en faut. Lirette sera payée; Froment [-Meurice] l'est; le
trésor-louloup est intact. Nous travaillons. Nous faisons pour *le Musée
des Familles*[1]. Nous terminons *la Com[édie] Hum[aine]*. et nous
arriverons au premier rendez-vous avec des vases entomologiques,
des insectes, l'iconographie (s'il y a lieu), et le Dejean et la canne!
Ne vas-tu pas être jalouse de Georges?... ou d'Anna? Ne le sois pas.
M'occuper de mes chers saltimbanques aimés, c'est vivre, c'est mon
bonheur, c'est toujours toi !

Froment [-Meurice] est le bijoutier impossible. Il est le 15 février ;
la figure de *la Nature* n'est pas achevée de ciseler!... Il est absorbé
par la toilette de la duchesse de Lucques. Mardi, Chenavard et moi,
nous allons voir deux mille huit cents tableaux chez le marchand
qui a la Leczinska.

Adieu, *loup* bien-aimé. L'oiseau du Bengale est mort. Il a succombé aux travaux, aux rêveries, aux courses, aux inquiétudes, au
café. D'ailleurs, c'est ainsi que cela se passe chez ces sortes de petites
bêtes : une grande révolte, une période de chants; et quand ils

1. Où Balzac avait publié, en 1843 et en 1844, des fragments de *l'Envers de
l'Histoire contemporaine (les Méchancetés d'un saint* et *Madame de la Chanterie)*.

oient que c'est inutile, ils se couchent et ne grognent plus, comme
ces chiens qui, après avoir fait un tapage infernal en l'absence du
maître aimé, se tiennent tranquilles.

Lundi 16 [février].

J'ai eu une grande douleur! La gouv[ernante] est allée hier chez
Dablin, ce vieux quincaillier retiré, mon premier ami (il m'a prêté
cinq à six mille francs). C'est l'original de Pillerault, dans *César Birotteau*. Hé bien, il a confié à la g[ouvernante] que, plusieurs fois, il a
voulu prendre deux cent mille francs et me liquider en me demandant trois pour cent de cet argent et me sachant enfin dans une
belle situation, digne de moi! Mais, chaque fois, *ma mère et ma
sœur* l'en ont empêché! Non, ma douleur de me savoir sans famille
(ou pis, de reconnaître que les miens sont mes plus cruels ennemis),
je ne te la dirai pas. Quelque attendu que soit ce coup, il fait toujours mal. Madame de Berny m'avait prophétisé cela. Mais, *louloup*,
si tu savais par quel vol rapide mon âme s'est sauvée dans ton âme,
quelles larmes de bonheur ont remplacé les larmes amères que je
versais involontairement quand, dans ce retour, je me suis dit :
« Tant mieux ; *elle* sera tout pour moi. Dieu veut que ce vœu de
mon cœur soit véritablement réalisé par les miens, par les hommes
et les choses autour de moi. » L'égoïsme de l'amour vrai a tout
dissipé comme par enchantement; la première atteinte a cédé devant
la certitude d'être aimé par ma Line autant que je l'aime. J'ai fini
par être content de cela. Je ne verrai les miens que trois ou quatre
fois par an et tu ne les verras jamais.

Tu ne saurais croire combien de passions basses il se déchaîne
contre moi : l'envie, la méconnaissance constante de mes intentions,
de mon caractère! Chose étrange! M. Fessart, depuis vingt ans, ne
voit personne de sa famille, et il m'en racontait exactement les mêmes
choses qui se passent dans la mienne. Ma mère dépasse tout ce
qu'on peut imaginer de monstrueux. Enfin, tout est dit; je ne t'en
parlerai plus. Tu es sur des roses avec les tiens en comparaison de
moi, quoique tu sois aussi bien mal partagée. Oh! mon Évelin chéri,
serrons-nous bien l'un contre l'autre! Tenons-nous toujours par
la main; ne nous quittons jamais; c'est mon désir. Voyons à peine
le monde, restons dans notre chalet. Vieillissons-y comme les gens

du *Moulin-Joli*. Ne m'abandonne jamais! Tu es toute ma famille,
tu me tiens lieu de mère depuis treize ans, d'amie (la seule!), de
sœur, de frère, de camarade, de maîtresse! Ah! comme je me suis
serré contre toi depuis hier, comme je t'ai enlacée des mains, des
pieds, du corps; comme j'ai voulu que nous n'eussions qu'une peau,
comme nous n'avons qu'une âme! Oh! comme j'ai senti mon amour;
j'ai vécu par les douleurs et les plaisirs de ces treize années!
Oh! comme nous sommes heureusement jeunes à la vie! Si tu ne
devines pas cette affection infinie, resserrée sur elle-même par la
peur, par le froid social, dans cette page où mon âme se réfugie, tu
ne m'aimes pas! Oh! comme je voudrais te voir! Si tu me vois arriver, c'est que j'aurai reçu un second coup de ce genre! De combien
de désespoirs ne m'as-tu pas sauvé! Quelle richesse qu'un amour
comme le tien! Et tu crois que je ne lui *sacrifierais* pas (si ce mot
peut dépouiller la ridicule idée qu'il présente à la pensée de deux
vrais amants) de petites invitations hindoustaniques?... C'est ce qui
plaît le plus aux femmes; eh bien, sois tranquille, dors, mon *loup*
jaloux, dors en paix. A une affection divine, infinie, il faut répondre
par même affection. Depuis 1845, il n'y a rien d'impossible à ton
pauvre Noré, qui t'adore et t'aime et te vénère comme un égoïste se
vénère et s'adore lui-même!

A demain.

Mardi [17 février].

Je t'écrirai peu aujourd'hui. J'ai Chenavard à déjeuner. Je vais
voir [avec lui] le portrait de la Lezchinska. Je reviendrai tard.

Je t'aime bien, va, et à demain.

Mercredi 18 [février].

Ah! *louloup*, j'ai eu ta lettre où tu me dis que Georges est mieux,
qu'il est venu vous voir à la *Villa Reale*. Ta bonne lettre, où tu as
repris tes habitudes d'écrire tous les soirs et où je suis en lutte
avec le sommeil, et où tu me dis de prendre le vin de Zir...., une
bonne lettre, où j'ai été baigné d'effluves de ta tendresse en la
lisant.

Quelle chose étrange! Il y a dans cette longue lettre, qui va être
mise à la poste, des choses qui répondent à bien des questions de
la tienne. Ce rapport m'a attendr jusqu'aux larmes.

Sois tranquille, Lirette sera payée exactement, et la canne de G[eorges] l'est, et tout ce qui nous concerne. Comme j'aime tes lettres! Elles sont un baume pour toutes mes plaies!

Ne va pas à Rome, je le répète. Tu pourrais tuer Georges. Il est bien délicat. J'ai été comme cela; mais je ne me suis jamais préoccupé de moi.

Mon Dieu, que je t'aime! Ah! comme nous sommes atteints du même mal. Mais tu fais ta tapisserie, et moi je ne travaille pas autant que je le voudrais. Tu as raison; les jours s'en vont. Mais tu ne sais pas le dédale où me promène ma liquidation, et tu ignores les courses incessantes qui me dérangent, et souvent à propos de créances de cent francs! Ma tranquillité c'est la propriété, c'est le déménagement, c'est la considération, c'est tout; et je t'avoue que ma liquidation marche avant le travail littéraire.

J'aime que la gravure et la devise de ton chevalier armé t'ait plu. C'est du Noré tout pur. *Vivens, sequar* et *fulge vivam* sont dignes de l'E inscrite dans l'étoile [1].

J'ai le portrait de Marie Leczinska. Ce n'est pas de Coypel, mais c'est fait dans son atelier par un élève, on croit Lancret, il faut être connaisseur pour ne pas le croire un Coypel, c'est un excellent portrait de famille. La tête est exécrable comme peinture; mais c'est très ressemblant. C'est gravé, d'ailleurs. Elle est représentée avec un Amour qui l'accompagne tenant la couronne de France sur un coussin, et un page lui tient par derrière son manteau royal. Le costume est d'un faire digne de la Hollande, au bon temps. Le cadre vaut soixante-quinze à quatre-vingts francs, pour un marchand, et j'ai eu le tout pour cent trente francs. Je ne perdrai jamais là-dessus, a dit Chenavard. Mais, dans les trois mille tableaux, j'ai découvert un portrait merveilleux (Holbein, Bronzino, Schidone [2], sont accusés sans preuve de ce bijou). Le cadre vaut cent francs, à vendre et j'ai acheté cela cent vingt francs. Chenavard m'a dit : « Personne à cette heure ne pourrait faire cette toile (c'est une planche de noyer d'un pouce, ravagée par un ver). M. Ingres n'y arriverait pas; et on demanderait cent louis qu'on ne pourrait,

---

1. Un cachet, représentant une étoile, encadrant un E (voir p. 373).

2. Ou plus exactement Schedone, peintre italien (1559-1615), gracieux et délicat, dans le genre du Corrège. Balzac le cite dans *Honorine*.

s'appelàt-on Decamps, produire une œuvre si solide. Ce n'est pas un chef-d'œuvre de l'art, une pièce à citer; mais, dans un cabinet, entre des chefs-d'œuvre, cela tient sa place. Achetez. Ici, cela vaut cent vingt francs. Chez vous, cela en vaudra douze cents. » Chenavard est aussi fort que nos plus forts appréciateurs. M. Thiers le consulte pour les acquisitions du Musée, quand il est ministre, moi, je ne consulte que les valeurs intrinsèques. Les deux toiles sont chez moi.

Chenavard me rend le service de faire refaire par Troyon, un de nos meilleurs paysagistes, l'exécrable-adorable W[ierzchownia]. On le réduira de moitié. « Il faut bien vouloir vous rendre service, m'a-t-il dit, car il n'y a pas là un paysage! » Enfin, ce sera fait, et nous pourrons avoir cela, sans déshonneur, dans notre chambre à coucher car je veux le voir soir et matin, et me dire : « Rends-la plus heureuse qu'*elle* ne l'a été. Fais-lui oublier la patrie présente! »

Comme tu as deux ou trois tableautins, il faut pouvoir en meubler le salon, sans qu'il y ait maigreur. Chenav[ard] m'a signalé un beau tableau vénitien (il coûte quatre cents francs). Je ferai un article au *Musée des Familles* pour l'avoir. C'est beau comme un Titien. C'est d'un grand maître. Ce n'est pas signé. C'est le portrait d'une femme énorme, mais belle, oh! belle comme mon *loup!* Le lustre et cela, c'est beaucoup. Je ne peux pas me décider. Économise, oh! *louloup!* Notre maison nous coûtera beaucoup à meubler.

Il faut sortir encore ce matin chez Bertin. Je n'aurai de repos que quand la gouv[ernante] sera placée, et [que] je n'aurai plus de guenon chez moi. Ma répulsion, ma haine va croissant!

Allons, adieu, chère adorée, ma bonne Line, ma petite fille et femme aimée, ma fleur, mon idole, mon *loup*, mon Évelin, mon Évelette! Ah! j'ai rencontré Koreff, qui m'a dit qu'il avait beaucoup parlé de moi avec la sœur de madame H[anska], et *avec les plus grands éloges!*... J'aurais voulu que tu me visses, regardant Koreff, et lui disant : « Je n'en doute pas. » Il m'a quitté net. C'est ce nom d'Évelette, que j'envie à ta sœur d'avoir trouvé, qui m'a fait aller d'elle à Koreff. Oh! comme je suis heureux de cette lettre, la première depuis tant de temps, où il y a de la tendresse à flots! Aime-moi bien et rejure-moi que dans cette année tous nos ennuis seront finis, et que tu viendras habiter le *palais-louloup* en novembre. Dis? J'ai soif de ma bonne vie.

Allons, il faut te quitter. Dis-moi bien où adresser mes lettres, où te trouver? Sera-ce à Florence? Sera-ce à Rome? Ne te préoccupe d'aucun bric-à-brac. Tout vient à Paris; tout y est meilleur marché qu'ailleurs. A Rome, il n'y a que des tableaux et tu as l'expert Mniszech.

Allons, mille baisers, ou plutôt une seule des choses que je rêve : c'est Lyon pendant tout un jour! J'y pense tant que j'ai acheté un bourdaloue, en vieux Sèvres admirable, que je caresse comme une religieuse son serin. Pauvre b[engali] pense au m[inou] chéri; tu t'en apercevras!

XLIV

A MADAME HANSKA, HOTEL VITTORIA, Nᵒˢ 14-15 A NAPLES.

Passy 2 mars [1846].

Vous pouvez mesurer, chère comtesse, le temps que je suis resté sans vous écrire, et je sais que vous aurez dû être inquiète d'un départ de vapeur, celui d'hier, sans qu'il vous ait porté de nouvelles de Paris. Mais ce temps, je l'ai passé au lit, sans aucune possibilité de le quitter. *Ergo*, pas d'écriture intime et pas moyen d'aller à la poste.

Voici le fait : au moment même où vous m'écriviez : « Venez à Rome; de là à Florence; de Florence, traversons notre chère Suisse, et Genève et Neufchâtel; mettez-nous à Baden, et allez achever vos affaires à Paris pendant que nous prendrons les eaux », en ce moment précis, je me disais : « On a toujours le temps de faire un livre *qu'on ne peut pas faire*[1], et nous n'avons pas toujours nos amis, *nos seuls amis*, à une semaine de nous ; quoi qu'il arrive, je pars, je vais les rejoindre! » Et je fixais au 21 mars mon départ.

Non, vous dire quel effet m'a fait cette coïncidence de pensée qui, pour moi, d'après votre numéro seize, a eu le mérite de la simulta-

1. *Les Paysans.*

néité malgré les distances, c'est impossible. Je vous en parlerai, sans vous peindre ce que ce phénomène, arrivé si souvent, et si visiblement réitéré, m'a produit. A quarante-six ans, et quarante-sept même, j'ai fondu en larmes comme un enfant. Heureusement, j'étais seul.

Donc, en ce projet, je suis allé chez mon tailleur, pour renouveler ma garde-robe qui, depuis le voyage de Pétersb[ourg], est la même. (Et voilà ce dissipateur !) En sortant de chez l'illustre Buisson, au coin de la rue Richelieu et du boulevard, j'ai sauté pour éviter le ruisseau, car j'allais dîner chez M. [de] Margon[n]e[1], et je voulais une voiture. Là, j'ai ressenti cette horrible douleur que cause le déchirement d'un muscle (*vulgo*, le coup de fouet) dans la jambe droite. J'ai eu le courage d'aller chez M. [de] Margon[n]e qui m'a dit : « Si vous n'allez pas immédiatement chez monsieur Nacq[uart], qui dîne et que vous trouverez, vous en avez pour six mois. » La douleur physique n'était plus rien, quoique horrible, en comparaison de celle que me causait, dans l'âme, la perspective de mon doux voyage remis, et je suis allé chez le docteur. Ce bon ami a saisi, sans rien dire, ma jambe, l'a violemment comprimée par un bandage, et m'a dit : « Si, malgré la douleur que je vous cause et qui est atroce, vous pouvez garder ce bandage une semaine, vous marcherez... — Quand? — Le 10 mars. — Eh! bien, serrez plus fort, lui ai-je dit, car je veux une certitude. »

Aujourd'hui, 2 mars, je puis être assis. Sans la certitude de partir, sans la joie que mon départ a versée dans mes veines, dans les derniers replis de mon cœur, comme la lumière du soleil inonde la nature à son lever, je serais mort d'ennui, soigné par la gouv[ernante]. (Elle a son bureau, mais tant que sa nomination ne sera pas signée, j'ai peur. A[rmand] Bertin, Rotschild, le premier président Mater, M. Génie, tout le monde m'a servi à souhait. Mais j'ai demandé pour la première fois de ma vie! Enfin, malgré vos craintes, tout est fini. Beaucoup de mobilier, six couverts, la comblent de joie. Je fais de ceci une parenthèse pour calmer vos inquiétudes à cet endroit.)

---

1. M. de Margonne, dont Balzac estropie toujours le nom, était un vieil ami de sa famille et propriétaire du château de Saché, près de Tours, où Balzac vint souvent travailler dans le calme des champs. *Une ténébreuse affaire* lui est dédiée.

Maintenant, chère, ayez la bonté, aussitôt cette lettre reçue, de m'en adresser une à Civita-Vecchia, en me l'adressant *chez* ou *à l'agent des paquebots français de l'État*, afin que je la trouve en débarquant, immédiatement, et dites-y-moi où vous êtes à Rome. Et ayez l'excessive bonté de m'avoir dans votre maison, en face ou à côté, une chambre. Dans toute occurrence malheureuse, je partagerais celle de Georges, pour un jour.

Ma place est retenue à la malle[-poste], Je pars [de Marseille] par le paquebot du 21. Je serai le 24 ou le 25 à Civita-Vecchia, et le 26 ou le 27, au plus tard, à Rome.

Aucune puissance humaine ne peut m'empêcher d'y être, si ce n'est la mort, qui est d'institution divine. Vous ne pouvez plus m'écrire, cette lettre reçue.

Je ne vous dis rien de moi, ni de mes affaires. Tout va bien. *La Com[édie] Hum[aine]* sera finie et les dettes s'achèvent. Il est probable que je serai propriétaire d'une maison.

Allons, à bientôt, et pour trois mois, presque. Dévoré par une quasi-maladie, miné par une fièvre lente, le remède était bien facile; allons, à bientôt. Mille amitiés à G[eorges]. Je lui apporterai ses insectes. Quant aux vases, je les lui enverrai en Allemagne, à mon retour à Paris. Ce sera plus facile que de les transporter à travers tant d'États. Ainsi, de la parure de corail.

Ma joie est infinie comme le sentiment qui l'inspire. Je ne vis que depuis le jour où je me suis dit : « Eh bien, partons ! »

Vous savez que dire à Anna. La troupe va recommencer ses exercices et se remettre en voyage. *Bilboquet* a des habits neufs!

Oh! combien de tendresses et de respectueuses amitiés dans ce mot: à bientôt! C'était un sacrilège que de ne pas être tous ensemble à Rome. Au diable *les Paysans*, quand on est le mougick de madame H[anska]!

Il n'y a pas que le b[engali] qui me lance vers vous comme un boulet, il y a mieux : *il cuore fédele.*

Et moi, qui ne vous remercie pas de cette bonne longue dernièr lettre! Par ceci vous devinerez ma folie de joie!

XLV

[Passy, 7 mars 1846.]

Chère comtesse,

La personne qui vous remettrâ cette lettre est un de mes amis, Schnetz, l'auteur du beau tableau du *Vœu de la Madone*, qui est à Saint-Roch. Il est directeur de l'École à Rome[1], et je profite de son obligeance pour vous donner de mes nouvelles, à votre arrivée à Rome.

Comme l'a prophétisé M. Nacq[uart], mon courage a eu son prix. D'aujourd'hui je marche, et tous mes préparatifs sont faits. Le directeur des malles a retenu à Lyon ma place (car le service de Marseille a tant de lettres que les lettres sont chassées, en ma personne, de l'intérieur de la malle par les lettres taxées. *Latour-taxis* vient de *taxe*, et non de *Tasso-Torquato*, comme je dis à Méry). Je garderai mon appareil encore un mois; mais rien ne s'oppose à ce que je voie Rome avec vous, et vous avec Rome.

Oh! Dieu vous a conduit[s] à Naples, vous et Georges! Restez à Rome, faites votre voyage projeté, prenez le plus d'argent possible, car l'Ukraine, la Podolie et la Volhynie sont soulevées. Cent onze seigneurs de Galicie ont été tués par leurs paysans qu'ils voulaient entraîner à la révolte contre leur souverain, l'emp[ereur] d'Autriche. Les Autrichiens sont aujourd'hui officiellement en retraite. (Vous verrez cela dans les *Débats*.) La révolte ou l'insurrection a été simultanée dans toute l'ancienne Pologne (prussienne, autrichienne et russe); le mouvement est *communiste*. J'ai tremblé pour votre cousin L[éonce]. Les insurgés ont pris Podhorce. C'est affreux. On ne se fait quartier d'aucun côté. Prêtres, femmes, enfants, vieillards, tout s'est soulevé. Des bandes de dix mille Polonais, *mourant de faim*, se jetaient de la Pologne russe en Prusse (où la disette commence), et les Prussiens les repoussaient, comme des pestiférés, par un cordon de troupes.

1. Il le fut de 1840 à 1847 et de 1852 à 1866.

Tout le monde ici ne prévoit que malheurs pour cette infortunée nation. On s'étonne ici que la Galicie, *si heureuse sous le sceptre de l'Autriche*, se soit soulevée. Chlopiçki, qu'on a voulu mettre à la tête du mouvement, a refusé, s'est retiré en Prusse, en leur disant *qu'il se brûlerait plutôt la cervelle que de commander une pareille folie*. Tous les gens sages gémissent. La Lithuanie s'est soulevée, et les parties méridionales de la Russie à cause du recrutement pour le Caucase. Tous les gouverneurs se disent épuisés.

Quel bonheur que vous soyez à Rome, car vous, si fidèle, vous avez tant d'envieux qu'on ne sait pas ce qui arrive quand on est entre les insurgés et les troupes. La *Gazette de Cologne* a publié, sous la censure prussienne, un article qui parle de l'aveuglement des gouvernements à l'endroit de la Pologne, et que les *nationalités* ne périssent jamais. Ne parlez de ceci à personne. J'espère qu'il ne sera rien arrivé de fâcheux à la mère de Georges, quoique l'on parle de *toute* la Galicie. La Hongrie est en armes aussi.

Mille tendresses. Je crois que j'obtiendrai de Schnetz qu'il fasse, dans un petit tableau, Georges et Anna pour vous, ou du moins qu'il nous donne le meilleur élève de sa troupe pour cette besogne, s'il ne la peut faire lui-même.

Vous ne pouvez pas avoir une idée de mon bonheur !

J'ai payé Lirette. Je suis allé, souffrant encore, à son couvent. Elle a été priée par l'abbé Jacotin d'envoyer à P[étersbourg] une attestation pour prouver que l'abbé, ainsi que vous, l'aviez détournée d'entrer en religion, et qu'elle n'avait pas quarante mille roubles, et qu'elle n'a pas donné cette somme à son couvent.

Qu'est-ce que cela veut dire? J'espère qu'on lui permettra de vous écrire et que je vous en apporterai de longues lettres.

Soignez-vous bien, et n'oubliez pas de me faire savoir (en adressant une lettre à M. Lysimaque au consulat de France à Civitta-Vecchia, pour la remettre à M. de Balzac) où vous êtes à Rome, et tâchez de me nicher, fût-ce dans une cabane de chien, dans votre maison. J'espère que ma précédente lettre vous aura été remise par l'entremise des Rostchild.

Comment trouvez-vous M. de Custine[1], qui me proposait une

1. Astolphe de Custine, homme de lettres, fils de l'amie de Chateaubriand. Balzac lui dédia *l'Auberge rouge*.

lettre de recommandation pour le prince Gaëtano [1] ? Il ne se souvenait pas de son alliance avec les vôtres.

Je m'intéresse tant à Georges, à Anna et à vous [-même] dans vos intérêts matériels, que je tremble tous les matins en lisant les journaux. Mon Dieu, combien de malheurs, quand je songe à l'état dans lequel se trouvent vos affaires! Il ne faut songer à retourner que quand tout sera pacifié.

Allons, mille tendresses ; j'écrivais à Schnetz pour un *lascia-passare* et j'ai pensé à vous envoyer de sûres nouvelles sous son couvert. Vous voyez si je vous aime! je ne pense qu'à vous.

Et les caisses de Georges dans cette bagarre? Il faut bien égayer les nouvelles. Quant au cœur il ne bat que pour vous, et mes chers *saltimbanques : Gringalet* et *Zéphirine*.

XLVI

Genève, 8 mai [1846].

Ma chère madame de Brugnol,

Je n'ai point trouvé de lettre de vous ici, comme je l'espérais d'après l'avis que ma sœur a dû vous donner. Si je ne reçois rien d'ici à après-demain, le 10, votre lettre serait inutile, et il faudrait me récrire à Strasbourg, en m'envoyant, par la diligence, les objets que je vais vous indiquer.

Faites la collection du roman de : *la Gorgone*, dans *l'Époque*, et celle du roman du *Fils du Diable*[2], puis celle des numéros d'avril et mai des *Débats*, et envoyez-moi le tout, à l'adresse de Silbermann, en y joignant un mot de vous sur la situation de l'affaire de Monceaux, sur celle de la maison de Santi, à Beaujon[3].

1. Balzac veut dire Cajetani : Don Michele-Angelo Cajetani; prince de Teano.
2. *La Gorgone*, par de La Landelle; *Le Fils du Diable,* par Féval.
3. La future maison de la rue Fortunée dont Santi fut l'architecte.

J'espère que vous aurez profité de mon absence pour soigner et vos affaires et votre santé. Vous me direz où vous en êtes pour l'affaire du bureau.

J'ai oublié de vous envoyer la note des objets que doit contenir l'envoi de Lazard. Mais je ne pense pas qu'il ait oublié la moindre chose, et je vérifierai, sur la facture, à mon retour.

Prenez, dans mon cabinet, à mon baguier, la bague jaune, où sont mes armes complètes, et faites-en, avec de la cire rouge bien claire, une ou deux épreuves bien réussies, et envoyez ces épreuves dans une lettre, en les garantissant de toute chance d'écrasement avec des cartes ou des hausses, à cette adresse : M. Liodet[1], fabricant, place des Bergues, numéro huit, à Genève, qui a une montre à régler et à corriger. Vous pouvez même mettre aussi l'empreinte des mêmes armes, qui sont sur la canne à topaze, et, surtout, envoyez cela aussitôt cette lettre reçue, car l'horloger attend après, vu que j'ai demandé ma montre pour juillet.

Si vous avez besoin de quoi que ce soit, pour vous, vous me l'écrirez, par l'envoi, et votre lettre, à Strasbourg.

Je compte toujours revenir dans les derniers jours de mai. Mais, je vous écrirai toujours le jour de mon départ et celui de mon arrivée.

Soignez-vous bien, et pensez que tout ce qui vous arrivera d'heureux me fera le plus grand plaisir.

Mille amitiés.

XLVII

A MADAME HANSKA, POSTE RESTANTE A FRANCFORT.

[Passy,] 30 mai [1846].

Mon bien-aimé *louloup*, j'ai trouvé tout en bon état ; mais jamais je n'ai ressenti pareille fatigue. Hier et avant-hier, je suis resté couché. Depuis Heidelberg je n'ai pas dormi. Une immense excitation nerveuse m'a donné une insomnie ; je dors à peine deux à trois heures. Je vais prendre des bains.

Toutes les affaires de Marseille sont arrivées en bon état. Quant

1. Que Balzac connaissait déjà en 1834 (voir t. I, p. 119).

à cette affaire, elle est d'or. L'*Enfant* en bronze vaut dix mille francs. Les *Fleurs* sont de David de Heim. Le tête-à-tête vaut mille francs. Tout est ainsi.

Quant à *ce que nous disions*, tout est fini. Elschoët épouse madame de B[rugnol]. Le contrat se signe dans quinze jours et le mariage a lieu. Elsc[hoët] fera fortune; son groupe est, dit-on fort beau, et il va avoir la croix.

Les amants sont prophètes, et voici ce que je vais faire: placer quatre-vingt mille francs dans le Nord; puis, je vais à Vouvray, avec M. [de] Margon[n]e, car il y arrive ce que je prévoyais: dix maisons de campagne à vendre; une, entre autres, annoncée pour vingt-six mille francs, avec vignes, jardins et prés. Si cela nous convient, j'achète, et j'y mets tout mon mobilier de garçon et ma bibliothèque, et mes vieilleries. Puis, je louerai pour six cents à huit cents francs dans le faubourg S[aint]-Germain, dans quelque bon hôtel bien habité, un appartement composé d'une salle à manger, salon, chambre à coucher et cabinet, que je meublerai de mes splendeurs. Ce sera le pied-à-terre pour l'hiver.

En résumé, pour être horriblement mal ici, nous aurions (outre les inconvénients), pour quinze à seize cents francs de loyer, et nous serions sans dignité. Si Vouvray est possible, en habitant, cela ne nous coûte rien, et nous aurons un bel intérêt des vingt à vingt-cinq mille francs placés ainsi. Puis, à Paris, nous n'aurons que huit cents francs de loyer.

Pour passer six années à économiser, voilà le meilleur plan. Nous vivrons pour sept à huit mille francs par an, et, au bout de cette période, nous aurons une grande fortune en capitaux. Aucune de nos affaires n'en souffrira, car on va de Vouvray à Paris en six heures, et il y a une immense imprimerie à Tours.

Comme il faut se réserver le plus de capitaux possibles, il sera de la dernière urgence de prendre les douze mille francs de Bassenge, et moi, il faut que je rétablisse cinq mille francs.

Si tout cela (qui n'est qu'un projet rapidement conçu, d'après les annonces de ce matin, sur nos conversations), réussit, tout sera fini, accompli, en deux mois: transport et arrangement à Vouvray, appartement loué et meublé dans le faubourg Saint-Germain. Tout concorderait alors, avec toutes nos éventualités.

Si j'ajoute cinq mille francs à onze mille que j'ai, cela fait seize mille francs; puis, douze mille de Bassenge, et deux mille que tu pourras trouver, cela produira trente mille francs pour Vouvray, et l'appartement de Paris. J'aurai de plus près de deux cents actions du Nord, qui représenteront un jour (et ce sera cet hiver) cent mille francs, En lisant ce résultat, n'admires-tu pas ton *louloup?*

Pour acheter à Vouvray, peut-être acquerrai-je à ton nom, et te ferai-je donner une procuration à un clerc de notaire, pour que mon nom ne paraisse en rien. Si c'est nécessaire, tu te transporterais avec moi de Kraisnach[1] à Metz. Ceci éviterait tous les caquets que tu redoutes, pour ma considération.

Je t'envoie à la hâte une œuvre de [Théophile] Gautier qui te fera plaisir à lire[2]. Elle est finie ce matin. Je t'écrirai jour par jour, à compter de demain, même en voyage, si je vais chez M. [de] Margon[n]e, et, dans six jours, tu recevras à l'adresse que tu m'enverras le premier courrier.

Tu verras que *les Paysans* sont bien ajournés, à *la Presse*. Il faut que je voie Girardin.

Ma mère est pressante, il faut finir, ainsi qu'avec madame Elschoët. Donc, il faut mener de front un immense travail, ma liquidation, et ces deux affaires de logement et de Vouvray. Je suffirai à tout. *Tu sais ce qui peut tripler mes forces.*

Je te donne à la hâte toutes ces nouvelles; je n'ai pas le temps de me recueillir. L'état du cœur, tu le sais, regarde au tien !

Sois heureuse et calme. J'ai du travail demandé, pour satisfaire : [*primo,*] à trois ou quatre mille francs à payer pour les acquisitions, si Rome tient; *secundo*, à ma mère ; *tertio*, à madame Els[choët]. Néanmoins, comme tout va être placé (je vais chez l'agent de change, lundi), presse Bassenge, en cas de quelque malheur. Une fois qu'on a des actions, on ne sait pas quand on les revendra.

Tu auras *Adam et Ève;* il ne sera pas dit que mes fantaisies seront seules accomplies. Un Natoire même mauvais, vaut mille à douze cents francs ici. Et celui-là est beau.

---

1. Balzac estropie aussi couramment les noms de lieux que les noms de personnages : Kraisnach pour Creuznach.

2. *Les Roués innocents* dans *la Presse*.

J'ai tout déballé. Ta malle est dans un de mes petits cabinets. Tes affaires y sont et j'ai la clef.

Si les deux affaires (appartement au faubourg Saint-Germain et Vouvray) se font, je te donnerai une note de ce que tu pourrais faire faire en linge à Dresde, en comparant les prix d'ici et ceux de Dresde. Il faut tout dans des proportions modestes.

Voilà le gros des affaires ; je te dirai le menu plus tard. *Les Comédiens sans le savoir* ont eu du succès. *L'Instruction criminelle* commence, dans *l'Époque*, dans quelques jours. Il reste là seize cent vingt-cinq francs à payer, qui se payent demain ou lundi.

Si tout cela ne te dit pas que je t'aime à l'adoration, que je ne pense qu'à ton bonheur, je ne sais pas quels faits auront de l'éloquence. J'attends avec anxiété une lettre !... J'ai tout trouvé hier en règle à la poste. J'ai ta chère lettre.

Louloup, sois indulgent ; j'ai cinq heures de courses tous les jours en perspective. Il faut m'entendre pour l'aff[aire] Hetzel et *la Com[édie] Hum[aine]*, et avec M. S[édillot], le représentant de madame ma mère.

Je vais être démuni, après le placement, et il faut faire face à trois ou quatre mille francs dont voici le détail : mille francs de *Saint-Louis* et fins de payements, et vivre ; deux mille francs, si Rome se fait ; et mille francs d'en-cas. La maison, ici, n'a pas un liard de dettes. M. F[essart] a fait des affaires et n'a plus que de quatre à cinq mille francs. Il vient peut-être dîner demain, pour conférer sur mes affaires.

Je n'ai vu personne, que F[roment-]Meurice, à qui j'ai remis les deux écrins. Il est instruit de l'insuccès de sa canne. Il en fera un cachet, et mettra une pomme en fer sculpté à la canne. Georges me la rendra pour huit jours.

J'ai fait le voyage avec deux hommes : l'un qui était le teneur de livres de Lacrampe[1], et un inconnu, pris à Nancy.

Décidément, *le Portrait*, de mon cabinet, est un Holbein, aussi beau que *la Femme aux ducats*.

J'espère, d'après l'annonce, qu'on aura Vouvray pour vingt mille francs. Vraisemblablement, je serai parti, mardi.

---

1. Imprimeur parisien à qui Balzac confia l'impression du *Faiseur*.

Une bêtise de ma donzelle fait qu'au lieu de t'envoyer les *Débats* en entier, elle n'a envoyé que les feuilletons. Je lui ai dit des injures, elle est allée prendre ma lettre pour me montrer *qu'elle avait raison*, et a trouvé la chose si clairement exprimée qu'elle a eu un accès de rage.

Oh! *louloup*, je n'ai plus de chez-soi! qu'est-ce que mon cabinet, mes affaires, toutes mes belles choses, sans lumière, sans mon soleil, sans ma vie! Oh! finissons. Marie tes enfants et viens! Ne nous quittons plus! Vivons à Vouvray sept mois, et cinq à Paris, sans voir âme qui vive. Je suffirai à tout par mon travail!

Je te dirai comment je t'aime davantage dans ma première lettre car je serai à la Boule-d'Or, dans la chambre où étaient les *loups*, ou à Saché, dans la mienne. Oh! comme on presse sur son cœur idéalement, un bien absent. Oh! comme je te désire! B[engali] est mort. Il n'aime qu'en présence de cette minette; j'ai recueilli les fleurs séchées que tu m'avais données à garder. Oh! ne plus te voir, voir, non seulement mon bonheur, mais mon porte-bonheur! Car tu es comme un ange gardien, tout me semble aller de mieux en mieux.

Aime-moi, pense à moi, ne marche pas sans moi; que je sois à tes côtés; parle-moi! C'est ce que je fais à ton endroit. Oh! nos fleurs bleues! .

As-tu eu le domestique? Si tu l'as, avoue que j'ai eu une bonne idée! Un homme qui est depuis neuf ans dans la même maison, et garanti par Doerrer.

Mille tendresses. Remercie Georges de sa lettre illustrée du Vésuve. On n'a rien ouvert à la douane, et la malle a tout pris.

Soigne-toi et prends garde à tout. Je ne suis plus là! Mille baisers à mes mignons, mille au min[ou]; des millions à ton cœur!

XLVIII

A MADAME HANSKA, POSTE RESTANTE A CREUZNACH.

[Passy, 31 mai-10 juin 1846.]
[Dimanche] 31 mai.

Ma minette chérie, aujourd'hui j'ai pris un bain de quatre heures, et cet énergique moyen a fait son effet. Je suis abattu, mais reposé. Je dormirai cette nuit.

[Lundi], 1er juin.

J'ai dormi vingt heures. Dieu soit loué, me voilà tranquille. Hier, Chenavard et Elschoët sont venus. Chenav[ard] a confirmé ce qu'Elschoët avait dit de *l'Enfant* antique. C'est un des morceaux capitaux de l'antiquité connue. Dix mille francs [en] sont à peine le prix. Chen[avard] nie le *Breughel* et a confirmé le tableau de *Fleurs*, qui est décidément un David de Heim. Les *Sorcières* sont une chose curieuse, et *un original*. Il évalue le *Paysage*, prétendu Breughel, à cinq cents francs. On a évalué le *Tragique*, d'incrustation, acheté sept francs à Heidelberg, à cent ou deux cents francs. Le livre de Fribourg n'est rien. Cela ne vaut que cinquante francs; je le vendrai.

Rien n'est plus sûr que le mariage de ma donz[elle] avec Elschoët. Chenavard la lui dispute. Ce peut être fini dans quinze jours; mais j'aurai le plus énergique besoin d'elle pendant ces deux mois et il lui faut ses sept mille cinq cents francs.

Mon bon petit *louloup*, j'ai dormi de huit heures hier, à midi aujourd'hui. Il est trois heures et demie du soir. J'attends M. F[essart], sa femme et sa belle-sœur à dîner. Je ne puis te rien dire de plus, que demain, car il vient causer affaires avec moi.

Le *trésor-louloup* va se composer de deux cents actions du Nord, que je ne vendrai qu'à neuf cents francs, vers octobre prochain. Cela fera cent cinq mille francs. Tu vois que les intérêts ne seront pas perdus.

Je garde de quoi acheter à Vouvray, de quoi subvenir aux premiers frais, et je compterai sur les douze mille francs de Bassenge pour le premier payement, dans trois mois. (Tout cela dans le cas d'une acquisition favorable.)

Laisse-moi te développer mon plan, et tu me diras s'il en existe un plus sage.

En ayant une maison de campagne à Vouvray, qui ne coûte que vingt mille francs au minimum et vingt-cinq mille francs au maximum, nous aurons une habitation pour sept mois de l'année, où nous trouverons en produits : *primo*, des fruits, du beurre, des légumes pour nous; *secundo*, du vin à vendre pour payer les frais de concierge, de jardinier, etc., et pour payer les impositions et les réparations.

Moi, j'ai là le placement de tout le mobilier qui ne peut pas servir dans mon appartement de Paris. J'en ai de quoi tout meubler, à trois ou quatre mille francs près, et nous serons là très luxueusement. Donc, il nous suffira de trois mille cinq cents francs pour passer là sept mois de l'année. A deux mille francs par mois (soit dix mille francs), nous passerons les cinq autres mois à Paris, dans un appartement qui nous coûtera mille à douze cents francs au plus et où j'aurai tout mon riche mobilier, qui va à cent mille francs. Mais j'y dépenserai bien douze mille francs environ pour un établissement de neuf années, car, les tapis fanés, les meubles de garçon, tout allant à la campagne, il y a quelques remplacements. Nous sommes donc sûrs de ne dépenser que quatorze mille francs, et chacun [personnellement], trois mille francs. Cela fait vingt mille francs en tout.

De cette fois, je paie ma mère et la B[rugnol]. Il ne me reste que madame Delannoy, Dablin et Hubert à terminer.

Ce que j'ai décidé là se trouve d'autant plus nécessaire que madame Grandem[ain] me donne congé, si je ne lui donne pas. Elle prend mon appartement, et il n'y a pas possibilité d'exécuter le plan que j'avais fait avec toi, de rester au pire, ici, en m'augmentant. Pour changer, il n'y a plus qu'à faire de mon mobilier deux parts : ce qui doit aller à la campagne (y compris ma bibliothèque), et ce qui doit rester, comme le plus bel ornement de notre future maison, dans l'appartement de Paris. Ici, si madame G[randemain] eût consenti à m'augmenter, j'en aurais eu pour quinze cents francs et j'eusse été horriblement mal. Je préfère en avoir pour douze cents francs et être admirablement bien, au faubourg Saint-Germain. Mon appartement y sera arrangé comme une citadelle, et je pourrai voyager sans crainte. Quant à ce qui sera à Vouvray, il n'y a rien à redouter dans ce pays; on n'y vole pas du mobilier, et surtout celui-là.

Il va sans dire que tout cela est subordonné à ce que je vais voir à Vouvray et aux avis agronomiques de M. [de] Margon[n]e.

A demain. Je te baise mille fois.

Ma chérie Évelette, la conversation avec M. F[essart] a été satisfai-
sante. Il n'y a plus que deux créanciers armés, l'un de sept cents
francs, l'autre de trois cents francs. Ce sera fini. Il ne restera plus que
Buisson de dangereux, et M. F[essart] a encore cinq mille francs en
caisse. En lui remettant cinq mille francs, pour recompléter dix
mille francs, il pourra terminer Buisson et Hubert, l'entrepreneur
des Jardies.

L'affaire Hetzel (qui a pris jugement contre moi, et qui me poursuit), me sera très favorable ; à mon retour de Touraine je terminerai cela, et j'y trouverai de l'argent, tout en payant.

Chez mon agent de change, ce matin, on m'a dit que placer en
Lyon serait détestable.

D'ici à la fin de l'année, je n'aurai pas un seul créancier. Mon
appartement sera tout à fait ignoré.

Rien de ce que j'ai acheté ne sera inutile, et il faut avoir les
quatre colonnes de Gênes et le cadre à glaces, pour pouvoir avoir
un lit à bon marché, car tous mes lits d'ici, moins deux lits en fer,
iront à la campagne.

Je suis sûr que tu auras une profonde admiration pour ton *louloup!*
Dettes payées, une maison de campagne meublée sur laquelle nous
ne devrons plus que dix mille francs (en y employant [l'argent de]
Bassenge), et un bel appartement à Paris!... Plus, une éventualité
de cent cinq mille francs, en octobre, dans le *trésor-louloup!* Coucy,
qu'en dis-tu? Mais je te demanderai quelque peu d'aide pour le
ménage.

Je suis allé ce matin chez madame [de] Girardin. *Les Paysans*
sont-ils urgents? Nous ne pouvons rien savoir qu'au retour d'Émile,
qui coïncide avec le mien, car, demain, je pars pour Tours. (On
va à Vouvray en six heures!)

La maison Potier nous coûterait quarante mille francs et ne rap-
porterait rien. Une vigne, à Vouvray, nous rapportera et ne nous
coûtera que de vingt à vingt-cinq mille francs. Y a-t-il à hésiter, vu
l'amour des deux loups pour la vie des champs?

Te parler de *mes* et de *nos* affaires, c'est te faire, je le sais, un
immense plaisir. Mais, ce que je puis te dire, c'est que, depuis

vingt-quatre heures, je me sens une activité dévorante, et que je
mènerai de front, une littérature, mes affaires, nos affaires et le
déménagement! J'eusse été comme cela, *sans mon espoir;* mais il
me semble aussi que j'ai de la vie, du courage et du bonheur pour
trois dans le cœur, dans les veines, et dans la tête!

Ma visite chez la grasse et immense Delphine a été coupée par
deux visites : celle de madame Sampayo, et celle du vieux Girardin,
en sorte que c'est nul.

J'aperçois beaucoup de dépenses, car il me faudra prendre la voiture de Louis pour économiser mon temps, qui devient si précieux.
A mon retour de Saché, je me campe à l'œuvre. Et moi, je te
recommande (comme s'il le fallait) la plus sordide économie. Je
me suis tout retranché ici. J'ai dit à la gouv[ernante] que je ne
voulais recevoir personne, et vivre à vingt sous par jour. Je pense
à l'avenir, et je te le veux beau, grand, noble, envié!

Je sors aujourd'hui, pour aller voir si mes supports pour mes
deux vases mandarins sont chez la mère Solliage, car ils évitent
trois mille francs de montures et ne coûteront pas trois cents francs.
Je veux dépenser le moins d'argent possible.

Je pars demain, à six heures moins un quart, pour Tours. Si je
trouve une lettre de toi à la poste, je serai bien heureux. Hélas, je ne
serai de retour que dans cinq jours, [et] s'il en vient une, je ne
l'aurai qu'à mon retour. Ce serait plus de douze jours sans voir
cette chère écriture, qui m'a fait pleurer samedi comme un veau.
Oh! chère minette, quelle lettre que ta dernière de Naples! C'est à
te servir à genoux, comme Dieu, pour le reste de mes jours. J'ai
mis dessus : *adorable*, avant de la remettre dans sa cassette. C'est
une de celles que je relirai dans les moments où j'aurai du chagrin.
Elle est, d'ailleurs, un chef-d'œuvre au point de vue littéraire.
Si c'était publié, ce serait à faire une réputation. (Je parle de la
partie *in-louloup*, de la description du Vésuve, etc.) Ah! comme je
suis fier de cette belle intelligence, si sainte, si pieuse, si aimante
et si vivacement riche! Tu es à la fois la gloire et le bonheur. Tiens,
je t'aime comme quand je suis parti pour aller à Rome!

Quatre heures.

Je reviens de la poste, où j'ai trouvé ton *adorable* lettre, car les *louloups* seront une tribu. J'ai pleuré de joie, oh! mais pleuré de bonheur! Que te dire?... Tout ce qui précède doit te prouver que je *vous* aime plus que ma propre vie!

Tu sais déjà qui était le diplomate : un ancien teneur de livres de Lacrampe, qui a fait fortune en deux mois, avec les chemins de fer.

Dans les nouvelles circonstances où nous sommes, mon plan est excellemment le meilleur : pour septembre, tout sera prêt, dans l'appartement de Paris et à la campagne. Seulement, au nom de *nous*, réalise Bassenge. Je le fais entrer dans mes prévisions. Même en allant à Kraisnach dans les premiers jours de juillet, je suffirai à tout et à ma littérature. La donzelle sera mariée, et elle trottera pour tout ce qu'il me faudra. Sept mille cinq cents francs et son ménage meublé, la rendent une fée d'activité.

Ta sœur t'a répété les plus sales bêtises qu'on ait jamais dites sur moi. Ferme à tout le monde la bouche, par quelque chose de sévère, à l'avenir.

L'affaire Buisson sera conduite avec prudence. Elle est grave. C'est la seule qui nous reste. Ne te préoccupe pas de mes affaires: elles sont en bon chemin. Elles ne se gâteraient que par des indiscrétions. Juge si j'en veux faire! A mon retour de Touraine, je finirai avec ma mère. Ne m'achète plus rien du tout; ni vingt f[rancs], ni tableau, ni rien. Ce qu'il nous faudra, ce sera du linge et des choses de ménage dont je te parlerai.

Il faut laisser Froment[-Meurice] faire son raccommodage. Si je demandais un bracelet, nous ne l'aurions pas en un an.

Je ne t'ai pas grondée de Georges; mais j'ai eu peur pour la malle qui n'a pas été ouverte comme je te l'ai dit.

Je suis effrayé : l'envoi de Bâle fait en tout six cent soixante-neuf francs, y compris les droits de douane, le port, les caisses, etc. Genève fera cent francs. Voilà huit cents francs presque. J'ai mis de côté mille francs pour tout cela et Rome. Pourvu que mes tableaux Gabriac ne fassent que deux cent trente francs de frais! L'envoi de Bâle fait cent trente-cinq francs de faux frais. J'ai peur pour celui de Rome.

Oh! bonheur, bonheur! Ma minette, soigne-toi. Prends garde à tout et ne regarde pas les pauvres et les plaies.

Merci, merci mille fois du *Paysage*. Oh! que je vous aime tous! Sache bien que mon âme ne te quitte pas!

L'affaire de la campagne de Vouvray a coupé court au pillage de la gouv[ernante], qui voulait emporter trop de choses. Quelle harpie et quelle avare, et quel égoïste je vais être! Je me suis concentré plus que jamais en toi. *Il n'y a plus que nous*, comme les paysans de Galicie disaient! Tel a été mon cri. Merci des deux pétales jaunes.

Allons, adieu, toi que je ne quitte pas. Ah! *la chanoinesse* est une intrigante, fille naturelle de Pfaffenhofen, le persécuteur de Charles X, une fille atroce, de la connaissance de la Bocarmé. Elle devait épouser le fils de Chl[endowski]. C'est une *jolie vaurienne* que j'ai vue une seule fois chez la Bocarmé. Elle sortait comme j'entrais.

Si j'étais ce qu'on te dit, tu serais en ce moment la plus malheureuse des femmes. Mais sois assurée que tu en es la plus heureuse, et fie-toi à la loyauté de ton *louloup*. Aujourd'hui, *après cette irré-vocabilité*, je te rejure que pas une goutte de son sang, pas une pensée de son cerveau, pas un regard de ses yeux, pas un battement de son cœur ne sera détourné de ce lac où doit tomber la goutte, de cette urne pieuse où doit aller la pensée, de ce cœur où va le regard, de ce sein contre lequel frappe le battement [du mien] et qui se nomme l'Ève, l'Évelin, l'Évelette, l'Éveline ou le min[ou], l'ange, la fleur, le trésor ou le *loup*, le bonheur, les forces et l'amour! Tout toi, enfin, sous toutes tes faces, même la grondeuse.

Allons, à demain, si je puis te mettre un mot, avant de partir.

Laurent J[an] est revenu. Il ne veut pas se brouiller avec moi, dit-il. Il a du flair. Il sait que le soleil, quand il disparaît, revient à l'aurore.

Mille tendresses à mon mi[nou]. Mille baisers à toute l'Évelette.

[Mercredi] 10 juin.

Huit jours d'interruption que tu comprendras, chère minette, car en revenant ce matin, je suis allé à la poste, et ta lettre de Franc-f[ort], où tu me donnes l'adresse de Creuznach, n'est arrivée que d'avant-hier. Je n'aurais pas pu t'envoyer ce paquet auparavant, et, si je t'avais écrit de Touraine pendant ce petit voyage de huit jours, je n'aurais su où l'adresser la lettre.

D'abord, merci de ton exactitude. J'avais si soif de lire, que je suis allé à la poste avant d'entrer chez moi.

Maintenant, aux affaires. J'ai trouvé M. |de] Margon[n]e excessivement obligeant. J'ai pris des renseignements sur les propriétés. Et, d'abord, il y en a pour vingt-cinq millions à vendre. Toute la Touraine s'offre, mais à des prix exorbitants. De tout cela, deux acquisitions sont possibles. Tu vas sauter de joie! Moncontour est à vendre! Ce rêve de trente ans de ma vie va se réaliser ou peut se réaliser. En somme, il faut mettre quatre-vingt mille francs à l'une ou l'autre acquisition, mais dans l'une ou l'autre, il y a pour trente à quarante mille francs de bien de trop, à vendre en détail.

Moncontour a vingt arpents de vignes, qui, d'après les plus sûrs renseignements, produisent (en moyenne par dix ans) quatre pour cent des quatre-vingt mille francs. L'arpent vaut entre trois et quatre mille francs. C'est beaucoup trop que d'avoir vingt arpents à exploiter. Il faut en vendre au moins dix. Ce serait donc quarante ou cinquante mille francs que coûterait Moncontour.

Te souviens-tu de Moncontour, de ce joli petit château à deux tourelles qui se mire dans la Loire, qui voit toute la Touraine, qui a deux terrasses superposées dont la deuxième a un *couvert* de tilleuls d'un demi-quart de lieue de long, avec une balustrade? Il y a d'excellents fruits, les meilleurs de la côte. Nous aurions donc le château pour rien et près de deux mille francs de revenu, sans compter les fruits et l'habitation. Un ami de collège[1] me mène l'affaire, car je l'ai décidée de mon chef.

N'est-ce pas étrange que dans l'une de ces deux bonnes lettres qui m'attendaient ici tu me donnes le programme que je remplissais en Touraine : belle vue, de l'ombre pour le promenoir, et des fruits!... ce fleuve, à nos pieds!

L'autre affaire mérite considération. C'est une propriété (je ne l'ai pas vue; mais je retournerai en Touraine, en juillet) toute prête; il n'y a qu'à y apporter ses meubles. Elle est située sur la côte du Cher,

1. Peut-être Albert Marchand de la Ribellerie, qui fit sa carrière dans l'intendance militaire et fut sous-intendant à Tours. Balzac lui dédia *le Réquisitionnaire.*

comme Moncontour sur celle de la Loire ; elle est du même prix et
elle est située au nord, ce qui est précieux en été, car la chaleur est
tropicale à Moncontour. Nous serons forcés d'y faire des dépenses
pour nous en garantir. Mais nous y serons au nord du côté de la
cour. Une Portugaise a dépensé cent cinquante mille francs à Beaugaillard, et son successeur y a fait d'autres dépenses. Il y a aussi
vingt-cinq arpents de domaine, dont onze arpents de vignes, qui
valent aussi de trois à quatre mille francs l'arpent. Ce serait donc un
excellent pis-aller.

Moncontour est ma prédilection ; je voudrais que tu vinsses le voir
tant c'est joli. C'est une des plus belles vues de la Touraine, et il y a
une station à une demi-lieue, celle de Vouvray. Si nous avons Moncontour, tous mes plans seraient changés. Je ne meublerais plus si
richement l'appartement de Paris. Nous attendrions. Je réunirais
tous mes efforts sur le château de Moncontour, car on peut l'habiter
toujours. Si, plus tard, nous avions une terre, il faudrait toujours y
venir passer les automnes qui y sont délicieux. Ce serait notre séjour
pour au moins dix ans, et nous passerions décembre, janvier, février,
mars et avril à Paris.

Vois-tu que j'avais raison de tenir les fonds disponibles ! Il faut
quarante mille francs comptant pour faire l'affaire de Moncontour,
car j'achèterai sous signature privée pour éviter les frais. Les propriétaires me donneront leur procuration pour vendre, et je ne
paierai les droits que sur les parties que je garderai.

Dès que la réponse sera venue, je t'en écrirai. Mais, dès que ce
sera nécessaire, je vendrai des actions pour quarante mille francs, et
Bassenge fera tous les frais de l'établissement. Nous aurons encore
cent actions du chemin de fer Nord. Mais ce sera sujet à un versement de sept mille cinq cents francs dans les premiers jours de
1847. Autant qu'une affaire est possible, celle-là me semble faite,
car les propriétaires veulent vendre et je veux acheter. Ils sont
ennuyés des vignes, car la vigne a cela d'ennuyeux qu'on peut faire
pendant cinq à six ans les frais (cent franc par arpent), sans rien
récolter, et la bonne année donne deux mille francs de vin par
arpent. Aussi, ceux qui n'ont que des vignes pour tout revenu
risquent-ils de mourir de faim. Elles n'enrichissent que les riches. Il
ne nous en faut donc que dix arpents, une amusette, qui ne nous

ruine pas par les mauvaises années, et dont le fort produit nous arrive pour quelque agrandissement. Nous sommes à deux lieues de Tours, à trois quarts d'heure, en voiture.

L'air natal m'a fait un bien inouï. J'étais parti encore un peu fatigué; mais je suis revenu bien reposé, dans un état de santé merveilleux.

L'affaire d'Hetzel s'est si gâtée qu'il faut payer et ne jamais voir ce drôle-là. C'est, à la lettre, un fou. Ça n'arrangera pas les affaires de *la Com[édie] Hum[aine]*.

Demain, je vais chez le cousin de ma mère[1], qu'elle a pris pour représentant. C'est lui qui, dans le temps, nous a arrangés; je saurai donc à quoi m'en tenir. Mais il faut travailler énormément car *la Chouette* (Elschouet), veut ses sept mille cinq cents francs, et, si ma mère a besoin de treize mille francs, c'est vingt mille francs à trouver, et dix mille francs pour mes autres créanciers, c'est trente mille francs qu'il me faut. Je vais travailler comme à Lagny en 1843, d'heureuse mémoire, où tu me reprochais de ne pas réussir, comme à Soleure.

Allons, mon bon *loup,* il faut te dire adieu, car il faut que cette lettre parte aujourd'hui pour que tu aies promptement de mes nouvelles à Creuznach.

J'écrirai par le premier courrier aux *Saltimbanques* réunis, pour leur répondre, car j'aurai les renseignements et, sans doute, les insectes de Georges.

Ah! à propos, le cadre est venu; mais cet imbécile l'a si mal emballé qu'il y a onze écornures et vingt raccommodages. C'est à en pleurer de chagrin. Mais, au prix où tout a été payé, c'est une affaire excellente. Les chaises sont bien aussi. Ce sera magnifique pour Moncontour. Le petit *Paysage* rond est un Ruysdaël. Miville m'envoie le Natoire et le Holbein pour trois cent cinquante francs. Tu auras ta jolie patronne. Rien n'est venu de Genève encore, ni de Rome.

J'ai passé mes jours en Touraine à dormir, manger et jouer au tric-trac, et voir des propriétés. Aucune femme chez M. [de] Margon[n]e, excepté ses vieilles, vieilles, vieilles amies.

J'irai aujourd'hui chez Girardin. Tu m'as demandé pourquoi sa

1. Sédillot (voir plus haut, p. 70).

démission? Voici. Il avait fait nommer à Bourganeuf un monsieur Soubrebost, à condition de lui rester fidèle. Ce monsieur lui a tourné le dos, une fois nommé. Voilà mon Soubrebost qui accepte un avancement et qui se soumet alors à la réélection. Girardin donne sa démission de député à Castelsarrazin, afin de venir combattre à Bourganeuf son traître et, de fait, il l'a replongé dans le néant, car Girardin, comme tu l'as vu, a été nommé.

Donne-moi donc ton adresse, pour que je te fasse envoyer *la Presse*.

Je ferai l'affaire du corset; mais, *louloup*, marie tes enfants et marions-nous, il le faut, pour les premiers jours de juillet, si Soleure tient, car encore faut-il être dans des termes de possibilité. Je tiens toujours pour Stuttgard, où je vais envoyer un exemplaire de *la Com[édie] Hum[aine]* pour séduire mon témoin princier [1]. Figure-toi que tous les matins, en me levant, je pense à notre bonheur et j'en remercie Dieu et Saint Honoré. A aucun moment de notre amour je n'ai eu pareille impatience d'avoir, à moi, mon adoré *loup*. Quand je pense que nous n'avons pas encore eu une seule nuit tranquille et entière, avoue que ce désir immense de tenir ma femme renfermée dans le château-fort de Moncontour est bien naturel. Prie Dieu (s'il se mêle *du Nord*) que les actions soient à huit cent cinquante francs d'ici à un mois.

Je te remercie mille fois de tous ces détails sur ta santé. Les enfants de l'amour ne donnent pas de nausées; on les porte avec facilité. Mais prends garde à tout. Pauvre petit Victor-Honoré!

Quel chagrin que d'être séparé de toi, quand je voudrais veiller sur tous tes pas, ne pas être un moment sans sentir ta main dans la mienne et compter les battements de ton cœur! Oh! ma mère! Elle a été, dans tous les temps, un obstacle à tout!

Enfin, si tout cela m'ennuie par trop, je prendrai sur le *trésor-louloup* et je rétablirai [cet emprunt] par mon travail, cet hiver, quand nous serons ensemble, cachés. J'ai pensé à tout et je crois qu'un nouvel appartement à la place Royale, près de l'embarcadère du chemin [de fer] de Tours, nous irait bien. J'en vais faire chercher et en chercher moi-même, pour que tu n'aies qu'à entrer chez toi.

---

1. Le prince Guillaume de Wurtemberg. *Z. Marcas* lui est dédié.

Te dire que je t'aime, c'est une bien vieille redite, mais je vais te le prouver. J'aime tant ton front que je n'y veux point de rides. Fais-moi le plaisir de te laver tous les soirs le front et la figure avec du jus de citron, sans t'essuyer (ne dis cette recette, due à une somnambule, à personne) et vois comment tu seras dans quelques jours. Tu seras éblouissante de blancheur et de fraîcheur.

Je baise mille fois mon min[ou] et me presse sur ton cœur.

Tu ne m'as pas parlé des *Petites Misères* [*de la Vie conjugale*] qui étaient dans le paquet.

XLIX

Tours, samedi [6 juin 1846].

Ma chère madame de Brugnol,

Je partirai mardi, par le convoi de quatre heures du soir, pour arriver à dix heures — dix heures et demie à l'embarcadère d'Orléans. Venez-y, avec Louis, me chercher, car les voitures sont problématiques.

Mille amitiés.   DE B[ALZAC].

L

A MADAME HANSKA, A CREUZNACH.

[Passy, 12-13 juin 1846.]
Vendredi, 12 [juin].

Hier, *louloup* chéri, j'ai commencé l'interversion de mon sommeil, et je m'étais levé à quatre heures du matin, j'ai donc eu la journée la plus pénible du monde, et, pour me tenir éveillé, j'ai fait des courses. Je suis allé chez Fr[oment]-Meurice, pour Georges, rue Dauphine. chez Solliage, le marchand de curiosités, pour une réponse sur un appartement à la Place Royale, et chez mon encadreur, et chez l'agent de change, à qui je redevais vingt francs sur le compte d'achat. On ne prévoit que des baisses. Juge si nous perdrions en réalisant! Il y a pour un milliard d'actions. Aussi me presse-t-on d'en sortir. J'ai répondu que je garderais. Si je t'ai pressé[e] pour Bassenge, c'est que pour payer Moncontour et avoir de quoi, ou faire l'affaire de Monceaux, ou trouver soixante mille francs de capitaux de reste, il faut réunir le plus possible. Moi-même, le plus pauvre de nous deux, j'ajoute au trésor. Je fais tous les payements sur mon argent.

Ce matin, je me suis levé à quatre heures; j'ai pris du café, et demain je me lèverai à deux heures et demie, et serai vraisemblablement à l'ouvrage.

J'irai ce matin, chez É[mile de] Girardin, et j'aurai su à quoi m'en tenir. J'irai ce soir, à trois heures et demie, chez M. Séd[illot], le cousin de ma mère, et saurai ce qu'il faut. Enfin la Chouette[1] va chez le directeur de *la Semaine*[2], qui veut un roman, et chez Furne, pour le faire venir. Je vais donc me jeter dans les affaires et les travaux à corps perdu. Je n'interromprai cela que pour aller te retrouver, au moment où tu me demanderas, pour huit jours. J'ai une rage de tout terminer.

Je viens d'examiner ce que je puis faire en fait de roman, et je vais superposer les manuscrits à l'étendue de la dette. Il faut aussi aller chez Bertin. Je travaillerai tous les jours de deux heures et demie du matin jusqu'à deux heures et demie, après midi, et je sortirai tous les jours de deux heures et demie à cinq heures. M. Fessart vient dimanche causer affaires. J'en ai aussi à terminer chez M. Gavault, car, pour acheter Moncontour, il ne faut contre moi aucun titre. Mais j'aurai bien six mois devant moi pour me liquider.

J'ai retrouvé tout à l'heure les fleurs que tu m'as données à garder au Simplon. Je les ai étiquetées. Que fais-tu, où es-tu? Es-tu à Creuznach? Dis-moi bien par où l'on y va, car si l'on y va par Metz, j'en connais le préfet, et peut-être nous serait-il très utile.

Il est bien temps que je me loge quelque part définitivement, car tu ne peux pas te figurer le désordre de mes papiers et l'éparpillement de mon mobilier. Quand je songe que nous serons dans le

1. Jeu de mots sur le nom d'Elschoët (voir p. 244).
2. Où Balzac publia, le 11 octobre 1846, la *Lettre à Hippolyte Castille*.

provisoire et l'incognito pour nous-mêmes jusqu'en novembre 1847, cela me donne des frissons. En effet, tu ne peux aller en Ukraine qu'en mai 1847; tu y resteras jusqu'en octobre, et nous ne serons *nous* et ostensiblement, à Vouvray ou à Beaugaillard, qu'en novembre! Hélas! cher *loup*, cinq ans après le jour où tu auras été libre! Quelle belle vengeance du passé que le bonheur que je te veux dans l'avenir! Nous vivrons bien dix ans à Moncontour sans venir à Paris, je le crois; mais il faut y venir cependant les hivers, pour ne pas se rouiller. Je vais faire fouiller la Place Royale et les environs pour y trouver un bel appartement au midi, composé d'une antichambre, salle à manger, salon, chambre à coucher, cabinets de toilette et cabinet, cuisine et trois chambres de domestiques, pour mille à douze cents francs, et je m'y établirai, du 15 juillet au 1er septembre. L'embarcadère de Tours est au Jardin des Plantes, je dois donc me loger au bout des boulevards. La Place Royale est si tranquille, que je ferai des efforts pour y être.

Allons, adieu, pour aujourd'hui. Je travaille à la conception des *Paysans* et d'une *Nouvelle*. Sois bien sûre que je n'écris pas une ligne sans penser à toi. J'ai ton portrait devant les yeux. Je viens de serrer tes pantoufles. C'est des pantoufles d'hiver; je les ferai faire quand la Chouette sera mariée. Elschouët est venu hier; tout est convenu. Ils se marient quand je pourrai donner l'argent, et elle me rendra, pendant trois mois, tous les services dont j'aurai besoin.

Allons, il faut te quitter, ou, plutôt, cesser de t'écrire, car ce n'est pas la même chose. Quand te quitterai-je, moi, dont chaque pensée et chaque battement de cœur est plein de toi?

Samedi, 13 [juin].

Hier, en sortant, j'ai trouvé ta petite lettre où tu m'apprends à la fois ton arrivée à Creuznach et la mort du père de Georges. Oh! mon *loup*, comme tu as bien agi! Oui, marie promptement Georges et Anna et qu'ils aillent tous les deux à Wisnovitz[1] pour terminer les affaires de Georges. Tu les y rejoindras. Nous nous marierons en juillet, et le plus tôt possible.

---

1. Wisniowice, propriété du comte André Mniszech, frère de Georges.

Cette mort m'a fait penser que la mort nous atteint tous, et s'il m'arrivait quelque accident, quel malheur serait le tien, dans *cette situation*. J'ai hâte de nous mettre dans l'état légal. Je suis devenu si égoïste (comme tu le veux), que je n'ai pensé qu'à nous *trois* en lisant la lettre. Enfin, dans la situation où est Anna, elle concevra plus tard parfaitement que nous nous aimions, et que tu te maries avec celui que tu aimes depuis si longtemps, ce qu'elle n'aurait pas compris il y a deux ans, et même un an. Tu donnes tout à tes enfants; ils ne peuvent pas trouver mauvais que tu sois heureuse et que nous ayons un enfant. Néanmoins, sois prudente; fais bien les affaires. La mort du père de Georges est, comme tu l'as jugé, une raison d'avancer le mariage d'A[nna] et de G[eorges]. Presse-le; fais-lui demander les papiers. Dis-moi surtout à quelle distance vous êtes de Forbach. Forbach est à vingt et une ou vingt-deux heures de Paris; douze heures de moins que Strasbourg. Je puis avoir bien des facilités à Metz. Peut-être y ferions-nous nos affaires bien secrètement car j'ai dans ma manche le procureur du roi et le préfet.

Je n'ai pas trouvé hier M. Séd[illot]; il est à la campagne, et je ne suis pas allé chez É[mile] de G[irardin]. J'irai ce matin, ainsi que chez Bertin. Je crois que je ferai *les Paysans* et *les Petits Bourgeois* à la fois. Le mariage de la Chouette se fera avant la fin du mois. Ce n'est que demain que j'aurai réussi à reprendre mes heures de lever et de coucher. Du reste, si j'avais de l'argent en ce moment je finirais Buisson, madame Delan[noy] et tout. Aussi, vais-je en gagner, car j'ai soif d'avoir Moncontour. Écris-moi ce que tu aimerais mieux de la place Royale ou du faubourg Saint-Germain, pour les cinq mois d'hiver.

Oh! comme tu me fais du bien en me disant que tu vas bien et que tu te portes à merveille! Je suis sûr que tu rajeuniras encore et que tu seras bien. Faut-il t'envoyer le corset et l'écharpe à Forbach, poste restante? Écris-moi cela sur-le-champ. Enfin, veux-tu que je te cherche une bonne femme de chambre française?

Écoute, mon *louloup*, je t'envoie cette petite lettre aujourd'hui, car tu pourrais oublier que tu m'as dit de t'en adresser une, poste restante, à Creuznach, et tu t'en souviendras en recevant celle-ci. Nous sommes bien plus près qu'à Baden, et les ports de lettres ne coûtent pas grand'chose.

Écris-moi, courrier par courrier, quelle est la distance de Forbach à Creuznach. Il n'y a que deux places dans le briska de Forbach à Paris. Je viens de consulter la carte, et je crois que le plus court est d'aller par Mayence, et, de là, à Bingen et à Creuznach, car s'il n'est pas le plus court, c'est le plus expéditif.

Mon Dieu, comme je voudrais savoir où en est l'affaire de Moncontour! Je vais faire en sorte que l'appartement soit prêt, à Paris, pour le 1er septembre. Ce sera d'une excessive simplicité, car je veux tout faire pour Moncontour, qui sera notre habitation principale et de prédilection. Moncontour et ma plume, sans dettes, nous pouvons bien vivre. C'est là le but de mes efforts, car il faut prévoir le malheur, s'il arrivait en Ukraine. Au besoin, même tes enfants auraient un asile. Dis-moi où en sont les affaires là-bas, si tu as reçu d'autres lettres de ces demoiselles? Oh! ma pauvre chère courageuse femme, comme je t'aime! Combien de qualités grandioses tu as.! Tu ne te sais donc pas parfaite, que tu as des doutes sur ton pauvre *loup?* Sois tranquille, le b[engali] est tranquille, et il sera bien comprimé par le travail auquel je vais me livrer. J'ai l'intention d'en finir avec ma mère avec une somme de neuf mille francs et avec neuf mille francs de billets, pour qu'il n'y ait plus à revenir là-dessus. Il faut sept mille cinq cents francs à Buisson et sept mille cinq cents francs à la Chouette; cela fait vingt-quatre mille francs. Cette somme finit presque toutes mes affaires, car il ne faudra plus que madame Delann[oy] et Dabl[in], vingt mille francs et cinq à six mille francs, pour achever tout. C'est comme je t'ai toujours dit, une cinquantaine de mille francs; Moncontour, quatre-vingts; l'ameublement et l'arrangement, quinze à seize mille; c'est un total de cent cinquante mille francs. Or, avec Bassenge, nous en avons à peine cent dix dans le *trésor-louloup.* Il faudrait, pour en gagner quarante mille, que les actions du Nord arrivassent à onze cents francs. Et cela n'arrivera que dans l'année prochaine, par l'exploitation, et nous ne pouvons pas attendre jusque-là. Madame Grandem[ain] me donnerait congé si je ne m'en allais pas, et tu sais par quelles saisons je m'en vais.

La certitude que tu me donnes comble tous mes vœux. Maintenant je puis te le dire, et tu sauras alors combien je préférais ta tranquillité à mon propre bonheur si tu te souviens de tous les reproches

que tu m'as faits à Pétersb[ourg], à Cannstadt, et partout, de ma
prudence. Hélas, chère adorée, c'était le plus grand excès de
l'amour ! Je renonçais au plus vif de tous les plaisirs et à l'accomplissement de mon plus ardent désir. Sois tranquille pour le reste
de ta vie ; la mère sera toujours préférée à l'enfant, quoique l'enfant
sera idolâtré. Je me sens une vie nouvelle dans les veines. Tu ne
peux pas te figurer mon activité.

Je vais prendre l'acte de naissance de ton mari à Tours, en le faisant bien légaliser, l'acte de décès de mon père, car je pense que
nous pouvons nous marier, dans le plus strict incognito, dans une
petite commune frontière, par la protection du préfet et du procureur du Roi ; ce serait le meilleur parti à prendre.

Allons, adieu. Il est cinq heures ; voilà une heure et quart que je
cause avec toi. Maintenant, je serai bref, car je vais travailler. Mille
tendresses pour les deux cœurs qui battent en toi. Je te trouve bien
heureuse d'avoir, la première, ce petit être.

Allons, soigne-toi bien ; mange des carottes, et dis-moi tes envies
pour que je les satisfasse. Quel malheur que de ne pas être là, près
de toi, d'avoir ma mère à fêter !

Allons, mille caresses.

Midi.

Mon bon *louloup*, je rouvre ma lettre pour te demander : *primo*, si
tu veux, pour Anna, des étoffes noires et lesquelles ; *secundo*, j'ai fait
faire un corset très beau, car elle se marie ; d'ailleurs, bien fait, il
dure trois ans ; *tertio*, pense que je puis t'adresser tout cela par la
malle-poste à Forbach, où tu peux tout aller prendre et tout faire
entrer, sans droits, avec ton écharpe.

Enfin, en travaillant nuit et jour pendant deux à trois mois (et
ne m'interrompant que quinze jours pour nous marier), j'ai la certitude de me libérer entièrement des cinquante-six ou soixante mille
francs qui me restent à payer. Je vais l'entreprendre. Il le faut. Je *veux*
nous conserver *le trésor-louloup*, et me trouver libre et sans dettes.
Cet hiver, à Paris, je ferai ma comédie, pendant ton séjour secret.
Je viens de consulter mes forces, nos sujets à traiter, et vais
manœuvrer en conséquence. Nous sommes au 13, et cela m'épouvante.
La chaleur est intolérable. La Chouette m'a signifié qu'elle ne se ma-

rierait qu'avec ses sept mille cinq cents francs. En effet, Elsch[oët] a quatre mille francs de dettes, et il faut deux mille cinq cents francs pour vivre un an et mille francs pour se mettre en ménage. Il n'a rien; pas même d'habits ni de linge. Elle ne veut pas d'une telle misère. C'est si raisonnable que je n'ai rien à dire. Or, sept mille cinq cents francs à la Ch[ouette], et onze mille à ma mère, c'est dix-huit mille cinq cents francs d'argent. Puis, sept mille cinq cents francs à Buisson, c'est vingt-six mille francs. Autant en gagner quarante mille, c'est le même travail.

La première lettre que tu recevras te dira dans quelle voie je serai. D'autre part, j'ai parlé du *service de Gênes*, tu sais. Or, trois marchands m'offrent, sur échantillon, vingt mille francs pour le leur procurer. Cela vaut cent mille francs, comme je te le disais. J'ai écrit à [Damaso] Pareto [1] de me faire envoyer l'assiette cassée; elle ne coûte rien, et si cette affaire réussissait, cela m'avancerait bien. Mais je n'y compte pas. Néanmoins, d'après ma description, on parle de plus de cent mille francs. Je ne me fie qu'à ma plume, Mon moutard me fait monter la moutarde non pas au nez, mais au cerveau. Tu verras ce que je sais faire quand je travaille pour les trois [2] *loups*.

Mille caresses. Tu auras tous les jours le bulletin des feuillets faits. A demain.

LI

A MADAME HANSKA, A CREUZNACH.

[Passy, 14-16 juin 1846.]
Dimanche 14 juin.

Mon cher petit *loup*, il y a dans *la Presse* d'hier un article communiqué par la Russie (car c'est son organe à Paris), qui me semble si inquiétant que je te l'envoie. Demain, j'irai te faire envoyer *la*

1. Noble génois, poète et traducteur de Shelley, le marquis Damaso Pareto, auquel Balzac dédia *le Message*, est mis en scène dans *Honorine*.

2. Trois : Balzac, madame Hanska et l'enfant à venir (voir plus loin, p. 279 et 328.)

Presse et *les Débats*, maintenant que je sais ton adresse. Tu les recevras pendant un mois, du 15 juin au 15 juillet. Hier, je l'ai oublié en causant avec Bertin.

Je me lève bien à trois heures et demie, mais pas plus tôt, et il faudrait me lever à deux heures. Mon sommeil n'a pas lieu à sept heures, [le soir], comme il le faudrait. La chaleur en est cause. Il est quatre heures et demie [du matin] et je n'ai pas encore écrit une ligne. Je vais me mettre à faire des feuillets.

L'affaire des billets Hetzel est devenue une poursuite si acharnée que demain il faut que je termine cela. Je vais demain voir Furne et lui demander de payer cela sur *la Com[édie] Hum[aine]*. Bertin prendra *les Petits Bourg[eois]*[1] après que Ch[arles] de Bernard aura fini [dans *les Débats*] son roman [*le Gentilhomme campagnard*]. Mais cela ne fera de l'argent qu'à la fin de juillet.

Allons, adieu pour aujourd'hui. A demain. Aujourd'hui, les Fess-s[art] viennent, et j'aurai à causer affaires, après mes travaux. L'article russe indique des choses bien graves. Moi je crois à la spoliation des propriétaires. Mon inquiétude est excessive. A[nna] et G[eorges] auront-ils le temps ? Qu'est-ce que cet article signifie ? Il paraît écrit par quelqu'un qui feint d'ignorer les choses.

Mille tendresses.

Lundi [15 juin].

Bonjour, adorée minette. Hier, j'ai fait huit feuillets. La chaleur a été tellement intense, que je me suis mis dans une baignoire d'eau froide. Les Fess[art] sont venus, et je ne me suis couché qu'à sept heures et demie. Mais il a fallu se réveiller dans mon premier sommeil, car, à neuf heures et demie, les rouliers ont apporté *Adam et Ève* et le *Saint-Pierre*, et ma présence était nécessaire, car en mon absence, la Chouette avait payé soixante-dix-sept francs de trop. Le voiturier l'avait trompée, et il fallait expliquer cette erreur. Cela a duré jusqu'à onze heures, et je ne me rendormais qu'à minuit. Je n'avais, pour payer, qu'un billet de cinq cents francs et on a trouvé difficilement la monnaie, et alors j'ai fait déballer les objets pour amuser les F[essart] et Elschoët, qui étaient là. Le Natoire est beau, mais le *Saint-Pierre* d'Holbein a été trouvé sublime. Elschoët, qui a

---

1. Ce roman parut non dans *les Débats*, mais dans *l'Époque* (26 juillet-28 octobre 1854).

fait de la peinture, dit que cela irait à trois mille francs, en vente publique. Voilà mille quarante francs de payés. Il n'y a plus que l'envoi de Rome et celui de Genève, qui ne feront pas, à eux deux, plus de quatre cents francs, et les quatre cents francs de Gênes. Or, il me reste douze cents francs, et le chemin du Nord va payer des intérêts au 1er juillet, qui font près de huit cents francs.

Ma situation est encore meilleure que je ne pensais. Avec neuf mille francs, tout sera fini par M. Fess[art], et il paraît que ma mère acceptera la manière dont je veux finir mes comptes avec elle. Cela fait en tout, avec M. F[essart], vingt mille francs et quatre mille pour la Chouette, c'est vingt-quatre mille francs, et trois mille francs Hetzel, en tout, vingt-sept mille francs. Avec ce que je veux écrire, je puis suffire à payer tout cela. Ma santé est d'une excellence admirable, et, le talent!... Oh! je l'ai retrouvé dans sa fleur. Tous mes marchés vont se conclure cette semaine. Écris-moi l'époque où tu me veux, pour que je sois prêt.

Au milieu des solides peintures qui sont dans mon cabinet, le Natoire fait une piteuse figure. J'espère vendre pour cinq cents francs le faux Breughel, ce qui payera Gênes en me remboursant du prix du tableau.

Voici ce que je vais écrire : Primo : l'Histoire des parents pauvres, le Bonhomme Pons, qui fait deux à trois feuilles de la Com[édie] Hum[aine], puis, la Cousine Bette[1], qui en fera seize. Puis, les Méfaits d'un Procureur du Roi[2], qui en fait six ; total, vingt-cinq feuilles, ou vingt mille francs ; journaux et librairie comprise. Puis, finir les Paysans. Tout cela surpasse mes payements. J'ai, de plus, les Petits Bourgeois pour cet hiver et le règlement de la Com[édie] Hum[aine] ; plus, la réimpression des Contes drolatiques, et ma comédie, car nous serons six mois enfermés dans un appartement. Je n'aurai donc plus de dettes, et j'aurai Moncontour. Mais, tous ces travaux sont nécessaires. Si je fais huit feuillets aujourd'hui, ce sera beaucoup car la journée s'annonce pour être plus chaude que celle d'hier. J'irai faire des courses, pour te faire envoyer la Presse et les Débats, pour mes affaires, etc.

1. Les Parents Pauvres.

2. Ce roman. qui devait être une nouvelle Scène de la Vie de province, est resté à l'état d'ébauche. Douze feuillets seulement en furent écrits.

Le chemin du Nord ne sera pas en activité avant vingt jours ; c'est la cause de la baisse. J'ai bon espoir. Si j'avais Bassenge, j'achèterais encore. Les R[othschild] achètent. S'il y a cent mille voyageurs en juillet, il y aura une hausse de deux cents francs, car les fonds seront placés à plus de dix pour cent. Je voudrais ne garder que cinq à six mille francs en caisse et pouvoir acheter encore trente-cinq actions, si ça baissait, bien entendu.

Je vais demander à Tours, deux actes de naissance en règle, pour ne pas avoir de retard, et la Légion d'honneur sera le prétexte. Point de nouvelles de Rome.

Ah ! mon Évelin, si tu savais quelles ondes de tendresses, quels flots d'amour pour toi il me vient par moment au cœur ! Je sens que c'est un effet sympathique entre nous, et, qu'au même instant, tu les éprouves. Tu es bien le principe du courage et du talent nouveaux que je me sens, car je te veux un mari libre et considéré. M. F[essart] a empêché un article contre moi, dans le *Droit*, sur l'affaire Hetzel. Hetzel voulait se donner le petit plaisir de me faire *arrêter*, pour me nuire à l'Académie. Je veux donc tout payer, faire place nette, et avoir Moncontour. Je m'immole à ce grand résultat, et la conscience du bien que je *vous* fais comprime la douleur de l'absence. D'ailleurs, les sujets que je vais traiter me plaisent et seront faits avec une excessive rapidité. Je cherche l'argent. La librairie est en mauvais état. Ce matin, je vais voir Véron, Furne et Charpentier. Mais c'est lundi, le lendemain de l'inauguration du chemin de fer du Nord.

Le renvoi des fonds en Russie, les désastres que cela annonce, ont rendu ma famille très tendre, et ils viennent jeudi. Cela me contrarie ; mais, par la manière dont ma mère s'est arrangée, elle n'a plus à me parler d'argent. Cela regarde son fondé de pouvoirs. Tout nous sera de plus en plus heureux cette année et l'autre, loup adoré. Les dettes finies, c'est gigantesque, et notre établissement à Moncontour, un vrai bonheur. Oh ! je te veux si heureuse !

Allons, adieu. Je me laisse tant aller à bavarder avec toi, en me levant ; tu es un si gentil trésor, une perfection de femme si adorable ! Soigne-toi bien. A demain. Je ne vois rien venir d'Heidelberg.

Mardi [16 juin].

Voici sept jours que je suis revenu de Tours, et j'ai dix à douze feuillets de faits, là où je devrais en avoir soixante-dix. C'est que, tu sais, on ne reprend pas facilement ni les heures de travail, ni la faculté de travailler. Tous les jours, je sors à deux heures, pour les affaires. Je n'ai vu encore ni É[mile de] Girard[in], ni Véron, ni M. Dehay[1], et j'ai deux choses à placer, en outre des *Paysans*. A compter d'aujourd'hui, tu recevras pendant un mois trois journaux. Mais les *Débats* ne te parviendront qu'après-demain. Je ferai cette affaire ce matin, avec Bertin. La librairie ne veut pas faire d'affaires. Tous, ils se plaignent : Charpentier, Furne et les autres. Tout est difficile.

M. Buquet[2] m'a envoyé beaucoup d'insectes. Soumets son catalogue à Georges, et renvoie-moi sa lettre en priant Georges de choisir ce qui lui convient. Il pointera au crayon les insectes dont il voudra. Par la prochaine lettre que je t'écrirai il aura ses réponses pour ses questions. Tu lui diras toute la part que je prends à son malheur; c'est vrai, car il n'y a que vous *quatre* qui m'intéressiez dans la création. Et c'est pour ne plus avoir la moindre entrave que je me jette dans le travail, où je suis jusqu'au cou. C'est-à-dire que je vais finir *les Paysans*, *les Petits Bourgeois* et faire *le Vieux Musicien* et *la Cousine Bette*. Ces quatre ouvrages me payeront toutes mes dettes, et cet hiver *l'Éducation du Prince* et *Vautrin* me donneront de l'argent, le premier qui sera bien à moi et qui commencera ma fortune.

Le moment exige que je fasse deux ou trois œuvres capitales qui renversent les faux dieux de cette littérature bâtarde, et qui prouveront que je suis plus jeune, plus frais, et plus grand que jamais. *Le Vieux Musicien*[3] est *le parent pauvre* accablé d'injures, plein de cœur. *La Cousine Bette* est *la parente pauvre* accablée d'injures, vivant dans l'intérieur de trois ou quatre familles, et prenant vengeance de toutes ses douleurs. Ces deux histoires, avec *Pierrette*, constitueront *l'Histoire des Parents pauvres*. Je voudrais mettre *le* [*Vieux*]

---

1. Louis-Timothée Dehay (1794-1851), fondateur de *la Semaine*.

2. Ou plus exactement Bucquet, naturaliste et membre de la Société entomologique, 50, rue de Seine, Saint-Germain.

3. C'est-à-dire *le Cousin Pons*.

Musicien et *les Méfaits d'un Procureur du Roi* dans *la Semaine; la Cousine Bette* au *Constitutionnel* en même temps que *les Paysans* paraîtront [dans *la Presse*], et que les *Débats* publieront *les Petits Bourgeois*.

Allons, mon cher trésor, adieu. Il faut pour la fin de juin, que j'aie fait cent cinquante feuillets, dix par jour en moyenne. Tu vois que je n'oublie pas ma chère Évelette, et que tu as souvent des nouvelles du chef de la famille. Je t'enverrai des lettres tous les jeudis et tous les dimanches. Ainsi, ce ne sera que dimanche que tu auras un envoi. Il faut que dimanche j'aie commencé *la Cousine Bette* et que je sois en plein dans *les Paysans*. Bertin n'a besoin des *Petits Bourgeois* que pour septembre.

Mille tendresses, mille caresses; je baise mille fois mon pauvre chéri m[inou]. Non, être loin de toi en ce moment, c'est être crucifié à tous les moments. Sans les travaux urgents et le désir de ne plus avoir d'obstacles entre nous, je ne serais pas à ma table! Chère fleur aimée, si tu savais dans quelles chaleurs je travaille!

Allons, mille baisers. Ai-je besoin de te dire combien je t'aime ardemment, uniquement et follement!

LII

A MADAME HANSKA, A CREUZNACH[1].

[Passy, 17-21 juin 1846.]
[Mercredi] 17 [juin].

Hier, chère comtesse, j'ai eu Bertin à déjeuner. C'était délicat, fin et surfin, je vous en réponds. Il a été charmant et il est resté longtemps à causer et à regarder mes tableaux et [mon] *bric-à-brac*. Toute ma journée y a été prise à peu près, et j'ai profité de ce qui

---

1. L'autographe de la plus grande partie de cette lettre n'a pas été retrouvé. Il s'y trouve donc de très importantes lacunes, impossibles à combler. Cette copie est faite, pour les feuillets perdus, sur la version même fournie par madame de Balzac pour l'impression de la *Correspondance* de son mari. Il se trouve ici quelques passages imprimés pour la première fois.

m'en restait pour aller chez Véron, que je n'ai pas trouvé, et chez Gavault, pour mes affaires. Je dîne aujourd'hui chez madame de Girardin; j'ai besoin de voir son mari pour conférer avec lui, sur *les Paysans*. Vous recevrez trois journaux : *la Presse, les Débats* et *l'Époque*. Je veux aussi vous faire lire un journal d'opposition.

Bertin a été stupéfait de mes richesses; il a trouvé délicieux le tête-à-tête de Sèvres, et m'a dit que je vendrais facilement mon beau service de porcelaine de Chine de trois à quatre mille francs. Il m'a dit qu'il avait donné des commissions à l'un des personnages les plus habiles et les plus influents de notre mission en Chine. Il voulait de belles potiches en vieux Chine; mais qu'on lui a répondu qu'il n'y avait plus, en Chine, que du moderne. L'ancien Chine, est accaparé par les mandarins, la cour et les gens riches du pays, et il est à des prix dix fois supérieurs à nos prix les plus chers à Paris. Toutes leurs admirables productions du dix-septième et dix-huitième siècle, sont en Europe. Il n'y a rien, ni à Canton ni à Nankin et rien dans l'intérieur de l'empire excepté ce qui appartient à l'empereur ou à des collections particulières.

Les lettres de voiture sont venues. Les tableaux de Rome arrivent dans cinq ou six jours, et le tableau d'Heidelberg dans trois ou quatre. On a été très raisonnable à Rome; il n'y a eu que vingt-cinq écus romains, de droits (à peu près cent cinquante francs). Mais les frais totaux iront à plus de trois cents francs. Jugez, si les autres tableaux d'Italie m'arrivent, ce que je deviendrai! Je vais prendre mes mesures, car je ne reçois pas de lettres du consul général, ce qui me semble sinistre. Hélas ! il aura réussi!

J'ai demandé à Bertin de vous faire envoyer les commencements [du roman] de Ch[arles] de Bernard. Vous me direz si vous avez tout reçu et si vous en êtes contente. J'ai relu hier, d'après vos ordres souverains, *l'Instruction criminelle*. Vous avez raison, comme toujours. C'est une belle chose. Votre demi-compatriote Walewski épouse, dit-on, mademoiselle Ricci[1], petite-fille de Stanislas Poniatowski, et descendante de Machiavel, par les femmes. Elle a, dit-on, cent mille francs de dot et trois cent mille francs d'espérances. Il en

---

1. Veuf en premières noces de Catherine-Caroline Montagu-Sandwich, morte en 1834, Walewski avait épousé mademoiselle de Ricci, en secondes noces, le 4 juin 1846.

était amoureux fou, et, en sa qualité de *dandy*, il n'a pas trouvé d'autre moyen de le lui prouver que de l'épouser. Que deviendra le fils du grand homme [1], *le grand Colonna Walewski* avec une si pauvre petite liste civile !

Je vous quitte pour revenir à mon *Vieux Musicien*. Je me porte bien ; j'ai la tête pleine d'idées ; j'ai le travail facile car j'ai l'espoir d'aller vous voir, à Creutznach, dès que j'aurai fini mes trois volumes. Voilà le secret de mon courage.•

[Jeudi] 18 [juin].

Pas de lettre, chère comtesse; ceci n'est pas gentil. Me voilà bien inquiet, bien tourmenté, et, pour mieux dire, tout à fait découragé.

Il est midi; je suis revenu à une heure du matin de chez madame de Girardin. Le dîner était donné pour une madame de Hahn, fameuse actrice de l'Allemagne qu'un monsieur de cinquante mille francs de rentes, a retirée de la scène et qu'il a épousée en dépit de tous les hobereaux de sa famille et de sa caste. Madame de Girardin avait ses deux grands hommes : Hugo et Lamartine; les deux Allemands, mari et femme, le docteur Cabarrus et sa fille (le docteur est fils d'Ouvrard et de madame Tallien [2], et ami d'enfance d'Émile de Girardin), et votre serviteur; voilà ! Le dîner a fini à dix heures. A la suite d'une tartine politique de Hugo, je me suis laissé aller à une improvisation où je l'ai combattu et battu, avec quelque succès, je vous assure. Lamartine en a paru charmé. Il m'en a remercié avec effusion. Il veut plus que jamais que j'aille à la Chambre. Mais soyez tranquille, je ne dépasserai jamais le seuil de la mienne pour y entrer.

J'ai conquis Lamartine [3] par mon appréciation de son dernier discours (sur la Syrie), et j'ai été sincère, comme toujours, car véritablement, ce discours est magnifique d'un bout à l'autre. Lamartine a

---

1. On sait que le comte Walewski dont il s'agit ici passait pour être fils de Napoléon Ier; son premier nom (Colonna) ne fut pris que pour indiquer l'origine de ses armes : une colonne d'argent.

2. La galante Thérèse de Cabarrus, épouse divorcée du marquis de Fontenay, remariée au conventionnel Tallien, redivorcée et remariée au prince de Chimay. Elle compta parmis ses amants Ouvrard, le fameux munitionnaire.

3. Cf. A. de Lamartine, *Cours familier de littérature*, Vol. XVIII, p. 106-108, 273-527.

été bien grand, bien éclatant, pendant cette session! Mais quelle destruction au point de vue physique! Cet homme de cinquante six ans en paraît avoir au moins quatre-vingts. Il est détruit, fini; il a quelques années de vie, à peine. Il est consumé d'ambition et dévoré par ses mauvaises affaires.

Émile de Girardin était allé à la Chambre; donc je n'ai point parlé des *Paysans*. Ce sera pour une autre fois. Quant à Véron, il prend mon roman de *la Cousine Bette*; mais nous avons à nous entendre encore sur le prix et sur les quantités. J'attends le directeur de *la Semaine*. En somme, outre *les Paysans* à finir, je vais avoir dix-huit feuilles de *la Comédie Humaine* à faire, et je serai bien avancé dans le paiement de ma dette.

Vendredi 19 [juin].

J'ai eu une séance, hier, avec [M. Sédillot,] le représentant de ma mère. C'était plus que désagréable; c'était humiliant et triste. Elle m'a fait présenter des comptes fantastiques. Au lieu de dix-huit mille francs que je lui dois, elle en réclame cinquante-sept mille, par accumulations d'intérêts. J'ai nettement déclaré mes intentions, avec toute l'affection et le respect filial que je lui dois; mais cela m'a épuisé. Je me suis couché hier à six heures et demie, et j'ai dormi d'un sommeil profond, malgré trente-deux degrés de chaleur qu'il fait ici. Me voilà prêt à travailler de deux heures à dix heures du matin, car Dubochet et Furne viennent déjeuner avec moi. Nous allons avoir une conférence à propos de *la Comédie Humaine*, et Dieu sait ce qui en sortira! De nouveaux chagrins, et des ennuis peut-être!... Aussi, ne compté-je que sur mes travaux et mes paiements de journaux, pour mes solutions financières. Si je veux employer tout le mois de juillet à faire *les Paysans*, il faut que Véron ait son manuscrit pour les premiers jours [du même mois] de juillet. Je corrigerai *la Cousine Bette* en faisant *les Paysans*. Je donnerai à ma mère douze mille cinq cents francs; je trouverai sept mille cinq cents francs pour [la Chouette] dans la librairie, et, les sept mille cinq cents francs, que je dois à Buisson, dans *les Paysans* ou dans le règlement de *la Comédie Humaine*, et, moyennant cet arrangement définitif, j'aurai de quoi terminer mes comptes avec Dablin et madame Delannoy.

Je voudrais bien que toutes mes caisses fussent enfin déballées. Les belles choses attendues, l'inquiétude de savoir en quel état elles sont, agissent sur moi trop vivement, surtout dans l'état d'irritation que me donne la fièvre continue de l'inspiration et de l'insomnie. J'espère avoir fini *le Vieux Musicien* pour lundi, en me levant tous les jours à une heure et demie du matin, comme aujourd'hui que me voilà rétabli dans mes heures. Je vous dirai demain combien de feuillets auront été faits cette nuit, il en faudrait douze pour me rendre satisfait de moi-même.

J'ai remis à un autre jour mon dîner chez M. F[essart], à qui cependant j'avais à parler pour terminer l'affaire Hubert. Je serai sur des roses une fois ces trois affaires réglées : ma mère, Hubert, Buisson. Les prétentions sont de plus de cent mille francs, et je ne dois là-dessus, consciencieusement, que trente mille francs.

Comment allez-vous? Que faites-vous? Aurai-je une lettre ce matin? J'en avais demandé deux par semaine. Je vous écris tous les jours et vous n'avez ni *Comédie Humaine* à corriger et augmenter, ni créanciers pour vous tourmenter.

Ah! Méry est venu le soir chez madame Delphine, l'autre jour, et il vient déjeuner avec moi demain samedi.

Samedi 20 [juin].

J'ai [eu] votre lettre, hier, à six heures et demie, [sans pouvoir la lire à mon aise], car il a fallu dîner, et, après dîner, Cailleux[1] (à qui j'avais écrit pour le meuble [Henri IV], le Salomon de Caux, etc., et à propos du portrait du Roi et de madame Adélaïde qui sont à Genève) avait pris l'heure de huit à neuf pour venir voir mon cabinet. J'ai à peine eu le temps de [parcourir] votre lettre dans la rue et j'ai à peine le temps de vous répondre.

D'abord, comme vous avez dû le voir, je n'ai pas attendu vos ordres, pour vous envoyer les journaux et vous deviez les avoir et les lire quand je lisais votre lettre[2].

. . . .

1. Adolphe de Cailleux, sous-directeur des Musées royaux, l'un des auteurs des *Voyages pittoresques en France.*
2. Ici s'arrête la partie de la lettre dont l'autographe était perdu et dont nous avons publié le texte d'après la copie de madame Hanska. Après une lacune, la lettre reprend publiée d'après l'autographe dont ce fragment a été retrouvé.

. . . . . . celui qui en sera porteur et tu m'enverras cette lettre dans ta prochaine. Je crois que ta sœur veut savoir ton secret, car sa conduite est sauvage et barbare.

Ne crains rien de l'avenir, quel qu'il soit, car avec cent vingt mille francs et ma plume, tu peux être très heureuse. Et tu peux être certaine d'une chose : c'est que je ne devrai jamais un liard à personne une fois que j'aurai payé mes dettes et depuis six ans, je n'en ai point fait. J'ai tout rétabli au *trésor-louloup*. Tout ce que j'ai payé en acquisition, c'est sur moi que j'ai pris, et non sur le *trésor*, qui sera en octobre, je l'espère, de cent vingt mille francs.

La lettre d'Aducci[1] m'a fait mourir de rire, autant qu'on peut rire par une pareille chaleur. Mes travaux s'en ressentent. Mon cabinet est un four dès neuf heures du matin. Je travaille entre une heure et demie du matin et neuf heures. De neuf heures à cinq heures, je trotte pour affaires. Tu vois que je me remue pour vendre les [meubles] florentins. Le tableau de Breughel va être vendu ; je l'ai acheté cent trente francs et on m'en offre deux cents francs. J'en veux deux cent cinquante francs pour payer les frais de Rome. Ce sera sans doute fini aujourd'hui.

Le Vieux Musicien, cette nouvelle de cinquante feuillets, va être terminée mardi. Mercredi, je serai sur *la Cousine Bette*, après avoir terminé avec Véron, que je revois ce matin, à deux heures.

Ce matin je traite Méry et un rédacteur du *Messager*[2]. Enfin, malgré l'épouvantable chaleur (j'ai trente degrés dès neuf heures), mon activité n'a jamais été si violente, car je ne veux plus avoir de dettes, je veux marier la Chouette et je veux que tu trouves un appartement convenable et bien meublé, pour les premiers jours de septembre. Laisse aller les calomnies leur train, tu en entendras bien d'autres, quand tu verras par toi-même la preuve que la chose dite est diamétralement opposée à celle que tu auras vue. C'est l'inconvénient de la célébrité. Si notre mariage ne se déclare qu'en 1847, dans l'hiver, tant mieux, nous économiserons jusque-là.

Hélas ! le tableau de Heidelberg, qui a fait quinze francs de frais, et qui coûte alors trente-cinq francs est bon à brûler. Je doute que je

1. Aducci, naturaliste à Rome.
2. Charles Ballard.

puisse en tirer parti autrement que par un échange, et encore!...
Sera-ce possible? En revanche, Chenavard a trouvé le Natoire une
excellente chose et Cailleux a dit qu'il avait une valeur, que cela
redevenait de mode. Chenavard, qui est dépréciateur par excellence,
a dit que c'était une chose capitale. Quant à la tête d'Holbein, admiration vive! L'esquisse de Ruysdaël est supportable dans mon cabinet
mais il en conseille la vente. Donc, une fois la vente faite du faux
Breughel, je me mettrai en campagne avec cette esquisse qui, d'ailleurs, est charmante, et si j'arrive à faire six cents francs du tout, ce
sera six cents francs sur tableaux de Rome, dans le cas où ils
viendraient. Comme j'espère avoir deux cents francs de trois
autres : la *Tête d'enfant*, les *Sorcières* et le *Paysage* d'Heidelberg,
ce serait huit cents. Bertin, qui a vu mon service de Chine, prétend
que je puis le vendre facilement deux mille francs. J'y pense et je
me remue pour cela. Il y a un Anglais qui en cherche un.

Je suis très content du *Vieux Musicien*. J'ai tout à inventer pour
la Cousine Bette.

Tu me répondras sur la question de l'envoi du corset et de ton
mantelet, et sur les insectes de Georges.

Je t'en supplie, ne te fourre pas d'inquiétudes ni au cœur ni à la
tête. Jamais je ne ferai une affaire sans te mettre à même de dire :
« C'est ce qui me convient », car ta lettre me fait du chagrin par
l'épouvante que tu as de moi. Je suis si sûr de l'avenir que je ris
de ces craintes; mais je souffre de ce que tu souffres si inutilement.

Les affaires avec ma mère prennent des proportions tragiques. C'est
si épouvantable que je ne veux pas t'en dire un mot, si ce n'est : c'est
fini. Seulement sache que je suis à la torture. Elle avait fait, comme
Buisson, un mémoire de cinquante-sept mille francs, avec les intérêts.
Elle arrive à trente mille; et moi je ne veux donner et ne donnerai que
vingt mille francs. Elle a fait un état de dettes qui monte à vingt-huit
mille francs. Cette lutte me déchire à plein cœur depuis deux jours.

Quand tu seras bien sûre que je n'ai plus de créanciers, que tout
est payé avec les cinquante mille francs que je vais gagner, tu ne
t'effrayeras plus de ces scènes de monsieur Dimanche que je suis
censé jouer. Voilà que je ruine des douairières, moi, à qui une vieille
Anglaise coûte cent vingt mille francs[1]!...

1. La comtesse Guidoboni-Visconti.

Écris-moi bien, à tête reposée, mon Évelin, si tu ne veux, pour trois ans, qu'un appartement à Paris. C'est très important, car je n'irai même pas voir Beaugaillard; je t'attendrai pour cela. Nous irons ensemble, et je ne m'occuperai que de l'appartement, où je ferai un bail de trois, six, neuf, à ma volonté. Il y a une maison entière à louer rue d'Assas, à côté de David[1].

Allons, il faut faire la partie de copie que je dois faire tous les matins. Je ne me suis levé qu'à trois heures; Cailleux m'a tenu debout jusqu'à dix heures. Moi, je t'écris bien régulièrement deux fois par semaine, bien longuement, et toi, *louloup*, oh! je t'en supplie à genoux, n'épargne ni lettres, ni détails, ni gronderies, si tu en as la fantaisie! Ne te refuse rien.

Ma sœur m'annonce sa visite pour ce soir. Elschoecht[2] fait la monture de la table en malachite; et la gouvernante lui a donné un atelier au Gros-Caillou. Oh! comme je voudrais avoir gagné mes sept mille cinq cents francs! Mais sept mille cinq cents francs et vingt mille pour ma mère, c'est vingt-sept mille cinq cents francs, et sept mille cinq cents francs pour Buisson, c'est trente-cinq mille francs. Je les aurai d'ici le 15 août.

Adieu pour aujourd'hui, *loup* chéri, Ève adorée, femme aimée! Oh! ne t'effraie pas de mon bonheur. Vois comme je travaille à t'ôter toute inquiétude. Mille tendresses, mille baisers aux *deux loups* et au min[ou]. Mes preuves d'amour et mes tendresses sont, en ce moment, mes travaux. Aussi j'ai défendu à mon cœur d'avoir de nostalgie. Je dois travailler, travailler[3]!...

[Dimanche 21 juin.]

Hier[4], j'ai tout changé dans mes heures, à cause des chaleurs tropicales qui nous consument, comme la braise d'un four allumé. J'ai dormi dans la journée, de une heure à six heures et demie, et j'ai travaillé de sept heures du soir jusqu'à ce matin sept heures.

1. P.-J. David d'Angers, 14, rue d'Assas. On trouvera une excellente lithographie de sa maison dans les *Habitations des personnages les plus célèbres de France*, par A. Régnier et Champin.
2. Que Balzac écrit indifféremment : Elschoët, Elschoecht, ou Els. en abrégé.
3. Fin de la partie autographe retrouvée.
4. Tout le fragment qui suit est, à défaut de l'autographe perdu, publié d'après la copie de madame Hanska.

Il faut travailler pendant la nuit, et dormir le jour, pour arriver aux résultats que je veux obtenir.

[Charles] Ballard, un rédacteur du *Messager*, est venu, avec Méry, déjeuner chez moi. J'ai besoin de la caisse du *Messager*, car on ne puise pas sans peine à Paris trente mille francs dans les eaux du journal. Il faut avoir pour soi : aux *Débats*, Bertin ; au *Constitutionnel*, Véron ; à *la Presse*, Émile de Girardin ; au *Messager*, le ministre de l'Intérieur ; au *Musée des Familles*, Piquée. J'ai encore quelques autres journaux, sans influence personnelle. Or, c'est des affaires plus difficiles qu'on ne pense. Ce n'est rien que l'invention, le travail, le drame. C'est le payement qui est tout. Quant à la librairie, elle espère, dit-on. Le public s'endort. Il faut tâcher de réveiller ce despote ennuyé par des choses qui l'intéressent et l'amusent. Pour le moment, je suis assez content de mon *Vieux Musicien*. Quand vous lirez cette lettre, ce sera fini, car je suis, en ce moment, au trente-quatrième feuillet, et il n'y en a que quarante-huit. Mercredi, je travaillerai à *la Cousine Bette*, pour *le Constitutionnel*. Aussitôt que ces deux manuscrits seront livrés aux compositeurs, je finirai *les Paysans*. En août je ferai *les Méfaits d'un Procureur du Roi*[1], puis, cet hiver, *les Petits Bourgeois* et *l'Éducation d'un Prince*. Ne sera-ce pas une année bien employée, surtout avec un déménagement comme le mien? A dater du 15 juillet, je chercherai dans le Faubourg Saint-Germain ou à la Place Royale.

La semaine prochaine, j'aurai fini les déballages. La caisse de Genève est arrivée au roulage et les caisses de Rome sont à l'Entrepôt.

A présent, laissez-moi vous demander de chasser loin de vous les préoccupations inutiles et malfaisantes; ne soyez pas triste; ne soyez pas même rêveuse; soyez, comme vous êtes toujours, la providence et la joie de votre foyer; soyez son esprit, son cœur, sa bénédiction de tous les instants. Une ligne de tristesse, un mot d'inquiétude dans vos lettres, me fait tant de mal. Je vous veux heureuse. C'est mon ambition à moi, et ma volonté est si forte, quand il s'agit de vous, que je ne doute pas du succès de ce vouloir. Il n'y a pas de jour, il n'y a pas de moment en ma vie, où je ne sois disposé et prêt à me jeter dans un gouffre pour vous ôter un souci. Cela n'est pas

1. N'ont jamais paru.

une phrase; c'est un sentiment du cœur, profond et vrai, que vous
avez toujours vu se manifester en acte, quand il le fallait. Ce qui
s'est fait dans le passé ne vous manquera pas dans l'avenir.

Écrivez-moi donc souvent et gaiement, et ne me dites pas que vous
êtes *obsédée*, en forme d'excuse; car, moi aussi je suis *obsédé* et par
les affaires, et par les travaux et par les courses, et qu'est-ce que
l'obsession du monde en comparaison! Et cependant je vous écris
tous les jours comme on fait sa prière, en se levant. Mais c'est que
vous êtes toute ma vie, que vous êtes mon âme tout entière et que la
moindre, la plus vague de vos tristesses se projette sur moi, comme
une ombre. Continuez donc à me raconter votre vie et vos impressions; ne me cachez rien, dites-moi toujours tout, le bon et le mauvais, et jusqu'aux pensées involontaires.

C[ailleux] est venu [avant-]hier. Il a été d'une bêtise amère. Je suis
épouvanté quand je pense que, sur dix fois qu'il sort, le Roi l'emmène cinq fois avec M. Fontaine[1]. Le Roi commet la même faute que
Napoléon; c'est de vouloir être *tout;* il y a un jour où les empires
périssent quand périt l'homme qui les résume, ou quand il a besoin
de se faire suppléer. Ce qui est sûr, c'est que le repos et la paix de
l'Europe ne tiennent qu'à un fil, et ce fil c'est la vie d'un vieillard
de soixante-seize ans. Vous parlez de complication pour vos affaires,
et celle-là donc?... Mais, comme vous dites, il faut se fier à la Providence, car tout est danger quand on sonde le terrain autour de
soi. J'avoue que rien ne m'étonne plus que de vous voir ainsi
tourmentée de choses que vous ne pouvez changer, vous que j'ai
toujours vue si soumise à la volonté divine, vous qui avez toujours
marché en avant, sans regarder de côté et d'autre, ni encore moins,
en arrière, où s'engouffre le passé, qui n'est plus qu'un cadavre.
Pourquoi ne pas vous laisser mener par la main de Dieu, à travers
le monde et la vie, comme vous l'avez fait jusqu'ici, et marcher vers
l'avenir avec cette sérénité, ce calme, cette confiance, qu'une foi
comme la vôtre devrait inspirer? D'ailleurs, j'avoue qu'il y a dans ce
fait de mon étoile rayonnant d'un éclat si pur, s'occupant d'intérêts
matériels, je ne sais quoi qui me déplaît et me fait souffrir. Vous y

---

1. Architecte du roi, qui sous Napoléon Ier, avec son confrère Percier, publia
en 1810 la magnifique *Description des cérémonies et des fêtes du mariage de Napoléon.*

avez déjà trop donné de votre temps et de votre belle jeunesse. En dépit de vos instincts et de vos répugnances, vous étiez dominée par la nécessité, le bien-être de votre enfant, et le sentiment du devoir. Maintenant que vous allez avoir rempli vos obligations, avec une si scrupuleuse et si méritoire exactitude, envers votre adorable fille qui comprend si bien tout ce qu'elle vous doit, et que vous allez l'établir selon le choix de son cœur, et d'accord avec vos idées et vos sympathies, vous n'avez plus qu'à vous laisser aller à cette quiétude du repos que vous avez si bien mérité, et [à] déposer le fardeau des affaires entre les mains de vos enfants, qui continueront l'œuvre de votre patiente et laborieuse administration. Que pouvez-vous craindre pour eux si sages, si éclairés, si raisonnables, si parfaitement unis, si bien faits l'un pour l'autre! Pourquoi prévoir des événements hostiles à leur sécurité?... Pourquoi redouter des catastrophes, qui, j'aime à le croire, n'arriveront jamais? En usant vos forces à créer des dangers imaginaires, vous n'en aurez plus pour vous défendre contre le danger réel, si tant est qu'il vous menace jamais, ce que je ne crois guère.

Cela ne vous paraît-il pas étrange et bizarre, à vous qui m'avez si souvent consolé et soutenu dans mes peines et affermi dans mes croyances, que je prenne insolemment ma revanche en osant ainsi vous donner des conseils, moi qui ai toujours et sans cesse besoin d'être soutenu, guidé et parfois même grondé par l'omnipotence de votre haute sagesse?

Je ne sais si vous pourrez déchiffrer ce griffonnage sténographié à la hâte, que je ne me donne pas l'ennui de relire, d'après nos conventions.

Soyez tranquille au sujet des nostalgies; j'ai défendu à mon cœur d'en avoir. Elles sont écrasées par le travail. Faites-en de même pour vos idées noires; dissipez-les en me les confiant et en me permettant de les combattre.

Adieu pour aujourd'hui, et à demain la continuation de ma causerie griffonnée. Faites mes plus tendres amitiés à vos chers enfants, vous savez bien ce qu'il y a dans mon cœur pour eux.

Adieu donc, et au revoir bientôt[1].

1. Fin du fragment publié, à défaut de l'autographe perdu, d'après la copie de madame Hanska.

LIII

A MADAME HANSKA, A CREUZNACH[1]

[Passy, 22-25 juin 1846.]
Lundi 22 [juin].

Hier, mon petit Évelin, j'ai eu la joie en mettant ma lettre à la poste de trouver la tienne et j'étais si affamé de te lire, de me repaître de cette nourriture du cœur, que j'ai lu ta lettre en plein soleil sans m'en apercevoir. Mais l'amour est un si grand préservatif contre tout, que je ne m'en suis pas ressenti. Je me porte bien, et c'est extraordinaire par les chaleurs que nous avons. Sais-tu que je me réveille, ma chemise toujours si exactement mouillée, qu'elle est comme si on la retirait de l'eau? L'énergie se ressent de ces sueurs continuelles, et je me demande comment tu fais. Je travaille toujours.

Je ne te répéterai rien au sujet des acquisitions. Rien ne presse, et je n'ai rien reçu encore à ce sujet de mon camarade de collège. J'irai voir Beaugaillard, en allant chercher mes extraits de naissance. Ne te tracasse pas pour le service, les juifs n'ont même pas voulu envoyer l'échantillon de l'assiette cassée!

A ce sujet, je te dirai, mon ange aimé, que si tu savais ce qu'il faut risquer de vie et de santé pour gagner vingt mille francs en littérature, tu ne m'en voudrais pas de les gagner ainsi. Le marchand propose d'avancer lui-même les fonds et de partager les bénéfices. C'est aussi simple que d'acheter à Marseille le faux Breughel cent vingt francs et de le revendre ici deux cent cinquante. Mais je n'aurai pas ce soulagement dans mes affaires, et je n'y ai pas compté.

Tu confonds ton goût avec celui du public; il y a des choses qu'on ne discute pas. Nous n'aimons ni l'un ni l'autre les diamants, et je ne donnerais pas mille francs d'un diamant de trente mille francs,

---

1. Reprise de la publication d'après le texte autographe de Balzac.

s'il le fallait garder; mais j'en donnerais bien dix mille francs, si j'avais acquéreur à trente mille.

Aujourd'hui commence la réelle exploitation du chemin de fer du Nord. S'il y a trois cent mille voyageurs[1], du 22 juin au 22 juillet, nous sommes sauvés. Tout dépend des premières recettes.

Une fois pour toutes, sois bien tranquille. Tu me donnais le *trésor-louloup* pour payer mes dettes; je paie mes dettes moi-même, et je n'ai pas d'autre pensée que d'augmenter *le trésor*. Cela seul dit tout.

Comme tu le dis sans trop le croire (car tu ne le dis que pour me forcer à répondre à cette opinion), j'ai beaucoup de bon sens. J'en ai comme ceux qui font fortune, et je veux faire fortune. Aussi ne veux-je une campagne qu'à cause de toi, et par économie d'existence. Peut être est-il préférable d'avoir des capitaux et de les faire mouvoir.

Donc, arrêtons-nous, petit *loup*, à l'affaire de Metz, si elle est possible. Tu n'auras que ton passeport pour prouver ton identité, et c'est ce qui me semble d'autant plus difficile qu'il est écrit en russe. Il aurait fallu, longtemps à l'avance, avoir l'acte qui constate la mort de M. de H[anski][2]. Je devrais aller à Metz et m'assurer si c'est possible, car Stuttgard serait le pis-aller. Nous aurions dû (mais qui pouvait prévoir Soleure! Moi, que tu grondais toujours de mes précautions!), l'année dernière, prendre un domicile en France; tout était dit. Enfin, il faut que je fasse un voyage à Metz pour causer avec le préfet; il faut qu'il m'indique lui-même la commune où nous trouverions un maire assez ignorant pour nous marier sans remplir les formalités. C'est urgent, et, dès le 15 juillet, je viendrais à Metz. C'est une semaine de perdue, mais je t'apporterai les choses que tu attends. Veux-tu encore quelque chose de Paris pour Anna, dis? Réponds-moi promptement.

Aujourd'hui, je veux employer toute ma journée à aller chercher les tableaux de Rome. C'est affreux, par la chaleur qu'il fait; elle commence à huit heures.

---

1. Sur l'affluence des voyageurs, voir *les Cahiers Balzaciens*, n° 7, p. 90-91.

2. Survenue le 10 novembre 1841. Voir t. I, p. 571.

Mardi 23 [juin].

Ah! mon bien-aimé *louloup*, mes tristes prévisions se sont réalisées. Cet emballeur était un imbécile, et pourquoi avoir emballé au dernier moment?

D'abord, pour te faire comprendre à quel point c'était stupidement fait, la boîte en fer-blanc, où sont les gouaches, était déchirée et tordue par un bout. Les supports qui maintenaient le *Chevalier de Malte* ont frotté depuis Rome, et il y a deux barres, l'une qui coupe la figure en deux, précisément sur le nez et la bouche, la partie la plus belle de la peinture! On me dit que c'est remédiable, que c'est le vernis seul qui est mangé; mais je ne le croirai que quand je le verrai. Puis on a donné un coup dans le fond de *la Sicilienne;* il y a un trou blanc, et, enfin, la belle main est entamée. Ceci est peu remédiable. *La Flamande* a reçu comme un coup de sabre; elle est rayée par je ne sais quoi. C'est affreux. Ça m'a mis dans un état d'irritation... J'ai cru devenir fou. Vois-tu, à l'avenir, il ne faut pas épargner la dépense. Il faut mettre les tableaux précieux dans des écrins, comme font les marchands à Rome, et les faire solides. C'est une leçon pour l'avenir. J'ai payé trois cent cinquante francs. C'est la valeur d'un tableau. Maintenant, il faudra payer la restauration des trois tableaux. Elle coûtera tout ce qu'auraient coûté les écrins. J'ai tant de chagrin que j'en suis malade; j'ai dormi avec la fièvre.

Georges a raison pour le Bronzino. La partie de la main où la peinture a été effacée en partie a mis à découvert une peinture fraîche et rose et des teintes admirables qui reparaîtront si l'on peut enlever le vernis. Cette restauration se fera sous mes yeux, chez moi.

Hier, je suis parti après déjeuner et ne suis revenu que pour le dîner, car j'ai fait des affaires. Il a fallu aller chez Rotschild pour l'effet [Bassenge] et demander si ta lettre suffirait. Écris à MM. de Rotschild, à Paris, de payer à celui qui le leur présentera, un effet de onze mille cinq cents francs à ton ordre, et d'accepter l'acquit, quoique tu ne l'aies pas endossé, par inadvertance, car c'est pour payer des commandes que tu as faites à Paris.

J'ai vu le *Musée des Familles;* j'ai vu Véron. Enfin, entre le commissionnaire de roulage et les formalités de la douane, j'en ai eu pour trois heures à rester sur mes jambes, à aller et venir sous des hangars où l'on est comme dans des fours, dans des bureaux où il y a foule et où il fait quarante degrés de chaleur. C'est effroyable. J'ai eu mille peines à me déshabiller : habits, chemise, tout tenait, collé par la sueur.

La Chouette est allée chez Buisson et je crois qu'elle réussira à liquider cette affreuse créance. Il s'agit toujours d'au moins sept mille cinq cents francs à donner et, s'il le fallait, comme je puis remplacer d'ici à un mois [ce que j'emprunterais au *trésor*] si Rotschild me paie deux mois auparavant, nos affaires ne souffriront pas de mon emprunt, puisque j'aurai rétabli à l'échéance où nous aurions réellement touché. Nous avons cent dix mille francs au *trésor*[-*louloup*], y compris les intérêts à trois pour cent. J'y dois deux mille francs de mon voyage, car j'ai tout employé ce qui me restait à tout payer ici. Je n'ai plus à payer que soixante-quinze francs pour la caisse de Genève. Si les act[ions] du Nord montent à la fin de juillet à huit cent soixante-quinze francs, ce qui est possible, nous aurions, en vendant, cent quinze mille francs dans le *trésor-louloup*, en écus, et avec cela l'on doit faire fortune en le faisant toujours valoir, sans toucher aux bénéfices.

Il a passé, sans tomber, un orage sur nos têtes, ce qui a rendu la chaleur plus lourde, plus insupportable et, ce matin, l'orage est encore sur nos têtes. Il fait une vapeur humide à quatre heures du matin, car il est maintenant quatre heures et demie. Je me suis levé à trois heures et voici une heure et demie que je cause avec toi. Le *Christophe Colomb* n'a rien eu. Le lézard d'Anna est en trois ou quatre morceaux; il n'existe plus, même.

Allons, adieu pour aujourd'hui, car il faut travailler; j'ai encore vingt-trois feuillets à écrire pour terminer *le Vieux Musicien* et je l'ai promis pour jeudi au *Musée des Familles*. Mille tendresses, *loup* aimé, *loup* chéri. J'ai promis à Véron *la Cousine Bette* pour le 10 juillet et, le 10 juillet, je me mettrai sur *les Paysans*. Tout cela me mènera loin. Un baiser au chéri min[ou] et à tout toi.

Mercredi, 24 [juin].

Mon bon *louloup* adoré, mes affaires ont fait un grand pas dans ces deux jours. J'espère terminer la créance Buisson avec sept mille francs : cinq mille francs comptant et deux mille

francs à terme et j'aurai sa quittance. Après trois conférences, la
créance de ma mère est arrivée à pouvoir se régler avec vingt et
un mille francs, à payer en diverses fois. Mais il lui faut impérieusement six mille francs le mois de juillet. Ainsi, j'ai Buisson, cinq
mille francs, et ma mère, six mille, cela fait onze mille. Puis, trois
mille Hetzel et sept mille cinq de la Chouette, c'est vingt et un mille
cinq cents juste. Pour sortir de ce pas je crois que je me servirai de
la traite Bassenge, quitte à rétablir [la somme au *trésor*] d'ici à deux
mois. C'est toujours dix mille cinq cents francs qu'il faut gagner
avec ma plume, d'ici au 15 août; puis, dans le reste de l'année,
jusqu'en avril [1847], j'aurai deux mille francs à payer à Buisson
et quinze mille francs à ma mère ; ce sera dix-sept mille francs et
onze à rétablir, vingt-huit mille, au total. C'est donc un grand coup
de collier à donner. Mais j'aurai de septembre à avril, tout ce temps
enfermé avec mon *louloup,* et je compte là-dessus pour des travaux
monstrueux. Dans cette hypothèse, je ne devrai plus rien au mois
d'avril. Mais il faut faire *les Paysans, les Petits Bourgeois, le
Théâtre comme il est* [1], *le Député d'Arcis* [2], quatre grands ouvrages.
Les trois derniers se feront de septembre à avril, dans le coin où
nous nous réfugierons. C'est la Chouette qui est arrivée à terminer
l'affaire Buisson, créance qui se présentait sous un chiffre de trente
mille francs. M. F[essart] finira l'affaire Hubert et il ne me restera plus que madame Del[annoy], Dabl[in] et M. Nacq[uart], plus
quelques petites choses qui représentent trois mille francs.

Je t'avoue que voici la première fois que je commence à respirer,
à me sentir à l'aise. Ma victorieuse plume m'aura sauvé et nous
aurons un petit capital. Ces deux affaires majeures, ma mère et
Buisson, se sont presque arrangées hier. Il n'y a encore rien de fait,
mais cela se fera. Oh ! je serai sorti de difficultés inextricables ; j'aurai terminé une liquidation qui paraissait impossible et qui l'eût été,
si notre mariage s'ébruitait. Juge si jamais j'ai pu faire une indiscrétion ! C'est donc encore une année à travailler. Notre déménage-

1. Ouvrage à peine ébauché par Balzac et destiné à montrer l'envers du théâtre,
les coulisses. Cf. t. II, p. 391, 395, 401, 419 ; Lovenjoul, *Un roman d'amour,*
p. 140 ; Balzac, *Pensées, sujets, fragmens* (p. p. J. Crepet), p. 140, 143, 149.

2. *Le Député d'Arcis* dont Balzac n'écrivit que la première partie et qui parut
après sa mort, en 1853, achevé par Charles Rabou.

ment coûtera bien un millier d'écus et il faut vivre. Le Nord ne sera réalisable que d'octobre à novembre. C'est alors que nous choisirons nous-même une propriété si nos affaires sont en bon état, car il faut, en octobre, liquider Dablin et madame Delannoy et c'est vingt mille francs. C'est comme je te le disais, le reste de ma dette se monte à soixante mille francs, la Chouette comprise. En voici l'état :

Ma Mère . . . . Fr.	21.000
Madame Delannoy	15.000
Dablin	5.000
La Chouette	7.500
Hetzel.	3.000
Divers.	3.000
	54.500

M. F[essart] a encore cinq mille francs en caisse qui paient le reste de ce que je dois, en outre de ce qui est dans ce petit bordereau. Les cinquante-quatre mille francs y sont représentés par vingt mille francs des *Paysans*, douze mille francs des *Petits-Bourgeois*, et douze mille francs des trois ouvrages que je fais en ce moment. Total : quarante-quatre mille francs. Puis, les dix mille francs qui me seront dus pour *la Com[édie] Hum[aine]*, *le Théâtre comme il est*, *le Député d'Arcis*, solderont mes dépenses et me donneront une dizaine de mille francs à ajouter au *trésor-louloup*. Tu vois donc que j'ai bien raison de te dire d'être tranquille. Mais il faut nous bien porter tous les deux.

Ce qui me permet d'espérer, c'est la libération de ma plume; je ne dois rien à aucun libraire, et je ne dois rien à aucun journal (excepté l'affaire Dutacq avec *le Siècle*, qui s'éclaircira); je toucherai donc intégralement tous les produits de ma plume, ce qui ne se faisait point par le passé.

Je te rabâche tout cela, parce que je sais combien cela t'intéresse, et combien tu aimes à être au courant des affaires.

Donc, au 20 juillet, je me mettrai en campagne pour un apparte-ment à mon nom que je prendrai pour trois, six ou neuf années et je m'y établirai bien. Alors il faudra aller jusqu'à dix-huit cents francs de loyer peut-être. Je voudrais un rez-de-chaussée à jardin. Cela se trouve à la place Royale dans le Marais.

Hier, j'ai peu travaillé; j'ai eu la conférence avec M. Séd[illot]

qui m'a fait mal, et j'ai eu peur d'une inflammation de foie, au point
que j'avais envie d'aller chez le docteur. Mais le repos m'a suffi ; ce
matin, je suis bien. C'est le changement de temps. Nous avons eu
des orages autour de Paris, et nous avons passé de trente degrés à
la fraîcheur, sans transition. Maintenant, si le temps reste frais, je
vais pouvoir travailler pendant la journée. Je ferai [de la copie] pour
neuf mille francs, en juillet, environ. Quant à toi, petit *louloup*,
amasse pendant que je paie.

En voilà des affaires ! Maintenant je ne puis nous occuper que de
nous, et te dire que cette conclusion du plan que j'avais formé de
payer mes dettes avec ma plume et par moi-même en ne te coûtant
rien, me donne une satisfaction qui réagit sur mon cœur, et je
t'aime avec une ardeur incroyable, comme une conquête, comme
une chose pour laquelle on a fait des sacrifices. Je t'aime avec tout
le courage que j'ai eu, car j'ai fait ces choses vraiment héroïques
uniquement pour toi, pour avoir l'estime de celle que j'idolâtre,
pour que tu aimes autant mon caractère que mon cœur, et, enfin tu
as été l'âme de cette pertinacité. Le monde et le *qu'en dira-t-on* n'y
sont pour rien, car tu sais quel être fantastique la calomnie fait de
moi ! Ne t'étonne pas des sentiments que je t'exprime, mon Ève ; tout
vient de toi et tout y retourne. Tu es pour moi comme Dieu pour
la nature. Te plaire, avoir ton estime, être pour toi la source de tes
bonheurs, voilà ma jalousie. Aussi, quand quelque chose te déplaît
(comme la soirée Méry, à Marseille), j'en souffre pendant des mois
entiers. Je te dis tout, j'ai le cœur ouvert avec toi, je n'ai ni secrets
ni feintise, car je t'aime, au milieu de tant d'amour, comme un enfant
aime sa mère, parce que tu m'aimes aussi comme une mère aime
son enfant. Oh ! lire une lettre comme celle de Naples (la dernière),
si tu savais ce que c'est pour moi ! J'ai une hâte de ne plus te quitter,
de vivre avec toi, caché dans un coin pendant quelques années, qui
me fait rendre grâces au Dieu de Soleure, car c'est à lui que je
devrai de te tenir six mois sans témoins à t'ennuyer d'amour, car
j'ai eu peur de t'ennuyer de caresses et d'affection, comme un chien
mouillé qui se vautre sur son maître !

Adieu pour aujourd'hui. Je te presse avec une ivresse d'insensé
contre mon cœur, toi et *nous !*

Jeudi [25 juin].

Hier, chère bien-aimée, j'ai fait peu de feuillets; sept ou huit : ma tête était paresseuse; j'ai dormi dans la journée, ce qui ne m'a pas empêché de dormir de huit heures jusqu'à ce matin quatre heures et demie, et quand ces besoins de sommeil se font sentir, j'y obéis toujours. C'est la nature qui veut se refaire.

Hier, à neuf heures, M. Séd[illot] est venu m'annoncer comme je le prévoyais, l'acceptation de mes conditions de règlement et de paiement de ma dette par ma mère. Il lui faut deux mille francs sous huit jours et quatre mille à la fin de juillet, sept mille cinq cents à la fin de l'année et cinq mille cinq cents en février, puis deux mille en avril. Voilà donc une des plus fortes épines que j'avais au pied retirée.

Chouette devient très tourmentante avec ses sept mille cinq cents francs, et il faut impérieusement sept mille cinq cents francs pour terminer [l'affaire] Buisson. Telle est ma situation que je te rabâche.

D'un autre côté, quand nous serons dans un appartement au fond du Marais, tu ne pourras pas te passer d'une femme de chambre, d'une cuisinière et d'un domestique, ce qui, avec le loyer, la nourriture, etc., nous coûtera bien douze à quinze cents francs par mois. Ce sera, de septembre à avril, près de douze mille francs qu'il faut nous assurer.

Le corset d'A[nna] sera bientôt fini; tu veux ta mantille en soie verte garnie de dentelles noires. Est-ce toujours ton goût? Je voudrais un mot de toi là-dessus et que tu me discs si tu la veux immédiatement ou si tu attends que je te l'apporte. Un mot de réponse à ce sujet, je t'en prie, je n'achèterais la mantille qu'au dernier moment, pour avoir la forme et l'étoffe et la garniture les plus nouvelles. Veux-tu quelque chose de plus à Paris pour Anna, pour toi, dis?

Songe, mon petit Évelin, que cet hiver je pourrai vivre au grand jour, être propriétaire sans rien craindre, vendre mes meubles, faire représenter *Vautrin*, [*les Ressources de*] *Quinola*, sans rien redouter de mes créanciers, et que je n'en aurai plus. C'est à combler notre bonheur d'être dans un nid ensemble. Mais il faudra beaucoup travailler, et travailler près de toi, te sentir là, sera-ce du travail ? Ce sera toute joie ! quoi qu'il arrive, je ne doute plus de rien.

Allons, adieu. Voici six heures. Il faut faire cinq à six feuillets de copie, et je fermerai ma lettre après être allé à la poste, car si je trouve une lettre de toi et qu'il y ait quelque réponse à te faire, je le pourrai encore car je vais à Paris au *Musée des Familles*, et je pourrai mettre cette lettre à la poste à deux ou trois heures. Oh ! *louloup*, elle te portera de la joie, je l'espère, car il ne s'agit que de bien travailler une demi-année, pour nous trouver heureux du côté des finances. Mon plan se sera accompli : payer moi-même mes dettes et avoir le *trésor-louloup* devant nous !

Onze heures.

Ah ! méchant *louloup*, pas de lettre ; quelle douleur ! Et moi qui, au lieu de travailler à faire de la copie, t'écris des volumes ! Je ne suis pas récompensé par une réciprocité promise, promise, entends-tu ? Je n'ai trouvé que la lettre ci-jointe, pour Georges. Tu la lui remettras, et il décidera ce qu'il veut faire. Mais il faudra m'écrire promptement, surtout pour les insectes, qui sont dans mon cabinet.

Allons adieu, chère ange mille fois adoré[e] ; soigne-toi comme je me soigne moi-même, aime-moi comme tu es aimée, écris-moi comme je t'écris.

Point de nouvelles de Rome ; ces tableaux me font frémir, surtout en voyant que je ne fais pas dix feuillets par jour, et il le faut, cependant. Si tu savais comme je voudrais que nous fussions réunis, comme je voudrais être quitte de la Chouette, et goûter du bonheur d'être ensemble sans contrainte dans notre ménage, pauvre ou riche, n'importe, mais tous deux serrés l'un contre l'autre, toi rêvant, grondant, et moi travaillant !

Allons, il faut te quitter, recommencer demain à espérer une lettre, et faire de la copie, et te saluer à mon réveil, comme je m'endors dans nos souvenirs. Je te mets ici quelques fleurs épargnées par l'orage qu'il a fait hier et avant-hier. On ne peut pas plus aimer que je ne t'aime, et, après tant de bonheur, j'ai soif de toi comme au lendemain de Genève [en 1834].

La Chouette vient de partir pour aller à des affaires et à son

Elschoët; elle le ramènera. J'avais à sortir, voir Girardin, le *Musée des Familles;* je remets tout à demain, car si nous sortons tous les deux et que le paquet de Genève arrive, il en résulterait des frais.

Point de nouvelles de Moncontour! On voit bien que tu ne l'as pas vu. Il n'y a pas une des choses qui t'y effraient qui existe. Le château est habitable, les vignes se vendront facilement. Mais nous irons en septembre, voir ensemble Beaugaillard et Moncontour; *la veine* décidera. Ce qui m'effraie, moi, c'est un ménage à Paris. J'ai agité de laisser ici tout mon mobilier et de nous mettre à l'hôtel, avec des prix faits pour six mois, et de nous établir à notre aise et à ton goût.

Adieu, *loup;* adieu, mon Évelin chéri, mon Ève trop aimée, ma petite fille adorée; autant de fleurs, de pétales de roses, autant de baisers! Baiser pour *le petit,* baiser pour le min[ou], baiser pour les mignons, baiser pour cette belle bouche de corail, baiser pour chacun de tes yeux, baiser pour ce beau front, mon orgueil; baiser pour tout toi, pour tes jolies mains, pour ton cœur, pour tous mes trésors.

Écris-moi plus souvent, *louloup,* et aime-moi bien; pense comme je travaille et comme je m'occupe d'affaires!

La lettre qui t'a intriguée est de l'armateur du *Balzac.*

LIV

A MADAME HANSKA, A CREUZNACH.

[Passy, 26-27 juin 1846.]
Vendredi [26 juin].

Mon bon *louloup,* ma chère et adorée femme, j'ai tant écrit ce matin en me levant dès le jour; que je ne t'ai rien écrit jusqu'à cette heure (il est une heure et demie après midi) et je suis allé à la poste dans la profonde inquiétude où j'étais. J'ai trouvé ta lettre, et elle m'a redoublé les terreurs que tu as au cœur, car je les sens tout aussi vivement que toi.

Voici ce qui me semble certain, c'est qu'il est bien difficile que l'on trouve un maire assez ignare pour marier un naturel du pays avec une étrangère, qui n'aura qu'un passeport en russe pour toute pièce. Je t'ai déjà écrit cela, mais je te le répète, et nous ne pouvons être tirés d'affaire que de deux manières : ou l'appui de Fontenay à Stuttgard, ou en nous établissant dans une commune française frontière, où *le domicile* légal s'acquiert par six mois d'habitation ; mais il faudrait alors le prendre tout de suite, pour arriver à la date du 1ᵉʳ janvier. Maintenant, restera la question des pièces. J'irai à Metz, voir Germeau [1], car il y a des maires si ignorants par là, qu'il y a exemple de filles qui, signant pour leurs pères, se sont mariées contre le gré de leurs parents en faisant l'acte de mariage elles-mêmes, le maire ne sachant pas écrire !

Si ni l'un ni l'autre moyen n'étaient possibles, car il faut tout prévoir, il resterait un dernier moyen : c'est de tout donner à ta fille et de nous marier au grand jour, en demandant, toi, en Russie, à ton intendant, les pièces qui te sont nécessaires et il n'y en a qu'une : c'est l'acte de décès de M. de H[anski]. Tu pourrais le demander immédiatement, sous prétexte du mariage d'Anna.

Quant à l'abandon de tes biens, crois-moi, si tes enfants les gardaient, j'en serais fort peu préoccupé. Tu peux vivre et bien vivre avec ce que je gagne, et nous ferions une fortune avec le *trésor-louloup*. Cette perspective n'a rien qui m'épouvante, et Victor Hugo n'avait pas cela quand il a pris sa femme, qui n'avait rien. Crois-moi, mon Évelette, le parti le plus hardi est le meilleur. Aie tes pièces, et marions-nous à Stuttgard, après tes enfants. Tu le diras à ta fille, en lui confiant ta fortune, et, à la grâce de Dieu !... Au nom de mon bonheur, au nom de ta tranquillité, aie foi dans mon courage comme dans mon amour ; ces deux poèmes-là ne finiront qu'avec ma vie. Et, surtout, ne courbe pas la tête, ne te livre pas à des méditations noires. Seulement, cache tout jusqu'au mariage d'Anna, pour que ce ne soit pas un obstacle. J'irai à Metz te porter au delà de la frontière, ou même à Bingen, les choses que

---

1. Germeau, préfet de la Moselle, ancien condisciple de Balzac à Vendôme, auteur d'un ouvrage sur *le Tumulte d'Amboise* dont Balzac s'inspira pour *le Martyr Calviniste (Sur Catherine de Médicis)*. Cf. *Correspondance* de H. de Balzac (éd. Calmann-Lévy, in-12), t. I, p. 28.

tu sais, et j'aurai à te dire ce qu'auront dit le préfet et le procu-. reur du roi. Dans tous les cas, *au nom de Victor Honoré*[1], demande. impérieusement à ton intendant ton acte de naissance, et l'acte de décès de M. de H[anski] bien en règle, afin d'être prête à tout.

J'ai fait vingt feuillets ; je redouble de courage et de talent. Le sujet que j'ai fini a fait quatre feuilles au lieu de trois. Je vais travailler pour *le Constitutionnel*, et, après, je me mets aux *Paysans*. Il y aura de quoi payer toutes nos dettes.

Tu comprends que je suis pour le secret, à Stuttgard, s'il est possible, et je puis aller voir Fontenay. Je crois le secret possible. et alors je serais à Stuttgard pour le 15 août, selon ce que tu me dis. Dans tous les cas presse le mariage d'Anna ; qu'il se fasse au plus tôt.

J'ai eu hier un petit chagrin ; les roses que j'avais prises pour mettre dans ma lettre, ont été emportées par le vent pendant que j'étais sorti de mon cabinet pour aller dans ce petit cabinet que tu connais et qui est à côté, de sorte que Dieu sait ce que tu auras pensé ou penseras en ne trouvant point de roses. Il était si tard pour la poste que je n'ai pu y remettre des feuilles ; j'avais pris les seules que l'orage eût respectées.

J'ai pris chez F[essart] pour payer Hetzel, et je rétablirai chez F[essart] quand tu m'auras envoyé la lettre pour Rotschild.

Adieu, cher *louloup*, je sors pour aller chez F[essart], au *Messager*, etc., pour les affaires et pour l'argent. Hélas, il n'y a plus que du travail pendant la veille, et il faut redoubler de courage, car je veux être tout à toi et ne plus rien devoir. Allons, un bien tendre baiser ; soigne-toi bien, n'aie pas de rêveries noires, car je t'aime de toutes les forces de mon cœur, de mon âme et de mon esprit, et ce n'est pas trop pour une si adorable créature. Chaque lettre de toi me rend fou de bonheur.

A demain. Mais tu n'auras qu'un mot.

Samedi [27 juin].

Mon Ève chérie, je vais faire partir cette lettre aujourd'hui, au lieu de la mettre à la poste demain, car elle te porte des conseils que je désire que tu lises le plus tôt possible, tant il est urgent de

---

1. L'enfant espéré (voir p. 252 et 328) mais qui n'arriva pas à terme.

les suivre. (C'est relativement à tes actes.) Avec les actes dont
je te parle, ton acte de naissance, de mariage, et de décès do M. [de]
H[anski], nous pouvons être mariés dans une commune frontière,
cela est sûr.

J'ai relu ta lettre, et ces mots : « si je vis », m'ont causé un
frisson mortel. Ne parle jamais ainsi, si tu m'aimes. Ta mort serait
la mienne. Il n'y a que toi qui me retiennes dans la vie ; elle est si
affreuse depuis que je t'ai quittée, que le dégoût m'en prendrait si
je ne t'aimais pas. Je ne te dis pas ce qui m'arrive ; mais crois-moi,
ma mère m'a fait boire un calice bien amer. Hetzel a comblé la
mesure des atrocités ; ces trois mille francs à payer dérangent toutes
mes combinaisons, et, pour être libre au 15 août, il faut travailler
nuit et jour, sans relâche, et aurai-je fini *les Paysans?* C'est douteux. Enfin, la Chouette a montré son vrai caractère, et tu as bien
tristement raison. Il faudrait pouvoir lui jeter ses sept mille
cinq cents francs à la tête et la mettre à la porte. Croiras-tu qu'elle
m'a menacé de *nous* faire le plus de mal possible. Elle veut se venger
des torts qu'elle a eus. C'est la digne élève de Latouche [1].

Va, ma Nini, ne te préoccupe pas de ces tourments, je les mets
sous mes pieds en pensant à nous. Un pareil bonheur se paie et
s'achète. J'ai pris mon parti ; je vais travailler comme à Lagny, et
j'achèverai ma tâche et le payement de ma dette. Si je t'ai touché
quelques mots des vilenies qui m'oppressent, c'est que tout est fini.
Hetzel est payé, ma mère est arrivée à composition. Mais il faut
remplacer chez M. F[essart] ce qui est sorti de sa caisse ; il faut
compter six mille francs le mois de juillet à ma mère, et il faut
donner sept mille cinq cents francs à la Chouette. Tout cela fait
un total de dix-sept mille cinq cents francs, et c'est de l'argent. J'en
vois bien quinze mille environ ; mais il faut que ma plume et mon
imagination arrivent à heure fixe, et que bien des volontés s'accor-
dent. Néanmoins, jamais je n'ai eu tant de courage, car jamais je n'ai
eu tant à sauver !

Ai-je besoin de te dire que je t'aime ! Il pleut à verse ; les fleurs

---

1. Hyacinthe Thabaud de Latouche, dit Henri de Latouche, qui fut l'initiateur
et le premier maître de Balzac, puis se brouilla avec lui. Cf. F. Ségu, *Un maître
de Balzac inconnu* (Paris, 1928, in-12).

sont mouillées; je ne peux que t'envoyer mille caresses. Oh, comme je te serre sur mon cœur!

Les actions du Nord baissent effroyablement. Tu vois que j'avais raison. J'ai acheté trop tôt. C'est de l'argent de perdu. Aussi, si la baisse était de cent francs, achèterais-je avec les onze mille cinq cents francs, car jamais je ne toucherai au *trésor-louloup*. Je suis très heureux d'avoir tout placé, et de trouver toutes mes ressources dans mon travail. Tu me guériras de mes fatigues, quand nous nous retrouverons ensemble. Quelques nuits suffiront, tu es la vie pour moi. Ton contact me ranime!

J'ai dîné chez madame Merlin avec Custine, et nous avons causé de Théano [1].

LV

A MADAME HANSKA, A CREUZNACH.

[Passy,] dimanche [28 juin 1846].

Mon cœur aimé, je viens de terminer *le Parasite*, car tel est le titre définitif de ce qui s'est appelé *le Bonhomme Pons*, *le Vieux Musicien* [2], etc. C'est pour moi du moins, un de ces chefs-d'œuvre d'une excessive simplicité qui contiennent tout le cœur humain. C'est aussi grand et plus clair que *le Curé de Tours* [3]; c'est tout aussi navrant. J'en suis ravi. Je t'en apporterai l'épreuve.

Je vais me mettre sur *la Cousine Bette*, roman terrible, car le caractère principal sera un composé de ma mère, de madame Valmore [4] et de ta tante Rosalie [5]. Ce sera l'histoire de bien des familles.

---

1. Ou plus exactement Teano, voir note p. 230 et 315.

2. Et enfin *le Cousin Pons*.

3. Paru en 1832.

4. Madame Desbordes-Valmore, la poétesse à laquelle Balzac dédia *Jésus-Christ en Flandre* et qui fut grande admiratrice du romancier.

5. Rosalie, née Lubomirska, dont la mère avait été guillotinée en 1794 et qui eut pour mari Wenceslas Rzewuski, dit l'Émir, cousin germain du père de madame Hanska (voir plus haut p. 152 et 374).

Hier, ma chérie, j'ai eu bien du malheur, *le Messager* ne demandait pas mieux que de *reproduire*, pour deux mille francs, *Madame
de la Chanterie*, que tu as lu à Lyon, et je voyais déjà le désastre
causé par Hetzel en partie réparé. Mais le libraire, un cessionnaire
de Chl[endowski], a été inexorable. Il n'a pas voulu consentir à
cette insertion, même en recevant une partie du prix. Et *le Messager*
est envoyé *gratis* aux pairs et aux députés! C'est un journal qui
tire à mille exempl[aires]! J'ai échoué contre le plus stupide mauvais vouloir que j'aie rencontré. J'avais fait deux lieues à pied pour
trouver le manuscrit, le donner à Durangel, tout préparer, et ç'a été
perdu. C'est pour te faire apercevoir ce que sont les affaires en
littérature et ce que sont les libraires. Ma journée a été perdue, et
c'est malheureux.

Je t'enverrai aujourd'hui ce petit bout de lettre, car j'ai peur que,
dans ton état, tu ne t'effraies des menaces de la Chouette. Ce n'était
qu'une de ces grossièretés comme en disent les filles de la campagne.
Elle est passée de l'insolence à l'abattement et à la soumission, et,
comme elle ne menace que notre bonheur, en espérant le troubler
par des calomnies, c'est inattaquable. Elle est furieuse de me voir
opposer un calme constant et une fermeté d'Anglais à tous ses enva-
hissements; elle voudrait *me plumer*, en toutes lettres, et son désin-
téressement, c'est l'avarice pour *sa chose*. Je la tiens à une grande
distance. Enfin, elle sera mariée d'ici au 15 août, avant mon départ.
Si je t'ai dit cette querelle (à propos d'une bague qu'elle voulait que
je lui donne), c'est que je te dis tout. Mais une fois la lettre lâchée
dans la gueule de la poste, j'ai pensé au cœur tendre et craintif de
mon Ève, à ses rêveries noires, et j'ai pensé que tu pouvais aussi bien
rire que t'épouvanter, et il n'y a qu'à en rire. Je te dirai qu'elle tire
à elle le plus qu'elle peut; elle veut se faire un ménage. Els[choët]
n'a rien; il faut qu'elle paie quatre mille cinq cents francs de dettes
sur ses sept mille cinq cents francs, et elle est très alarmée de son
avenir. J'ai déjà refusé de faire des démarches pour le *sposo*. J'ai dit
que j'avais besoin des ministres pour *Vautrin*, etc. *Inde iræ!* Enfin,
mon intérieur est un petit enfer. Tu ne sais pas quelle force de caractère il faut pour contenir cette *Flore Brazier* [1]. Si tu pouvais être, invi-

---

1. Héroïne de *la Rabouilleuse*.

sible, sous mon toit, tu m'admirerais, car je travaille au milieu des
plus grands ennuis que j'aie eus. Songe qu'il faut deux mille francs
à ma mère mardi. Je compte sur ta lettre à Rotschild, car je ne serai
pas payé du *Parasite* avant huit jours.

Écris-moi donc s'il faut t'envoyer les journaux jusqu'à la fin
du mois de juillet, car tu aurais une lacune.

Les occupations, les travaux, les difficultés du règlement des derniers soixante mille francs de dettes à payer, toute cette masse de
soucis comprime au fond de mon cœur le désir de voir et d'avoir
mon *loup*. Mais ce besoin si impérieux se fait sentir, pour l'âme bien
entendu, car le b[engali] dort endormi par les travaux litt[éraires] et
le café. Je ne veux te revoir qu'ayant fait *les Paysans* et *la Cousine
Bette*. Cet ordre du jour que je me suis donné m'imprime une force
dans le travail que je ne me suis jamais connue. *Le Parasite* et *la
Cousine Bette* seront payés neuf mille francs. C'est Hetzel, et les six
mille francs de ma mère. Cela fait quatre volumes qui feront quatre
mille cinq cents francs (en librairie), à [donner à] la Chouette. Je la
compléterai par trois mille francs pris sur *les Paysans*, et je ferai
une *Nouvelle* pour subvenir au ménage, jusqu'au 15 août. Le solde
des *Paysans* achèvera le compte de ma mère, et il ne s'agit plus que
de trouver sept mille cinq cents francs pour Buisson et de l'argent
pour M. Fessart, environ trois mille francs encore. Une fois réunis,
cet hiver, à compter de septembre, je travaillerai à trois ouvrages :·
les Petits Bourgeois et *le Théâtre comme il est*, puis *le Député d'Arcis*,
qui valent l'un dans l'autre, trente-six mille francs. Ainsi, tu vois
que non seulement mes dettes seront payées, mais que j'aurai même
environ seize mille francs à moi, à la fin de l'hiver. Ce serait le
versement du Nord, si le hasard voulait que nous fussions obligés
de garder nos actions, car, moi, je préfère les garder jusqu'au
moment où l'exploitation sera bien faite et les produits connus. Le
Nord pourra aller alors à mille soixante-quinze francs [l'action], et, à
mille soixante-quinze francs, nous aurions cent quarante mille
francs dans le *trésor-louloup*. Ce *trésor*, mon Évelin, c'est la pierre
angulaire d'une fortune. Je me suis juré à moi-même, depuis la
certitude sur Soleure, que pendant dix ans nous ne distrayerions
rien de ce *trésor*, et qu'il ferait la boule de neige. Je veux qu'alors il
s'appelle *Million*. Ainsi, suppose que nous n'avons rien.

Là est le secret de mes travaux, de mon courage, car tout cela, c'est *toi*, c'est *nous*, c'est Évelette, Noró, Victor, la plus belle trinité connue, après celle du ciel!

Oh! aimée, oh! chérie, oh! *louloup*, comme je te presse parfois, absente, sur mon cœur! Quel redoublement, que j'avais cru impossible, dans ma tendresse et mon amour! Je ne pense plus au bric-à-brac, va! si ce n'est pour notre lit. J'aurai les colonnes de Gênes et je vais nous faire faire un lit qui soit une maison. Quand, par moments, je repasse dans mon esprit tes divines qualités, tes charmes d'esprit et de corps, il me vient des larmes aux yeux, et une impatience de t'avoir à jamais à moi, sans entraves ni secret, qui me fait me renverser sur mon fauteuil et pousser des gémissements!

Adieu, fleur de ma vie et force de ma force, adieu, chère créature, la seule à qui ait été dû le nom d'ange; adieu, ma belle et tendre femme, mon bonheur et ma richesse! Que ce petit bout de papier t'apporte le calme, comme il t'apporte l'amour éternel, l'éternelle fidélité, tout le sang et toute la pensée de celui qui, depuis treize ans, s'est dit ton Noré, ton bien, ton ami, un second toi-même que Dieu a créé pour que tu puisses être aimée!

Mille caresses.

Je vais voir à te faire envoyer *le Courrier* [*français*], qui publie un roman de Sand [1], car tu n'as que des journaux ministériels; il te faut lire l'opposition.

LVI

A MADAME HANSKA, A CREUZNACH.

[Passy, 28-30 juin 1846.]
Dimanche [28 juin] midi.

Mon bon petit *loup* adoré, le dimanche il faut que les lettres soient mises à la poste à dix heures pour qu'elles partent. Ainsi je n'ai pu mettre un mot de réponse à la lettre que j'ai trouvée en apportant

---

1. *Lucrezia Floriani*, publié dans *le Courrier français*, à partir du 25 juin 1846.

celle que je viens de jeter à la boîte. C'est bien chagrinant; car je
t'aurais dit que ta lettre aux R[othschild] va embrouiller tes affaires.
Tu y dis d'acquitter les onze mille cinq cents francs, car tu leur
payeras cette traite à Francfort, s'ils la retournent. Si tu en as donné
la valeur à Francfort, et que tu la paies, ce serait la payer deux fois.
Je ne vois pas pourquoi tu ajoutes cette phrase, quand je t'avais
écrit la substance même de la lettre. Ceci va m'embarrasser beaucoup.

Enfin, à la première lecture de ta lettre, j'ai eu d'autant plus de
regrets d'avoir mis la mienne à la poste, que je voulais te dire
d'écrire que quand tu le pourras, je sais que cela te fatigue et je
me résignerai. C'est un de ces sacrifices réels que je fais, car ils te
prouveront que je t'aime mieux que moi-même, que mon plaisir,
que mon bonheur. Ne te fatigue pas, pense à moi, n'écris plus,
soigne-toi. Je t'aime plus que jamais, je te bénis à tous moments, et
je t'embrasse. Sois jeune, sois tout ce que tu voudras; je ne t'aime
pas précisément à cause de ta beauté; tu peux devenir laide et vieille,
tu ne me verras jamais changer.

A demain.

Lundi [29 juin], deux heures.

Je suis allé chez les R[othschild]. Je n'ai pas parlé aux barons,
mais à un commis, à qui j'ai montré ta lettre, en lui disant que je
ne pouvais pas la laisser, à cause de la dernière phrase.

— Si madame la Comtesse a une lettre de change de votre comptoir de Francfort, ai-je dit, c'est qu'elle en a donné la valeur, et il
est inutile que je vous donne une lettre où elle paraît reconnaître
qu'elle en doit le montant, car si elle n'en a pas fourni le montant
à Francfort, elle y a un compte; cela se régularisera.

Le commis ayant, en effet, trouvé la chose inexplicable, et suffi-
samment garanti par ma moralité, s'est contenté de ma signature
au dos de l'effet, et a payé, moins cinquante-neuf francs, car l'effet
est à deux mois, et je brûlerai ta lettre.

Là, on m'a assuré qu'avant peu l'on verrait le Nord à plus de
mille francs l'action. Mais, mon doux Évelin, je n'attendrai pas ce
chiffre, et à neuf cent soixante-quinze francs, je vendrai, car alors,
à neuf cent soixante-quinze francs, le *trésor-louloup* aura cent vingt-

sept mille cinq cents francs en caisse. Dans tous les cas, sauf une
somme de trois mille francs que je veux avoir devant moi, j'achèterai encore vingt-cinq actions, si cela descend à sept cents francs.
Il est impossible que le Nord ne monte pas à douze cents francs, et
même à quinze cents. Mais je crois qu'à mille francs, il y aura
certainement une réaction de baisse, par suite de l'empressement
que l'on mettra à vouloir réaliser des bénéfices, et il [sera] possible
de racheter à sept cent cinquante francs ce que j'aurai vendu
à neuf cent soixante-quinze, ce qui suffirait à payer le reste de mes
dettes.

Mon ouvrage est terminé. C'est l'un de mes plus beaux. Je ne sais
pas encore où il ira; c'est à *la Semaine* ou au *Constitutionnel*. Demain
je commence *la Cousine Bette*.

Ce payement est venu bien à temps. Je vais rendre quatre mille
francs à M. F[essart] et payer deux mille francs à ma mère, et je
rétablirai [cela] au *trésor-louloup* avec le prix de *la Cousine Bette* et
du *Parasite*. Voilà un exemple de l'espèce de sécurité que me donne
le *trésor-louloup*. Ça m'ôte des inquiétudes.

Si l'on envoie les tableaux de Rome, eh bien, je suis en mesure.

Il va falloir arranger mon appartement à Paris. Je vois annoncée
une petite maison avec jardin, rue d'Assas, près de David. Cela
me conviendrait beaucoup; c'est le quartier que tu désires. Eh! bien,
mon *louloup*, quand même je louerais deux mille francs en six
ans, cela ferait dix-huit mille francs, y compris les dépenses à y
faire pour l'installation, et quatre mille francs, au moins, de
mobilier, tandis que si nous achetions et meublions une maison,
cela représenterait six mille francs au moins par an d'intérêts perdus,
et, en six ans, ce serait trente-six mille francs, sans l'intérêt des
intérêts. Il y a donc du bénéfice à être à loyer. Dans ces six années
nous amasserons la valeur d'une maison. Tu vois comme l'incertitude de ton avenir m'a rendu prudent. Il faut s'inquiéter d'un cuisinier
(car c'est préférable à une cuisinière), d'un valet de chambre et
d'une femme de chambre. Ceci fera quinze cents francs de gages
par an; deux mille francs de loyer (trois mille cinq), mille francs par
mois pour la dépense de la maison (quinze mille cinq). Tu vois qu'en
mettant dans ma dernière lettre la dépense à quinze cents francs
par mois, je n'exagère rien, et il n'y a pas là de voiture comprise.

Avec la voiture ce sera deux mille francs par mois, pour vivre très économiquement à Paris. Vois-tu que la campagne pendant sept mois était une belle combinaison? Moncontour (dont je n'ai pas de nouvelles) rapporte quatre mille francs par an, en moyenne; c'est donc une excellente affaire. Mais j'avoue que je ne veux pas de Moncontour, tant que je n'aurai pas cent mille francs de plus que la valeur de Moncontour entre les mains, parce que cent mille francs devant soi, à toujours faire valoir et faire grossir, c'est une fortune. Peut-être aurons-nous dans le commencement de l'année 1847 les cent mille francs et Moncontour. Il faut toujours un appartement à Paris, et nous ne pourrions pas aller habiter la Touraine (pays à cancans), dans la situation *soleurienne* où nous sommes. Ainsi du 15 juillet au 15 août, mon déménagement s'opérera. Puis, à ton arrivée, je mettrai le bail à ton nom, et tu iras comparer Beaugaillard et Moncontour. Qui sait si en septembre ou octobre, le *trésor-louloup* n'aura pas gagné quarante ou cinquante mille francs? En vendant à neuf cent soixante-quinze francs, j'ai cent vingt-sept mille francs, et si le Nord retombait à sept cents francs, je rachèterais trois cents actions, pour quatre-vingt-dix sept mille cinq cents francs. Il y aurait en caisse juste trente mille francs. Or, comme ton frère Er[nest] finira toujours par te rendre tes vingt-cinq mille francs, nous ne serions pas embarrassés d'acheter soit Beaugaillard, soit Moncontour, car, dans l'hiver, moi j'aurai vingt mille francs, à peu près à moi, mes dettes payées. Oh! bon La Fontaine, quelle fable que *Perrette et le pot au lait.*

Comme il m'est impossible d'avoir un lit qui coûte moins de mille francs pour notre chambre, il faut absolument avoir les colonnes de Gênes, car il faut penser à meubler et arranger l'appartement. Cela ne se fera pas tout seul. Je compte quatre mille francs de mobilier [pour] le meuble du salon, celui de ta chambre, etc., les rideaux, les cheminées, etc., et mille francs d'arrangements, en peinture, etc. (j'en ai eu pour mille francs, ici, en m'y établissant). J'ai bien besoin de linge. Il me faudrait au moins six paires de draps de maîtres et douze paires de draps de domestiques, pour commencer, car si nous avons Moncontour ou Beaugaillard, il en faudra bien davantage; puis, au moins six services damassés pour six [personnes] et trois pour neuf et trois pour douze. Tu feras tout cela à Dresde si tu trouves de la belle toile tout fil au prix que je te dirai, car il faut prendre les plus bas de France.

D'ici au 20 juillet, j'aurai trouvé un appartement. Tu auras, comme tu l'as voulu, ta chambre toute en Boule [1], sauf le lit, car il ne s'en faisait pas. Les lits étaient dorés; mais nous aurons un lit comme celui des Balbi, tu sais, à Gênes, et grand comme celui de Domo d'Ossola. Ta chambre reviendra à trois mille francs, mais ce sera éternel et tu croiras qu'on y aura dépensé vingt-cinq mille francs. Le salon en coûtera bien autant et mon cabinet environ deux mille francs. C'est huit mille francs en tout, mais je me servirai de tout mon mobilier. Comme j'ai Passy jusqu'au 1er avril 1847, nous y laisserons tout ce qui pourra servir pour la campagne, si nous en avons une. Est-ce sage? Es-tu contente, chère Évelette?

Je crois que je n'aurai pas besoin de plus d'un tapis pour le salon, les miens sont encore assez bons pour faire la chambre à coucher et le petit salon de travail en marqueterie de mon *louloup*.

Allons, adieu pour aujourd'hui, car voici bien du temps que je bavarde avec toi; mais je suis rentré à trois heures moins un quart et le dîner va être servi. Demain, il faut aller chez Girardin, chez M. Séd[illot] et chez M. F[essart].

Mardi 30 juin.

Oh! mon bon Évelin, ma pauvre Linette, voilà un mois d'écoulé; je n'ai fait qu'un ouvrage, six feuilles de *la Com[édie] Hum[aine]*! Voilà ce que c'est que les affaires; elles ont dévoré la moitié de mon temps. Tu ne te figures pas ce que sont les courses : c'est des journées entières perdues.

Écris-moi bien quand tu veux que j'apporte les paquets, le corset, les insectes, car il faut prendre quinze jours à l'avance sa place à la malle. Dis-moi donc aussi si tu veux les journaux jusqu'au 1er août.

Je me suis levé très à l'heure, à une heure et demie du matin, pour tâcher de regagner le temps perdu dans les affaires, mais cela me fatigue beaucoup. Néanmoins, je me porte à merveille. Un grand but à atteindre et un grand courage donnent toujours de la santé, tu vois; nous l'éprouvons tous deux. Me voilà revenu aux grandes traditions de mes plus obstinés travaux. Je suis endormi à sept heures

---

1. Ou plutôt Boulle, le célèbre ébéniste.

et levé à deux heures du matin, et les feuillets vont se faire par dix ou douze tous les matins. Il me semble que faire cela, c'est te dire : « Je t'aime », et alors je vais!

Une fois la créance Buisson liquidée, tout sera fini. J'aurai ma tranquillité. Juge ce que c'est que d'avoir à finir *les Paysans* et trois nouvelles, pour du 5 au 20 août, en allant te voir trois jours! C'est un miracle.

Adieu donc pour aujourd'hui, chère Évelinette, mon trésor de force et de bonheur; adieu! Tiens, il me semble que je te tiens en ce moment et tu devrais, en lisant cela, te sentir couverte de baisers et serrée dans les bras de ton pauvre *loup* exilé. Oh! il faut savoir que nous serons dans trois mois l'un à l'autre, pour supporter, comme je le fais, les travaux, les affaires et le chagrin d'être à cent lieues de toi, dans l'état où tu es, où la présence te serait si bonne! Adieu.

Si tu savais comme le *Christophe Colomb* me fait plaisir! Va, ne regrette pas l'argent que tu en as donné, mais il faut l'encadrer. Là est le *hic*. Je suis sûr que j'aurai un mémoire de cinq cents francs pour les cadres seulement et plus de cinq cents francs de dorures pour le meuble du salon, sans compter cinq cents francs de glaces. Il faut une pendule de salon; c'est encore cinq cents francs. Oh! il est très probable que je ne trouverai l'appartement qu'aux environs de la place Royale, si ce n'est à la place Royale. Il faut une bibliothèque, un cabinet, une chambre à coucher, un salon, une salle à manger et une antichambre avec des dégagements. C'est six ou sept pièces, en comptant ton petit salon, quatre chambres de domestiques, une cuisine, etc.; c'est très vaste. Madame Hugo m'a dit que cela coûterait deux mille francs à la place Royale.

Tout cela m'inquiète et me tracasse; je voudrais avoir trouvé, car c'est quelque chose que de se loger pour six ans.

Comme je bavarde avec toi! Je ne peux pas toucher à la plume! Je me dis : « Je vais lui écrire deux mots : je me porte bien et je travaille. » Mais non; tout ce que je pense, toutes mes idées, il faut que je te les communique et que je sache ce que tu en penses. N'est-ce pas singulier que mon ami ne me dise rien de Moncontour?

Allons, adieu. Il faut se mettre à l'ouvrage. Ne pense plus *aux miens;* j'ai fini par mettre un voile de plomb sur tout cela. Je les verrai peu; tu ne les verras jamais.

Sais-tu que, maintenant que j'ai tout payé, le *trésor-louloup* a subi une perte de deux mille francs pour des folies? Et je veux les lui rétablir, car il est aussi en débet de mille francs, p[ar] mon voyage. C'est trois mille francs de moins. J'ai eu quatre-vingt-seize mille francs et une fraction, plus, hier, onze mille cinq cents. Cela forme une somme de cent sept mille cinq cents francs. Je prends les cinq cents francs pour payer vos commissions, les insectes, Froment [-Meurice], le mantelet, etc., et pour aller vous voir. Reste à cent sept mille francs, huit cents francs d'intérêts que je vais toucher, c'est cent sept mille huit cents francs. J'y dois cinq mille francs pour mon compte, et trois mille cinq cents francs de moins pour les causes ci-dessus. Je n'ai donc pu employer que quatre-vingt-treize mille francs, car j'ai six mille huit cents francs en caisse. Si je vends cent vingt-sept mille cinq cents francs les actions [du Nord], que dis-tu d'un bénéfice de trente-quatre mille francs? Oh! si cela se réalisait, je serais bien heureux.

Tu vois, Linette, que je suis un bon comptable. D'ici à la fin de la semaine j'aurai rétabli mes cinq mille francs. Cela me fera onze mille huit cents francs. Si nous pouvions rétablir les trois mille cinq cents francs dépensés en mobilier, tableau, [*Adam et*] *Ève* (oh! c'est un délicieux tableau!), cela ferait près de quinze mille francs disponibles. Voilà pourquoi je te crie : économise! C'est ce que je fais ici, crois-le bien.

Adieu, et un million de caresses.

LVII

A MADAME HANSKA, A CREUZNACH.

[Passy, 1ᵉʳ-2 juillet 1846.]
Mercredi 1ᵉʳ juillet.

Mon Évelette chérie, j'ai un petit malheur à t'annoncer. L'excessive chaleur a décollé les ornements de ta petite table en porcelaine que tu aimais tant, et qui vient de chez le petit juif d'Amsterdam. C'est fabriqué en Hollande; c'est chinois comme moi!... Tout le vernis s'écaille et tombe; je ne t'ai pas dit ce que j'en pensais, car c'était ta fantaisie. Crois-moi, *bricabraquer* est une science. J'ai bien peur pour la cuvette de cette petite table; elle est trop laquée pour ne pas être fendue. Accepte cette petite contrariété; ce n'est pas grand' chose.

Autre chose. Si le Nord baisse jusqu'à sept cents j'en prendrai encore, pour ne pas laisser dormir les fonds. Je te dirai que Rotschild m'a communiqué les bulletins de recettes, et on fait vingt mille francs les jours ordinaires, et trente mille les dimanches. Or, les stations les plus productives ne sont pas ouvertes et le service n'est pas encore installé en grand; on ne prend encore ni marchandises, ni charbons de terre, et il est hors de doute que l'on fera cent mille francs par jour dans six mois, et plus quand les trois embranchements seront finis et, Amiens à Boulogne terminé, ce sera trente à quarante millions de recettes. C'est, en effet, le plus beau placement. Mais l'impatience française est telle, en spéculation, qu'on s'irrite du moindre retard. M. [de] Margon[n]e me citait un monsieur de Touraine qui a vendu de l'Orléans à quatre cent cinquante francs, cinq cents francs au-dessous du pair, et l'Orléans est à douze cent cinquante francs aujourd'hui !

Mon *loup* bien-aimé je suis épouvanté de la cherté des loyers. On n'a rien pour trois mille francs à Paris. La maison de M. Lingay, que j'ai pu avoir pour soixante-dix mille francs, en vaut cent quarante mille aujourd'hui, et l'on en veut huit mille francs de loyer. L'affaire Beaujon est flambée! Ç'a été vendu soixante-huit mille francs, *judiciairement*. Crois-moi, Beaugaillard ou Moncontour sont d'excellentes affaires, il faut y mettre notre établissement principal et chercher un pied-à-terre à Paris. C'est le plus sage et le plus rationnel. A Saint-Avertin comme à Vouvray, les paysans sont riches, et quand on vend en détail, on a toujours acquéreur. Or, l'un ou l'autre ne nous coûtera que quarante à cinquante mille francs. Si le Nord va jusqu'à neuf cents, nous pouvons avoir une jolie somme devant nous, et l'une ou l'autre de ces propriétés payée.

Sur le compte d'Odessa, il me revient près de cinq cents francs d'erreur à mon profit, en sorte que le cher *trésor* s'est grossi.

Véron est tombé malade. Voilà une affaire arrêtée.

J'ai le corset d'Anna, qui est un bijou. Mais j'ai la quittance de

ma mère, ce qui est une toute [*sic*] autre affaire. C'est fini d'hier.
J'ai souscrit pour dix-neuf mille francs d'engagements : quatre mille
francs à la fin de juillet, sept mille cinq cents à la fin de l'année,
cinq mille cinq cents à la fin de mars 1847 et deux mille francs fin
avril *idem*. Je n'ai vu personne, depuis mon retour, de chez ma
sœur ; conçois-tu cela ?

Tout hier j'ai couru ; il a fallu aller deux fois chez le cousin de ma
mère. C'est des trois ou quatre heures perdues chaque fois.

Ma Linette, ne m'écris que lorsque tu le pourras, je t'en supplie.
C'est la plus grande preuve d'amour insensé que je puisse te donner,
que de te dire cela. Soigne-toi bien. Mille baisers.

> Jeudi matin, 2 juillet.

Je ne t'ai même pas répondu s[ur] la mort de L[ouis]-Ph[ilippe],
qui se porte à merveille. Je viens de relire ta lettre pour voir si j'oublie de te répondre à quelque chose. Les insectes, joints à ceux
demandés par Georges, sont tous nouveaux ; voilà pourquoi il ne s'y
reconnaît pas. Il a le fameux insecte si rare de la Guyane.

Allons, ça va partir. Aujourd'hui, j'irai voir la [maison de la] rue
d'Assas, et aussi la rue Neuve-Saint-Paul, qui est près de l'église
Saint-Paul, rue Saint-Antoine, en face l'île Saint-Louis.

Adieu ma Line, ma chérie ; je te baise partout, ô mon pauvre
min[ou], si souvent béni de mon amour, comment va-t-il ?

Enfin, il faut travailler, car, travailler, c'est t'aimer activement.
Adieu, aimée.

LVIII

A MADAME HANSKA, A CREUZNACH.

> [Passy, 3-5 juillet 1846.]
> Vendredi 3 juillet.

En cachetant ma lettre, hier, je t'ai dit, ma bonne et chère Évelette, que j'allais voir une maison, et j'ai effectivement trouvé une
délicieuse petite maison aux Batignolles, tout ce qu'il nous faut.

Mais on l'annonçait pour trente mille francs, et il paraît qu'on en veut cinquante mille francs. Puis il y a un terrain qu'on est forcé d'acquérir et qui est de dix mille francs, et il y aurait dix mille francs de dépenses. C'est, au total, environ soixante-dix mille francs. Or, pour mettre soixante-dix mille francs à une acquisition, ne vaut-il pas mieux acheter Moncontour ou Beaugaillard qui donnent du revenu? Et cependant Captier, l'ami de Claret, m'a donné le conseil d'acheter, tant l'affaire est bonne. Moi, je suis pour un appartement et une des deux choses en Touraine, ou un appartement et rien; car, à la mort de L[ouis]-Ph[ilippe], toutes les propriétés immobilières tomberont et rien ne vaut les capitaux en main. Enfin, il ne faut pas se placer dans la condition d'être obligé de vendre. Si j'avais eu les espèces en main, j'aurais acheté néanmoins, car on nous laisse le prix, à cinq pour cent, entre les mains, et, à supposer que les Batignolles coûtent cinquante mille francs de première acquisition, nous aurions eu deux mille cinq cents francs de loyer, et à payer moitié dans un an et moitié dans deux ans. Ça m'allait parce que c'était nos bénéfices présumés dans le chemin de fer. Je dirai à mon notaire d'aller à trente-six mille francs pour la maison. Si je l'ai, nous aurons une petite charmante maison, mais où tout est bas d'étage. J'aurais vingt mille francs de dépenses, et cinquante mille à payer en deux ans. Nous serions installés pour la fin de septembre. Cette affaire m'a pris tout mon temps depuis jeudi.

J'ai eu ta dernière lettre, où tu me dis que tu vas à Francfort, et celle collective, d'A[nna] et de Georges. Tout ce que tu me dis sur ta santé m'inquiète. Aussitôt *la Cousine Bette* finie, je vous irai voir, et je reviendrai faire *les Paysans*.

Tu me demandes ce que rapporte *l'Instruction criminelle;* mais ces trois mille francs-là ont été remis dans le *trésor-louloup* à qui je les devais, pour autant remis à M. F[essart]. Quant aux *Parents pauvres*, les deux histoires vont au *Constitutionnel*, et sont payées six mille francs. Ça rentrera au *trésor-louloup*, qui a payé les trois mille francs Hetzel et les deux mille de ma mère, plus cinq cents pris p[our] le ménage, et je remettrai cinq cents francs à la Chouette, à-compte sur les sept mille cinq cents francs. Je serai sans argent encore. Il faudra payer quatre mille francs à ma mère, sept mille à la Chouette. C'est onze mille francs que *les Paysans* donneront, à *la Presse*. J'aurai

devant moi : *primo*, le règlement de compte de *la Com[édie]*
Hum[aine] ; *secundo*, la valeur, en librairie, des *Paysans* et des
Parents pauvres; et, *tertio*, trois autres travaux que je ferai quand
nous serons établis : *primo*, une *Nouvelle*, pour le *Musée des*
Familles; secundo, un roman de sept feuilles sur la vie politique;
tertio, un roman de seize feuilles sur la vie de province. Puis, *les Petits*
Bourgeois. Tout cela paie mes dettes, au delà. Aussi, avais-je bien
envie de la maison des Batignolles; c'est un vrai nid d'amoureux,
sans grandes dépenses, un joli jardin, de l'ombre, du silence. J'irai
jusqu'à trente-six mille francs, payables en deux ans, et dix mille
cinq cents francs pour le terrain qui est contigu.

Adieu; j'y retourne. Mille baisers.

Samedi 4 [juillet].

J'ai tout revu en détail, avec Captier; il s'engage à tout arranger
pour dix mille francs. Les frais vont à trois mille francs, pour
trente-six mille. Ce serait l'emploi des treize mille francs que
possède le *trésor-louloup*. J'aurai sept mille francs de dépenses pour
l'installation, mobilier, déménagement, etc. : C'est à considérer.
Nous serions là très bien. La vue est tranquille; l'exposition est le
levant et le couchant. C'est bien le chalet ignoré, l'habitation que
tu désires. Quand je pense que nous avions décidé la maison Salluon
où nous avions pour cent cinquante mille francs de dépenses et
d'acquisition, et que j'hésite à m'arranger là, c'est te donner la
mesure de ma prudence, car, enfin, dans un an d'ici tu peux
avoir les vingt-cinq mille francs de ton frère, et dans deux ans nous
pourrons bien payer vingt-cinq mille francs encore : nous n'aurions
eu que trois mille cinq cents francs d'intérêt à payer. Le *trésor-*
louloup sera intact, sauf treize mille francs que j'aurai donnés, car les
sept ou huit mille francs d'arrangements, je les trouverai, nous les
trouverons! Il les faut pour prendre un appartement, et il vaut mieux
les dépenser chez soi. Je t'assure que j'ai bien des perplexités. Je
tenterai la chose. Je vais aller chez Outrebon [1] lui porter quatre
mille francs pour les frais, et lui donner pour limite trente-six mille
francs p[our] la maison et onze mille pour le terrain, (en tout
quarante-sept mille francs), si l'on a deux ans pour payer.

---

1. Outrebon, notaire, 354, rue Saint-Honoré.

Voici trois jours perdus pour le travail.

Allons, mon *loup* chéri, à demain. Mille tendresses, mille baisers. Dans la première lettre que tu recevras, nous serons peut-être casés aux Batignolles, et toutes nos incertitudes seront finies. Encore un baiser. On vend le 7, mardi. Si mercredi je suis acquéreur, je t'enverrai la description et le dessin de tout cela. Je t'aime bien, va; car c'est mon amour, le désir de te plaire, de te bien caser, qui me donnent ces anxiétés.

Adieu.

Dimanche 5 [juillet].

Mon bon *louloup*..., hier, je suis allé voir un chalet qui est à louer à Villiers, devant le parc du roi à Neuilly, commune de Neuilly. C'est tout ce qu'il nous faudrait. C'est joli, mais on est loin des provisions, et il est impossible de se passer de voiture, comme aux Batignolles d'ailleurs. Nous serions là, logés pour quinze cents francs, admirablement bien, au bas de Paris, au bout du faubourg Saint-Honoré. Ainsi, pour trois ans, nous serions à quinze cents francs. Mais la vie, mais la voiture!

Décidément les étages sont trop bas à Batignolles; le rez-de-chaussée n'a que neuf pieds, et le premier sept pieds et demi. Je ne donnerai pouvoir au notaire que pour trente-deux mille francs, car, alors, ce serait une bonne affaire. Me voilà bien indécis. Le chalet de Villiers est charmant; mais il faudrait tout tirer de Paris, pour les choses de fantaisie. Nous n'y trouverions que du pain et de la viande, et, pour aller chercher ses lettres, etc., il faudrait tourner le parc du roi. Jamais, d'ailleurs, je n'ai trouvé, je ne trouverai, rien de plus convenable, pour le prix et pour la disposition des lieux. Il y a, en bas, un très grand et très beau salon et une magnifique salle à manger, avec salle pour les gens, office, cuisine, écurie et remise, et, en haut, chambre à coucher, cabinet de toilette, cabinet et bibliothèque, et, en haut, cinq chambres. Un calorifère, un jardin, et place pour une serre; la vue sur le parc du roi. Ce serait recommencer, avec toi, ce que j'ai fait à Passy. Mais il faut des chevaux et une voiture, et pas de voyages pendant trois ans.

Je vais aller voir ce matin un appartement rue de Babylone, et un appartement rue Neuve-Saint-Paul. La rue Neuve-Saint-Paul est

derrière Froment-Meurice. La rue de Babylone est derrière la Chambre
des députés. C'est aux deux extrémités de Paris. La rue de Babylone
sera une affaire de dix-huit cents francs, au moins.

Le chalet aurait été prêt en septembre; il est à finir. Si je manque
les Batignolles, s'il n'y a pas de jardin de possible à Paris sans des
prix fous, ce sera le chalet, car, pendant que nous l'habiterons, nos
capitaux augmenteront, et nous nous bâtirons une maison à notre
convenance. Cette incertitude me donne la fièvre.

Hier, la chaleur a repris avec une effroyable intensité. J'ai fort
envie de donner l'argent du *Constitutionnel* à la Chouette, et de rétablir plus tard dans le *trésor-louloup*, en août, quand j'aurai fini *les
Paysans*, car elle me tourmente d'une façon cruelle : « Je ne serai
pas mariée! Vous me mettez en dernier! — Quand aurez-vous
cela? — Oh! je voudrais être morte! » etc., etc. J'aurai, le 15 août,
à payer quatre mille francs à ma mère, et sept mille francs au
trésor. Cela fera onze mille francs, et deux mille pour terminer
avec Buisson. Ce sera treize mille et j'aurai pour treize mille francs
d'engagements d'ici la fin de l'année. Mais *les Paysans* et un roman
payeront tout cela. C'est surtout dans l'intérêt de mes travaux de
septembre à janvier, qu'il faut que je sois casé. Quel malheur que
ce chalet soit au milieu d'une plaine! Nous avons déjà tant de mal,
à Passy, pour vivre.

M. de Custine veut cent cinquante mille francs de Saint-
Gratien [1]. Mais c'est une délicieuse habitation et une belle affaire. Il
y a vingt-huit arpents. J'irai voir cela. S'il n'y avait que six mille
francs d'intérêts à payer, pour deux ans, cela vaudrait la peine
d'être examiné. Tu achèterais en ton nom. Je lui proposerai[s] cent
vingt mille francs payables en trois ans, à trois pour cent d'intérêts.
Cela vaudrait mieux que la maison Salluon. Tout est fait; il n'y a
que son bonnet de nuit à apporter avec ses meubles. De tout ce que
[je] connais, c'est la plus belle affaire, car on va à Paris en trois
quarts d'heure avec sa voiture; c'est la distance de Passy, et il y
a une station du chemin de fer du Nord. Cela vaut cent fois mieux
que les Batignolles qui coûteraient soixante mille francs, sans avenir,

---

1. Luxueuse habitation d'Astolphe de Custine, près Montmorency (S.-et-O.).

tandis qu'avec le double, il y aurait dix arpents à dix mille francs à vendre un jour, en se contentant de dix-huit arpents pour soi. Je vais examiner cela.

Mille tendresses, à *vous deux*.

Midi.

Encore une fois mille baisers, mon Évelette. Je ne t'ai parlé que d'affaires, et mon cœur a soif de tendresses à t'exprimer. Ne vois-tu pas combien je t'aime dans ces tourments que me donne mon établissement? Je vois Paris impossible. Ce qu'il me faut coûtera cinq à six mille francs par an. Les petites choses sont hors de prix, parce que les petites fortunes abondent. Il faut un gros morceau pour faire une bonne affaire. Aussi, vais-je aller voir Saint-Gratien. M. de Custine se ruine; il fait une sottise. Saint-Gratien lui coûte trois cent mille francs, et il m'a parlé de le vendre pour cent cinquante au premier mot, il y a trois mois, avant mon départ, et il l'a encore sur les bras. Il finira, comme madame D[elannoy], par donner cela à rien. Je te ferai un rapport là-dessus.

Allons mon minou-minette, ma belle Linette, adieu. Sois bien calme, ne te tourmente pas, ne t'échauffe pas à m'écrire sur ce que je te dis, car tu sais qu'entre un contrat et le projet il y a bien des méditations. Si Saint-Gratien est une bonne affaire, nous la ferons. Si c'est douteux, je n'y penserai plus. Tu sais combien je *vous* aime, et avec quelle ardeur je pense et veille à *nos* intérêts. Ma prudence a redoublé avec mon amour; je veille et je travaille avec une énergie de *père* et de *mère!*

Oh! mes trésors, adieu! Soigne-toi. Ce voyage de Francfort m'effraie. J'ai peur de tous les accidents de voyage. Oh! comme je te veux heureuse! Si tu savais cela! C'est un désir qui m'oppresse, comme toi pour moi. C'est la même anxieuse espérance, la même volonté, le même besoin, avec des désespoirs d'être encore si peu, si pauvre, mais bien riche d'amour au cœur!

Allons, mille millions de baisers à toi et à tout!

LIX

[Passy, 5 juillet 1846.]

Mon bon et bien aimable Georges,

Je suis bien touché de la lettre que je reçois de vous. Je n'ai pas besoin de vous exprimer la part que j'ai prise à votre douleur; la comtesse a dû vous dire ce que j'en ai écrit sur le coup, lorsqu'elle m'a appris ce malheur. C'est un avis du ciel, qui vous dit ainsi de refaire la famille détruite. Croyez-moi, malgré vos idées sur l'aristocratie, qui est une chose fort bête, portée par les sots, mais sublime sur les épaules des gens d'esprit, la *famille* est ce qu'il y a de plus beau dans le monde, de plus saint, de plus sacré. Vous qui la reconnaissez dans le monde entomologique, il ne faudrait pas la nier dans le monde social. De même que certains escargots sont bleus et travaillés comme des bijoux de Froment-Meurice, de même il y a des êtres qui ont de belles pensées, de beaux sentiments, qui sont loyaux, nobles de cœur, dont l'âme a mille facettes brillantes, délicates, et qui perpétuent ces qualités chez les leurs. Ce n'est pas vous faire un compliment que vous dire, après avoir voyagé pendant deux ans avec vous, que vous avez l'aristocratie du cœur et de l'esprit, qui est la plus solide; et quand elle se trouve avec l'autre, cela ne gâte rien. Tout ceci est pour vous dire de remplacer ce qui s'en va, de mettre dans votre vie l'amour d'une femme à la place de l'affection [filiale].

Zéphyrine est la jeune fille la plus *naturelle* que j'aie jamais vue au milieu des sphères les plus raffinées de la société. Si vous aviez quarante-sept ans comme moi, et si vous aviez observé le monde depuis trente ans, comme moi, vous seriez dans une admiration profonde de ce caractère ingénu, car c'est la vraie ingénuité, la perle dans sa coquille. Je souhaite bien vivement d'être auprès de vous, lorsque vous aurez une comtesse [Georges], car ce vœu est bien naturel chez le pauvre Bilboquet, qui connaît Anna depuis l'âge de quatre ans [1].

Vous avez là, près de vous, tant de consolations, que celles de Bilboquet sont presque superflues; mais, après que la comtesse vous l'a dit, j'ai besoin de vous répéter que j'ai partagé d'autant plus votre chagrin, que je l'ai éprouvé. J'étais en voyage lorsque j'ai eu l'effroyable malheur de perdre mon père. Or, je vous ai autant parlé de mon père que vous m'avez parlé du vôtre, en voyage.

Je vous apporterai tous les insectes; vous choisirez, et je rapporterai ceux que vous ne voudrez pas. Vous savez que vous pouvez mettre Bilboquet à toute sauce, après qu'il vous a vu si tendrement occupé de ses tableaux et bric-à-brac, et il se dit ici tout à vous.

LX

A MADEMOISELLE ANNA DE HANSKA, A CREUZNACH.

[Passy, 8 juillet 1846.]

Chère Zéphyrine,

J'aurais préféré voir mon *Tête-à-tête* bleu, à fleurs, de la manufacture du roi de Prusse, en mille morceaux, plutôt que le désastre de votre lézard en corail. J'en ai eu la fièvre et je ne sais plus que faire des morceaux.

Consolez bien votre cher Georges et soignez bien votre adorable mère, qui s'oublie vous le savez. Je vous vois, cueillant des fleurs avec le *Ouistiti*, et laissant *Atala* [2], qui rêve en vous suivant.

Je ne vous dis rien du petit chef-d'œuvre parisien que je vous apporterai dans quinze jours. Vous y reconnaîtrez l'amitié de votre bien dévoué,

DE BILBOQUET.

1. Mademoiselle de Hanska était née le 28 décembre 1828. Elle n'avait donc pas encore cinq ans lorsque Balzac la vit pour la première fois, à Neuchâtel, en septembre 1833.

2. Atala, c'est-à-dire madame Hanska; Ouistiti, c'est-à-dire Georges Mniszech.

LXI

[Passy, 6-10 juillet 1846.]
Lundi 6 [juillet].

Tous les châteaux, les chalets, les maisons sont à terre ! Tout est calmé, mon Évelette chérie, et, comme dit la chanson, *On en revient toujours à ses premières amours.*   •

Après tant de voyages, avoir vu Vouvray, etc., la maison Potier est revenue sur l'eau, et je crois que ce sera le meilleur parti à prendre. Cette maison n'est pas vendue et pour trente-deux mille francs on l'aura. Il n'y a pas plus de huit mille francs de dépenses, y compris les frais, et nous y serons admirablement bien. J'ai rencontré hier un ancien créancier à moi payé par M. F[essart] et très content, tout à mon service, et ami de Potier. Il a paru bien fâché que Potier ne m'ait pas vendu sa maison. Je lui ai expliqué l'entêtement de Potier, et comme quoi l'on voulait me donner le cens d'éligibilité (des amis politiques), et il s'est fait fort de renouer l'affaire. Malheureusement la maison est louée jusqu'au 1ᵉʳ novembre. Nous ne pourrons y venir qu'au 15 décembre; mais nous irons dans un hôtel garni jusque-là, si nous n'allons pas nous promener en Touraine, à Nantes, au Croisic, etc.; je crois qu'il faut s'arrêter à ce projet que j'ai poursuivi depuis quatre ans. Non seulement les dépenses sont connues là et consistent en : *primo*, les frais, trois mille francs; *secundo*, un calorifère à mettre, quinze cents francs; *tertio*, les peintures, deux mille francs; *quarto*, quelques petits changements et des volets intérieurs au rez-de-chaussée, mille francs. Total, sept mille cinq cents francs. Mais encore, il y a peu de mobilier à ajouter à ce que j'ai, et, avec six mille francs, tout sera dit. Cela fait, en tout, treize mille cinq cents francs. Je les ai. Les trente-deux mille francs du prix, nous les gagnerons avec le chemin de fer, et il nous restera bien cent mille francs dans le *trésor-louloup.* C'est donc notre seule manière de nous en tirer. Là pendant six ans je ferai ma fortune, comme j'ai payé ici mes dettes. Enfin si cela s'arrange, je n'ai plus les moindres soucis, je ne cherche plus rien, et nous capitalisons en attendant les événements. Comme il faut regagner le temps perdu, je vais me mettre à travailler et laisser la Chouette débattre cette affaire avec Potier. Ce sera terminé quand je viendrai te voir.

Je te baise les mains, ces jolies petites pattes de taupe, tes yeux, mes mignons, ce bon cou, si bien fait pour être mangé de caresses, et je me mets à l'ouvrage avec l'esprit en repos sur notre case. Il n'y a rien de mieux que cela, sans compter que, la Chouette mariée, tu peux bien passer quelques jours ici, au retour de nos voyages, s'il le fallait absolument.

Je suis très heureux d'avoir rencontré mon ancien carrossier, qui s'est mis à mes ordres pour me faire acheter d'occasion les deux voitures qu'il nous faudra : un petit coupé bas et une petite calèche basse. Là, route du Ranelagh, nous trouverons facilement à faire un marché au mois pour deux chevaux. Il suffit d'avoir les voitures à soi. Qui sait? Peut-être aurons-nous gagné les trente-deux mille francs d'ici le 15 août. Le Nord fait merveille; il est probable qu'on fera cent mille francs de recettes par jour, puisque le service incomplet (pas de stations, pas de marchandises), donne vingt à trente mille francs par jour. A neuf cent soixante-quinze francs, nous aurions pour deux cent quinze actions, cent vingt-neuf mille francs, et j'ai treize mille francs en caisse, sans compter notre dette de deux mille francs, car demain je touche chez Véron, et je rétablis ce que j'ai pris, en donnant encore cinq cents francs à la Chouette qui achète du linge pour son ménage.

Tu sais comme j'ai poursuivi l'affaire Potier! Elle se fera, c'est sûr. Autre chose : *Bilboquet* peut être député! Voilà une affaire! Il suffit de posséder avant l'élection. Si la maison Potier paie deux cents francs [d'impôts], ma mère paye[ra] soixante-quinze francs. Il ne faut plus trouver que deux cent vingt-cinq francs d'impôts, et la moindre maison, une maison de quarante mille francs, à Paris, me donnerait le cens. Si Lamartine est nommé à Paris, il aurait le siège de Mâcon à lui pour moi. Qu'en dites-vous, ô *Atala ?*

Mille tendresses; à demain. Je n'ai jamais supporté de chaleurs pareilles à celle d'hier. J'ai été anéanti pendant toute la journée.

Mardi 7 [juillet].

Il arrive, mon bon *loup*, que la jolie maison sculptée de la rue Fontaine-Saint-Georges est à vendre, sur la mise à prix de cinquante mille francs, ce qui est un affriolage d'avoué très calculé, car ça vaut le double. Voilà qui serait une charmante habitation!

Je sors aujourd'hui pour aller chez Girardin, Rotschild, etc.; j'irai donner un coup de pied là. J'ai cinq feuillets à écrire pour Véron, à qui je porte toute la copie ce matin. Il en prend pour six mille francs. Je vais te faire envoyer *le Constitutionnel*.

Mille baisers, et à demain.

Mercredi 8 [juillet].

Ah! chère Évelette, en sortant hier, j'ai eu ta lettre, écrite de ton retour de Francfort, car j'ai commencé mes courses par la poste, et je l'ai lue de la poste aux Ch[amps-]Élysées, où j'allais chez Girard[in]. Il avait fermé sa porte, et j'ai causé dix minutes avec Delphine, et par parenthèse, il a été question de la filiation de la Ricci-Walewski, et j'ai tiré la lettre de mon *loup* pour en extraire la généalogie d'office, ce qui a mis fin à ma visite, madame [de] G[irardin] (en plein air, dans son jardin!) ne pouvant supporter l'odeur que je portais sur moi, le parfum chéri de ton papier!

Comme je faisais bien de sortir pour te faire continuer tes journaux jusqu'au 15 août, car, ma pauvre Line, autant de journaux, autant de courses. Tout est arrangé, et comme trois [journaux] ministériels c'est bien fade, tu recevras en plus *le Courrier* [*Français*] et *le Constitutionnel*. Tu auras le commencement du roman de G[eorges] Sand avec *le Courrier* [*Français*], et tout ce qui a paru de Sue dans *le Constitutionnel* [1]. Tu barboteras tous les jours dans cinq journaux!... Il me semble voir ton nez fouillant cela avec avidité. Tu ne sais pas quelle est ma joie, en dépliant mes journaux, de savoir que tu déplies les tiens et que ces *papiers timbrés* te disent ainsi que ton Noré s'occupe de toi. Oh! oui, m'occuper de toi, c'est un si grand bonheur! Je ne pense qu'à toi, je n'aime à courir que pour toi. C'est des redoublements de tendresse quand il s'agit de toi pour une bagatelle comme cela.

---

1. Il s'agit ici de *Lucrezia Floriani* et de *Martin ou l'Enfant trouvé*.

Tu as eu bien tort de ne pas me demander à Paris ce que tu as acheté pour Annette à F[rancfort]. Tout ici est à meilleur marché et plus élégant. Tu le verras par le corset, qui est un bijou. Il y a des étoffes délicieuses, à rien.

Comme ma lettre ne partira que demain, les deux nouveaux journaux te diront, avant cette lettre, que le Noré a eu ta bonne chère lettre. Mais, ne m'écris pas, dès que tu te sens fatiguée. N'est-ce pas chose étrange que tout ce que tu me dis sur ta famille est exactement ce que j'ai à te dire sur la mienne? Nous nous serons l'un à l'autre toute notre famille. *Ma sœur, qui me sait tracassé, occupé,* n'est pas venue encore me voir, et il y a quatre mois qu'elle ne m'a vu! Comment croire à de l'affection. Tout créancier qui va chez elle devient intraitable; c'est à confondre l'imagination. Ils ne sauront jamais rien de mes affaires et ne mettront jamais les pieds chez moi. Je ne veux pas être bon comme tu es bonne, car cela ne fait qu'encourager à faire des sottises. Ta sœur Aline est venue te scier à mon endroit, et tu crois à ses compliments!...

Ah! j'ai vu la maison (car je m'occupe toujours de toi en premier). Eh bien, c'est une affaire à faire; mais il faut la faire à l'instant. J'ai eu à une scène qui m'a crevé le cœur. C'est ce qui est arrivé à ton Noré aux Jardies. Le pauvre malheureux artiste a dépensé cent cinquante mille francs dans cette maison, qui est un bijou de Froment-Meurice. Il en veut cent vingt mille francs, et je n'en donnerais, moi, que cent mille. C'est la plus jolie maison qu'il y ait à Paris. Il n'y aurait, en bas, qu'une petite antichambre, deux salons, une salle à manger et un office. Au premier, toute ma boutique de travail, c'est-à-dire un salon, une bibliothèque et un cabinet. Nous logerions au second étage (au nord), et, outre les domestiques logés, il y aurait un petit appartement complet au troisième. La cour est à remanier; il faut y mettre une loge de portier, entre deux grilles, pour qu'on puisse entrer et sortir en voiture. Mais on y gagnerait de l'espace pour en faire un jardin, car, derrière, il y a six à dix pieds de petite cour, pour éclairer [l'immeuble]. Je te jure que c'est une admirable affaire. Nous serions à Paris, logés pour toujours, dans des conditions admirables. Samedi, j'y vais avec Captier; je compte offrir : *primo,* cent mille francs, dont dix mille comptant; dix mille francs à six mois, et quatre-vingt mille en quatre ans, en ne mettant que quatre-

vingt mille francs sur le contrat, pour diminuer les frais. Cela ne
coûtera que ce que coûtait l'acquisition de la maison Sallnont. Vois
comme il faut attendre. Je veux savoir ce que coûteront les remanie-
ments, car tout est distribué horriblement mal. Il faut s'en faire
son vêtement. Enfin, il faut acheter (à son aise), du terrain pour
augmenter le terrain derrière, et avoir les remises et les écuries. C'est
une affaire de dix à douze mille francs. Cela est meilleur que la maison Potier. C'est une valeur positive; il y a pour soixante mille
francs de terrain. Je puis payer vingt mille francs par an avec ma
plume.

Tout, là, peut être prêt pour le 1er septembre. Pauvre artiste! Il
était poursuivi par un créancier de quatre mille francs qui lui a mis
le feu dans ses affaires, comme on a mis le feu dans les miennes
pour cinq mille! C'est odieux. Il a obtenu que sa maison soit vendue
à l'amiable. Il a fait la sottise de refuser cent vingt mille francs de
sa maison, c'est ce qu'il en demande aujourd'hui. Mais il y a vingt
mille francs de dépenses pour la rendre habitable, car il n'y a ni
remise ni écurie, ce qui coûtera quinze mille francs, et il y a cinq
mille francs à dépenser en loge de portier, calorifère et remanie-
ments. Je voudrais avoir ton avis là-dessus, mais si tu m'écris au
reçu de ma lettre, cela me trouvera dans le plein de la négocia-
tion. A nous et arrangé comme je te le dis, cela vaudra deux cent
mille francs, ce qui ne signifie rien, car nous l'habiterons toujours.
Cela et Moncontour, ce serait bien notre affaire.

Allons, adieu, *loup*. Le chemin de fer du Nord fait des recettes
incroyables, mais le matériel manque. Ils ont dû décider aujourd'hui
le jour où ils pourront desservir les stations les plus productives :
Saint-Denis, Enghien, Beaumont, l'Ile-Adam, etc. S'ils peuvent les
servir d'ici à quinze jours, la recette doublera. On fait en moyenne
déjà trente mille francs par jour. Quand on fera quatre-vingt mille
francs par jour, on aura dix pour cent de mille francs par action de
cinq cents francs. Les marchandises doubleront les recettes. Or, si
l'on a soixante mille francs par jour sans marchandises, juge ce que
ce sera. Ils feront cent mille francs par jour. Néanmoins, à neuf
cent soixante-quinze francs, je vendrai. Nous aurions cent vingt-
neuf mille francs pour deux cent quinze actions. Si cela se faisait,
je n'aurais pas de regrets d'acheter cette jolie maison. Ah! il me

propose un bail avec promesse de vente : c'est un moyen qui permet de voir venir.

Allons, adieu, car il faut faire *la Cousine Bette*. On compose *les deux Musiciens* à l'imprimerie du *Constitutionnel*. Mille tendresses, *loup* adoré. Tu m'as donné bien envie de savoir qui était le prince souverain du bateau.

N'oublie pas tes actes; tu vois que tu as une occasion. Il t'en faut un : ton acte de mariage et de naissance qui sont indispensables en tous pays, pour ce que nous avons à faire. Oh! comme je voudrais que cela fût fait! Tu saurais a'ors combien je t'aime, en me voyant plus amant que mari!

Allons, je t'embrasse avec une tendresse de père, d'amant, de *loup*, de Noré. Adieu pour aujourd'hui. Je retiendrai ma place pour la fin du mois, pour le 30 ou le 31 juillet, et je t'embrasserai le 2 août. Faut-il venir auparavant, dis? Dis-le-moi. Mille baisers à mon cher min[ou].

Jeudi 9 [juillet], à cinq heures.

Ah! *louloup*, comme tu es ma vie! J'ai relu ta lettre et c'est pour moi le baume que mes lettres t'apportent. Mais n'écris pas quand tu te sens fatiguée. Sache bien que je ne pense qu'à toi, qu'il ne s'ajoute pas une ligne à tant de lignes écrites sur ma *copie*, qui ne soit une aspiration vers notre bonheur. Chère aimée, oh! comme je regrette de n'avoir pas cent mille francs devant moi, à moi, pour acheter ce nid d'amants de la rue Fontaine-Saint-Georges. Il y a peu de dépenses à faire dans l'intérieur. Tout cela est fait, fini, travaillé comme un émail de Petitot. Si je pouvais avoir le jardin derrière, je n'hésiterais pas.

Soigne-toi bien, ne t'occupe pas de ton changement de visage. Tu seras si fraîche, si rose, si jeune après!... C'est classique, que le renouvellement d'une femme de quarante ans par un enfant!

Sois tranquille; b[engali] dort toujours. Les travaux et les affaires sont de terribles assommoirs.

L'affaire Buisson s'arrangera d'ici à peu de jours; elle sera liquidée avant mon départ. Ce sera cinq mille francs de billets à payer avec les quinze de ma mère. Si F[essart] a terminé de son côté, je n'aurai plus rien à redouter. Je puis être propriétaire. Il faut avoir fini *les Paysans* pour arranger tout cela, car, entre ma mère et la Chouette, il faut onze mille cinq cents francs d'ici le 15 août. Or, je dois avoir dans le *trésor-louloup* treize mille cinq cents francs, et ce que nous y devons tous deux, c'est quinze mille francs. Il est vrai que je vais avoir à payer dessus peut-être, les tableaux de Rome. Je n'ai pas de réponse du Consul général de Civitta-Vecchia. Est-ce bon signe? Je crois qu'il achète; mais, je réparerai cela.

Je me suis fait raser la tète; tu auras les cheveux. Ils sont cachés et il y en a d'assez longs pour en faire une chaîne, car je suis honteux que tu n'aies pas une chaîne de moi pour tenir ton médaillon, comme j'en ai une de toi. J'ai toujours cru que je t'en avais fait faire une à Genève et que je te l'avais apportée [à Vienne]. La chaleur me rendait mes cheveux longs insupportables.

                                        Vendredi 10 [juillet].

Adieu, *loup* chéri, j'attends une lettre de toi dans quelques jours, pour savoir quand arrêter ma place.

J'ai vu hier É[mile] d[e] G[irardin], et j'ai même dîné chez lui pour nous entendre relativement aux *Paysans*. Dumas en a pour un mois encore [1], et il faut que je me mette absolument à l'ouvrage. Ainsi, finir *la Cousine Bette* et *les Paysans*, voilà mon ordre du jour.

Je ne m'occuperai plus de rien que de mes travaux, car tu choisiras avec moi ce qu'il conviendra le mieux de faire. Nous aurons le temps; le ch[emin de fer] du Nord (il est arrivé un affreux accident que tu verras dans les j[ournau]x) ne donnera de bénéfice qu'en octobre.

                                        Midi.

J'ai retardé l'envoi de cette lettre jusqu'aujourd'hui espérant avoir une lettre de toi et pouvoir y répondre s'il y avait quelque chose à te dire. Mais je reviens de la poste et je n'y trouvai rien.

Hier, j'ai eu Dablin. Il a voulu mettre ses affaires en règle avec

---

1. Alexandre Dumas publiait à cette date *Balsamo (les Mémoires d'un médecin)* dans *la Presse*.

moi, c'est-à-dire me faire renouveler des billets où il calcule des intérêts, des intérêts. Cette dette a ainsi doublé depuis dix ans. Je dois encore cette rigueur à ma famille où Dablin est allé. Je ferai offrir à Dablin cinq mille francs par la Chouette et j'aurai le cœur net, comme avec Buisson. Tout cela serait intraitable, si l'on me savait marié. Aussi, va, j'ai de bien violents *intérêts* à ce que notre bonheur soit inconnu pendant un an. Il faudra liquider tout cela cet hiver : Buis[son], Dabl[in] et madame Delan[noy]. Je te raconterai de vive voix la scène avec Dablin. Je l'ai laissé, car il dînait chez moi et je suis allé avec madame [de] Girard[in], voir *Don César de Bazan* qu'on donnait pour la dernière fois et qu'elle ignorait complètement. Cette distraction a été utile, car j'avais des ressentiments dans la tête, causés par toutes ces tracasseries. Si je n'avais pas le contrepoids de mon Éveline, de ma chère Ève dans le cœur de qui je me réfugie, je ne sais pas si je ne deviendrais pas fou de tout cela. Tu es mon bonheur, ma santé, un baume qui calme toutes les douleurs ! Dieu est bien bon, tu me rends religieux ; tu es une preuve de sa providence.

Je te baise partout avec ivresse, et une ardeur nouvelle.

LXII

A MADAME HANSKA, A CREUZNACH.

[Passy, 11-12 juillet 1846.]
Samedi 11 juillet.

Je savais bien, ma Linette chérie, qu'il y avait une gentille petite lettre en route, et je l'ai trouvée tout à l'heure en allant à la poste, et j'en étais si affamé que je viens de la lire, en revenant et allant, à pas lents, à l'ombre. Mais n'écris donc pas de longues lettres, chère imbécile, je t'ai dit de ne me mettre que quelques mots, le soir ou le matin. Je t'en supplie, écris peu, presque pas.

Je reprends ta lettre, et d'abord, pourquoi te fatiguer à m'écrire des pages sur les absurdités de Dumas, sur des fautes si grossières qui m'ont sauté aux yeux, et qui accusent autant d'ignorance chez ceux qui les publient que chez celui qui les commet. Je ne te parle jamais littérature, mais de nous. Je te baise, toi et tes petites mains.

Et d'abord, regarde tous les projets comme non avenus. Il n'y a plus aucune acquisition de possible. J'ai porté ce matin chez l'agent de change les fonds disponibles pour acheter vingt-cinq actions de plus du Nord, qui a baissé de vingt-cinq francs par suite de la catastrophe. Il ne me reste dans le *trésor-louloup*, que les six mille francs que j'y dois, et que Véron me donnera bientôt.

Mon adorée, il ne faut pas penser à des appartements. J'en ai vu des masses et dans tous les quartiers. C'est impossible. Il faudrait mettre trois à quatre mille francs pour être mal. Un jardin est une rareté à Paris, et il renchérit absurdement un appartement. Je suis allé au fond du Marais, rue Neuve-Saint-Paul, à la place Royale, partout; et là, les appartements tranquilles sont hors de prix. Plus je vois de choses, plus j'examine d'affaires, plus je me convaincs de la bonté de la maison Potier, route du Ranelag[h]. C'est à cela qu'il faut m'arrêter. Voici trois ans que je la veux, et comme elle n'est disponible qu'au mois de novembre, j'ai le temps de voir venir la hausse sur le Nord. Sois bien sûre que si tu étais avec moi, tu ferais comme je fais. Terrains, maisons, tout est hors de prix. Il faut amasser des capitaux et attendre la catastrophe de la mort de L[ouis]-Ph[ilippe]. Alors, on aura des occasions. Dans la situation des loyers actuels, il est cent fois meilleur marché d'acheter un terrain comme je voulais le faire à Monceaux et d'y bâtir. Ceci, tu comprends, n'est pas absolu. Si le hasard faisait rencontrer une bonne affaire, nous la ferions. Quand on pense qu'É[mile] de Girard[in] a eu sa maison pour cent trente mille francs tous frais faits, tous arrangements intérieurs payés, et que jeudi, il en a refusé quatre cent mille francs! Il en veut cinq cent mille francs et il les aura. On m'a parlé d'un arpent dans les Ch[amps]-Élysées, pour vingt-cinq mille francs, mais je n'y crois pas.

Si l'on achète aujourd'hui, nous aurons cent quarante actions du Nord. Cela peut être une fortune.

Ma mignonne Ève, tu as raison pour tout ce que tu me dis de tes projets. Je devine ce que tu as à me dire, et même la séparation serait une excessive prudence, mais nécessaire. Néanmoins nous en causerons. Je ne veux rien faire sans toi. J'attendrai que nous soyons secrètement réunis pour acheter la maison Potier. Je veux que tu la voies, quoique j'eusse déjà décidé en 1843 de la prendre pour me remplacer les Jardies. Avoir cette bicoque et cent mille francs à faire valoir, voilà mon thème.

Ne t'épouvante pas de mes acquisitions. J'en parle; mais, entre le projet et la pièce sortie de l'escarcelle, il y a bien des réflexions. Ne t'épouvante pas non plus de Saint-Grat[ien]. Ce ne sera fait que si c'est à faire. Repose-toi sur mon énorme bon sens. Tu en auras tant de preuves quand tu vivras de ma vie, que tu ne prendras pas pour des réalités les fantaisies de ma parole. Je ne vais pas ce matin voir la maison de la rue Fontaine-Saint-G[eorges], parce que la réflexion m'a dit que ce n'était pas une bonne affaire ni une habitation agréable.

Au surplus, tous ces projets, ces allées et venues, ces examens de maison, tout cela me trouble et me disloque la cervelle; c'est pour cela que je viens de remettre les fonds à l'agent de change, et je vais me remettre à l'œuvre et à l'ouvrage, et ne plus faire que feuillet sur feuillet.

Chenavard n'a pas encore vu les tabl[eaux] de Rome, et il ne les verra que lorsque le restaurateur y aura passé. L'artiste est à la campagne et j'attends son retour. Il n'y en a qu'un pour des opérations si délicates. D'ailleurs, la question des cadres est grave. Sais-tu que cela coûtera cent francs par cadre, au moins, et on y travaille? Le cadre de notre chère *Ève* sera fini jeudi prochain. Il vaudra cinq cents francs. C'est un des plus beaux cadres Louis XV qu'il y ait. Il a coûté soixante francs, à Marseille, et coûtera soixante-quinze francs ici. C'est cent vingt ou cent cinquante francs. La restauration du cadre du *Chevalier de Malte* coûtera cent francs; autant pour celui de Genève, qui est destiné à la *Florentine*, et autant pour celui de notre *Flamande*. Ainsi, deux cents francs de restauration de tableaux, et quatre cents francs au doreur, c'est six cents francs. Je paie cela sur les journaux, pour ne pas diminuer le *trésor*[-*louloup*].

Si tu savais quel plaisir m'a fait ta lettre. Je la tiens sur mon cœur

en t'écrivant! Il est midi, il fait bien chaud, je t'écris,... voilà tout.
J'ai déjeuné à neuf heures ; à dix heures, j'étais chez l'agent de
change, et à onze heures j'étais à la poste. Il y avait quelque chose
en moi qui me disait : « Il y a une lettre », et j'ai eu comme une
contraction au cœur en voyant l'enveloppe vert d'eau de mon *louloup!* Quelles joies! Oh! ma Line aimée, c'est la vie de la vie!

Je t'enveloppe d'un seul baiser. Il faut te quitter; ma sœur arrive,
avec ma nièce Sophie.

Dimanche 12 [juillet].

Bonjour, *louloup* adoré. Il est quatre heures du matin ; je te donne
une heure de causerie, et je commence par te serrer dans mes bras,
avec une ardeur *soleurienne,* minette adorée.

Ma sœur est venue m'apprendre qu'il s'agissait de mariage pour
sa fille. Et de quatre, *louloup! Primo,* la Chouette; *secundo,* Anna;
tertio, nous; *quarto,* Sophie. Quelle année !

On a trouvé pour Sophie le phénix des maris. Il se contente pour
dot, d'actions sur le pont du Jura que Surville finit en ce moment.
Il est riche, il trouve Sophie superbe. Mais c'est aussi un gros entrepreneur de charpentes, qui a des terres, des maisons et des capitaux.
J'ai dit : « Prenez; dans cette époque bourgeoise on enverra plutôt
des poutres à la Chambre que des Lamartine. Seulement, faites vite;
les mariages qui traînent sont manqués. » Ce prétendu n'a plus
de famille. Il n'a qu'un frère fort riche (cinquante mille francs de
rentes); ainsi Sophie sera reine chez eux. C'est un événement heureux dans le ménage de ma sœur. Voilà la nouvelle.

Une seconde nouvelle c'est que j'aime mon *louloup* à l'adoration, que
l'ennui hier m'a gagné de ne pas te voir, et que je vais me replon-
ger dans le travail pour m'étourdir. M. Fessart est parti subitement
pour affaires à Bruxelles, et ma conférence de ce matin est flambée.
Demain j'ai Buisson qui vient éclaircir et apurer ses comptes. On lui
donnera deux mille francs en écus et cinq mille en billets de la
Chouette, et ce sera vraisemblablement fini. J'aurai, ainsi, beaucoup
à payer cet hiver, environ vingt mille francs d'effets, et il faut payer
d'ici à novembre, près de vingt mille francs en argent. Mais aussi,
tout sera fini. Je pourrai posséder tranquillement la maison Potier,
où nous vivrons cinq à six ans, dans le calme le plus profond,

élevant pour notre bonheur et la gloire, Victor-H[onoré], dont le nom seul me révolutionne les entrailles, et me fait faire feuillet sur feuillet.

Ah çà, *louloup*, si je ne te vais pas voir d'ici à la fin du mois, comment t'envoyer ton mantelet, les gants, le corset et les bijoux raccommodés? Tu n'auras donc besoin de cela que le 15 août? R[éponse] s['il] v[ous] p[laît].

J'ai dit à ma sœur : « Si tu ne maries pas Sophie avant le 15 août, je ne puis être de la fête. » Ainsi, tu auras une raison pour presser ton gendre.

Ah! chère Linette, que disais-je à Anna! qu'elle aimerait mieux Georges que toi. Eh bien, elle t'en a fait l'aveu. Crois-moi, c'est bien naturel. Moi, je te préfère cent mille fois à Victor-H[onoré], à tout! Tu es mon Dieu. C'est bien heureux, car elle comprendra bien que tu sois heureuse, avec ton *louloup*, et que tu l'épouses. Tout ce que tu fais est bien fait, car ce profond égoïste de G[eorges] a formé le petit plan de vivre entre vous deux, et je comprends que tu me veuilles éloigné pour quelque temps. Tout sera facile et possible quand il aura goûté d'Anna.

Mon Dieu, ces actes!... Comme je voudrais qu'ils fussent mariés, car cela presse bien pour nous.

Avant-hier au soir, je suis allé voir, aux Variétés, une bêtise que je croyais amusante: *Sport et Turf* [1]; mais la pièce est mauvaise. J'y suis allé avec la Girardin, et j'ai rencontré qui? Taubenheim de Stuttgard, à qui je vais confier l'exemplaire [de *la Comédie Humaine*] du prince Guillaume [2]. J'irai encore voir la première du *Docteur Noir*, pour voir cette nouvelle création de Frédérick [Lemaître], à qui je pense plus que jamais pour *le Roi des Traînards* [3], si Méry veut le faire. Méry vient jeudi. Il reste à Paris un mois. Je voudrais l'employer. Il me faut tant d'argent! Oh! je veux la fortune par moi-même, et pour toi et pour notre Victor [-Honoré]! Sois bien tranquille, les premiers mois de 1847 me verront sans un sou de dettes, et tu verras avec quelle rapidité je marcherai dans la voie des richesses!

---

1. Gentilhommerie en deux actes, par Clairville et Siraudin.
2. Le prince Guillaume de Wurtemberg, à qui *Z. Marcas* est dédié.
3. Cette pièce ne fut jamais écrite. Cf. D. Milatchitch, *op. cit.*, p. 35.

Je ne songe qu'à amasser, et tout ce que tu me vois acheter tient à
un système de crédit et de considération. Je connais Paris, et je sais
que la maison Potier, bien décorée, me vaudra plus qu'elle n'aura
coûté.

Allons, adieu, ma chère bien-aimée. Je te presse contre mon cœur
avec une tendresse de *loup*, car je t'aime avec des redoublements qui
m'oppressent. Il me faudrait te tenir, t'avoir, te sentir, car tu me
manques. Oh! si tu savais comme, depuis huit jours, je te cherche!
Il me semble que je suis en deux moitiés, et que l'autre est à quelques
pas. Je me nourris de nos souvenirs, de la soirée sur le pont du
Neckar à Heidelberg, de nos fleurs cueillies à Fribourg, de nos plaisirs, de nos promenades sur la route! Oh! chérie, chérie, que de
traverses dans notre vie d'amour, que d'angoisses! Quelle attente!
Et tu ne veux pas que j'arrange notre nid de la maison Potier, que
nous y trouvions tout, la naïveté des choses autour de nous en harmonie avec la naïveté de nos âmes!... Oh! laisse-moi croire que les
trois premiers mois de l'an 1847 seront les plus beaux de notre vie;
tu seras là, tout sera beau autour de nous. Je n'aurai plus de dettes,
et, pendant cent jours, nous ne nous quitterons pas et nous ne verrons personne!

Adieu, mon trésor de plaisirs, de bonheur, d'amour, de caresses!
Je t'envoie toute mon âme et je te serre dans mes bras comme une
idole, ou, plutôt, comme un vrai Dieu que tu es pour moi!

LXIII

A MADAME HANSKA, A CREUZNACH

[Passy, 13-16 juillet 1846.]

Lundi 13 juillet.

Ma chère Évelette, il m'arrive une affaire désagréable et qui va me
prendre du temps. C'est un créancier à satisfaire, pour une très
faible somme; mais la marche qu'il prend est dangereuse pour moi

et va m'ennuyer beaucoup, me faire faire des démarches multi-
pliées.

J'ai eu Buisson à déjeuner; il va se mettre à apurer nos comptes.
Il m'a tenu depuis dix heures jusqu'à trois heures.

Le mariage de ma nièce ne va pas bien. Je me défie tant des exa-
gérations de ma sœur, que je n'en attendais pas grand'chose.

Vois-tu, la queue des liquidations est une affaire bien difficile. Il
ne suffit pas d'avoir l'argent, il faut encore négocier les arrangements.
Celui de ma mère a duré vingt jours! Voilà ce qui m'écrase et m'empêche de travailler. Ce nouveau créancier va m'emporter une semaine.
Que veux-tu! D'abord, M. F[essart] est à Bruxelles à la poursuite
d'un banqueroutier. Puis, ce créancier n'a pas voulu aller chez F[es-
sart]. Quand ce sera fini je te raconterai ce qu'il me fait. Il est dit
que je connaîtrai toutes les horreurs de la dette!

Je t'embrasse bien.

Mardi [14 juillet].

Je n'ai rien de nouveau à te dire, si ce n'est que la Chouette ne
veut pas devenir la Chouette. Elle s'effraie de la mauvaise fortune
qu'elle entrevoit avec son artiste, qui veut tout faire à sa tête, qui
lui dit : *oui* à tout ce qu'elle veut faire faire de bien, et qui fait tout
le contraire. J'ai les ennuis de cette affaire, les plaintes continuelles.
Elle a donné sa parole, elle veut la retirer. Elle veut être buraliste.
J'en ai par-dessus les oreilles.

Je viens de passer la nuit à chercher des billets acquittés, des quittances et des mémoires, pour mon affaire; c'est d'une fatigue excessive. Buisson est revenu. Nous ne sommes pas d'accord sur les
chiffres. Si je ne rég'ais pas cette créance-là par la Chouette, en ce
moment, ça serait impossible plus tard. Il faudrait payer vingt-cinq
mille francs, au lieu de sept à huit mille francs. Aussi, ne faut-il
s'occuper que de ma liquidation avant tout. Dans ma position telle
qu'elle est, soixante mille francs paient tout. Mais soupçonné d'être
riche, il faudrait plus de cent vingt mille francs. Je suis effrayé de
voir des gens très honnêtes redemander de bonne foi ce qui leur a
été payé et devenir stupides en voyant leur quittance. M. Picard,
mon avoué, me dit que cela arrive tous les jours.

Tu m'intrigues beaucoup en me disant qu'il faut que nous soyons séparés. Est-ce possible? J'ai bien entrevu ta pensée, mais je la crois inexécutable. Nous en causerons, comme tu dis.

Tu n'as aucune idée de la vie de lièvre poursuivi que j'ai menée de 1836 à 1846. L'état de mes papiers exprime cela d'une façon lamentable. C'est à fendre le cœur! Il faudrait six mois pour mettre tout en ordre. Selon la brusquerie des déménagements, les choses ont été empilées sans soin, mises dans des caisses, entortillées. Il me faudrait une vaste bibliothèque avec des tiroirs nombreux, pour tout classer. L'espace me manque; j'étouffe ici. Le mobilier se gâte, se perd. Oh! va, la maison est une nécessité tout aussi urgente que le payement de mes dettes. Je suis aussi hâté aujourd'hui qu'en 1837. Je n'ai le temps de rien faire et, pour moi, c'est un miracle que je ne m'explique pas que l'exécution des seize volumes de *la Com[é·lie] Hum[aine]*, faits de 1811 à 1846! Deux ans de calme et de tranquillité, dans une maison comme la maison Potier, me sont absolument nécessaires pour panser mon âme au sortir de seize ans de catastrophes successives. Je me sens bien las de cette lutte incessante, aussi vive aujourd'hui pour mes dernières dettes à payer, que quand il s'agissait du total. Et toujours du travail littéraire écrasant au milieu de ces affaires fastidieuses! Sans les nouvelles causes de courage qui me sont survenues au cœur, comme le naufragé dont la force a surmonté pendant un jour des lames furieuses, je succomberais à la plus douce et la moins cruelle des vagues, presque au port!

Être arraché perpétuellement au calme et aux travaux du cabinet par des contrariétés qui rendent fous les gens ordinaires, est-ce une vie? Aussi, n'ai-je vécu dans ces derniers temps qu'à Dresde, à Cannstadt, à Baden, à Rome et en voyage! Aussi, grâces te soient rendues, ô cher et doux *louloup!* Toi seule as versé dans cette vie quelques coupes de bonheur pur, comme une huile miraculeuse qui rendait de la force et de la santé au lutteur brisé. Cela seul t'ouvrirait les portes du paradis si tu avais des fautes à te reprocher, toi, si parfaite femme, si angélique mère, si douce amie, car c'est un grand et bien noble rôle que de consoler ceux qui ne trouvent pas de consolation sur cette terre! J'ai, dans le trésor de tes lettres, dans celui tout aussi fécond de nos souvenirs, des remèdes souverains contre tous les malheurs et je te bénis bien souvent, ma chère et bien-aimée Ève, dans le silence de la nuit ou au fond de mes ennuis! Que cette bénédiction qui s'élance vers Dieu, comme auteur de tout, aille souvent jusqu'à toi ! Entends-la quelquefois quand tu entendras ces bourdonnements dont la cause est inconnue et qui bruissent dans notre âme. Grand Dieu, sans toi, où serais-je? Où est ma sœur Laurence, cette pauvre persécutée qui a succombé, n'ayant pas d'Adam comme j'ai une Ève! Si tu savais quels redoublements d'amour pour toi j'ai eus en voyant ces énormes quantités de billets que madame de B[erny] m'a fait souscrire et que j'ai acquittés dans les années les plus dénuées de cette longue misère de seize ans! Avec quelle tendresse j'ai regardé la cassette où est notre trésor, tes lettres, tout ce qui est de nous et à nous, en pensant que tu m'avais toujours été sans cesse amie bienfaisante, sans mécomptes, sans chagrins, comme une source enfin qui va toujours, et qu'en ce moment tu es encore préoccupée de moi, de *nous!* Non, chérie, mon âme, ce sont alors des larmes comme en répandait Théano[1] quand le souvenir de Calista lui revenait trop puissant pour son cœur malade. C'est quelque chose, *louloup*, de bien beau que cette sainte ampoule de larmes versée sur sa tête, sur son front irréprochable, par un pauvre homme qui l'adore et qui dit comme je te le dis : « Je voudrais pouvoir t'aimer encore davantage! »

A demain, *loup* aimé.

Mercredi 15 [juillet].

Hier, mon Évelin, l'affaire de la créance a pris toute ma journée. Tout se brouille entre Elsch[oët] et la gouv[ernante]. Je suis allé chercher mes épreuves au *Constit[utionnel]*. Hélas, nous voici au 15 juillet ; et, au 31, c'est à peine si j'aurai fini *les Parents pauvres!* *Les Parents pauvres* font douze feuilles et près de dix mille francs, en comptant la librairie. *Les Paysans* prendront août et septembre, surtout avec le voyage que je dois faire, tu sais pourquoi. Voilà la vérité toute nue, et si *les Paysans* font vingt-cinq mille francs, ce sera trente-cinq mille francs en quatre à cinq mois. C'est beaucoup. Lorsque je serai payé de *la Com[édie] Hum[aine]*, tu vois que ma liquidation sera bien avancée. Il ne faudra plus qu'une dizaine de mille francs. Aussi ajourné-je toute solution au mois de novembre ;

---

1. Calixte Rzewuska, cousin de madame Hanska (voir p. 284).

la maison Potier n'est libre qu'alors. Alors, nous saurons à quoi nous
en tenir sur le Nord et sur nous-mêmes. J'ai mon appartement
ici jusqu'au 1er avril; ainsi, il faut pâtir jusque-là et travailler et
liquider.

J'avais porté l'argent chez l'agent de change. Les actions [du Nord]
ont remonté de treize francs, au lieu de descendre de sept. Si la
hausse continue, une fois Buisson réglé, j'entrerai en marché avec
Potier.

Aujourd'hui je dois encore retourner au Palais pour l'affaire du
créancier. C'est une journée perdue. Je t'écrirai encore un mot ce
soir à mon retour, avant le dîner. J'ai à mettre en ordre toutes mes
épreuves. Je me suis levé à trois heures du matin.

Jeudi 16 [juillet].

Hier, je suis rentré trop tard et trop fatigué pour pouvoir t'écrire
un mot. D'ailleurs en rentrant, j'ai trouvé le restaurateur de tableaux.
C'est le plus habile qu'il y ait à Paris. C'est un ancien élève de Gros,
qui est un grand connaisseur. Il a trouvé superbe *le Jugement de
Pâris*, le Holbein, le Palma. Il accepte *le Chevalier de Malte* pour un
Sébastien del Piombo; il le trouve une bien belle chose, et il a
déploré l'accident arrivé au Bronzino. Le Bronzino vaut un Raphaël,
selon lui, et il regarde la main comme superbe. Il restaurera tout
cela, de même que mon tableau de fleurs, qui a été si mal nettoyé.
C'est un bien bon petit homme, très connaisseur et qui m'a promis
son concours en toute occasion. Il reviendra samedi pour faire sa
toilette au *Chevalier de Malte* soupçonné d'avoir une couche de crasse
d'église, fumée de cierges, et autres désagréables glacis ecclésiastiques.
Tu vois, chère petite Ève? J'ai demandé cet artiste il y a quinze
jours et il a mis quinze jours à venir! Et mes cadres donc!... Ils ne
sont pas commencés, depuis un mois! Voilà Paris tout entier. Juge
par ce qu'il faut de volonté pour les plaisirs, ce qu'il en exige pour
les affaires. Cet artiste a été foudroyé d'admiration par *l'Enfant romain*
en cuivre rouge, par *la Hollandaise* en bois sculpté, de Jean Flamand,
mais surtout par deux bronzes florentins, qu'il m'a estimés trois mille
francs, et qui sont sur deux piédestaux en cuivre sculpté, doré,
uniques, et par le *Mercure inventant la flûte*. Ta favorite, de Mirevelt,

a été regardée par lui comme une admirable chose, une merveille. Il m'a consolé pour mon faux Breughel; il ne l'a pas tant méprisé que Chenavard; mais ça, et le paysage de Krug-Miville, c'est à vendre, ainsi que *les Sorcières*. J'en ferai affaire, car je ne veux que des choses capitales ou rien.

Maintenant, figure-toi qu'un *prétendu* créancier, car j'ai ses quittances, un mécanicien, a eu l'idée de se plaindre au parquet du Procureur du roi. J'ai donc été *troublé* par une lettre qui m'invitait à y passer pour une *plainte,* moi! C'est tout dire. Je le donne à penser ce que cela fait, car j'étais bien sûr de moi; mais je craignais la méchanceté des journaux; je sais ce dont ils sont capables. Tu te rappelles l'histoire de Bruxelles, en 1843[1]. Enfin, hier, à trois heures et demie, le substitut a lavé la tête à mon prétendu créancier dont j'ai la quittance, et à qui je ne dois que des frais peu importants. C'est un mauvais homme, un ami des domestiques qui m'ont dépouillé aux Jardies, et il va essayer de me poursuivre. Tu sens bien que j'ai de quoi payer cent francs tout au plus; mais je veux lui donner une leçon, et ne pas le payer à cause de sa plainte, car d'autres pourraient essayer de ce moyen. Il m'a fait des excuses, mais *je l'ai regardé* et il m'a menacé de me poursuivre, car il a un jugement. J'ai le projet de lui faire dépenser cinq cents francs pour avoir son payement de cent francs. C'est ma vengeance; elle est permise. J'attends M. F[essart], et il me faut des preuves du payement qu'a fait M. Gav[ault]. Or, je suis allé deux fois chez M. Gav[ault] sans l'avoir trouvé. Cette maudite affaire de rien m'a fait déjà perdre trois jours et trente francs de voitures. Voilà les mauvaises affaires ! Oh! quand ne devrai-je plus rien ! Aussi vais-je me mettre à travailler de plus belle. Voici deux nuits que je passe sur *les Parents pauvres;* je crois que ce sera vraiment un grand chef-d'œuvre, extraordinaire parmi mes œuvres les plus belles. Tu verras. C'est dédié à notre cher Théano.

Il est sept heures du matin; voilà trois heures que je pioche mes épreuves. C'est bien ardu; car cette histoire tient de *César Birotteau* et de *l'Interdiction.* Il s'agit d'intéresser à un homme, à un vieillard.

1. Voir t. II, p. 235.

Je viens de lire les journaux. *L'Époque* a passé, a sauté, a oublié d'imprimer les vingt plus belles lignes de la lettre d'Esther [1]. J'en ai pleuré, à cause de toi. Je vais aller voir à les faire rétablir si c'est possible.

Tu dois être bien contente du roman de Méry [2]; c'est ravissant. Il y a trop d'esprit, c'est toujours comme une boutique de cristaux. Il déjeune aujourd'hui ici. Je veux lui parler de ma farce sur l'armée [3], et la faire pour Frédérick [Lemaître].

Allons, adieu chère âme, sœur de mon âme, chère maîtresse, chère femme, chère idole, adieu, toutes mes femmes, car je trouve tant de gracieuses créations en toi, que le Turc le plus ardent aurait un sérail dans mon *louloup*. Je suis turc par l'esprit, et tu satisfais toutes les fantaisies du grrrand auteur de *la Com[édie] H[umaine]*. Donc, mille tendresses pour toutes ces sirènes, pour ma divine Ève aux lettres si douces et si tendres, qui consoleraient des douleurs du bûcher. Adieu et à demain. Je voudrais te renvoyer là tout le bonheur que tu me donnes, ce qui est impossible. Je suis homme et tu es femme ou ange; je ne puis m'égaler à toi que par le reflet de ton cher cœur! Mille caresses à mon m[inou]. Adieu, mille baisers. Je vais travailler, et, travailler, c'est s'occuper de *nous*, c'est t'aimer.

LXIV

A MADAME HANSKA, A CREUZNACH.

[Passy, 17-19 juillet-1846.]
Vendredi 17 juillet.

Mon cher *louloup*, je me suis levé à deux heures et quart, et je n'ai pas encore, au jour, écrit deux lignes! J'ai rêvé, j'ai pensé à *nous*, je viens de me promener au crépuscule dans ce jardinet que tu connais, regardant le réséda que tu aimes, et voyant des boutons de

---

1. Dans *Une Instruction Criminelle*, aujourd'hui la troisième partie de *Splendeurs et Misères des courtisanes*.

2. *Une Conspiration au Louvre*, que publiait en ce moment *la Presse*.

3. Voir t. II, p. 330. Cf. D. Milatchitch, *op. cit.* p. 35.

roses blanches poussées depuis les pluies et qui me permettront de t'envoyer des pétales dans ce courrier, qui partira dimanche. Et voici ce qui m'a plongé dans cette coûteuse rêverie, mais si charmante que je ne me la reproche point.

J'ai relu cette moitié de la fin de *Splendeurs et Misères* [*des courtisanes*] que publie *l'Époque* (hier, ma journée a été prise de midi à cinq heures, pour aller faire faire une rectification que tu auras vue quand cette lettre t'arrivera), et je me suis mis à considérer ce que j'avais encore à écrire pour donner à la *Com*[*édie*] *Hum*[*aine*] un sens raisonnable, et ne pas laisser ce monument dans un état inexplicable, et j'ai trouvé que j'avais plus de deux cents feuilles de la *Com*[*édie*] *Hum*[*aine*] à écrire. Or, à trente par an, c'est pour six ans de travail. C'est encore six années de labeur continu, comme les six années que je viens de passer ici; six années de calme, de tranquillité, sans voir le monde. Si j'allais à Paris, il faudrait payer au moins quatre mille francs de loyer pour me mettre dans un rez-de-chaussée avec un jardin, sans bruit, entre cour et jardin, avec les aises de la vie comme je les ai, quoique imparfaitement, ici. Ce sera vingt-quatre mille francs de loyer en six ans et au moins six mille francs de dépenses qui ne me resteront pas, en arrangements, car j'en ai eu pour trois mille francs à Passy, dans la profonde misère où j'étais. Total trente mille francs. Or, si la maison Potier me convient, si elle est tout ce qu'il nous faut, comme elle ne coûtera que trente-six mille francs d'acquisition, y compris les frais, ne vaut-il pas mieux m'attacher à cela, terminer nos incertitudes, et m'arranger là en novembre et décembre, pour y entrer en janvier? Nous coulerons là, nos six années de travail, d'amour, de tranquillité, loin de tout, à deux pas de Paris si nous voulons y aller. C'est très digne, très décent; cela ne coûtera pas cher à meubler et à arranger, et nous trouverons toujours cette somme de trente-six mille francs quand nous voudrons la vendre pour aller nous établir à Paris.

Je crois t'avoir déjà dit ou écrit ces calculs-là, ces idées si simples, et j'en avais été si frappé que, cet hiver, j'ai négocié avec Potier. Nous nous sommes tenus à un billet de mille francs. Sans cela, j'y serais à ce moment. Tu verras la maison. Je ne payerai qu'en décembre. Ce serait bien le diable si en décembre nous n'avons pas des bénéfices sur le Nord.

Tu ne te figure[s] pas (mais tu dois bien le voir), à quel point
mon déplacement me préoccupe, car je suis un *loup* d'habitude, et j'y
tiens beaucoup. Tu sauras un jour à quel point j'ai le sentiment de
la constance. Donc, écris-moi un mot là-dessus. As-tu des objections
contre Passy ? Nous aurons deux mille francs de loyer : quinze cents
francs d'intérêts de quarante mille francs, et cinq cents francs de
portier, de contributions, etc. C'est modéré. Mais il nous faudra
une voiture à l'anuée ou au mois. C'est cinq cents francs par mois,
et nous aurons bien mille francs de dépense par mois; c'est dix-huit
mille francs par an. Est-ce sage ? Me trouves-tu assez modeste; si
j'étais seul, je ferais cela, car l'année prochaine je n'aurais plus de
dettes; je gagne quarante mille francs par an, et je regarde que
j'en peux bien dépenser vingt mille, en en capitalisant vingt
mille tous les ans. J'enverrai aujourd'hui pour renouer avec
Potier.

Elsch[oët] est venu hier; c'est un paresseux, un rêveur qui mérite
la profonde misère où il est. Il n'a pas gagné dix sous depuis trois
mois. Ce n'est pas pour rien qu'elle s'alarme. Elle préfère un bureau
de timbre et garder son indépendance plutôt que de traîner un
homme sans courage et sans énergie. Il m'a dit hier qu'il était trop
paresseux pour faire une œuvre sans qu'elle soit commandée. De là
à ne pas la faire quand on la lui commande, il n'y a qu'un pas. Et des
prétentions au génie!... Ah !... est-ce qu'on pense à tout cela quand
on a sa fortune à faire et du pain à gagner? Est-ce que Rossini songeait à la gloire quand il faisait pour cent écus *le Barbier?* Il faisait
comme moi, quand j'écrivais *la Physiologie du mariage;* il pensait à
son pain. Nous nous le sommes dit! Son avarice est excusable; c'est
le souvenir de ses misères qui la lui donne. Il a vu que l'argent donnait l'indépendance, et que l'indépendance était le premier des biens.
Ainsi ferai-je. J'avoue que je ne puis pas blâmer notre *Chouette* de
réfléchir au sort qui l'attendrait, et je suis effrayé de voir un artiste
ne pas savoir gagner quatre cents francs en trois mois, pour empêcher une saisie de ses bustes, et aller perdre son temps à demander
au gouvernement des statues à faire!

C'est assez nous occuper de cet insecte non classé, invisible à l'œil
nu. Je reviens non pas à mes moutons, mais à mes *loups;* je t'aime,
mon Évelette, et si je ne te l'ai pas dit déjà mille fois dans ce que tu

viens de lire, c'est que tu ne saurais pas reconnaître la doublure de toutes ces phrases, le *toi* qui est dans mes moindres pensées !

Il faut travailler. Allons, un baiser et à demain. Aujourd'hui, j'ai peut-être trop *donné à Zaïre* [1] *!*

Méry n'est pas venu. Il a, dit-il, à finir son roman. Le feuilleton coule pour tout le monde. Mille caresses, ô m[inou] ! Comme mes travaux me seraient légers si je te sentais tous les jours !

Samedi [18 juillet].

Mon trésor, j'ai eu hier ta lettre au moment où je suis sorti pour aller porter mon travail à l'imprimerie du *Constitutionnel*, et tu sais avec quelle rapidité, quelle intensité j'épouse tes tristesses. Aussi, malgré la petite ligne qui attribuait tout cela aux nerfs, ai-je bien souffert. Au moment où j'écris ces quelques lignes d'explication, tu as déjà, entre *tes griffes* de l[ou]p grondeur, des lettres où tu as dû voir qu'il n'est plus question de la maison faub[ourg] S[aint-]G[ermain]: et d'un. Enfin, tu ne te délies pas plus que moi de la Delph[ine de Girardin]. Je la regarde comme dix fois plus méchante que sa mère, aussi curieuse que son mari, perfide comme tout ce qu'il y a de plus russe au monde. Il y a deux ans que je sais que *la Presse* est l'organe de la R[ussie]. Il y a cinq ans que je veux rompre avec cette maison, et, sans ce que j'ai à leur fournir, ce serait fait. Et tu crois que j'irai dire ou faire dans cette officine de poisons quoi que ce soit qui *m'y* ou *nous y compromette?* Sois tranquille, bien tranquille, archi-tranquille. Elle ne sait rien de toi ; elle ne connaît pas ton nom, elle ignore que je suis lié avec des Polonais ou Polonaises. J'ai parlé d'une lettre venue de Rome. Enfin, depuis deux ans, je n'ai pas dit dans cette maison deux mots sur quoi que ce soit ou qui que ce soit. Je ne parle que *Chambres, littérature* et *théâtre*, et cela par suite d'un plan arrêté. Quand on a des idées aussi sérieusement préconçues que celles-là, l'on ne se compromet pas. Il faut toujours une lettre d'elle pour que j'y aille, à moins d'affaires.

Mon cher Évelin, je vois que j'ai tort de te faire assister à toutes

---

1. La belle Zaïre aimée d'Orosmane dans la *Zaïre* de Voltaire. Une *Zaïre*, opéra dont la musique avait été composée par le duc de Saxe-Cobourg-Gotha, Ernest II, avait été récemment jouée à Gotha, le 21 février 1846.

mes irrésolutions, de te raconter ces mille petits incidents de ma vie
de débiteur (cela te tourmente en pure perte, puisque je m'acquitte),
et tort de te dire mes mille projets qui s'élèvent et se détruisent.
J'en riais, mais ta lettre m'en a attristé. Que veux-tu? Il y a nécessité
pour moi de déloger d'ici par deux raisons. La première : madame
Gr[andemain] me renvoie; *secundo*, l'appartement est devenu trop
petit; *tertio*, nous ne pouvons pas y rester, donc il faut déménager.
Plus je vois les appartements à louer, moins j'en trouve à ma convenance. Avec six mille francs de loyer je n'aurais pas encore ce
qu'il me faut. L'idée d'avoir une maison ne m'est venue, depuis
trois ans, que par économie. Faire une bonne affaire en ayant une
maison est une idée naturelle. De là mes indécisions et toutes mes
courses et mes démarches pour essayer de résoudre ce problème.
Hier encore, je suis allé à Sablonville, un village en face de la porte
Maillot, à Neuilly, mais la maison en vente est une horreur. Plus je
vais, plus la maison Potier me paraît être une affaire favorable. Tu
vois ce que je t'en disais hier, mes affaires sont en voie de guérison;
tout sera fini, avec du travail, en dix mois, et dix mois après, j'aurai
déjà des résultats heureux. En vingt mois, je puis avoir payé mes
dettes, payé la maison Potier et payé tout le mobilier qui s'y trouvera. C'est le temps qui t'est nécessaire pour aller et revenir de chez
toi, puisque tu vas en Uk[raine] en mai, pour en revenir en
octobre 1847. Tu trouveras donc un bon établissement tranquille
et convenable. D'ici à dix jours, Buiss[on] va être réglé comme
ma mère a été réglée. M. F[essart] finira tous les créanciers. Il
me restera M. Nacq[uart], Dabl[in] et madame Delann[oy], trois
créances que j'éteindrai cet hiver, et le *trésor-louloup* sera intact.
Aussi, tiens, ne veux-je plus te parler affaires, c'est trop ennuyeux.
Je te parlerai de nous et de mes travaux.

Je vais te faire envoyer vingt numéros du *Constituti[onnel]* qui contiennent un roman de Rabou [1]. Cela t'amusera.

Aujourd'hui vient le débarbouilleur de tableaux, pour faire la toilette du *Chevalier de Malte*, et j'espère que lundi ce sera glorieu-
sement suspendu dans mon cabinet.

---

1. *Les Grands danseurs du roi*, qui précédèrent la publication de *la Cousine Bette*
dans le feuilleton du *Constitutionnel*, et dont la pagination (car le feuilleton se
détachait à cette époque pour former des brochures) commence le volume qui contient en édition originale : *les Parents pauvres*.

Tout ce que tu me dis sur ta santé m'a navré. C'est un bien grand
malheur que de n'avoir pas marié G[eorges] et A[nna] l'hiver dernier
à Naples. Tu serais auprès de moi, pour ce temps où tu as tant
besoin de calme, de ton *loup* et d'une absence totale d'affaires. Je
devine bien ta position; elle est cruelle à cause du besoin de dissi-
mulation constant. Je suis tellement initié par le cœur et par la
pensée à ta position, que j'en suis plus occupé, plus malade que de
toutes mes tracasseries, car tu es mon unique pensée, tu le sais bien.
Je me maudis moi-même de n'avoir pas su avoir payé mes dettes et
de ne pas posséder aujourd'hui la maison Pot[ier] bien arrangée,
car alors je me serais moqué de tous les intérêts qui t'obligent au
secret. Voilà une épine qui me pique incessamment le cœur, un souci
qui me ronge et qui m'a fait retrouver les capacités, les forces de
la jeunesse pour tout terminer en dix mois.

Allons, adieu pour aujourd'hui, car il faut bien travailler. Je suis
pressé par les circonstances, et demain, dimanche, je veux faire un
travail extraordinaire. Le temps est devenu pluvieux et il faut profiter de la cessation de nos épouvantables chaleurs qui m'ont tant
retardé. Je t'aime tant, mon Ève, que je suis chagrin de ta tristesse
et je voudrais avoir des ailes pour t'aller voir et t'égayer. Allons,
encore un baiser et adieu.

Dimanche [19 juillet].

Bonjour, mon *loup* chéri; hélas, hier, je n'ai pas fait une panse d'a.
Le restaurateur de tableaux [1] est venu. Je ne voulais pas que mes
tableaux voyageassent encore, et il a travaillé toute la journée. Tu
comprends que je suis resté tout le temps, dans l'anxiété, à le voir
faire. C'est un élève de David, de Gros, de Girodet : mais il n'a jamais
pu être peintre. C'est un petit vieillard sec et spirituel, qui a servi
dans les armées impériales; les armes ont nui à sa palette, et il s'est
mis bravement débarbouilleur de tableaux. Il a une grande indépendance d'idées et de caractère, et une immense fierté d'artiste. On
en fait tout ce qu'on veut avec *des égards*. Il m'a appris qu'il n'allait
jamais chez personne et qu'une tonne d'or ne l'y déciderait pas;

---

1. Moret, que Balzac dans *le Cousin Pons* déclare le plus habile de nos restau-
rateurs de tableaux.

mais qu'il était tellement à genoux devant les gens de génie, qu'il
faisait tout ce qu'ils voulaient, et je m'en suis fait *un conseil* futur,
plus sûr que Chenavard, qui pourrait me jouer quelque tour; il n'est
pas venu depuis quinze jours. Mon bon petit homme avait apporté
tous ses ustensiles et ingrédients. Voici ce qui a eu lieu. Tu sais ce
que Georges prophétisait pour le Bronzino? Eh bien, c'est arrivé
pour le *Chevalier de Malte*. Menghetti, pour cacher des éraillures dues
à quelque coup de balai, avait *enfumé* le tableau. En ôtant l'*enfumure*
de Menghetti, nous avons trouvé la crasse des cierges et de l'église,
et, en l'enlevant, il a reparu le chef-d'œuvre le plus extraordinaire,
une peinture fraîche comme si c'était peint d'hier. Ça n'avait pas
été touché. C'est sublime et *sans prix*. Tu ne reconnaîtras pas cela.
C'est aussi beau que tout ce que nous connaissons de plus célèbre.
On ne se figure pas les mains. Tout est au vrai ton. Le vieux petit
homme a dit : « *C'est le génie de la prière !* » Il est de l'avis de
Georges, que c'est d'un Flamand élève de Raphaël. C'est plus beau,
plus fort que Sébastien del Piombo et que Ricciolante, car il connaît
tout, ce brave vieux. Il m'a dit que *Georges* [1] est un tel fripon qu'il
sera renvoyé du Musée, et il m'a confirmé tout ce que nous en pensions.

Quant au Bronzino, en l'attaquant il l'a regardé comme fini. Tout
est malade, et il a dit que c'était un beau Bronzino, mais qu'il fallait
le laisser comme il était. Le derrière de la tête a été repeint; il n'y a
pas de teintes roses dessous le vernis. « C'est admirable, a-t-il dit,
mais c'est un cadavre de tableau. » C'est-à-dire l'âme d'un tableau
sans le corps. Il l'a consolidé, l'a imbibé d'une mixtion qui lui assure
cinquante ans d'existence, cent ans même. Mais il a jugé qu'il péri-
rait dans le nettoyage. C'est la probité même, que ce bon petit vieux.
Il a un respect, un amour, une adoration pour les vieux maîtres, qui
va jusqu'au comique d'Hoffmann. Il a été attendri quand *le Chevalier
de Malte* a reparu. C'était une scène digne des *Ét[udes] philosophiques*.
Quel beau moment que celui de la sortie de cette œuvre fraîche,
quittant son suaire ! Ce *Cheval[ier]* écrasera la *Vénitienne*. Enfin, il
n'y a rien de plus beau à notre Musée dans ce genre-là.

Je lui ai dit que ma consolation dans mes immenses travaux était

1. Un autre Georges, employé au Musée du Louvre.

d'employer un millier d'écus par an (trois mille francs), àcollection-
ner des tableaux, et il m'a dit que si je voulais me fier à lui, et lui
confier ma bourse, en dix ans il se faisait fort de m'avoir trouvé de
telles occasions que j'aurais une des plus belles galeries de Paris. Il
m'a bien grondé de ne pas avoir pris le petit la Hire, de Menghetti,
et surtout la *Fuite en Égypte*, de S[ébastien] Bourdon. Cela valait à
Paris, à vendre à l'instant, quatre mille francs. Il savait où porter
cela.

Il dit : « La peinture italienne, c'est l'âme; la Hollande et les Fla-
mands, c'est la nature; la France, c'est l'esprit. » En ce moment,
l'esprit revient à la mode, et l'on s'occupe de peintres français
immenses qui ont été dédaignés. Tu ne te figures pas quelle belle
affaire est le Natoire! Il m'a promis de me faire profiter d'une occasion bien rare : une *Tête*, de Greuze, pour deux cent cinquante francs,
la tête de sa femme, un chef-d'œuvre, mais endommagé. Il a déjeuné
et dîné ici, il s'en est allé enchanté de moi. Ce bon petit vieux s'est
marié par amour, et il adore les femmes. Si tu l'avais vu, tu l'aurais
aimé. Il a une âme loyale; il a la rude franchise de l'artiste, l'horreur du mercantilisme. (Est-ce joué? Je ne sais. Je l'étudierai.)

Si tu savais comme j'étais content pour toi de ce débarbouillage !
Tu aimais ce *Cheval[ier] de Malte!* Je t'avais à mes côtés; je me figu-
rais comme tu serais là, si tu avais vu faire ces toilettes; tout ce que
tu aurais soutiré de ce petit vieux! Il refera un parquet à ta belle
Flamande, et il me nettoyera mon tableau de fleurs, qui, à Marseille, a été maltraité; de même que le *Paysage*. Il m'a prouvé qu'il
était bien le plus habile, comme on me l'avait dit. C'est inouï quel
art il a! C'est bien dangereux pour les acheteurs. Les frelateurs
romains et vénitiens sont des enfants !

Assez là-dessus. Il faut réparer le samedi perdu. Je vais travailler
douze heures aujourd'hui. Allons, ma linette adorée, je vais te mettre
cette lettre à la poste.

Ah ! tu recevras tout un roman de Rabou, par un gros envoi de
journaux du *Constitutionnel.* C'est l'exemplaire que j'ai lu et que je
te fais renvoyer. J'ai payé la poste, mais tu payeras celle du parcours
étranger. C'est vingt journaux anciens que tu recevras.

Non, tu ne te figures pas ce que c'est que l'habit de soie du *Che-
v[alier] de M[alte] !* Je viens de le revoir; c'est sublime. Il y a un

homme dedans, et le jour se joue dans les plis. C'est d'une patience
hollandaise et c'est le neuf de la soie, c'én est le brillant! La crasse
de l'église l'a conservé. Cela sort de l'atelier; c'est certes aussi beau
que ce que j'ai vu de beau de Raphaël, avec quelque chose de plus
étudié. Je ne te parle pas des mains. Le petit vieux a dit : « C'est un
poème! » Et c'est vrai. Sais-tu pourquoi j'aime tant ce vieux? C'est
qu'il a répété tout ce que tu as dit du *Chevalier de Malte!* Comment
travailler en entendant ce vieil artiste te commenter!

Adieu *loup* chéri, ma chère petite fille grondeuse; oh! porte-toi bien!
Pas de ces tristesses qui agissent sur moi. Crois à un bel et bon
avenir. Sois tranquille; ton *loup* ne fera pas ce que tu appelles : des
folies. Toutes ses folies sont faites. C'est toi qui es sa folie!

Le petit vieux m'a parlé d'un superbe appartement rue Saint-Louis,
au Marais (tu sais, là où tu as vu cette chapelle de Delacroix ¹); j'irai
le voir. C'est deux mille francs par an. Mais, je le prendrais, ce serait
moins cher que la maison Potier. Vois comme je suis sage!

Allons, trouve ici ces mille fleurs de tendresse qui accompagnent
les fleurs que je te mets dans ces feuillets. Ne t'assombris pas; pense
que mon âme t'enveloppe, que je te tiens toujours comme sur le pont
du Neckar [, à Heidelberg]!... Quelle soirée! oh! ma bonne Line!

Allons, adieu; soigne-toi bien et pense à notre bonheur futur.
Mille becquetées à mon m[inou] adoré, cette rose de parterres
célestes! Adieu. J'ai baisé toutes les fleurs!

LXV

A MADAME HANSKA, A CREUZNACH.

> [Passy, 20-23 juillet 1846.]
> Lundi [20 juillet].

Ma chère petite fille, tu n'auras pas grand'chose du Noré aujour-
d'hui. Il est deux heures; j'ai corrigé deux chapitres et fait onze
feuillets. Je suis bien fatigué. Je vais à la poste et au *Constitutionnel.*

---

1. La chapelle Sainte-Geneviève de l'église de Saint-Denis du Saint-Sacrement
(actuellement 70, rue de Turenne), où se trouve une peinture murale de Delacroix,
composée en 1844 et représentant la *Déposition de la Croix.*

Mardi [21 juillet].

Hier, *louloup* d'amour, j'ai eu ta lettre et je l'ai lue en plein air, tant j'étais avide de humer ta pensée. J'ai vu Taubenheim à qui je porte aujourd'hui l'exemplaire [de la *Comédie Humaine*] du [prince] Guillaume; j'ai vu M. [de] Marg[onne], venu ici pour affaire, et qui vient dîner aujourd'hui pour voir mes tableaux.

Chère Ève, je me suis levé plus tard que je ne voulais et j'ai corrigé déjà deux chapitres. Il faut travailler. J'ai encore seize feuillets à écrire pour finir la première histoire des deux du *Constitutionnel* [1]. Il faut que je parte d'ici après déjeuner. Hier, j'ai rencontré mon agent de change qui m'a parlé d'une baisse probable [du Nord]. Les fonds sont encore chez lui. Il faut que j'aille changer mon ordre et lui dire d'acheter encore plus bas que sept cents francs. Nous avons encore six mille francs à employer, si cela tombait au-dessous de six cent cinquante. Ainsi, ta joie de savoir tout employé, et que j'avais arrêtée dans la lettre que tu as maintenant où je te dis que l'on n'arrivait pas au chiffre fixé, ta joie aura son cours. Nous aurons probablement deux cent quarante actions et cinq mille francs en caisse.

Tes lettres me font plaisir, encore plus que les miennes à toi; mais je tremble toujours qu'elles ne te fatiguent. Je te le répète, ne m'écris que si tu peux et pour répondre à mes demandes, au lieu de faire de la littérature.

Tu ne me dis pas : *primo*, l'époque à laquelle il faut vous apporter les gants, le mantelet et le corset, les insectes, etc.; *secundo*, si tu as le *Constitutionnel* et le *Courrier* [*français*]. Je vais prendre facultativement ma place à la malle pour le 10 août.

Adieu.

Mercredi [22 juillet].

J'ai remis à Taubenheim l'exempl[aire] Guillaume [2]; j'ai vu l'agent de change; j'ai porté mes deux chapitres au *Constitut[ionnel]* et M. [de] Marg[onne] a été exact à venir dîner. Il a trouvé le *Cheva-*

1. *Les Parents pauvres.*
2. L'exemplaire du prince Guillaume de Wurtemberg.

lier de Malte une des plus grandes choses de la peinture, et, pour un homme froid comme la glace, son enthousiasme est plus extraordinaire que tout ce qu'on pourrait avoir d'un expert. Ce serait, il est vrai, la gloire d'un musée. Georges avait raison. en disant de ce petit air que tu sais : « Vous verrez, Bilboquet, qu'il sera question de cela, qu'on en entendra parler. » M. [de] Marg[onne] est resté jusqu'à neuf heures; je me suis couché tard et je viens de me lever à cinq heures et demie. J'ai quatre chapitres à corriger pour quatre heures et demie, toute une journée sans quitter mon fauteuil. J'ai une migraine.

M. [de] Marg[onne] a dit que Moncontour était la plus belle affaire que je pouvais faire, si elle est faisable. Raison de plus pour me fourrer dans un bel appartement au Marais. D'ailleurs, il n'y a plus de projets à former. Nous voilà accrochés au Nord et pour jusqu'en décembre au moins.

Chère Linette, tu peux bien imaginer que j'ai été ému aux larmes, en voyant dans ta chère lettre que tu m'écrivais exactement au même moment, ce que je t'ai écrit sur le plaisir de lire les mêmes journaux. Va, cette simultanéité d'idées, de sentiments, a des preuves encore plus fréquentes que nous le savons nous-mêmes. Je suis sûr que nous pensons les mêmes choses aux mêmes heures, et que, malgré l'absence, nous vivons cœur à cœur.

Il est question d'une nouvelle acquisition de roman par un journal. Ce serait une affaire de vingt-deux mille francs, qui viendraient à propos pour la Chouette et Buisson. Mais il faudrait écrire rapidement quinze feuilles de *Com[édie] Hum[aine]* et *les Paysans!* Grand Dieu! Mais *Victor*[1] me donne un courage féroce, sans compter l'Éva, qui ne compte plus, tant elle est absorbée en moi, ou moi en elle. C'est la publication de l'*Instruction criminelle* qui me vaut cela. La lettre dernière d'Esther a fait son effet; beaucoup de gens y ont pleuré. Enfin hier, Servais, le doreur, me disait qu'un critique lui avait dit : « Ah! je vais donc enfin lire du Balzac! » ce qui annonce une grande lassitude des élucubrations des Dumas, Féval, etc. Madame Sand a fait [un] mauvais [ouvrage] avec [*Lucrezia*] *Floriani*. Que sera-ce quand [Eugène] Sue sera tué sur son propre ter-

---

1. L'enfant attendu (voir plus haut, p. 252 et 279).

rain par *l'Histoire des Parents pauvres* [1]*?* C'est un de ces chefs-d'œuvre qu'une bonne fée *(louloup)* vous lance dans la cervelle. J'en suis émerveillé.

Allons, adieu ; je te dirai toutes mes tendresses demain. Il faut travailler. Je t'embrasse, tu sais comment et de quel cœur ; à demain. Pauvre petit Évelin, tu n'auras pas grand'chose dans ce courrier-ci !...

Jeudi 23 [juillet].

Hier, j'ai peu travaillé ; j'étais indisposé, accablé de sommeil par la chaleur qui reprend son intensité. Je suis allé chez Véron pour avoir de l'argent, car la somme remise chez l'agent de change est insuffisante, et comme je dois au *trésor-louloup*, il faut que je parfasse moi-même le capital voulu. Je suis allé chez mon bon petit restaurateur de tableaux, et j'ai une *Tête* de Greuze, pour trois cents francs, que je vais probablement revendre à Véron, qui en est fou. Après le plaisir d'acheter des tableaux, vient celui de les brocanter, tu sais. Je gagnerai à cela beaucoup, si cela réussit.

Ce matin, je viens de corriger deux chapitres et j'aurai terminé le *Constitutionnel* pour le 31 juillet. A moins que tu ne me décommandes, je viendrai du 15 au 20 août, à Mayence. Réponds-moi courrier par courrier à ce sujet, car il faut retenir ma place à la malle. J'aurai sur moi mes actes en règle : celui de naissance, celui du décès de mon père et le consentement de ma mère.

Oh ! *louloup*, aime-moi bien, car je t'aime comme un fou ! Je voudrais bien te voir et causer de nos projets. J'ai une idée que tout ira bien, que toutes mes dettes seront payées, et que j'aurai, à moi, la maison Potier au 1er janvier, bien arrangée et meublée et mon Évelin dedans, comme dans une jolie volière. Je n'ai rien perdu ni comme fraîcheur d'idées, ni comme travail. Je suis sûr de bloquer *les Paysans* en septembre et octobre. Ah ! sois tranquille, je prends toutes mes précautions pour que la Ch[ouette] soit remplacée, et que nous ayons des gens sur qui compter. C'est encore un des soins qui m'occupent.

Mille tendresses, chère adorée. Comme Méry doit t'amuser. Il est

---

1. Eugène Sue publiait à ce moment dans *le Constitutionnel* son roman de *Martin ou l'Enfant trouvé. Les Parents pauvres* commencèrent à paraître pendant une suspension de cet ouvrage.

étourdissant; on ne peut pas être plus spirituel que cela. Allons, mille fleurs de mon cœur, et mille baisers à mon m[inou]. Je me remets à l'ouvrage; il faut finir *les Parents pauvres*.

Envoie cette dédicace à ton cousin Téano[1].

LXVI

A MADAME HANSKA, A CREUZNACH[2].

[Passy, 24-26 juillet 1846.]
Vendredi [24 juillet].

Chère Linette, la chaleur accablante a repris. Hier, la Chouette a essayé, dit-elle, de congédier Els[choët], et il est si amoureux que ça a été impossible. Moi, j'ai dormi dès six heures et demie; je n'ai rien entendu. Je dois me contenter des affirmations de la donzelle.

Ce matin je sors pour aller savoir ce que je redois à l'agent de change et voir à [me faire donner] de l'argent au journal. Il y a eu peu de travail ce matin, à cause de la chaleur; elle commence à huit heures, et à neuf heures mon cabinet n'est pas tenable. Alors, je sors pour mes affaires.

Samedi [25 juillet].

Hier, mon *louloup*, j'ai rencontré ma mère rue Vivienne; elle m'a tendu les bras et m'a embrassé, ce qui est du dernier ridicule, car, si elle veut m'embrasser, elle peut bien venir me voir. C'est la première fois qu'elle me voit depuis le jour de l'an! Elle ne m'a pas parlé de nos affaires d'intérêt terminées, et je lui ai parlé du mariage de ma nièce, qui ne va que d'une aile. Comment trouves-tu cette expansion de maternité, rue Vivienne?

1. L'autographe de la dédicace des *Parents pauvres*.
2. Le feuillet qui enveloppe cette lettre porte l'adresse : "Maison Gravius". Au revers du feuillet on lit ces quelques lignes, d'une rédaction commencée par Balzac : " *Les deux amies de pension.* — Il en est pour les jeunes personnes comme pour les jeunes [gens], elles forment dans les pensionnats, quand les mères [sont] forcées d'y mettre leurs filles, des amitiés très viv[es]. "

Je redois mille dix-sept francs à l'agent de ch[ange] et il faut mille francs ici : cinq cents francs pour la Chouette et cinq cents francs pour le ménage. Le *Constitut[ionnel]* donnera cela.

Je ne peux pas réussir à envoyer la Ch[ouette] chez la personne qui peut reprendre l'affaire Potier en sous-ordre. Elle doit y aller, dit-elle, demain. J'ai déjà pris des renseignements ; la maison est louée pour deux mois expirés, et il y a une clause par laquelle on la livre aussitôt à l'acquéreur. Ainsi, en août et septembre on y ferait les réparations et les dispositions dont j'ai besoin, on y mettrait un calorifère, et je pourrais m'y emménager en octobre. Ce sera fait d'ici à huit jours ; car, bien que voici tous les fonds engagés, je puis, à la rigueur, faire un payement de quinze mille francs.

Je sors pour affaire, car j'ai prié ma mère de me donner un con-sentement par-devant notaire à tout mariage que je voudrais faire et il faut que j'aille faire préparer cet acte, exigé par la loi jusqu'à trente ans, mais qu'un fils respectueux fait à tout âge.

Trois heures.

Oh ! ma Line, j'ai ta lettre ! En sortant je suis allé à la poste, et j'ai vu cette petite enveloppe à fine écriture. et j'ai lu tout dans la rue !

Pas de notaire ; tous occupés, tous ceux que je connais.

Tu ne me dis pas encore si tu reçois le *Constitut[ionnel]* et le *Cour-rier [français]*, ni à quelle époque tu veux que je vienne. J'ai tant de plaisir à t'écrire que je t'écrirais en Afrique, par cinquante degrés de chaleur ! Alex[andre] de Berny vient dîner avec moi aujourd'hui. Le double numéro de *l'Époque*, te fait voir quel est le désordre qui règne dans cette administration. Quant à ton désastre, c'est affreux, ma chère Évelette. Mais que veux-tu ? C'est fait et irréparable. J'avais tant de joie à te lire, que ça m'a été peu sensible. Tu n'es inté-ressée que pour moi ; moi, je ne le suis que pour toi. C'est un avis de vendre. Par réflexion, j'en ai été chagrin. Mais, quinze mille francs, c'est un roman à faire, voilà tout.

Le bonhomme Moret m'a apporté la *Tête* de Greuze. C'est un chef-d'œuvre. C'est la tête de madame Greuze, dont il s'est servi pour la figure de *l'Accordée de Village*, son plus fameux tableau, qui est à

notre Musée. C'est une esquisse faite en trois heures; mais c'est
d'une beauté incroyable. Ne gronde pas, c'est acheté trois cents francs
et payé avec le reste de l'or de mon voyage, que je gardais pour la
bourse du voyage d'août. D'ailleurs je vais peut-être la vendre un
beau prix à Véron, qui raffole de Greuze. Nos moutons brûlent, et
Monsieur achète des Greuze! Je deviens excessivement chevalier
Porte-Glaive, n'est-ce pas [1]? Il ne me manque plus que d'aller perdre
quinze mille francs au lansquenet! Sois tranquille, adorable Évelin,
nous allons conclure une affaire pour un roman, et nous le ferons en
huit jours, comme celui que tu lis [dans *l'Époque*], car madame
Greuze tient par la main une *Tête* de Van Dyck presque aussi belle
que celle que Georges disait avoir payée dix-neuf mille francs à Rome,
et elle sera à nous, toujours pour cent écus.

Je ne conçois pas le silence que l'on garde sur l'affaire à Rome, et
j'espère que cela veut dire que Lysimaque et Sauveur m'ont
oublié. J'en bénis le ciel. Néanmoins, je dois six mille francs au
trésor[-*louloup*], et j'aurais de quoi, à la rigueur.

Voici Alexandre [2] qui vient interrompre mes bavardages. *A demain
la fin.*

Dimanche [26 juillet].

Hier, *louloup,* j'étais si fatigué que je me suis couché au dessert, et
j'ai dormi jusqu'à ce matin au jour. J'ai rêvé de toi toute la nuit. Ce
qui me reste de ce rêve à cinq heures du matin, c'est que nous gra-
vissions une Alpe, et que je te tenais, en nageant, dans un fluide
comme l'eau, mais pur comme l'air. Te voir en rêve est un de mes
plus grands bonheurs, loin de toi, si tant est qu'on puisse se servir
du mot bonheur!

Ah! j'ai commandé ta mantille et j'irai lundi ou mardi retenir ma
place à la malle jusqu'à Mayence; je t'écrirai le jour. Mais, quand
trouverai-je de la place? Il faut peut-être quinze jours!

Je crois que je terminerai Buiss[on] avant de partir, et je ne veux
pas partir non plus sans avoir avec moi mes *actes* en règle. Je calcu-
lerai tout cela. Ma première lettre te dira quand je partirai. J'aurai

---

1. Allusion au comte Michel de Borch, surnommé *le Porte-Glaive* dans cette
correspondance.

2. Alexandre de Berny.

fait des affaires et quinze feuilles de *Comé[die] Hum[aine]* pendant ce voyage. Il faudra revenir pour finir *les Paysans* et déménager. Sois tranquille pour les gens [1] ; j'en aurai de bons.

Adieu, *loup* chéri, bien-aimé ! Sois sûr que tu es toute ma pensée comme tu es mon seul désir. Je dis comme toi que je mérite ta tendresse, car il n'y a que toi dans mon cœur. Ne t'ai-je pas dit que chaque nouveau lien me rendait plus aimant, si c'est possible? Ce n'est pas cela qu'il faut dire; c'est que chaque nouveau lien excite de nouveaux témoignages de tendresse, car elle est venue tout d'un coup ce qu'elle est.

Encore un mot sur la maison Potier. Ce que cette demeure a de favorable, c'est que tout mon mobilier actuel suffit, à un salon près et à une chambre à coucher. Avec une dizaine de mille francs, que je dépenserais dans un appartement à Paris, nous aurons un bijou de maison. Voilà pourquoi je veux régler avec Buiss[on]. Lui seul est à craindre. M. Fess[art] a de quoi satisfaire tous les titres [des autres]. Dabl[in] et madame Del[annoy] sont arrangeables, que j'aie ou n'aie pas la maison, car ils ne le sauront pas avant trois ou quatre mois. Puis, le déménagement se fera très à l'aise. Enfin, j'espère que nous serons là pour six ans, pendant lesquels je suis sûr de faire ma fortune, et, à cinquante-trois ans que j'aurai, il sera bien temps. C'est petit, d'ailleurs. Ne t'attends pas à des magnificences. Ça coûtera trente-trois mille francs d'acquisition, deux mille francs de frais, et cinq mille francs de réparations. L'année prochaine, il faudra trouver un petit terrain de cinq mille francs, pour faire une remise et une écurie à notre aise. Tu peux venir là en octobre, le 15, et y être bien incognito. Moi, je pourrais même rester, rue Basse, puisque j'ai la rue Basse jusqu'en avril 1847.

Nous avons deux cent quarante act[ions] du Nord. Ce ne sera vendables qu'en octobre. Si ça baissait à six cents, j'achèterais encore trente-cinq act[ions]. Cela ferait deux cent soixante-quinze act[ions].

J'aurai le règl[ement] de *la Com[édie] Hum[aine]* pour finir avec madame Delann[oy].

Allons, adieu, ma chère bien-aimée. Surtout, soigne ta santé. Pauvre minette, qui t'es effrayée d'une toux chez Anna, qui, seule

---

1. C'est-à-dire des gens de maison, des domestiques.

de nous en voyage, n'avait ni fatigue, ni lassitude, ni quoi que ce soit. Elle aura pris un petit rhume de chaleur.

Dis-moi donc jusqu'à quand vous restez à Creuznach; si vous êtes à Mayence, le 15 août, je n'irai pas dans ce trou de Creuznach, qui doit être une lanterne. Nous serons plus libres à Mayence, tu sais pourquoi. Le plus tôt est le mieux. J'ai toujours préféré Stuttgard, à cause de la bonne volonté de Fontenay. Tu sais que Gorstsakoff[1] s'en va; Taubenheim me l'a dit, et il m'a dit qu'en septembre il y aura là un *ourvari* de tous les diables à cause des fêtes pour la nouvelle mariée. Ce serait bien de profiter de ce voile de *festoyements*, qui empêchera les Stuttgardois de faire attention à nous. Enfin, nous combinerons cela pour le mieux.

J'ai bien à travailler aujourd'hui, car j'ai toute ma *nouvelle* composée à lire et à corriger. Mais, j'ai commencé par dire mes tendresses à mon *loup*, afin de ne pas faire manquer son courrier. Il faut toujours, le dimanche, que cela soit mis à la poste à huit heures, et tu m'as dit qu'un retard te causerait une maladie. Avec un mot comme celui-là, je ne sais pas ce que je ferais.

Mille caresses, ma bien chérie; à bientôt, car je n'ai plus que quelques jours, et, qui sait, s'il y avait une place pour dans huit jours, j'en profiterais, tant j'ai soif de te voir. La nostalgie commence. Oh! comme j'ai besoin de mon m[inou]! Mais rien n'est possible à Creuznach.

Adieu; mille tendresses, mille caresses, et à bientôt, âme de ma force, mon trésor d'énergie, et mon bien bon, bien aimant et bien aimé *loup!* Je te baise partout avec ivresse.

[*Post-scriptum.*]

Ah! j'ai oublié de vous dire que, dans le règle[men]t de mes intérêts avec ma mère, le cousin de ma mère avait été si complètement bon pour moi, qu'il est la bête noire de ma sœur et de ma mère. Il leur a dit qu'elles se conduisaient mal avec moi. et que quand on avait un fils et un frère comme moi on le respectait, on l'aidait, on le soutenait, etc. Il a rabroué ma nièce, qui a voulu parler. Enfin, il n'est pas bon à jeter aux chiens. Qu'en dites-vous? O Richardson, savais-tu ce que tu faisais en écrivant *Clarisse* [*Harlowe*]*!*

---

1. Ou plus exactement Gortschakoff. Il s'agit d'Alexandre Gortschakoff, ambassadeur de Russie auprès du roi de Wurtemberg.

LXVII

[Passy 27-30 juillet 1846.|
Lundi [27 juillet].

Mon *louloup* bien-aimé, ne t'effraie pas d'une chose qui va nous rap-
procher. Depuis cinq jours je ne me sentais pas très bien; ce matin,.
je suis allé voir le docteur, qui m'a dit qu'il régnait une forte cholérine due aux chaleurs. Il m'a prescrit une diète absolue, des lavements et de l'eau gommée pour boisson. Je vais alors, pour me
reposer, venir vous voir pour deux ou trois jours, si la malle-poste le
permet. Ce n'est absolument rien. Mais si cela n'était pas pris aussitôt, cela devient du choléra sporadique. J'ai cessé les fruits, que je
mangeais en abondance.

Je n'avais plus de forces; je dormais à tout moment. Mes travaux
en souffraient, et j'allais, tu sais où, comme si j'avais eu la dysen-
terie. Je le craignais, tant cela augmentait, et je me souvenais de *nos*
impressions de voyage. Comme ce n'est rien, de l'aveu du docteur, je
te dis la chose.

Il est plus que probable que j'aurai la maison Potier; je t'en.
apporterai le dessin. En août et septembre, on fera les réparations,.
on posera un calorifère, pour que mon *louloup* soit comme chez lui à.
W[ierzchownia], pour la chaleur, en hiver, et l'on fera les peintures.
En octobre, le tapissier fera toute son affaire, et, au mois de
novembre, on pourra y entrer. Nous aurons un an pour acheter en
face un petit terrain pour une serre, les écuries et les remises, si les.
affaires vont bien, car, pendant un an, nous nous servirons de
Louis [1]. qui a de belles voitures. Je trouverai d'ici peu un excellent
portier, et deux personnes essentielles, une femme de chambre,
une cuisinière et un valet de chambre; tout ce a nous fera dépenser

---

1. Le loueur de Balzac.

quinze cents francs par mois. Nous resterons dans cette bicoque
nos six premières années, sans voir âme qui vive :

> Oubliant tout le monde et du monde oubliés,

comme dit Chénier.

Je reviens du *Constitutionnel,* où l'on m'a remis deux mille francs :
mille francs pour l'agent de change, chez qui je vais demain ; cinq
cents francs pour la Chouette, (qui reste Elsch[oët]), et cinq cents
francs pour le ménage.

Les frais pour l'acquisition de [la maison] Potier iront à deux
mille francs. Il lui faudra mille francs pour lui, et j'aurai trente ou
trente-deux mille francs à payer, d'ici la fin de l'année. C'est soixante-cinq actions du Nord à vendre, quand il vaudra cinq cent
cinq francs par action. A sept cent quatre-vingt-dix, il nous en restera
cent soixante-quinze, que nous garderons jusqu'à ce qu'elles soient
à mille francs.

M. [de] Margon[n]e soutient que Moncontour est la seule affaire
faisable. Nous la guetterons.

Ah ! ma Line, ma chère petite-fille, l'année dernière nous étions
à Bourges, nous courions la poste ; mais [tu étais malade], tu
souffrais, tout en voyant ces belles choses. Souffrir dans le bonheur,
c'est notre lot, car je suis bien heureux de t'aimer, et je souffre d'être
ici quand tu es à Creuznach ! Mais il faut faire les affaires.

Mardi [28 juillet].

Il est six heures, j'ai beaucoup dormi. J'ai fait diète hier, je me
sens mieux. C'est aujourd'hui la fête de ma mère ; il faut que je
reste toute la journée[1].

[Il y a un an,] nous avons couché à Montrichard ; tu avais vu
pendant cette journée la belle vallée du Cher ! Ah, il n'y a pas de
bonheur sans toi ! Je suis amoureux comme un fou ; je suis depuis
hier que je me repose, en face de cette idée : « la voir ! » J'ai besoin
de toi comme on a faim ! C'est brutal, et le b[engali] m'entraîne
à Creuznach à tout moment. Je vais achever [mon travail pour] le
Constitutionnel et aller retenir une place à la malle, pour causer
avec toi, ne fût-ce que deux jours. Je vais à la poste ce matin. Oh !

---

1. Balzac se trompe ; la Sainte-Anne tombe le 26 juillet.

je t'aime! Mon Dieu, serai-je heureux là, dans cette bicoque, où nous cacherons notre bonheur à tous les regards !

J'ai forcé dimanche la Chou[ette] à aller à Suresnes avec Elsch-[oët], en y allant moimême avec eux. Elle a vu le carrossier qui est ami de Potier, et il s'est chargé de mener l'affaire en poste. Il a écrit hier qu'il a donné rendez-vous ce matin à Potier. Ainsi, nous ne languissons pas.

J'écris à *l'Époque* pour te faire supprimer un exemplaire. Je n'y comprends rien. J'ai peur que tu n'en reçoives plus du tout.

Chère Évelette, adieu, car il faut se soigner et ne plus travailler que pendant quelques heures. C'est de sept à dix heures, car après dix heures la chaleur devient intolérable.

Le petit restaurateur de tableaux dit qu'il faut que notre salon soit massaca pour que les tableaux soient bien. Ainsi, tout est dit. Le salon sera massaca [1], la couleur aimée de ma chérie. Tu m'aimes, n'est-ce pas?

N'aie pas l'ombre d'une inquiétude ; mes dettes seront payées et ma plume peut nous faire bien vivre. Ne pense plus à ces pauvres moutons, qui ont fait des côtelettes que je n'ai pas mangées. Ces moutons sont une offrande au malheur! Tout ira bien, tu verras! Je conçois bien ton chagrin, car je sais par moi qu'il n'y a pas de plus grande jouissance que de s'occuper du bien-être de l'être adoré. Tu le sauras quand nous serons réunis. En voyage, j'étais souvent bien fatigué; je ne l'étais jamais pour toi! je me sentais une vie à part qui t'appartenait!

Un baiser à ma fleur, mille caresses à mon *loup*, et toutes mes tendresses à ma petite fille aimée!

Mercredi [29 juillet 1846].

J'ai trouvé à la porte une lettre de Georges où Anna a mis un petit mot qui m'inquiète, car elle me dit de venir et que tu souffres beaucoup. Écoute, *loup* adoré, j'ai retenu ma place pour le 15 août, jusqu'à Mayence, et je serai très exact. Voilà déjà un point. J'ai vu Potier. Il m'a dit qu'une petite maison qui est dans la poche de la sienne

---

1. Balzac n'a pas manqué, dans *la Cousine Bette*, qu'il composait à cette époque, de gratifier Josepha Mirah d'un salon « en massaca et or ».

est à vendre, ce qui dispenserait de songer plus tard à des remises et écuries, et elle ne coûte pas ce que coûterait un terrain et des constructions, car on en demande quatorze mille francs. J'ai remis Potier au 3 août, car la diète et mes courses m'avaient achevé. J'étais sans force et je vais même passer la journée au lit.

C'est aujourd'hui les fêtes de juillet, et je suis peu avancé.

J'ai payé chez l'agent de change et j'ai les titres. Nous avons deux cent quarante actions [du Nord]. Quand cela sera à sept cent quatre-vingt-dix francs, j'en vendrai cent vingt-cinq et j'arrangerai l'affaire Potier.

Adieu, pour aujourd'hui, mon bien bon trésor.

Jeudi 30 [juillet].

On a tiré encore hier sur le Roi [1]. Tu verras cela par les journaux.

Je vais beaucoup mieux. Le docteur a été prophète; en deux jours tout a été presque fini. Mais je ferai encore diète aujourd'hui, et demain je reprendrai ma nourriture et mes travaux.

J'ai vu pour toi des mantelets, et tu en auras un bien nouveau et bien comme tu le demandes.

Les chaleurs sont redevenues plus affreuses que jamais, et, en t'écrivant ceci, je suis en nage. Chaque cheveu a sa goutte de sueur, et ma chemise est mouillée.

Notre loi française nous oblige à toujours demander le consentement de nos parents, à tout âge. Un notaire a donc fait un acte respectueux qui constate le consentement de ma mère à tout mariage que je pourrais faire, *quoique mon choix ne soit pas encore fait*. J'aurai l'acte de décès de mon père, et mon acte de naissance, tous ces trois actes bien en règle et légalisés pour Mayence et Stuttgard, les deux.

Nous serons obligés de faire une excursion à Metz pour le contrat. Mon cher Évelin, il faut songer que, du 20 au 30 août, il y aura *trois mois*, et il faut absolument que nous soyons dans les liens [du mariage]. Avec quel bonheur je te donne à tout jamais ma liberté, mon âme et ma vie ! Ah ! comme j'appelle ce moment-là de mes vœux ! Comme je m'occupe de nous, de notre nid ! Je me suis bien

1. Attentat de Jacques Henri, le 29 juillet.

souvent dit que jamais ni le chagrin ni le malheur n'arriveront sous notre toit par mon fait. Je te veux si heureuse et je me sens tant la puissance de te faire bénir tous les jours le jour où tu te seras donnée à moi pour femme, que je ne crains plus aujourd'hui que la mort. Il n'y a que cela contre nous. Aussi le petit mot d'Anna m'a-t-il donné la chair de poule.

Je suis allé voir hier le feu d'artifice, car j'avais dormi toute la journée, tant la faiblesse et la chaleur m'avaient abattu. L'illumination était fort belle, et je doute que Péterhoff en ait jamais vu de pareille. Ça avait plus d'une lieue de long. Comme je t'ai souhaitée ! Je me suis dit que, l'année prochaine, tu verrais cela avec moi.

Il est difficile, vois-tu, ma bien-aimée, que je parte avant le 15, car je n'aurai mon acte de décès de mon père que le 5, et il faudra les légalisations. Je n'aurai pas mon acte de naissance avant le 10, et il ne faut pas qu'un oubli nous fasse remettre une affaire aussi grave et aussi nécessaire, car il faut penser à ce cher enfant! Je veux donc être bien en règle. Mon notaire, ici, me donnera un mot pour un notaire de Metz, afin d'obtenir silence et rapidité. Ce digne notaire est d'avis qu'il vaudrait mieux, si cela peut se rencontrer, nous marier dans une commune française, limitrophe d'Allemagne, dans la Moselle, et je suis sûr du préfet, il m'indiquerait cela. Nous causerons de tout cela.

Adieu, ma bien bonne Évelette; je t'écris ma chemise mouillée, et dans un état de faiblesse par cause de diète, qui te prouverait à quel point je t'aime. Ne t'inquiète pas, au nom de *nous*. Je vais si bien que j'irai ce soir voir la première représentation du *Docteur Noir*[1], et que demain je reprends mon ancienne allure et mes travaux. Enfin, le 17 août, tu me verras, compte là-dessus.

Cette fin d'*Esther*[2] a eu un grand succès. La lettre a été comme un coup électrique. Tout le monde en a parlé. La profonde vérité de nos mœurs judiciaires, rendue si dramatique, a surpris les gens du métier.

Attends l'*Histoire des Parents pauvres*, et tu verras une bien belle œuvre, si je ne me trompe. Va, tout va bien, et tout ira bien. Enfin.

---

1. Drame en sept actes d'Anicet-Bourgeois, à la Porte-Saint-Martin.
2. Esther Gobseck dans *Splendeurs et Misères des courtisanes*.

je t'aime tant, qu'il n'y a pas d'autre malheur possible pour moi que ce qui peut venir de nous.

Allons, encore adieu, chère âme de tout effort et de toute volonté en moi, mon seul et unique trésor, toute ma famille, ma fleur, ma félicité, mon amour, ma joie et ma seconde religion. Adieu, sois bien tranquille. Je suis en parfaite santé, et tu peux croire que si j'avais eu quelque chose d'inquiétant, je ne t'aurais rien dit qu'après la guérison. Ce qui m'a fâché, c'est un peu de retard dans l'achèvement de mon roman.

Le libraire qui me proposait ce que tu sais, est malade aussi de la cholérine. Soigne-toi; ne m'écris pas si cela te fatigue, et aime-moi bien. Mille tendresses au m[inou] et à tout toi.

Adieu; l'heure de la poste me presse. J'ai beaucoup causé avec mon *loup* et je me suis laissé gagner par l'heure.

J'écrirai à G[eorges] dimanche.

LXVIII

[Passy, 31 juillet-1ᵉʳ août 1846.]
Vendredi 31 juillet.

Ma bonne minette adorée, nous avons quarante degrés dans mon appartement. Ma faiblesse est extrême, à cause de la diète absolue que m'a ordonnée le docteur. Ceci t'expliquera la brièveté de ma causerie.

Hier, j'ai vu *le Docteur Noir*. C'est le comble de la stupidité, la médiocrité dans ses saturnales. Je me suis couché à une heure et, ce matin, j'étais encore au lit à neuf heures. Je reviens de la poste, et pas de lettre! C'est un soldat de *la Méduse* regardant à l'horizon et n'y voyant rien, que ton *loup* sans lettre au retour de la poste.

Je vais lire mes épreuves.

Samedi [1ᵉʳ août], midi.

J'ai ta lettre! C'est le grand événement de ma vie! J'y ai distingué deux atrocités; *primo :* « Ne viens pas, tu t'ennuyerais! » *secundo :* « Tu ne penses pas à Victor[-Honoré]! » C'en est assez de te les récrire.

Je vais, ce matin, tout à fait bien et je vais t'envoyer cette lettre aujourd'hui pour que tu n'aies pas d'inquiétude. Le docteur vient dîner aujourd'hui avec Méry, Gozlan [et] Laurent-Jan. Ceci doit te rassurer pleinement. Je suis seulement comme un homme sans force, sans nourriture et sans appétit. Les intestins sont remis, je le crois et la semaine prochaine je finirai *le Constitutionnel.* Nous avons ce matin, à midi, une chaleur égale à celle du Sénégal. En t'écrivant, chaque pore verse sa goutte et je m'essuie de quatre en quatre lignes.

Je vais répondre à la partie grave de ta lettre. *Primo, louloup,* la maison Potier est une bastille où personne n'entrera que de notre consentement. *Secundo,* je ne recevrai personne, de novembre à avril.· *Tertio,* tout sera fini entre la Ch[ouette] et moi, Dieu merci. Elle sait très bien qu'elle ne me verra jamais, que je ne veux pas la voir, que, surtout, elle ne doit jamais se présenter chez moi. Les gens que j'aurai seront sûrs et ils sauront que nous ne verrons personne. Au 1ᵉʳ novembre, tout sera parfaitement arrangé dans la maison Potier. Je n'aurai pas un créancier ni qui que ce soit pour venir troubler cette profonde solitude. D'ailleurs, le salon est sur le derrière et il y a un parloir sur le devant, parfaitement joli. Tiens, c'est ainsi au rez-de-chaussée :

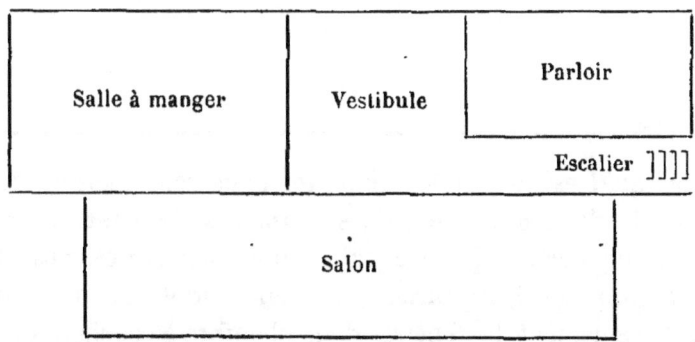

Puis, au premier, ainsi :

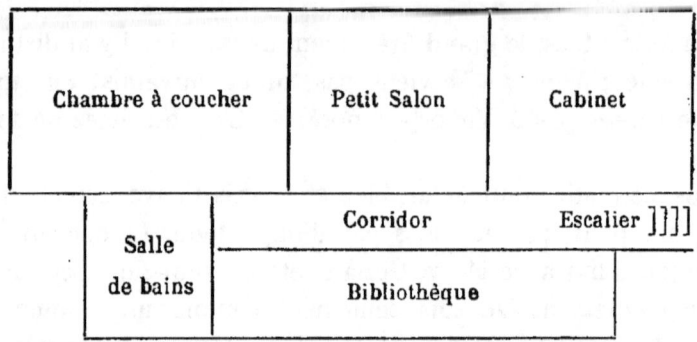

Il y a des chambres en haut, au deuxième étage, pour tout ce qu'il faut; pour enfant, bonne, femme de chambre, etc.

Voici le dessin du terrain.

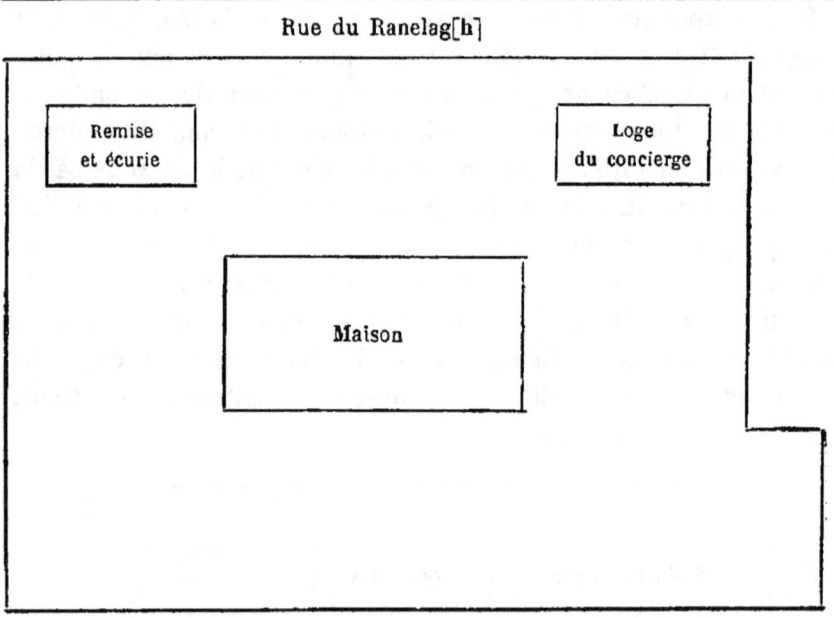

Tu vois qu'il est fort difficile d'entrer dans cette maison sans le consentement des maîtres et qu'il sera impossible d'aller plus loin que la loge du portier, quand on dira que *Monsieur* est absent. Ni famille, ni imposteur, ni curieux n'y pénétreront. On n'y voit de nulle part; seulement, les fenêtres de la chambre à coucher, du petit salon et du cabinet donnent sur la petite cour. Mais personne ne. passe route du Ranelag[h], qui est une impasse et tu sais qu'en France les fenêtres sont toujours closes par des rideaux de mousseline. Tu peux vivre là six mois sans qu'on sache que tu y es, parce que c'est une maison seule et où il n'y a que les maîtres. Tu arriverais le soir que, si les gens sont discrets, personne ne saura ton existence.

Maintenant, nous avons bien le temps de décider de cela. Seulement, [si cette combinaison ne te plaît pas], où irais-tu? Dans les Champs-Élysées? Dans un appartement, en garni, loué sous mon nom? Rester dans une petite ville d'Allemagne, loin des secours et sans moi? Si je suis avec toi, adieu l'incognito. Va, j'ai bien tout pesé; l'acquisition de la maison Potier répond à tout. D'abord, les miens ne viendront point. C'est déjà arrangé comme cela sans toi. Garde, si tu en es contente, ta petite femme de chambre allemande; moi, je ne m'inquiéterai que d'un cuisinier, d'un portier et d'un valet de chambre. N'aie aucun souci; dans ces quatre mois : novembre, décembre, janvier [et] février, toutes mes dettes seront payées et, je te le répète, la moyenne de mes travaux c'est quarante mille francs par an. J'aurai une voiture pour faire toutes mes courses d'affaires et aux imprimeries. Jamais ma destinée, sauf quelques dernières petites affaires, n'a été si nette, si bonne et si claire. A la fin de l'année 1847, j'aurai à moi la maison de la rue du Ranelag[h] et peut-être dix mille francs, toutes dépenses faites. Tu me disais : « Sois tranquille; tu n'épouseras pas une pauvresse. » Moi je puis te dire avec bien de l'orgueil, en pensant à tant de travaux : « Sois tranquille, tu n'épouses pas un gueux. » Aussi, te laissé-je songer à ta fortune; je suis sûr de la mienne. J'aurai quatre cent mille francs en six ans, pour mon Victor[-Honoré], comme j'ai payé trois cent mille francs en sept ans.

Vieille si elle le croit, je veux ma vieille ! Laide, je te voudrais encore. Sans un liard, je te voudrais, car ce que j'aime en toi c'est nos treize ans d'amour, c'est ton adorable caractère, ton cœur infini de tendresse, ton esprit, c'est ta bonne chair qui est mienne, c'est ce plaisir éprouvé mille fois de tes regards, de tes mouvements; c'est tout ce qui peut s'expliquer et ce qui ne s'explique pas. Mais, grosse bête, tu ne sais donc pas que ce soir où tu as gobé si avidement cette boulette que je faisais après dîner, j'ai senti en moi le désir de mourir pour toi ! Il n'y a pas de jour où je ne te vois faisant ce mouvement où il y avait treize ans d'amour, et que les larmes ne me gagnent en revoyant ce geste dans cette chambre obscure de ma cervelle, où se peignent tous tes traits, tes gronderies, tes marches avec moi sur les routes, toute notre histoire ! Jamais je ne donnerai volontairement de chagrin, si léger que ce soit à mon Ève, et le jour où nous nous serons liés, tu t'écrieras souvent qu'il fallait vivre seuls dans un coin pour savoir ce qu'est ton Noré. Tu commenceras une autre vie de laquelle tu n'as aucune idée, une vie sans soins, sans soucis, où tu ne feras que ce qui te plaira. Nous vivrons à la créole, moi travaillant dans mon cabinet, toi paressant à ton aise dans ta jolie maison, ne voyant que *nous*. C'est là ma charte, ma seule volonté. Nous aurons un salon au nord, bien tranquille, sans un œil sur nous, sans bruit; il sera bien orné; tu n'y entendras pas d'autre voix que les nôtres et tu y verras ton jardinet. Il n'y a personne le matin au Bois de Boulogne qui est à un pas, et le soir, à onze heures, excepté le jeudi et le dimanche, on y est seul. Si ce n'est pas un Éden pour une Ève, je ne m'y connais pas.

Oh ! comme je voudrais connaître l'auteur du bouquet ! Tu me tiendras au courant.

Il y a encore dans ta lettre : « Aime-moi toujours *si tu peux!* » Mon Dieu, on n'aime pas ainsi; ce serait affreux. Ne vois-tu pas que je t'aime chaque jour davantage ! Je ne te fais pas entendre mes cris d'être loin de toi dans les circonstances actuelles; mais j'en gémis, j'en suis quasi malade, et si je te parlais de ces souffrances-là, tu viendrais, tu laisserais tout là. J'ai du courage, va ! J'en ai autant que d'amour. Je sens dans quel traquenard nous sommes. Il faut marier tes enfants. Quel œil que celui de Georges ! Je ne vis pas. Je voudrais être au lendemain de notre mariage et du sien. T'aimer comme je t'aime, avoir l'horreur profonde et *croissante* de la Ch[ouette], te savoir dans l'inquiétude, dans les transes, et être loin de toi ! Avoir soif de sa femme, vouloir la caresser, l'encourager des yeux, de la parole, du cœur à tout moment, et être à Passy quand elle est à Cr[euznach], c'est bien plus qu'un supplice !... Et je cherche des phrases, et je travaille, et je suis dans

quarante degrés de chaleur, et *j'ai ma raison!* Va, il faut avoir,
comme je te dis, autant de courage que d'amour!

Je te verrai le 17 ou le 18.

Je t'écrirai demain. Mille baisers à mon m[inou]. Pense à moi,
mais ne m'écris pas puisque cela te fatigue. La veille de mon départ
je t'écrirai un mot pour me retenir une chambre.

LXIX

A MADAME HANSKA, A CREUZNACH

[Passy, 2-3 août 1846.]
Dimanche 2 août.

Bonjour mon Évelette; je t'envoie une lettre pour chaque enfant[1],
et je t'y mets le petit mot d'aujourd'hui. Tu n'en auras pas moins
ton courrier jeudi.

Hier le vieux docteur[2] a rétabli la permission de manger comme
par le passé, mais en maintenant, par précaution, un lavement le
matin, et quatre verres d'eau gommée par jour, encore pendant
trois ou quatre jours. Ainsi, tout est fini; je vais achever mes travaux, et le 15 j'irai vous voir.

Allons, voilà monsieur Gavault!

Deux heures.

Ceci ne partira pas aujourd'hui. M. Gav[ault] vient de me prendre
deux heures. Il venait me remercier du bouquet offert à sa femme
le 28 [pour la Sainte-Anne]. Hier je me suis couché tard, ce matin,
je ne me suis levé qu'à huit heures. Mes cérémonies de malade ont
pris une heure; le déjeuner n'a fini qu'à neuf heures et demie, et
j'étais à onze heures à t'écrire quand Gav[ault] est venu. Les lettres
des enfants sont prêtes depuis le 29. Or, le dimanche, passé midi,
on ne peut plus mettre ici de lettres à la poste.

1. Voir les deux lettres suivantes.
2. Le docteur Nacquart.

Hier, Gozlan n'est pas venu. Le docteur a voulu nier la divinité
de Jésus-Christ, et il a été entrepris par Laurent-J[an] et par Méry,
à ne pas savoir où se fourrer. On ne se figure pas l'éloquence de
Méry, qui a débuté par dire de ce ton que tu connais : « Pour la
politique, pour la poésie, pour les choses humaines, je suis très far-
ceur et très léger; mais pour les choses religieuses, je suis très
sérieux. » Et il a raconté la Passion, le départ des apôtres, l'arrivée
de Pierre à Rome. Non, c'était plus beau que l'*Iliade*, comme poésie;
c'était à étourdir. Je t'aurais voulu[e] là.

Ma petite fille adorée, je t'aime tant, je te le prouve de tant de
manières, que tu ne devrais pas m'écrire : « *Aime-moi si tu peux.* »
Cette phrase me fait bien du chagrin. Je te voudrais la conscience
ce ce que tu es pour moi. Je ne pense qu'à toi, qu'à *nous!* Je te
connais bien, va! La *Tête* de Van Dyck que le petit vieux m'a *donnée*,
car on ne peut pas dire que trois cents francs payent cela, c'est pour
toi que je l'ai eue. Je sais que tu la voudras toute ta vie devant
toi, sous tes yeux, à la place où tu te tiendras. C'est une *Sainte
Thérèse* priant Dieu, car tu ne peux pas être une Madeleine. Comme
tu aimeras cela! Je te laisserai me gronder pendant trois mois, et
quand tu verras cela dans ton petit salon vert, de marqueterie au
premier, entre mon cabinet et ta chambre, tu me diras vingt fois,
la larme à l'œil : « Mon Noré, merci, tu as bien fait, cela est bienfaisant pour moi. Tu avais bien deviné, voilà mon tableau de prédilection. Ça m'aide à vivre.» C'est en effet, *louloup*, plus puissant qu'un
sermon, c'est la foi, l'espérance, la prière, l'amour de Dieu, réunis
dans une seule tête. C'est sublime et fascinant. C'est une poésie
dont la prose serait le *Chevalier de Malte*. Quand j'ai vu cela, j'ai
crié : « Oh! mon *louloup!* » C'est cela qui te dira comme je pense à toi,
loin de toi! Oh! si tu avais vu cela, tu ne m'écrirais pas : *Aime-moi,
si tu peux!* Moi, j'ai la certitude d'être bien aimé de toi, je crois le
mériter, et je te prouverai par trente ou quarante ans de bonheur
continu que tu as raison d'aimer ton Noré. Mais je te voudrais la
certitude pareille. Rien de toi ne peut me détacher de toi. Tu as
essayé, tu m'as tourmenté, souvent par une infâme expérience, et
souvent de bonne foi. Tiens, à Tourtemagne [1], tu m'as mené (sans

1. Ou Tourtemagnin, près de Sion (Valais), sur la route de voitures venant d'Italie
par le Saint-Gothard.

le savoir, toi), jusqu'à vouloir aller me noyer dans la cascade, la nuit ; mais je t'aime tant, qu'en voulant mourir tant tu m'avais désolé, j'aimais mieux des supplices pareils et te voir, te sentir, t'adorer !... Je ne sais pas ce que je ne ferais pas pour toi. Tu dois le voir. Tu as fini *Esther*, aujourd'hui ; eh ! bien, ça a été écrit en huit jours pour pouvoir aller à Rome. Je vais en faire autant et pis, pour partir le 15. Je ne peux plus rester ici. Il faut que je te voye cinq à six jours. Je sens venir le dégoût de tout, qui est le spleen de l'amour. Je ne ferai plus rien que marié, tenant une chère femme dans cette maison que je convoite, et la sachant près de moi pour toujours. Je suis fait pour recevoir et pour donner le bonheur, pour le savourer, pour le trouver meilleur d'heure en heure, de jour en jour, de mois en mois, d'année en année. Tu verras cela. Tu n'y crois pas, tu doutes encore d'une âme constituée ainsi ; voilà pourquoi tu m'écris : « *Aime-moi si tu peux !* » aussi te le pardonné-je. On n'est pas toujours dans tout le secret de son œuvre. Tu ne sais pas quel amour éternel, pur, sacré, doux à l'âme, bienfaisant à la vie, simple en lui-même, tu as allumé dans mon cœur. Je n'ai plus rien de moi ; je suis tout toi. Il me semble que tout sera résolu en bien, en beau, en bon, quand nous serons réunis.

Allons, adieu, chère aimée ; tiens, je t'envoie une fleur de baume, la seule qui soit dans notre jardin, avec un réséda, qui devrait indiquer *la constance*, car il est toujours en fleur depuis deux mois. Que le baume te parfume le cœur, comme toi tu m'embaumes de caresses et d'affection ; que le réséda te dise que j'aurai toujours le cœur plein de fleurs douces pour toi, et mille caresses, mille gentillesses à mon m[inou]. Je baise mille fois tes jolies mains qui m'écrivent encore quelques fois ; mais, je t'en prie, si cela te fatigue, n'écris plus. Promène-toi ! Pense à tout le bonheur que tu portes, que tu donnes !

Allons, tous mes trésors, adieu.

Lundi [3 août].

Mon *loup* chéri, je vais tout à fait bien ce matin. Il est cinq heures ; je me sens tout dispos et je vais travailler pendant toute la journée, et j'irai à cinq heures au *Constitutionnel*. Voilà ma tâche pour aujourd'hui. Cependant Potier vient ce matin et nous devons nous entendre définitivement. Je ne regarderai pas à mille francs puisque

cela nous convient. Mais je prendrai un an pour payer, à cause de
la dégringolade du Nord. Nous payerons un an d'intérêts, voilà tout.
Pour le moment, j'aurai huit mille francs à payer en frais et en
somme non comprise au contrat, qui sera de vingt-sept mille francs
seulement et huit mille francs en réparations et en déménagement.
Total, seize mille francs. Nous pourrons bien, toi, moi et ma plume,
trouver cela d'ici quatre mois. Je dois six mille francs au *trésor-lou-*
loup. Tu en dois quinze cents. C'est .sept mille cinq cents francs,
et je pourrai bien gagner neuf mille francs d'ici janvier. Ainsi, nous
conserverons les deux cent quarante actions intactes. C'est une fortune. S'il. y a une hausse en octobre ou novembre, eh bien, je payerai.

Allons, adieu ; mille bonnes tendresses. Par le courrier de jeudi tu
sauras ce qui se sera fait avec Potier. Enfin, le 17 ou le 18, nous
causerons de tout cela. J'aurai le devis exact de Captier, qui sera
sans doute à l'œuvre. Mille caresses à vous *deux*. Oh ! soigne-toi
bien, et dis-moi ce que devient *l'inconnu qui ne veut pas l'être*. Je
suis tout intrigué.

Ma mère devait venir hier. Elle a écrit une lettre qui la peint tout
entière, et que je t'enverrai, pour s'excuser de ne pas venir. Ma sœur
commet la bêtise d'aller flâner aux environs du pays où est le *pré-*
tendu-prétendu. C'est offrir sa fille ! On ne donne pas de conseils en
semblable occurrence.

Adieu, encore un bon baiser de Cannstadt.

LXX

A MADEMOISELLE ANNA DE HANSKA, A CREUZNACH.

[Passy, 29 juillet 1846.]

Chère Anna,

J'ai voulu vous écrire le jour de votre fête. Mais, ce jour-là, j'étais
atteint d'un commencement de choléra sporadique, et je suis allé
chez mon docteur. Je me suis traîné chez ma mère, qui est une

Anne, et suis revenu me droguer. Mais j'ai bien pensé à vous, et si vous avez entendu quelque bruit mystérieux dans vos oreilles, c'était la voix de Bilboquet, confuse et chargée de vœux pour votre bonheur, faits avec d'autant plus d'assurance, que je sais qu'il sera complet et selon vos souhaits. Vous n'ignorez pas tout *le mal* que je pense de *Lui*. S'il tient tant à ses soulèvements, c'est une preuve qu'il tiendra à sa femme. Et je commence à croire qu'il a raison pour les soulèvements, comme il a raison pour sa future.

Vous avez eu toute la finesse d'un vieil observateur rusé, et vous avez un bonheur inouï, croyez-moi, bien rare dans la vie : celui d'avoir raison dans votre première inclination, car entre nous, G[eorges] est une de ces âmes d'élite qui sont comme de gros diamants cachés dans *l'enveloppe terrestre*. Qu'ai-je à vous souhaiter ? La santé ? Vous avez tout : une bonne mère, un Georges, et permettez-moi de dire un Bilboquet. Vous n'avez qu'à vous faire pardonner votre bonheur.

J'ai donc dit le 28 [1] cent fois : « C'est la fête d'Anna », et j'oubliais les ennuyeuses souffrances de la cholérine. N'est-ce pas vous dire que votre souvenir a la fraîcheur des baumes ?

Mille amitiés.

LXXI

AU COMTE MNISZECH, A CREUZNACH.

[Passy, 29 juillet 1846.]

Mon cher *Gringalet*,

Le vieux *Bilboquet* possède, grâce à vous, un de ces lumineux chefs-d'œuvre qui sont comme *le Joueur de Violon*, le soleil d'une galerie. Vous ne sauriez imaginer la beauté de ce *Chevalier de Malte*, pas plus que l'ignare scélératesse des marchands de Rome ! Menghetti avait enfumé de bistre le tableau pour cacher quelque coup de balai donné sur le front, des coulures de cire sur les mains, qui

---

1. Balzac s'était, on s'en souvient, trompé de jour. La Sainte-Anne tombe le 26 juillet.

l'ont effrayé, surtout avec la couche de crasse, que la fumée des
cierges et autres causes ecclésiastiques avaient imprimée sur cette
sublime ardoise. Vous savez que Schnetz trouvait un désaccord
entre les mains et la figure, que *Georges* y voyait des repeints!
Eh! bien, tout est harmonieux, comme dans un chef-d'œuvre du
Titien. Les mains reçoivent le jour beaucoup plus que la figure; mais
ce qui excite le plus l'admiration c'est l'habit, que vous n'avez pas
vu, et qui, selon l'expression des connaisseurs, *contient un homme*.
Quand [Moret,] l'illustre restaurateur vint chez moi (un bon petit
vieillard qui aime la peinture, comme Paganini aimait la musique),
il dit : « Monsieur, c'est un chef-d'œuvre; mais que trouverons-nous
là-dessous? » Et il s'en alla inquiet.

Trois jours après, il revint, et avec ses drogues. On étend *le Chevalier* sur une table; il prend une composition puissante, et il me
dit : « Allons; il le faut bien! Commençons par un coin. » La
drogue mise au bout du coton fait mousser la peinture, et tout devient
blanc. « Bien, dit-il, je puis marcher. » Et il frotte toute l'ardoise,
et, en une heure, il retire une livre de coton, par petites balles
toutes noires. « Voilà, me dit-il, ce qu'a mis le marchand de Rome.
(On ne voyait rien encore.) Mais pourquoi? Il a eu une raison. Le
tableau peut se trouver gâté, plein de repeints, ou il n'existe peut-
être plus, car voilà une deuxième croûte! Ceci est plus grave; faut-il
aller en avant? » On va en avant, et il prend trois [autres] drogues
et la peinture de mousser, de blanchir, de disparaître dans cette
bataille de drogues. Il met ses doubles lunettes et me dit : « Je
réponds du tableau. »

Moi, je ne voyais que de la mousse de bière. Enfin, il demande
d'un air triomphant une brosse fine à dents et du savon. « Vous
allez voir, me dit-il, un grand chef-d'œuvre! » Je ne voyais toujours
que de la mousse de bière. « Mais aussi, ajoute-t-il, nous allons voir
pourquoi le marchand a mis son bistre. »

Et, sous le lavage, brillent, comme le soleil, des pâtes d'un ton de
chair palpitante, des passages lumineux, les ors des chaînes, de
l'épée, les mains! C'était comme le lever d'une aurore.

Il passe de l'eau et il me dit : « Voyez! » C'était une résurrection.
Il sortait de dessous l'éponge un homme d'une vérité si effrayante
qu'on croyait avoir une troisième personne dans le salon. Il sort de

son ardoise. On ne se figure pas ce modelé-là. Il l'a mis dehors, au soleil, pour sécher, et, dans le jardin, c'était un homme ! Cette pauvre peinture qui renaissait après trois cents ans, était comme si elle venait d'être finie hier.

Alors, il a constaté, loupe en main, une éraillure qui part du front, vient mourir au-dessous de l'œil, composée de petits trous faits avec la pointe d'une aiguille, puis, une tache de cire sur le front et une coulure sur les mains.

Quand la peinture a été sèche, il a pris une aiguille et, avec la pointe et une légèreté surprenante, il a enlevé les taches, n'enlevant que la cire et pas la couleur. Puis il a mis, avec la pointe du pinceau, de la couleur dans les trous, et après, il a fait boire à tout le portrait une mixtion qui est son secret et qui traverse la peinture, lui rend du corps, la fond, la fait reparaître et la solidifie. Tout, en huit jours, est devenu onctueux ; c'est un miracle. Bien des gens croient que je suis un mystificateur et que c'est peint d'hier. Le bon petit vieillard déclare Sébastien del Piombo incapable d'avoir fait cela. Il admet votre opinion et dit : « C'est un Flamand, élève de Raphaël, ou Albert Durer, dans son voyage à Rome. » C'est, dans tous les cas, un des plus grands chefs-d'œuvre de la peinture et plus complet que ce que faisait Raphaël ; il y a un progrès dans la couleur. Il regarde cela comme une des choses les plus précieuses de l'art, puisqu'il y a [là] le dernier mot de trois écoles : Venise, Rome et la Flandre.

Je vous devais ce récit, mon cher Gringalet, et maintenant je voudrais vous montrer l'ardoise. Ce bon petit vieux m'a fait cadeau, tant il m'aime, d'une trouvaille. C'est la femme de Greuze, faite par Greuze pour lui servir de modèle pour sa fameuse *Accordée de village* (trois cents francs). Tant que vous n'aurez pas vu cela, vous ne saurez pas ce que c'est que l'école française. Rubens, Van Dyck, Rembrandt, Raphaël et Titien ne sont pas plus forts. C'est de la chair palpitante, c'est la vie et il n'y a ni science, ni art ; c'est troussé en deux heures, avec le reste de la palette, dans un moment d'enthousiasme et de passion qui rend ce morceau une des plus belles choses de la peinture. Greuze avait fait cadeau de cela à sa femme, en lui défendant de jamais le vendre. Elle l'a légué à sa sœur [et] sa sœur vivait encore il y a vingt ans. Elle a crevé la toile ; elle a cru cela perdu; elle l'a donné à une voisine et c'est de cette vieille femme que mon petit vieux la tient. Il a ressoudé la toile; il n'y paraît pas. C'est aussi bien que *le Chevalier de Malte*.

Mon Holbein, confirmé Holbein, est aussi beau que la *Laïs* de Bâle. J'espère échanger le *Paysage* [acheté à] Miville, le *Paysage* [acheté à] Lazard et *les Sorcières*, contre huit cents francs d'argent, qui me donneront une *Aurore* du Guide dans sa manière forte, quand il était tout *Caravage*, et un *Enlèvement d'Europe* par [le] Dominiquin. Ah! vous qui n'aimez pas l'école de Bologne, il faudrait voir ces deux tableaux-là! C'est deux immenses chefs-d'œuvre! C'est digne de ce que j'ai vu de plus beau à la Galerie Borghèse. C'est deux tableaux de chevalet qui ont l'étendue de toiles de vingt pieds! Cela fait le même effet comme immensité, que la *Vision d'Ezéchiel*. L'*Aurore* est une grande dame, habillée comme les habille Véronèse, bien campée sur un nuage, à gauche, dans le tableau. Le fond représente une villa magnifique, comme la villa Pamphili, et le devant, un bassin garni de petites figures qui jettent de l'eau. Cette portion du tableau dans les demi-teintes du jour et de la nuit, est digne de Canaletto; ça le rappelle, mais c'est plus grandiose. L'eau est magnifique de fluidité. Sous l'Aurore, dans un coin, l'Amour à ailes colorées, regarde l'Aurore avec douleur et s'enfuit, son arc débandé, et sans corde, et, dans les bosquets, des nymphes s'enfuient comme surprises. Non, c'est incomparable! C'est splendide! A Rome, on voudrait deux mille *luisses* de cette toile.

Quand à l'*Enlèvement d'Europe*, il faut voir cela; je ne peux pas entreprendre de vous l'expliquer. C'est une de ces œuvres à voir, comme *le Joueur de violon*.

Si je vends mon Breughel, mon Miville et mes *Sorcières* huit cents francs, je n'aurai que deux cents francs à ajouter pour avoir ces deux toiles, et, avec mon *Jugement de Pâris*, j'aurai trois belles choses pour mon salon. Avec la *Flamande*, la *Greuze* et le *Chevalier de Malte* au-dessus, cela fera tout un côté. Les deux Holbein feront un petit côté. La *Vénitienne* et la *Tête* de Van Dyck en feront un autre, et l'*Ève et Adam* achèvera l'ornement [de la pièce]. Et quand on admirera cela, je dirai : « C'est à un jeune professeur d'entomologie que je dois cette *Tête;* charmant jeune homme, plein d'esprit, de cœur, qui est enseveli dans le bonheur et dans les

steppes [de l'Ukraine]. Il se connaissait en tableaux ! — Vous le
nommez? — Gringalet. — Pas possible ! — Aussi vrai que je me
nomme Bilbôquet [1] ! »

A bientôt, cher Georges. Je vous apporterai une boîte pleine d'insectes merveilleux, et je ne resterai malheureusement guère que cinq
à six jours, comme à Baden. Je vais chercher des regrets. Si vous
voulez quelque chose de Paris, vous avez encore le temps de me
le demander, car je ne pars que le 15 août.

Mille amitiés.

LXXII

A MADAME HANSKA, A CREUZNACH.

> [Passy, 4-6 août 1846.]
> Mardi 4 [août].

Mon bon gros *loup*, j'ai ta lettre; mais j'ai peur que tu ne te
fatigues à écrire. Sois tranquille d'esprit, car tu dois l'être de
cœur. Je n'ai acheté le Greuze et le Van Dyck que parce que j'ai
acquéreur, à un prix supérieur, de trois tableaux : celui de Paul Brill,
les *Sorcières*, et l'esquisse de Miville. J'aurai, de plus, de quoi faire un
autre échange. J'ai déjà échangé le petit tableau de quarante francs,
que Chenavard disait ne pas valoir deux sous, contre une délicieuse
esquisse de la naissance de L[ouis] XIV, qui représente une *Adoration des Bergers*, où les bergers sont avec les cheveux à la Louis XIII
et ses ministres. Va, avec le temps, j'aurai ta confiance en fait de
bric-à-brac. Tu ne te figure[s] pas quelle est la situation de mon
esprit quand j'ai quelque chose d'inférieur. Aie donc l'esprit en
repos; tu n'économises pas plus sordidement que moi.

Je travaille par soixante degrés de chaleur; tu as dû voir cela dans
les *Débats*. J'ai quinze degrés de plus dans mon cabinet qu'au soleil,
car le blanchisseur [établi au rez-de-chaussée] fait du feu sous moi

---

1. Avec un accent circonflexe pour contrefaire la prononciation de ses amis.

au charbon de terre, comme dans une locomotive, et, au-dessus de
ma tête, il y a du zinc. Je suis dans une étuve.

Chère Évelette, les papiers veulent beaucoup de temps, et je ne sais
pas si, avec l'activité que tu me sais, j'aurai les miens le 15 août à
cause des légalisations. Je fais légaliser pour Stuttgard et Mayence.
Tu auras ton vinaigre, ta pommade, tes gants, le corset [d'Anna],
le mantelet, les insectes, et les bijoux raccommodés, et ton Noré rac-
commodé aussi, car, d'hier, je suis aux viandes noires, et je remange
sans inconvénient. Les intestins sont dans un excellent état. C'était
l'effet de la chaleur qui est pour moi ce qu'elle est pour toi. Il
faut aimer Vict[or-Honoré] et toi comme je vous aime pour travailler malgré ma dissolution constante.

Adieu; il faut corriger mes épreuves, et j'ai encore vingt-six
feuillets à écrire. Adieu.

Mercredi [5 août].

Hier, j'ai vu Pothier[1]. Il était venu à Passy sans venir me voir. Je
l'ai rencontré dans l'omnibus qui allait à Paris et j'étais dans celui
qui en arrivait. Je l'ai questionné, sondé et j'ai la certitude qu'il a
un autre acquéreur que moi et que je serai son pis-aller. Je ne peux
pas me mettre dans la voie d'offrir plus que ce que j'ai donné
depuis un an. Ici, *je deviens Valmy*[2].

J'ai vu hier Véron. qui veut autant de feuilles que j'en pourrai
faire. C'est une bonne nouvelle. Cela veut dire que Sue dégrin-
gole. Il n'y a qu'un cri sur sa publication[3]; on trouve cela hideux
et honteux. Il est perdu. En revanche, il n'y a qu'un cri sur l'*Instruction criminelle*. Au Palais, magistrats et avocats trouvent cela
sublime. Si on se souvenait de Popinot[4], on verrait que Popinot et
Camusot sont les deux faces du juge.

J'ai vu hier aussi M. S[édillot] pour reculer au 1er octobre le payement de quatre mille francs à ma mère. Cela m'est impossible en

1. Que Balzac écrit tantôt Pothier, tantôt Potier ou Pottier.
2. Lisez : Je deviens Louis-Philippe, et comme lui roublard et serré en affaires.
Valmy était le surnom donné au roi parce qu'il avait constamment à la bouche
les noms des batailles auxquelles il avait assisté du côté des républicains, et
notamment Valmy (voir plus loin p. 376).
3. *M. Martin, ou l'Enfant trouvé.*
4. Le juge intègre de l'*Interdiction*.

ce moment. Il me faut deux mille francs pour le contrat Potier et. deux autres mille francs pour moi, pour la maison et mon voyage; il en faudrait trois ou quatre mille à F[essart], et je redevrai encore six mille francs au *trésor-louloup*, qui seront destinés aux réparations et au calorifère de la maison Potier. Mon déménagement est une affaire de dix mille francs. Si Véron, qui vient voir aujourd'hui ou demain la *Tête* de Greuze, en donne dix mille francs, je la lui *donne*... avec chagrin, mais je la lui laisse. J'en demande quinze mille.

Cher bijou, je vois que tu vas un peu mieux, que vous avez eu un tremblement de terre qui m'inquiète pour l'Allemagne. Si un volcan allait s'ouvrir exprès pour servir de preuve aux théories de Georges?... Tu ne me dis plus rien de *l'inconnu* au bouquet.

Oh! comme je voudrais que tu me dises que tu as tous les papiers et ta prolongation de passeport! J'espère toujours partir du 15 au 20, car il faut absolument finir *les Parents pauvres*. J'ai retenu [pour] le 15 la malle, et je la ferai reporter au 20, si c'est nécessaire.

Mon Dieu, mon *loup*, tu te crées bien des ennuis. Tu avais fait une somme pour le mariage d'Anna, et tu as l'ambition maternelle de lui faire son trousseau, sa voiture, etc., et de lui donner la somme. C'est très beau, mais il ne faut pas que cela aille jusqu'à te donner des soucis d'argent. C'est parce que tu me connais que je te parle ainsi. Mais, crois-moi, les amoureux ne font aucune attention à ces sortes de beautés-là. Ta fille et ton gendre ne s'en apercevront même pas, quoi que tu leur aies déjà dit. Ce serait autrement, il n'en serait ni plus ni moins. C'est de l'héroïsme en pure perte, de l'art pour l'art. Je sais bien que tu te dis : « Si je me remarie, ils n'auront aucun reproche à me faire, et verront que j'ai été bonne mère!... » Mais, que dirais-tu, si G[eorges] ne s'en choquait pas moins de ton mariage, et ne te savait pas, ni Anna non plus, de gré de ces sacrifices? Ne te donne donc pas de soucis, je t'en supplie; ne fais rien ni au moral, ni au physique pour altérer la beauté qui est ma gloire, mon amour-propre et mon bonheur. Je suis loin de te dire : « Dissipe; ne prends pas garde; Anna est riche! » Non. Je conçois et je partage ton orgueil de mère, et j'aime, tu le sais, ton Anna. Laisse-lui ces cent mille roubles, si tu peux. Mais tu n'en laisserais que quatre-vingts, en en prenant vingt mille pour le trousseau, que ce serait la même chose. Ne fais aucun tour de force pour laisser intacts ces cent mille. Laisse-les si tu peux; ce serait bien. Mais ne mets pas des rides sur ton beau front pour y arriver.

Je suis bien heureux de me trouver dans une position à pouvoir te parler ainsi. J'ai la tranquillité devant moi, la certitude de pouvoir te donner par moi-même l'aisance et la bonne petite existence que tu veux. Quand naîtra V[ictor-Honoré], le père n'aura plus de dettes; il aura un toit à lui et la fortune devant lui, car, pendant six ans encore, il faudra des feuilletons, et je gagnerai quarante à cinquante mille francs par an. Je te répète cela à satiété; mais cela est; tu le verras cet hiver, car tu me verras gagner cinquante mille francs, de novembre à février, en faisant *les Paysans*, *les Petits Bourgeois*, *la Dernière Transformation de Vautrin*, *Une Famille*, *Adam-le-Rêveur* et *Rosemonde*[1], six ouvrages en six mois, soixante mille francs, au plus bas.

Adieu pour aujourd'hui, fleur de ma vie et tout mon bien; je t'aime comme je te désire : chaque jour un peu plus.

Écris-moi vite s'il faut demander les journaux jusqu'à la fin d'août ou les laisser finir au 15 courant.

Mon bon *louloup*, sois donc bien tranquille sur mon caractère; je n'ai pas d'entraînement qui puisse me faire compromettre le résultat [de quinze à seize ans de travaux]. Je n'achèterais pas plus de tableaux [de façon] à me ruiner, que je ne m'engagerais *à faire des romans* contre *la somme qui me libérerait!*... Tu n'es pas plus raisonnable que moi va! Adieu; je suis honteux de te répéter des choses de ce genre. Pas de nouvelles de Rome, et je crois qu'il y a autant de raisons de trembler que de se réjouir [de ce silence]. A demain. C'est Laurent-Jan et [Amédée] Achard[2] qui font les *Lettres de Grimm*, et c'est Laurent[-Jan] qui publie en ce moment *Jeunesse* dans *l'Époque*. Encore un baiser et adieu pour aujourd'hui.

Jeudi [6 août].

Il a fait hier et il fait aujourd'hui une chaleur si dissolvante, que je ne puis rien faire. Je mouille deux chemises par jour à rester dans

---

1. Aucun des trois derniers ouvrages cités par Balzac n'a été composé.
2. Romancier, né à Marseille en 1814, mort à Paris en 1875.

un fauteuil et à relire *Walter Scott*. Il me faut t'aimer pour t'écrire ces quelques lignes. Ma main et mon front ruissellent.

Cela me retarde et me fait gémir. J'attends Potier aujourd'hui. Je suis décidé d'en finir, si c'est possible avant mon départ, pour qu'on fasse toutes les réparations pendant mon absence, et, qu'à mon arrivée, je puisse emménager.

Tu as bien raison, mon cher ange; je garderai le numéro 19 [de la rue Basse à Passy], jusqu'en avril comme mon domicile, et j'y donnerai le peu de rendez-vous que j'aurai pour affaires.

J'aurai un an pour payer vingt-sept mille francs, et les six autres seront payables dans trois mois. C'est huit mille francs, avec les frais. Il y en aura dix au moins pour les réparations et les tapissiers, sans compter quelque mobilier. C'est vingt mille francs à dépenser. Je les aurai, sois sans inquiétude. Je dois six mille francs *au l[résor-]louploup*, et nous en trouverons bien quatorze en vendant cinquante actions, à sept cent soixante-quinze-francs. Le ch[emin de fer] du Nord ira là d'ici trois mois et, à ce taux, c'est vingt mille francs.

Allons adieu, mon bon trésor de tendresse et d'amour, soigne-toi bien; prends garde à tout. Tu auras un bon et beau mantelet. Il n'y a que mes actes qui puissent retarder mon départ, et je t'écrirai toujours auparavant. Allons, mille tendresses, mille caresses à mon cher m[inou]. Tu dois être bien heureuse, si je réussis avec Potier. Nous serons si tranquillement là! que Dieu nous protège, et surtout que [tes] papiers arrivent! Si je fais affaire avec Potier, je t'écrirai sur-le-champ un mot. Adieu; toutes mes pensées sont à toi ou à tout ce qui peut te rendre heureuse. Avant la fin du mois nous nous verrons. Je vais travailler la nuit pour ne pas retarder mon voyage. La chaleur et le café ont raison de M. Beng[ali]!

LXXIII

A MADAME HANSKA, A CREUZNACH.

[Passy, 7-9 août 1846.]
Vendredi et samedi [7 et 8 août].

Mon pauvre *l[oup]* bien aimé, je n'ai pas pu t'écrire hier. Hier, j'ai été saisi par une peur affreuse que m'a donnée la donz[elle]. Elle

a eu une attaque de choléra, qui a eu tous les caractères de l'empoisonnement et comme elle venait de prendre, (à cinq heures du matin),
un lavement à l'opium, j'ai cru qu'elle était empoisonnée. J'ai envoyé chez M. Nacqu[art]. Mais, en attendant, tout devenait si grave,
que j'ai cru qu'elle mourait, et j'ai envoyé chez le docteur Puzin[1].
Comme il n'y était pas, j'ai envoyé chez le docteur des Frères, à
Passy. Ça a duré quatre heures dans l'incertitude la plus angoisseuse.
Elle se mourait dans des convulsions épouvantables, des vomissements noirs et d'autres vomissements sanguinolents par en bas. Je
ne pouvais pas la quitter. Enfin, à dix heures, le médecin des Frères,
à Passy, est venu et a reconnu, tout de suite, les symptômes du choléra. C'est ce que j'ai eu. Mais la donzelle ayant mangé trop de melon
avait rendu cela plus grave. M. Nacq[uart] est aux eaux de Vichy.
Son remplaçant est venu à onze heures et a confirmé les ordonnances du médecin de Passy. A midi, je suis allé à la poste, et j'ai
remis ma place [à la malle], du 15, au 20, car je ne puis pas partir
en laissant cette malheureuse Cb[ouette] dans un état si périlleux.
Sa maladie nerveuse avait tout compliqué. M. Puzin est venu et a
dit que la veille un malade avait failli mourir entre ses bras. Les
trois médecins sont chacun à deux ou trois cents malades de ce
choléra, depuis deux mois. La première attaque passée, tout est dit.
Néanmoins, ce matin, la Ch[ouette] vomit toujours. Elle vomit
tout ce qu'elle prend. Voici deux jours de perdus pour mes travaux.
Ceci m'a fait comprendre *qu'elle était trop tout ici.* Elle malade, tout
s'arrête. Plus de déjeuner, ni de dîner, car elle fait tout, elle achète
tout, elle sait où tout est. Je ne pouvais pas trouver ce qu'il lui
fallait, et elle ne pouvait pas parler. Elle était violette, et elle se
mourait. J'avoue que j'étais effrayé de lui voir les caractères de
l'empoisonnement dans les circonstances où nous sommes, car
nous ne sommes pas bien. La violence du mal était mortelle; je n'ai
pas perdu la tête, je l'ai soignée autant que j'ai pu. Mais cela m'a
fait prodigieusement de mal de voir souffrir une pareille agonie.
Enfin, ce matin elle est mieux. J'ai eu, moi, cette attaque dans la
rue, et je n'ai eu que le temps de me rendre chez M. Nacq[uart], de

1. Chirurgien qui tenait une maison de santé, 5 rue des Batailles, rue actuellement disparue du quartier du Trocadéro et où Balzac habita au n° 13, sous le nom
de Veuve Durand. Cf. *les Cahiers Balzaciens*, n° 2, p. 46-47.

chez qui je n'étais pas loin, et là, sa femme de ménage m'a conduit
à ses lieux d'aisances, où j'ai failli me trouver mal, tant les convulsions étaient violentes. Je suis allé pendant trois jours, mais je
n'ai pas eu les vomissements.

Prenez bien garde à vous; ne buvez rien de trop frais. Mais la
médication est bien simple; c'est des cataplasmes de graine de lin
sur le ventre, boire de l'eau de gomme et de riz, et des lavements
d'eau de guimauve, et, si les vomissements continuent, couper la
boisson de limonade gazeuse ou d'eau de seltz, et, si les déjections
ne s'arrêtent pas, de mettre deux ou trois *gouttes de Rousseau* dans
le lavement.

Adieu, cher *loup*, à demain.

                                              Dimanche [9 août].

Hier pendant que ma donzelle dormait, pour la première fois
depuis quarante-huit heures, je suis allé à la poste et j'ai trouvé ta
petite lettre. Oh! elle m'a rendu bien heureux! Ainsi, tu as tes papiers,
ceux d'Anna, et tu pourras les marier avant la fin de ce mois! A mon
avis, tu devrais faire publier les bans à Mayence, tout de suite. Tu ne
m'auras que le 23; mais, le 23, je serai à Mayence. Je ne peux pas
m'arrêter à Metz; j'y reviendrai. Il faut encore huit jours pour
légaliser mes actes, car on ne se figure pas combien il faut de
temps pour toutes ces bêtises-là. M. [de] Margon[n]e s'était chargé de
m'envoyer mon acte de naissance, et je ne l'ai pas encore, et nous
sommes le 9!... Il faut une semaine pour le légaliser ici, à Paris.
Nous pouvons nous marier à Mayence, en faisant le contrat à Metz.
Nous aurons facilement des dispenses de bans, à l'étranger. En France,
rien ne vous dispense des publications. Voilà pourquoi je voulais
une commune tudesque. Nous avons en France deux cérémonies :
celle de la mairie et celle de l'église. Celle de la mairie est la seule
légale et reconnue; elle doit précéder le mariage à l'église. Je suis sûr
du concours du préfet; mais notre mariage est valable à Mayence,
et nous y sommes sûrs du plus parfait incognito. Tu y verras l'archevêque, à propos d'Anna et de G[eorges], ne fût-ce que pour avoir
dispense d'un ban, et tu sauras quel[le] pâte d'homme il est. Tu
pourrais arranger tout pour nous, surtout mes actes étant en règle.
Tout mariage à l'étranger, contracté dans les formes du pays, est

valable en France. Le défaut de publications préalables en France
est une nullité couverte par la possession d'état. C'est pour cela
que je veux que nous fassions un contrat à Metz; c'est le contrat
[qui] couvrira cette irrégularité, surtout avec la permission notariée
de ma mère. Je t'expliquerai tout cela de vive voix. Nous nous
marierons séparés de bien, ainsi le contrat sera d'une simplicité
antique, sans donations de ta part, car, de la mienne, je te donne
tout, si nous n'avons pas d'enfants, et tout l'usufruit, si nous en
avons. Comme cela, pas de difficultés. C'est l'avis de M. [de]
Margon[n]e, qui est sage, et celui du notaire de Paris. Si tu ne veux
pas aller jusqu'à Metz, nous pouvons faire le contrat chez le premier
notaire venu de la frontière. Enfin, nous serons l'un à l'autre d'ici à
quinze jours environ, et c'est chez moi une joie qui me ferait
regarder mourir la Chouette sans y penser !

Hélas! mon bon Évelin (ceci est le camarade), Potier se moque
de moi. Il n'est pas venu. Il traite évidemment avec un autre acquéreur, et je suis son pis-aller. Je vais chercher ailleurs, dans la partie
de Passy qui touche l'Arc de Triomphe de l'Étoile, tu sais, par où
je t'ai menée de Passy à l'Arc, le soir où nous étions seuls. Il paraît
qu'il y a là de jolies maisons, et si je n'en trouve pas à acheter, j'en
trouverai à louer; je retournerai aux Batignolles. C'est ce qui m'agite
le plus. J'avoue que je comptais sur Potier. Mais [la maison] Potier
coûtait trente-cinq mille francs d'acq[uisition], y compris les frais,
cinq mille francs de réparations et quinze mille francs pour les écuries et les remises; en tout cinquante-cinq mille francs, et dix mille
francs d'installation : soixante-cinq mille francs. Or, M. [de] Margon[n]e
prétend toujours que Moncontour est une excellente affaire. Mon
notaire me parle d'une superbe affaire, d'une maison entre cour
et jardin, où il n'y a rien à faire, dans les Champs-Élysées, pour cent
quarante mille francs. Dans cet état de choses, je préfère trouver
une maison à loyer, pour trois ans, fût-elle de deux mille francs
[par an], et te laisser juger par toi-même et de cette maison du
notaire et de Moncontour. M. [de] Margon[n]e a condamné Beaugaillard. Il dit que Moncontour est la seule belle et bonne chose à
faire. Donc, je vais chercher une maison à louer; je t'y mettrai, et je
garderai mon numéro 19 de la rue Basse, jusqu'en avril. Voilà
le plus sage. Tu seras, avec ton Noré, à faire, d'octobre à décem-

bre, la meilleure affaire possible. Les actions [du Nord] auront remonté; nous aurons l'argent à la main.

Ah ! si tu m'avais vu avec ta lettre ! Tu saurais [alors] combien je t'aime ! Je ne sais plus rien faire, avec l'idée de te voir le 23. Je suis bien heureux de savoir G[eorges] aimant enfin Anna; je les voudrais mariés. Chérie Évelette, tu n'auras plus de journaux le 17. Mais le 23 je t'apporterai les cinq jours que tu n'auras pas eus. Une fois ensemble, tu n'auras plus besoin de journaux.

Adieu, ange adoré, que je vais tenir dans mes bras, voir, sentir ! Non, j'en frissonne en t'écrivant. Adieu, à bientôt. Mille baisers à mon m[inou]. Oh ! celui-là, je le mangerai, je crois. Prends bien garde à toi, dans les champs... Ça m'a fait frémir de te savoir sans moi dans les routes. Allons, adieu. Il est huit heures, et il faut que cette lettre soit à la poste dès cette heure le dimanche. Si tu veux quelque chose de Paris, dis-le. Tu as encore le temps; mille baisers à ma fleur d'amour.

LXXIV

A MADAME HANSKA, A CREUZNACH.

[Passy, 10-13 août 1846].
Lundi 10 août.

Mon cher *louloup*, la Ch[ouette] ne va pas mieux. Voici trois jours de perdus pour mes travaux. J'ai relu ce que j'ai fait, et je suis loin d'en être content. Je trouve cela mauvais; sans esprit ni intérêt. Or, il s'agit d'être publié dans le *Constitut[ionnel]*, qui tire à vingt-cinq mille, et après E[ugène] Sue. Il est impossible que je fasse quelque chose de bon dans les circonstances où je suis. *Primo :* j'ai des affaires ennuyeuses et épineuses à terminer. *Secundo :* le chez-soi est intolérable; il y a quinze enfants dans la maison [et] la chaleur m'y dissout. *Tertio :* je cherche un logement et je n'en trouve pas. (Potier n'est pas venu !) *Quarto :* j'ai le cœur ailleurs; je suis rongé par une pensée qui me ruine et qui fait que je ne suis heureux qu'en

m'occupant de toi, et quand je t'écris; tu dois le voir. Sais-tu que
voici plus de *quatro ans* que ce provisoire dure, que je me dis : « Elle
est enfin à moi et libre », et que nous ne sommes pas réunis! Loin
de s'amortir cette soif ne fait que s'augmenter. Depuis 1843, je devais
m'établir ailleurs, car je voulais la maison Potier en 1842, et j'ai
remis mon déménagement à l'époque de notre réunion. Cette insta-
bilité, l'attente de l'avenir, l'incertitude de savoir si j'aurai une
maison, si je serai encore à loyer, si le Nord haussera, tout cela tue
et ravage mon imagination. Ma volonté n'est plus assez forte pour
écarter les sujets de trouble, parce qu'ils sont dans mon cœur. Et
j'ai fait mauvais! Et Véron me presse!... Et moi-même j'ai besoin
d'argent, et il faut t'aller trouver, et mon cerveau est inerte! Rien
ne le peut galvaniser!

Hier, je suis allé voir une maison autre que celle de Potier, dans
cette fameuse rue de la Tour où nous devions avoir une maison; et
c'est à côté de celle que nous n'avons pu avoir, précisément. Elle est,
à peu de chose près, semblable à celle de Potier. Mais on en veut
trois mille francs de loyer, ou soixante mille francs de prix, pour la
vendre. Peut-être l'aurait-on pour deux mille francs de loyer, et cinquante mille francs de prix [de vente]. A cinquante mille francs elle
serait achetable. Mais, plus j'y pense, plus je vois qu'il vaut mieux
chercher un appartement pour trois ans. J'ai encore quatre créanciers
qui pourraient me donner du fil à retordre en me voyant [posséder]
une maison : Dabl[in], Buiss[on], Hubert [et] madame Delann[oy].
C'est trente-deux mille francs [que je leur dois, et] qui [, en ce cas,]
en feraient soixante-quatre. Mais, un appartement, je retombe dans
l'impossibilité d'en trouver un, sans [le payer] trois ou quatre mille
francs de loyer. Songe [qu']il me faut être entre cour et jardin, sans
bruit, sans *enfants d'autrui*, bien entendu, et[, de plus,] un cabinet,
une bibliothèque, en outre de ce qu'il faut à un ménage. C'est
introuvable. Je vais chercher sur le boulevard Montparnasse, près
de Lirette [1], dans les extrémités du faubourg Saint-Germain. En
trois ans, trois mille francs de loyer ne font que neuf mille francs,
et, en supposant six mille francs d'installation, cela fera quinze

1. Dont le couvent était situé 72 bis, rue d'Enfer, actuellement 68, rue Denfert-Rochereau (voir plus haut p. 52).

mille francs. Voilà ce qui m'arrête. A Metz, je te demanderai une procuration; car, en achetant à ton nom, j'évite bien des ennuis.

Allons, adieu.

Mardi[11 août].

Hier, j'ai travaillé pendant toute la journée. La Ch[ouette] va toujours mal; elle a, je crois, une inflammation d'intestins, maladie longue et dangereuse. Elle est tout ici, en sorte qu'elle malade, les roues du carrosse sont brisées.

On m'a apporté *Adam et Ève* encadrés. Ce tableau soutient avec avantage le voisinage de tout ce que j'ai de beau. Il est charmant. M. [de] Marg[onne] ne m'a toujours pas envoyé mon acte de naissance. Je vais être obligé d'aller à Tours; il ne me manque que cette pièce, et c'est tout aussi important que les deux autres. Tu vois comme ces formalités prennent du temps partout!

Oh! comme je t'aime et combien il me tarde d'être ensemble! Je sacrifierais à ce bonheur-là, tant mon impatience devient maladive et passionnée, *tout ce que tu attends de chez toi*. A la lettre, je me consume. Je vais travailler aujourd'hui toute la journée, sans débrider, car il faut achever *les Deux Musiciens* à tout prix; je me bourre de café, je sue et je n'ai pas d'esprit! Voici deux jours que la température est supportable. Le Nord se met en hausse.

Allons, au travail; il faut renoncer au doux plaisir de te parler ici par écrit. Mille tendresses; à demain.

Mercredi [12 août].

J'ai trouvé hier les deux lettres, celle de Georges et la tienne, arrivées à deux *levées* différentes, et cela m'a fait bien plaisir. Je vais me procurer *le Cosmos* que G[eorges] me demande. Oh! bon petit *louloup*, mets-toi bien dans le cœur, sinon dans la tête, que, depuis 1833, je n'ai jamais *aimé* que toi, qu'il n'y a pas d'autre nom dans mon cœur, et que si nous avions été réunis pour toujours en [18]34, je n'aurais pas eu d'yeux ni de sexe pour qui que ce soit d'enjuponné.

Voyons? Un homme est-il une femme? Peut-il rester, de 1834 à 1843, sans femme? Tu es assez instruite, médicalement parlant, pour savoir qu'on irait à l'impuissance et à l'imbécillité. Tu disais : « Des filles. » J'aurais pu être dans un état semblable à celui de l'ami de G[eorges], à Rome. Mets en balance le besoin impérieux de dictraction qu'ont les gens d'imagination en travail perpétuel, les misères, les lassitudes, etc., et le peu de fautes que tu as à me reprocher, la façon cruelle dont elles ont été punies, et tu ne parleras du passé que pour déplorer que nous ayons été séparés. Nous revoilà en parlant toujours!... Car il m'est impossible, quand j'ai la conscience de t'aimer comme je t'aime, de ne pas répondre aux phrases les plus douces qui t'échappent à ce sujet. Ma chère Linette, pourquoi y revenir? Pourquoi ne pas être heureux? Je t'aime comme un fou. Nous sommes mariés: je t'en aime mille fois davantage! Oh! je comprendrais tout cela si j'étais autrement. Je te [le] répète sans cesse, tu auras honte de tous ces reproches quand nous aurons voyagé deux ou trois ans dans la carrière du mariage. Le Bon Dieu ne m'a pas infligé le châtiment qu'une fois, et moi je crois qu'on ne fait rien en vivant dans le passé. Du jour où nous serons l'un à l'autre, du jour où, comme depuis Strasbourg, nous nous sommes donné la main dans cette petite chapelle que je vois encore, à te dépeindre le frère[-servant] de celui qui disait la messe, et la disposition des carreaux noirs et blancs, je te serai *fidèle*, comme tu l'entends; fidèle à te dire la moindre impression; fidèle à m'en aller avec toi en voyage, si je voyais une femme, ce qui est impossible, pour laquelle j'éprouverais la moindre velléité. Ceci est une niaiserie, car je suis allé au Cirque, l'autre jour; je suis allé aux Variétés; je vois des femmes, et je puis te dire que j'ai l'indifférence du vieillard de soixante-cinq ans. Je ne me sens jeune qu'avec toi. Excepté les quinze premiers jours, depuis notre séparation amère, dans cette chambre de Heidelberg, le b[engali] n'a pas été sensible; je suis sans aucun désir. Bien plus! Il y a vingt ans que je n'ai été comme dans notre délicieux voyage; il faut me reporter aux jours de ma jeunesse pour trouver cet amour-là; je parle du b[engali], car, pour le cœur, il n'y a pas de comparaison avec quoi que ce soit. Oh! comme je te punirai de toutes tes mauvaisetés, à force d'amour, et de tendresses et de caresses, quand je te tiendrai, que nous serons réunis, et que tu seras ma femme! J'ai, loin de toi, toujours la même peur; elle me glace même quand j'arrive te rejoindre. J'ai peur de n'être plus assez jeune, assez riche de santé. Je te voudrais heureuse de toute manière, et, tout ce que je demande à Dieu, c'est dix ans

d'amour continu, et de nous endormir dans une suave tranquillité.
Pourquoi me faire faire une centième édition de ce que je t'ai si
souvent écrit, que je t'aime de toutes les manières, comme on aime
sa femme, sa mère, sa sœur, sa maîtresse, la reine, et la fille
qui nous ruine et qu'on aime malgré cela, comme une femme qui
nous méprise et qu'on méprise, comme on aime enfin une femme
mariée, une jeune fille pure ! Tu dis à cela : *Mantalini !* quand tu
es convaincue et que tu es heureuse de *nous*. Oh! tu es bien femme!

Adieu ; il faut travailler. Voilà huit heures. Je suis plus content,
ou moins mécontent, des *Deux Musiciens*. J'ai tout bouleversé, hier,
dans mes corrections! Mais j'ai trente-six feuillets à écrire pour terminer, et il faut y faire les plus grands efforts, et j'ai peur de faire de
la littérature pour le roi de Prusse! A demain. Je te remercie bien de
ta petite lettre. Je ne vais plus t'écrire beaucoup, car, le 23, je serai
à Creuznach. Tu peux m'arrêter une chambre.

Jeudi 13 [août].

Je n'ai plus que huit jours, et j'ai encore trente-six feuillets et des
corrections monstrueuses à faire !

Hier, le docteur Puzin est venu. La Ch[ouette] l'a voulu garder à
déjeuner. Il m'a pris ma journée, et c'est affreux ! Je ne sais où donner
de la tête; je vais passer les nuits.

J'ai mon acte de naissance, et je l'ai porté chez un notaire pour le
faire légaliser. Il a fallu vingt jours pour avoir ces actes en règle,
en y mettant de l'activité. Juge quels obstacles la société met à la
chose la plus prompte dans l'ordre naturel !

Je vais faire des efforts héroïques pour tout terminer, roman et
affaires, car je veux te voir, et l'activité que j'ai eu[e] en mai ne me
manquera, j'espère, pas en août! Oh! comme je t'aime! Il faut voir
mon chagrin de ne pas avoir de talent et d'activité cérébrale!

Allons, adieu. Sois sûre que je vais faire des miracles pour terminer *les Deux Musiciens*. Toute ma vie est aujourd'hui dans le mois
que nous allons passer ensemble. C'est notre bonheur! Oh! *louloup*,
ta sœur Car[oline] [1] est folle, et c'est une folle hypocrite, la pire de
toutes. Narisch[kine] n'est donc pas mort?

---

1. Devenue par ses mariages successifs madame Sobanski, puis Schirkoff,
puis Jules Lacroix (Vte de Lovenjoul, *Un roman d'amour*, p. 14).

Allons, adieu. Il faut travailler. Je ne t'écrirai plus que quelques
mots, pour te dire que je vais bien et que je travaille. A bientôt, mon
aimée, ma joie, mon plaisir, mon bonheur! Je me demande si je
pourrai soutenir le délice de te revoir. Oh! comme je te presse par
avance sur mon cœur! Mille tendresses, mon bon *loup*, mille caresses
à mon m[inou]. Je t'aime plus que jamais, et je n'ai d'inquiétudes,
de soucis, que pour ce qui te regarde. Aussi, pas de maison, pas
d'appartement, cela me torture. Adieu, à bientôt; aime-moi bien,
comme je t'aime. Je t'embrasse encore!

LXXV

A MADAME HANSKA, A CREUZNACH.

[Passy, 14-16, août 1846.]
Vendredi 14 août.

Mon pauvre Évelin, j'ai fait remettre ma place du 21 pour le 30;
ainsi, je ne serai que le 2 septembre à Mayence, ou à Creuznach,
si vous y êtes encore.

Il fallait de la folie, pour espérer avoir terminé ce que j'ai à faire,
pour le 21. Or, hier, mes épreuves n'étaient pas prêtes au *Constitutionnel*, et ce retard d'un jour m'a fait voir qu'il fallait au moins
quinze jours pour terminer *les Parents pauvres*. J'ai bien mûrement
examiné ma situation hier, et la voici résumée. Voici les travaux que
je ferai cet hiver, c'est-à-dire d'octobre à avril, temps que nous
passerons ensemble. Je dois encore, en bloc, soixante mille francs.
J'ai à faire : *Histoire des Parents pauvres* (six mille francs), pour *le
Constitutionnel; Dernière transformation de Vautrin* (trois mille cinq
cents francs), pour *l'Époque*; *Adam le Rêveur* (deux mille cinq
cents francs), *les Paysans* pour *la Presse*; *les Petits Bourgeois* pour
les Débats. une Mère de famille [1], pour je ne sais pas encore quel

1. Ce roman n'a jamais vu le jour ; il est indiqué dans l'album de Balzac
comme devant être écrit en 1847 pour devenir une scène de province *(Pensées,
sujets, fragmens*, p. p. J. Crepet, p. 146).

journal. Le prix en librairie des *Parents pauvres*, de *Vautrin*,
d'*Adam le Rêveur*, payera la Ch[ouette]. Le prix de ces trois
choses-là aux journaux payera le deuxième terme de ma mère,
Buisson, et me fera vivre jusqu'en octobre, en payant tout, rue
Basse, loyer, ménage, etc. Maintenant, *les Paysans*, *les Petits
Bourgeois*, *Une Mère de famille*, et le règlement de *la Com[édie]
Hum[aine]*, font cinquante mille francs qui soldent ma mère,
madame Del[annoy], Dabl[in], Fessart, etc. Tu vois qu'avec de
pareils travaux, je ne quitterai pas le cabinet où je travaillerai
près de toi. C'est gigantesque de résultat et de volonté. Mais j'y
arriverai, d'octobre 1846 à avril 1847. En mai, le jour de ma
naissance, je ne devrai pas une obole, et je serai à la tête d'un
certain capital. Il faut donc ajourner toute acquisition immobilière
jusque-là, et il faut que je nous trouve un appartement à habiter
trois ans. En 1847, si je veux acheter, ou nous bâtir quelque
maison, nous aurons et le temps et l'argent. J'ai besoin d'un an de
travail encore pour terminer le payement de mes dettes, et je suis
sûr, en six autres années, d'avoir par moi-même une belle fortune,
car je vivrai simplement, comme j'ai vécu ces six dernières
années.

Il faut encore trois ou quatre mille francs à M. Fessart pour tout
terminer, et il faut quatre mille francs à ma mère, puis environ
trois mille dans mon petit ménage et les sept mille de la Ch[ouette],
qui me fait tourner la tête. Elle m'en parle tous les jours! Je lui ai
déjà remis cinq cents francs pour ses acquisitions de linge, car elle
se fait son ménage dans le cas d'Elsch[oët], comme dans le cas du
bureau de pap[ier] timbré.

Je suis au désespoir de ce retard de neuf jours; mais crois bien
que je ne peux pas quitter Paris sans avoir livré *les Deux Musiciens*
au *Constitut[ionnel]*, car il faut payer ma mère et trois mille francs
ici; c'est sept mille francs. Je n'aurais eu aucune tranquillité dans
ce voyage, si je ne terminais pas ces affaires. C'est encore un tour
de force que de faire ce que j'ai à faire. Je ne dispose pas des
ouvriers du *Constitut[ionnel]* comme je disposais des ouvriers de
Plon. Ils mettent trois jours à faire ce que ceux-là me faisaient
dans une journée, et il m'a fallu calculer ces retards. J'ai eu trois
jours de perdus à cause de la maladie de la Ch[ouette]. Non, je

suis d'une tristesse mortelle; mais rien ne m'empêchera de partir
le 30. J'ai là ton mantelet et toutes les affaires.

Adieu pour aujourd'hui. A demain. Il faut que je travaille à dix-
sept heures par jour.

Samedi [15 août].

Hier j'ai beaucoup travaillé; mais, au plus fort de mon travail,
ma sœur et mes nièces sont venues me dire adieu. Dimanche elles
partent et elles vont, la mère et les deux filles en Berry, chez
madame Carraud, et de là en Touraine, où le futur de ma nièce
doit venir les revoir. Le mariage est assez avancé pour croire que
vers la mi-octobre il se fera. Ainsi de la Chouette.

Ce matin il est huit heures, j'ai dormi tard.

Quatre heures.

Je reviens de la poste où j'ai trouvé ta petite lettre si courte.
Pauvre Minette! Ne t'ai-je pas dit de ne pas faire d'un plaisir, un
effort! Ce blanc laissé au bas de la lettre m'a navré, non pas de
chagrin d'avoir si peu, mais cela m'a accusé de la fatigue. Chère
Évelette, tu me grondes de t'avoir parlé d'une chose qui ne me
regarde qu'en ce qu'elle te touche; mais je ne t'en ai dit un mot
que pour te tranquilliser. Est-ce que j'ai pu t'écrire quoi que ce
soit qui fasse soupçonner qu'il y ait de l'amour-propre dans l'amour
maternel et surtout le tien? Je ne te dis plus rien à ce sujet, car
tu sais combien j'aime Anna. Ce qui m'a fait une bien plus vive
peine, c'est l'espèce de certitude que tu as du déplaisir que notre
bonheur causerait à tes enfants. Mais nous parlerons de cela. Ce
n'est pas de ces choses à confier au papier. J'en ai eu des éblouis-
sements car tu as frappé dans ce que j'ai de plus sensible.

Chère Linette, j'ai bien fait de rester jusqu'au 30, d'après ce que
tu me dis, et tu verras que je t'écrivais hier ce que je lis dans ta
lettre aujourd'hui. J'ai d'autant mieux fait que j'ai trouvé chaussures
à nos pieds, en trouvant rue de la Tour une maison seule, et tout
entière à louer. Si j'étais parti le 21, je n'aurais pas pu faire cette
affaire-là. J'espère la louer avec une promesse de vente, ce qui finit
toutes mes incertitudes et répond aux affaires du présent et à celles

de l'avenir. Malheureusement, nous n'aurons pas de jardin. Mais nous serons au milieu de jardins. Les effroyables prix de Paris m'ont décidé. Avec cinq cents francs de voiture par mois, ce n'est pas plus cher qu'à Paris. Tu seras sur une hauteur. En achetant, arrangeant et meublant, le tout ne nous coûtera pas plus de quarante mille francs; mais il n'y a ni remise, ni écurie. Nous verrons venir les événements. Je n'ai rien trouvé de mieux. C'est, jardin à part, mieux que chez Potier. Enfin, je suis content. Par la lettre que je t'écrirai jeudi 20 tu sauras si c'est terminé et quelles sont les conditions. La maison est bâtie depuis un an et n'a jamais été habitée; elle est à finir. C'est ce qui la rend bon marché. Ce qui reste à faire sont des niaiseries. Au bout de trois ou six années, nous en aurons toujours l'argent et même les intérêts; ainsi nous aurons été logés gratis. Le hasard m'a mené là. Désespéré, après avoir lu ta lettre, j'allais au hasard. J'ai fait le tour de Passy, en pensant à toi, en me demandant si je t'avais fait de la peine en me mêlant de ce qui ne me regardait pas. Ce blanc de ta lettre, où je cherchais en vain ces petits mots d'affection et de tendresse par lesquels tu termines, tout me brisait le cœur. Je me demandais si tu étais malade; enfin, toutes les pensées qui ravagent le cœur des absents. Et, en regardant au hasard, les yeux presque mouillés de larmes, j'ai vu une affiche, et une maison située tout en haut d'une longue allée serrée entre deux murs, et j'ai visité cela par curiosité, par vague espoir. De lundi à jeudi, ce doit être terminé car, il n'y a pas à hésiter, c'est à prendre à l'instant, quitte à payer cher le terrain pour une remise et une écurie. De là, nous verrons venir les événements. C'est un nid d'amoureux, mais d'amoureux qui, pour se promener, doivent aller au Bois de Boulogne. Tu seras heureuse; tout est à la moderne : les croisées en glaces à crémones. Tout a un air pimpant, et les commodités modernes de la vie moderne y sont. Ma première lettre te portera un plan, si l'affaire est faite, afin que tu te figures bien cet asile de l'innocence *louvetière*.

J'ai un poids de mille livres de moins sur les épaules, car je ne savais que faire. Ne t'inquiète pas du terme de ma mère; ce sera payé à mon retour. La Ch[ouette] sera payée aussi. Quant à vendre des actions, non, jamais! Ne te fais aucun souci de mes affaires; elles vont bien, et je ne te parle de ces petits embarras que par suite

de mon habitude de tout te dire, de penser tout haut, et c'est à
cela que tu dois attribuer ce que je te disais du trousseau d'Anna.
Mon ange, tu ne te dis jamais que je n'ai pas le temps de relire
ce que je t'écris, et je pense, en écrivant, encore moins que si je
parlais. Ma vie est un torrent; pardonne s'il y a quelquefois des
cailloux!

Je n'ai pas le temps de m'occuper de mes affaires; M. F[essart]
fait à sa tête; je ne peux pas aller chez Gav[ault]; je ne sais pas
quand j'aurai de la tranquillité! J'en aurai quand je serai chez
moi, sans dettes, avec femme et enfant. Il faut encore dix mois pour
cela.

Il ne faut pas songer aux act[ions] du Nord avant le mois de
novembre. Nous sommes en ce moment à soixante francs de perte
par action. Il s'est formé une compagnie à la baisse, qui répand de
fausses nouvelles et qui contrarie Rotschild. D'une broche qui se
casse, on fait un événement.

Je ne puis aller pour tes journaux que lundi, car c'est fête aujour-
d'hui, et demain, c'est dimanche. Tu auras peut-être des journaux de
moins, mais on te les renverra. Je tâcherai d'y aller cependant
demain. Je vois que tu seras à Creuznach jusqu'en septembre; ainsi,
le 2 septembre je t'y verrai. J'aime à voir tous les endroits où tu
restes.

Allons, adieu, pour aujourd'hui. Je veux me lever cette nuit à deux
heures, pour réparer le temps perdu aujourd'hui, et cependant bien
employé. Mille tendresses, mon cher amour, ma chère grondeuse,
mon loup, mon trésor! Ah! j'ai trouvé du fer[1] en entrant dans la
maison.

Un baiser et à demain.

Dimanche [16 août].

Adieu, mon bon *loup* aimé. Je vais me mettre à l'ouvrage et travailler toute la journée. C'est de ces journées où il faut faire quinze
à seize feuillets, car c'est le 16 [aujourd'hui], et qu'est-ce que treize
jours pour finir ce que j'ai entrepris! Au lieu de dix feuilles de *la
Com[édie] Hum[aine]*, il y en a seize! Tout s'agrandit sous ma plume,
ou tout s'étale, ce qui n'est pas la même chose.

---

1. Balzac était superstitieux et croyait que trouver du fer portait bonheur.

Allons, mille tendresses. Partage la joie où je suis d'avoir trouvé
un nid, et où nous aurons à peu près nos aises. Il faut avoir eu toutes
les peines à le trouver que j'ai eues, pour savoir ce que cela
vaut! Je souffre tant ici, où il y a douze enfants, l'odeur du gaz
etc., de dix fabriques; et le blanchisseur, sous moi, qui devient de
plus en plus insolent, tapageur, qui me rôtit dans mon cabinet,
etc., que je voudrais déjà être rue de la Tour! Mais le transport
et la réfection de ma bibliothèque est déjà une affaire d'un mois.
Captier aura d'ailleurs des travaux pour un mois. Je ne puis déménager que dans les vingt premiers jours d'octobre, et ce sera beaucoup de bonheur si tu peux y entrer du 25 octobre au 1er
novembre. Oh! ma chère vie, mon amour, mon bonheur, ma belle
Ève, mon petit Évelin, ma chère petite fille, l'idée que nous serons
bien là me double mes forces. J'espère qu'à défaut de jardin tu auras
une petite serre. Je te baise mille fois, depuis les pieds jusqu'à la
tête. Soigne-toi bien; aime-moi malgré mes imperfections et dis-toi
bien que tu es mon unique pensée, comme tu es tous mes plaisirs. Oh,
m'occuper de toi, de ce qui te servira! C'est un bonheur sans nom!
Mille caresses, *louloup*, mille gentillesses à mon m[inou] adoré.
Aime-moi bien, soigne-toi si tu m'aimes, et n'écris que quand tu
peux. Le 21 j'aurai tous mes papiers.

LXXVI

A MADAME HANSKA, A CREUZNACH.

[Passy, 16-20 août 1846.]
Dimanche [16 août], quatre heures.

Je reviens de mettre ma lettre à la poste et je trouve ta petite
lettre où tu m'annonces ton départ pour Francf[ort]. Merci, *louloup*,
de ton exactitude à me dire tout ce que tu fais. Tu as bien raison

d'y aller pour les papiers d'Anna ; mais j'ai bien peur que ta sœur ne te cause des ennuis. Quant à moi, je sais par avance que c'est une batterie d'artillerie dressée par la calomnie et je [ne] m'en inquiète que par rapport à l'ennui que cela te causera. Tu verras par ma lettre que tu as bien deviné le nouveau retard que je te signale. Quant à l'indispensabilité de ma donzelle, tout ce que tu en penses est faux. Elle est indispensable parce que je me suis habitué à travailler exclusivement à ma littérature ; car, hors cette situation exceptionnelle, tu verras par toi-même que je puis mener une maison, sans aucune Thérèse[1]. J'ai conduit mes affaires, de 1832 à 1834, d'une main ferme, et tout allait bien. Mais depuis [18]34, *la Chronique* [*de Paris*], les luttes, les mauvaises affaires, *l'Anglaise*[2], tout a pris mon temps. J'ai négligé fortement le ménage et, quand je suis venu à Passy, comme il fallait travailler nuit et jour, je devais me mettre à l'état d'enfant qui a une bonne. Pourquoi me fais-tu te répondre ce que tu sais aussi bien que moi, quand il faut que je fasse vingt feuillets par jour. Oh ! tu ne sais pas dans quelle situation je suis ! La Chouette ne va pas bien d'ailleurs, quoique son choléra soit fini. Je la voudrais mariée et hors de chez moi, ce qui se fera à mon retour.

Allons, adieu pour aujourd'hui. Il faut que je travaille huit heures. J'ai mis mon dîner à huit heures du soir. Je ne puis aller à tes journaux.

Lundi [17 août], quatre heures.

Ce matin, j'ai travaillé, puis j'ai couru toute la journée pour te faire continuer les journaux. Je suis fatigué. Je vais dîner et me coucher.

Mardi 18 août.

Je suis levé de bonne heure. J'ai fait aujourd'hui vingt-quatre feuillets de *la Cousine Bette*. L'affaire de la maison marche. Ce sera fini sans doute cette semaine ; mais je serai forcé de vendre des actions pour tous les frais que cela me va faire. Grâce à cette bonne étoile,

1. Allusion à Thérèse Levasseur, la servante maîtresse de Jean-Jacques Rousseau
2. La comtesse Guidoboni-Visconti.

E ¹, qui luit depuis cinq ans sur mes affaires et ma destinée, le prix stipulé ne dépassera point vingt-cinq mille francs. C'est un grand bonheur.

Je t'embrasse, mon *louloup*.

Mercredi [19 août].

Hier, j'ai travaillé beaucoup, et je suis allé voir aux Variétés *Perdreau et Colombe* ², et entendre chanter *les Bœufs* ³. Ça m'a distrait un peu. J'ai beaucoup ri. Hoffmann chante *les Bœufs* à ravir. Il est magnifique. C'est tout le paysan du Poitou. J'ai travaillé beaucoup ce matin. Je vais à la poste car j'espère toujours. Je me figure que tu peux m'écrire de Francfort que tu es arrivée en bonne santé.

Trois heures.

Madame [de] Girardin m'envoie la lettre qui servira d'enveloppe à ceci ⁴, et elle me propose Cobden ⁵. Ma foi, je vais profiter de l'occasion, et voir le héros du moment, le triomphateur, l'O'Connell des grains, mais l'O'Connell vainqueur!

Jeudi [20 août].

Hier, *louloup*, je me suis habillé, mais *conséquemment*, et je suis allé dîner chez le Girardin. Ce petit parvenu deviendra décidément un personnage. Le voilà qui a fait arriver à la Chambre: *primo*, Sallandrouze, un marchand de tapis; *secundo*, Blanqui; *tertio*, Teisserenc, et quelques autres. Il sera à la tête de quelques voix [et] il sera

1. Ève de Hanska, qui avait pris pour symbole son initiale E, au milieu d'une étoile rayonnante (voir plus haut p. 223 et t. II, p. 234, 251, 259; III, 373).

2. *Colombe et Perdreau*, idylle en trois actes par J. Cordier et Clairville.

3. Romance de Pierre Dupont.

4. Voici le texte de cette lettre :

« Voulez-vous me rendre un service? *Venez dîner* aujourd'hui avec nous. Il s'agit d'éblouir un Anglais célèbre!... Cobden. Il me faut votre éclat. Venez.

» La *soirée*, pour laquelle vous avez sans doute reçu un billet d'invitation, s'est compliquée d'un dîner.

» DELPHINE DE GIRARDIN.

» Mercredi [19 août 1846]. »

5. Le célèbre économiste anglais, promoteur de la doctrine du libre-échange.

bien nécessaire, par son journal et par ses voix. Je lui ai dit en riant :
« Mais vous allez faire un parti Girardin. Vous aurez bien cinq à
six voix? — Dites donc soixante, m'a-t-il dit, et vous verrez les
soixante ce soir. Il y aura un parti de conservateurs-progressistes. »

Étaient du dîner : le général Delarue qui sera quelque jour
ministre de la guerre, le fils de celui de Vienne; d'Haubersaert, conseiller d'état, député; Blanqui; Nestor Roqueplan, le directeur des
Variétés; le grand électeur de la Creuse, un provincial; et Sallandrouze. Le soir, tous les hommes influents de la Chambre sont venus,
et si Girardin se fait ainsi l'aubergiste, le Piat, le Fulchiron du
Centre, il arrivera bien certainement. Il est venu des ambassadeurs,
du monde diplomatique. J'ai tâté Hugo, que je n'avais pas revu
depuis notre prise de bec; il a été tout aussi charmant que je l'ai
été, et il m'a induit en présentation à Dupin, en lui disant : « Voilà
le premier académicien que nous devons faire. » Dupin a dit :
« Que M. de B[alzac] se présente!... » J'ai renoué connaissance avec
M. de Belleyme [1], le président du tribunal, qui a été très flatté que je
me sois souvenu de lui. Enfin les trois salons crevaient d'illustra-
tions, de grand monde; mais ces habits noirs affairés, c'était triste,
et il y a[vait] peu de femmes; il n'en est venu qu'une dizaine; ce
n'était pas assez. Delphine m'a dit qu'elle s'y était prise trop tard.
Girard[in] est diablement intrigant. Bertin est lourd et paresseux.
Girard[in] grimpe sur le dos de Bertin. Lamartine est à Saint-Point.
Le général D[elarue] connaît bien la R[zewuska] [2]. Sa jolie sœur est
venue: mais point de musique. Je lui ai fait un doigt de cour, et j'ai
beaucoup causé avec le frère. Je suis parti à onze heures au moment
où tout cela commençait à s'éclaircir. A dix heures, Cobden a paru;
j'ai causé avec lui pendant dix minutes; Martinez de la Rosa [3] m'a
malheureusement interrompu. Cobden a une figure d'épicier, mais
d'épicier têtu, et il y a de l'originalité dans sa laideur. Un Français
qui aurait accompli une pareille œuvre, serait comme un paon, ou,
si tu veux, comme un Salvandy; mais il est resté calme et tran-

1. Que Balzac avait connu en 1836, au moment du procès du *Lys dans la
Vallée* (voir t. I, p. 345).
2. Sans doute la tante Rosalie (voir plus haut, p. 152 et 281).
3. Homme d'état et littérateur espagnol auquel est dédié *El Verdugo*.

quille comme un banquier modeste. Il a des yeux français, ou mieux parisiens, mais calmes.

Si Delphine veut avoir de jolies femmes, et faire jouer les joueurs, elle finira par avoir du monde. Mais, pour consolider cette influence, ils devraient vendre cet hôtel et aller se loger sur les boulevards au milieu de Paris. T[héophile] Gautier n'est pas venu ; elle ne m'en a pas parlé, et m'a fait des agaceries publiques et plaisantes. Elle en est arrivée à un moment où elle fera la Ninon de salon. A onze heures j'ai trouvé la voiture de Passy qui m'a remis dans notre village.

Hé ! bien, *louloup*, demain le propriétaire de la maison vient, et nous nous entendrons pour signer samedi. Ce sera sans doute fini. Dimanche, ma lettre te portera les plans et les conditions. J'y mettrai Captier la semaine prochaine afin que tout se fasse en mon absence et qu'à mon retour je puisse m'occuper de meubler. Le cœur me saigne, comme à Harpagon, de ces vingt mille francs qui seront dépensés sur le *trésor-louloup*. Si j'avais payé mes dettes, avec quel amour je ferais un roman pour les y rétablir ! Captier va me dépenser huit mille francs, d'après mes calculs, et ce ne sera rien que douze mille pour les choses nécessaires, sans compter les quelques frais que je ferai : [le] déménagement, l'acte, l'argent à donner au propriétaire. Mais tu seras chez toi, tranquille, dans une maison seule, vierge, où personne n'aura mis les pieds, que nous remplirons de nos seuls souvenirs, un vrai nid d'amoureux, que nous nous amuserons à orner, à agrandir, au fur et à mesure de nos prospérités : une petite galerie pour les tableaux, une serre pour tes fleurs ; je veux te surprendre par mon activité [et] que tu trouves un petit palais, en harmonie avec notre amour. Je me donnerai beaucoup de mal, mais j'arriverai. J'imagine qu'à la fin de 1847 nous pourrons facilement payer vingt-trois mille cinq cents [francs], qui resteront à payer, en réalisant la vente. Je les payerai, moi. Ainsi, je ne suis pas imprudent, tu vois ! Je ne me jette pas dans les cent cinquante mille francs Salluon, car, en mettant tout au pis, trente-cinq mille francs de maison et trente-cinq mille francs de mobilier (qui reste[nt] toute la vie), ce serait soixante-dix mille francs. Il resterait cinquante mille francs dans le *trésor*[-*louloup*]. Nous sommes loin de l'affaire Salluon, de l'affaire des Champs-Élysées,

[de] Custine, [de] Moncontour, etc. Nous n'avons pas de jardin, mais nous avons des jardins autour de nous; pauvre petite Linè, tu auras le supplice de Tantale. Nous ne resterons là que le temps dont j'ai besoin pour faire fortune : cinq à six ans, et tu reviendras à Paris dans un bel hôtel que j'aurai acheté *à la Valmy* [1].

Tiens, je te baise sur toutes les coutures; je te serre avec ivresse dans ma gueule de *l[oup]* édenté; je t'aime avec redoublement en nous voyant si bien casés à si peu d'argent, car cela se fera!

Où es-tu maintenant? Sur le Rhin, ou avec ta sœur, dont m'a parlé Delarue comme d'une femme charmante, qu'il a vue à Odessa. Il a connu beaucoup Dewitte [2].

Allons, adieu, chérie, ma femme adorée. Auras-tu eu encore des fats allemands sur le bateau? Comme je voudrais déjà avoir la lettre où tu me parleras de ta sœur. Ah! je t'ai acheté une belle écharpe en dentelle noire, car je pense à toi, mon Évelette, à propos de tout. En voyant une étoffe, je me dis : « Ça lui irait-il? » En voyant un meuble Boule, je me dis : « Elle les aime! » Je ne vis que par toi, comme je [ne] pense que par toi. Tu es dans tout, dans mes moindres sensations; non, ce phénomène de possession augmente de jour en jour. Oh! si tu ne m'aimais pas ou plus, que deviendrais-je! Ce serait bien fini de moi, naturellement. Ce ne serait pas le chagrin, ce serait la mort, car tu es toute la vie de ton Noré qui t'idolâtre.

Mille bonnes pigeonneries du b[engali] à son colombier. Adieu; je ne sais quand tu seras de retour à C[reuznach]; j'y écris toujours fidèlement.

La cousine Bette [3].

En 1833, lors de l'émigration polonaise, un jeune homme de trente-quatre ans, nommé Wenceslas Steinbock, descendant d'un des généraux de Charles XII, dont la famille s'était établie en Livo-

---

1. Voir plus haut, p. 354.

2. Peut-être le baron J. de Witte, érudit et archéologue belge, né à Anvers en 1808.

3. On sait que Balzac, avant de commencer un ouvrage, en essayait plusieurs débuts différents. A partir de ce moment de sa vie, il enveloppa souvent ses lettres à madame Hanska dans un de ces essais. Nous les transcrirons à la suite des lettres chaque fois que nous aurons retrouvé ces curieux morceaux condamnés par le grand romancier.

nie, depuis la mort du roi de Suède, arriva, ne possédant plus qu'une dizaine de thalers en papier, à Paris, par la diligence de Strasbourg.

Orphelin, il avait été placé comme professeur, par le grand-duc Constantin, à l'école d'où partit le signal de l'insurrection. Entraîné par l'enthousiasme des Polonais, il avait pris parti pour eux, quoique Livonien. Il s'était tellement distingué pendant la guerre, qu'il ne pouvait espérer sa grâce. Il avait fui, comme tant d'autres, en prenant la France, et surtout Paris, pour asile.

. . . .

FIN

DU TOME TROISIÈME

TABLE DU TOME TROISIÈME [1]

1845

1. Quelques-unes des *Lettres à l'Étrangère* ont déjà paru dans la *Correspondance* de Balzac avec des variantes et parfois des dates inexactes.

TABLE 381

IMPRIMERIE CHAIX, RUE BERGÈRE, 20, PARIS. — 9106-7-32. — (Encre Lorilleux). — 4501